白 日 梦

李海翔 著

知识产权出版社
全国百佳图书出版单位

图书在版编目（CIP）数据

白日梦 / 李海翔著. — 北京：知识产权出版社，2019.8
ISBN978-7-5130-6169-8

Ⅰ.①白… Ⅱ.①李… Ⅲ.①长篇小说-中国-当代 Ⅳ.①I247.5

中国版本图书馆CIP数据核字（2019）第053056号

内容提要

本书从1995年某县城的一处工厂写起，以杜军、杜秋叶等两代人的成长经历为主线，通过描写两代人的言谈举止、琐碎的日常生活、几个家庭的变化，用现实和荒诞交错的笔法展现了1995—1996年、2015—2016两幅独特的时代画卷。小说构思独特，人物、情节的发展伴随着时代的变迁，笔者对生活、人生的思考穿插其中，希望能让此刻捧书的读者做一个深深的呼吸，回想过去，思考现在，规划未来。

责任编辑：李 娟　　　　　　　　　　　　责任印制：孙婷婷

白日梦
BAIRIMENG

李海翔　著

出版发行：知识产权出版社有限责任公司	网　　址：http://www.ipph.cn
电　　话：010-82004826	http://www.LaiChuShu.com
社　　址：北京市海淀区气象路50号院	邮　　编：100081
责编电话：010-82000860转8689	责编邮箱：lijuan1@cnipr.com
发行电话：010-82000860转8101	发行传真：010-82000893
印　　刷：北京建宏印刷有限公司	经　　销：各大网上书店、新华书店及相关专业书店
开　　本：720mm×1000mm 1/16	印　　张：27.25
版　　次：2019年8月第1版	印　　次：2019年8月第1次印刷
字　　数：470千字	定　　价：68.00元

ISBN978-7-5130-6169-8

出版权专有　侵权必究
如有印装质量问题，本社负责调换。

写在前面

　　这本书决定出版的时候,恰好是在六月中旬,学校里的毕业季。

　　我的确喝醉了几场酒,和一些人沉默着接受分别的结局,但我始终有一种置身事外的冷淡。我想,或许这不是我薄情,而是在情感的范围里意识到还没能和一些人好好坐下来,说说话。

　　杜秋叶,杜军,孙少康,吴国忠……

　　在长达两年、四十几万字的叙述之后,他们或许也应当在某种仪式中毕业,他们也应当喝醉,他们也应当经历分别,可是却没有人在最后为他们颁发一个小本本。这个小本本上清晰地传递着这样的信息:人生的某一阶段已经结束。

　　可惜没有,没有仪式,没有流泪,没有互相拥抱,也没有告知他们结束的小本本。

　　但我想,一些人,一些生活在故事里的人,也应当拥有这些,应当拥有这些简单的、基本的仪式。

　　所以,在这个时刻,我发疯般幻想着你们"毕业"之后的样子,你们的生命会在书页和铅字中连贯,严实的胶装会将你们的生活密封成一个无法打破的整体。

　　我要真诚地感谢你们在七百多天的日子里无私地陪伴我。

　　可我也要向你们致歉,我实在不是一个成熟的、完美的叙说者,你们的故事,我只能用竭尽全力这样的词语来安慰自己,却实在不能做到想象中的那样完美。

　　现在,就让我们好好告别吧,杜秋叶、杜军、孙少康,以及各位我深爱的。

目 录

上卷 1995—1996年 001

下卷 2016年 287

致谢 429

上卷　1995—1996 年

他坐在窗边已经很久了,窗外空荡的街道盛满了夏夜温润的凉意和纯粹的宁谧。可是在他的视野中,窗外的世界仍旧繁忙着:画着浓妆的老妇人提着萎蔫的死鱼,失水的嘴唇外翻着;顽皮的孩子追逐着滚动的皮球,跳跃的身姿风一般穿过街道;颓唐的中年男夹着破旧的公文包,皱巴巴的西服和公文包上的破损相得益彰;拎着鸟笼的老翁颤巍巍地挪着步子,手里的拐杖生硬地杵着地面……

这个世界于他而言,似乎从来没有发生过什么样的变化,无论春秋冬夏,无论日升月落。老妇人手里的死鱼总是把咸腥的味道扑入鼻中,孩子的皮球总会发出沉闷的碰撞声,中年男人的硬底鞋跟咔哒咔哒地碾过小巷中的碎石,老翁浑浊的喉咙中涌着京戏的调子……

没有人知道这个世界于他而言究竟如何,但他却无比清晰地看着这个世界。

窗外的风掀动着他身旁的帘布,一个模糊的身影在他背后的门旁显现。

"秋叶,该睡觉了。"是一个略有嘶哑的嗓音

"好的,妈妈。"他的嗓音清澈动人,目光也一点点从窗外的世界中缩回,手中的那个玩偶被温柔地放置在了枕边。

屋内的光亮顷刻熄灭,站在门边的身影用温和的目光轻轻地触抚着黑暗中这个柔软的轮廓,眼中却一点点漾涨起辛酸的潮湿。她默默地走回自己的房间,窗外凋零的灯火映在她空洞的双眼里,常年酗酒的丈夫不知道今夜又在何处安眠。想到这些,那双忙于家务的粗糙手掌在不觉间缓慢地蜷起来,一张纸干燥的边缘刺痛了她的肌肤,纸张平滑的边缘此刻像是一把锯子一样在她柔软的心中反复切割着。

她用尽全身的力气才拉开枕边的那个抽屉,里面的结婚证书不知道什么时候打开了,照片上自己和丈夫还是青涩的样子。少年和少女幸福的笑容在窄窄的方框中甜蜜地发酵着,可是现在,这些都已经变成了一剂喝不完的苦味汤。照片下两个人的名字,此刻像是尖锐的刺一样在女人湿润的眼睛中生长着——杜军和方琪。已经开始衍生皱纹的手掌过了许久才将打开的结婚证闭合,在床边摸索一阵后,一张锋利的白纸缓慢地降落在耀眼的红色封面之上。

那是前几天刚刚领到的有关秋叶的诊断书,纸上写着:疑似精神障碍。

1.

  这是一个位于北方的简陋县城,居民区围绕着一条朝夕繁华的商业街铺排开来,身形破碎地分布在这个城市中。秋叶的家位于这个城市的边陲地带,低矮的平房和破旧的楼房星罗棋布,参差不齐地林立在这一片狭小的地带。秋叶家姓杜,可他从来不愿提及自己的姓氏,在他自以为是一个孩子的时候,他更喜欢别人叫他秋叶。当然,邻里之间对他的称呼不止于此,在杜秋叶拎着家里那个没有鸟的鸟笼子出去散步的时候,识相的都会叫一声杜叔;当他拎着半袋子萎蔫青菜晃晃悠悠地往家走去的时候,他的称呼就变成了杜妈;当他裹进他父亲那件肥大的西服中时,过路的人便都会献上一句恭敬的杜先生。当然,这些并不都是朝夕之间形成的,而是人们恐惧杜秋叶突然发狂的样子。很多人都知道小区警卫说起杜秋叶的样子,那个头发稀疏胡子却像是小扫把一样的老头儿,说起杜秋叶的时候总是把手里的烟狠命地吸一口,用力地向地上啐一口痰,然后才说道:"啊呀!那家伙可是个真疯子,有精神病证儿的,杀了人可不偿命。"

  其实,杜秋叶从没伤害过他人。或许是"精神病杀人不犯法"的说法太过深入人心,所以,大家还都对杜秋叶保持着那莫须有的惧意。不过这样也挺好,至少我们的杜秋叶每天都能心满意足地过着每天的小生活。

  这天中午,他那前一日酗酒的父亲带着一身酒气回到家里,便又开始了对这个家没有尽头的抱怨。家里一个整日神经错乱的儿子和一个年老色衰的婆娘,再加上前几日工厂主人训斥他时那张扭曲的脸,这些让他对这个世界的感觉糟透了。他鼓着那张因为醉酒而涨满了猪肝色的脸在自己的家里转来转去,想把自己的怒火朝谁倾泻一些。但儿子又不知道跑到哪里闲逛去了,婆娘也极为聪明地把自己锁在了卧室里,选择避而不见。家里陈旧又破烂的摆设让他感到百般烦躁,尽管餐桌上物什摆放得还算整齐,但是黯淡的油垢痞子般一块一块地黏在桌面和桌腿上。蹲在柜子上的电视机打开还是粗糙的人影,不一会儿便会下起苍茫的大雪,不仅遮盖所有的图影,还把声音也变成让人烦乱的"哗啦……哗啦……"。这一切不禁让他想起上一次到领导家里送礼的时候,敞亮的餐厅中摆着一张挺立的四方桌,四张椅子昂首挺胸地围在四周。最让他眼红的还是那个彩色电视,虽然没比自家的大多少,但里面的人可都穿着鲜艳的衣服,路边的树都是繁盛碧翠,阳光也都是饱满丰盈,尤其是那里面出现的姑娘,无论哪一个看起来都比自家的这个好得多。

想起这些,这个三十出头的男人便感到彻头彻尾的窝火。当然,这并不会让他更加努力地工作,而只是现在这样:站起身用力地踹翻自家歪斜的小板凳,揪扯着身上沾满油污的工作服,走出门外,去上那让他感到晦气的班。

走出楼道的时候恰好遇上秋叶拎着鸟笼回家,单薄瘦小的身体和他手里的鸟笼一同摇摇晃晃。夏天油腻的风浇在父子二人的脸上,一个惬意洋洋,另一个却恼怒十分。秋叶的父亲扬起手臂便挥了秋叶一巴掌,这个臭小子,成天就知道在外面闲逛,不干点正事。嘴里的酒气尽数喷到秋叶的脸上,秋叶瘦小的身体在原地陀螺似的打了个转儿,脸上的红肿很快鼓起来,显出深入肌表的瘀青。

"这不是小杜嘛,怎么,去上班啊?"像什么事都未曾发生一般,秋叶正了正身形,拿稳了手里的鸟笼,对父亲说道。

"真是个小兔崽子。"男人用力地往地上啐了一口便走,街坊们从窗户里透出来的目光让他感觉十分窘迫。

"路上慢点啊,现在的年轻人,走路都还摇摇晃晃的。"杜秋叶望着父亲醉酒之后摇摇晃晃的身影,稚嫩的手掌扶着他那光洁的下巴,兀自嘀咕道。

几个路过的街坊偷偷笑着从秋叶的身边走过,秋叶却全然没有察觉到那些咧开在唇齿间隐含的刻薄,他只是开心地问候着身边的每一张熟悉的面容。然后稳稳地拎起鸟笼,双唇紧紧噘起来,发出跳跃而蹩脚的声音逗弄着空空如也的鸟笼。

方才看热闹的人群顷刻间安静了许多,漫长的时间里他们已经失去了戏弄这个孩子的乐趣。几个街坊的目光默默地跟随着这个单薄孩子的背影,直到他走进了楼道,逗弄鸟儿的声音也慢慢消退,四周的街坊才收回自己的目光,重新活动起各自仿佛被定格的身体,再次投入到生活的繁重之中。

回家之后,秋叶随便去厨房吃了些已经冷掉的午饭,这已经成为他和母亲之间的一种默契。那个慈爱而善良的女人无法时刻都跟在他的身边,一切都得靠秋叶自己糊弄着,糊弄着每一天的朝夕更迭,也糊弄着身处此地的童年生活。

母亲听到厨房中的声响才从卧室中出来。于她而言,这个家,甚至这个世界唯一的牵挂便是这个刚刚放下鸟笼、嘴里哼着评书的孩子。

"回来了,秋叶?"温和的嗓音轻柔地触抚着秋叶蓬松的头发,轻轻搭在他肩膀上的手掌不知是因为疲惫还是辛酸,感觉柔若无骨。

"嗯,我回来了,这个粥不错。你的那些活儿做了多少了?"杜秋叶大大咧咧地把身子架在餐桌边的椅子上,稚嫩的手掌不觉又触抚着他那寸草未生的下巴。

"做着呢,我先烧壶水,你记得喝水。"母亲知道秋叶又活在他自己的世界之中,便不再多言语。在厨房里的火灶又响起熟悉声响的时候,卧室的门便轻轻打开,然后又轻轻闭合。

秋叶慢慢地喝着眼前这碗已经凉了的粥,不时想起自己那只还关在鸟笼中的鸟儿。于是他省下了一些,慢慢地倒进了鸟笼前那个粗糙的小容器里。这之后,秋叶才心满意足地踱着步子,回到自己的卧室里。

盛夏的阳光开得格外灿烂,也把热度不遗余力地刺入墙壁,不由分说地烤炙着这个干燥的北方小城。身处工厂内的杜军也不例外,单是从自己家走到工厂的这段路就已经让他满身大汗了。拥挤的厂房里虽然多了些阴凉,但也充满工人们的汗臭味和机械运转时聒噪的声音。有很多时候,这些也让杜军感到厌烦。对他而言,没有什么不是令人厌烦的,小餐馆里的酒喝起来永远像是掺了水,吝啬的李老头也从来不允许他赊一点账。有点姿色的姑娘们都开始擦脂抹粉,在主任和老板的目光中摇动着裹在工服里的年轻身体。

"哎,这个世界呐。"杜军走向属于自己的那一堆杂物的时候,忍不住嘟囔道。

"成天神神道道的,不知道怎么还能混在这个厂子里上班的。"细碎的声音在四周的空气中浮动着,机器运作的嘈杂声响碾轧着每个人的神经。这些零碎的言语也能够当做劳累间隙每个人难求的放松。

"杜军,先别弄了,跟我来一下。"一个熟悉却令人厌烦的声音在他的耳边响起,宽厚的手掌拍打在他的肩膀上。杜军不用回头就知道,这是他父亲的至交王大业,也就是这个工厂的厂长。

因为醉酒而有些迟钝的杜军还没从自己的抱怨中解脱,就被这突然出现在自己身后的声音吓得一个激灵,手中刚抬起的东西也随之砸到了地上。金属落地的沉闷声响让厂内的众人都把目光抛了过来,王大业感觉有些窘迫,便再次拍了拍杜军的肩膀,催促他快点跟自己来办公室。

杜军即使脑子再不清醒,也明白了身边这个老人的用意。他跟着身前这个老人的步伐,直到走进了嵌在厂房边缘地带的那一间简陋的办公室里。

"坐吧。"王大业的身子嵌进了办公桌之后,年老之人特有的温和目光缓慢地打量着杜军那张满是酒气的脸。

"有什么事?"杜军的身子陷在一旁小小的沙发上,他视野中的一切都有些摇晃不定。他不知道是因为自己喝了太多的酒,还是这个一成不变的世界要开始地震了。

"我要调任到市里的工厂了。"王大业端着自己手里的茶杯,低下头微微抿了一口。

"调就调呗,你还要向我汇报工作了?"昏昏沉沉的杜军仰着头半躺在沙发上,不明所以地问道。

"我的意思是,你该醒醒酒了。"王大业把茶杯重重地敲在桌面上,他不知道为何面前的这个年轻人总是无法认清自己的处境。

"喝酒不耽误我工作,我只是个搬运工而已。不像您。"杜军阴阳怪调地念叨着,自从自己的父亲去世后,这里的人就再没对自己有过一张笑脸。他早就不想再继续待在这样一个地方了,只是一直苦于无处可去。

坐在办公桌之后的王大业眯紧了眼睛,头微微地向后倾,靠在背后的椅背上。这么多年了,我还是没对得起你啊。王大业不禁心中涌过一阵酸楚,老朋友的音容笑貌仍在他的记忆中间歇浮现。近日的琐碎让他这样一个常年忙于技术和管理的老人感到疲惫万分,他感觉自己已经到了该退休的年龄,到了这个年纪,应该好好收起年轻时候的劲头,好好地回到属于自己的家里,听听戏,带着小孙子到处走走。而他,却仍要调任到市里的工厂中,接受更加繁重的生产任务和技术上的挑战。

"还有什么事情没。没有我还要干活呢。"沙发里的杜军早已不耐烦了,他的父亲离世得早。耳边却又多了一个人没完没了的唠叨。

"你……"王大业睁开眼睛,看着眼前这个五大三粗的男人,老友的痕迹在他那张醉醺醺的面容上依稀可寻。"你要失去这份工作了,你知道吗?"他不知道自己该说些什么,喉咙里似乎有几百条蛆虫扭动着,让每一个出口的音节都呛人心肺。

"我不在乎。"杜军晃晃悠悠地往门外走着,虽然身体仍没有脱离酒精的麻痹,但是他的思绪慢慢清晰了一些。

"你不在乎没事,那你的孩子呢,你的家人呢!"王大业拍着桌子站了起来,他的身体也有些摇晃,不知道是因为愤怒还是疲惫。

"我已经没什么家人了,只有一个臭婆娘,还有一个神经病的傻小子。"杜军朝王大业迈了一步,一双愤怒的眼睛在殷红的眼眶里鼓起来,目光用力地刺向面前的王大业。

"你好自为之吧,我不想和你再说了。"王大业不想直视那双可怖的眼睛,撑在桌面的双臂像是突然失去了力气,他背过身去,缓慢地把手臂抬起来,挥了挥手。

"你也好自为之吧。"杜军说着,用力地拍了一下王大业的书桌,转身拉门而去。

王大业的身体像是泄了气的皮球,慢慢地滑到了身下这张即将不属于自己的座椅上。他又何尝不懂杜军的愤怒呢,自己的父亲身为当时顶尖的技术人员,为这个工厂做了那么多的贡献,也有那么多的牺牲。而自己到了现在这个时候,却每天只能和繁多的重物打交道,日复一日干着劳累的体力活。可是,杜军啊杜军,你若肯学习一点技术也好。这毕竟是国家的工厂,不是我私人的,我能帮你的,就是让你还能留在这里。起码,你还能用这些收入养活自己的家人,起码你还能住进工厂分配的房子里。如果你没有了这份工作,你……想到这些,王大业的身体又乏力地靠在了身后的椅背上,眼皮很快随之垂下,眼前的一切顷刻之间都被温软的黑暗取代。

出了王大业的房间,杜军的心情变得更差了,他并不是不知道如果自己失去这份工作意味着什么,他只是现在不愿理会罢了。

"军哥,麻烦快把下一批要加工的材料拿过来,行吗?"一个年轻的声音在厂房里回荡着。杜军都不用抬头就知道那是新来的孙少康。整个工厂里,现在也只有他才叫自己军哥,对于这点,杜军还是颇有自知之明的。杜军心烦意乱地把刚才摔在地上的那些金属收拾到那辆整日陪伴自己的小推车上,忙不迭地送到了孙少康那边。

孙少康是个招人喜欢的年轻人,不仅活干得漂亮,而且对谁都彬彬有礼。所以,即便是在这里当了这么多年混世魔王的杜军也十分喜欢这个年轻人。李老头的那家小酒馆里,没少得了这两个人醉酒的场景。有的时候,人或许真的在醉酒之后才有所谓的交情,平日里穿在各自身上的外衣都被褪去,孙少康不是那个招人喜欢的优秀工人,杜军也不是那个令人嫌恶的搬运工,他们只是两个醉汉,各自麻痹各自的身心,各自忘掉各自的烦扰,在那些时候,只有喝酒这一件事。

"什么时候下岗啊,军哥?"一旁整理器件的刘英凑过来一张哂笑的脸。

"快了,你过来,我偷偷告诉你。"把小推车里的东西放在孙少康身边之后,杜军对着刘英招了招手。

刘英很快便凑过身去,杜军伏在她耳边轻声说道,"等你妈死了的时候我就下岗啦。"一边说着,沾满油污的粗糙手掌还顺势抓了一把刘英跷起的屁股。

"你妈才死了呢,没用的臭流氓。"刘英的身子很快从杜军的臂弯里闪开,对着地面狠狠啐了一口。

"军哥,你俩说些什么呢。"一旁操作着机床的孙少康头也不回地问道。

"请我喝点酒再告诉你。"杜军留下一个神秘莫测的笑容之后便转身离开了,他听见自己的名字又在别的地方响了起来。

"小孙,你怎么和这么个没出息的东西玩得这么近。"一旁怒气冲冲的刘英对孙少康说道。

"刘姐你这话说得不对,人不能只看一时的。我看啊,军哥现在待在这里就是屈才了。指不定日后会有一番不小的作为呢。"孙少康说着话,手上却一直没闲着,机器很快便发出了运作时候熟悉的噪音。

这个时候,杜秋叶又开始了他漫无边际的闲逛。饱满的阳光蒸着大地,杜秋叶知道这个时候正是去市场的最好时机。那些牙尖嘴利的摊贩只有在这个时候才会稍稍失去讨价还价的耐心。

来到市场上的杜秋叶微微皱了皱眉头,巷道里的鱼腥和蔬菜发霉的气味搅拌在稠密的空气里。破败的菜叶点缀在井盖的缝隙间,看起来如同姑娘头上戴着的蹩脚的花。刚过正午时分,摊贩们的叫喊都少了些力气,软绵绵地趴在空气中蠕动着。杜秋叶拎着菜筐,一家一家走过去。摊贩们看见这个瘦小的身影,纷纷收敛了自己的叫卖声,谁也不愿意将自家的菜贱卖给他。和杜秋叶谈买卖是这一条街上令所有人都头疼的事情,往往和他几回合的讨价还价之后,自家菜卖出去的价格可以说是稳赔不赚。不过,杜秋叶已经习惯了遭受这样的对待,于他而言,他又何尝不明白这些摊贩的艰辛呢,只是自己却并非是那个有余力帮助他们的人。生活对于自己而言,同样也充满了艰难。

杜秋叶一路想着自己喜欢吃的那几样菜,目光在四周不住地扫动着。随着在这条小巷中越走越深,他也逐渐开始和四周的摊贩厮杀。他说起话来是那种中年女人吵架似的调子,声音时而高昂地气势汹汹,时而委屈地低回百折。整条街上没人拿他有办法,只好按照他的意思把自家的菜贱卖给他,不过也好在这个时候能出来买菜的人并不多,并不会让旁人用同样的方式从自己的手里抢走自己的菜。

漫长的时间如果分割成破碎的日月,那么每一次朝夕更迭的短暂便如同一次仓促的喘息。生活的繁杂总是浩浩荡荡在我们的面前铺展,却又总是在倏忽之间匆碌敛合。时间很快到了日落时分,杜秋叶早已在家里等着简单却令人满足的晚饭。孙少康忙着手里最后的那点活儿,等着晚上和杜军一同去李老头的小酒馆里好好地喝几杯。王大业收拾着自己的大衣,疲惫的身体从工厂离开的时候不像是这个工厂的厂长，而像是一个刚刚下岗的工人。刘英把手头最后的一点器件分类装进宽大的塑料盒里，再用标签依次贴好之后终于长长地舒了一口气，庆祝一天工作结束的同时也在哀愁着另外一天很快就要到来。可无论怎样，当工厂内的大钟缓慢敲响了六声之后，工厂这一天所有的内容也就全都结束了。

"少康，晚上一起吃个饭吗？"刘英结束了手头的工作之后并没有急着离开，站在孙少康身边等了一会之后，问道。

"这个，今天先不用了吧，我和军哥约好了，我们一起出去喝点小酒，聊聊天。"孙少康有些反感别人叫自己的时候略去姓氏，这让刚刚从学校脱离的他感到一种别扭的亲昵。虽然自己来这里的时间不长，但是和这个只比自己大两三岁的姐姐朝夕相处也有了一段日子，刘英的心思他不可能不知道，但是每当孙少康自己觉得要做些什么的时候，又总感觉两人之间缺少了什么东西，一些至关重要的东西。所以孙少康不愿意让自己过多地想起和刘英有关的事情，即便是一丝一毫都会让自己的心情无比烦乱。他现在每天惦记的事情就是隔三岔五和军哥去李老头的小酒馆里喝点酒，趁着半醉不醉的时候说点疯言疯语。

"那好吧，我们有空再……"刘英站在一旁看着失神的孙少康，失落的语气像是一根有力的井绳，把她的头也缓缓地拽地低了下去。

"嗯，等忙完这阵子的工作，我一定请你出去吃个饭。我们可是高效率的搭档啊，你说对吧，刘姐。"孙少康终于将自己的视线从机器上移开，随着转动的身体降落到刘英失落的面容上。

两个人的目光近距离地相对，属于年轻的羞涩和热烈在两个人望向彼此的双眼中散发着柔和的温度。涌动的情感却在两个人的嘴里失语，谁都没有说话，在默默对视了一会儿之后，便各自散去。刘英追上了下班的众人，走在了返回宿舍的路上。孙少康则很快找到了站在工厂门口的杜军，杜军是知道孙少康的一些习惯的，这个年轻人什么都好，但就是不喜欢行走在人群当中。所以每次工人们听到钟响，争先恐后地逃出工厂的时候，孙少康只是默默地待在那台机器旁边，看着一个个的参数，算着每一个器件加工的流程。王大业在工厂进出的时候，时常默默地注视这个年轻人的背影，他有的时候想，如果杜军年轻的时候能这样就好了，凭着他的关系，杜军只要稍微有点能拿出来的成绩，这个时候起码也应该当上个主任了吧。可很多事情愈是幻想便愈加感觉到现实的不堪，杜军这一晃，已经在不知不觉之间混了十多年的日子。

天光逐渐沉没，喧闹的小城披戴着暮色的纱带逐渐陷入静默，李老头的小酒馆里孙少康和杜军对坐无言，杜秋叶吃罢晚饭后又拎着鸟笼外出散步。刘英吃着从市场上买来的饭菜，和一旁同住的工友聊着一天当中所有的生活杂碎。

这是1995年的6月22号，夏至。

2.

索然无味的生活在三天之后迎来一场不小的波澜，王大业正式卸去厂长职位，调任市里。副厂长陆扬德接任厂长。工厂因此罕见地停工一天。送行仪式简单却用心，全体员工都还穿着工作时的工服，或站或蹲地聚集在工厂门口。自然，这一行人当中并没有杜军，接任工作的陆扬德特意给他放了两天假，一是因为送别老厂长，他不希望发生什么不愉快的事情。二是因为第二天县委书记要来考察，杜军在场也显得不怎么合适。

王大业在众人懒散的注视中现身，他缓慢地开始自己的讲话。虽然内容仍旧是讲话的那老一套，但王大业今天却感觉分外感伤，一字一句中渗出自己对这个小地方几十年的深重感情。他心里也明白，自己身旁的这些人或许不能理解此刻的自己，他们的投向自己的目光里除却对升官发财的羡慕再无他物。可这一切对他而言却并非如此，于他而言这是一场离别，他第一次感觉自己变成了一个漂浮无根的游子，即便他已经年将耳顺。

一开始，王大业先总结了自己就职期间工厂的发展状况，不外乎什么没有辜负党和国家的信任，顺利地完成了每一年的生产指标。紧接着又提起了自己当年和挚友也就是杜军的父亲初来乍到的时候，条件如何艰苦，资源如何紧缺，勉励现在的工人们，条件好了要更加认真地工作，更加把生产任务当做是国家的任务，不能有丝毫的倏忽和懈怠。这些都说完之后，王大业顺势夸了夸新厂长陆扬德，相信工厂一定会在他的带领下作出更好的成绩。这些全都说完之后，王大业看着自己身旁这些已经厌倦的年轻人，只好轻轻地叹了口气，转身钻进了一辆漆黑的轿车里。工人们只感觉休息的轻松，穿着工服在街上顺势散去，这个小镇的白天对他们而言似乎分外陌生。平日里，厂房内昏暗一片，厂房外却是一片明朗，晚上偶有加班的时候，厂房内是倾泻而下的光线，厂房外却陷在一片浓重的夜色里。时间对他们而言仿佛总是浸渍在巨大的暗影当中，从而缺少了太多的光亮。

杜军这一天过得十分窝火,早上他从李老头的小酒馆里醒来,刚到工厂就发现陆扬德站在门口,他并没有意识到新上任的厂长是在等着自己。两人稍一擦肩,杜军便被陆扬德一把拽了回来。"小杜啊,你这两天先回家里休息两天吧,厂里要做些调整,工作可能要放停两天。"当时有些醉熏的杜军并没有在意这些话内在的含义,只是点了点头便打道回府。他是到了中午的时候才知道王大业已经调任市里,陆扬德成了新的厂长。因为住在ZT的家属区里,很多事情打听一下便能明白个七八分。因为住在工厂的家属区里,很多事情打听一下便能明白个七八分。杜军憋着火在家里吃完了午饭之后,一头便栽进了卧室的床铺里,还没等方琪收拾好碗筷,呼噜声就已经排山倒海一般地响了起来。

杜秋叶在两人吃完饭后才回到家里,他把鸟笼轻轻地放在门边的地上,身形一转便溜进了厨房里。他对独自享用午餐表现出巨大的满足,仿佛这是他一天当中为数不多的享受。这一天对他而言十分难过,他不知道街道上为何挤满了穿着工装的工人,原本只属于自己和鸟笼的清净变得混乱嘈杂。路边的每一扇窗户收起了平日里的温文尔雅,污言秽语从空气中的各个角落探出猥琐的身形。不说这些,单是被那些散发着浓重汗臭的身体挤来挤去,就让杜秋叶和他的鸟笼度过了一个颠簸的早晨。这些人可不懂得和杜秋叶交往的规矩,所以杜秋叶的唠叨也无人理会。此时喝着粥的杜秋叶心里只有一个想法:这个世界要乱了。工人们不在工厂里做工,却在街道上无所事事四处游荡。年轻人不理会老人的劝诫,继续着嘴里的污言秽语和身体的粗鲁行径,丝毫没有人理会自己这个年事已高的老者。

"这个世界要乱套了啊。"放下碗的杜秋叶顾不上擦嘴,便深深地叹了一口气。他颤颤巍巍地走出厨房,怜爱的目光温和地照射着门口的那个鸟笼。一个上午的遭遇让他觉得十分难过,现在他开始同情起鸟笼里那只并不存在的鸟儿来。他想,这个房子里应该有一个放鸟笼或者挂鸟笼的地方。鸟儿的生活应该有些高度,而不只是在这视野狭隘的地面,正如他自己一样,不知不觉之间已经到了这般衰老的年纪。

"或许应该对这些年轻人宽容一些,谁又没有年轻过呢。"身形单薄的孩子操着沧桑的语调兀自嘀咕道。

有关世界是否会乱的烦恼还未褪去,那副瘦小的躯体便在卧室的小小床铺上陷入了睡眠。杜秋叶刚刚睡去,杜军便从昏沉的睡梦中醒了过来。口渴的感觉驱使他很快地将自己的身体挺立起来,他看了一眼坐在床边做着针线活的方琪,什么话都没说只是沉闷地哼了一声,便径直下床走出了卧室。这个下午,他可要好好地找陆扬德找个说法,虽然他知道自己没有给人留下一个太好的印象,但王大业调离的事情竟然还还要瞒着自己,他无论如何都不能理解。

走出家门的时候,正迎上午后灿烂的太阳,热量密集地烧灼着杜军裸露在外的胳臂。杜军越发觉得恼怒,王大业好歹算是自己父亲的至交,就算自己再如何不争气,也不应该连走的时候也不打个招呼。还有这个陆扬德,本来还纳闷为什么一大早就在工厂门口迎着自己,原来是害怕自己搅了场子。

气恼的杜军很快走到了工厂的门前,在他还未意识到自己的步速竟然变得这样快的时候,他便发现了工厂此刻剩下的只有闭锁的大门和悬挂其上的铁锁。无奈的他只得转身离去,很快便晃悠到李老头那家小酒馆的门口,只是现在里面坐满了裸着膀子的工人,来之不易的休息让众人疲惫麻痹的身体开始恣肆地放纵。杜军在酒馆门口呆立了一阵之后,便无奈地转身离去,健壮的身体在炽热的街道上无力地晃动着。

杜秋叶在这天下午也罕见地没有出门,他瘦小的身体虽然不知道为何今天外面的世界和平日里不一样,但他有一种感觉,外面的街道不适合自己。不能在屋外玩耍对一般的小孩子而言无疑是一种巨大的磨折,但对杜秋叶而言,无论身在何处,他总有自己的秩序井然的世界。此刻他坐在窗边,眼前是被阳光漂洗得发白的街道和房屋,视野所能及的地方仿佛都安插着小小的棱镜,把热烈的阳光反射成细长的剑锋刺入眼睛。倚靠在窗边的杜秋叶眯紧了自己的眼睛,拎着死鱼的老妇人拖着沾满了污泥的塑料拖鞋啪嗒啪嗒地击打着地面,孤单的孩子又灵巧地追逐着皮球,穿着破旧西服的中年男人拎着公文包满面阴翳地站在灿烂的阳光里,拎着鸟笼的老翁一边颠簸着自己的脚步一边逗弄着笼子里的鸟儿,偌大的世界中似乎只有杜秋叶的眼前是从来没有改变的景象。

这一天的夜晚很快降临,杜军没有找到孙少康,只得独自在李老头的小酒馆里喝着闷酒,杂乱的事情由远及近波浪般涌来,令他烦躁不已。杜秋叶在小小的窗口边度过了一个燥热而漫长的下午,此刻坐在方桌边,和母亲方琪吃着简单的晚餐。母子二人的身影在灯光下显得干枯而憔悴。二人还没有吃完饭,就听见楼道里响起了沉闷的碰撞声,他们不约而同地放下碗筷,走到了自家的门口,发现对门的那家男主人正汗涔涔地站在楼道里,身旁是一个破旧的大衣柜。

"怎么了,这是?"方琪看着衣柜后面的半张脸,问道。

"搬家呗。"男人抬起手抹一把自己的脸,气喘吁吁地说道。

"怎么这个时候搬了?"方琪转身望了一眼自家的钟表,发现已经快要七点钟。

"有一家人要住过来,领导让我们这两天搬干净。刚刚通知的,你说,这不是折腾人吗。"男人有些抱怨地说着,他一边说着,还不忘掏出自己的BB机在方琪的眼前晃了晃。

"叔叔,您吃饭了吗?我们正在吃饭,要不要一起吃点?"一直站在方琪身后的杜秋叶突然探出头来,一脸稚气地问道。

"哎呀,这不是秋叶嘛。不用了,我们的秋叶真是越来越乖了,叔叔谢谢你。"男人说着,伸出手轻轻地抓了抓秋叶头上柔软的头发。

秋叶受惊般缩回了自己的脑袋,只狡黠地露出一只玻璃般清澈的眼睛。

话音未落,一个喘着粗气的男人便走了上来,对门家的男人对着方琪和秋叶微微点了点头,便不再多说什么。他蹲下身去,和刚刚上来的那个男人合力将衣柜举起,缓慢地向楼下走去。

关上门之后,杜秋叶又回到桌边吃着属于自己的晚餐,方琪却有些恍惚地倚靠在门边,在杜秋叶几声叫唤之后才缓过神来,这个单薄的女人无疑又开始为自己的家庭担心:一个脾气暴躁而没有本事的丈夫,一个精神不正常的儿子,还有身体虚弱只能做些零活的自己。一个新的邻居对于自己这样的一个家庭而言无疑是一种挑战,相处中的每一个细小内容,在稍作改变之后都会麻烦百出。方琪不知道自己能做些什么,实际上她知道自己什么都做不了,只能祈祷新来的这一家人足以和自己这家相互兼容。

杜秋叶并未察觉到母亲脸上的愁容,他如平日一样吃完了饭,把筷子整齐地放在碗的边上,便又钻进了自己的小卧室里。于他而言,没有比这个小屋子更适合自己的地方了,别人看来这或许如同一件囚室,但是对于秋叶来说这里无异于一个温暖的蚕茧。他一个人在这里,感觉到安静,也感觉到平和。

厨房里很快响起了碗筷碰撞的叮咚声。一天漫长如此,却又倏忽即逝。暗蓝的远天逐渐隐匿了夕阳的光华,徘徊的云朵沾染了浓稠的墨汁,只稍一挥毫,便使得这个世界陷入昏沉的睡眠。

3.

翌日,杜军像往常一样在李老头的酒馆里醒来,用木板凳拼起来的床实在算不上舒适,杜军感觉自己浑身僵硬地疼痛着。不过这些于他来说都算不上什么,他先去洗了把脸,再简单地漱了漱口,敷衍地结束他这一天的清洁。然后,他再把前一天的酒钱结算,这是他和李老头的默契,杜军从来不在自己喝醉了之后结账,因为他总觉得李老头多算了钱;李老头呢,他也从来不愿意同喝醉了酒的算账,所以两人只得将这些事情放到第二天来解决。

理清了这些琐碎的事情之后,杜军发现时间差不多了,便出门向工厂走去。杜军可不打算就这样老老实实地放假在家,他不是不明白王大业走了之后,自己能继续待在工厂中的时间已经不多了。他不会任由自己这样慢性死亡,他至少要做出点事来,为自己保住这份养家糊口的工作。

来到工厂的时候,正碰上陆扬德在做简单的讲话,无非就是要让大家打起精神,用最好的面貌来迎接领导们的视察工作。虽然升为厂长,但是陆扬德心里又何尝不是忐忑万分呢:王大业在的时候,自己只要跟着王大业走就行了;现在,自己刚走马上任,就迎来了县委领导班子的视察,他只能重复着平日里的那些要求,让大家做到最好。杜军还没走进工厂,便听见了陆扬德那个令人厌烦的声音。

"杜军,你怎么来了。"杜军刚进工厂一步,陆扬德的声音便追了过来,杜军没有理会,兀自向自己工作的地方走着。

"那么大家就开始干活吧,多留点心。"陆扬德直接结束了自己的动员工作,脚步匆忙地朝着杜军走了过来。

"不是说你今天放假吗?"陆扬德在杜军的身边停下脚步,气势汹汹地问道。

"大家都在工作,我怎么可以放假呢?现在都讲究平等了,不能搞这个特殊。"杜军板起脸,不慌不忙地说道。

"你……"陆扬德伸着手指着杜军,咬牙切齿却又吐不出一个字来。

"我要工作了,请不要影响我了。"杜军转过头去,不再理会身旁愤怒的陆扬德。

"你跟我来一趟办公室。"陆扬德并没有就此离开的打算,反而是放缓了语气,显出一副气定神闲的样子。

"嗯,知道了,等我送完这些东西我就过去。"杜军应了一声,推着分拣好的钢材便走向了孙少康所在的机床旁边。

陆扬德有些错愕地看着渐渐走开的杜军,一时间竟然不知道该做些什么。

"哥,你今天怎么来了,刚才厂长还说你请病假休息了。"孙少康有些疑惑地对走过来的杜军说道。

"没啥大毛病,我就过来了。毕竟不能耽误生产嘛。"杜军一边说着,一边把推车上的钢材整齐地堆放在孙少康的身边。

"行啊军哥,你这是带病上岗啊,是不是能领点补助啥的。"孙少康停了停手里的活儿,坏笑着凑到了杜军身边,帮他把钢材从小推车上搬下来。

"还带病上岗呢,我看啊,他是趁着还没下岗多来几次,免得以后想来还没有机会了。"在一旁清洗模具的刘英声音尖细地说道。

"刘英,你这是说什么呢。"孙少康不明白为何刘英的嘴对杜军总是这样刻薄。

"说句大实话而已。"刘英听着孙少康对自己有些不满的话,只得转过了身子,当自己讨了个没趣。

"我这是不耽误生产。为了给国家做贡献,我一个人生点病算什么。"杜军义正言辞地说着,一边说一边心里还想着幸好以前每次王大业讲话自己都在,这些话说起来还真是亮堂堂的,整个人好像都多了些底气,仿佛自己真的是为了给国家做贡献一样。

刘英背对着杜军,气得嘴唇都颤了颤,闷闷地哼了一声,没有说话。

"行了,好好干,今天有大人物来。刚才那小子叫我过去,我得先过去一趟。"杜军和孙少康搬完了推过来的钢材之后,杜军挤弄着眉眼对孙少康说道。

孙少康顺着杜军挤弄眉眼的方向看了过去,不觉轻轻地笑了起来。

"走了,过一会儿再给你送。"杜军发觉孙少康明白自己所指的"小子"之后,自己也推着推车回到了堆放钢材的地方。稍微整理了一下自己的工服之后,杜军便走向了陆扬德的办公室。

直接将门推开之后,杜军便直接坐在了陆扬德那张办公桌对面的沙发上,双眼看着坐在办公桌之后的陆扬德。

"你知道今天是什么日子,对吧?"陆扬德翻看着桌面上的文件,并没有对上杜军略带挑衅的眼神。

"当然知道,县委书记来视察嘛。"杜军优哉地跷起了二郎腿,气定神闲地看着陆扬德。

"那你为什么还来,不是说给你放假了吗?而且不会少算给你一分钟的工资!"陆扬德将手中的文件重重地合上,愠怒地瞪着这个让自己毫无办法的杜军。

"既然领这一天的工资,我自然要工作,不然无功不受禄啊。"杜军做出一副受宠若惊的样子,让对面的陆扬德更加气恼。

"你现在走还来得及,现在不是王大业在这儿的时候了,我劝你还是活得明白一些。"陆扬德扶了扶架在鼻梁上的眼睛,镜片后的双眼褪去平日里的温和儒雅,变得凶狠而毒辣。

"我活得明不明白我不知道,我只知道一件事,这里的人员调动,你说了不算。"杜军也不示弱,倚靠在沙发上的身子向陆扬德的方向倾了倾。

"你既然来了,也不愿意走,那我也就不强人所难。"陆扬德说着便收回了自己凶狠的目光,一席话说完之后便轻轻地摆了摆手,示意杜军可以走了。杜军起身离开之后,陆扬德忍不住揉了揉自己的太阳穴,这是他上任之后第一次迎接上级的检查,如果出了什么差错的话,自己的这个位置估计也坐不长了。不过,如果是杜军出了什么差错的话,或许正好可以……转念一想的陆扬德嘴角皱了皱,身子轻松地在沙发间陷下去。

"厂长,县委书记的车快到了。"陆扬德留在工厂门口的一个工人气喘吁吁地冲了进来,不由分说地打断了正在半睡半醒之间的陆扬德。

"这么快?"意犹未尽的陆扬德抬头看了一眼挂在墙壁上的时钟,发觉时间尚早,不禁有些疑惑。

"可是我真的看见车子了,现在应该已经快到工厂门口了。"站在办公室门口的那个年轻人抬起衣袖擦了一把前额的汗水,在额头上留下一道漆黑的油污。

"好吧,你赶紧去工作吧,我去看看。"陆扬德有些厌倦地挥了挥手,他可没想到上任的第一天就如此坎坷,先是杜军这个刺头,再是县委书记提前到访。他一边按压着自己的太阳穴,一边走出了自己的办公室。

先出来的杜军并没有直接回到自己的岗位上,而是直奔厕所,在确定这个时候没有人来的之后,杜军迅速地脱下了自己身上的工装外套,露出一件破旧的军绿色背心。杜军没有多想,很快拧开了面前那个用以涮洗拖把的水龙头,此时杜军的脸上露出一丝狡黠的笑意,他很快又把身上那件军绿色的背心脱了下来,放在水龙头细小的水流下润湿了胸口和后背的部位,然后再穿到了自己的身上。

回到自己岗位上的杜军把外套晾在一旁,默不作声地分拣着钢材送到各个运转着的机床附近,他从未发觉自己的工作原来是这样琐碎的一件事情,以前的日子似乎在浑浑噩噩间那么轻松地就度过了。

陆扬德刚走到工厂门口,几辆黑色的车子便在自己的身前停了下来,前来考察的一行人纷纷从车上下来。打头的便是县委书记,跟在他身后的除了秘书之外,还有几个县委常委,剩下的人,陆扬德就不认识了,不过看起来似乎也有些来头。

"哎呀,王书记,没想到您来得这样早。有您这样勤恳的书记,看来这个县的人民有福啊。"陆扬德快速地打量了一下这一行人,便一边说着一边赶紧伸出手去,和王书记的手紧紧地握在了一起。

"一日之计在于晨嘛,如果像你我这样的人稍有懈怠,那么还怎么对得起上面的信任呢?"王书记笑眯眯的,陆扬德却感觉自己的脊背涌过一阵寒流,眼前这张和蔼的面容上似乎有着不怒自威的力量。

"王书记说得对啊,我们可不是应该享清福的人,无论到哪里,也无论在什么位置上,都应该努力工作。"陆扬德不知道该说些什么,只得顺着王书记的话接着说下去。

"有这样的认识就对啦。那我们进去看看吧。"王书记松开了两人缠在一起的手,眼睛向厂房内瞟了一眼,其中的含义不言自明。

"那是自然。您看,会议室在这边,所以我们先从那边开始,一趟走下来,您再总结一下,您看怎么样?"

"既然陆厂长都安排好了,我们也就恭敬不如从命啦。"王书记笑着对身后的人说道,身后的一行人也跟随着笑了起来,只不过他们大概都不清楚自己为何发笑。

"请吧。"陆扬德微微倾了倾身子,手臂在身前简单地展开。

一行人随着陆扬德走进了厂房内,闷热的气流很快将这些穿着衬衫打着领带的人紧实地包裹,还没走几步,一行人的身上便已经渗出了细密的汗珠。陆扬德走在前面,从工厂最西头的那个机床开始,一边说着工厂的近况,一边回答着王书记的一些提问。

杜军眼尖,在这一行人刚刚进入工厂的时候杜军便意识到视察的那一行人或许已经到了。他心里一紧,明白这是他能不能继续在这里工作下去的关键时刻了。他挑拣好钢材,努力地维持平时的步子向王书记正在视察的方向走去。

"材料。"杜军低低地叫了一声,打断了操作机床的那个技术工人和王书记的谈话。

"啊,军哥,书记那个……我先……"年纪不大的技术工人显然有些紧张,他可不知道杜军怎么会这个时候把要用的钢材送了过来,平日里这个人可是叫都叫不动,今天竟然变得如此主动了。

"好,你们先工作。"王书记随和地摆了摆手,示意两人不用在乎自己。

杜军把钢材整齐地放置在机器的旁边,也不多话,放完之后只是对着陆扬德和书记稍稍点了点头,推起小车便将要离去。

"等一下。"王书记瞥了一眼杜军背心上的汩湿,声音在杜军的背后响了起来。"你长得倒是很像我一个老朋友的样子啊。"说着,王书记便把手向杜军伸了过来。

"啊……是吗?"杜军有些愕然,不过还是很快地反应了过来,伸出了自己沾满油污的手,和王书记潦草地握了握。

"陆厂长,你对老杜还有印象吧,你别说,他和老杜还真像。"和杜军握完手之后,王书记转身对站在自己身后的陆扬德说道。

"书记,实际上,这就是老杜的儿子。"陆扬德听书记都这样说了,只得实话实说。

"哦?这是老杜的儿子啊。"王书记有些惊诧地说道,他重新打量了一下杜军,又有些疑惑地说道,"不过,你怎么做起了这个呢。"王书记从王大业那里知道老杜的儿子也安排在工厂里上班,这么多年却并不知道当年那个技术领头人的儿子只是一个搬运工啊。

"不学无术呗。嘿嘿……"听到王书记这么说,即使是杜军也感到有些不好意思,沾着油污的手掌不好意思地挠着乱蓬蓬的头发。

"好好干,其实无论做什么,只要能吃苦,都能实现价值。"王书记还想说些什么,却又咽了下去,只得说了些不痛不痒的话。

杜军突然间失语,看着王书记那张诚恳的脸,只是轻轻地点了点头,便推着那个空荡荡的手推车朝自己的岗位走去。偌大的工厂里,所有的嘈杂对杜军而言都变得静谧无声,杜军木然地向前走着,感觉自己结实的身体突然变得空空如也。

"我可能做错了很多事情吧,或者说从来都没有做对过。"杜军不知道自己为何会想到这些,感觉就像是往可口的甜品里注入了一剂毒药,甜腻的麻痹之后,那些致死的芬芳也随之深入体内。

"我们继续往前看看吧。"陆扬德表情有些复杂地对书记说道,他总感觉今天怪怪的,书记怪怪的,杜军怪怪的,自己也怪怪的。

"嗯。"看着杜军背影的王书记回过神来,跟着陆扬德继续向前走。

回到岗位上的杜军恍惚了一阵,感觉自己背心上那些被水打湿的地方传来阵阵凉意,他似乎意识到自己曾错过了什么东西,但是又无法确切地说明究竟错过了什么。

时间在杜军的挣扎中一晃而过,王书记一行人已经走到了会议室的门口,杜军也略有昏沉地送了几次钢材和工件。所有想象中的漫长似乎都在众人尚未察觉时候倏忽而过,工人和往常一样在心里抱怨着苦累,杜军也和往常一样,麻木地将钢材搬来搬去,整个工厂内似乎什么都没有因为王书记这一行人的到来而发生改变,除了此刻正在拉开会议室大门的陆扬德。

会议室内昨天陆扬德专门留了人打扫,这个平时如同废弃仓库一般的房间今天却如同将要出嫁的姑娘一般,除了纤尘不染之外还多出一丝妩媚的味道。一行人坐定之后,王书记环视一圈便对陆扬德说道,"怎么样,这个厂长的位置感觉重不重?"

陆扬德一时没反应过来,不知道王书记怎么会问出这样的一个问题,他仔细想了想之后才有些犹豫地答道,"王厂长在任的时候为这个工厂打下了很好的基础,从这方面来说,感觉并不重。但我刚刚上任,很多问题和事情还需要继续探索,工厂在未来还需要更好的发展,从这方面来说,我时刻都感觉很重。"

王书记一边听着一边眯着眼,微微扬起的笑意让他的表情难以琢磨。陆扬德不知道自己说得如何,手里攥出一把冷汗。

"从各个方面来看,工厂的一切还是很不错的。能看得出来,老王确实给这边打下了一个很好的底子。说句实话,大业的离开是我们都不愿看到的,我们不仅仅失去了一个好的技术人才,也失去了一个楷模,一个榜样。"王书记嘴里一边嚼着这些索然无味的话,一边打量着陆扬德脸上的神色。其实他本身没有想到陆扬德会给自己一个这样的答案,这样的话自己不知道听到过多少,从自己刚进入行政机关以来,无论是上面的人还是下面的人,说起话来总是这样的一个腔调。

"是啊,不过我会尽自己作为厂长的职责,努力把工厂带得更好。"陆扬德看着王书记的神色,只能用这样的话敷衍着。

"嗯,我欣赏老王,不代表我不相信后起之辈。老王那样的人才,也不可能一直留在这样一个小地方,大人物往往需要大的舞台。但我们这些身在小舞台的人们,也不能坐井观天啊,要时刻向我们的楷模看齐,要时刻以前人的精神鞭策自己。你说呢,陆厂长。"王书记说完这些费力的话,突然感觉有些渴,端起桌上的茶杯小小地抿了一口。

"是啊,王厂长给我们留下了好的基础,也把未来留给了我们啊。"陆扬德越听王书记的话越觉得绵中带刺,说起话来都开始有些磕绊。

"这个茶不错,陆厂长是从哪里买到的?"王书记刚抿了一口便觉得这茶价格不菲,况且自己也没听说过这个小县城有什么可以成为特产的茶叶,所以王书记说出的话虽然不痛不痒,但是看向陆扬德的目光却陡然尖锐了许多。

"啊,这个,这是我从家里带来的茶叶,过年时候买的龙井,放在家里一直没喝。"陆扬德心里一惊,昨天他还专门把这个茶叶从自己的家里找了出来,心想没准能对上书记的胃口,没想到自己的作风问题都开始被怀疑了。

"陆厂长不用担心,我只是觉得这茶叶与我平时喝的大有不同,所以才问一下。还有,老郑啊,等一下把厂里的账本收一下。陆厂长,不好意思,这是我们的例行任务,虽然现在时代不同了,国有企业也各有各的出路和发展,但是账我们还是要看一下的,老王在这儿的时候我们也是如此。"王书记说完,又低头抿了一口杯中的茶。

"好的,等一下我们就去收。我想,这应该没有什么问题吧。"一旁的一个中年男子应声说道,眼镜之后的双眼也向陆厂长这边刺探而来。

"这当然是没有什么问题,我们是国家的企业,自然要经得起国家的检验。"陆扬德一边说着,一边示意身旁的秘书去做一些准备。

"我也要保证我的工作经得起国家的检验。"王书记笑着说道。

"时间也不早了,王书记,不如我们……"陆扬德看了一眼会议室的钟表,发觉时间在不知不觉当中已经临近下班的时间。

"好,蹭吃蹭喝可是我王某人的一大特长。"王书记也看了一眼墙上的钟表,他站起了身子,还不忘一仰头把杯里的茶水一饮而尽。

一行人走出工厂的时候,工厂内的所有员工都忙着结束这半天的工作,中午短暂的休憩,无论是简单的食物,还是廉价的劣等酒,对他们而言都是无法取代的享受。所以,这一行人走出会议室的时候,所有的人又变得紧张兮兮,一个上午的劳累使得他们近乎忘却了这一行人存在。

工厂的门口,王书记和随行人员上了各自的车子,陆扬德也上了工厂的车子,他们的目的地是县里的人民饭店。这是县城里唯一能和李老头那种小酒馆区别开来的饭店,装修说不上豪华,但至少明净亮堂,所有的菜品看起来也光鲜一些。来这里光顾的人并不是太多,所以一些接待便成了这里的主营业务。这个年代,餐饮在这种小地方实在是一种不太稳定的营生,没有谁能像李老头那样每晚都有一个杜军那样的顾客。但是,一个地方又不能没有一家像样的饭店,这样的境况就催生出了现在的这家人民饭店。

陆扬德从车上下来的时候,难受得扯了扯黏在身上的衬衫,松了松勒在脖子上的领带,他现在恨不得自己变成一个普通的工人,让这些难受的事情都回到王大业的身上。走进大门之后,陆扬德很快收住了心中的这些怨言,他看见了正坐在大厅内休息的王书记一行人。

"王书记,不好意思,车子年久失修,跑得慢了些。"陆扬德赶紧走过去,生怕有了些许怠慢。

"这没有什么关系,只要我们最后到达同一个地方,快慢又有什么关系呢。"王书记说着便从沙发上起身。

"说的是,跟我来吧。"陆扬德觉得这当大官的人就是不一样,说出来的话就像是好茶或者好酒,你不能咕噜咕噜地往下咽,得慢慢地品。

王书记随着陆扬德步子一起向前走着,跟随的一行人则隔了一段距离跟在两人的身后,这也是一个大家都心照不宣的规矩。这也是王书记一贯的做事风格,先以个人的角度和对方交换意见,然后在通过集体讨论。这本无可厚非,只是一些流言蜚语不得不防,王书记只能在这样的空隙说一些比较关键的问题。

"陆厂长,那个搬运工以后有什么安排吗?"王书记显然对杜军印象深刻,毕竟在他的印象中很少人能么自然地说出"不学无术呗"这句话。

"王书记怎么突然问起他了?"陆扬德突然有了一种不好的预感。

"关心一下。这也是工作的一部分嘛,了解我们的工人,才能更好地领导我们的工人。"王书记虽然不喜欢说这种听起来冠冕堂皇的话,但不代表他不会说。

"这个啊,对他的安排,我们工厂的领导层计划过一段时间让他离厂。"陆扬德只能对王书记实话实说,反正真要提出人事变动的话,还是要上报给王书记。

"下岗?"王书记问道,语气中的疑惑有一些不满的味道。

"如果非要这么说的话,是这样的。"陆扬德擦了擦额前的汗,在他看来,弄走杜军这件事从王书记的这句话之后便变得困难了许多。他不知道这个浑小子杜军什么时候和王书记有了交情。

"我觉得吧,我们不能埋头只顾发展。如果一味地谋求发展,谋求更大的利润,那其中的很多作为会让人寒心的。我之所以这么说,是觉得我们的很多工作确实有欠缺。老杜是和我一起过来的人,那个时候日子过得苦啊,我们两个也一直挺过来了,现在日子好了,老杜却没了。怎么说,也不能让他的儿子也这样掉下去啊。"王书记说着,却丝毫没有注意到身旁的陆扬德已经换了好几种面色。

"那您的意思是?"陆扬德自然知道这其中的利弊,他虽然讨厌杜军,但犯不着为了他和王书记弄出什么不愉快来。对于这点,陆扬德还是有分寸的。

"我觉得吧,不如把生产和杂务分开来,专人专事嘛。这样不仅能提高生产效率,也能给杜军一个舒服点的位置,你觉得呢?"王书记说到这里,突然停住了脚步,眼镜后的双眼突然带有了一丝胁迫的意味。

"既然您说了,那我回去就这样安排。"陆扬德点了点头,心里却骂着杜军这小子竟然也有升官发财的这一天。

饭店并不大,陆扬德语音刚落的时候一行人已经走到了包厢的门口,王书记和陆扬德一前一后,随行的众人也随之跻身而入。

工厂下班之后,杜军灰溜溜地从工厂溜走,在这样平淡无奇的一天,他突然感觉自己失去了太多的东西。麻木的生活似乎剥掉了他对整个世界的反应,这个时候,他才发现自己是这样急迫地逃往李老头的那个小酒馆。

孙少康下了班之后就一直在找杜军,可是他把整个工厂都找遍了也没有发现杜军的身影,他看着空荡荡的ZT,摇了摇头,走上了自己回家的路。

人民饭店那里,在王书记的带动下,这一桌沉闷的午宴终于有了些活跃的起色。众人开始举杯共饮,却都不敢贪杯。一些工作上的事情,部门间的纷争,在这种时候得到了一个化解的良机。

所有的事情都像往常一样,所有的事情又都不像往常一样,正如此刻杜秋叶拎着鸟笼站在楼下,看着自己的邻居搬走了最后的一车东西。

4.

酒足饭饱之后,工厂里的许多文件转送到县委的各个部门进行审批,陆扬德独自坐在办公室里喝着早上剩下来的一点好龙井,感觉这一个夏天突然变得十分冷清。等到下午,他还要为杜军成立一个专门负责杂务的部门,王书记还提到了什么双休日,说这是最新实行的政策,要求在工厂内早点实行。陆扬德对这个东西听都没有听说过,他不知道为什么工人们突然每周就有了两天的假期。

回到厂子之后,陆扬德立即让负责文案的小周去起草两个通知,一是要实行双休日的制度;二是要整合工厂内的杂务人员,统一改编为后勤部。另外还要对外再招三名员工。陆扬德坐在书桌后面那张舒适的座椅上,越发感觉这个位置像是一个柔软的陷阱。

杜军仍旧昏昏沉沉地工作着,他还不知道自己好事将近。整个工厂内的所有人都一样,仍旧在自己熟悉的岗位做着日复一日的工作,对他们而言最不幸的事情就是改变,无论是怎样的改变,都说不上是一个太好的消息。因为在他们看来,日子就是这样过的,漫长而无趣,偶尔经历欢喜偶尔跋涉苦痛,剩下的大把时间都只是淤积在胃里的食物。只有这个世界愈发努力地蠕动,分泌出更多的胃酸,才能逐渐缓解这些令人厌倦的胀痛。

杜秋叶吃完午饭之后,下午并没有像往常一样出去闲逛,因为他发现了一个更加有趣的地方,那就是自己家的对门。那间房子在被搬空之后,并没有上锁,平日里冷漠的门此刻虚掩着,暧昧地依偎在墙边。杜秋叶回家的时候发现了这一点,所以他在吃完午饭之后只是象征性地去床上躺了一会儿,很快便从床上跳下来,一溜烟跑进了自家对面的屋子里。房屋基本的格局相差无几,内里的装饰差得也不太多,但是从这里的窗户看下去,整个世界在杜秋叶的眼中都换了样子。房屋的角度,树木的暗影,人们行走的方向,眼中所有的一切都似乎在这儿不知不觉中变了样子。杜秋叶对这里的一切感到新奇,虽然这里也不过是简单粉刷的白墙,也不过是粗糙的地面,也不过是镶满了铁锈的窗户和沾满了油污的厨房,但这里的空旷让杜秋叶感觉这里成为自己一人的乐园,一个无人打扰的乐园。

这一天下午快要下班的时候,工厂的门口终于贴上了陆扬德不愿发出的公告,其中包括成立后勤部、实行双休日以及新招三名员工的事情。起初无人在意,不过当一天的工作真正结束之后,工人们纷纷走出工厂的时候,却又都不约而同地发现了这样一张罕见的公告。没有人会想到杜军会成为后勤部的负责人,就像这些工人从未想到过自己也会有专门用以休息的日子一样。

杜军和孙少康和往常一样去李老头的小酒馆里喝酒,其余的工人也像往常一样拖着疲惫的身体走回宿舍或是分配的简陋房子。没有谁对明天有更多的期望,所有的事情都像是从出生的时刻便安排妥当,每一个人只要墨守成规地走下去就好了。

整个世界似乎从来都没有改变过,就像杜军此刻推开这家小酒馆的门,迎面而来就是李老头的声音

"来了啊,小杜,这边,专门给你留的桌子。"

5.

这天杜军醒得十分早,他不知道是老李头酒馆里的桌子又硬了一些,还是自

己又老了一些,以至于对睡眠这件事都少了许多的欲求。醒来之后,他像往常一样卖力地坐起身来,在分辨了自己身在何处之后,他跑到洗手间里敷衍地整理一下自己的面容。他可不想带着一张油腻的脸走进工厂沸沸扬扬的灰尘中。洗漱结束之后,杜军发现时间尚早,百无聊赖的他只得把李老头叫起来,让他给自己弄碗阳春面。他可是有好一段时间没有好好享受一顿早餐了,他此时觉得很有必要在一个早起的早晨来点补偿。

李老头被杜军叫起来的时候还有点昏沉,他不知道杜军这么早把自己叫起来又要如何折腾自己,说实话,自从察觉到自己的孤独之后,他一点都不介意杜军每晚在这里和自己做伴。只不过,他不知道今天杜军为什么起得这样早,还非要嚷嚷着吃什么阳春面。

"咋了,小杜,你这又是闹什么幺蛾子呢。"只穿着一件汗衫的李老头显然有些疲惫,他从柜台后面出来的时候双眼好似还没有完全睁开。

"弄碗面吃,饿死我了,昨天给我上的菜你肯定偷工减料来着。"杜军半个身子趴在柜台上,双眼盯着面色困倦的李老头,像是努力地要找出李老头昨晚少给自己上菜的证据。

"哪个敢给你少菜,吃面就吃面,一并算入昨天的账里。"李老头迷迷蒙蒙地说着。

"你这老头,真不知道如何笼络天天给你送钱的人"杜军随处找了张凳子一坐,两条腿悠然地搭在了一起。

"你这样的酒客我是无须笼络的,不请自来。"李老头没好气地哼了一声,转身走进了厨房里。

百无聊赖的杜军四处打量着这个小酒馆,这里他虽然来了无数次,但似乎除了自己常坐的那张桌子,对别的一切都算不上熟悉。其实这会儿稍一打量,才发现这里的结构和布置非常简单。只不过是一个密封起来的农家小院而已,把庭院封闭起来当成了供酒客吃喝的大厅,厨房、正室和卧室三面环绕。柜台后面是李老头独身一人的卧室,厨房的门开在一旁的墙壁上,而正室的那间门常常锁着,即便是杜军也很少见到李老头进去。

"吃面吧。这一碗阳春面你说该算你多少钱呢?"李老头咣当一声把手里的面砸在杜军面前的桌子上,审视的目光像是在打量着杜军的身上还有多少钱。

"一碗面而已,做生意,要懂得有来有回。"杜军双眼微眯,夹出一丝狡黠的笑意。

"真是拿你们这些年轻人没有办法,看你天天给我这个老头子看门的份上,这一碗面姑且让你吃了白食。不过昨天的酒钱还是要算清楚的。"李老头说着在杜军身旁的一张桌子边上坐了下来,手上拎着的毛巾啪一声搭在了肩膀上。

"我说,李老头,你这碗面弄得还挺实诚哩。"杜军操弄着两根木筷子,发现这一碗阳春面里还有不少的好东西。

"吃吧吃吧。"李老头只是摆手,不愿再和杜军过多言语。

"那我就不客气了。"杜军手里的那对筷子翻出了花,先是拨开漂浮其上的菜叶,挑出一缕顺滑的面,再直潜入底,捞起一块鲜嫩的虾肉。如此这般对于杜军而言自然是不够,还要压低了脖子,将那碗的边缘轻轻抬起,让骨汤如细流般涓涓入口。

在杜军享受着自己的早饭的时候,杜秋叶也从床上醒来,他面对的仍旧是在厨房里冷掉的粥。只是今天早晨楼道里显得嘈杂了些许。杜秋叶感到房门外的杂音让自己感到烦躁不已,他端着那碗早已凉掉的粥走到了自家的窗边,看见了楼下正停着一辆一般只有搬家才会出现的皮卡。他瞬间便明白是怎样的一回事了,之前的对门要在晚上搬家,现在新搬来的这一家又要在清早动工。他忍不住摇了摇头,嘀咕道一句:

"年轻的娃儿啊,真不晓得日子是哪样过的。"

杜军吃完那一碗丰盛的阳春面之后,很爽快地结了昨天的酒钱。正好上班的时间也差不多了,他拍了拍肚皮,十分满足地推门而去。来到工厂的时间不晚也不早,稀稀拉拉地来了一些工人,男的大多数都蹲在一旁抽烟,女的则聚在一起拉她们永远拉不完的家常。过了好一会儿,带着工厂钥匙的主任才姗姗来迟,让一行人纷纷进入厂内。

工作开始不久,在那些机器都还没有热起来的时候,陆扬德不知道从何处走到了工厂的中央。他扬起双手大声喊道,"大家都停一停,都过来,我们说几件事情。"

工人们庆幸不用干活,纷纷凑了过去,那些还没热起来的机器随着开关的闭合又逐渐冷了下去。但是工厂内的气氛却比寻常热闹了许多,人群围得密不透风,每一个攒动的脑袋似乎都害怕错过了上级的正确领导。只有杜军不紧不慢地擦了擦自己刚沾上油污的手,嘀咕了一句废话真多之后,晃悠着叼上了一根烟走出了工厂的大门。

"今天我们来说几个事情啊,因为比较简单,所以就不用传达的形式了。第一个,我们工厂为了响应党的政策,正式开始实行双休日,也就是说凡是星期六和星期天大家就可以休息了。第二个,为了提高生产效率,也为了系统化管理,我们要正式成立后勤部。现在任杜军为后勤部负责人,工厂内除了操作机床的工人之外,剩下的都交由你管理。"这一段话话音未落,工厂内已经嘘声一片,只有孙少康一个人带着骄傲的笑容拍着手。陆扬德的脸上颇为不好看,虽然这还只是早晨,可他已经感觉到豆大的汗珠沿着自己的额头势大力沉地滚下来。他环视了一圈,没有在周围的人群中发现杜军的身影。他不禁有些纳罕,但又不好说些什么或做些什么,只得继续说下去。

"好了好了,大家静一静,请大家遵从工厂内的安排。说完最后这一件事,就请属于后勤部的同志们去杜军那里报道。后勤部的办公处暂时设在会议室旁边,新收拾出来的房间,希望杜军同志不要介意。"陆扬德说着四下找了找杜军,仍旧没能发现杜军的身影,心里恼怒却又不好发作。"最后一件事,就是我们还要再招工三名,主要还是负责工厂内的杂务工作。家里有身体好着能干的,都可以来试试。好了,没有别的事情了,该工作的就回去工作,该报到的就报到。"陆扬德说完之后忍不住在面前挥了挥手,像是赶走一群蚊子一样挥散眼前的众人。

众人闻言之后逐渐散去,但似乎对陆扬德刚说的话难以消化,工厂的每一个角落里都埋伏着低声的叽喳。孙少康在整个工厂里都没有找到杜军,这个人从陆扬德说完那些话之后就消失在自己的视野当中了,如同一缕漂游的空气,不知道此刻已经随风飘到了何处。

"杜军,你在这儿干吗呢,你该工作了。新的工作。"陆扬德四下寻找一番之后,终于在工厂的门口找到了杜军。

"这都算是什么啊。为什么让我来做这个主任的位置。"杜军掐灭了手里的烟头,有些无奈地看着眼前的陆扬德。

"这也不是我的意思,这是领导的意思。"陆扬德说着扶了扶自己鼻梁上的眼镜,他不知道为何杜军对这样的好事也像工厂内的其他工人那样排斥。

"那好吧,既然国家要厚待我一回,我也不能太不识相,是吧?"杜军站起身来,拍了拍自己身上皱巴巴的那套工服。

陆扬德哑口无言,不知道究竟该说些什么,只好尽量地使自己的目光展示出最大化的温和,想要请杜军回去开始他崭新的工作。

杜军没再说什么,只是慢慢地走回了工厂,昨天一直缠绕在身的感觉此刻又强烈地向他袭来。他感到自己失去了什么,感到自己失去了极为重要的一种东西，只是此刻自己无法言明罢了。

从一张张熟悉的面孔前穿过，最后坐在一张书桌后款式老旧的木椅上，杜军感觉自己上半截的身体如同墓碑一样重重地栽入这里，只等着日后风雕雨蚀，最后变成一块破烂。

"要报到的人，排好队往里进吧。"杜军自己在屋内好好地静了一会儿，才对着门口大声喊道。

等在门外的工人也乐得休息，直到杜军的声音响起来才一个个进入屋里。

陆扬德安排这么个报到的程序，无非是想让杜军先接触工厂里这些他不怎么接触的工人们。同时，也趁这个机会，把各个部门的权利范围划清楚，什么事情哪个人管，这些东西千万不能乱了套。杜军虽然还是很难接受自己摇身一变做了负责人，但是对这个安排也显得十分满足，毕竟只是点点名，这一个上午也过得十分轻松。

中午的时候，孙少康终于找到了杜军，两个人说说笑笑，一路走到了李老头的小酒馆。杜军虽然感觉心里别扭，但和孙少康两人几番推杯换盏下来，心情也好了不少。杜军这时候才明白自己为何喜欢孙少康这个年轻人，因为两人无论怎样，只要稍稍喝一些酒，心情便都会好上许多。

方琪在家里等她的新邻居等了一整个上午，也没有等来半个人影。这家人似乎格外吝啬露面的机会，来回几趟，都只有搬家公司的几个年轻人。杜秋叶呢，吃完早饭后便不见了人影，能随他一起度过这样一个夏天上午的只有那个空荡荡的鸟笼。"上了岁数"的杜秋叶，此刻不知道正在何处，一边逗弄着他那只并不存在的鸟儿，一边踢着那端庄而老派的小步子。

杜秋叶回来的时候，正碰上搬家公司的车也缓缓地停在自家的楼下。杜秋叶大概猜出来这是新搬来那家最后的工程。

"这些人啊，真是不该搬的时候乱搬。"杜秋叶记得早上的嘈杂，所以从车旁经过的时候，忍不住嘀咕道。

"你这小子，你说什么呢？"从车上跳下来的一个男人对着杜秋叶喊道。

"说说咋啦，现在的年轻人还说不得啦？"杜秋叶一听这话也突然来了脾气，稚嫩的手掌不经意间又摸上了自己光秃秃的下巴。

"我说你个臭小子，你说谁是年轻人呢。下巴没根毛，还摸，你这拔苗助长呢？"男人不依不饶地说着，他一边说着，还一边走到了杜秋叶的身边。

"说的就是你啊,你这是怎么跟大人说话的,没有教养的崽。"杜秋叶看着自己面前不断逼近的身影,不慌不忙地说道。

"你这毛孩子欠削是吧……"男人走到去秋叶的身前,那张粗厚的手掌便直接扬了起来。

"算了算了,这可能是咱们对门家的那个孩子,你忘了吗,搬走那家跟我们说过的……"眼看着那一巴掌就要落在杜秋叶脸上的时候,一双女人的手及时拉住了那健壮的胳臂。

让那个男人吃惊的是,杜秋叶的脸上并没有什么惊恐的表情,一双明澈澄净的眼睛如同没有波纹的深井映照着男人的面容。

"爸爸,怎么了啊?"一个娇嫩的女音从男人的背后传来,话音未落,一个蹦蹦跳跳的小女孩便从那男人的背后跳了出来。

"没啥。"男人爱抚着小女孩的发线稀疏的小脑袋说道。然后又对着车上下来的那些工人们喊道,"来,大家加把劲,搬完最后这些就完工了。"

从车上下来的年轻人纷纷将重物搬起,体积大一些的则直接背到了背上,他们的喉咙不觉沉下一口钝重的气,继而缓慢地站了起来,朝着既定的楼层走去。

杜秋叶拎着鸟笼,紧紧地跟在那些年轻的躯体之后,新搬来的那一家人反倒是不慌不忙,刚才险些动粗的男人熟练地掏出烟卷含在嘴里叼住。那个母亲带着女儿在一旁玩耍,只是那女人的脸上却少了那小女孩灿烂无忧的笑容。这里毕竟是个陌生的地方,它提供给孩子充足的新奇,但提供给她的却只有适应。这种境况不仅对方琪而言是一个挑战,对这新来的一家又何尝不是呢。对这里的人而言,他们所要适应的,只是一户人家;而对自己而言,却要适应这里的每一户人家,还要适应在这里生活的小风气。每一个集体对其之外的个体而言,都是一个密不透风的恐怖组织,明明只是生活在不同的地域,却有着特别的生活习俗、语言方式、行为准则。这样的一个集体,往往只能接纳归来的游子,却难以接纳途经的过客。

等到那辆货车再次发动起来的时候,男人才走到了女人的身边,轻声说道,"我们上去吧。"

"完事了?"女人听着那货车引擎的声响,其实心里已经知道搬家这件事总算结束了,而搬家之后的生活,此刻才真正拉开严峻的帷幕。

"是啊,说是来帮忙的,钱还是一分都没少。"男人颇有抱怨地说道,要不是那个搬家的头儿是他的朋友,他才不会让这家公司来搬。现在倒好,家搬完了,朋友却不在,和自己谈价钱的换了一个完全陌生的人,说好的事情找不到人兑现,这实在是一件令人气恼的事情。

"搬过来了就好,那些事情计较也没有什么用处。"站在男人身旁的女人说道。

"嗯,我们上楼去看看我们的新家吧。"男人对玩耍的女儿挥了挥手,那个蹦蹦跳跳的身影便很顺从地跑了过来。

一家人便这样走进楼道里,踩过落满尘灰的楼梯,推开自家的房门。这里的一切都符合关于一间旧屋的任何幻想,前人留下的生活痕迹像一支特种部队,匍匐在房间的每个角落却又极深地隐藏。简单的家具被搬家公司的人横七竖八地乱置在客厅中,尘埃温顺地铺盖在柜子之上,地面上也拓满了泥泞的脚印,间或还能看见几个短短的烟头和飘散开来的烟灰。

"这些人真的是……"男人看着眼中斑驳的景象,要不是突然想到孩子还在自己的身边,一句脏话估计已经出口。

"别说了,还是快些开始收拾吧。"女人把男人推到一个大衣柜前,这些考虑到力量的事情自然不能让这对母女来做。

"好啊,你们饿不饿,要不要我们先出去吃些东西,这里收拾完还不知道要多长时间呢。"男人恼怒的神色消失不见,落到妻女身上的目光温顺如猫。

"爸爸不用,我现在还一点都不饿呀。"女儿娇软的声音绵绵地依偎过来,让这个强壮的男人只得束手投降。

"那好吧,那我们就开始干活咯。"男人说着便半蹲下身子,稍一发力便把衣柜背在了自己的背上。

"叔叔,我来帮你吧。"刚吃完午饭的杜秋叶从门口怯生生地探出头来,眼神里竟然带着少有的畏惧。

"怎么又是你这个臭小子,不用不用,你该干吗干吗吧。"刚把柜子放进卧室的男人不耐烦地嘟囔道。

"国忠,你这是干吗啊,这只是一个好心的孩子而已。"正拿着扫帚清扫烟头和泥灰的女人对刚从卧室里走出来的男人说道。

"我……"男人被女人一说反倒愣住不动,心里一想,自己这么个有妻有女的男人竟然和一个孩子怄上了,确实有些说不过去。他只好慢慢地走向门口,在露出来的那个小脑袋前停了下来,语气变得平缓而温和,"你要是想帮忙的话,就和那个阿姨一起扫扫地,好吗?"

"不。"杜秋叶突然斩钉截铁般地说道。"叔叔,那张床你自己肯定搬不起来,那就让我们一起来吧。"杜秋叶明亮的双眼中充盈着一个男孩子小小的勇敢,细瘦的胳臂因为攥紧的双手而突起细嫩的青筋。

"那……好吧,我们先来试一试,好吗,如果你感觉太沉了,就说,听到了吗?"男人的嗓音从刚才的疾风骤雨变成了此刻的和风细雨,说出的每一个字都像是香甜的软糖一样,让人全身都涌过一阵温和的暖意。

一大一小两个身影缓慢地蹲下去,一粗一细的手掌拖住那一张大床的底部,两张嘴里同时沉闷地哼出一声,那张站立在地面上的双人床在两人齐力之下慢慢地离开了地面。

"来,慢点,孩子。"男人欣喜地看着站立在床铺的那头的杜秋叶,脚下的步伐裁剪得极为细碎。两个人缓慢地向卧室走着,虽然杜秋叶只是把床稍稍抬起,虽然整个床面呈现出一个倾斜的角度,但好歹,杜秋叶总算是帮他把这张双人床抬了起来,要不然,男人也不知道究竟该如何把这张床弄到卧室里。

两个人从卧室里出来的时候,前额都覆盖着一层细细的汗珠,不过两个人的嘴角也都挂着一丝浅淡的微笑。显然,之前在楼下的小冲突已经化解,男人的宽容和孩子的纯真,让这两个人现在看起来像是一对父子俩。

"叔叔,那么我们来搬这个吧。"杜秋叶对用手背擦着前额的男人说道。

"好啊,那么,你觉得这个应该搬到哪里呢?"男人笑着弯下腰去,粗犷的眉眼挤成了两道好看的月牙。

"我觉得吧,应该……"

杜军下午和孙少康一道回到了工厂里,空荡荡的办公室里只有一张书桌、一把椅子和一台污迹斑斑的饮水机。机器嘈杂的声音抓挠着墙壁,屋顶也总是若有若无地传来雨点敲击的声响,这所有的一切对他而言都是这样难以适应。杜军环视一周,感觉身处在这样的一个夏天,最好还是要有一台电风扇,免得自己只是坐在这里都会被汗液浸透意衣衫。一番思来想去之后,杜军终于想起了杜秋叶和方琪,自己又有好几天没有回家了,单是自己身上的这套工装都已经散发出酸臭的味道。看起来是时候回趟家了啊,杜军心里嘀咕道。

想完这些之后,杜军坐在自己那张舒适的椅子上翻看着名单,早上报到时候他完全没有把这些事情放在心上,现在一个一个浏览过这些陌生无比的名字,杜军突然感觉自己就像是工厂里一个臭名昭著的幽灵,除了孙少康之外自己再没有能说得上认识的人。杜军翻到下一页的时候,眼前突然一亮,因为他终于发现了一个熟悉的名字——刘英。看到这个名字的时候,杜军双手一扬把名单扔到了桌子上,以一个鲤鱼打挺般的动作从自己的座位上跳下来。他可没想到,刘英竟然会在这个名单之中。杜军迈着大步走到了门口,却突然停了下来,他整了整自己身上的工装,让那些皱起的褶子稍稍平整之后,这才走出了自己的办公室。

"哎,军哥,你怎么来了?"孙少康听到身后的脚步声,回头一看,才发现杜军竟然站在了自己的背后。

"我得找个人帮我弄一下我的办公室啊,新弄的屋子,也都没有打扫过。"杜军刚想叫一边干活的刘英,却听到孙少康的声音从一旁传来。

"这样啊,那让英子去呗,我想去也走不开啊。"孙少康随口说道,身子已经转过去操作那台轰鸣的机器。

"那好,反正我也没找到别的人。刘英,你跟我来吧。"杜军装作很随意地说道,只是转身的瞬间用那张粗糙的手掌从刘英腰间顺滑而过。

"自己的屋子不会自己弄?"刘英从喉咙里挤出她尖细的、锋利的声音。

"我自己忙不过来啊,你不能让我这一天都在打扫房间吧,我可是有很多工作要做的。"杜军说着正了正自己的衬衫,脸上显出不容拒绝的意味。

刘英这回不说话了,只是瞪着自己的双眼盯着面前这张看起来一本正经的脸,牙齿咬得切切发响,却又一句话都说不出口。

"你准备一下就过来吧,我不是很着急。"杜军说着笑了一下,这笑容里带着诡计得逞后巨大的满足。杜军说完之后便转身向自己的办公室走去,工装上的油污此刻都闪烁着狡狯的光亮。

杜军走进办公室之后悠闲地泡了一杯茶,他并不担心刘英会不来。果然,这一杯茶还没有喝完的时候,门外便响起了轻轻的敲门声。

"进来吧。"杜军对着门外说道。

门被一双白皙的手缓慢推开,刘英的身影缓慢地挤进屋内,有些不知所措地站在门口,细嫩如笋的双手绞在一起,仿佛想要把两只手上的皮都撕下来。

"也没有什么特别重的活,你先帮我把那个饮水机弄干净吧。"杜军说着,又小口地抿了一口茶。

"那你……有抹布吗?"刘英还是站在门口,双手依然绞在一起,声音低弱。

"我这里怎么会有抹布?"杜军说着,身体半起向前压去。

刘英无言以对,只得默默地走出了办公室,她很快就在堆放杂物的地方便找到了一块抹布。当她再折回杜军的办公室的时候,杜军仍旧半躺在他的办公桌之后喝着那杯热茶。现在他才发现,茶水竟然比白开水好喝了那么多。刘英有些厌恶地瞥了一眼瘫在椅子里的杜军,不情愿地将手里的抹布叠成整齐的块状,蹲下身子开始擦那台污迹斑驳的饮水机。

杜军这时候从座位上下来,手里那个空空如也的茶杯成了他靠近刘英的极好理由。刘英听到身后的脚步声,极为警觉地站起了身子,因为起来得太快,那副单薄的躯体还踉跄着撞到了一旁的墙上。

"我接杯水,你紧张什么啊。"杜军装作一脸疑惑地问道,其实对在这办公室的两人而言,许多事情是不言自明的。

"没事,只是刚才感觉有些不舒服,所以才站起来休息一下。"刘英随口编造着借口,身体却紧紧地靠在墙壁上。她嘴上这样示弱地说着,心里正无比恶毒地问候着杜军的祖宗。

杜军慢条斯理地打开饮水机的热水,等到那沉在杯底的几片茶叶经由热水的浸泡又散发出清新的香气,杜军便把茶杯放在了饮水机的水桶之上,眼睛中夹着诡秘的笑意看着刘英。

"那个……军哥,我有点不舒服,我先去上个厕所。"刘英看到杜军的双眼,竟不觉打了个寒战,她转过身去,一手拉开门便想夺路而逃。

"你去哪儿啊。我觉得还是老老实实在这待着比较好。"杜军说着用胳膊将刘英抵在了墙面上,另一只手缓慢地将打开了一道缝隙的门关上。他的脸逐渐靠近刘英的面容,呼出的热气像一张潮湿的网扑在刘英的脸上。

"军哥,别这样……"刘英气如幽兰地说道,她虽然平时泼辣,但这个时候脑中却变成了一片空白,全然忘记了自己正身处在人来人往的工厂里。

"我怎么样?"杜军一想起平日里这个牙尖嘴利的女人对自己的百般刻薄,现在却只能在自己的手下束手无策,心里不禁漾荡起一股变态般的满足。

敲门声似乎来得十分突兀,很轻的两下,却让两人同时从幻梦中即刻清醒。杜军心里骂了一句,手恋恋不舍地从刘英的臀部移开。

"进。"杜军说着,人已经拿起茶杯慢慢地走向自己的座位。刘英也缓过神来,手里捏着抹布佯作一副在擦饮水机的样子。

推门而入的是陆扬德的秘书,杜军依稀记得这个年轻人姓魏,只是具体叫什么就毫无印象了。瘦长的身子一钻进屋内,便发现了站在门边的刘英,讶异的表情疏忽闪过之后便换上了一张亲切的笑脸,"英子,你在这干啥呢?"

"我……我在这里帮军哥打扫一下卫生。"刘英支吾地说道,她用力地抿着自己的嘴唇,以免让他看见自己方才咬破的地方。

"哦。"年轻人对着刘英微微点了下头,转身对已经坐到座位上的杜军说道,"军哥,陆厂长叫您过去开个会,就在旁边的会议室。"说完这些,那副瘦长的身体对着杜军稍稍一倾,便转身离开了房间。

"开会,上班第一天就开会。"杜军想着陆扬德那张架着眼睛文质彬彬的脸就忍不住骂了一句,双手张开把桌子上摊开的名单一合,杜军便又从座位上跳了下来。"你就在这儿帮我把这里弄干净了,别乱跑。"出门的时候,杜军对着刘英说道,扬起的手掌狠狠地抽了一下刘英的屁股。

会议室里,人已经坐得七七八八,杜军随意找了一个靠边的位置坐下,无聊地玩弄着自己的指甲,方才那一番味道似乎颇值得回味。不一会儿,陆扬德和方才那个姓魏的年轻人便走进了屋内。陆扬德坐在桌子正中的那张椅子上,环视一周之后清了清嗓子,屋内的众人纷纷停下了手中的活计,把腰板挺直,摊开面前的笔记本。杜军没有笔记本,也丝毫没有停下回味的意思,陆扬德紧着眉瞥了一眼杜军之后,便开始说话:

"我们都知道王厂长在前些日子调任了市里,厂子内也因此产生了一些调整,不过昨天县委书记视察之后还是基本满意的。不过,既然咱们这个……"陆扬德用手里的笔戳了戳桌子。"这个产生了人员上的变动,这个会还是要开的。我们要记得,王厂长留给我们的是一个很好的底子,但也是一份重担,是一种不可测的未来。这些东西说起来大家可能觉得假大虚空,但是工作上只要出了一丁点问题,上级的眼光可都是闪亮的。"陆扬德顿了一下,用一旁的纸巾擦了一下汗涔涔的前额。他虽然之前一直当着副厂长,但是这种说话的机会并不太多,算起来,这应该也算是他第一次主持会议,紧张还是在所难免的。

"现在我升任厂长,工厂内的一切制度照旧,原来生产部的老徐经讨论决定升任副厂长,生产部暂由小吴管理。"陆扬德说完话之后顿了顿,一个脸上赘肉累累的矮胖中年男人和一个鼻梁上架着眼睛的青年站了起来,微微颔首示意。陆扬德便继续说下去,"另外,我们新增了一个后勤部,负责管理工厂内的杂务,经由上级组织示意,由杜军管理。"陆扬德说完又习惯性地停了下来,只是杜军完全没有半点起身的意思,他仍旧垂着他的脑袋,回味着手掌间那逐渐稀释的触感。屋内的其他人此刻都微笑着点头,对他们而言,这个人根本用不着介绍。这个让王大业都头痛万分的人早就臭名昭著。陆扬德看了看没有任何反应的杜军,只得无奈地继续说下去,"我们的工厂虽然规模不大,但是边边角角的小事情一点也不少,只有处理好这些边边角的小事情,我们的生产才得以顺利进行。所以,希望大家在日常的工作中多与杜军同志保持联系,将所有的事情协调好。"陆扬德一边说着一边看着杜军低垂着的脑袋,心里穿过一阵不痛快的激流。

"领导,我有个提议。"一直玩弄手掌的杜军突然抬起头来,双眼直直地盯着陆扬德。他身旁的人都轻声地笑了起来,不过杜军却毫不在意,他只是直直地盯着陆扬德的脸。

"你说。"陆扬德被杜军盯得十分难受,不自觉又拿起纸巾擦了一下前额。

"不怕大家笑话,我原来就是个卖力气的工人。我也知道大家对我的看法很不好,但既然国家和组织信任我,让我这个没什么文化的人来管理一个部门。既然人已经在这儿了,我还是希望把属于我的事情做好。我是这样想的,工厂内的杂务确实很多,而且还都是零碎的活儿。我想我们不如这样,每隔几个机床我们就设置一个专门负责杂务的工作站,把整个工厂分割开来,把卫生、原料等这些东西安排到不同的区域,这样既提高了我们的生产效率,也避免了杂务人员聚在一起无所事事,责任不明。还有,我觉得我们可以设置一个门卫,这样工厂就不用每到夜里就关门了。负责生产的同志们就可以实行倒班制,一些手头比较紧张的工人也可以多工作一会儿,多领一些工资。"杜军从容不迫地说完这些却突然顿住,像是感觉到众人聚焦在自己脸上的目光,脸上不禁泛起一片红,黝黑的老脸成了熟透的红枣。

陆扬德听完杜军的长篇大论之后不觉怔了半晌,直到站在他身后的小魏用胳膊碰了碰他。

"这些提议不错,很有建设性,你回去再斟酌一下,然后以书面的形式呈现给我。"陆扬德控制了一下自己的表情,装作十分平淡地对杜军说道。

"好。"杜军说这话的时候身体早已陷在自己的座椅中,跷起的二郎腿有节奏地摆动着。

"没什么事情的话,我们就先到这里吧。"陆扬德看了看屋内其余兴趣寡淡的众人,自己也突然有了一种快些从这个房间脱逃的急迫感。

众人闻言之后如蒙大赦,纷纷合上自己白净的笔记本,从会议室鱼贯而出。

陆扬德回到自己的办公室后,坐在自己的座位上好好地思量了一番杜军方才说的话。这个工厂,无论是技术方面,还是工人们工作的努力程度,他认为是没有任何问题的。但是,长久以来,这个工厂和周边县的同类工厂比起来也只能算是中游,陆扬德从很久之前便意识到这里需要一种体制上的改变。只是在王大业的时期,一切都按照王大业的思路,其余的人很难左右他对整个工厂的支配。但是杜军的几条提议却让陆扬德感觉到一些自己从未考虑过的内容,如果杜军所说的都能顺利实施的话,那么对于这个工厂来说也许有用。

杜军开完会之后,回到自己的办公室后发现刘英竟然还在,杜军有些疑惑地看着刘英,不知道平日里这个牙尖嘴利的娘们为什么今天如此乖顺。

"你怎么还在这里?"杜军径直走到了自己的座位上,问着呆立在墙边的刘英。

"啊……我在打扫卫生啊。"刘英磕巴着说道。说完,她拉开门,疾步而去。

"真他×的会偷懒。"杜军瞟了一眼自己办公室里的那台饮水机,发觉只有显得稍稍干净了一些,嘴里忍不住骂道。不过杜军显然不是很在意这些事情,他开始逐渐明白现在的生活。以前的日子浑浑噩噩就那么过去了,但现在不一样了,他明白自己只有做好自己的工作,才能继续享受这样的清闲和刘英的屈服。虽然自己所说的那些提议都是自己的父亲在家里时常念叨的,不过现在看来仍旧有用,他可不知道在他还年幼的那个时候,自己的父亲和王大业就在工厂的管理方面有着相左的意见。

杜军仔细地思量着自己的前前后后,他感觉原来的自己是一只破罐子,摔碎了也不觉得心疼,但现在不一样了,自己这只破罐子镀了一层金边,它让人不那么舍得随意摔碎了。他要保住自己现在的这个职位,然后好好地享受这个职位所能够给他带来的一切。想到这些之后,杜军便不再让自己的身体陷在那一张舒适的座椅当中。他很快起身,拉开办公室的门,走了出去。

杜军刚走到孙少康的身后还没来得及说话,孙少康便转过身来,带着嘴角微微皱起的笑容对杜军说道,"军哥,你的脚步声我真是一听就能分辨出来。"

"你这臭小子,耳朵还真灵,先把机器关了,我有点事跟你说。"杜军听到孙少康的话也笑了起来,他往墙边走了走,挥了挥手示意孙少康过来。

"咋了,军哥。"孙少康手脚麻利地关上了机器,快步向杜军走了过去。

"小康啊,你是什么学历来着。"杜军从自己的工装里摸索出一包烟来,自己先叼上一根,然后又分给孙少康一根。

"这是咋了军哥,我是大专,大学咱没考上。"孙少康说着赶紧掏出火来,给杜军点上之后,再把自己的点着。

"上面让我弄个文件,就是有点建议,弄成书面的形式,你会不?"杜军有些踟蹰,不过还是说出了自己的请求。

"就是策划书呗,这个没什么问题,原来我在学校里的社团里干过,那时候大家一起弄什么活动都是我整的书面文件。"孙少康一听杜军的话,心里也松了一口气,这种事情他已经轻车熟路。

"那就行,看不出你小子还有这个本事。"杜军说完,用力地吸了一口烟。缭绕的白烟里,那张将至中年的面容满足地笑着。

"你知道我没有这个本事还会来找我吗?"孙少康隔着白烟望着杜军的面容,脸上带着一丝狡黠的笑意。

"你这个臭小子,快回去干活吧,下班的时候等我一下,我把具体要做什么内容都告诉你。还有,今天晚上就先不喝酒了,我得回家一趟,身上这套衣服都臭了。"杜军猛吸一口之后把烟头扔在了地上,粗糙的大手不住地拍着孙少康的肩膀。

"是不是生活需要滋润滋润了,有些想念嫂子了。"孙少康一边说着,一边挤弄着眉眼,惹得杜军追着他就是一脚。

"他又跟你说了些什么?"孙少康回到自己的机床,还没等让机床再度运转,刘英的声音便从背后传来。

"一些工作上的事情。"孙少康简单地回复道,身前的机器在他的操作下,发出熟悉的嘈杂。

刘英感觉自己的喉咙噎住了一大块湿漉漉的棉花,许多话都变得难以出口。她不知道这个自己喜欢的男人为何和自己讨厌的男人这样亲近,以至于在很多时候,她感觉孙少康的身体里摇晃出杜军的影子。想到杜军,刚才那只粗糙的大手仿佛又摸到自己的躯体上,羞耻的感觉让她不自觉地咬紧了嘴唇。

时间总是在麻木中显得极为匆促,下班的钟声很快敲响,工厂的众人很快散去,辉煌的暮色软绵绵地落在街道和房屋上,也给奔走的众人抹了一层柔和的脂粉。杜军把要做的文案详细地说给了孙少康之后,便向家走去。

孙少康领了杜军的任务之后,走在路上也有些匆忙,途经李老头的小酒馆的时候,他还不忘进去打了个招呼,让李老头不用给他们留位置。

李老头吧唧着嘴说道,今儿这太阳真他×从西边出来了。说这话的时候,夕阳一缕修长的光亮正穿过窗户,亮澄澄洒在那张带着笑意的面容上。

6.

杜军回到家的时候,迎接他的只有方琪那双惊讶的眼睛,厨房里只有留给杜秋叶的一碗冷掉的粥。不过杜军却并不在意,他早知道会是这样的状况,所以在回家的路上他便顺路到市场上逛了一圈,带回来一瓶烧酒和半只烤鸭。

"有客要来?"方琪很快便看到了杜军手中的东西,问道。

"自己家人就不能吃些好的啦?"杜军说起这话的时候腮帮子都鼓成一个膨胀的球体,好像有太多的气体要从他的体内喷薄而出。

"当然……可以啊。"方琪感觉今天的杜军像是变了个人一般,平常她是害怕杜军回家的。这个时刻醉醺醺的男人只要一回家,自己和家里的物件便都会遭殃。今天的情况却有些不同,这个男人不仅没有喝醉,而且脸上竟然还带着罕有的笑容。

"那个臭小子呢? 又跑到哪里去了?"杜军把手里的烧酒和烤鸭放在桌上,双脚很快在屋内走了一圈,却并没有发现杜秋叶的身影。

"估计是在对门家里玩呢,新搬来的一户人家。"方琪有些忐忑地说道,谁知道此刻还如春风般温和的男人会不会在下一刻就勃然大怒,暴跳如雷。

"新搬来一户人家? 看来我真是有一阵子没回家了,对门邻居换了都不知道。"杜军拍着自己的脑袋,继续说道,"那这样也好,我们叫对门一起吃饭,就当是欢迎新邻居了。"杜军说着,人已经穿过自家的房门,走到了对家的门前。

"咚咚咚。"杜军敲起门来就像打雷,震得屋内坐在饭桌边的四人不觉一颤。

打开门的正是嘴里嚼着饺子,从座位上跳下来开门的杜秋叶。父子俩对视一眼,都怔了怔。只是缓过神来之后,杜秋叶掉头就跑,而杜军嘴唇才刚动了动,一个字都还没说出口。

"秋叶,怎么了,外面是谁啊。"女人展开臂弯裹住杜秋叶的身体,语气轻柔温和。

"是我爸爸。"躲在臂弯里的杜秋叶嘴唇轻轻颤动着,一双明澈的眼睛已然漾荡着微波。

"是邻居啊,既然来了就别站在门口了,进来一起吃吧,就是刚搬家,没有多么丰盛,只有从外面买的饺子。"男人看了看杜秋叶的反应,又看了看站在门口颇为尴尬的杜军,只好尽力缓解一下。

"等一下。"杜军说完便逃一般地从对家的门口逃离,稍许片刻之后,杜军和方琪再次出现在门口,手里自然还有那半只烤鸭和那瓶烧酒。

"来来来,快进来坐,静雯,看看别的屋里还有没有椅子。"男人一边招呼着,一边拍了拍小女孩的脑袋,小女孩点了点头便往里屋走,女人也顺势起身,跟着女儿向里屋走去。

"我这儿也没准备什么,家里就只有这些。"杜军看着一桌热腾腾的饺子,有些不好意思地将手里的东西放到了桌子上。

"这有什么,来了即是客,坐吧。"母女俩从里屋搬出来两张椅子。在男人的招呼下,杜军和方琪坐了下来。

烧酒的瓶盖在杜军的牙齿微微用力之下便顺从地弹开,粗糙的玻璃杯很快装满了那诱人的液体。两个男人大口地吃着饺子和烤鸭,不时举杯对饮,两个女人在自家男人的催促下也倒了半杯,不时举起杯来小口抿着。两个早已吃饱的孩子跑到一边去营造他们纯真而浪漫的世界,方琪的目光不时瞟向杜秋叶。在这样的时刻,方琪惊讶地发觉杜秋叶有着这样的天真无邪。

几番推杯换盏之后,两个男人的话也变得越来越多。杜军从男人的话中得知这一家人姓吴,男的叫吴国忠,女的叫曹荣芳,小姑娘叫作吴静雯。男人原来在郊区的一家工厂里工作,住的地方距离县城有一些距离。最近那个工厂不知道什么原因要求大规模的人员变动,大部分的员工都被遣散到周边的工厂里,周边的工厂又纷纷拨人到这个工厂。吴国忠运气比他的同事们好得多,来到了县城的这家工厂,虽然工作没什么变化,但是在生活方面却方便了许多。

"哎,我说老弟,你调任的那个工厂的厂长叫什么你知道不?"吴国忠比杜军小了半年,有些微醺的杜军已经老弟老弟地挂在嘴边了。

"这个我可不能忘了。"吴国忠在身上摸索一番,从自己的裤兜里摸出一张皱巴巴的纸片,他把纸片举在自己的眼前,用力端详了片刻之后说道,这个是叫陆……陆……扬德?

"陆扬德?"杜军听到这三个字差点拍着桌子跳起来,他可不相信会有这么巧的事情,早知道的话他今天一定去买张彩票试试运气。

"咋了,军哥认识?"吴国忠看杜军涨红的脸,不知道他为何变得如此兴奋。坐在一旁的曹荣芳只觉得人喝多了酒都会变得麻木,连这点事情都看不出来。

"我岂止是认识!我也是那个工厂的工人啊。"杜军一谈到陆扬德便变得十分激动,这个连工装都没有换下来的男人已经举着杯子站了起来。

"来,敬我明天的工友!"吴国忠也酒到兴处,举着杯子站了起来。

"来!"杜军喝起酒来从来就是这种荡气回肠的气势,两个人的杯子碰出清脆的声响,一起将脖子扬起把杯中的酒一饮而尽。

两个男人又絮叨着说了半天的话,才被各自的妻子拉回到自家的卧室里,杜秋叶也恋恋不舍地和吴静雯分别,他似乎只有这样短暂的时间里才能感受到纯净的美好。回到家之后,杜秋叶一头便扎进了自己的小卧室里,从愉悦中清醒过来的杜秋叶像往常一样,把自己干瘪瘦小的身体放置在卧室的窗边,面带忧郁看着窗外。

方琪把杜军弄回到自家卧室,让他的身体平整地躺倒在床上,刚想转身去为他倒一杯热水,却只感觉一条有力的胳膊紧实地缠上自己的腰。方琪体弱,身子消瘦颀长,杜军稍一用力便把她拽倒在床上。杜军翻身而上,含着烟酒味道的嘴不由分说地接上方琪的双唇,方琪还没意识到发生了什么,只本能地哼出一声娇软的呻吟。

窗外,是沉甸甸的夜色,万家灯火渐次熄灭。

杜军第二天一大早便醒了过来,他看了一眼床上还在熟睡的方琪,又看了看狼藉不堪的卧室,突然感觉到一种不知名的情感热乎乎地黏在自己的胸腔里。那是一种仿佛失去了许久的情感,可是现在,这种情感突然填满了自己长久空荡的内心。不过,杜军并不认为有什么情感的火苗在自己的心里死灰复燃,这可能只是一种交合后的多愁善感。

"他×的,皇帝办完那事儿还要写个诗来纪念一下,你他×的还要哭出几点泪来?"杜军嘀咕着扇了自己一个耳光,猛然感觉清醒了许多。

穿好衣服走出卧室,他才意料到今天可能吃不上早饭,家里唯一会做饭的人此时还在床上软绵绵地睡着,自己的肚子却又不争气地回荡着咕叽咕叽的声音。走到客厅的时候,他有些意外地听到了厨房里传来叮叮当当的声音。

"不会是那个臭小子吧。杜军心里一沉,他可不希望自家的厨房在一个清早爆炸开来。"杜军甩着步子便走到厨房的门口。让他惊讶的是,杜秋叶正站在一张小板凳上熟练地玩弄着饭铲,锅里的蛋炒饭散发出一阵诱人的香气,一旁的锅里还煮着清淡的米粥,看起来是一顿还不错的早餐。

"你这臭小子,什么时候会捯饬这些了?"杜军走到杜秋叶的身后,粗糙的大手揉着那颗毛茸茸的小脑袋。

"去去去,没大没小的,没看见大人正干活吗,去外面等着吃饭吧。"杜秋叶被锅灶之外的声音吓了一跳。反应过来之后的他甩出手掌猛地拍在了杜军揉着自己脑袋的手上,虽然没能让那结实的小臂有丝毫的动摇,但出口的话却让杜军收起了自己的手,灰溜溜地走到了客厅里,百无聊赖地坐在了餐桌的旁边。他知道杜秋叶现在又陷在自己的世界里,所以他选择不去理会,反正他的早餐看起来是无须担心的了。

过了一会儿,杜秋叶便端着两碗热腾腾的蛋炒饭从厨房里走了出来,放在杜军面前的那碗饭多得冒出了尖,而另一碗却只有浅浅的一层。杜秋叶放下两碗饭之后又转身走进厨房,端着两碗粥回到了餐桌上。

"赶紧吃吧,发什么愣呢。"杜秋叶放下手中的碗之后,在杜军的对面坐了下来。

"没有筷子也没有勺子,用手抓啊?"杜军看着自己面前的两只碗,气恼地说道。

"你看看我,人一上了年纪,脑子就不好使了,我这就去拿。"杜秋叶一拍脑袋,慢悠悠地从椅子上下来,身形摇晃着走到了卧室里。

"上个狗屁年纪。"杜军看着杜秋叶那副老态龙钟的样子,想笑又笑不出,只得兀自嘟囔了一句。

"好了,吃吧,这么大的人了,吃饭还得让别人伺候着。"杜秋叶嘀咕着从厨房里出来,手中的勺子插进了杜军的饭碗里。杜军懒得理会杜秋叶,他挥舞起勺子把碗里的饭一口一口送进自己的嘴里。三下五除二解决了蛋炒饭之后,杜军扬起脖子喝完了粥。胃里充实的感觉让他心满意足,他踢踏着步子,回到了主卧。他现在需要一件稍微体面些的衣服,至少他是不愿意再穿那身粗糙的工装了。

杜秋叶细嚼慢咽地吃着饭,脸上不时闪过一些犹豫的表情,似乎揣着什么难以出口的事情。杜军从大衣柜里很快找到了自己很多年没有穿过的衬衫,换上之后自我感觉不错,他便这样欣然出了卧室,准备洗把脸之后就去上班。他走到客厅的时候,正碰上了紧张兮兮的杜秋叶,他没有理会,径直地向厨房走去,他喜欢在厨房里洗脸,这样可以逃离卫生间里弥漫的淡淡骚臭。

"你站住。"在杜军的身体将要进入厨房的时候,杜秋叶有些发颤的声音叫住了他。

"咋啦,哪里又不得您的意了?"杜军有些疑惑的转过身来,双眼把目光直勾勾地刺在杜秋叶的脸上。

"你这个,两口子有啥事,说说就行了,别动手,大晚上鬼哭狼嚎的,不好听。"杜秋叶低着头,手里的勺子轻轻地磕着碗沿,出口的话带着深深的忧虑和不安。

"你这个臭小子,懂个屁。"杜军又气又觉得好笑,骂了一句之后便钻进了厨房,用冰冷的水流冲洗着油腻的脸。

"真是个没大没小的玩意儿。"杜秋叶听着厨房里的水声,嘟囔了一句。

杜军洗刷完之后,发现餐桌上只剩下四只空荡荡的碗,杜秋叶的身影像是一阵仓促的风,转瞬之间便消融在四周的空气中。杜军估计这小子又不知道跑去了哪里,因为他看见门口的鞋柜上已经少了一双鞋,而且用来买菜的那个菜篮子也消失不见了。杜军也不打算过多地理会杜秋叶整天都干些什么,这个小子就像是他放养在圈外的一只羊羔,只要不死了,怎么样都可以。杜军站在门口,打量了一下自己的家,感觉一切正常之后便把双脚踩进了自己的那双鞋子当中,那双破旧的布鞋虽然丑得出奇,但是杜军却一直觉得十分舒服。

"看来以后得买一双皮鞋了。"杜军心里嘀咕着,他下了楼,眼前始终晃动着陆扬德他们那锃亮皮鞋的浮影,油亮的漆,在阳光下像一面黝黑的镜子般闪着亮光。

"军哥。"从背后传来的声音撕破了杜军眼前那些锃亮皮鞋的浮影。

杜军不用回头便知道身后是吴国忠,这个声音是他所听过的最好的男声,他喉咙的振动仿佛拉扯着四周空气中微弱的磁场,听起来沉稳、厚实。杜军回过头去,正看见那一辆歪歪扭扭的自行车,吴国忠小心翼翼地操着车把,身后的曹荣芳若有若无地笑着。

车子摇摇晃晃,总算在杜军的身旁停下,坐在后座的曹荣芳轻盈地从后座跳了下来,杜军不经意瞟了一眼,发觉她丰满的臀部竟然随之轻微地摇动着。杜军感觉自己的喉咙不受控制地滚动了一下,吞下了一口十分燥热的唾沫。

"弟妹在哪里上班啊。"杜军察觉到自己的失态,转而问道。

"她啊,还没有落呢,等过几天再去找吧。"吴国忠却并没有发现杜军脸上的异样,略有抱怨地说道。"毕竟,现在的工作可不是那么好找了。"

"是啊,现在没点技术是不好找工作。"杜军说着,模糊地想起陆扬德似乎说过工厂里还要再招三名负责杂务的工人。不过,他并没有想在这个时候说出来,有些事情他觉得还是不要自作主张为好。

"军哥不用操心了,我这几天多走走看看,一定会找到一份工作的。"曹荣芳开口说道,她的声音如同风中摇摆的风铃,清脆而干净,杜军感觉空气间凝出一双温柔的手,轻柔地按摩着自己的耳朵。

"军哥,我们先去厂里吧,离这里远不远啊?"吴国忠看了一眼手腕上的表,感觉时间已经不早了,言语之间有些焦躁。

"那我就先去集上了。"曹荣芳朝着岔开的街道走了两步,挥手对吴国忠说道。

三个人就此别过，杜军和吴国忠一路往工厂走去，曹荣芳则一路走向了市场，这个时候对曹荣芳和杜秋叶而言都是极好的购物时间，人少，还不像午后那么热。

　　两个人很快来到了工厂，杜军给吴国忠指了指陆扬德的办公室之后，便走进了自己的办公室。他听着屋外机器开始运转的声音，不慌不忙地打开了饮水机的开关，看着加热的指示灯亮起之后，他端着杯子走出了办公室。昨天忘记倒掉的茶叶已经泡得发胀，半杯剩茶像是搅了一把黑泥一样浑浊，还微微有一股酸味。杜军皱着鼻子把它倒进了涮拖把的水池里，走到办公室门口的时候发现吴国忠站在自己的门口。

　　"你怎么过来了？"杜军端着茶杯走到门口，迎面遇上吴国忠听到脚步声而抬起来的目光。

　　"陆厂长让我到这边报道，没想到这边是你的地盘啊。"吴国忠看到杜军手里的杯子，一些事情心中很快了然。

　　"那就跟我进来吧，没想到你会在我这里干活。"杜军说着推开了办公室的门，吴国忠跟在后面也进了屋里。杜军把茶杯放在桌子上，在自己的座位上坐下之后便开始找自己的那份名单。吴国忠站在杜军的办公桌另一端，感觉站也不是坐也不是，昨天一起酣饮的"工友"突然变成了自己的领导，这多少让他有些别扭。

　　"在这边签一下名字吧。"杜军的头还没从桌子下面抬起来，一只手倒是先把那份名单扔到了桌面上。

　　"在最后一页上吗？"昨晚那个纵酒高歌的大男人此刻在杜军面前变得小心翼翼。

　　"找个空挡签上就行。"杜军一边说着一边把自己的头慢慢地从办公桌底下举起来，昨天晚上的一番劳作让他的腰有些酸痛，刚才猛地一弯下去，差点直不起来。吴国忠听着杜军的话，便从办公桌随意抽了支笔，在名单最后一页的空白处龙飞凤舞地写上了自己的姓名。等到吴国忠写完之后，杜军那颗杂草丛生的脑袋才从办公桌之后缓慢升起。

　　"你这是咋啦，军哥？"吴国忠看着那张疼得拧作一团的脸，不知道自己该走还是该留。

　　"人上了年纪，床上那活儿不行啦。"杜军懊恼地说道，他没想到自己这般健壮的身体会有这么大的反应。

"军哥，你这就说笑了，是不是昨天有点过度啊。"吴国忠听到杜军的话先是一愣，旋即也笑了起来。

"对了，你坐啊，你在那杵着干什么。"杜军一只手揉着自己的腰，另一只手在身前胡乱挥舞着，示意吴国忠赶紧找个地方坐下。

"不用了，军哥，我得先干活去了。"吴国忠看了看表，现在已经开始工作半个小时了，屋外机器的吼叫对他而言无疑是一种催促。

"也好，快去干活吧，有空我们一起去喝酒。"杜军听到吴国忠这么说，也就不再留他。

出了杜军的办公室，吴国忠感觉自己的生活被一种前所未有的情绪包裹着，像是很久没有遇见的一个人，像是很久没有尝试过的一件事，现在却在一转身之间全部降临。吴国忠因为这种感觉而感到愉悦，像是在漫天阳光里进行了一次无人打扰的自赎。

杜军坐在自己的办公室里，不知道自己应该如何度过这漫长的一天，身体似乎因为劳动的停止在各个骨缝里长出柔软的蛆虫。钟表在对面的墙上滴滴答答地响着，杜军突然感觉自己被身下的这张椅子判了无期徒刑。他可耐不住这样的无聊，他决定出去走走，哪怕是出去抽根烟也好。推开办公室的门，嘈杂的机器声轰鸣而来，搬运工在机床和原料处来来回回，轮子咕噜咕噜地碾着地面，工人们夹着脏话的聊天在空气中漫溢。这些声音让杜军感到亲切无比，因为就在几天之前，他也是这些人中的一员，带着夜夜酗酒而变得深红浮肿的面颊，说起话来总是有着"他×的"这样的前缀。想到这些，杜军不禁甩了甩自己的脑袋，他走出了工厂，在工厂的门口蹲下身子，把裤袋里的烟掏出一支来点上。一支烟还没能抽完，杜军的身后便响起了孙少康的脚步声。

"军哥，你咋跑出来了？"孙少康手里夹着一个破旧的牛皮纸档案袋，看起来像是陪伴每个人一起度过学生岁月的那种档案袋。

"里面太闷，出来透透气。你怎么也出来了，又他×的偷懒是不是。"杜军咬着烟卷，一张脸在迷蒙的白雾中歪歪扭扭地笑着。

"这话说的，我这不是来给你送你要的东西吗。"孙少康说着，把手里那个档案袋递到了杜军的面前。

"这么快？"杜军没有接递到自己面前的档案袋，只是抬起头来看孙少康的脸。果然，他看到了一张憔悴并且镶着黑眼圈的脸。杜军腾地一下站起身来，猛地抡起胳膊砸到孙少康的身上。愤怒的声音从身体里迅疾而猛烈地蹿了出来，

"我说了我急着要？你他×的!"杜军说着跳起来,双臂癫狂地用力甩向孙少康的身体。

"我没事的,军哥。"孙少康看着暴怒的杜军,怔了片刻之后慢慢地低下身子,把地上的档案袋捡起来,再次递到杜军的面前。

杜军愣在原地,看着伸到自己面前的那个档案袋,又抬头看着孙少康那双满是恳切的眼睛。一股呛人的酸涩漫上杜军的鼻子。在孙少康的面前,他第一次想要逃跑,他从孙少康的手里夺过那个拿起来沉甸甸的档案袋,重重地拍了一下孙少康的肩膀,风似的逃回了自己的办公室里。

孙少康用手揉了揉自己的眼眶之后,也转身走进了工厂,来来往往的工人把目光刺在他的身上,仔细地窥伺着他脸上细小的端倪。众人都不知道这两人之间发生了什么,他们只是听到了杜军暴跳如雷的吼叫,然而他们都默不作声,就连此刻站在孙少康身后的刘英也只是动了动嘴唇。人们似乎总是习惯在这样的事情刚刚发生之后保持礼貌性的沉默,等待自己的揣测在自己的脑海中展开一个丰满而有趣的剧本后,他们才会开始热烈的讨论,如同一群出卖着体力的文学家开始讨论某个重大的文学命题一般,喋喋不休。

人们就是这样,礼貌而多事,嘴里永远含着琐碎的话,像烂在牙缝里的食物残渣一样,永远不能被彻底清理干净。

杜军回到办公室缓了很久之后才打开那个破旧的档案袋,尘土簌簌地落在他的桌面上,他也毫不在意。他用今天新换的那件衬衣的衣袖将桌上的灰尘擦得干干净净,这才将里面的一叠文案小心翼翼地抽出来。是有些发黄的纸张,置于当头的是俊秀的楷体大字,正文则都是规整的宋体,没有横格的标量却依旧都整齐排列着。杜军简单地掂了掂,发觉页数并不多,只是刚才拿起来的时候却感觉分外沉重。杜军起身泡了杯茶,回到位置上之后开始仔细地看起来,这份文案不仅仅是字写得好看,而且陈述十分清晰,在自己的提议之外,还做了一些更加周全的规定。将这些全部看完之后,杜军感觉自己的胸口流淌着一股起起伏伏的激流。他把那些泛着微黄的纸张放在桌子上,慢动作似的掏出一根烟来,叼在嘴上静静地听着那点红光燃烧的声响。烟抽完之后,杜军慢慢地捻起那些文案中的一部分,稍稍调整了一下自己的心情,向陆扬德的办公室走去。他只拿了关于杂务工作站的那个文案。他并不打算把这些一下子全都交给陆扬德。他要细水长流,一点点地改变这个工厂,而不能一蹴而就,同时也不能让自己的价值贬值得太快。

双脚刚落在陆扬德办公室的门前，杜军的双手便开始咚咚地砸门。

"进来。"陆扬德的声音有些慌乱，杜军没有多想，直接推门而入。走进屋里，杜军才发现屋里不仅是陆扬德一个人，还有一个穿着工装的女人，脸上挂着涨起的潮红，呼吸也显得过于急促了些。

"你说的问题我会考虑的，有合适的机会就能得到解决。"陆扬德看着那个女工说道，其中的含义不言自明。那女工一言不发，转身便向门外走去。杜军看着这副场景，心理不禁冷笑一声。他慢腾腾地从门口走向陆扬德的桌子，双手恭敬地把手里整整齐齐的几张纸放在陆扬德的桌子上。

"这么快就弄好了？"陆扬德有些恍惚地望着杜军的脸，冷汗已经浸透了他的后背，脸上却还是泰然自若地挂着轻松自然的神情。

"是啊，为了工厂能变得更好，我也不敢在办公室里享福啊。"杜军的语气重重地压在享福两个字上。

"任何一个同事也不能坐在办公室里享福啊，你这个先放在我这里吧，等到批准了就由你一手开始实施。"陆扬德此时只想杜军快些离开，他的手指已经开始不由自主地敲着桌子——焦躁不安的典型表现。

"那好，我可不能像那个女工一样给你带来愉悦。"杜军走到门口的时候突然转头说道，在关门之前还不忘留下一个十分灿烂的笑容。

"这个王八羔子。"陆扬德看着办公室的门慢慢闭合，忍不住骂道。

杜军回到办公室之后突然感觉神清气爽，这一个上午的工作对他而言已经全部结束了。他端着清香漫溢的茶杯小口啜饮着，他一边喝着茶一边想着刚才的陆扬德该是怎样的手忙脚乱。想到这些他不禁笑了起来，一口茶呛进喉咙，让他原本只是表情的笑插入了一些磕磕绊绊的声音。

哈哈……哈……哈哈……他笑得直不起腰来，脑袋都快要贴到地板上。

曹荣芳和吴国忠还有杜军在岔路口分别之后，便一人在市场里漫无目的地闲逛着，陌生的集市对她而言也是需要熟悉的一部分。她有些犹豫地在一家卖鱼的摊子前停下脚步，摊前还有一个瘦瘦小小拎着菜篮子的身影，那个瘦小的身影正和摊主张牙舞爪地比画着什么。曹荣芳在一旁站了好一会儿才听明白两人是在讨价还价，只是她从没见过这样激烈的讨价还价，摊位后面个中年男人气得龇牙咧嘴，双手挥舞起来像是在抓身上的跳蚤。而那个瘦小的身影——曹荣芳的目光刚一转过去，便愣了一下，竟然是杜秋叶。两人的鏖战明显已经到了尾声,那个摊主和杜秋叶粗哑的声音几番较量之后,懊恼地把杜秋叶选中的那条鱼狠狠地摔在自家的案板上,闪亮的鱼鳞飞溅起来,有两片还贴在了那个男人的鼻头上。男人埋头刮着鱼鳞,鼻头随着身体的起伏不时地反射着亮光。

那个摊主很快把手里的鱼收拾干净,从杜秋叶手里接过那几张皱巴巴的钞票的时候忍不住吧唧着嘴,最后还是把装着鱼的黑袋子交给了心满意足的杜秋叶。

"你要点什么?"摊主对曹荣芳说道。

"有新鲜些的鱼吗?"曹荣芳的目光在种类众多的鱼中摇摇晃晃,随口问道。

"你这个人怎么说话的,什么叫有新鲜些的鱼吗,这里的鱼都是新鲜的,不信你看。"中年男人顺手抄起一条草鱼,只是那鱼不知道发生了什么,双眼呆滞地睁着,一张嘴还在不停地开合。

"啊呀,这不是国忠的媳妇嘛。你也出来买菜啦。"曹荣芳刚想说点的什么,身旁杜秋叶的声音却响了起来,粗哑的嗓音吓得曹荣芳不觉倒退一步。

"是我啊,我姓杜,我们昨天还见过的。"杜秋叶接着说道。

"啊,是啊,我也到这边来买条鱼,顺便熟悉一下这边的市场。"曹荣芳支支吾吾地说道,眼前的杜秋叶有些奇怪,不仅是声音变了许多,那双透彻清亮的眼睛也变得浑浊,只有精明和市侩闪烁着。

"这边买不到好鱼了,一个人一天绝不会吃亏两次,我们还是换个鱼摊吧。"杜秋叶眨了眨眼睛说道,不等曹荣芳反应过来,他已经朝着另一个鱼摊走了过去。

"去你×的鬼见愁!"听到杜秋叶的话,站在摊位后面的那个中年男人气急败坏地将黑色的橡胶手套摔在案板上。"鬼见愁"是这一条街上所有的摊贩给杜秋叶取的外号。这个看起来还是个小孩子的杜秋叶,每次出现在这里都让摊户避之不及,时间一长,"鬼见愁"这个外号便传开了。

曹荣芳一边是那个气急败坏的摊主,一边是渐渐远去的杜秋叶,她对那个暴跳如雷的中年男人稍稍欠了欠身子表示歉意,旋即便小跑着追上了杜秋叶。

"就在这家吧,这家的鱼还是很不错的。"杜秋叶的脚步很快在另一家鱼摊前停住了脚步。

"老板,我想买一条草鱼。"曹荣芳对着那个正躺在躺椅上的中年女人说道。

"这边都是草鱼,特别新鲜。"那个躺在躺椅中的女人站起身来,慢腾腾地走到摊前,手慢腾腾地指了个方向后又慢腾腾地说道。

曹荣芳打量了一下自己对面的这个女人，一副皱巴巴的皮囊套在纤细的骨骼上，看起来弱不禁风。曹荣芳很快收回了自己的目光，那张面容实在阴郁得吓人，脸上的每一块肌肉都像是脱了水，干瘪得只剩下一层皮贴在骨骼上。高高凸起的颧骨变成了险峻的山峰，凹陷的眼眶和两颗昏黑的眼珠形成了两个阴暗的兽穴，两瓣略有青紫的嘴唇如同一种菌类植物延展开短粗的两条，下巴尖尖细细，估计可以用来切割玻璃。

"就要那条吧。"曹荣芳有些心慌意乱地选了一条看起来肥硕的草鱼，那个女人的面容虽然只是随便一瞟，却像一块吐在自己心里的浓痰，令人作呕，又不知道怎样擦去。

"这条是吗？"女人的话不是在询问，没等曹荣芳确认，她便已经把那条鱼拎了起来，手一甩便扔到了秤上，那只枯皱的手掌伸开两指拨弄一番之后，说道，"三斤二两。"女人此时停下了她太过麻利的动作。"我收拾还是你拿回去收拾？"她一只手摁着秤上的鱼问道。

"麻烦你替我收拾一下吧，请问多少钱。"曹荣芳说着从自己的衣兜里掏出一个淡粉色的小布袋。

"按我们的规矩来吧，我也不愿多费口舌了。"杜秋叶瞅准了时机，精准无比地从曹荣芳的背后跳了出来。

"又是你啊，鬼见愁。"女人双手齐腰，说出的话里多了一些酸臭的味道。

"认识我就好，以后我会多来照顾你生意的。"杜秋叶不急不躁地听着女人的话，嘴角挂上了一丝冷笑。

"看着给吧。"女人似乎认定这是一桩亏本的买卖，没有好气地说完之后，便埋头开始刮鱼身上的鳞片。

曹荣芳不清楚这边鱼的价格，只得按照郊区那边的价格，约莫着计算了一下一条三斤二两的草鱼的价格，从那个粉色的小布袋里摸出几张陈旧却很整齐的钞票。女人没有理会曹荣芳递钱的手，只是闷头清理着鱼鳞，她很快扒光了这一条草鱼银光闪闪的衣服，露出它光洁的肌肤。完成这第一道工序之后，她麻利地操起一把尖刀剜开了白嫩的腹部，把内里肮脏的内脏一掏而空。

"鱼籽要吗？"动作的间歇抬起头来问了一句，她的嘴和手仿佛不能同时活动，每次说话的时候，手上的动作都会停住不动，即便是一个奇怪的姿势也不觉得别扭。

"要的。"曹荣芳微微点了点头。

女人很麻利地又将什么东西挑拣出来,塞回了鱼肚子里。等清洗结束之后,女人才把鱼装进一个黑色的袋子里。曹荣芳一手接过袋子,一手把钱递了过去,女人接过钱之后摊在手上一看,有些怪异地看了曹荣芳一眼,什么都没有说,转身又回到自己的躺椅中。

曹荣芳转身没发现杜秋叶,稍微向远处看去的时候才发现那个瘦小的身影,他竟然已经在不知不觉当中走到了菜摊那边。她脚下生风,两条瘦长的腿像不知疲倦的车轱辘向杜秋叶跑去。

"那个女人为什么会变成那个可怕的样子啊。"曹荣芳气喘吁吁地跑到杜秋叶的身边,第一句话便问到那个女人,而且除了可怕这样的形容,她找不出任何合适的词。

"男人死在别的女人床上了,儿子让车撞死了,一个上了年纪的寡妇,估计活着也没什么念想了。"杜秋叶在菜摊前挑着炖鱼要用的香菜,头也不抬地说道。

曹荣芳闻言一愣,不仅是因为那女人的悲惨,还因为杜秋叶的语气。那些话说出口的时候,仿佛是在谈论一条将要死去的狗,没有任何的怜悯和动容,只是十分简单地陈述。他们都死了,那个女人也生不如死了。

曹荣芳整个上午都跟着杜秋叶走过一个又一个菜摊,抢劫似的用低廉的价格买到合意的蔬菜瓜果。

"你看看你这菜的样子,要是我我都不好意思要钱。"站在阳光里的杜秋叶眼睛里闪着狡黠,对一个裹着头巾的女人说道。

曹荣芳慢慢地叹了口气,缓慢而悠长的气流,似乎把肺内所有的积蓄都消耗殆尽。

时间快到中午,阳光一片灿烂繁华。

7.

杜军在中午下班的时候介绍吴国忠和孙少康认识,两人相见甚欢,不由分说地被杜军拉到了李老头的小酒馆里。

"呦,今天来了个新人啊。"李老头看见三个人一起进来,颇有些意外。

"李老头,今天把菜弄得好吃点,别让我兄弟嫌咱们县城里的饭菜不对胃口。"杜军揽着吴国忠的肩头说道。

"尽他×的说些屁话,我家的饭什么时候不好吃过?"李老头嘟囔着走进了厨房里,开火的声音从厨房里飘摇而出。

中午来饭馆里吃饭的人显然不是很多,杜军这一桌的酒菜很快上齐。李老头撇下身上的围裙之后,自顾自地坐在柜台后面吃着一碗阳春面。

"来,我先敬你们两位,敬少康帮了我一个大忙,也敬国忠这个好邻居。"杜军说着站起身,举起半杯摇晃的液体一饮而尽。

"我们也敬军哥。"两个人也随之仰起脖子,把杯中酒一饮而尽。

李老头吃着自己的阳春面,不时停下来看看自家的这一桌客人。他总是在杜军的身上看见自己摇荡的影子,不禁想起当年毛主席号召上山下乡的时候,他带着年轻无知的热烈和激情投入到乡下生活中。在乡下艰难的环境中,他最喜欢的事情就是看书喝酒,身上拮据的时候常常去偷别人家的酒喝。那些农人也不知道什么汇报上级,逮住了就把那个时候营养不良的李老头揍得死去活来。可是那个时候就是忍不住嘴馋,一天的农活之后,最好的就是喝着呛嗓子的酒,懒散地翻着书页,一心咀嚼着那些泛黄书页中主人公的命运。那个时候李老头觉得自己勇敢,深沉,甚至还有点斗士的样子。可现在,他只觉得那个时候的自己无比愚蠢。

三个稍有醉意的酒客借着酒意嚷嚷起来,李老头的笑意也变得浓了一些,他端起柜台上已然空了的碗,缓慢地走到了厨房里。直到杜军等人酒过三巡,纷纷趴在桌子上睡着之后也没有再次出现。

曹荣芳和杜秋叶一道回家后,才发现吴国忠并没有回家,家里那张满身疮痍的沙发上只有静雯自己翻看着满是图画的儿童书籍。她把买来的菜放进厨房,有些匆忙地去敲方琪家的门。

"怎么了?"方琪开门的时候,手里还拿着针线,显然她直到中午还忙于她那报酬可怜的工作。

"国忠没有回家,军哥也没有回来吗?"曹荣芳站在门外搓弄着自己的双手。

"他中午从来不回家的,一般都是在小酒馆里,估计你家那口子也被他拉着去喝酒了。"方琪有些无奈地说道,她一边说着一边突然心疼起来这个站在门外的不安女人。她可不知道和杜军混在一起的吴国忠会变成什么样。

"这样啊,他们干了活,中午喝点酒解解乏也没什么不好。"曹荣芳缠在一起的双手停了下来,显然她的不安消解了许多,只是眉间还残留着一圈细纹。

"阿姨,带着静雯来我们家吃饭嘛,我们家刚买了特别新鲜的鱼哦。"杜秋叶突然出现在曹荣芳的面前,稚嫩的嗓音和那双刚刚流过泪般的眼睛让曹荣芳惊愕得不知所措,一时之间忘了言语。

"好吗,阿姨?"杜秋叶又问道,这一声才把曹荣芳从惊讶中拉了出来。

曹荣芳笑了笑,点了点头说道,"好啊,不过秋叶晚上一定要来我们家里吃饭哦,我也买了一条新鲜的鱼。"

"好呀,秋叶最喜欢吃鱼了。"杜秋叶不假思索便答应下来。

"那就这么说定了。"曹荣芳伸出手揉了揉杜秋叶的小脑袋,笑着说道,"那我先回去叫一下静雯。"

关上自家的房门,曹荣芳的身体软绵绵地靠在墙上。她大口地喘着气,手轻轻地拍着自己的胸口。虽然听原来这里的住户说起过杜秋叶的精神有些问题,却没有想到竟会是这样,转瞬之间便好似变了一个人一般。那些买菜时候的市侩和精明,全都如一团水雾消失不见了,仿佛只是用冷水洗了把脸,就洗出了一张崭新的面容。

"雯雯?"她感觉内心的惊悸稍稍消弭了一些之后,对着空无一人的客厅喊道。

"妈妈,我在上厕所,怎么了?"柔软的童音从厕所飘摇而出。

"没事,我们要去方阿姨家吃饭了,你上完厕所要记得洗手啊。"曹荣芳说着,在沙发靠近门边的那个边角坐了下去。

母女两人稍一收拾便来到了杜秋叶的家里,厨房里火苗蹭蹭上扬的声音起伏不定,这是每一户寻常人家中朴素而又动听的声音。吴静雯的怀里搂着从家里拿来的一些玩具,杜秋叶看见吴静雯便很自然地靠过去,两个人之间像是从来没有所谓的隔阂,很快便沉浸在孩童们天真烂漫的世界里。曹荣芳看到两个人欢笑的面容,心里漫溢过一片欢喜,不知道是因为看见杜秋叶又变成了那个无邪的孩子,还是看见一直没有玩伴的静雯脸上有这样开心的笑容。

厨房里方琪一个人忙着饭菜,菜刀砍在案板上沉闷的咚咚声和锅铲翻动时叮叮当当的声音间歇响起,交替着成为一段交响乐的高潮。曹荣芳自己闲着有些难为情,看到杜秋叶和静雯两人玩得正开心,她也觉得自己有点碍事,便跑去厨房帮方琪的忙。方琪推辞了一下,实在招架不住她的热情,只好让曹荣芳进来帮忙。

在菜刀剁在案板上的咚咚声和锅铲翻动时的叮叮当当声之间,现在又插入了女人们说家常时候所独有的那种叽叽喳喳的声音。如果这还是一段交响乐的话,怎么说呢,现在插入了一段哇啦哇啦的说唱。

杜军三人被李老头叫醒的时候,脸上无一例外都带着血红的印痕,三个人迷瞪着双眼看着彼此脸上印痕的形状,沉默片刻之后爆发出一阵响亮的大笑。酒劲消退了些许,三个人也都没忘记自己下午还有班要上。在依次去李老头的卫生间里洗过一把脸之后,他们脸上的红印才消退,只剩下一个粗浅的轮廓,脑袋似乎也清晰了许多,可以勉强地分辨东西南北的方向。

三人摇摇晃晃地向工厂走去,午后的阳光如火热的漆泼在三人的身上,杜军和孙少康索性脱了上衣,露出古铜色的肌肉,常年的工作在他们的胸腹留下刚毅的线条。他们这个时候绝不会想到一二十年之后,人们会为了这样的线条和肤色特意在堆满各式器械的房间里汗流浃背,会不远万里飞到异国的海滩给自己的皮肤上色。他们最羡慕的是陆扬德那样的身材,肚子里永远像是发着一团面,让套在身上的白衬衫微微隆起。杜军说起这些当领导的人总会有一句话来形容:肚子上长了个胸。还有那样的下巴,叠着两层褶。杜军在闲暇时候总会幻想他们没有节制地胖下去,等到年老之后,他们的下巴像楼梯一样一层接一层,一层接一层。

走到工厂的时候距离上班还有一段时间,孙少康和吴国忠被杜军拉进他的办公室里,三人抽烟抽得满屋子烟云缭绕的时候才作罢。孙少康早早地打开机器,吴国忠也早些回到杜军之前的岗位上,提前把下午要搬运的材料和工件分类。偌大的厂房里,只有孙少康那一台机器寂寞地独奏着,如果工厂在一条小河边并且恰好有那么两株残破的柳树,那么这独奏便如同将要断弦的二胡,让人心头凄然。

时间逐渐靠近上班的时间,工厂内多了些人声和机器运转的响动。杜军有时候感觉这工厂无异于一个妓院,只有到了特定的时候才有点生气,男人们汗流浃背,女人们身体摇摆,干活的时候还有憋在嘴里的闷哼。只不过妓院是人们主动去的,而工厂是人们为了吃饭才去的,似乎也只有这样的差别。

无所事事的烦恼很快便来困扰杜军,他身体半躺在那张舒服的座椅上,墙上的钟表恼人地敲打出细小的声音,杜军昏昏欲睡,在浅梦里一脚一脚地往更深的地方走去。

事情虽然表面上已经嫁祸到了陆扬德的头上,但他是厂长,要压住某些事情应该不会太难,而且也没有任何实质性的证据证明屋里确实是陆扬德而不是他杜军。之前的那种危机感很快又从他的四面八方奔袭而来。"难道是因为撞见了陆扬德的那事?"他心里揣测着,现在看起来,似乎只能是因为这件事了。工厂当中的别的人虽然都厌恶他,但无仇无怨,也不至于使出这么阴损的伎俩来。杜军现在庆幸自己当时没有精虫上脑,他听到了门外那个秘书还有几个女人的声音,显然他们并不知道会发生什么,但是谈论事情又怎么会在别人的办公室门前呢。有办公室不说,就算秘书不能在陆扬德的办公室里谈事,那么至少还有会议室可以去,怎么样都不会选择在别人的办公室门前。

"陆扬德啊陆扬德,你可真是赔了夫人又折兵,我可还没搞过这么水灵的姑娘呢。我可真得谢谢你。"杜军想着,笑着掏出自己的烟来。

吃罢午饭之后,杜秋叶和吴静雯很快又投入到他们幼稚却欢快的游戏当中,方琪和曹荣芳则坐在一起聊着天。这个时候,寻常在午后缠绕他们的困意迟迟未到。方琪摆弄着自己的针线活,曹荣芳也热烈地加入其中,两个女人一边缝补扣子、袖口,一边把谈话漫无边际地展开。窗外树头上几只鸟慵懒地叫了两声,被太阳晒得软绵绵的身子困倦地抖了抖翅膀。杜秋叶听到鸟叫,怔了片刻,突然哇呀一声从地上跳了起来。吴静雯显然被他的这副样子吓了一跳,疑惑不解地看着她的小伙伴。

"怎么了,秋叶。"方琪停下了手里的针线活问道,刚才那一嗓子差点让她把针刺到自己的手里。

"我今天还没带我的鸟儿出去遛弯呢!"杜秋叶说着,整个人也变得匆忙起来,他的背佝偻起来,脸上的神色也变得沧桑起来。

"他怎么了?"曹荣芳不解地看着方琪,问道。

方琪没有说话,只是默不作声地用手指了指自己的脑袋,曹荣芳明白过来之后拧了拧眉毛,两片嘴唇无声地动了动。

"雯雯,你过来。"曹荣芳犹豫了一会儿之后,对着不知所措的吴静雯招了招手。

"妈妈,怎么啦?"吴静雯乖巧地走到了曹荣芳的身边,脸上还带着一丝害怕的神色。

"你知道吗,这是秋叶在玩一个新的游戏呢,这个游戏是他扮成一个老爷爷,你呢,就扮成他的孙女,接下来你知道该怎么做了吗?"曹荣芳一边用手抚摸着静雯柔软的头发,一边语气温和地说道。

"这个游戏真有趣。"吴静雯扬起天真的脸看着妈妈,开心地说道。

"其实不必这样的,让秋叶自己出去走一会儿就好了,我怕他会……"方琪担忧地看着曹荣芳。

"不会有事的。"不知道为何,曹荣芳的这句话让方琪感到分外安心。

"啾啾……"杜秋叶一边学着窗外的鸟叫,一边拎着那个空荡荡的鸟笼,在门口换好了鞋子。曹荣芳望了静雯一眼,静雯便很乖巧地走到了杜秋叶的身边。

吴静雯跟着杜秋叶出了门,两个瘦瘦小小的身影走在楼梯上像两艘摇晃的船。午后的阳光如同一块被嚼烂的牛皮糖,两个人一走出楼道便紧紧地黏在两个人身上。

"你为什么跟着我。"杜秋叶走了两步突然停了下来,手捋着下巴上并不存在的胡子。吴静雯笑嘻嘻地看着他摸下巴时滑稽的样子,一时间忘了回答杜秋叶的话。

"你这个小姑娘,傻笑什么呢,我问你为什么跟着我。"杜秋叶正了正面色,那张五官尚未长开的面容上挤出了十分滑稽的严肃。

"因为你是我的爷爷啊。"吴静雯也一脸正色说道,她顺利地进入了游戏的角色。

"那你是谁啊。"杜秋叶的双眼望向空茫的远处,思绪如同飞向海平面的一只鸟,张开双翅开始漫无边际地翱翔。

"我是你的小孙女,雯雯啊。"吴静雯说着,心里不禁佩服杜秋叶演爷爷竟然演得这样像,在她不多的印象中,她那留着白胡须的爷爷也总是这样,双眼里一片空茫,装着整个世界却又空无一物。那个时候,那个头上只顶着几根稀疏白发的老人总是会用自己宽厚而温暖的手掌揉着自己的小脑袋,像是知道了某个秘密那样静悄悄地说,"原来是雯雯啊,我的小孙女。"

"原来是雯雯啊,我的小孙女。"杜秋叶很低很低的声音传来,瘦小的手掌也温柔地摸上她的头,虽然不够宽厚也不够温暖,但掌心却含蓄着一股细小的暖流,清澈,温凉,缓慢地注入吴静雯的身体。吴静雯有那么一个瞬间,恍然感觉爷爷就在自己的身边。但很快便意识到这不过是个游戏,把手放在自己的脑袋上的杜秋叶也只不过是一个和自己一般大的孩子。

"走吧,我们在这个破地方四处逛逛。"杜秋叶收回自己的手,又拎起自己的鸟笼笑呵呵地向前走着。没有发现身后的吴静雯脸上多了一种他们这个年纪无法理解的怅然若失。

走了一段路之后,杜秋叶突然又停下了脚步,转过身对身后的吴静雯说道,"你为什么跟着我啊。"

"因为你是我的爷爷啊。"

"那你是谁啊。"

"我是你的小孙女,雯雯啊。"

"原来是雯雯啊,我的小孙女。"

……

似乎只有在这样的一番对白之后,两个人才能好好地走路。两个人不知道颠簸着瘦小的身体穿过了多少条街道,直到夏天的阳光里逐渐渗进一丝清凉的时候,他们才又看见他们熟悉的这些破旧居民楼。

"爷爷,你给我讲个故事好吗。"两个小小的身影在夕阳的光辉中逐渐隐没,街道开始变得繁忙,嘈杂的人声从静寂的边角缓慢地泄渗漏。

"好啊,我的小孙女。但你可得让爷爷想想,爷爷不记事了……"杜秋叶说着将自己的鸟笼放在地上,摸索着自己干净的下巴。"噢,爷爷有了!"杜秋叶思索一阵之后突然兴奋地说道,"从前啊,有一座山,山上呢,有一座庙。庙里住着两个和尚,有一个是老和尚,还有一个小和尚。有一天这个老和尚啊,给这个小和尚讲故事。他说啊,从前有座山,山里有座庙,庙里住着两个和尚……"

"爷爷,你耍赖皮!"吴静雯不满地叫起来,一双小手拍打在杜秋叶的身上。杜秋叶发觉自己的小伎俩被识破,任由静雯在自己身边打着叫着,自己摸着下巴呵呵地憨笑起来。如果不是这时候夕阳正浓,我们或许还能看见他脸上涨起的一片羞红。

"爷爷实在记不得什么故事了,那雯雯给我讲一个好不好?"杜秋叶笑着拎起鸟笼,伸出手去摸吴静雯的小脑袋。

"好啊,雯雯的故事可多啦。从前啊,有一个喜欢穿好看衣服的国王,有一天国王的宫殿里来了两个裁缝,说他们可以做出世界上最好看的衣服……"

8.

杜军提出的那些提议在两周之后开始陆陆续续地实行,纪委的人来了一次,分别找两人谈了几句之后,也没再多说什么。杜军和陆扬德也回归原样,一个吊儿郎当,一个见首不见尾,至少人们在表面上见到两人的时候,还是一副和气的样子。甚至在那些提议开始逐步实行的时候,陆扬德还常常现身帮忙。工厂在一番举措之后似乎变得好了许多,工件和钢材的运送变得井井有条,新盖起来的门卫室虽然只是简单的板房,但却让大家都安心了不少,还让两个年近五十的男人有了工作,自食其力地挣出些烟酒钱。新招的三名工人也已经开始正常工作,其中曹荣芳的名字赫然在列。杜军很高兴他的名单上又多了五个人的名字,其中还有自己的邻居。陆扬德也高兴,他仿佛看见了一头困兽找到了出路,因为倒班制,工厂里的机器开始不停息地运转。唯一没能实行的便是双休日,上面说,具体的岗位才可以双休,剩下的一般工人想要休息只能加班之后和别人调休。工厂内的工人们对此也显得十分满足。整个工厂里似乎从来没有这样和谐过,从上到下洋溢着欢欣。吴静雯因为曹荣芳有了工作,白天的时候便待在杜秋叶家里,方琪做着针线活,两个孩子便开心地跑来跑去。杜秋叶有时候外出,吴静雯便跟着他到外面去四处游荡,看着他用低廉的价格买到各样的鱼肉蔬果。有的时候,两个小小的人影再加上一个鸟笼,在这里坑洼不平的街道上留下一片可爱的影子。

时至八月,雨水没有减少反而变得更多了,落满尘灰的路面终日一片泥泞。每个人出趟门都得拎着裤脚,零碎的雨点子不时砸在他们的头上,涂花那些架在鼻梁上的眼镜,把蓬松的头发揉成紧致的一束。领到七月份工资的那天,杜军和吴国忠夫妇俩冒着细密的雨丝,在人影稀少的街道上买了一些熟食和白酒,轰轰烈烈地回到了家里。当孙少康自己一个人推开李老头那家酒馆的门,李老头一抬眼便慵懒得说道,"那小子又不来了?"

孙少康擦了把脸上的雨水,点了点头。李老头又接着说道,"男人多回回家还是好的,你小子,也该有个家了吧。"孙少康支吾着应了一声,然后把脑袋从门里边抽了出来,把门轻轻地合上。

"我也应该有个家了吗?"酒后的孙少康有些迷糊地走在返回宿舍的路上,他还从来没有想过这个问题,身边所有的人似乎都在为自己出谋划策。可自己的生活却总像是难以接受那一部分的出现,总是本能地排斥着任何一点和情感的摩擦。他一路失神地走着,泥水溅在裤管上也浑然不觉,工服紧紧地粘在身上也无所谓。这个年轻人似乎掉进了一道自己挖开的水沟里,现在开始挣扎却为时已晚。他走回自己宿舍的时候才发现自己全身的狼狈,他把身上的衣服尽数脱下,肌肉的线条在潮湿中显得更为生动。宿舍的墙壁上有一面小镜子,迷茫的孙少康对着镜子端详了许久,在感到对自己的一切还颇为满足之后,才换上简单的衣裤,端着一盆脏兮兮的衣服走到公用的盥洗室里。

晚上,杜军和吴国忠两家人又围坐在一张餐桌旁边,买回的烤鸭在昏暗的灯泡下显出可爱的光泽。酒香揉进因为谈话而热烈的空气里,坐在一旁说着话的人们胸口都漾涨起细微的醉意。所有的餐盘一一在餐桌上降落之后,手里的筷子和酒杯也开始繁忙起来了,这两家人总有说不完的话。杜秋叶和吴静雯乐得没有大人们管,在一旁玩耍起来,玩得饿了便跑到餐桌上随便抓点什么塞到自己的嘴里。曹荣芳有些喜欢现在这样的静雯,长久以来她都感觉静雯的身上缺了一些作为孩子的特质,她太顺从了,不像别的孩子那样总是充满生气。方琪却有些忧虑地看着两个孩子,她感觉吴静雯的身上沾染了一些杜秋叶身上的特质。

"说起来,可还真要谢谢你呢。"曹荣芳的目光缥缈地望向方琪那张似乎距离自己很是遥远的脸,酒精烧红了她的面颊,让她的身体左右摇摆着。

"什么?"方琪伸手扶住曹荣芳的身体,不知道她为什么对自己说出谢谢。

"谢谢你和秋叶,让静雯看起来终于像一个真正的小孩。"方琪说着拉住了曹荣芳的手,完全没意识到身旁的两个男人已经安静了下来。

"我也觉得那臭小子很少发疯了,至少没有天天把自己当成我老子了。"杜军叼着烟严肃地说道。吴国忠和方琪闻言怔了片刻便轻声笑了起来,方琪在那笑声的带动下也跟着笑了起来。"有那么好笑吗?"杜军咬着烟,郁闷地吸了一口。

可笑声仍未消止,两个孩子也都放下了手里的玩具,莫名其妙地看着这几个狂笑不止的大人。在他们看来,这些大人和自己也没有什么差别,笑起来没有丝毫的节制。

当夜慢慢沉淤在大地之上的时候,杜军躺在床上望着隐没在黑色中的天花板,脑子里断断续续地出现一些破碎的信息,就像是医院里那些机器的屏幕里上下跳跃的折线,冗长而紊乱。方琪背着身子睡去,呼吸缓慢而悠长。

"老婆。"杜军推了推身边的方琪,漆黑的四周和纯粹的安静让他无所适从,他不知道自己为何会难以入眠,并为难以入眠感到深深的苦恼和烦躁。

"嗯?"方琪昏沉地支吾了一身,一天针线活和晚上的这顿饭让她十分疲惫。

"我是主任了,你知道吗,我现在管着不少人了。我这个月的工资有六百零三块。"杜军兴致勃勃地炫耀着,全然没有发觉方琪没有理会他的意思。然而他才不介意方琪是否理会自己,他粗糙的手掌已经摸进了方琪的裙子。

方琪有些痛苦地呻吟了一声,身体却顺着杜军的手掌翻了过来。

这是一个潮湿的夜晚,窗外的雨稀疏地落着。

翌日的早晨和往常一样,在短促的匆忙之后,杜秋叶的家里便只剩下杜秋叶、吴静雯和方琪。杜军三人到了工厂之后便很快分开,向自己的位置上走去。

方琪醒来的时候发现床头有两张平整而光洁的五十元钞票,她这才想起杜军昨晚对他说的话,她小心地把那两张五十元收进自己的口袋,感觉生活的脸对她做了一个十分模糊却又含义复杂的表情。杜秋叶吃完早饭后便带着吴静雯出去了,外面的雨虽然停了,但路上还是一片泥泞。方琪唯一能做的就是按着手里的针线,对着那两个急匆匆窜出门去的身影说道,"小心点,别踩得满身泥巴。"

然后得到杜秋叶的一句回复,"瞎操心什么,我一把年纪了还会摔倒?"小小的身影拎起他的鸟笼,两个人消失在门口。

方琪摇着头轻轻地叹了口气,将手上的针线继续下去。

杜军在办公室里还没坐热屁股,敲门声便令人厌烦地响了起来。"进来!"杜军恶狠狠地喊道,从口中喷射而出的声音却有气无力。

陆扬德的秘书推开了门,那张架着眼镜的、令杜军厌烦的脸带着没有睡醒的困意出现了。

"怎么了?"杜军没好气地问道。

"是这样的,这里是工厂改制之后的一些工作安排,陆厂长让我给您送来一份。"姓魏的年轻人将手里一叠资料放到杜军的办公桌上。

"好的,放在这里吧。"杜军随手将桌上的文件拿过来,粗略地翻阅起来。过了一会儿,他还没有听到关门的声音和离开的脚步,便抬起头来,发现他像一根木桩一样还站在自己的面前。"还有什么事情吗?"杜军有些不快地问道。

"啊,没什么事情了。"他吞吞吐吐地说着,一张苍白的脸因为一些卡在喉咙里的话而憋得通红。

"脑子有问题吧。"杜军听着门关上的声音,有些烦躁地咕哝着。他百无聊赖地翻阅着手里的那些文件,窗外的鸟啾啾地叫着,脑子里乱七八糟的事情碰撞着,三股信息交叉相撞,最终让杜军厌烦地把手里的文件摔在桌子上。屋外的机器不知疲倦地发出嘈杂,小推车的独轮像是从杜军的头上碾过一样令他厌烦。

杜秋叶带着吴静雯出门之后便在一个小水洼旁停了下来,清澈的水里游动着几个小蝌蚪。吴静雯蹲下身子,睁大了双眼看着水里那些游动的小小生物。杜秋叶也在她的身旁蹲下了身子,双手小心翼翼地探进水里,盛出一捧清凉的雨水和两三个蝌蚪。吴静雯看着杜秋叶手里的小生物,她有些胆怯地伸出一根手指在狭小的水面上点了点,杜秋叶手里的湖泊随之漾荡开柔软的波纹。

"没有关系,它们不会咬你的"。杜秋叶细声细语地说道,她从那双充满好奇的眼睛里看到了犹豫。

吴静雯听到杜秋叶的鼓励才慢慢地将手指伸入水中,雨水有一种夏末时候特有的清爽,她的指尖在水中追逐着那几个周身黝黑的生物,在杜秋叶两个手掌里溅起如她一般含羞的水花。

"爷爷,他们会变成青蛙吗?"吴静雯终于碰触到他们滑溜溜的身躯的时候,受惊似的缩回了自己的手,仰着头问杜秋叶。

"静雯,你会长大吗?"杜秋叶笑着将自己并在一起的手掌松开,将手里的水归还给那个凹陷的小水洼。

"我当然会长大了。我每天都在长大啊。"

"那么,小蝌蚪自然也会变成青蛙啊。"

"静雯长大了也会变成青蛙吗?"吴静雯望着杜秋叶的眼睛,那褐色的瞳仁像一口井那么深,井底似乎藏着一切问题的答案。

"不会的。你会变成这个县城最动人的姑娘。"杜秋叶笑着说道。两个人慢慢地跋涉过涂满了烂泥的地面,向县城边陲的那条小河走去。

两个人才走出去没有多久,一辆破破烂烂的自行车便碾过那个水洼,泥在水中浮动起来,刚才的清澈瞬间变成一片浑浊,游动的小蝌蚪们也都身迹难寻。

县城边陲的小河因为接连几日的阴雨,水面涨高了不少,水流也变得湍急了许多。杜秋叶拉着吴静雯站在距离河岸有一段距离的地方,水流的声音清脆而又雄壮,不似平时那样温顺的绕河底的沙石。隔着这一条小河,远远地就能眺望到远处的矮山,那边就是人们常常说起的郊区,如果目光可以延伸地再长一些,再稍稍扭动一下,那么他们还可以看见连绵成片的麦田,在那里,是与此完全不同的农村生活。两个人静静地站在河边,树上被淋湿的鸟儿抖动着羽毛轻声叫着,叶片上柔婉的水流在尖端凝成一颗巨大的水滴,打个喷嚏一般抖了抖身子,将它丢向身下的泥土。

杜军在办公室心烦意乱地坐了片刻,便听到屋外的人声突然嘈杂起来,砸在地面上的脚步快要将整个工厂震塌了。"干什么,闹起义呢?"杜军嘀咕着拉开了办公室的门,发现工厂的中央围了整整一圈的人。

"咋啦,这是。"杜军用力地在密实的圆圈中拨开一个空隙,挤到了圈内。在他的眼前的不是别人,正是吴国忠。他宽大的手掌紧紧地拽住一个穿着衬衫的年轻人的领子。

"是这样的。"站在杜军旁边的一个老头说道。"那个年轻人怀疑新来的那个女工偷拿了厂里的东西,手脚就有些不老实。"杜军瞥了一眼身边的这个老头,发现是新来的那个门卫,好像是叫做李丘。

"就这么点事儿?"杜军问道。

"这可不是一点事儿啊,小杜。"李丘严肃地说道。

"屁事。"杜军说完便向吴国忠走去,吴国忠听见脚步声,不觉转头看了一眼。发现是杜军之后,手稍稍松开了一些,嘴巴张了张,"军哥,这小子……"

"我知道了,你先放开他。"杜军的声音出现少有的严厉。

"军哥……"吴国忠说着瞟了一眼站在一旁的曹荣芳,有些不甘心地说道。

"让我来,你动手不合适。"杜军在吴国忠耳边悄声说道。

吴国忠盯着杜军的眼睛,在那双坚定的眼中得到了一种让人放心的力量。他缓慢地松开了自己的双手,身体泄了气般向后倒退了几步。那个年轻人脱离了吴国忠的手掌,脸上带着一种得胜般骄傲的表情,得意地用手松着自己的衣领。

"你他×的!"杜军回头一看那人的样子便一巴掌扇到了他脸上,一声响亮的"啪"让围在四周的都安静了下来。

"杜军!你他×的敢打我,我们可是同级!"那年轻人的身子晃了晃,旋即对杜军喊了起来。

杜军定睛一看,才发现这是前几天刚提到生产部的那个小吴,看清楚了之后他更是气不打一处来,狠狠一脚就踹到了他的肚子上。小吴向后趔趄了两步,一屁股坐到了地上。

"什么东西!后勤的事你也要管,管你他妈个头!"杜军走上前去,气冲冲地对摔在地上的小吴骂道。

围城一圈的工人们何时在工厂内见过这种景象,都疯了似的开始喝彩,掌声和尖叫海潮一般涌向杜军,也顺便淹没了坐在地上的小吴。

"杜军,你厉害,你行,我要告你伙同工人偷窃。"小吴站起身来,一边拍着屁股上的灰,一边对杜军咬牙切齿地说道。

"瞎了你他×的狗眼,你看见谁偷东西了。你找出来,老子不仅原物奉还,还赔你双倍的钱。"杜军见这小子竟然还敢威胁自己,变得更为恼火。

"哼。"小吴说着挺了挺胸膛,让自己衬衫上的那个鞋印显现出生动的立体感。"就是那个新来的女工,你让她把裤子后面那个兜里的东西掏出来!"声音变得有些歇斯底里,散乱开来的头发让他看起来有些癫狂。

所有的目光都集中到曹荣芳圆滚滚的屁股上,在工裤后面的那个兜里确实凸出来不和谐的一块。曹荣芳何时受到过这样集中的目光,脸不由自主地变成一片羞红,伸向后兜的手也变得缓慢起来。

"快拿出来啊。我们都相信你。"吴国忠站在曹荣芳的身边催促道。

"做贼心虚了吧!杜军,这次我是非要让你吃不了兜着走,你个只会干杂活的!还他×的想当官!"年轻人的胸膛挺得更直了,像一个站在路边的妓女努力地让自己的胸部看起来更丰满一些。

杜军只是微微笑着,贴在腿边的双手已经紧紧地攥成了坚硬的拳。曹荣芳缓慢地将自己的手伸入裤兜,当她碰到兜里的东西的时候,她不由得松了口气。刚才还涨得通红的脸上漾漾起一丝细微的笑意。

她拿着她那个装钱的小布袋从兜里伸出来,随带着一些东西哗啦哗啦地掉到了地上。众人的目光也随之转移到地上,等到看清楚那些究竟是些什么的时候,人群里爆发出巨大的笑声。那些随之掉落出来的东西是昨天晚上杜秋叶和吴静雯的折纸作品,现在纸鹤、纸船还有纸青蛙都楚楚可怜地匍匐在地。

"看来是偷窃了不少国家财产啊。"杜军说着走到了曹荣芳的身边,将那些折纸一一捡起,捧到小吴的面前。"那么,你是要这只青蛙,还是这架飞机,要不然都送给你吧。都够你开个博物馆了。"杜军伸直手臂,把这些折纸作品伸到小吴的脸前。众人又是一番大笑,如同一个大耳光扇在了小吴的脸上。

"这他×的都在干什么呢,大白天的,不用干活啊!"一个怒不可遏的声音传来,围成一圈的工人们很快散开来——这个只用脚趾头都能听出来的陆扬德的声音。

"你们几个,干什么呢。"陆扬德走近了才发现没有散去的四人。

"吴闯,怎么了?"陆扬德走到他们身前,才对脸上挂着瘀青的年轻人说道。原来这孙子叫吴闯啊,闯祸倒是还真敢闯。杜军面无表情地听着陆扬德的话,心里嘀咕着。

"没什么大事,有一点小误会。"吴闯推脱着想要走开,但陆扬德可并没有就此撒手不管。

"你动手了?"陆扬德见吴闯不肯说,便转身对杜军说道。

"是啊。"杜军摊开双手,肩膀松松垮垮地向两边倒着,一对儿胳膊散漫地垂下。"你问问这孙子,该不该打。"

"你们两个跟我到办公室里来,你俩先去干活吧。"刚刚开完会回到厂里的陆扬德感到心烦意乱,他的手在眼前散乱地挥舞着。吴国忠和曹荣芳闻言便回到了自己的工作岗位上,只有抬头挺胸的杜军和垂头丧气的吴闯跟在陆扬德的身后。

几分钟后,杜军从陆扬德的办公室出来,继而陆扬德愤怒的吼声也从办公室里炸了出来。刚才围观的工人们不禁偷偷笑起来,吴国忠听到办公室的怒骂也不由得搓着自己的双手,松了一直憋着的那口气。

其实陆扬德一般不会这样恼怒的,一些人的手脚不怎么老实他是知道的,包括他自己在内,总会在一些女工身上占点小便宜。可今天不一样,这一大早,他就被叫去谈话,一个不知名的女人四处夸赞陆扬德那事的厉害,街坊邻居间四处传播,造成了很不好的影响。无论他怎么解释,还是结结实实地挨了一顿臭骂。

大约半个小时之后,陆扬德办公室内爆炸般的怒吼声才停息。吴闯耷拉着脑袋从陆扬德的办公室出来,刚才挺起的、如小山丘一般的胸膛倒坍下去,杜军那个刚才还颇具立体感的鞋印此刻成了一块盆地里破裂的纹路。

杜军在办公室里喝着茶,窗外的鸟依旧那般啾啾地叫着,好像什么都没有发生过。

中午,曹荣芳和吴国忠拉着杜军一并去吃饭,杜军毫不犹豫地答应下来,毕竟这一个上午的事情对他而言也并不轻松。午饭间,两人自然先是谢了杜军上午帮忙的事情,而后又逐渐说起杜秋叶和吴静雯上学的事情,两个孩子的年纪也差不多了,何况现在又住在县城里,上学的条件也这么方便。只是杜军想到杜秋叶的那个样子,心里有些犹豫,可这孩子要是不上学,以后干啥呢。杜军在曹荣芳和吴国忠两人的轮番劝说下点了点头,心里始终留有一个大大的问号。

杜秋叶和吴静雯回到家里的时候,方琪已经做好了饭,两个孩子吃过午饭之后便陷入短暂的安眠,潮湿的风撩拨着卧室的窗帘,把温凉的吻痕留在两个孩子红扑扑的脸颊。

9.

杜军在和方琪商量了几天之后,决定还是要送杜秋叶去学校试试。一个星期六的时候,他和吴国忠去了一趟县城里的小学,一个四十岁左右、面部白皙、戴着黑框眼镜的男人告诉他们,现在的新生入校还需要通过一个入学测验,让两个孩子回去稍稍准备一下。虽然和能否入学没有没有什么关系，但是学校和老师都希望能通过这样的一个测验知晓新生的知识水平。

"破事真多。"杜军走出学校大门的时候，忍不住嘀咕了一声。

"不着急，军哥，到时候叫两个孩子来考试就行了。"吴国忠说道。

"嗯，我们哥儿俩去找个小馆子喝点吧。"杜军环视了一周，发觉同样是在县城里，这里的一切却显得这样陌生。

两个人很快找到一家类似李老头家那样的小酒馆，剩下的那一张桌子仿佛是专门为二人留下的。两人落座之后接过老板递过来的菜单，随便点了些酒菜之后便抽起了烟，闲聊着家里和工厂里的事情。

"杜军那个龟孙，我吴闯不弄死他我就不姓吴。"安静的小饭馆里突然传来一个暴戾的男音，还随带着玻璃破碎的声音。

"砸东西给老子滚出去砸，别他×的在饭馆子里面逞英雄。"刚把杜军的菜单交给后厨的老板对着过道的转弯转处喊道。

"看来是没法好好吃个饭了。"杜军一下子就听出来那是前几日被自己打了的那个吴闯，他说着，浓密的眉毛还像孩子那样向上挑了挑，看起来颇为滑稽。

"奶奶的，这小子还跑到这么远的地方来骂娘来了。"吴国忠想起前几天的事情气就不打一处来，拍了一下桌子就要起身往那个过道的方向走去。杜军一把拉住气势汹汹的吴国忠，对着他轻轻地摇了摇头，轻声说道，"吃咱们的，听听这孙子还能说出什么来。"

两个人吃着陆续端上来的小菜，酒也一点点灌入胃中。过道那边的骂声逐渐低了下去，杜军和吴国忠则完全没受到什么影响，吃得十分自在。

两人差不多吃完的时候，一阵颠簸不平的脚步声从过道那边响了起来。杜军和吴国忠不约而同地将目光抛了过去，发现果然是吴闯。他看起来醉得不轻，嘴里哼哧哼哧地咕哝着什么，脑袋像个大肉瘤一样放在柜台上，手在全身上下摸索着，看起来是在找钱包。让两人感到奇怪的是，后面竟然还跟了一个浓妆艳抹的女人。

"这瘪三竟然还有这么个俊女人。"杜军哼唧了一句，那女人侧着身子，偶然显现的侧脸露出了极好看的眉眼，就跟杜军在领导家的彩色电视上看到的女人一样。

"你他×的敢在这里吃白饭？"吴国忠还没接上杜军的话，就听见那个老板的怒喝在柜台后炮弹一般炸裂开来。

"你这里的东西也能叫饭？饭是馊的,鱼也他×的不新鲜,酒跟马尿一样,只能给那些干杂活的蠢货喝。"吴闯趁着酒性,一巴掌拍到柜台上,大声说道。一些正在吃饭的人抬起头来,眯紧的眼睛里显出一些不悦的神色。

"你他×的今天就是故意来找事的是吧。"老板一把拽住了吴闯的衣领,那个老板虽然发梢已经显出苍白,但臂力却大得惊人,吴闯的双脚此时已经稍稍离地。"虎子,过来给我把这个狗东西给我扔出去,这个女人关到后厨里,让他拿钱来赎自己的婆娘。"老板对着厨房里那个五大三粗的厨师说道,看起来是老板的儿子。

"我不是他婆娘,他身上有钱!"站在吴闯一旁的那个女人闻言尖叫起来,身体不由自主地向后退了几步,一直撞到过道处的墙壁上。

"不劳你费心了,这个是我们的朋友,我和他聊聊。"杜军这个时候才站起身来,走过去,一手抓住吴闯。

老板和那个被叫作虎子的后厨疑惑地看着他,不知道这人是来搅场子还是和这人的确有仇。杜军的手用力将吴闯的身子往自己这边拽了拽,老板盯着杜军的眼睛看了片刻,慢慢地松开了手。

"来,睁眼看看我是谁。"杜军一只手扯着吴闯,另一只手抡圆了就是一个大耳光。

吴闯的眼皮动了动,终于在自己的眼前挤出一点画面来,眼前的一片模糊和听起来有些熟悉的声音让他隐约有了一种不安的感觉。"他×的杜军,你他×的……"吴闯的身体在杜军的手里摇晃不止,嘴里梦呓一般絮叨着。

"你真他×的该回娘胎里重新生产一下。"杜军将自己的手臂用力一甩,吴闯软绵绵的身体便摇晃着向门外摔去。杜军听这小子骂了一整个中午,早就气得牙痒痒,追上一步就是一脚踹在他的胸口,在他的那件衬衫上又留下一个脚印。只是吴闯的身体虽然摇摇晃晃,却并没有摔倒,醉醺醺的他好像更加耐打了一些。吴国忠这个时候终于这坐不住了,他倏地一下站起身来,对着不倒翁一般的吴闯就是一脚,这一脚势大力沉,让吴闯的身子像一只断线的风筝一般飞了出去,倒在了门外的一片未干的泥泞中。

"有点太狠了吧。"杜军对着吴国忠皱了皱眉,他可不想闹出人命来,吃牢饭的日子可是不怎么好过的。

"就当是给荣芳出气了"。吴国忠也意识到自己用的力气未免有些太大了,躺在门外的吴闯一动不动,让两人的眉头不禁紧了紧。

"我去看看。"杜军说着走到了门外,蹲下去查看吴闯的情况。他的手刚伸及吴闯的鼻前,他那原本仰躺着的身子却突然一个侧翻,双手抓住杜军的双肩,嘴里哇啦哇啦地吐了起来。"哈哈……"躺在地上的吴闯笑得似是要断了气,他的身子在地上的泥巴里挣扎翻滚,刚才杜军和吴国忠的两脚让他的胃里翻江倒海,所以当他倒在地上的时候,他强忍住喉咙间上涌的那股力量,闭上双眼开始装死。

"这个龟孙……"杜军气恼地看着自己身上满身的秽物,站起身来一脚把地上打滚的吴闯踢到一边去。

"没事吧,军哥?"吴国忠在屋内看着杜军一副气恼的样子,不知道发生了什么。

"没事,这王八羔子把老子当成他家便盆了。"杜军转过身去,身上弥漫开来的酸臭味让他自己都不由得皱紧了鼻子。

"你们和你们的朋友聊完了没有,聊完了把账结了,要不然这个姑娘我就留我这儿了。"老板跟着走出门来,颇有些不耐烦地说道。

"那就留您那儿吧。我们没人会结账的。"杜军走回店内,用桌上的纸巾擦着自己身上令人作呕的黏作一团的呕吐物。他感觉到很多厌恶的目光扎在自己的后背,包括吴国忠也不自觉地皱了皱鼻子。

"真他×的是个孙子。"杜军心里骂道,手里的纸巾也摔到了地上。衣裤已经粘在了身上,夏末的潮湿和闷热让杜军感到更加难受。

"我们还是早些回去吧。"杜军无奈地说道。

柜台那边的那个女人突然开始大喊大叫,那个叫做虎子的年轻人一把揽着那女人的腰,将她向后厨拖拖去。

"我真的不是他的婆娘,我不认识他,放开我!"那女人的声音变得又尖又细,锋利的指甲又抓又挠,那又高又壮的男人却浑然不觉,胳膊像是老虎钳子一样锁在那女人的腰上。

杜军和吴国忠对视了一眼,脸上的表情丰富而生动,却又不约而同地向门外走去。他们谁都不愿意搭理吴闯的这个烂摊子,即便是那女人生得那般娇柔水灵。

"哥!"在那女人快要被扔进后厨的时候,才有些失声地叫了出来。

"等等!"吴国忠在将要迈出门的时候突然停了下来,刚才的那个声音让他的身心战栗。他毫不犹豫地回过头去,在杜军疑惑不解的目光中走向了后厨。

"妹子?"吴国忠对着那个浓妆的女人说道,眼里全是疑惑。

"是我啊,哥,我是霞子啊。"那个女人扭动着身子,虎子看了看站在柜台后的父亲,松开了自己的胳膊。

"你怎么弄成这个样子了。"吴国忠揉了揉自己的眼睛,一把将那女人从厨师的身边拉了过来。记忆中他的妹妹还是个不施脂粉的小姑娘,穿着奶奶缝制的黄裙子在牛羊群里跑跑跳跳。

"这个以后再说,哥,你先把钱付了啊。要不然人家不让我走啊。我真的不认识那个男人。"女人拉着吴国忠的胳膊,大半个身子藏到了他的身后。

"我知道。"吴国忠扯了扯自己胳膊上妹妹的手,转身对着老板说道,"多少钱。"

"三十。"老板斜眼瞥了一眼吴国忠,一种很不舒服的感觉从他的全身漾涨起来。

"多少?"吴国忠有点不相信自己的耳朵,他可没见过这样漫天要价的。

"不仅仅是酒菜钱,还有那些盘子,刚才你们也弄坏了一张椅子。这么多东西加起来才要你三十块,已经很客气了。"吴国忠顺着那老板的手指看了看,发现过道拐弯处的那张桌子上果然洒满了破碎的白瓷,而自己刚才坐过的那张桌子那边,一只椅子不知道什么时候摔断了一条腿。

吴国忠把自己的全身上下摸索了一个遍,才掏出来皱巴巴的十五块钱。老板微笑着摇摇头,一个随带着酸臭气息的声音扑了过来,"我来吧。"是被吴闯吐了一身的杜军。

"军哥,这是我妹妹,吴红霞。之前跟你说过的。"吴国忠感激地看着杜军,连忙把自己的妹妹向杜军介绍。

"你这个妹妹可比你好看多了。"杜军玩笑着说道,他揪扯着身上的衣服,甩动着两条腿,沾满呕吐物的衣服让他感到十分难受。

三人从小酒馆里出来,杜军急着回家换掉自己身上令人难受的衣服,原本吴国忠打算随行的,却因为意外发现了自己的妹妹,只得让杜军独自回去。两人略带歉疚地和杜军分别,随便找了另一家小酒馆坐下喝起了茶。

"你怎么变成这副样子了。"吴国忠的屁股刚一接触到椅子,就迫不及待地问道。

"哥啊,这你就不知道了,现在的生意不好做啊。按摩赚不到多少钱,只能做些别的营生。"吴红霞抿了口杯里的茶,抱怨着说道。

"你干了那行了?"吴国忠手臂猛一发力,手里的茶杯发出嘎吱嘎吱的声响。

"哥,你想啥呢,我那家按摩店还开着呢。就是手底下的那些小姑娘,反正他们也不介意多赚些,那我更不介意……"吴红霞的声音变得越来越细小,到最后变得像是蚊蝇在夜里的哼唧,而吴国忠的耳膜则是夜里拉得紧实的蚊帐。

"你现在成了老鸨了?"吴国忠的五官皱巴巴的扭作一团,出口的声音如同细针落地的声响,胸口却如同被定向爆破一般回荡着咚咚的巨响。

"我们非要聊这些无关紧要的事情吗?就不能说些别的?"吴红霞无奈地说道,哥哥直刺着自己的目光让她想要落荒而逃。

"这可不是什么无关紧要的事情,你还年轻,为什么不做些正经的工作呢?"吴国忠此刻真的想把自己面前的这张桌子掀了。

"我觉得这样过得挺好的,我不用做什么,而且挣的应该不会比你少。"吴红霞不解地说道,虽然她有时候也觉得这行业不怎么光鲜,但她活得确实自在了许多。

"你知道不,我们国家早就把这东西取缔了,你现在是在犯法!"吴国忠压低了自己的声音,可说到最后两个字的时候还是忍不住加重了语气。

"那些警察?"吴红霞的声音先是上扬,旋即沉缓地落了下来。"再说了,这些事情顶多是那些小姑娘倒霉,查到我头上他们也没什么证据啊。"吴红霞的脸上浮现起一片精妙的神色。

"你……"吴国忠发觉自己已经无话可说了,他可没想到败下阵来的会是自己。"那么,你是怎么和中午的那个男人搅和到一块去的。"很明显,他不会就此放过现在这个把面容裹在浓妆里的妹妹。

"那个男的我是真的不认识,他到我们店里的时候掀开上衣给我们看了身上的瘀青,说下午要来做按摩,但是中午还没有吃饭,要找个人陪他吃饭。当时店里的那些小姑娘都在吃饭,想到她们下午还要干活,我就只好陪着他出来了。谁知道后面会有这些事情。"吴红霞的嘴唇快速地张合,吴国忠感觉自己的耳朵追着她的声音跑了一百米。

"就这样?"

"就是这样啊。"吴红霞十分肯定地说道,那双遮掩在浓重眼影下的眼睛闪烁着,吴国忠知道那隐藏的含义。他不想继续再说下去了,他意识到眼前的这个女人再也不是那个时刻需要自己照顾的小妹妹。自己再也无法用自己的言行对她的生活产生任何的影响,再也无法以一个长辈的身份来将她的生活导向某处。他感觉自己就像是一个呆立在站台上的人,看着列车的某一面窗户,唯一能做的就是缄默地看着它逐渐远去。

"那……雯雯最近怎么样?"吴红霞打破了两人之间令人尴尬的短暂沉默,顺利地将话题转移到吴国忠的身上。

"嗯……她们母女俩都挺好的,我今天到这边来就是来给静雯报名上学的。"

吴国忠索然无味地说道。

"那……嫂子的工作也有着落了？"

"嗯，军哥的那个厂子里正好还需要几个杂务工人，顺便就把你嫂子安排进去了。"

"那还挺不错的……"

"是啊，挺不错的。"

吴国忠转了转头，瞟了一眼屋外街道上沉积的雨水，忽然感觉自己的嘴唇是那样的干燥。

10.

翌日，工厂里一切照旧，机器仍旧呼噜呼噜地运转着，工人们仍旧在不同的机器间来回穿梭。这里似乎什么都没有改变，但每个人却又那么真实地感受到昨天与今天的不同，下巴上的胡楂变得更茂密了一些，腰上的腰带似乎更紧了一些。所有的一切都变了，不同的人在自己的身边换来换去，太阳在不同的时刻升起也在不同的时刻落下。

所有的一切都变了。吴闯从陆扬德办公室出来的时候，就是这样的感觉。这个有些骄纵的年轻人总算尝到了骄纵所需要的那些代价。陆扬德已经撤去了他的职位，现在他又变成了一个普普通通的工人，再度成为那些"干杂活的"。

王书记上午来到陆扬德的办公室，办公室的雷霆咆哮换成了王书记的声音。杜军眯缝着眼睛半躺在自己的办公桌后，他知道陆扬德总会来找自己谈话的，但他却并不怎么担心。他此刻正在思考一个重大的问题：吴国忠的妹妹是不是那天那个妓女提起的霞姐。吴国忠的妹妹叫吴红霞，并且根据她脸上那样浓的妆容，应该或多或少与那个行业有些关系。那么……

杜军不愿再想下去了，别人家的事情就让他们自己去打理吧。不过杜军还是希望能有个机会能够去看看她的那家按摩店，运气好的话也许会再次遇见那个有着南方面孔的按摩女。

这天早上吃早饭的时候，方琪又问起杜秋叶是否愿意上学的事情。杜秋叶气恼地拍了一下桌子，气恼地说道，"我都一把年纪了还上什么学，你要是嫌我烦，就直接把我丢在棺材里埋了吧。"方琪颇为无奈地摇了摇头，感觉杜秋叶要是一直这个样子下去,估计开学不到一个星期就会被赶回家来。这个时候,敲门声响了起来,方琪知道是来找秋叶的静雯。从吴国忠一家搬过来之后,这个可爱的小姑娘就成了自己家的常客。方琪喜欢这个小姑娘,她有的时候甚至还想,如果自己的秋叶也像静雯一样就好了,只要脑子是好的,那么就算是个女娃儿杜军应该也不会嫌弃什么的吧。想到这里,方琪却不敢继续想下去了,因为即便杜军不会嫌弃什么,杜军的父母估计也不会饶了自己。她看着两个在一起玩耍的孩子,回忆默不作声地在自己的眼前铺展开来:

刚刚怀上杜秋叶的时候,一家人忐忐不安地陪方琪到医院做检查。杜军和他父母的神经都绷得紧紧的,手里像是揣着一把冲锋枪,后坐力的冲击让他们不得不把全身的肌肉都紧紧地收缩起来。第一次检查的结果无疑是让人失望的,那个医生略带遗憾的语气说,方琪肚子里的是一个女娃。她不会忘记那一天。出了医院,杜军的母亲没走几步便开始断断续续地哭泣,随身带着的手帕都能拧出水来。杜军和他那极为相似的父亲还没到家就抽完了一包烟,两个人的脸始终被浮荡的白烟缠绕着。方琪自己也无能为力地坠入一种悲戚的气息当中,可是她不知道为什么,仿佛自己只是不小心踩进了雨后路面上的一个水洼,便惹得身边所有的人都扑簌扑簌地落下泪来。回到家后,方琪把自己锁在了屋里。屋外的争吵声海浪一般拍打在墙壁上,而那些没有争吵的间隙她能听到家里的桌椅摔在地上破碎的沉闷声响,继而是盘碗的清脆。呛人的烟味从门底的间隙钻进屋内,让方琪的每一次呼吸都火辣辣得痛。

"要么离婚,要么准备要第二个吧。"她记得那时候杜军的父亲只留下这么一句话。当她饥饿地打开卧室的门,发现地面上除了桌椅碎裂的尸骸之外再无其他。她像是一场战争中唯一的一个幸存者小心而胆怯地走到客厅内,看着所有失去的事物,忍不住痛哭流涕。喉咙里上涌的力量让她踉跄着跑到了厨房,剧烈的呕吐让所有的方向都崩塌下来。她在水池边没有尽头地呕吐着,也没有尽头地落着泪。

方琪不知道是如何度过那段时间的,肚子一天天大起来,杜军回家的间隔也一天天长了起来。方琪不知道他在外面做些什么,酗酒被扔到大街上或者在某个女人的床上获得短暂的安慰。她不知道,她也无力去猜想,因为她一个人需要照顾自己的生活——挺着那个让所有人都疏远她的大肚子。

最后的结果让所有人意外,也让所有人都感到惊喜。杜军听到接生的医生对自己说是个男孩的时候,挥舞着拳头跑遍了医院,嚷嚷着要找出之前那个给方琪做检查的医生。杜军的母亲又哭了,只不过这次是喜极而泣。杜军的父亲也笑了起来,脸上松垮的肌肉颤动着,纵横交错的肉褶也陷下去。

这一切都是那么的荒谬。在小心翼翼地摸索着走完后,方琪不禁这样想到,这种感觉无异于现在的那些老头动不动就提起上山下乡,提起大炼钢铁。听起来是那么不可信,可却是一笔一画地写在那些老旧的年月里。

"嗳,我要带着静雯出去遛遛了。"杜秋叶的声音及时地撞进方琪的耳朵里,让她从漫无边际的回忆里小小地摔了一跤,顺利地滚回了现实里。

"哦,好。"方琪看着杜秋叶的面容,感觉那是一幅虚浮的幻象。

开门声响起,关门声落下。家里又只剩下方琪,她对着身边的针线喃喃自语道,这究竟是怎么了?

王书记离开之后,陆扬德便很快砸响了杜军办公室的门。对,是他亲自,也确实是用砸一般的力度。

"进来。"杜军气定神闲地稳坐在自己的办公桌之后,仿佛发生的一切都和自己毫无关系。

"我猜你一定有什么事情要跟我说。"陆扬德说着坐在了杜军对面的沙发上,眼睛后面的双眼圆鼓鼓地瞪着杜军。

"我并不知道你想让我说些什么,如果非要说点什么的话,我想能不能每个月给我的办公室多点茶叶来,这里的茶叶还挺不错。"杜军脸上排开一副彻底的无辜,语气不轻不重地说道。

"你他×的少给我装正经,我问你周末发生的事情究竟是怎么回事!"陆扬德喊着跳了起来,他双手撑在桌面上,身体低低地压向办公桌另一侧的杜军。

"周末啊,我去学校给我儿子报名,中午吃饭的时候我听见有人喝多了在骂我。"杜军说到这里顿了顿,接着说道,"我可没你这他×的好脾气。"杜军的脸上仍旧是一副没有破绽的无辜,只是声音陡然严肃了许多。

"所以你就把他揍了一顿?"陆扬德的手掌啪啪地拍着桌子,杜军只是看着都觉得自己的手掌开始蔓延出一种空虚的疼痛感。

"对啊,我可不允许别人随处问候我娘。"杜军瞪着眼睛盯着面前有些癫狂的陆扬德,直到他手拍打桌子的力度越来越小,直到他的身体一点一点退回到刚才坐过的那张破旧沙发上。

"现在是文明社会了。"陆扬德冷静地说道,那张刚才还充满了各种表情的脸现在慢慢冷却下来,只有嘴角还间或抽动着。

"对啊,文明社会啊,所以更要杜绝骂人这种不文明这种事情的发生。我只是做了我该做的。"杜军身子向后一仰,半躺在身后的椅子上,双眼眯起来看着陆扬德。

"你他×的,你有没有考虑过这件事对工厂的影响,两个国企的员工在一家小饭馆里斗殴?"这次轮到陆扬德瞪着杜军看了。

"是对你有什么影响吧?"杜军却没有意料之中的回避,还以同样气势汹汹的目光。

"跟你他×的简直没法说话。"陆扬德倏地站起身来,走出了杜军的办公室,关门的时候甩出砰的一声巨响。

"如果是自己的办公室不知道会不会也把门摔得这样狠。"杜军心里嘀咕着,起身给自己倒了杯茶。他预料到自己以后的日子或许会不太好过,他知道陆扬德可不是王大业那种没空搭理自己的人。陆扬德的工作重心,估计就是搭理自己这样的人。这种人,怎么说来着?对,就是睚眦必报。

中午吴国忠拉着杜军出去吃饭,他和吴红霞约好了在李老头的那家小饭馆里谢谢杜军昨天帮的忙。曹荣芳和他们工厂门口告别之后便独自骑着吴国忠的自行车回家,她看起来明显有些不熟练,即便双手已经紧紧地钳住了车把,车子还是左右摇摆着。"你可慢点啊。"吴国忠的声音紧紧地追着曹荣芳,直到他看见那车子行驶得平稳了些许,他才和杜军一并向李老头的小酒馆走去。

两人来到小酒馆的时候,才发现吴红霞已经端坐在那里了。她卸掉了昨日所见时覆盖在脸上的浓妆,显露出清秀的眉眼和嘴唇那两条优雅的弧线。个子不高却由剪裁妥帖的连衣裙衬出一种修长的美感。两人推门而入的时候,她正不慌不忙地咂着茶杯里清淡的茶,李老头开得虽然是个小酒馆,但这里一切可以喝的东西味道似乎都不算太差。

"那张桌子才是我们的。"吴国忠扬了扬头,示意应该坐到里面的那张桌子边,那张李老头每次都会给杜军留下来的桌子。

吴红霞点了点头,顺从地坐到了里面的那张桌子边。她的目光一直打量着吴国忠身后的杜军,两个人的目光在空气中短暂地交缠片刻,竟然让两人同时产生出一些柔和的温度来。忙着招呼酒菜的吴国忠显然没有注意到两人脸上细微变化的神色。三个人的言语由一些破碎的片段开始生长,很快便成了一片郁郁葱葱的森林。

杜军不知为何突然把头转向门外的街道,浓烈的阳光铺盖在地面上,三三两两的行人和他们倒在地上的影子一同昏头昏脑地向前走着。树上的叶子闪烁着最后的碧翠,像一滴滴将要融化的绿色颜料。鸟儿叫得无精打采,杜军感觉这正午的太阳可能将那些可爱的鸟儿也晒得晕头转向。

一种陌生的温暖若有若无地在杜军的大腿周围浮动着,杜军回过神来向桌下一看,才发现那是吴红霞一只裹在肉色丝袜里的娇小的脚。杜军笑着向前拖了拖自己的椅子,一边重新接上吴国忠的话,一边伸长自己的胳膊夹了块肉扔到自己的嘴里,津津有味地嚼了起来。

11.

九月初,小学开学。方琪送两个孩子去参加新生的开学考试,两门考试被分别安排在上午和下午。八点半的时候方琪将两个孩子送进教室。结果不到九点半的时候两个孩子就蹦蹦跳跳地从学校的门口出来了。方琪没有见到别的孩子出来,有些惊讶地问道,"你们两个怎么这么快就出来了?"

"老师说了,答完了就可以先出来。我们写完了,所以就先出来了。"杜秋叶仰着脸,对浸润在阳光中的母亲说道。

"你们答得还真够快的,是不是有很多不会的啊。"方琪回想到自己断断续续读书的那几年,每次遇到考试她都是班里第一个交卷的,因为她不会的实在是太多了。所以当她看见两个孩子这么早就出来了,本能地升起一种不好的预感和对考试的恐惧。

"不是的,阿姨,我们都会。那些问题我们都从书上看到过,所以写得很快啊。"吴静雯说到这里便停了下来。她红着脸,有些胆怯地继续说道,"只是有些字不太会写,只好用拼音了。"

"你们怎么会拼音?"方琪有些好奇地看着这两个古灵精怪的孩子,一个神经兮兮,另一个天真无邪,她可从来没有看到过这两个孩子有看书学习的时候。

"拼音是我教给秋叶的,那是爸爸原来上班的工厂里一个叔叔教给我的。秋叶给我讲了很多书上的故事,我觉得这些故事很好玩,就求着爸爸给我买了许多书。"吴静雯也扬起脸得意地看着方琪的脸,目光如水一样清澈。

"原来你们还藏起来学习。"方琪知道自己的眼里有一些意外的喜悦,但她并不想掩饰这种最为真实的情感。

"是啊。"两个孩子齐声应道。

方琪微笑着引着两个孩子回家,想了一路要做些什么来当作午饭才能犒赏两个如此聪慧的孩子。

虽然时至九月,天气却并没有就此凉快下来,秋老虎仍旧对这个城镇瞪着眼。杜军坐在自己的办公室里还不停地扯着自己身上的衬衫,外面干活的工人们不用说,自是苦不堪言。对这里的人来说,时间是最好的缓冲,很快人们便逐渐忘记了之前发生的种种事情。他们忘了吴闯曾经脱下普通工人的工装,忘了杜军办公室里传出来的声音。他们什么事情都忘记了,像是生来就会的那般或坐或站地待在他们工作的位置上,重复着他们闭上眼睛都能继续下去的工作。

杜军有的时候都为屋外的人感到悲哀,在想到自己之前也不过是屋外的一员,那种悲哀的感觉便缠绕在了自己的身上。他空坐在此,只觉得无聊乏味。他把桌上的烟塞进自己的裤兜里,像一条蚯蚓一般挪动到工厂的门外,随处一坐,神情慵懒地开始抽烟。

"军哥,你怎么在这儿啊。"一个空灵的女声打断了杜军猛吸烟卷的动作,让他不得不松开双唇,将白烟吐出的同时转过头去。

"这个问题应该是我问你吧。"杜军有些疑惑地看着面前的吴红霞,不知道她来这里干什么。

"我给我哥带了些东西。"吴红霞说着话,腰肢也随着语调的扬抑扭动着,她把手中的那个袋子递向了杜军。"既然军哥在这儿,你就替我给他吧。"她接着说道。

"这倒是没什么问题,不过我有件事倒是想问问你。"杜军从她的手中接过那个粗布编织的袋子,犹豫了一下觉得那件事情还是问出来比较好。

"你说就是,你帮了我哥的那么多,自然也是我哥。"吴红霞听到杜军的话有些意外,不过很快便回过神来,对杜军说道。

"前阵子,你们那边是不是有个南方的姑娘到这边来……"杜军说着把自己目光抛向了吴红霞,眼中隐藏的意思不言自明。

吴红霞的眼睛微微闪烁一下,旋即亮了起来,"军哥说的是……"声音刻意得拉得很低很低,拖得冗长的字节表达着许多隐晦的含义。

"那我就知道了。"杜军把叼在嘴里的半截香烟扔到了地上,又从烟盒里抽出一支新的来。

"你知道我的按摩店在哪里吧?"吴红霞说着转过了身子,一袭黑色的窄裙紧紧地贴合着她凹凸有致的身形,她摇摆的腰肢使得裹在丝袜中的大腿间或闪现在阳光中。杜军抽着烟盯着这个渐渐远去的身影,感觉自己喉咙里像是烧着一壶开水一样咕嘟咕嘟地响着。直到那条路上再无一个人影,杜军手里的烟烫到了手指,杜军才缓过神来,慢腾腾地拎着那个有些沉的袋子走进了工厂里。

把袋子交给吴国忠之后杜军便回到了办公室,他像往常一样半躺着喝着茶思索着什么时候去吴红霞的店里看看。那个南方的姑娘留给他的回忆是那么深刻,像一种毒瘾让人难以戒除。

吴国忠接过那个袋子之后,在自己的工装上随意地擦了擦手,便带着好奇打开了袋子。里面是一些铁罐,吴国忠拿出来放在自己的眼前发现上面写满了英文,只是他不认识。不过他还是很快反应过来这些有可能是奶粉,因为上面的婴儿图案还是给了他一点相关的信息。"都多大了,还要奶粉,真是有钱没地方花。"吴国忠嘀咕了一句之后把那个袋子放到一旁,又干活去了。

"最近也没有见到刘英了啊。"杜军喝着茶,心思突然转到了刘英的身上。他不知道的是,就在杜军和吴闯胡闹的这段时间里,一些微妙的变化在不知不觉中发生着。刘英已经和孙少康出去吃过了两顿饭,而且就在李老头的那个小酒馆里。两个人的话也逐渐多了起来。一些风言风语如同春天里的棉絮在那些女工当中飞来飞去,只是杜军完全没有留意而已。孙少康自己没有什么其他的感受,倒是刘英正变得越来越难以离开孙少康,这个年龄有些大的女人似乎太缺少一种叫作陪伴的感觉。她迅速将自己代入到一个妻子的角色里,只是她的"丈夫"还没有意识到她的存在。

两个人之间进行着一场漫长的拉锯战,刘英手无寸铁,而孙少康却是全副武装。

"刘英,过来帮忙打扫一下办公室。"杜军的声音突然插入进来,让刘英刚想对孙少康出口的话又活生生地咽了下去。

"没空。"刘英没什么好气地说道。

"这可不是你有没有空的事情。"杜军说道,他反正闲得无聊,毫不介意在这里多和刘英多扯几句。

"刘英,你去给军哥帮帮忙吧。我这边还不是很忙。"孙少康背着身子对刘英说道,连头都没回。

"好吧。"败下阵来的挫败感钝重地敲击着刘英的胸口。

刘英顺从地跟着杜军来到办公室,杜军也像第一次那般享受着她柔软的臀肉。只是他心里想着那南方的姑娘,不一会儿便感觉心烦意乱,把刘英轰了出去。

"估计那小子中午一定会请我吃饭。"杜军心里嘀咕着便又在办公桌之后半躺下来。

邻近中午快要下班的时候,办公室的门轻轻地响了起来。"进来吧。"杜军四仰八叉地倒在办公桌之后的那张椅子里,懒洋洋地说道。不出杜军所料,孙少康的身影从一道小小的门缝里挤进了屋里。

"中午李老头那边?"没等孙少康开口,杜军先说道。

"嗯。"孙少康点了点头,他的眉间像是系了一个解不开的锁,面色有些苍白,眼里也充了血,分裂成细密交错的血丝。

"下班了一起过去吧。"杜军看着孙少康的眼睛,从那对写满憔悴的瞳孔里面他看见了犹豫,一种不忍舍弃却又难以承担的犹豫。他知道,刘英和孙少康这两个人之间一定有些他不了解的事情。

孙少康离开杜军的办公室没有一会儿,下班的钟声便在整个工厂里荡气回肠地响了起来。两个人很快在工厂的门口碰头,吴国忠看他们的神色便推脱有事,骑着摇摇晃晃的自行车载着曹荣芳向家的方向驶去。所有的一切都好像回到了最初的样子,两个人走在清澈的阳光里,在繁华的人流里如同两条逆流而上的小鱼。四周人影杂乱,声音杂乱,只有喝酒的这个念头是那样的清晰明确。

李老头的小酒馆里。

"军哥,刘英好像是认准我了。我该怎么办?"孙少康说完,也不等杜军说些什么,便一口把杯里的白酒喝下了大半。

"谁知道你该怎么办呢。"杜军低头抿了一口杯里的酒,心里暗自嘀咕道。

12.

入学考试完成后,杜秋叶和吴静雯就算是县城小学正式的一员了。这天杜军和吴国忠向陆扬德请了假,带着各自的孩子到学校里去。吴国忠纯粹只是想在静雯第一天上学的时候是由自己送。而杜军的任务则艰巨了许多,他还需要把杜秋叶的精神状况给杜秋叶的老师们打一个招呼,以免杜秋叶第一天上学就被老师赶出学校。

他费了好一番口舌才让那个固执的门卫把自己放进学校里,打听到杜秋叶所在的那个班级的班主任之后,杜军不一会儿就在只有两层的教学楼里找到了他。那是一个年轻的男人,看起来只有二十五六岁的样子,皮肤白净得像个姑娘。半截的军绿色短裤之下,露出一截纤瘦的小腿。

"您好。"杜军清了清嗓子,尽量使自己看起来礼貌一些。

"您好,请问您是?"年轻的班主任礼貌地回道,只是语气中掺杂了一丝疑惑。

"我是您班上杜秋叶的家长,我来这里是想说明秋叶的一些情况。"杜军有些忐忑地搓着自己的双手,其实他也是第一次做这样的事情。虽然没有准备什么礼,但还是有一种偷偷摸摸的感觉,感觉自己是在做一件有必要偷偷摸摸的事情。

"您说。"手伸成一个好看的弧形,杜军顺着他手的方向,坐在了一张铺着软垫的椅子上。

"杜秋叶这个孩子啊,这里有点问题。"杜军说着指了指自己的脑袋,具体的意思他相信对面的这个年轻人能够理解。

"具体是什么情况呢,理解障碍还是什么?"

"他总是弄不清楚自己是谁,有的时候他觉得他是我的父亲,有的时候他又变成了一个老婆子,而剩下的时间里他才是一个孩子。这么说,您能理解吗?"杜军仍旧有些忐忑不安,仿佛眼前的这个年轻人会随时暴跳如雷,让自己现在就带着杜秋叶滚蛋。

"是这样子……"年轻人语气舒缓地说道,杜军不安地看着他。对面这张黯淡了片刻的面容很快又变得容光焕发,"不过这不正是我们的责任所在吗,每一个送到这里来的孩子,我们都会尽力的。"那一双藏在镜片之后的双眼熠熠发光地看着自己面前的杜军。

"那可真是谢谢老师了。"杜军听着这有些冠冕堂皇的话,不知道心里为什么竟有了一些感动。可能是陆扬德或者王大业说这些话的时候实在没有面前的这个年轻人这样恳切,要不然我们的杜军早就涕泗横流了。杜军说着站起身来,从自己的裤兜里掏出一张皱巴巴的五十元。这个时候,他平时的能说会道全都消失不见了,只能干巴巴地伸着他的胳膊,喉咙里像是塞进了一把滚烫的沙子。

"你这是干什么。赶快收起来。我们可是不允许这样的。"年轻人有些慌张地将杜军的手推回去。

"只是一点心意而已……"杜军的手被推回自己的怀里,有些不知所措地捏着那五十块钱停在自己的胸口。

"我想你是误解了我的意思,您的孩子送到学校里来,就代表着您对我们的信任。而我们能做的,就是尽自己所能不辜负您的信任。我这样说,您能理解了吗?"年轻的班主任有些激动地喊起来,杜军有一种他要和自己争吵一番的错觉,不过他得先查一下"辜负"到底是什么意思。

"那好吧,我叫杜军,不知道老师您?"杜军实在不知道该说些什么,只好把话从刚才的尴尬上岔开。

"我姓陈,名嘉伟。刚毕业,希望能和您多交流,多沟通。"陈嘉伟说着对杜军伸出了他那女人般细嫩的手掌。

两只手缠在一起,松松垮垮地握了握。

"那,陈老师,开学第一天,您的事情想必也很多,我就先……"杜军十分努力地组织着自己的语言,将他从陆扬德和王大业那里听到许多客气话拼凑起来。

"嗯,是有很多事要忙,我也就不送您了。"陈嘉伟微笑着说道,眯起来的眼睛像一个可爱的月牙。

"那老师怎么说?"吴国忠看到杜军从校门口出来后便问道,几个烟头安睡在他的脚下。

"不知道。"杜军也从兜里抽出一支烟来,一边摸索着打火机一边嘀咕道。

"不知道?"吴国忠不明白杜军的话是什么意思。

"不知道那个老师是真正经还是假正经,反正说得是蛮好听的。而且还是个刚从师范毕业的年轻人,叫陈………陈嘉伟。"杜军找到了火机,将嘴里的烟点着之后,继续嘀咕道。

"刚毕业的,应该还不会太滑头吧。"吴国忠说道。

"那可不一定,像陆扬德这样的,指不定在娘胎里就学会了如何耍滑头。"杜军此时也不忘诽讥一下陆扬德。

"嗳,你们两个,别一直站在学校门口抽烟。抽烟找个茅厕抽去!"之前和杜军争执了半天才把杜军放进学校的那个门卫此刻又从门卫室里冲了出来,手里挥舞着一根短棍对两人不住地喊叫着。

"在你×的脑门子上抽!"杜军心里烦闷,不知道从哪儿想出这么一句话来。

门卫作势就要冲出来,所幸吴国忠及时把杜军拉到了一旁。"我没事,咱还是先回厂子里吧。"杜军拍了拍吴国忠拉着自己的手,说道。

"嗯,好。"吴国忠看着杜军堆满了愁容的脸,不知道自己能再说些什么,只得往自己的嘴里又塞了一支烟。

两个男人叼着廉价的烟卷缓慢地走过这初秋时分寂静无人的街道,明澈的阳光在天际尽数流泻,房屋静立在街道的两边,张开的门窗像饥渴的嘴巴呼吸着掺有凉意的空气。树的枝杈在微风里摇动着,麻雀的叽叽喳喳隐藏在正在衰退的绿意中。

两个人沉默地前行着,口鼻缓慢地喷吐着白烟。

陈嘉伟送走杜军之后,稍稍整理了一下自己的桌子,便带着一份名单和课本向教室走去。刚走到走廊上的时候,他便听到两个一年级的班级传出的哄闹声,像花果山的猴群一样嘈乱,还夹杂着几声嚎叫。

"同学们,静一静。"陈嘉伟走进自己的班里,把手里的名单和课本以适当的力度拍在了讲台上。这一招颇见成效,教室里果然慢慢地安静了。满教室蹦跳的孩子们也都回到了各自的座位上,等待着这个"猴王"说些什么或者做些什么。

"同学们好,从今天开始你们就要上学了。我是你们的班主任,我姓陈,叫陈嘉伟。你们可以叫我陈老师。从这个学期开始呢,就由我来教你们的语文课。现在,同学们有什么要问的吗?"陈嘉伟温和地笑着,他的目光柔和地扫视着讲台下一张张稚嫩的脸庞,这是他从师范毕业以来,第一次真正站在讲台上,拥有属于自己的课堂和学生。

"陈老师,什么叫作班主任啊。"一个怯怯的声音从教室当中传出来。

"这都不知道,班主任就是多管闲事的。"一直坐在角落中没有说话的杜秋叶这个时候突然插进话来,而且还是那种苍老的、嘶哑的嗓音。

陈嘉伟有些措手不及,但他还是笑着说道,"这位就是杜秋叶同学吧。班主任可不是多管闲事的人,而是照顾你们的人。在这里,你们如果觉得不舒服,或者有别的孩子欺负你们,无论任何事,你们都可以告诉我。"陈嘉伟说到这里顿了顿,"那么,杜秋叶同学,就请你先介绍一下你自己吧。在座的同学们可都很想认识您呢。"

"老夫姓杜,名秋叶。今年六十五了。"杜秋叶说到这里抬头看了一眼陈嘉伟,顿了片刻之后生硬地吐出两个字,"没了。"

站在讲台上的陈嘉伟哭笑不得地听着杜秋叶的自我介绍,早已忘了这个孩子的父亲今天刚对自己说过这个孩子有精神上的问题。

"他说话好像我的爷爷。"刚才提问的那个孩子在杜秋叶介绍完自己又插话进来。教室内顿时一片哄笑,就连吴静雯都捂着嘴轻轻地笑了起来。杜秋叶望着窗外,在潮起潮落的哄笑声中只是咂了咂嘴。

"那你也来介绍一下自己吧,我们大家都要做自我介绍哦。"陈嘉伟对这张红扑扑的脸蛋说道。

"那个小男孩倏地一下站起来,大概是用力过猛,他的桌椅发出一阵叮咣的声响。我叫作王二,今年七岁!"一共不过九个字,却喊得脸红脖子粗。如果陈嘉伟长到这般年纪还没有用声如洪钟来评价一个人的声音的话,那么这个第一次大概就要被这个七岁的孩子夺走了。

孩子们按照顺序一个一个站起来介绍自己,陈嘉伟也在一个个鲜活而生动的面容上标记属于他们的名字。自我介绍完之后,几个男孩子抢着去和陈嘉伟一起去抱课本。尽管陈嘉伟离开教室之前再三嘱咐他们要保持安静,说话要小声。可是当他前脚离开教室的时候,那种只属于花果山才有的喧闹又从身后的教室里满溢开来。陈嘉伟不觉笑了起来,他不由得想起自己小的时候也是这般,一刻也停不下来地说话,一刻也停不下来手和脚的动作。

他带着身后的几个小男孩,在穿过那条走廊的时候忍不住停下脚步,透过隔壁班级的窗户望着教室里那个将课本抱在胸前脸色通红的女老师。看起来她正在点名,玻璃另一侧的孩子们正在一个个站起身来,小小的嘴唇开合一番,然后坐下。

"这是陈老师的老婆吗?"那个叫作王二的孩子踮起脚把脸凑在窗户上,悄声地问着陈嘉伟。

尽管他的声音很小,可陈嘉伟还是慌张地捂住了他的嘴巴。"这样的话可不能乱说哦,知道了吗?"语气如绸缎般轻柔,但王二的眼睛还是惊恐地瞪圆,仿佛陈嘉伟的这只光洁的手掌会要了他的命。

"好了,我们去拿课本吧。"陈嘉伟松开了王二,目光逗留片刻后说道。

一行人很快将课本取回,陈嘉伟自然是拿了其中的大部分,随着一同前去的几个男孩子手里只有稀稀拉拉的一些课本和用来写作业的练习册。到了教室之后,这些东西被一一分发到孩子们的手里。翻动书页的声音顿时取代了之前嘈杂的声响,孩子们的好奇很快从身边的这些陌生的孩子身上转移到手里这些叫作课本的书籍上。陈嘉伟将课本和练习册都分发完毕之后,让孩子们在扉页上写好自己的姓名和班级。"我们是一年级二班哦,不要写错了。"他一边说着,一边举着粉笔在黑板上写下了"一年级二班"五个大字。饱满俊秀的字体骄傲地站在黑板上。陈嘉伟在教室里四下漫步,微笑地看着孩子们笔下东倒西歪的字体。

走到教室最后面的时候,他抬起头,目光正看见黑板上沐浴在金色阳光中的那五个大字。他突然感觉自己像一名将军,看着自己光辉灿烂的旗帜。

杜军和吴国忠回到工厂的时候,工人和机器与往常一样不知疲惫地工作着。两人分别走向自己的位置。杜军还没有走到办公室里就知道今天又会是无聊的一天。这里的一切无时不在消磨他的兴趣,时间如同一把镶满了钢丝的刷子,无时无刻摩擦着这里每一件事物的光泽。当杜军又以半躺的姿势窝进他那张办公桌之后的椅子时,他感觉自己又蹲进了距离释放遥遥无期的监狱。所有光鲜的事物再第二次看的时候就已经变得陈旧,而杜军已经不知道是第多少次看着这挂着丑陋钟表的白色墙壁,不知道是第多少次看着饮水机的指示灯在红绿之间来回跳转,也不知道第多少次听到窗外的麻雀像这样叽叽喳喳地叫着。

"少康,中午一起吃饭,好吗?"刘英清理着手中加工完的工件,说话的时候头压得更低了。

"嗯?"孙少康只听见自己背后模糊一片的说话声,并没有听清楚刘英说的是什么。

"我说,中午能不能一起吃午饭。"刘英停下了手里的活,转过身去对孙少康忙碌的背影说道。她没有察觉到,自己的眼前在不知不觉之间腾起来一片湿热的氤氲。她从来没有意料到自己是这样的脆弱,连这样猛烈的宣泄都来得悄无声息。

"今天的话,还是算了吧。我想回宿舍好好地休息一下。"孙少康没有转过身去,仍旧面对着机器忙碌着。他实在不想转过身去,他不知道自己应该带着怎样的表情面对刘英。他自己清楚地意识到因为自己和刘英出去吃过了两次饭,所以这才导致事情变得越来越难以收拾。在他看来,那只不过是吃两顿饭而已。而对于刘英和工厂里的那些女工而言,就多了许多暧昧不清的意味。

"真的有那么累?"刘英说着转过身去,她已经得到了让她足够失望的答案,眼里也变成了一片凄寂的沙漠。

"嗯,是挺累的。"孙少康努力不让自己的声音出现哪怕是一丝一毫的颤抖。他那颗年轻的心仿佛被扔到了一个研钵里被用力而细致地碾碎,破裂之后的疼痛感在他体内的深处撕扯着。

两个人的背影之间像是隔了一堵柏林墙,墙上机枪林立,尖锐的金属和玻璃组成一片五彩缤纷的刀光剑影。所有的言语都被枪决,所有的情感都被关押。两个人隔墙而立,面无表情地在墙上喷着冷漠的图案。

中午下班的时候,孙少康因为知道今天是杜秋叶第一天上学的日子,索性就没有等杜军,径直拖着自己疲惫有又难过的身体缓慢地向宿舍走去。刘英跟在他的身后,阳光似乎将街道上剩余的人影全部漂洗干净,只剩下这两个披着同样孤独的行人。抬起的脚再次落到地面是那样的费力,吹在脸上的风是那样的刺痛,卧倒在地的影子是那样的瘦。回到宿舍的路,又是那样的遥远。

孙少康筋疲力尽地走到宿舍楼底下的时候,听到尾随了自己一路的脚步声逐渐变得急促了起来。他停下了步子,想着不如趁着这个机会将所有的事情都说明白。而身后的那个脚步声在几步远的距离外停了下来。

"英子。"孙少康克制着不让自己的身体转过去,"我很累了,你有什么事情要跟说吗?"

"我没有什么事情要和你说,只是想再多看一会儿你的背影而已。"刘英低声地说道,脸上没有任何的表情,出口的每一个字也没有任何的颤抖。

"我们,能不能就到此为止了。我不介意和你做很好的……"孙少康的语气出现了晃动,身子也斜斜地歪着。

"等你真正想好了之后再对我说这样的话。"刘英毫不犹豫地斩断了孙少康的话,她的面部还是没有任何的表情。

孙少康差一点就将那句"我真的已经想好了"脱口而出,但他远没有自己想得那样残忍。他只是点了点头,将自己歪斜的身子正过来,说道,"那好吧,我现在要回宿舍了,下午见。"

"嗯,下午见。"刘英回应道。

孙少康吃力地爬上那些台阶,长长的走廊里弥漫着潮湿和腐臭的气息,其他寝室里的笑骂声和呼噜声穿过墙壁,沉闷地撞击在自己胸口的肋骨上。回到宿舍之后,孙少康随手把钥匙甩到一旁,倒在床上用被子蒙住自己的脸。片刻之后,被子里发出沉闷的哽咽。

刘英在楼下站了很久之后才离开,她不知道自己为何变得如此坚决,短短的一个上午之间她像是从一块湿软的泥巴变成了一块坚硬的钢铁。所有锐利的伤痛似乎只是在它的周身刻下银亮的花纹,却再也无法轻而易举地将她击溃。

中午,杜秋叶和吴静雯放学,两个人安静地走出学校的大门,其余的孩子疯了般呼啸而过。杜秋叶拉着吴静雯的手,仍旧像当初在街道上漫步时那样不急不躁地走着。直到走出校门的时候,个子高一些的杜秋叶才松开了吴静雯的手,吴静雯眼中安歇着的小小惊慌在看到吴国忠的时候瞬间消散。

"第一天上学怎么样啊,雯雯?"吴国忠牵过吴静雯的手,问道。

"很好玩呀,我从来没见过这么多的小孩子,还有陈老师,对我们特别好。"吴静雯扬起红扑扑的小脸蛋,洁白的牙齿反射着阳光。她没有说起,这一整个上午她是如何一直拽着杜秋叶的衣袖,是怎样用不安的目光扫视教室里每一张陌生的面容。她可不像杜秋叶那样轻松自在,这教室里每一张陌生的面容都让她感到紧张不安,好像和她坐在一起的是一群随时都会扑上来将她咬死的猎狗。

"秋叶,你怎么样呢?"出来接杜秋叶的是方琪,杜军走到家里就躺倒在沙发上陷入半睡半醒的蒙眬,无事可做的一整个上午让他身心俱疲。

"无聊至极,这么一大把年纪了还要把我送到学校里来。"杜秋叶不满地说道。

方琪哑口无言,只得略带尴尬地抬起头来,和一旁的吴国忠相视一笑。

回家的路总是充满了欢声笑语,杜秋叶就像是一部驱动别人发笑的引擎,每当他在方琪和吴国忠的交谈中说出什么,一行人总会开心地笑起来。吴静雯也会把双眼眯成小小的月牙,露出白瓷般的牙齿。

陈嘉伟在办公室坐了好一段时间之后才去了学校的食堂,他对拥挤和嘈杂有着天生的排斥,所以喜欢一个人静静地吃饭。他走进食堂的时候,一眼便在稀稀拉拉的人影当中那个穿着淡黄色连衣裙的身影,她吃饭是那样的慢,似乎怕咀嚼的声响惊扰到谁。

"我可以坐在这里吗?"陈嘉伟端着他的饭盒走到她的身旁说道。

"当然可以,不过我觉得你还是先去打点饭比较好,要不然就只剩下菜汤了。"她一边说着,一边指了指陈嘉伟手中那个空空如也的饭盒。

"啊,那倒是。"陈嘉伟这才意识到自己忘了打饭就走了过来,顷刻之间脸便红到了脖子根。他走到菜饭所剩无几的窗口,随便打了四两米饭和几个剩菜。打饭的时候陈嘉伟的脸也止不住地转向那个娴静的身影,以至于那几个挥舞着大汤勺的大妈都有些不耐烦地嘀咕着,"你傻笑啥,不吃饭别在这儿傻站着。"手里的那柄大汤勺不耐烦地敲击着只剩下残汤的方形盘子。当陈嘉伟终于向她走去的时候,他的心里像是有一团温暖的棉絮在逐渐膨大,他感觉眼中的那个身影就像是终要到达的一个坐标那样精准,某些一直无从降落的情感此时再也不会有任何的偏差。

"第一天还顺利吗?"陈嘉伟心满意足地坐到了她的对面。

"嗯?说得你好像不是第一天似的。"吃饭的动作稍稍停止了片刻,抬起的面容上带着温和的笑意。

"我还好,你呢。"陈嘉伟努力让自己从容不迫地吃着饭,其实他的额前已经遍布了汗珠,那些略有紧张的液体此刻正缓慢的凝聚成小小的河流。在这个略显干燥的九月天中,陈嘉伟像是刚刚从一场瓢泼大雨中脱身而出。

"可是你看起来并不是很好啊。这天气有那么热吗?"手中的筷子停了下来,清澈的眼睛里映下了陈嘉伟大汗淋淋的面容。

"还好,我的体质比较容易出汗。"陈嘉伟终于有机会在自己的脸上抹了一把,额前的汗液已经渗透了他的眉毛,就快要浸入到他的眼中。

"对了,你叫陈……陈嘉伟。对吧?"纤细的手递过来一截卫生纸。

"对啊,你怎么知道的?"陈嘉伟接过她递来的卫生纸,有些好奇地问道。

"我当然知道啦,试讲的时候你排在我前面嘛。叫你名字的时候我就是不想听见都难。"回答的语气是那样的轻快,说出的每一个字都像是在轻快地跳舞。

"那我还不知道你的名字,是不是有些不公平啊。"陈嘉伟感觉自己的身体内有一股坚决的力道,让他放下手中的筷子,眼睛紧紧地抓住面前的这个女孩儿。

"我叫方佳。"方佳顿了顿,接着说道,"这可真不是个询问别人名字的好方法。"她说着,两道浅淡的细眉快活地抖动着。

"方佳,很好听的名字啊。"陈嘉伟嘴里含着饭,说出的话变成一阵模糊的吱吱呀呀。

"俗套!"方佳嗔怒地放下了手里的筷子,对着陈嘉伟甩了一个大大的白眼。

陈嘉伟低着头默默地扒拉着碗里的饭菜,巴不得用自己的后脑勺来承受这一个白眼的攻击。

两个人从食堂走出来的时候,都感到有些细微的别扭,可是两人谁都没有说话,就这样一直默默地走到了宿舍楼下。

"那,下午见咯。"方佳在自己的宿舍楼下停住了自己的脚步,而身旁的陈嘉伟已经不知道神游到何处,方佳无奈地叫住了他。

"哦!"陈嘉伟猛地止住自己的脚步,带着几分不怀好意的笑容对方佳说道,"俗套!"他说完便向远处跑去,好像方佳会扑过来将他吃掉一样。

"真是个令人讨厌的家伙。"方佳心里嘀咕着,慢慢地走进了宿舍楼。

"现在都应该说午安了,方佳。"陈嘉伟在跑出一段距离之后,回头看着方佳逐渐消失在楼门中的身影。"而且,方佳确实是一个好听的名字啊。"他心里说着,嘴唇也随之一张一合,如果有人看见,或许会以为他正在和空气接吻。

九月份的午后,仍旧令人昏沉,以至于所有人在床上再次睁开双眼的时候,最为惧怕的就是不知道已经到了几点钟的钟表。

方琪和吴国忠急匆匆地去送杜秋叶和吴静雯,曹荣芳冲刺似的奔向工厂。陈嘉伟抓着肥皂便冲向公用的卫生间,洗脸的时候还弄湿了自己的袖口和衣襟。孙少康醒来的时候又热又饿又累,但仍旧只是喝了两口水便头晕眼花地走向门外。在每个人都是这样匆忙的时间里,只有杜军从容不迫地洗了把脸,坐在自家满身疮痍的沙发上吸了一支烟之后,才慢吞吞地往工厂的方向走去。

在办公室里还没坐上几分钟,外面的机器就像是一只准时开始演奏的乐团奏起了嘈杂无序的乐章。敲门声也就是在这个令人厌烦的时候响起来的。

"进来吧,敲敲敲,敲你脑壳。"杜军吊着两只将要合上的睡眼,烦躁地冲门外喊道。

推门而入的是刘英,手里还提着一个装满了食物的袋子。

"怎么了?"杜军不耐烦地对她说道。

"麻烦你把这些东西交给孙少康吧,他中午没有吃午饭。"刘英一进门便大声说道,就像是之前的那个泼辣的刘英又回来了。

杜军有些吃惊地看着面前的刘英,像是已经认不出她来了。"你自己给他不就行了?"他疑惑地望着眼前的刘英,不知道这个世界究竟发生了些什么。

"帮我给他,我给他他不会接受的。"刘英把手中的袋子放到杜军的桌子上,人便走了,只剩下目瞪口呆的杜军看着自己办公桌上的袋子。片刻之后,杜军才缓过神来,他伸手拨开那个袋子,里面装着两个菜、三四两的卤猪耳,以及三个大白面馒头。

"不知道这小子成天都在搞些什么。"杜军嘀咕着走出了办公室,他可不知道这个中午发生在孙少康和刘英之间的事情。他自然也不会想到,孙少康上次叫自己一起喝酒的时候,他那单薄的体内究竟灌满了多少的忧愁。直到他走到孙少康工作的那台机床前,看着他憔悴的神色,看着他本就瘦削的身体像一截枯枝一样摇摇晃晃,他才终于意识到自己在忙于其他事情的时候,是如何残忍地疏忽了这个从最开始就叫自己军哥的年轻人。

"吃点东西,臭小子。"杜军过去拍了拍孙少康的肩膀。

"军哥,我没事。"孙少康呼哧呼哧地说着,没有任何力道的字节打在杜军的脸上像一口唾沫星子,又黏又软。

"吃东西!"杜军低低地吼了起来,脖上的青筋鼓鼓地凸起来。

"成,我就吃一些吧。"孙少康摇摇晃晃地远离了他的机床,走到杜军身边的时候忍不住将一条胳膊搭在了他的肩上。

"这个熊样你也敢动机床,也不怕自己的手没了。"杜军扶着孙少康向自己的办公室走去,站在一旁的刘英终于松开一直屏着的呼吸,紧绷的身体也逐渐松弛下来。

"我技术好,军哥,不会有事的。"孙少康无力地笑了起来,他不知道自己为何少吃了一顿饭就会有这么大的反应。他感觉自己的双眼都快要睁不开了,四肢如同抽干了水分的枝蔓,一只胳膊缠在杜军的脖子上,一只胳膊垂挂着,两条腿在地上拖行着,不知道如果有一面镜子的话,自己是多么羞于看见镜中的自己。

"技术好的人多了去了,每年还是有那么多的技工不是掉了整个手掌就是少了几根指头"。杜军说着,一脚踹开了办公室的门,把几乎是背在背上的孙少康扔进沙发里,然后将那个袋子拎到他的面前。

食物的气味让唾液在孙少康的口中兴风作浪,他甚至觉得自己口中的口水如果全部吐出来都足够煮一锅粥。

"吃吧。"杜军到饮水机旁给孙少康接了杯水。

其实他完全没有必要说那两个字,孙少康的嘴里已经塞满了猪耳和馒头。他没有动那两个菜,一双筷子像杂技一样在他手中转来转去,飞快地将带着脆骨的猪耳扔进嘴里。

"这个时候倒有精神了,来,别噎着了。"杜军说着将手中的水杯放到了孙少康的身边,一张脸紧巴巴地看着狼吞虎咽的孙少康。

"对了,军哥,你怎么知道我中午没吃饭啊。"孙少康艰难地在吞咽的间隙从嘴里挤出句话来。

"谁知道你没吃午饭啊,刘英送过来让我给你的,我看刘英那姑娘还不错,就是比你大了点……"杜军话还没说完,便听到孙少康咀嚼的声音停了下来。他蒙眬中感觉到自己说错了什么,转过身的时候,孙少康已经慢慢地将手里的馒头和筷子放下。

"我吃饱了,军哥。"孙少康有气无力地说道,他脸上的那种快活又变成了一种阴森的忧郁。"没什么事的话,我就先回去干活了。"孙少康系好了袋子,然后起身,在杜军疑惑和惊讶的目光中慢慢地走出了他的办公室。

"这个臭小子,吃错药啦!饿死你才好呢。"杜军在办公室里哇哇大叫起来。门外的孙少康颠簸着前行,双眼费力地睁着,双脚深深浅浅地走着,像是踩在此起彼伏的海浪上。

"真他×的费事。"孙少康心里骂了一句,双眼索性一闭,被眩晕和无力支配的身体扑通一声倒在了杜军办公室的门外。屋内的杜军还想着要不要出去把孙少康拉回来,就听见这门外"咚"的一声,他从椅子上一跃而起,飞快地冲出了自己的办公室。

孙少康倒在距离门口几步远的地方,杜军冲过去蹲下身子,用手拍了两下他的脸,发现他还没有反应,便把他像个大麻袋一样扛了起来。"这个鳖孙还真他×的沉。"他一边说着,一边向陆扬德的办公室跑去。他背着孙少康,身形不稳地撞开了陆扬德办公室的门,陆扬德这会儿正坐在办公室里看上个月的财务报告,这一声巨响和突然闯入的杜军吓得他身子一颤,差点从椅子上滚下来。

"怎么了这是?"他看着杜军背上的孙少康,惊魂未定地说道。

"别他×这么多废话,赶紧开车,送人去医院"。杜军看陆扬德还能坐在椅子上,气得恨不能一脚将他的桌子踹到他的脸上。

"好好好。"陆扬德不知道自己怎么开始这么听杜军的话,他从桌上抓住钥匙就向外跑去。

"真他×的拖拉。"杜军的身形让了让,让陆扬德先出门发动车子,自己这才背着孙少康一点一点向工厂外走去。

上车之后,陆扬德连忙发动了车子,等车子已经朝着医院的方向开始行驶的时候,他才问道,"伤到哪儿了?"

"没外伤,没吃饭,饿晕了。"杜军把身旁的孙少康扶正,说道。

"那就好,没啥大事。"开着车的陆扬德随口说道。

"去你他×的没大事,我跟你说,这也算工伤。"杜军心里本来就急躁,陆扬德这随口而出的一句话恰似一盆热油浇到了火上。要不是自己不会开车,杜军真他×的想一脚把陆扬德从车里给踢出去。

"你说话给老子注意点。"陆扬德的火气这个时候也蹿了上来,他可无法忍受杜军的这种语气。

"好好好,我不说了,你赶紧开车。但是他就是得算工伤,实在不行就让王书记来评评理。"杜军懒得和陆扬德再有太多争辩,没好气地说道。

"算你×个头。"陆扬德忍不住嘀咕道。

医院距离工厂不算太远,这个医院基本上是专门为工厂里的工人和家属们安排的。进了医院的大楼之后,陆扬德先去挂号,杜军则直接背着孙少康冲到了楼上。

"大夫,你看看他,昏过去有一段时间了。"杜军也不知道自己闯进了哪个科室里,喘着粗气对端坐在椅子上的白大褂说道。

"楼下左转,我这里看不了。"那白大褂慵懒地抬起眼瞥了一眼,脑袋像个拨浪鼓一样摆了摆。

"什么狗屁东西。"杜军背着孙少康就向楼下冲去。在楼梯上正遇见拿着挂号单的陆扬德,两个人一路像是敲大鼓一样咚咚咚地跑着,直到撞开了另一个科室的门。

"挂号单?"白大褂伸出一只手来。

陆扬德把手中的挂号单递给他。

白大褂让杜军把背上的孙少康从背上放下来,杜军扶着孙少康坐在医生对面的椅子上,那白大褂抓起孙少康的手在手腕处和虎口处用力搓了几下,问着杜军,"他很长时间没吃东西了?"

"没吃午饭。"杜军焦虑地看着眼前这个慢吞吞的人,不知道孙少康到底是什么状况。

"低血糖,带他去输点葡萄糖就好了。"白大褂说着松开了孙少康的手,任由他无力地摔回去。

"大夫,这个葡萄糖不会死人吧,过敏什么的。"杜军把孙少康往自己身上背,不放心地问着。

"葡萄糖会死人的话那全世界人都死光了,喏,这是单子,要不然没人给你们输液。"白大褂有些不耐烦地说道,他还是第一次见到有人问葡萄糖会不会死人的。

"好好好,谢谢大夫。"杜军一把抓起桌面上的那个单子,一把甩给了身后的陆扬德。"去拿药吧,我先带他去输液那边。"

"我倒成了秘书了。"陆扬德接过杜军手里的取药单,眉毛一挑,脚步匆匆地跑到一楼的药房去取药了。

"有病床吗?"杜军背着孙少康跑到输液室之后,发现其中只有几列椅子。

"有病床,不过只有重症的病人才能用,而且要付床费的。"一个穿着白制服的年轻护士走了过来。

"人病得很重,也付得起床费,赶紧的吧。"杜军的双眼喷火般瞪着那个年轻的护士,如果那火焰有温度的话,那个小护士一定烧得连灰都不剩了。几个软绵绵半躺在椅子上的病人输着液,病快快地看了杜军一眼,仿佛这样自己身上的病毒就会甩到杜军的身上。

"请跟我来吧。"脚步声轻盈地朝着输液室的尾部走去,杜军咬紧牙关背着孙少康紧随其后。

把输液室中的一面嵌在墙壁上的小门打开,眼前便赫然出现了一个简单但还算干净的隔间。杜军把背上的孙少康近似摔一般放置到床上,他站在床边,看着床上那张在平日里要么欢笑要么忧郁的面容此刻安静得像是结了霜,杜军的焦躁像一坨带着火星的煤渣,虽然没着起烈火,却一直呼呼地喷吐着呛人的白烟。

陆扬德很快便将药和单据带到了输液室,那个年轻的护士在一番有条不紊的操作之后。我们的孙少康终于以他出生以来最为奢侈的形式开始补充体内的能量。

陆扬德和杜军看着孙少康那张苍白的脸慢慢润上血色,心里便放心了许多。

"还真是第一次见低血糖要病床的。"护士拿着单据看了看,不自觉地嘀咕道。

陆扬德和杜军谁都没有理会他,两个人慢慢地走下楼,陆扬德让杜军下午在这里守着孙少康,不用再回厂里。杜军活动着自己发酸的肩背,看着陆扬德的车一点点开远,他心里一边骂着孙少康这臭小子真是越来越重了,一边慢慢地挪动着脚步,走进午后三点钟的阳光里。

13.

杜军拎着一袋子杂七杂八的水果回到医院的时候,九月里的热度已经慢慢开始消退,杜军望着天边向西倾斜的太阳,惊讶自己这一趟竟用了这么久的时间。他爬上楼,输液室里的那几列椅子已经空空如也。挂在墙上的钟表滴答滴答地响着,杜军抬头一看才发现已经快要四点了。

"他×的,骑个王八也用不了这么慢。"杜军说着走向了孙少康的那个隔间,咯咯的笑声穿过墙壁,让站在门外的杜军有些惊异地瞪圆了双眼。他推开房门,发现孙少康上半身倚靠着墙壁说着话,女护士坐在床边,脸上还挂着笑容的残余。

"我给你买了些水果,给你放在这里吧。"杜军说着将手中的水果放到了孙少康的床边,目光在两个人的脸上跳来跳去,从那些尚未完全褪去的笑意中猜着什么。"你也好得差不多了,那我就先回去了?"杜军望着孙少康那张快活的脸,心想自己还是早些离开比较好,免得破坏了年轻人之间的欢声笑语。

"也好,耽误你了军哥,等我回去一定把你这个下午的工钱补给你。"孙少康直了直身子,有些愧疚地对杜军说道。

"就他×的会说这些屁话。"杜军嘟囔了一句便推门而出。门刚一关上,屋内又开始神秘的絮语和刻意压低的笑声。"这臭小子还蛮招姑娘喜欢的嘛。"杜军不知道自己这么嘀咕的时候有没有那么一丝微小的嫉妒。

一路走回工厂的时候,杜军感觉自己的鞋底都要被磨穿了。时间在四点半左右,刘英一看见杜军回来便冲了过去,等站在他面前的时候又一言不发,只是用力地看着他,似乎自己是从神话故事中跃身而出的美杜莎。

"他没事,只是低血糖。"杜军怎么会不知道她想知道些什么,虽然他不是很了解低血糖到底是一种什么样的病,但他从医生和护士那里明白应该并不严重。

"那些东西,他没吃?"刘英双眼的力度这才稍稍松懈了一些,旋即问道。

"我说是你送来的,他就不吃了。"杜军无奈地耸了耸自己的肩膀,这样的事情总不能怪到自己的身上。刘英没再多说什么,她如雕像般转过自己的身体,想要逃离,脚步却又那么缓慢。

"自古……"杜军突然想吟点什么,却发现自己的记忆中并不存在这方面的储备,他转过身去只得无奈地嘀咕了一句:"感情这东西就是操蛋。"

下午,陈嘉伟开始给班级分组,吴静雯还是上午的样子,一直拽着杜秋叶的衣袖,脸上始终挂着不安的神情。给这两人分组的时候,陈嘉伟遇到了难以解决的苦难,吴静雯始终不愿意和杜秋叶分开,陈嘉伟一番劝说最终无功而返,只好勉强把两人还有另外两个孩子凑成了一组。每一个小组都有一个组长,杜秋叶他们这组的是一个叫作孙峰的男生。这个孙峰人如其名,长得不高但身体却异常壮实,甚至脸上的筋肉都紧紧地绷在一起,稍一活动就像头牛一样呼哧呼哧地喘气。有这样一个组长理应会十分有安全感,然而无论是杜秋叶、吴静雯还是另一个叫作王怡的女孩儿,看起来都没有想要理会他的意思。分好小组之后,陈嘉伟便开始给大家排座位,教室内又开始乱作一团,花果山群猴乱舞的情形在一间小教室里再次上演。尽管耳边挤满了孩子们嘈杂的吵闹声,但陈嘉伟却丝毫不感觉到厌烦,反而感觉到一切都是这样的亲切。

当教室再次安静下来的时候,教室里终于多了一种叫作秩序的东西,孩子们大大小小的脑袋由低到高从前向后排开,每一个小组的成员也都尽量地坐在了一起。吴静雯仍旧和杜秋叶坐在一起,这两个孩子似乎稍有距离生命就会受到威胁。陈嘉伟虽然不愿这两个孩子对彼此有这样强的依赖,但是当下也没有什么好的办法。一切都收拾妥当之后,课间的铃声也响了起来,孩子们不须陈嘉伟多说便疯了一般的冲出教室。在室外,每一处对孩子们来说都是充满了乐趣的体育场,那才是孩子们最好的课堂。

"这个倒是不用教,都知道下课了。"陈嘉伟兀自嘀咕着,把自己的课本和教案卷起来夹在胳膊里,慢慢地向自己的办公室走去。

路过隔壁教室的时候,正遇上同样捧着课本走出教室的方佳,两个人说说笑笑,在走廊的尽头挥手道别。陈嘉伟教的是语文,他的办公室就在一年级所在的二楼,而方佳教的却是数学,她的办公室在一楼。这两个新来的老师,正好互相搭配教起了两个班级的两门主课。

学校的空地和原野没有太多的差别,这里同样有着原始的规则,年纪大一些的孩子们挤占了最中间的位置,包括那两个破破烂烂又似乎有些矮小的篮球架。稍微大一些的孩子只能干巴巴地看着那些又高又壮的孩子们将球扔来扔去,整个球场内似乎没有人关心球是否可以扔到篮筐里。至于杜秋叶他们这些刚入学的孩子们,只能被挤到操场的边缘,踢踢毽子或者打打沙包,属于他们的地方只有那么大点。不过这些孩子们却并不介意,他们在有限的地方跑跑跳跳,沙包在人群中像一只灰色的麻雀来回穿梭,毽子在空中翻几个跟头又被女孩儿们的脚踢到半空。整个学校内都变得沸沸扬扬,声音像涌动的海浪,时而聚集,时而散开。在这样的时候,只有杜秋叶和吴静雯呆呆地倚靠着学校的栏杆静静地坐着,望着斑斓的人影在眼前晃动,仿佛看着一场盛大又活泼的皮影戏。

"你不去玩些什么吗,静雯?"那个粗哑的老妇人嗓音大概是第一次有这样温柔的语调,如同一只平日里暴戾的手掌此时却温和地抚摸着吴静雯柔顺的头发。

"我想踢毽子,但我有点……"吴静雯侧了侧头,看着杜秋叶那张白皙的面容,他的双眼星辰般闪耀,又似水井一般清澈。

"害怕?"杜秋叶仍旧操着老妇人那样的嗓音,不过身体已经站了起来,一只手拍打着屁股上的灰尘。

"嗯。"吴静雯轻轻地应了一声,她是那样胆怯又害羞的孩子,小的时候一直居住在父母亲的身边,只是偶尔和祖父母见面。学校于她而言无疑是突然出现在她面前的一头洪水猛兽,各种各样的男孩子和女孩子,个子那么高又那么温和的老师,课本上方方正正的汉字和简单的算数,都让她在感到新奇的时候也感到恐慌。她不知道该对这些突然出现在生命中的陌生人说些什么,也不知道当他们对自己报以热烈而好奇的目光的时候,自己应该怎样回应。

"嗳,你们几个一起踢,给我们个毽子玩玩。"杜秋叶对着那边两组踢着毽子的孩子说道。

"才不给你呢。"一个回复冷水般浇在了杜秋叶的头上。

杜秋叶纳闷地抓了脑袋,他忘了这里不是他横行霸道的市场了,不是所有人都叫他鬼见愁。他回头看了看吴静雯,发现那个怯懦的孩子正有些犹豫地望着自己。"弄个毽子还不如去市场买菜方便。"杜秋叶嘀咕了一句,在身后那目光的鼓励下,他昂首阔步地向那个男孩子走了过去。

"喂,这个毽子借我们玩玩。"杜秋叶说着便把在那几个人之间来回跳跃的毽子一脚踢飞,走到刚才说话的那个男孩面前瞪着他,只是那老妇人般的声音实在少了些许威胁的意味,惹得一众的孩子不仅没有感到惊吓,反而奚落般地大笑起来。

"喂!你耳朵聋了?"杜秋叶说着,双手在那个男孩子的前胸上猛地一推,那男孩子打了个趔趄,差点摔倒在地。

"看你爷爷我不揍傻你!"那男孩儿在众人面前差点被人一把推倒在地,除了愤怒更觉得羞耻。所以现在这个恼羞成怒的孩子正捋起胳膊上的校服袖子,咬牙切齿地朝杜秋叶冲了过来。在冲到杜秋叶面前的时候,他挥拳而出。然而杜秋叶并没有闪躲,那一拳正正地打在了杜秋叶的鼻子上,血液扭动着从杜秋叶的左鼻孔里流出来,像一条红色的小蛇。那个孩子也被吓坏了,直到自己的手都被染红了之后才慢慢地收回了自己的手。

"现在毽子可以借我玩玩了吧,要不然我可要告老师了。"杜秋叶从自己的裤兜里摸出一条脏兮兮的手帕,一边擦着自己的鼻子一边说道。

那个男孩不可思议地看着自己眼前面带微笑的杜秋叶,片刻之后,他慢慢地走到刚才被杜秋叶一脚踢飞的毽子旁,弯下腰捡起来,扔给那边笑得愈加得意的杜秋叶。

当那个男孩向杜秋叶冲过去的时候,吴静雯就闭上了自己的双眼,不过当她睁开双眼的时候,杜秋叶已经像个出征归来的英雄一般,双手捧着那个漂亮的毽子站在她面前,唯一美中不足的就是他的鼻子里塞着卷成筒状手帕,整个人看起来像一只拖着长鼻子的瘦弱大象,显出一副滑稽可笑的样子。"现在我们可以踢毽子啦,不用担心,我们下节课叫体育,就是在外面玩的。"杜秋叶看着吴静雯望向逐渐散开的人群,说道。

"你的鼻子不要紧吧。"吴静雯望着那块被血洇湿的手帕,颇为担心地问道。

"没有关系的,你没有流过鼻血吗?这次流了,下一次流就要过很久了。我只是让它提前流了而已。"杜秋叶微笑着说道,站立在他手掌当中的那个毽子在日光中有着耀眼的光亮,洁白的鹅毛在微风中轻轻摇摆着。

"原来是这样啊,你懂得真多。"吴静雯说着站起身来,天真的面容上多了一丝欢愉。

"我们来踢毽子吧。"杜秋叶说着便把那个毽子轻轻一抛,用脚轻轻一踮,毽子便向吴静雯飞去。

"看我的。"吴静雯轻轻地叫了一声,抬脚又将毽子踢给了杜秋叶。

一个,两个,三个……

直到上课铃响遍了整个校园,体育老师把他的哨子吹得像防空警报一样的响。

新生的第一节体育课无疑是极为麻烦的,大大小小的个子散乱地站在一起,一个个小脑袋上炸起来的头发让这一个班的孩子看起来像是一片荒乱的树林。

"大家好,从以后开始就由我和大家一起上体育课了。我叫董卓,你们以后叫我董老师就好。来,现在叫一个听听。"体型匀称的青年朗声说道,他的嗓音是那么有活力,和他运动服的身体一样健康。

"董老师……"三个字被孩子们拉得很长,但是声音却无比响亮,以至于那些坐在办公室里的老教师们都在心里骂道,这个臭小子又要开始上体育课了。

"好,喊得比较响。现在我来给你们排好队形,以后上课就按照我今天给你们排好的队形站,知道了吗?"董卓双手叉腰,问道。

"知道啦……"孩子们齐声喊道,这对于他们而言似乎是一难得的乐趣,陈嘉伟无时无刻对他们说要在教室里保持安静,现在他们终于被允许释放他们自己的天性。

董卓可没有察觉到这些,他现在正忙着将这些个子参差不齐的孩子们按照高矮排好。孩子们听着他的命令一会儿向左边移一个,一会儿向右边移一个,一会儿站到前面那一排里,过一会儿又站到后面那一排里面。董卓只觉得是一群蒜苗在自己的面前被扒拉来扒拉去,虽然十分琐碎,却有独特的乐趣。

"好啦,解散吧,活动的时候注意安全,不允许打架。"董卓把队列排出一个锥形便对着乱哄哄的孩子们喊道,那些快速散去的孩子们谁也没听到他的后半句话。这让他感到十分难过,因为从他开始教体育课以来,似乎还没有谁听到过他的后半句话。那些潜藏在孩子们体内的所有有关野蛮的意识,似乎也都在体育课上被激发出来,打架的事情也总是出现在他的体育课上。"哎,真他妈是个无聊的世界。"董卓嘀咕着,用脚将一个滚过来的篮球挑起来,站在已经斑驳不清的罚球线上扔出了一个优雅的"三不沾"。

"你被人打了?"杜秋叶正和吴静雯在操场的一角踢着毽子,孙峰喘着粗气就跑了过来,问道。

"没有关系的,我只是借个毽子玩。"杜秋叶轻描淡写地说道,但出口那沙哑的声音无疑吓了孙峰一跳,吴静雯看到他的身体不自觉地缩了缩。

"你说话的声音一直是这样吗?"孙峰一下子撇开了话题,一边说着一边有些惊恐地望着身前的杜秋叶。

"嗯,天生的,这里有毛病。"杜秋叶说着指了指自己的喉咙,意思不言自明。

"对了,你告诉我是谁动的手,我可不会让我的人受欺负的。"方才的惊恐瞬间变成一副幼稚的严肃,他那本就紧绷的面容像是缩水了一样皱在一起,只有小小的鼻尖如一株孤独的树挺立在他平坦的面容上。看起来滑稽而可爱。

"我没事的,你不用管了。"杜秋叶冷淡地说道,他尤其不喜欢"我的人"那三个字。

"好吧,你不告诉我,我也会自己找出来的。"小小的手掌攥成一个小小的拳头,眼里闪现出这个年纪少有的坚定。杜秋叶不愿过多地理会他,什么都没有再说。他把手里的毽子轻轻一抛便继续和吴静雯踢了起来。孙峰也没再说些什么,握着他的那两个小拳头恶狠狠地走了。

时间柔软又松弛,却无时无刻不在逝去,董卓看了看自己的手表,发现时间将要下课,他把手里的球向篮筐抛去,深深地吸了一口气。

"嘀——"整个操场回荡着他那召唤孩子们回来的哨音,在教室里上着课的老师们听到这声音,纷纷加快了自己的讲课速度。孩子们循着哨音稀稀拉拉地回到操场中央,刚上课时候整理好的队形现在又溃散开来,孩子们争抢着各自的位置,谁也弄不明白自己刚才站在哪里。杜秋叶被众人挤来挤去,吴静雯拉着杜秋叶的手慌张地摇晃着自己的目光,偶然之间看见孙峰在人群里低着头,像自己一样一声不吭地被别人挤来挤去。

"秋叶,你看那是不是我们的组长。"吴静雯扯了扯杜秋叶的衣袖,用另一只手指了指孙峰。

"不用管他。"杜秋叶看着孙峰的那副样子就知道发生了什么,可他无心理会。

"好吧。"吴静雯注视着比自己高出小半个头的杜秋叶,嘴角不知道为什么漾涨起甜美的笑容。

解散之后,孩子们纷纷回到教室里。陈嘉伟早已面带微笑地在那里等候着他们,在他们背上书包风一般逃离学校之前他还要布置他们的第一次作业,当然这作业十分简单,他留下的是抄写前十个拼音,每一个五遍,方佳则只出了十道简单的加减法。

"那么,我们就放学咯,明天再见。"陈嘉伟看着面前一张张欢快的面容,自己的语气也不由自主地跳跃开来。

只是,谁也没有注意到孙峰嘴角上的那一块瘀青,也没有人注意到那个男孩子从杜秋叶的手上接回那个白色鹅毛的毽子的时候,眼里含着闪闪泪光。

14.

九月末的一天,陆扬德罕见地将众人召集到工厂的中央。他说王书记指示,要在全县搞一个篮球比赛,所有的国有企业都要参加。获得名次的队伍有奖励,工厂内也要发放奖金,奖金多得足以赶上他们一个月的工资。

"那我也能打篮球。"门卫李丘说道,他说的声音本不大,但恰好在陆扬德说话的间隙,所以显得格外响亮。众人一时还没有反应过来,等到目光汇集到他身上的时候,人群便爆发出热烈的笑声。虽然李丘依然精神矍铄,但是他还无法抗拒衰老的痕迹,他的背佝偻着,头上簇拥着几片花白,垂在胸前用来看报纸的老花镜还在摇晃着。

"安静一下。"陆扬德喊了一嗓子,喝退了众人的笑声,深深地剜了李丘一眼之后继续说道,"杜军人呢,去财务那边领点钱去买两个篮球回来。"陆扬德的双眼转了一圈也没有发现杜军的影子,只好继续说下去。"还有啊,县小学的球场放学之后我们可以去用,还有县委大院里的球场我们也可以用。想参加的没事多去练练,别上去了给厂里丢人。好了,就到这里,该干活干活。"陆扬德说到这里便拔起双脚,没走几步又停了下来,对着散开的人群喊道,"对了,在国庆节之后开始比赛啊。"没有什么人理会他,视野中都是背影。

杜军听到陆扬德说完了话之后才叼着半截烟从工厂的门外走进厂房,他已经习惯了在陆扬德说话的时候逃离出他的声音之外,这样他才会觉得自己活得还算是舒服,不用受到那声音的折磨。

"军哥,刚才陆厂长让你去买俩篮球来着。"杜军一回到厂内,孙少康便及时地对他说道。杜军看了看这个年轻人,他的面容变得似乎有些陌生了,他微笑着,眉眼之间藏不住的奕奕神采让这张面容就算是印在胶片上也会闪光。自从吴国忠一家人搬过来,杜秋叶也去上学之后,杜军和他宿醉的时候也逐渐少了,并不知道在他的身上终究在发生些什么。

"这种时候倒想起我来了。"杜军有些不满地嘀咕了一句,他大概忘了自己是负责后勤的。

"我都忍不住要去练练球了,怎么样,军哥,咱俩一起参加比赛,保准把这个冠军给捧回咱厂里来。"孙少康满面兴奋地对杜军说道,甚至不由自主地在他的工作台上做了一个投篮的动作。

"快干活吧你,臭小子。"杜军笑着骂了一句,匆匆地向财务那边的办公室走去。

"一定要参加啊,军哥。"孙少康兴高采烈地对着杜军喊道,半个工厂的人都在机器单调的运转中听到了他那活跃的声音。以前在学校的时候,孙少康可没少在篮球上下功夫,清晨和晚自习后的夜晚,老师们是一定会去球场上驱赶孙少康的。他的房间里还贴着他让外地同学带过来的乔丹海报,一张一张糊满了自己床边的墙面。电视转播是很罕有的,他只能听收音机里转瞬即逝的新闻播报,想象着那个浑身黝黑的家伙怎样探囊取物般地得到那么多的分数。1994年的时候,当他听说乔丹转去打棒球之后,正要毕业,于是他撕下了墙面上所有已经发皱的海报,可当他无论何时再次偶遇篮球的时候,眼前却总有一副画面:他从地面慢慢地升起,身体后仰,手指优雅地拨动着手里的篮球……

想到这些的时候,孙少康不由自主地笑了起来,他依稀记得那些时候,每逢比赛便总有一个好看的女孩子给自己买冰糖水。那时候自己还不明白那些懵懂的心意,只是当作朋友间纯洁的好意。现在想来,那个时候的自己也真是可笑,也许在不知不觉之间便已经错过了一段不错的姻缘。

"喂,臭小子,别在那里傻笑了,出去和我买球去。"杜军的声音打断了孙少康的回忆,他像是在大梦中苏醒一般睁开自己的双眼,发现杜军正挂着恼怒的面色看着自己。

"我还在干活呢,军哥。"孙少康自然是想出去溜达溜达,只是不愿辜负自己面前这台呼哧呼哧运转的机器。

"给你请过假了。"杜军没有好气地说道,他真想撬开孙少康的脑袋,看看这个臭小子整天都在想些什么。

"那就成。"孙少康愉快地停掉了手里的活,等到自己面前的那台机器终于像每天初到的时候那样一声不吭。他便快速地走到了杜军的身边,刘英听到他渐渐远去的脚步声,默默地朝他的身影瞥了一眼,当然,杜军和孙少康都没有察觉。

两个人出了工厂,孤魂野鬼一般在人影寥落的街道上闲逛着,沉默像两团湿软的海绵,用力地塞住了两人的喉咙。直到两人的脚步在市场那边的老式供销社停下来的时候,杜军才佯作随意地问道,"最近过得怎么样?"

"挺好的。"孙少康模糊地回应道,他怎么可能不知道杜军问的是哪一方面的事情,他只是不知道自己应该如何回答罢了。情感上的纠缠和挣扎可不像几何图案那样清晰,可以用各种各样的器械去测量。

"晚上喝酒不?"杜军问道,却并没有等孙少康的回答,自己径直地走到了超市里。

"酒当然是要喝的。"孙少康似乎也没想让杜军听到自己的回答,一边小声地嘀咕着一边在杜军后面跟着进了超市。

"军哥,你知道乔丹吗?"杜军正在摆放着一堆球的货柜前努力分辨哪些才是篮球,身后孙少康的声音便传了过来。

"乔丹是啥,你快过来帮我看看,这么多球,哪个才是篮球。"杜军被眼前的这些球体搞得头昏脑胀,完全不知道陆扬德让自己买的究竟是哪一类球。

"乔丹都不知道还出来买篮球。"孙少康小声地嘀咕着,但那声音却仿佛是刻意让杜军听到一般,每一个字在他的耳中都变得无比清晰。

"乔丹到底是他×的啥东西嘛?乔丹牌子的球?"杜军转过身来瞪着孙少康,不知道他为什么一直在说什么乔丹。

"算了,跟你说了你也不懂,这些棕色皮子的就是篮球。对了,财务那边给了你多少钱啊。"孙少康一边说着一边凑到球架那边浏览那些篮球的价格和牌子。

"给了十块,怎么样,够不够买两个乔丹牌子的?"杜军看孙少康那副专家般的样子,小心翼翼地问道。

"没有乔丹这个牌子！乔丹是个打篮球很厉害的人。"孙少康小声地说，他环顾四周，长长地呼了口气。所幸现在供销社内的人不多，要不然他真想找个地缝钻进去。

"所以说嘛，带上你出来总不会错的。你看看哪个比较好，就买吧。"杜军的脸上也是一阵发窘，像是刚从锅里拣出来的烙饼一样滚烫。

两个人从老供销社出来的时候，街道上正流动着逐渐升温的日光，两个人一人抱着一个篮球，杜军不时地去摸自己的裤兜，确认找回来的零钱和收据，这样财务才不会找自己的麻烦。杜军有的时候感觉自己正在不知不觉之间变成另一个人，变得小心翼翼，变得谨言慎行。虽然他的脾气还是那样暴躁，虽然他仍然在大多数时候由着自己的性格做事，但是他仍然无比清晰地感觉到那种无法抗拒的转变，自己仿佛是放入机床当中的一个零件，只有随着程序的进展被彻底加工，才能完整地结束一件事。

回到工厂，和孙少康分别，到财务处交上剩下的余款和收据，将两个还裹在塑料薄膜中的篮球抱回自己的办公室，完成这一系列事情之后，杜军还在想着自己的改变。桌上的茶杯吐出湿热的氤氲，窗外的麻雀依旧啾啾地叫着，杜军像是从出生以来第一次感受到所谓的忧愁，他的手指像个老谋深算的商人一般嗒嗒嗒地敲着桌子。偶尔想起来，才把面前的茶杯举起来小小地抿一口，不知怎的，今天的茶苦得令人难过。

中午吃完饭之后，杜军被孙少康拉着去练习篮球。在县委的大院中，孙少康完全没有刚吃过午饭之后的慵懒和困倦。他抱着久违的玩具，兴奋地活动着他那副被一架机床所麻痹的身体。杜军则从李老头的小酒馆里拎出来半瓶白酒，一手夹着卷烟，一手握着酒瓶，身子半躺着靠在被太阳烤得滚烫的球架上。

"起来活动活动啊，军哥。"孙少康做着花哨而精致的运球动作，在完成一记漂亮的后仰跳投之后，他对着快要睡着的杜军说道。

"你可别折磨我了，我眼皮子都要坠下去了。"杜军实在很想夸赞一下孙少康花里胡哨的动作和球入网时清脆的"唰"，但他实在感到困意难支，如果现在他可以做些什么的话，那就是两眼一闭，赶紧到梦中和周公来一次亲切的邂逅。

"你们肯定不介意带上我这个老头子一起玩玩吧。"孙少康的身后突然传出来一个苍老有力的声音，如果不是李丘近乎一路小跑着走到了杜军和孙少康的面前，杜军一定会以为是杜秋叶。

"自然不会介意，来。"孙少康说着将手里的球传给了站在一旁的李丘，这个上了些年纪的门卫在接球之后神情都变得凝重了些许,他慢慢地放缓了自己的呼吸,膝盖逐渐弯曲下来,随后以一个看起来有些扭曲的姿势从地面弹起,手中的球顺势飞出。

"唰!"球刷网而入,听到这一声之后,不仅是孙少康和李丘大笑起来,就连像块腊肉一样半躺在球架旁边的杜军也直了直身子。

"怎么样,来试试吧,军哥,没那么难的。"孙少康接住坠下来的那个球,神采奕奕地对仍旧困顿不醒的杜军说道。

"来就来,谁怕谁啊。"杜军看到李丘那么别扭地一扔都能进球,他便完全低估了这项运动的难度。他双手撑着地站起来,那瓶已经让他喝道瓶底的白酒让他有些摇晃,尽管如此,他还是稳稳地接住了从孙少康手里高速飞来的球。

"不就是这样嘛。"杜军学着李丘的样子,先用双手把球包住,然后放缓呼吸慢慢地将自己的膝盖弯曲,最后从地上猛地一跳,球脱手而出。不得不说他跳得比李丘高多了,只是那球划过一道又低又平的弧线,从篮板的下方穿过,重重地摔在了远处的地面上。

"军哥,看来你还得练习练习啊。"孙少康笑着跑过去捡球。

"是啊,小杜,这个比赛奖金可不少呢。"李丘不知道什么时候已经到了刚才杜军半躺着的地方,这会儿正小口地喝着酒,指间还夹着一支已经点燃的香烟。

"你这老头儿,还真是不见外。"杜军循着李丘的声音将目光转向他,等到遇上他脸上那副满足的神情的时候,气得差点一口血从喉咙里涌出来。

"这么抠门啊。"李丘看着杜军跳得都快要飞起来,只好把手里的酒瓶子放下,只是那支已经点着了的烟没有别的办法,李丘只得继续美美地抽着。

"算了,喝吧喝吧。"杜军无奈地摆了摆手。

"那我可就不客气了。"李丘说着又将刚才放下的酒瓶握在自己的手中,似乎有些不舍得一样慢吞吞地喝着。

杜军没有理睬半躺在那里的李丘,他还不至于和他怄气,现在他的全部精力都集中在手里的这个棕色皮球上,似乎正面对着他一生中最大的仇敌。

"少康!"杜军还没把手中的那个篮球扔出去,一个洪亮却不失温柔的女声又响了起来。这一声差点让杜军将要起跳的腿抽筋,他好奇这个大院怎么在大中午的时候会这么热闹。然而当他转过身子,发现来的人竟然是前一阵子给孙少康输液的那个护士,他才恍恍惚惚地明白了什么。等到他看见那护士身后还跟着面色忧郁的刘英的时候,杜军便什么都明白了。他明白了孙少康为什么又变得热烈愉悦,也明白了刘英为什么像一艘沉入深海的巨轮一样变得沉默阴郁。

"你怎么来了。"孙少康微皱着眉头对那个走在前面的护士说道,但隐藏起来的欢欣却在他的神态中留下了许多清晰可见的破绽。

"今天早上听说过一阵子要办什么篮球比赛,我一想附近只有这个地方能练习了,我就到这里来碰碰运气。"语气里有一种浑然天成的骄矜,自然而温柔,听起来就像是嘴里塞了一颗甜而不腻的糖果。不过即便如此,杜军还是抱着篮球远远地躲开来,这种事情他不是害怕孙少康两个人觉得别扭,而是自己处于其中就感觉十分尴尬。更何况后面还有个神情惨淡的刘英,现在杜军都忍不住要为孙少康开始念经了。

"我还没有给你介绍呢,军哥,这是我的女朋友刘秋婷。"孙少康突然转过头来带着几分骄傲的面色对杜军说道,杜军模糊地应了两声,整张脸都皱在一起,用手指了指已经快要站到孙少康身后的刘英。杜军确信,刘英毫无疑问地听到了孙少康刚才所说的话。

"孙少康!"声音依旧是那么动听,只是面容上却挂着一层难以抹去的阴翳。孙少康和刘秋婷惊讶地转过身去。

"年轻人的事情啊。咱们是操不上心的。"李丘仰头把酒瓶里最后的几滴酒抖进自己的嘴里,拽了拽想要站起身来说些什么的杜军。

"你这个老头啊……"杜军听了李丘的话,只好老老实实地坐在他的身边,其实就算他站起身来,他也不知道自己能说些什么来帮孙少康解围,这种事情似乎只能看他自己了。

"英子,你怎么来了。"孙少康用手抹了一把自己的额头,感觉此刻的阳光分外炽热。

"我猜你在这边打球,所以给你带了些饮料,不过看起来是有些多余了。"刘英的目光在刘秋婷的面容上停留片刻,便俯身将手中饮料放在了地上。她的神态、动作都是那样从容,内心崩裂的疼痛被强大的忍耐毁尸灭迹。她静静地站在那里,当明白再有任何一个动作都是多余的时候,刘英转过了身子,用那种从来没有人可以打乱的步调慢慢地走开了。地上留着她买来的一杯冰绿茶,滴落的水滴留下深色的印痕,就像是赤裸裸站在阳光里却仍旧无法避开的一块阴影。孙少康注视着刘英慢慢地在自己的视野中远去,他记得刚才刘英在自己脸上倏忽闪过的目光,那柔软的、忧伤的目光啊,在刘英的身影慢慢远去的过程中逐渐凝实为两柄银光闪闪的软剑,时刻用它那锋利的边缘在自己的心上留下无法缝合的伤痕。刘英一边走着,一边轻声地哼唱着邓丽君的《甜蜜蜜》,她那么喜欢她的每一首歌,现在却只能断断续续地哼着,"甜蜜蜜……你……笑得……甜蜜蜜……"再也无法忍住的眼泪终于扑簌扑簌地跌出眼眶,浸在她为了给他送一杯绿茶而专门换上的衬衫上,摔落在铺满整个街道的阳光里。

"少康,刚才那个人是谁啊。"刘秋婷问着表情复杂的孙少康,这会儿谁的心里都不好受。无论是刘英,孙少康,还是刘秋婷。心里都像是旋转着一片锋利的刀片,他们所有自以为柔韧的情感,所有自以为坚决的取舍,都慢慢地破碎开来,短时间内再难以黏合成最初的样子。

"只是我的一个同事,她的事情,以后再对你说吧。"孙少康吃力地说着,从刘秋婷的手中拿过那个塑料的杯子,喝了一口那原来上学时候最喜欢喝的冰糖水,却感觉苦得眼泪都要决堤而出。

"还有酒吗?"孙少康像个负伤的老兵一样扶着刘秋婷的肩头,问着半躺在地上的杜军。

上午放学之后,杜秋叶和吴静雯还没有像这样兴奋过。陈嘉伟,他们的班主任,在今天早上宣布学校在十一假日的前一天,将会组织全体师生进行一次秋游,目的地就是周边郊区的一座矮山。回到家之后,两颗小脑袋便在思索都需要带些什么,后来他们觉得带什么都不如带吃的,问题便又转变到要带些什么吃的比较好。

"我看带一把猎枪最好,想吃什么,自己就去打。"吴国忠拍着桌子叫道,两个孩子你来我往的争论使得疲惫的他十分厌倦,所以他打算以一个玩笑来结束这个话题。

"你个臭小子竟然还有猎枪,不知道严禁私人持有枪支吗?"杜秋叶也不甘示弱地拍着桌子叫道,刚才讨论食物的欢快顷刻间变成了一脸干巴巴的严肃,脸上的每一块皮肤都仿佛耸立起来,雄赳赳地对着吴国忠。

方琪、曹荣芳和吴国忠三人先是一愣,随后大笑起来,只有坐在杜秋叶对面的吴静雯,不知道杜秋叶为何不与自己继续食物的话题,撅着小嘴,一张红扑扑的小脸愤怒地对着杜秋叶。

"不用笑,等着查出来的时候你就等着倒霉吧。"杜秋叶继续满面严肃地说道。

吴国忠却笑得更欢了,他一边拍着大腿身体也一边前后仰合着,像一个前后摇摆的不倒翁一般。

"不许笑了。"杜秋叶又小又嫩的手掌砰砰地砸着桌子,吴国忠相信自己如果再不停止大笑的话,杜秋叶一定会一跃而起,跳到桌面上去。

"好好好,我不笑了,我们继续吃饭好吗?"吴国忠竭力止住自己一股一股上涌的笑意,终于让这一顿午饭得以顺利进行。不过他倒是记住了这两个孩子秋游的这一件事,下午的时候一定要跟军哥打声招呼,以便两个人商量商量,看看能为孩子们准备些什么。

球场上那一行人经过刘英的一番折腾早就没了打球的兴致,在李丘的带领下一行人回到了工厂,杜军和李丘钻进门卫室,杜军的办公室则腾出来给孙少康和刘秋婷。直到下午快要上班的时候,刘秋婷才从杜军的办公室里出来,她脸上没有什么太剧烈的表情。看起来一切还好,只是实际上是不是也是一切还好,那就是杜军所不能知道的了。

刘秋婷走了片刻之后,孙少康才从杜军的办公室里出来。杜军和李丘看见孙少康便即刻从门卫室冲了出去,两双眼睛将目光沉甸甸地压在他的身上。

"没事的。"那张疲惫的面容上升起令人心安的笑容。

"年轻人的事情,真是麻烦。"李丘看着孙少康陡生憔悴的面容,忍不住嘀咕道。杜军听着忍不住用胳膊肘捅了一下他,让他少说几句。李丘只得把将要张开的嘴又合上了,想要说的话整个吞进自己的喉咙里。

"何止麻烦,简直是作孽啊。"孙少康缓慢地说道,他吐出的每一个字都带着忧愁发酵之后的味道,是那么浓重的忧愁。

"算了,先别想了,一会儿干活了,晚上喝酒吧。"杜军摇着孙少康的肩头,差点将他眼中的粼粼波光晃出眼眶。

工人们开始陆陆续续地走进工厂,孙少康也勉强地收拾起自己脸上的一团糟,振作起精神。他洗了把脸之后,又回到了自己的那台机床旁边,烟卷燃烧所弥散的白烟竟然有一种宽慰的味道。这个尚还年轻的孙少康啊,像是第一次懂得了一支烟的味道和一支烟所承载的内容。

杜军回到办公室之后便在那张沙发上开始打盹,酒精所带来的困意和孙少康的忧愁一并将他扯入颠簸不平的睡眠当中。可是,那睡眠还未开始延展他光怪陆离的所有内容,陆扬德的砸门声便恼人地响了起来。

"进来……"杜军的声音如在垂死挣扎一般,软绵绵的渗透到门外陆扬德的耳朵里。

陆扬德进门之后没在办公桌之后看见杜军,心惊刚才是不是见了鬼,直到杜军那此起彼伏的呼吸提醒他人躺在沙发上之后,陆扬德才带着几分气恼地走到杜军的身边。"办公室睡得舒服吗?"在努力的克制之下,陆扬德才没让自己喊起来。杜军听着声音不太对,吃力地把双眼拨开一道缝隙,发现眼前赫然是陆扬德的脸,他一个骨碌从沙发上滚了下来,困意也早已消失得无影无踪。

"这里睡觉比家里舒服?"陆扬德咄咄逼人地问着从地上爬起来的杜军。

"还行,是挺舒服的。"杜军也不害臊,从容地说道。

"别给老子扯那些没用的屁话。"陆扬德烦躁地说道,他一屁股坐在沙发上,十分厌恶地看着杜军。"还是篮球赛的事儿,赶紧在厂里把人凑起来,怎么着得有个队伍,也得有个名字。趁着距离比赛还有一段日子,该训练就训练。别不把荣誉当回事。"陆扬德看着杜军那因为醉酒而涨成猪肝色并且还在不停摇晃的脑袋,忍住了一万句骂娘的话。

"行了行了,我听到了。"杜军有些烦闷地说道,孙少康的事情他还操着心,陆扬德的聒噪使他不知所措。"对了,这件事你让李丘去办或许更好。"杜军想起中午李丘投进的那一球,再加上他似乎对篮球很有热情的样子。杜军觉得他倒是一个很不错的人选。

"你找谁办我不管,关键是这件事我已经交给你了。"陆扬德说着站起身来,在推门离开之前补充似的说道,"以后少在办公室里睡觉,来了就好好工作,想睡就请假回家。"

"知道了。"杜军昏头昏脑地应道,其实他连陆扬德说了些什么都没听清。

"知道就好,就怕你一直不知道。"陆扬德说完之后便将门砰的一声合上,一双皮鞋踢踏着脚步声逐渐走远了。

"这日子过得真他×的闹心。"杜军坐在他那张令人乏困的椅子里忍不住嘀咕道,窗外的阳光斜斜地刺进屋内,麻雀们如往常一样此起彼伏地叫着。这些事情在这样的时刻无疑让杜军感到烦闷,他叼上了一支烟,从兜里摸出打火机来却无论如何都打不着火。杜军把它举起来对着阳光,才更加烦闷地发现这个打火机已经一丁点油都不剩了。

"李丘,过来一趟,顺便拿个火!"杜军摇摇晃晃地撞开了自己办公室的门,对着门卫室喊道。

"知道了!"李丘听到杜军的声音,虽然不知道发生了什么,但他还是在门卫室里高声地回应了杜军,并且很快就带着一个打火机出现在杜军的办公室门前。杜军从他的手里抢一般地拿过那个打火机,迫不及待地打着火点燃自己嘴边的那根烟,好像再迟一秒他就无法继续呼吸。

"还有别的事儿没?"李丘看着杜军那张皱巴巴的脸,不知道自己还能为他做些什么,来为他分解这些堆积在九月末里的忧愁。

"有,进来说吧。"杜军吐出一口白烟,那张皱巴巴的脸随着面前散开的白烟舒张开来。

"啥事?"李丘当上门卫以来,还是第一次进到这个工厂的某一间办公室里,他有些别扭,即便自己的面前只是叼着香烟一脸愁容的杜军。

"你原来打过篮球?"杜军问道。

"嗯,原来喜欢打,现在年纪大了,打不太动了。"李丘不知道杜军的心里摆着什么谱,只好实话实说道。

"那就行,篮球比赛的事情你也知道,我看工人们也不是很积极。你去挑选一些原本就会打的或者那啥,个子高点的,你懂行。把队伍赶紧组织起来,然后没事的时候带着大家多去练练。再让孙少康给整个好听点的名字,成不?"杜军说着把嘴里的烟摁灭在桌上的烟灰缸里,那支只抽了一两口的烟李丘看着都觉得心疼。

"这些倒是问题不大。只是……"李丘有些发窘地说道,"我才来工厂没多久,也就只是个门卫,那些人未必能听我的啊。"

"有不听的你就说是杜军让你这么弄的,实在不听劝的让他直接找陆扬德去吧。"杜军不耐烦地又从衣袋中摸出一根烟叼在自己的嘴里。

"成。"李丘应着便从沙发上站起身来,他感觉杜军应该也没有什么后话了,便准备离开。

"哎。"杜军的声音一把拽住了李丘,让他在门口停住了脚步,转过身来,双眼像两盏照射灯一样照着杜军含着香烟的嘴唇,不知道他还有什么话要说。"你在门卫室那边,没事的时候帮我看着点孙少康,这个臭小子最近肯定不太好过。还有啊。"杜军停了下来,嗒了一口烟之后有点不好意思地说道,"你这个打火机先放在我这里吧。"

"两毛钱的东西,我那里多的是。下班之后工厂里逛一圈都能捡到两三个。"李丘看着杜军那张有些羞于开口的脸,不觉笑了起来,上唇边的两簇稀疏的胡子欢快地抖动着。

"嗯。"杜军却并没有随着李丘的笑音而有更多的反应,他只觉得疲惫如同暴雨将至时候的铅色云朵,沉重的淤积在自己的身上。

办公室的门合上的时候发出清脆的咔哒声,杜军还不知道自己办公室的这扇门还能发出这样好听的声响,完全不同于陆扬德每次来的时候,总是那么粗鲁地留下砰的一声巨响。看来这个门也是认人的啊。杜军这样想着,困倦的面容扭曲地笑了起来。

下午上课的时候,陈嘉伟觉得这个世界都快要糟透了,整个教室里弥漫着各种零食小吃散发出来的浓郁味道。有关秋游的一切似乎准备得也太快了,甚至还有臭豆腐的味道嚣张地漫溢着。下午第一节就是陈嘉伟的语文课,他站在讲台上,眼下的每一个座位似乎都弥散出色彩鲜艳的气流,嘎吱嘎吱小声咬啃的声音不绝于耳。陈嘉伟每喊一次,上课时间不允许吃零食,讲台下的声响便会暂时停歇一阵,等到他继续开始诵读课文或是在黑板上写写画画的时候,讲台下的那一群"小老鼠"便又开始偷偷摸摸地发出嘎吱嘎吱的声响。陈嘉伟不知道还有两个人和他一样痛苦,那就是杜秋叶和吴静雯,两个孩子什么吃的也没有,只得环顾着教室里飘浮着色彩斑斓的气流,任由自己的肚子咕叽咕叽地叫着,刚刚吃过的午饭似乎已经消化殆尽。

下课铃响起来的时候,陈嘉伟连作业都没有来得及布置就卷起课本冲出了教室。刚迈出教室一步的时候,隔壁教室的门口也冲出来一个人。陈嘉伟一看就知道那是方佳,那身淡黄色的长裙大概只有穿在她的身上才会那么好看。教室里的那一番味道好像顷刻间便消散了,眼中宽广的视野此刻都被这个裹在淡黄色裙子中的身影填满。

"你们的学生也开始吃大餐了?"方佳看着定定地望着自己的陈嘉伟,心里骂着真是令人讨厌,却又不自觉地走向他,和他说话。

"是啊,竟然还有臭豆腐。这东西我原来上学的时候就受不了。"陈嘉伟说着还捏住自己的鼻子,显出一副不堪迫害的样子。

"我们班所幸还没有臭豆腐。"方佳笑着说道,但面前的陈嘉伟听到她的话却一直板着脸,方佳有些郁闷地问道,"你怎么了?"

陈嘉伟垂下脑袋压低嗓音说道,"你忘了吗,你下节课就在我们班上啊。"说完,陈嘉伟便放声大笑起来。凑过头来听陈嘉伟说话的方佳愣了片刻,然后一路大叫着跑了回去,把陈嘉伟那个班的窗户全都开到最大。气喘吁吁地完成这一连串动作之后,方佳不禁向班里望去,只见里面的孩子们纷纷从刚才一心一意的食物上抬起头来,眼里带着疑惑和不解望着她。她感觉自己的脸在如此集中的目光中逐渐变得滚烫,除了逃跑之外她不知道自己还能做些什么。于是她嘴里又哇啦哇啦地喊着什么一路跑到了杜陈嘉伟的身边。

"完了,数学老师疯了。"坐在教室里的王二不禁嘀咕了一句,班里响过一阵哄笑之后,又归复为之前那种孜孜不倦的咬啮声。王二也心满意足地咬下了那根木签上的最后一颗山楂,心满意足地听着那一层冰糖在嘴里发出咔嚓咔嚓的声响。

"看来咱俩当班主任的经验还是不足。"陈嘉伟有些无奈地说道。

"是啊,我们组里其他的几个班主任都还没和自己班里的孩子们说呢,他们说这种事情等到出发前一天说也绝对来得及。"方佳揉着自己的鼻子,说道。

"你的鼻子不舒服吗?"陈嘉伟不会错过方佳的任何一个小动作,他关心中夹杂着疑惑的目光轻轻地落在方佳的鼻尖上。

"没事的,就是那味道有点受不了。"方佳揉着自己的鼻子,有些支吾地说道。

"那就好。"在走廊尽头的楼梯口,陈嘉伟停下了自己的脚步,温软的目光偎依在方佳的身边。目送着她一级一级走下楼梯,在终于要失掉她的身影的时候,方佳回过头来淡淡一笑,然后彻底消失在他的视野当中。陈嘉伟带着轻微的醉意摇晃着走到自己的办公室,大口喝下的凉开水让他稍稍清醒了些许,他看了看时间,开始低头整理自己的教案,准备着推开另一扇门,走到另一个弥漫着食物味道的教室里。

生活在某个时候对自己摆出一个极为舒惬的姿态,他不由得想起读书的时候,他问自己的导师,我们学这些有什么用呢。

那个头发和胡子都被花白浸染的老人笑着对他说:自由而无用。至好的自由乃是自律,至好的无用乃是大用。

那个时候的陈嘉伟自然不会明白。可当他此刻抱着课本和教案一步步走向教室的时候,他好像一点点明白了导师曾经对自己说过的话。

15.

下午下班的时候,杜军提早出了自己的办公室,以免孙少康这个臭小子一声不响地偷偷溜走。正在给一天的工作结尾的孙少康早就看见了站在门口抽着烟的杜军,他笑了笑,庆幸总是站在自己身边的那个人是杜军,而不是别人。

下班的时间一到,整个工厂和放学时的小学没有几分差别,混乱,嘈杂。秩序这种东西在一瞬间土崩瓦解,仿佛这里的每一台机床都吼叫着奔跑起来。工厂的门口,杜军和孙少康像往常一样凑到一起,紧接着吴国忠也走了过来。

"国忠,晚上一起喝酒不。"杜军问着身上污迹斑斑的吴国忠,孙少康带着柔和的笑意,表示自己并不介意。

"不了,我还是回去照看孩子们吧。"孙少康的事情他有所耳闻,他知道自己并不像杜军那样能说会道,感觉去了也没有什么用处。

"那好吧,你路上慢点。你家那口子呢?"杜军看着吴国忠一步跨上他的自行车,却又没有看见曹荣芳,有些疑惑地问道。

"换衣服呢。她嫌工装太脏了,不愿意往家里带,就找了个地方把工装放在工厂里,穿自己的衣服回去。"

"还蛮讲究的。"杜军咂巴着嘴嘀咕了一句,脸上有一种分辨不清的表情。

"嗳,对了军哥,学校过几天要准备出去秋游,你看给孩子们准备点什么?"吴国忠这才把这事想起来,下午一来就开始干活,竟然不知不觉地把这事给忘了。

"秋游?"杜军疑惑地看着吴国忠,似乎无法正确理解这两个字的正确含义。

"就是老师带着孩子们出去玩,在外面吃个午饭。"吴国忠挠了挠自己的眉毛,说道。

"哦,这样啊,那你不用着急,这些东西让杜秋叶自己去买就行。他没上学的时候,我家的菜原来可都是这孩子买的。"杜军这还是第一次说起杜秋叶的时候脸上带有一种骄傲的神情。虽然那个孩子时常疯癫,但是杜军对于他在市场上的那一番本事还是深信不疑的。

"秋叶?"这次换了吴国忠用疑惑的眼光看着杜军了。

"你就听我的,这件事咱们帮不上忙,别管了。"杜军信心满满地说道。恰逢此时,换好衣服的曹荣芳也过来了。看到吴国忠三人便微微笑了起来,她一直走到吴国忠的自行车后,孩子般温顺地跨上车去。

"那我们先走了,军哥。"曹荣芳虽然不胖,但还是让那自行车摇晃了一下。吴国忠感到身后那人儿的温度,脸上漾漾着笑意对杜军说道。

"嗯。"杜军对着那辆准备起步的自行车摆了摆手,看着那一艘幸福的窄窄小船慢悠悠地驶远。

"又剩咱们两个咯。"许久没有说话的孙少康终于这个时候让自己的喉咙发出声响,似乎突破了一道坚实的壁障。

"还有我这个老头子呢。"李丘把他那夹杂着灰白头发的脑袋从门卫室里伸出来,嘴上还喢巴着一根快要烧到烟屁股的香烟。

"你这个老头还真是不见外呢。"杜军咬牙切齿地瞪着李丘,他都不知道这个老伙计是怎么想的。

"李叔愿意,那我们就一起去好了。"孙少康还是蛮喜欢李丘的。

"你看少康都这么说了。"李丘得胜般笑起来,嘴边那两撇胡子又开始愉悦地抖动着。他把头缩回门卫室,发出一阵扒拉东西的嘈杂。"你们等我一会儿啊,接我班的那个老头应该一会儿就到了,这破地方真是太他×的小了,憋死老子我啦!"门卫室里传出李丘舒畅的叫喊,杜军却不由得皱起了眉头,这个门卫室的大小,正是他杜军设定的啊。

"别跟他过意不去,你看他多开心啊。"孙少康拽了拽杜军的衣袖,小声说道。

"说的也是,咱好歹也是个领导。"杜军听着孙少康的话,嘀咕了一句之后转过身去,不再看在门卫室里一番折腾的李丘。

换班的那个老头没过多久就到了厂里,李丘也把自己收拾得人模狗样,原本穿在身上的军绿色背心换成了一件土灰色的衬衫,那条宽松的沾满了油渍的裤衩也换成了一条粗布的黑色长裤,斑驳的白发被一顶有些破旧的草帽罩住,看起来有几分英俊的样子。

"李叔年轻的时候一定也天天万花丛中过吧。"孙少康没走几步就开始调侃李丘的这一身行头。

"只不过片叶不沾身。"李丘扶了扶自己的草帽说道,那一双因为年老而黯然失色的眼睛闪耀着一缕狭长而纯净的明光,如同深井中偶尔落入的一丝日光,虽然不足以将那一口井全部照亮,但任由谁也无法剥夺那光亮的温度和澄澈。

"你们俩在他×的说啥呢,什么花啊叶啊的。"杜军抱怨地说道,他可不知道自己身边的这两个人在说些什么。

"军哥,这你就不懂了,我们有文化的人都是这么说话的。"孙少康揪着自己的衬衣领子,洋洋得意地说道。

"你俩有个屁的文化。"杜军站在李老头那个小酒馆的门口,忍不住骂道。

"我都闻到酒香了,小杜啊,今天你可得放血啦。"李丘没有理会杜军和孙少康的对话,他笑着推开了小酒馆的门,如同回到自己家一样。

"这家伙倒是轻车熟路。"孙少康跟着李丘也走进了小酒馆里,反而是每次都是第一个进的杜军成了垫底部队,最后一个走了进去。

仍旧是每次都留给杜军的那张桌子,仍旧是那些吃了不知道多少遍的酒菜。三人逐渐步入微醺的时候,话题终于转移到孙少康的身上。这个时候大家都少了一些说笑的意味,酒杯举起地也不再那么频繁,来来回回的话语缠成一个紧密的茧子,把孙少康的那些烦忧、那些沉郁全都结结实实地包裹起来,没有给孙少康任何一点缝隙让他将其消化。

这个时候李老头也加入了他们的谈话,他先扬高了嗓音喊了几嗓子,等到那三人都不再说话而是将诧异的目光转向他的时候,他才定定地看着孙少康一字一句地说道,"这件事,无论别人说什么,对你都没有任何用处。你知道我的意思吗?"

孙少康看着面前的老人,十分认真地点了点头。

"那么我继续问你,你愿不愿意和那个什么英结婚过日子?"李老头仍旧盯着孙少康的眼睛问道,他一边说着一条腿还踩在了一旁的一个凳子上。杜军来的次数也不少了,还从来没见过他这样一幅威严的样子,那样子就好像是在对着自己的亲生儿子一样。

"不。"孙少康的回答同样简单而严肃,就像是面对着自己的父亲。

"那这个问题不是很轻松地就解决了吗,你在忧愁什么呢,年轻人!"李老头重重地拍着孙少康的肩头说道,他的脚从凳子上收回来,双手互相拍打着裹在套袖里面的小臂,慢悠悠地向自己的后厨走去。

"我们不伤害别人就活不下去,尽管我们并不想,可终究无法避免。万花丛中过,片叶不沾身的人,只不过是把伤害留给了自己。"李老头说着将自己拍打干净的套袖摘下来放在柜台上,那一摇一摆的身形慢慢地消失在柜台后的房间里。

"这老伙计,就这么睡觉了?"杜军知道那后面是李老头的卧室,自己这还没有吃完喝完呢,他竟然就这么溜进卧室里了。

孙少康和李丘在一片只属于他们两人的静默中注视着彼此,那对视的目光中仿佛有一种互相推挤的力量在两人之间来回涌动,直到两个人在静默中同时举杯,将杯底所有的剩余一饮而尽。

"没事,军哥,我们这儿还有一位李老头呢。"孙少康扯了一把杜军,让杜军面对着柜台的身体重新回到酒桌上来。

杜军疑惑不解地看着孙少康,孙少康却只是注视着自己对面的李丘,而李丘只是面带着微笑静静的夹着菜,没有任何想要说话的意思。

"你和李老头什么关系?"杜军像是终于猜出一点眉目。

"他是我哥哥。"李丘夹着菜,似乎是在说一件平淡无奇的事情。其实这对于他而言本身就是一件平淡无奇的事情,可对于杜军和孙少康而言无疑是一件大的新闻。他们可从来没有听李老头说起,他有一个和他这样不同的弟弟。

"难怪李老头这么早就去睡觉了,看来今天晚上你要遭罪了。"杜军看着一桌狼藉,带着几分幸灾乐祸的意思说道。

"我才懒得搭理他这一档子的事情,他赚的钱又不给我对半分。"李丘愤愤地说道,看来这里两兄弟还是有些怨恨搁置在彼此心里。

"咱们这都是说些什么呢,来来来,喝酒!"孙少康拿起酒瓶,给杜军和李丘满上,然后把剩余的那一丁点儿倒给了自己。

"哎哎哎,你这臭小子,怎么喝酒还不老实呢。"杜军瞥了一眼孙少康的杯子便嚷嚷起来。

"这不是没有了嘛,我也无能为力啊。"

"不行不行,我的给你匀一点,年轻人,怎么能喝得比我们喝得还少……"

"李叔,我这真喝不了……"

"让你喝就喝,我就没见到你喝不了的时候,这次让我长点见识,看看你们文化人是不是连喝酒一样厉害!"杜军激动地拍着桌子,一张脸因为酒精的作用而涨得通红。

孙少康醉眼蒙眬地看着杜军对自己吼叫的样子,下肚的酒精似乎在自己的肠胃里变得更加炽热火辣,昏黄灯泡的光亮在他的面前散成了一团温黄的云朵,他轻轻地摇摆着自己的身子,仿佛划着木桨驶入那团云朵当中。

在那团云朵里他听见李老头那苍老却不容反驳的嗓音:我们不伤害别人就活不下去,尽管我们并不想,可终究无法避免。

只是那伤害能再小一些就好了。孙少康心里嘀咕着。身旁的杜军和李丘笑脸逐渐失去正常的比例,抛掷的言语在来来回回的战争中也都被扭曲成尖锐或混沌的声响,在孙少康的耳边无比嘈杂的回荡着。

翌日,杜军醒来的时候,才发现自己又在李老头的小酒馆里度过了一夜。李老头忙着收拾昨夜的桌子,而他自己则躺在另外两张并起来的桌子上。

"多谢啊,李老头。"杜军对着眼里那个蒙眬的身影说道,他估计自己这还是第一次对李老头说这样的话呢。

那个略有佝偻的身影明显吓了一跳,他有些慌张地转过身来,说道,"说啥都没用,酒钱你还得照付。"

"你他×……"杜军气得差点从桌子上滚下来,他好不容易觉得自己有了一次礼貌,这个糟老头竟然以为自己是想要赖账。

李老头没有理会杜军,他是那么专心地清扫着那一张杯盘狼藉的桌子,似乎那是他一生的工作。杜军见李老头没有理会自己,只好翻身下地,在钻进厕所之前,他还是忍不住问了一句:李老头,你弟叫李丘,你叫什么啊。

"别他×的管闲事。"李老头说着转过身,冲他颇有几分恼怒地甩了甩自己手里湿乎乎的抹布,使得杜军避雨一般慌张地躲进了厕所里。

杜军一路走到工厂的时候,比平时晚了半个多小时,工厂里的景象并不是他所料想的忙样,反而是一大群人聚集在一起,当然了,这种时候总是少不了陆扬德的身影。杜军不知道也不想知道发生了什么,当他漫不经心地想要绕过人群走向自己的办公室时,陆扬德却叫住了他。

"杜军,你给老子滚过来。"陆扬德的嗓音听起来怒不可遏,如果那是一只猫的话,杜军会毫不犹豫地认为它此刻正在狂躁地发情。

"怎么了,这一大早就对老子喊得这么欢?"杜军嘴上丝毫不愿意给陆扬德留什么情面,就算自己迟到了,该扣钱扣钱就是了,何必在这么多工人面前大呼小叫的。杜军气定神闲地走向人群,发现那人群中央的地面上堆放着一些已然加工好的工件。

"怎么个意思?"陆扬德扬了扬下巴,出口的几个字气势汹汹地砸向杜军的脸。

"什么怎么个意思,这些东西和老子有什么关系?老子是弄坏它了,还是把它怎么着了?"杜军也恼怒了起来,自己刚从酒馆里出来上班,这连办公室还没进去呢,就在这受着陆扬德的责骂和一众工人目光的鞭笞。

"你他×的再给老子装糊涂。"陆扬德说着就朝杜军走了过去,在快要到他面前的时候也没有停下脚步,这个盛怒之下的厂长抬起一脚就向杜军踹了过去,然而他完全高估了自己。杜军看到陆扬德竟然抬脚就要踹自己,自然也是怒火中烧,他一把拽住陆扬德踢向自己的那条腿,咬牙切齿地看着面目惊慌的陆扬德。

"军哥,别!"孙少康的声音这个时候插了进来,他知道这种时候的杜军指不定会做出什么冲动的事情来。杜军却像是什么都没有听见,瞪圆的双眼像是要突出眼眶,两颗眼球里刻满了细密而浓重的血丝。他双手猛地一挥,上了年纪的陆扬德哪里受得住杜军这样的力道,瞬间在地上打了个滚。原本嘈杂的工人们此刻终于安静下来,一些人已经开始慢慢地挪动脚步,鞋底在地面上磨出沙沙的轻响。

"少康,你到我办公室来。还有你,孙子。"杜军一边指着摔倒在地的陆扬德一边又向他迈了一步,抬起脚作势便要一脚踏下去。

"算了算了,军哥,我们去办公室里说。"孙少康赶忙冲过去把杜军一把抱住,拽着他就向人群外走去。

"差一点啊,这事儿就无法挽回了。"李丘和吴国忠刚才虽然一言未发,但是手里无一不是捏了满满的一把汗。

杜军被孙少康拽走之后,聚在工厂里的人群也逐渐散开,所有的人又带着那种什么都没有发生过的表情在自己的机器前开始自己一天的工作。

"少康,今天早上都出了什么事。"杜军回到自己的办公室,发现所有的东西都变得无比杂乱,但他还是慢悠悠地给自己泡上了一杯茶。他虽然是个没有什么文化的人,但也知道脾气这种东西,有的时候只是拿出来给别人看的,他那份暴躁并不适合刺向身边亲近的人。

"是这么一档子事儿。"孙少康清了清嗓子开始叙述,"今天早上一个工人找生产部的主任说他昨天加工过的工件少了一部分。你知道,咱们工厂改制以后工人们的工资和加工的工件数量有很大关系,这件事那个主任也解决不了,只好闹到了陆厂长那里去了。陆扬德一听出了家贼就十分火大,他把所有的工人都叫到一起,说有人愿意交出来这件事就不了了之,但是等到他查出来,这件事他一定会报警。"

"然后呢,地上那些工件是怎么回事?"杜军迫不及待地问道。

"那个时候一个承认的也没有,陆扬德便让人在整个工厂里到处一通乱翻,最后在你的办公室里找到了那些东西。"孙少康有些无奈地说道,他脸上的表情写明了他不相信这件事会是杜军做的,但是出口的话,让他自己都觉得有些刺耳。

"你没跟陆扬德说我昨天晚上在小酒馆过的夜?"杜军的双眼又鼓得圆圆的,像两只大灯泡一样照射着面前的孙少康。

"我怎么可能不说呢,吴哥和李叔也都说了,但是陆扬德说我们都是你的熟人,我们的话不能做证。"孙少康气恼地拧着自己的大腿,继续说道,"而且昨天晚上来替李叔班的那个门卫,还说……"孙少康支吾着不肯继续说下去。

111

"他说什么了?"杜军让自己平静下来,把一根烟放入自己的嘴里,缓缓地抽起来。

"他说你半夜来加班来着,只是来了没一会儿就走了。还说你不让他把你去过工厂的事情告诉别人。"说到这里,那一张年轻的面容已经十分难看了。

"放他×的屁。看来现在能救我的,只有李老头了。"杜军用力地吸了一口嘴里的烟,那一点红光呼呼烧着,一直吞噬掉那根烟三分之一的躯体。

"军哥,你不会真的……如果你有什么困难,我还有一些……"孙少康看着那一团白烟当中那张烦闷的脸,出口的话一片一片破碎着。

"你是第一天认识我吗?"杜军把手里的烟狠狠地摁灭在烟灰缸里,双眼直勾勾地盯着自己面前的孙少康。他杜军可以不在乎陆扬德怎么想,也不在乎外面那一众工人怎么想,但是他在乎眼前这个人还有李丘和吴国忠怎么想。

"我……我……"孙少康整张脸都憋得通红,他打心里也不会相信杜军会在这个工厂里偷什么东西,但是现在的一切却全都指向了杜军,不能不让他心里在有些许动摇。

"算了,你先回去吧。就陆扬德那个孙子样儿,估计已经叫警察了。他们来的时候你在我这里不好,别再把你也牵扯进来。"杜军喝了口茶。他不是不知道孙少康的心思,如果自己是孙少康的话心里也一定会怀疑一番。只是现在该怎么办呢,这次的事情好像不太容易解决,如果不能把这加在自己身上的诬陷洗干净,只怕是要吃上好几年的牢饭了。不知不觉之间,杯子里的茶已经喝完了,敲门的声音也在这个时候响了起来。

杜军皱了皱眉头,不过无论怎样,事情已经如此,这一步是少不了了,与其挣扎还不如坦然地去接受。他脸上带着僵硬的微笑,打开了办公室的门,两位挺立的警察站在他的面前,帽檐投下的阴影让杜军无法明辨他们的表情,实际上那两张脸像是铁打出来的模子一样,此刻没有任何的表情。

"杜军,我们怀疑你涉嫌……"

"行行行,别废话,赶紧赶紧。"杜军不耐烦地把双手并在一起,伸到那两人的面前。

"涉嫌盗窃。"说完之后,银晃晃的铐子才将他的双手捆绑到一起。

工厂里的人们仍旧装模作样地做着自己手里的活,却没有一个不把目光瞟过来的。陆扬德站在自己的办公室门前,带着一副大仇得报的神情看着夹在两套绿色制服当中的杜军。杜军在被人摁着脑袋塞进车后座的时候突然想要放声大哭,他从那么多投向自己的目光中读到了那些人心满意足的意味。他不知道自己何时使得这些人难过过,但此刻,这些自己都叫不上名字的陌生人,却着实让他难过了一回。

孙少康三人站在工厂门口,看着警车一点点扬起尘灰,一点点在尘灰中凝缩成一个黝黑的点,再一点点消失不见。

"喂,你们三个。还不回去干活,在那里傻站着干什么!"陆扬德似是这么快就忘记了自己早上在众人面前吃瘪的糗样,现在又变得威风八面,开始发号施令了。

"干你×的屁。"平日里脾气最为温和的吴国忠这个时候也忍不住骂道,他把身上的工装一把撕下来摔在地上,唱着山歌般高声叫骂着走出了工厂。孙少康也无心工作下去,也把身上的工装一扯扔在地上,像吴国忠一样只穿着个背心走了出去。至于李丘,他就更无所谓了,这里的班上不上对他而言根本是无所谓的,他也不用脱什么工装,那一身精致的行头现在还工整地套在他的身上呢。他朝陆扬德啐了一口之后,便急急忙忙地追着已经走出一段距离的吴国忠和孙少康。只剩下背后的陆扬德气得牙齿间咯咯直响。

一行人在路上极少说话,但他们的目的地是那么的明确,脚步踏过那条熟悉的路途,所要寻找的人只有一个,那就是李老头。

"说吧,你有什么要交代的。"审讯室里,两个身材有些发福的中年警察坐在杜军的对面,摆出一副精于此道的样子不急不缓地说道。

"没有。"杜军的回答也是极为精简,一个多余的字都不愿意多说。

"没有?没有会抓你?"坐在对面的一个警察扬起自己粗壮的手臂砸在桌面上,使得桌面上所有的东西都猛地跳了一下。

杜军的头稍稍偏了偏,仿佛桌面上的东西会跳起来砸到自己的身上,继续着他自己一言不发的状态。

"没抓错人是吧?"另一个警官对着身后站在角落里的那两个干警说道,就是把杜军押到这里来的那两个。

"没有,证件看过了,照片也对过了。"两个声音整齐地从角落里传出来,几乎重合在一起向着杜军奔袭而来。

"好吧,我们换个方法,你说那些东西不是你偷的,你有什么证据?"另一个警察报着自己杯子里的热茶,问道。

"我有证人,证明昨天晚上我在一家小酒馆里。"杜军面不改色地说道,他感觉自己此刻是少有的冷静和耐心,所有摔摔打打的冲动都湮灭在自己的胸口里。

"那证人呢?"刚才那个拍桌子的警察皱着眉头问道。

"在路上,他们可没警车那么快。"杜军挑了挑眉毛说道,现在对于他而言最大的困难就是等待,如果李老头都无法证明自己是无辜的话,那自己就算去吃几年牢饭也值得了。

"什么时候来?"那个喝着茶的警官问道。

"我怎么知道他们什么时候能到?要不然您放我出去接一接,免得他们走过了还不知道。"杜军跷起了二郎腿,目光扫视着面前这两个发福的警察,忽然觉得这些人和陆扬德没有什么两样。没有什么调查,只是凭借着一堆从自己办公室翻出来的工件和几个人嘴里的屁话,就把自己关进了这个昏暗无光的审讯室里。他们的脸上还带着那种厌恶和不耐烦的神情,老子没一人给他们一个大耳刮子就不错了。杜军心里絮絮叨叨地骂着,直到敲门声响了起来,杜军得救般望向那扇门,站在角落里的一个去打开了门,露出的却是一张极为陌生的脸。

"队长!"坐在桌前的那两个胖子倏地一下站起来,将桌子椅子碰出一连串的声响。

"怎么样啊,审出来没。"那是一个粗重的嗓音,一个魁梧的身形紧接着走了进来,脸上粗犷的五官在发白的光线中显出阴狠的轮廓。

"还没呢,这家伙油嘴滑舌的,没说一点有用的。"之前那个拍桌子的警察立刻换上了一副疾恶如仇的面相,双眼凶狠地剜着坐在那里跷着二郎腿的杜军。

"是嘛,我来看看这个人嘴里到底有没有有用的。"那个队长说着坐到了杜军的对面,刚才审问杜军的那两个警察现在一左一右地站到了那个队长的身边,面容无一不是狰狞的,目光无一不是凶狠的,仿佛下一刻就要把杜军当做一顿美味生吞活剥了一般。

"这个排场还真不小,自己坐在这里这么多人陪着。"杜军腹诽了一句,脸上仍旧是那样悠然的神色。

"说点什么吧。反正也不是什么大罪,进去过几年就出来了。你说是吧?"队长从兜里摸出一包烟来,敲出一根递到杜军的面前,说道。

杜军什么都没有说,只是用力地向前探出自己的身子,叼住了那根香烟。队长起身给他点上火,然后坐回到自己的凳子上,看着一团白烟当中杜军那张没有表情的脸。杜军重重地吸了一口嘴里的烟,有些难受地用手夹住嘴里的烟卷,对着他同样看不清表情的队长说,"我什么都不知道,这件事不是我做的。"

"你他×的还装!"队长一拍桌子便从凳子上跳了起来,他身旁的那两个警察也都吓得哆嗦一下。"东西!是从你的屋子里找出来的,这叫啥?这叫物证!门卫!说你在半夜回到过工厂,这叫啥?这叫人证!你他×的还在这里跟我装傻充愣!"他的嗓音在这一间小小的房间里爆炸开来,挥舞的手臂猛地抽在杜军的脸上,那根杜军还没有来得及抽第二口的烟也随之飞了出去。

"现在你有没有什么要说的了?"队长一只脚踏在椅子上,面带怒色俯视着坐在自己对面的杜军。

杜军抽着自己不断流血的鼻子,脸上火辣的疼痛让他的面部持续地痉挛着,他转过头用一双红透了的眼睛盯着那个身材高大而健壮的队长,夹着血痰的喉咙哑着声音说道:"我不知道。"

"真是不知死活!"踏在椅子上的脚用力地一蹬,将那个椅子踹到了一旁的墙壁上,紧攥成拳的手掌眼看着就要招呼到杜军的脸上。

砰砰砰的敲门声在这个时候响了起来,那个队长只得收回自己的拳头,烦躁地挥了挥手,"开门。"语气中烧着焦热的赤焰。

"队长,有人说自己是这家伙的证人。"一个年轻的面孔探进室内,小心翼翼地说道。

"跟他们说这里还没有审完呢。让他们先等着。"手挥了挥,只是那张脸并没有缩回去,门也没有关上。

"那个……队长,他们的人有点多……我觉得您最好还是……"仍旧是那样有些怯懦的语气,只不过一些不安的情绪也从他说出的话中跌了出来。让那个队长迟疑了片刻,嘀咕了一句"我看你这小贼能有多少招数之后",气冲冲地走出了审讯室。

"我不是贼,臭小子。"杜军艰难地扭动着脖子,对着那个站在门口不知道是去是留的警察说道。

大厅里的人确实不少,不仅仅有吴国忠、孙少康和李老头,还有昨天晚上同在那个小饭馆里一起吃饭喝酒的人。杜军虽然不认识他们,但是李老头却熟谙他们每个人在哪里干活儿,于是一行人奔波了好几个不同的工厂,这才急急忙忙地跑到警局来。

"你们都是证人?"队长也没见过这样作证的,顿时也有些丈二和尚摸不着头脑。

"嗯,我们都可以证明杜军当天晚上睡在我的小酒馆里。"说话的是李老头,这里面他年纪最大,这种事自然也没有人和他抢。

"来,都带下去,一个一个地问。"队长大手一挥,几个干警便把他们都分开带走。

"别慌张,把自己知道的告诉警官们就成。"李老头看着几个工人面带慌张,自己也带着几分忐忑地说道。

当所有人的笔录都交到那个队长面前的时候,早已过了正午,一行人包括杜军都饿得头晕眼花。曹荣芳回家的第一件事就是对方琪说杜军和吴国忠又一起出去喝酒了,在方琪和两个孩子的中间,曹荣芳感到不安和苦痛,一整个中午她都不知道自己做了些什么,也不知道自己究竟吃了些什么。

那个队长终于将所有人的笔录都看完之后脸都青了,他直起发酸的脖子,一对含着愤怒、疑惑的双眼扫过自己身边的每一个人的脸。整个办公室里除了那具魁梧的身体在呼哧呼哧地喘着气之外,其余的人都停下了呼吸的动作。

"谁今天早上跟我说要去抓人的。"粗哑的声音很慢很慢地穿过所有人的耳膜,每个人都听得出来,这每一个字下面的怒火在嗤嗤地燃烧着。

"是他×的谁跟我说的!"手掌缩成一个拳,重重地砸在桌面上,站在他对面的一众警员的目光纷纷开始摇晃不定。

"队长,是我。"一个额头上满是汗液的警员站了出来,他的头低低地垂着,汗水凝成一股股细流顺着他的前额流下。他身后那些摇晃的目光也都纷纷安心地停止摆动了,然而仍旧没有人敢发出丝毫的动静。

"你跟我说说你的调查过程。"队长走到他的面前,若无其事地问道。发现那个警员仍旧是垂着头没有任何的回应之后,他脖子上的青筋猛地凸起来,嗓子里有烈性炸药爆炸一般对他喊道,"你给老子抬起头来,别他×的跟要嫁人的大姑娘似的!"队长伸出手垫在那警员的下巴上,慢慢地将他的头抬起来。"回答老子的问题!"

"我……我询问了东西发现的地方,然……然后询问了工厂的工人。"警员的嘴唇哆嗦着,目光在队长的怒视下竭力闪躲着。

"好啊,嫌疑人的行动轨迹调查了吗?"队长继续问道。

"没……没有,当时那个门卫说他来过,我……我就觉得之前的行动不重要。"警员又想低下头去,可是队长的手始终没有让他得逞。

"你老是低头做什么!"队长哑着嗓子问道。

"我……我错了,队长。"警员的声音里有了哭腔,身体也开始颤抖。

"这可就真的奇了怪了,这边说这个杜军一晚上都在小酒馆里,这边呢,就说这个杜军晚上去过工厂。你倒是痛快,直接把人抓回来了。"队长在那警员面前慢慢地踱着步子,看似漫不经心地说道。"你来给我分析分析,这到底哪边是真,哪边是假。"队长说着挠起自己的头发,"我这人老了,脑子不太够用了,你说吧,你说出来哪边是假的,我立马带队全给抓回来。"队长停下脚步,定在那警员身前,目光凿在那张年轻稚嫩的脸上。"我平时怎么说的。"热气扑到那警员的脸上,那警员却只敢胆怯地抬起眼看看他,"严谨!完整!"声音陡然提高,办公室里的众人都是一个哆嗦,"你说你这两点,你做到哪一点了?"

"队……队长,我都没有。"

挥起的胳膊狠狠地甩在那一张没有完全抬起来的脸上,那个警员身子歪歪斜斜地踉跄了好几步,脚下还没站稳的时候,队长紧接着一脚又跟了上来。

"队长,都是我的错,你知道,咱们这个月就差这么一件案子就超过二队了,咱们一直被二队压着,我不甘心呐!"那个警员倒在地上,声音里夹着哭腔,手不停地捶着地面。"我以为这就是个简单的盗窃案,人拿回来一审就完事了,谁知道会有这样的事。"那个队长走到他的面前,听到这些话的时候便定住了身形。他顿了片刻之后才缓缓说道,"破案也不是这样破案的。你知道你身上穿的警服是为谁穿的吗?"

"人民,老百姓。"倒在地上的警员哽咽地答道。

"老百姓的事,能靠你那个以为吗,你不去查,你是用想象力去给老百姓编故事呢?"队长蹲下身子,语气缓和下来,"我知道你在乎那份荣誉,我也在乎,但荣誉之所以是荣誉,就是因为它脏不得,你懂我意思没。"

"我……我懂了。"那警员对上队长怒气未消的面容,缓慢而沉重地点了点头。

"懂了就行,现在去收拾烂摊子。"队长说完,然后踏着响亮的脚步声走出了办公室,将自己身后的门狠狠地摔出一声巨响。

屋内没有人胆敢慢下丝毫,一个紧跟着一个从办公室里跑了出去,挨了打的那个也站起来,跟在最后。

"放人吧。"队长摆了摆手,脸色十分难看。

不一会儿,一行已经饿得头晕眼花的人终于从各自的审讯室里出来了,众人看到杜军的时候都吓了一跳,不单是他脸颊上那一块浓重的瘀青,他的嘴唇也因为干裂渗出血丝,愤怒的双眼看起来将要眦裂,血丝爬满了他的眼睛。

"你没事吧,军哥。"孙少康一看见杜军便冲了过去,他双手抱住杜军的腰,整个人都快要跪到地上去。

杜军低头看了看孙少康眼里含着泪的脸,轻轻地拍打了几下,在孙少康终于将他放开之后,他拖着虚弱却愤怒的身体朝着那个队长走过去。

"算了,小杜。"李老头赶紧过来拦住杜军,谁知道这个人疯起来会做出些什么事情。

"我就跟他说几句话,老头,你让开。"杜军轻轻地推着李老头那佝偻的身体。

杜军距离那个队长还有几步路的时候,两个警员冲过来摁住了他。

"把人放开!"队长怒喝道。

"警察,是吧。"杜军说着,从容不迫地从自己的裤兜里摸出一包烟来,敲出一根递到那个队长的面前。

"是。"队长高声地回答道,双唇紧紧地缩在一起,双眼用力地盯着他的正前方。

"抽烟,人民的公仆嘛,别客气。"杜军笑起来,把自己在那个队长面前的手又向前伸了伸,脸上的疼痛扯得他牙齿间嘶嘶地蹿过许多冷气。

那个比杜军高过不少的队长接过杜军的烟含在嘴里,杜军又摸出一个打火机给那个队长点上,等到一团白烟从那个队长的口鼻之间腾出的时候,杜军指着自己脸上的那团瘀青问道:"这怎么算?"

"小杜,算了吧。"李丘的声音里透出一股哀求的味道。

队长定定地看了杜军一会儿,然后缓缓地抬起手来朝着自己的脸扇了一巴掌,嘴里叼着的烟瞬间飞出去。响亮而清脆的声音让大厅里鸦雀无声,只有杜军龇牙咧嘴地笑了起来,他转过身,慢慢地朝着警局外走去,那已经直不起来的腰让他看起来像是另一个李老头一般。

"去哪儿啊,军哥。"孙少康问道,他可不想杜军这个时候再回到工厂里。

"当然是回工厂,我得找陆扬德还有那个门卫说道说道,这都是怎么回事。"杜军疲惫地在前面走着,一脸的怒容在午后的阳光里显得分外恐怖。

"军哥,要不我们先送你回去吧,这一趟折腾得你也够呛。咱们明天再说。"吴国忠跑到杜军身边说道。

"今天的事必须今天结了。"杜军有些疲惫地说道,这一天下来他也感觉十分疲惫,只是他窝在胸口的那股气不允许他就这么回家。

"军哥。你还是听我们一句吧,你不听我们这些小的说话,你总得听听比咱们长的吧。李叔,你倒是说句话啊。还有老头,你也劝一句啊。"孙少康拽着两人的胳膊摇晃着,没有人理会他,两个上了年纪的陷入无言的深渊。炽热的午后,这一行人像一只溃散的军队,散漫地行进着。

一行人快走到工厂的时候李峰才清了清嗓子,声音嘶哑低沉,"有点数,别太过了就行。"所有的人都回过头来看了他一眼,杜军龇牙咧嘴地笑起来:"我有数"。然后转过身,脚步更快也更加颠簸地向前走去。"剩下的事情我自己来解决吧,少康,国忠你俩回去就给我去干活。"渐渐远去的背影抛下这句话之后便开始缩小,杜军已经开始控制不住自己的双脚,疲惫和劳累的感觉让他感觉自己的双脚像是踏在海浪上,不过对他而言,这并不重要。重要的是,他现在已经迫不及待地想要看见陆扬德的那张臭脸了。

　　工厂内一切照旧,工人们汗流浃背地工作着,只不过是门卫室已经空了。杜军才走进工厂一步,就扯开嗓门喊道,"陆扬德你个鳖孙,给老子滚出来。"他脖子上的青筋乍起,一张脸涨得像猪血一般紫红。

　　那个躲在一角的办公室的门缓缓打开,一个丧气的声音在工厂内展开它所有的懊恼,"来办公室里说吧。"

　　"说你×了个屁,你给老子滚出来。"杜军暴跳如雷地喊道,不管面前有什么都一脚踢开,他面容扭曲,牙齿间咯咯作响。

　　"进来说吧,这是你我之间的事情。"陆扬德手扶着门,丝毫没有离开办公室半步的意思。工人们的目光又跌跌撞撞地跑到陆扬德和杜军的身上,这一天对于他们来说可算是充满乐趣,在茶余饭后不知道多了多少谈资。

　　"好啊,我看你今天能给我说出什么花儿来。"杜军哼了一句便攥着拳头朝着陆扬德办公室走了过去。

　　"来吧,你想说点什么?"杜军走进了陆扬德办公室,站在那张办公桌之前扬着脑袋说道。

　　"这个事情吧……你先坐。"陆扬德先招呼气势汹汹的杜军坐下,那个健壮的身影站在他的面前无形之中像一团巨大的乌云,让他喘不过气来。杜军顺着陆扬德的意思坐在了陆扬德对面的椅子上,眼睛玩味地看着面前的陆扬德。陆扬德只得继续硬着自己的头皮继续说下去,"你看这件事情吧,全都是误会。在你回来之前,警察已经把那个说看见你昨天晚上回工厂的那个门卫带走了,相信一切就会水落石出的。明天吧,明天我当着全工厂的工人向你道歉,为你洗脱罪名,你看这样可以吗?"陆扬德说着扶了扶自己的眼镜,那双藏在镜片之后的眼睛不安地闪烁着。

　　"这样就算了?"杜军仍旧扬着头,跷起了二郎腿颇有不满地说道。

　　"那你还有什么打算。"陆扬德有些意外。

"赔给我两百块钱。别的道不道歉我都不要,我就要工厂里赔我两百块钱。"杜军张开自己的手,在陆扬德的面前伸开两根手指。

"两百块钱,是不是有点多啊,这样王书记来查账也会查到你的。"陆扬德叉开两根手指在杜军面前比画着,他怎么也想不到杜军能这样狮子开口,一下子就要两百块之多。

"就这个数儿。我又不是厂长,我觉得这个厂子也容不下老子了。"杜军双手一甩,起身就走。

"等等!"陆扬德在杜军出门之前叫住了他,他扶了扶自己的眼镜继续说道,"不就是两百块嘛,给就是了。还有,这个工厂容得下每一个在这里工作的工人,我们也愿意承认自己的工作失误。我承认我上午是有点……"

"拿钱吧!老子没空听!"杜军叫嚷道。

"钱我给你,但是我不希望你对我的意见错误地转移到这个工作和生活当中。"陆扬德扯下一片便笺,在上面潦草几笔之后,推到了桌子的边沿。杜军抓起纸条粗略地瞅了一眼,大步地走出了陆扬德的办公室。

从会计那边领了钱之后,杜军一刻没停地便离开了工厂,凭着记忆中吴红霞那些已经有些模糊的描述,杜军几经辗转找到了那家按摩店。他刚踏进店门就听见一个细长而婉转的女声:"是洗脚啊……还是按摩啊……"杜军感到一股细微的电流蹿上自己的身体,一个婀娜的身影慢慢地出现在杜军的面前,那个声音旋即便换了声调,突然之间低低的压下来,"军哥,你这是怎么了?"说着还将手伸向杜军脸上的那块瘀青。

"我没事。"杜军说着伸手捏住了吴红霞伸向自己的手,那细腻温软的肌肤让杜军不由自主地向吴红霞走了几步,他一只手捏着吴红霞娇小的手掌,另一只手探上她的腰肢,轻而易举地拨开那一件薄衫,在她的小腹细细地摸索着。

外面的世界漾荡着柔美的秋色,阳光不燥,明澈的空气里渗出草木最后的清香,路上行人几许,街边落叶几多。吴红霞感觉自己从人与人的喧闹繁杂走进了一场安静的倾盆大雨,每一滴雨水都像墨水一般浓,悄无声息地滴落在这个世界,晕散开柔和静谧的纹路。

16.

一连几天,杜军都没在工厂里出现,他现在将自己的吃喝拉撒全都安排在了李老头的那个小酒馆里。就连陆扬德在全厂的工人面前向他道歉为他洗去冤名的时候他也不曾出现。王书记在事发之后怒气冲冲地来过陆扬德的办公室,他听完陆扬德的一番解释之后,只说了一句话:"能干就干,不能干滚蛋。"

唯一顺利的事情就是篮球队的事情,工人们不知道因了何种原因纷纷要求加入,经过李丘的一番筛选和孙少康带领着训练,慢慢地已经有了一些样子。杜秋叶也真像杜军所说的那样一点点置办好了秋游所需要的东西,让吴国忠惊讶的是,杜秋叶无论买什么都是双人份,把吴静雯所需要的也都一并买好了。

李丘则一直耗在他的门卫室里面,那个换班的门卫据说还在警局里面待着。那件事出了之后,晚上来加班的人也全都销声匿迹了。到了晚上,李丘常常把大门一锁,自己就在门卫室里睡他个昏天黑地。孙少康和吴国忠去看过几次杜军,只不过那个样子估计谁去都没有用,他醒着的时候除了喝酒就是骂娘,喝得差不多了也不知道自己在哪里倒头便睡。李老头就有好几次把他从茅厕里弄出来,免得他掉进粪坑里。原来在农村的时候,大晚上掉进厕所里淹死的事情也不是没有发生过。李丘知道杜军这个样子肯定是不行的,只是杜军有一直赖在这里不走,偶尔出去一趟,回来的时候连裤腰带都没有系好,身上还弥漫着化妆品浓烈的味道。没有人知道杜军究竟在想些什么,也没有人知道他接下来要如何。无论是谁的劝说,对杜军而言都是无用功。

十一的假期也就这样慢慢地靠近了,四十六周年的国庆,生活在这个小县城的每个人却只是感觉平凡而又乏味的一天又将要过去。在放假的前一日,孙少康和李丘带着选拔出来的工人们在球场上训练,不知道谁把杜军招呼来,仍不是很清醒的杜军却跟着孙少康一点一点练了起来。这一天,县城小学的孩子们是极为愉悦的,班主任们各自拖着长长的队伍,从杜军家附近的那座桥过河之后,庞大的人群便拥挤着奔向一个既定的村庄,据说是校长小时候长大的地方。

穿过那座有些拥挤的桥,整个世界都变换了一番样貌,天地之间变得开阔,声音也传得十分遥远。农田大片地涂抹在视野里,偶尔还可以邂逅农人的瘦影嵌在茂盛的麦田里。当然,这可不是这次秋游的终点站,他们的目的地位于半山腰,在那里,这只庞大的队伍才有足够大的空地来供他们吃饭和游戏。

出了这个桥边的村庄,便是盘曲而上的山路,从山脚开始紧紧地缠绕着这条山脉。农用的车辆时常从孩子们身边颠簸而过,扬起漫天的尘灰。即便如此,路上的乐趣也丝毫没有减少,坡度稍微平缓的地方铺砌着一些破碎的田地和老旧的房子。拴在树上的老牛哞哞叫着,妇人的叫骂声断断续续地从旁边的旧屋里冲出几声摔倒在路边,孩子们光着脊梁在田野里跑来跑去,天上浮游的云朵似是要在每个人的脸上留下湿热的吻痕,天空湛蓝如一片静海。

这个世界似乎是第一次在众人面前展现出这般宁静悠远的样貌,清冽的空气将草木和泥土的馨香沁入肺腑。陈嘉伟和方佳的班级走在这支队伍的最后面,这倒是让他们少了许多无端的约束。两个班长有模有样地走在队伍的侧面,用一种尚不明确的领导的眼光注视着各自队伍中的每一个孩子。陈嘉伟和方佳则趁着这样的空闲在一起聊天。在这样清静的山林之间,两个人的话语像是春天的细雨一样滋润着喉舌,继而温柔地落入心间。杜秋叶和吴静雯则显得十分忙碌,他们不断地抓着口袋里炸得酥脆喷香的青豆,比赛似的将它们扔进自己的嘴里,然后竖起耳朵,用力地捕捉对方鼓起的腮帮中传出的咯吱咯吱的声响。

"秋叶,你说我们能不能捉到一条鱼啊。"吴静雯望着麦田中间或出现的水塘,有些好奇地问着杜秋叶。

"那里我们是不能捉的,如果我们最后到的那个地方有河的话,或许能捉到一条不小的鱼呢。"杜秋叶说道,他可是专门准备了两根木棒在自己的背包里,为的就是碰碰运气,指不定还可以吃到一条喷香的烤鱼呢。

"好吧,可是那里真的有很多鱼呢。"吴静雯望着那个在微风吹拂下微皱的水塘,语气中有细微的不舍。

"我们会吃到鱼的。"杜秋叶揉着吴静雯柔软的头发,笑着说道。吴静雯也随着杜秋叶那张载满了欢喜的笑脸笑起来,她的眼前飞过形色各异的鱼儿,它们优雅地摆动着身体,精致的鳞甲将阳光折射出梦幻的色泽。

盘曲而上的山路坡度逐渐变陡,孩子们都感觉脚下有些吃力,秋老虎的余威让每个人的额头像是一口浇了油的平底锅。杜秋叶和吴静雯在这个时候停止了嚼青豆的比赛,连话都说得少了许多。每个人的身体都像是一口永远都填不满的水缸,只能不断地喝水,走路,然后再喝水。纵然路旁连绵的树林投下大块的阴影,纵然长长的风吹着口哨从林间蹿出轻轻地抚摸着他们的身体,但每个人仍旧感觉到热。就连沉浸在和方佳谈话中的陈嘉伟也情不自禁地停下来说了一句,"真热啊。"

"你不说我还没有发觉,自己都出汗了。"方佳用手指沾了沾自己的额头,这才感觉到那一片原本干燥的田地在不知不觉之间已经变成了一片湖泊。

两个人站在漫天的阳光中举起水杯大口地喝着水,每一滴凝结的汗水和滚落在地的水滴中都生长着一种色彩斑斓的情愫。阳光那么柔和地搅在那些色泽之间,如同一个散溢开来的蛋黄,用自己的热度和养分催生着两人之间纤细的芽苗。

漫长而静寂的路途,真真切切地枕睡在所有人的脚下,最初的喧哗和狂欢般的欣喜都被路上每一颗结结实实的沙砾磨平。或许这就是出游的乐趣,与这个朴素的世界一同沉缓的呼吸,在寂静当中徐徐步行,让流淌的和风撩拨自己的魂灵,让树叶那细小震颤发出的乐音伴着虫鸟的吟唱抚慰喧闹的内心。很多时候,人们会发觉自己无法确切地为所谓的安静做一个定义,这种安静并不以外在的声音为标准。穿梭在繁华街市的时候,会有恍然身处一片安详之中的错觉,而身处一个极静地时,却又总能感受到身陷在嘈杂的重围。

队伍缄默地向前行进着,没有人关心这条山路的尽头在哪儿,也没有人关心他们会在哪里停歇。不知道谁突然唱起了歌,简单的节奏和空灵的嗓音很快将整个队伍传染。孩子们听着歌声,跟随着拍起手掌,嘴里也含糊地跟随着那节奏哼唱起来。陈嘉伟和方佳也跟着这欢悦的气氛慢慢地哼出飘摇的旋律。走在队伍前面的一个发际间夹杂着花白的老人微微笑了起来,那张一直因为严肃而显得紧巴巴的面容也由于几道笑纹而变得松弛了许多。

在太阳终于升到一天的最高点的时候,一行人终于略带疲惫地走到了这个位于半山腰的小村庄。破败的旧屋散乱地铺排在一片荒芜的空地上,年迈的老树弯着脊梁,柔软的枝丫软绵绵地下垂着。几片留有麦田痕迹的土地已是杂草丛生。空地四周被树林包围,清澈的流水声在众人的耳边回荡着。长长的队伍就在这里停下,孩子们成队地被各自的班主任带走,在一块空地上解散开来,让他们奔向各自的午饭和欢欣的游戏。每一个年级都划定了自身的活动范围,即便如此,解散之后的孩子们还是作鸟兽散,几个班主任守在树林的周围,以免孩子们跑到林子里找不到出路。

看到孩子们尽数散开之后,那个脸上挂着淡淡笑纹的老人却踏着一条林间的小路继续向山上走去,小路尽头藏着的那间老屋,此刻也深深地藏在他的双眼中。软皮鞋跟一点点踏在地上滋长的草木上,飞鸟震着翅膀从一个树梢飞到另一个树梢,间或扯开它们温柔的嗓子,唱几句无人能懂的歌谣。

杜秋叶和吴静雯听了那流水潺潺的撩拨,早就按捺不住抓鱼的心思,在陈嘉伟找方佳说话的工夫,两个小小的身影倏地一下溜进了树林。水声清脆明洌,像一只悠扬的曲子引导着杜秋叶和吴静雯的脚步。两个人踏着地面上茂盛的杂草,躲避着那些植物身上尖细的刺。他们小小的脚掌踩过苔藓遍布的石头,把倒伏的草榨出绿色的汁液,让蚁穴经历一次地动山摇的虚惊,让蹒跚跛行的甲虫惊慌地闭上了眼睛。这两个突然闯入的小怪物似乎让这片树林有些无所适从。一番丛林历险之后,两人终于窥见了那一条河流婀娜的倩影。清澈的流水翻卷着白色的水花,肥硕的游鱼在水面留下深色的暗影,两人走到岸边的时候,各自的手里都多出来一根粗细均匀的木棒。

"秋叶,我好像不怎么会捉鱼,这个东西要怎么用啊?"吴静雯挥舞着手里的那一根木棒,不知道如何依赖这种东西来捉鱼。

"其实很简单啊,你看到水里的鱼,用这个狠狠地敲它,鱼和咱们一样,你重重地打它一下,它就会头晕,然后你再用手把它捞起来就行了。"杜秋叶十分认真地将自己面前的空气看作一条河流,完整地示范了一整套的动作,可吴静雯的眼中仍旧是一团迷惑。他只好无奈地补上一句,"没关系,你看我做几次你就会了。实在不行的话,我还有别的方法来帮助你呢。不要担心,你肯定能吃到自己捉到的鱼。"杜秋叶温和地笑起来,他牵着吴静雯的手一点点走到河边,望着水底灵动的游鱼和平滑的石子。

"你在这里看好哦,我先捉一条试试看。"杜秋叶挽起裤脚,摸索着下了河,秋天的河水稍有些凉,不过还好它流得十分平缓,让杜秋叶十分举重若轻地站立而不至于被水冲走。很快,一条游鱼成为杜秋叶的目标,它在杜秋叶的身边慵懒地游动着,杜秋叶则慢慢地抬起自己的手,那张稚嫩的面容登时变得严肃起来。坐在岸边的吴静雯屏住了自己的呼吸,甚至用手捂住了自己的嘴巴,闭上了眼睛。杜秋叶手里的那个木棒在这个时候如电闪雷鸣一般快速地劈了下去,另一只手旋即探入水中,抓住那个滑溜溜的身体。等到刚才闭紧双眼的吴静雯双眼睁开,杜秋叶已经手里捧着一条鱼笑着站在她的面前了。时不时甩动两下的鱼尾巴将水甩在吴静雯的脸上,吴静雯却毫不介意,小心翼翼地伸出一根手指抚摸着它柔软的身体,在它又一次甩动尾巴的时候,她惊恐地将手缩了回来,引得杜秋叶一阵哈哈大笑。

"不许笑!"吴静雯板起那张稚嫩的面容,带有几分愠色对杜秋叶喊道。

"怎么样,来试试吧,这可真不是一件难事。"杜秋叶说着将手里的鱼抛在地上,将手里的小木棒递给吴静雯。脸上的笑似乎并不那么容易收住,清澈的眼中含着水波般闪烁的光亮,两道淡眉也弯成可爱的月牙。

"哼,你以为我不会呀!"吴静雯说着便挽起了自己的裤腿,从地上捡起自己的那根木棒,在杜秋叶的面前甩了甩,"我自己有,不用你的!"她气鼓鼓地走到了河边,稍稍犹豫了片刻之后,她一只脚踏进水面,然后慢慢地再放下自己的另一只脚。河水和沙石间渗出的凉意让她又惊又喜,双手欢快地挥舞着,一时之间忘了自己是要捉鱼的。

"真是可爱的一个小姑娘。"杜秋叶从自己的背包里摸出一把小刀,看着吴静雯欢天喜地的样子忍不住嘀咕道。水流似乎和刚才一样平缓,杜秋叶觉得应该不会有什么问题,便开始着手给他的鱼开膛破肚。

"我要打那些鱼吗?"吴静雯举着自己手里的木棒,有些迟疑地望着岸边的杜秋叶。

"当然了,如果你还想吃烤鱼的话。"杜秋叶抬起头来看了一眼站在河水当中不知所措的吴静雯,说道。

"那它们不会疼吗?"吴静雯瞪着双眼望着杜秋叶,脸上的表情令人动容。

杜秋叶定定地看着站在河水中的吴静雯,一时之间竟然不知道该如何回答她的问题。一个年老的声音在这个时候飞了过来,"你们两个,在这里干什么呢!"原本在清扫屋子的校长听到房屋后面的河边断断续续地传来孩子对话的声音,便疑心是不是有学生偷偷地脱离了队伍,过来一看才发现果然是两个穿着校服的孩子。

这一下,吴静雯更不知道该做些什么了,她手里举着那根小木棒,看着那个老人一步一步地走向自己和杜秋叶。

"我们只是抓条鱼而已。"杜秋叶倒是不慌不忙地将手里已经被开膛破肚的鱼举起来,对着校长说道。

"你们不知道要待在队伍里不能乱跑吗,万一你们迷路了怎么办?"那张紧巴巴的面容此刻变得无比严厉。所有出现过的笑纹都消融在那张面容的沟壑之间,点染着白斑的长眉因为恼怒在眼上一跳一跳的。

"不会有事的,我们记着路呢。"吴静雯说着从河里走上岸来,认错般垂着脑袋站在校长的面前,蓬松的头发遮住了她将近一半的面容。一双楚楚可怜的眼睛在头发的掩藏下偷窥那个老人的神色,在她的印象中,还不记得有一个年纪这样大的老师。杜秋叶依旧专注于他手里的那条鱼,丝毫没有半点理会校长的意思。

"你们是几年级的?"校长问道。

"一年级。"吴静雯像是害怕这个问题被风吹走一样,连忙答道。

"还是新生啊，你们的胆子可还不小。"校长看着快要哭出来的吴静雯，语气在不知不觉之中放缓了些许，脸上那些竖起来的纵横沟壑也稍稍平复了些许。

"嗳，老伙计，你那老房子里有没有火啊，我们想把这鱼烤了。有锅的话更好，炖了喝汤。"杜秋叶放下手里的家伙，对着校长招了招手，问道。

"你这孩子怎么说话的？"刚刚平静下来的一张脸瞬间又变得风云难测。

"老师老师，我们在玩一个游戏，就是他当我的爷爷，我当他的孙女，他一定是玩得有点入迷了。"吴静雯一看眼前的老人又要动气，连忙拉住他的胳膊说道。

"请问令郎姓甚名谁啊。"老人听了吴静雯的话，并没有急着回应，转而向杜秋叶问道。

"犬子杜军。"杜秋叶头都没抬一下，继续清理着手中的那一条肥硕的鱼。

"原来是你们啊，没想到你们竟然还有这样的本事。"那张紧巴巴的脸终于舒张开来，他早在一次教职工会议结束的时候就听一位新来的老师提起过，说这一届的新生里有一个姓杜的孩子精神上有点不正常，有的时候以为自己是个老太爷，有的时候以为自己是个老婆子，关键是还和班级上一个女生以爷孙相称。时间一长，那个孩子一用正常的声音讲话大家还会感到十分意外呢。校长没想到打扫个旧屋的功夫，便遇见了这两个孩子，他没有想到这两个孩子是这样的引人喜爱，无论是稚嫩可爱的吴静雯还是一副老态龙钟模样的杜秋叶，都像是一丛轻火，慢慢地煨热了校长的心。

"哎，老伙计，你那房子里到底有没有锅啊，别净说些没用的。"杜秋叶手里的那条鱼已经完工了，他有些不耐烦地看着站在吴静雯身边的那个老头。

"有有有，要什么都有！"校长遮掩不住自己的欢喜之情，笑着说道。

"有就行，咱们先去把这鱼炖上，一会儿再弄一条烤了。"杜秋叶在河水里清洗着鱼和自己的双手。等到他将一切工作全都完成之后，校长便在前面带路，引着两个孩子向自家的旧屋走去。

老旧的炉灶添上木柴之后便发出噼里啪啦的声响，两个孩子和一个老人乱作一团，杜秋叶将鱼分解，吴静雯去河边打水，校长不放心也跟着出去。杜秋叶将鱼切好之后又出门找了些野菜来替代常用的香菜，等到锅里的水开始咕嘟咕嘟地冒起泡来的时候，三个人终于怀着热切的期盼将鱼入锅。杜秋叶让吴静雯和老人在屋里看好锅，他还要再捉一条来烤着吃。在反复说了几遍不要忘记放盐之后，杜秋叶抄起那根小木棒就要冲出屋去。

"这里有鱼叉，可能会更好用一些。"校长说着，将不知道从哪里摸出来的一柄鱼叉握在手里,对着杜秋叶晃了晃。

"算了,用着不顺手。"杜秋叶扬扬得意地挥了挥手里的那根小木棒,小小的身体倏忽之间消失在门口。

房间里只剩下目瞪口呆的校长,还有站在灶台前一脸严肃的吴静雯。

杜秋叶捉鱼的效率倒是很高,不一会儿便又抱着一条回到了屋里。只不过这次他没有在河边进行他的剖腹手术,而是将这工序的地点转移到了屋里。自己的那把小刀收拾起来真的是无比麻烦,他索性直接捧着这条还蛮有生气地冲进了屋里。

"炖的鱼怎么样了?"杜秋叶的嗓音有些颠簸,还断断续续地咳嗽起来。

"水上有好多泡泡!"吴静雯又惊又喜地叫道,她早已把盐这个东西忘到了云霄之外。

"泡泡没关系的,可你不能碰那些泡泡啊。"杜秋叶拎起一把刀,一边收拾着手里的这条鱼,一边看了一眼站在灶台前的吴静雯。

"你们谁需要我帮忙啊。我可是清闲得很啊。"校长站在一旁看着两个满面忙碌和严肃的孩子,一时之间不知道自己该做些什么。

"不用。"两个人几乎是异口同声地说道。

在三人的肚子都咕叽咕叽地叫起来的时候,鱼汤和烤鱼终于在那张简陋小木桌上整齐地摆好。

"只是我们没有主食啊。"校长和这两个孩子待在一起,感觉自己也年轻了许多,他小口地呷着碗里的鱼汤,愁眉苦脸地说道。

"老伙计,这你就操多了心了。"杜秋叶说着,不慌不忙地从自己背包里掏出一个袋子,打开袋子,四个白白胖胖的白面馒头散发着清香出现在三人的面前。

"那我可就不客气了。"校长此时已经失掉了所有的威严,他恍然觉得自己只是一个山野之间的闲散村夫,他抓起一个馒头,一对儿筷子在手里跳起舞来。

"快吃吧,静雯。你看这个老伙计,一开始还装正经,吃起来比谁都高兴。"杜秋叶说着也拿起筷子,从馒头上撕下小小的一块,开始缓慢地吃起来。

"好啊,我早就饿了。"吴静雯眉头微皱,小手握着筷子气势汹汹地伸向了那条烤鱼。

此时,还在那片空地上的几个主任开始犯迷糊,校长在路上与他们说好了要一同吃午饭的,怎么到了这个时候连个人影都不见。如果说这几个主任还只是着急,那么陈嘉伟此时已经变成了热锅上快要烤熟的一只蚂蚁,他终于在大多数孩子都开始吃饭的时候才发现自己班里的杜秋叶和吴静雯都不见了。他和方佳在各个班里横冲直撞了一番,也都没有找到杜秋叶和吴静雯的影子。

"会不会跑到林子里去了。"方佳擦着前额上的汗,气喘吁吁地说道。

"不太可能啊,刚才孩子们玩的时候咱俩不是一直守在林子那边吗?"陈嘉伟同样是上气不接下气,说起话来十分艰难。

"如果真的是跑到了林子里的话……"方佳望着自己身后这一片郁郁葱葱的树林,感觉自己的头都大了许多。

"那可真的麻烦了。"陈嘉伟双手叉在自己的腰上,脸上的汗珠一颗一颗滚下来。

"要不我们去找找看吧。"方佳说着拽了拽陈嘉伟的胳膊,脸上的不安愈来愈浓。

"这还有两个班的学生呢,我们走了他们怎么办。"陈嘉伟回头看了看两个班的孩子,他虽然也十分着急,但是还不至于因小失大。

"哎,那该怎么办呢,总不能在这里等着那两个孩子自己回来吧。"方佳搓着自己的双手,眼前这一片延展开来的树林让她感到一种不真切的眩晕。

杜秋叶三人吃完这一顿盛大的午餐之后,正擦着嘴的时候,校长却抄起鱼叉跑向了河边。吴静雯有些惊讶地看了看杜秋叶,杜秋叶却只是不慌不忙地从自己的座位上跳下来,一边背起自己的背包一边说道,"走吧,我们过去看看,免得那个老伙计发生什么意外。"

校长早已卷起了自己的裤脚,站在水里全神贯注地盯着河里的游鱼,他是那样的认真,像是第一次抱着书本和教案走进教室。

"哈哈,我捉到你了。"鱼叉刺入水流,在溅起一片水花的同时也让校长兴奋地叫了起来。杜秋叶和吴静雯看着那一张皱皱面容上漾开的笑意,突然不知道自己应该作何反应。

"老师,我们是不是应该回去了,剩下的老师和同学恐怕要走了。"吴静雯有些担心地说道。她可不想让陈嘉伟为自己和杜秋叶着急,却不知道他们已经急得快要疯了。

"哦,对!还有他们呢。"校长恍然意识到还有那么多教师和孩子,他赶紧走上岸来,放下自己卷起的裤脚,穿上袜子后把脚塞进自己的皮鞋里。"你们帮我把鱼拿回来,我先回去把碗筷收拾一下。"话音未落,那个有些佝偻的身影便消失在了杜秋叶和吴静雯的面前。

"这老家伙,怎么神神道道的,不会是老糊涂了吧。"杜秋叶说着将鱼叉上的鱼拔下来,在河水里稍微清洗了一下,然后便和吴静雯一并向那个旧屋走去。

"我们不是要回到那些孩子那边吧。"杜秋叶突然转过头里来对吴静雯说道。

"是啊,要不然老师们会着急的。"吴静雯一脸正色地说道,虽然那严肃的样子让杜秋叶十分想要发笑,但吴静雯还是很尽力地板着自己那张稚嫩的面容,显出一副十分认真的神色。当他们站在那个老屋门前的时候,校长正在屋里清洗着最后一个盘子。

"不要着急啊,等一下就好。"身后两个孩子的脚步声竟然让他有些急迫,他连忙洗好手里最后的那个盘子,将所有洗完的餐具物归原处,再用一条破旧的抹布将木桌草草地擦了一遍,等这一切全都完成之后。他又找出一个袋子将杜秋叶手里的鱼装好。"好了,我们现在可以走了。"手里不知道从哪儿变出来一把老旧的铁锁,他带着一种庄重的神态走出屋子,锁上了门。

三个人在返回的短短路途上没有太多的交谈,校长脸上的皱纹松松垮垮的垂着,谁也看不出他的喜怒哀乐。当一行人走回人群的时候,几个年级主任和陈嘉伟方佳一并冲了过来,一个矮胖的中年人一把抓起杜秋叶的衣领,手高高地扬起来,吓得吴静雯捂住自己的双眼尖叫起来。

"你干什么!"校长声音低沉地对他吼道。

扬起的手停在自己的脑袋上方,两片嘴唇翻来翻去却一个字都说不出来。

"你俩去哪儿啦,没有受伤吧。"陈嘉伟看到这两个孩子出现在自己的面前,感觉自己的心都快要碎了。他单膝跪着,静静地看着两个孩子的脸,温柔的手一遍又一遍地抚过他们的头发。

"以后可不要乱跑了哦,我们可都被你们吓坏了,知道吗?"方佳还能控制自己的情感,她走到两个孩子的身边,也伸出手揉着他们乱蓬蓬的头发。

"找这两个臭小子累坏了吧,不如我们先吃点东西。"另一个年级的主任连忙过来缓和一下气氛。

"我吃过了。"校长板着脸说道,"这两个孩子给我做的。"说完也不再看那几个主任,转身走向了杜秋叶和吴静雯。陈嘉伟在方佳的拉扯下有些不情愿地站起身来,两个人低着头站在校长的面前,脸上带着孩子犯错时才有的神情。

"行了,用不着这个样子,刚来,难免会出现一些状况。以后多注意一点儿就好了。"校长看着两人的样子,随意地摆了摆手,示意两人不要放在心上。

"谢谢校长,我们下次一定注意。"陈嘉伟听到校长没有训斥自己的意思,连忙说道。

"来，秋叶，你们中午请我吃了两条鱼，可惜我只捉住了一条，给你们吧。"校长对那两个人点了点头，便把身体转向了杜秋叶和吴静雯，严厉的面容瞬间融化成一张温和的笑脸。除了杜秋叶和吴静雯之外，所有的人都目瞪口呆地看着眼前这个熟悉却又陌生的老人，在场的几个主任和老师哪怕一次都没有见过他笑起来的样子。

"你这个老兄弟，还算懂点事理。"杜秋叶从那只苍老的手里接过那个袋子，颇为满意地呷巴着嘴说道。说完之后，便牵着吴静雯的手慢慢地走进孩子们聚集在一起的身影当中。站在一旁的几个主任连忙用手扶住自己的下巴，以免他们掉下来。

"真是两个可爱的孩子啊。"笑意的余波仍旧在那张布满皱纹的脸上漾荡着，有力的大手拍了拍陈嘉伟的肩膀，其间的重量大概只有陈嘉伟自己知晓。

这一出简短的闹剧落幕之后，这庞大的一群人开始下山的路途。手里的这一条鱼对杜秋叶来说成了一个令人困扰的麻烦，要不是吴静雯一直不允许杜秋叶将它扔掉，杜秋叶早就随手将它甩到那些夹杂在田地之间的水塘里面了。

回到学校之后，不管是老师还是学生都感觉无以复加的疲惫，九月份最后一天的太阳丝毫没有放假前的懈怠，炽热的温度一丝不苟地舔舐着大地。尚有余力的孩子们在操场上散开自由活动，当班主任的老师们多数守在班级里看着孩子们继续吃背包里残余的食物，只是授课的老师们聚在办公室里，四仰八叉地倒在自己的座椅当中吧嗒吧嗒地抽着烟，一句话都懒得说出口。

当球场上的杜军终于筋疲力尽地倒在地上的时候，天边的那一颗蛋黄正在黯淡光线的包裹下缓缓西沉。他流遍全身的汗水如同这一段时间里所有憋在内心深处的眼泪，现在终于用这样一种酣畅淋漓的形式从体内倾泻而出。在李丘和孙少康的一番劝说下，他终于决定回家一趟——他是那么迫切地想要换掉身上这套已经酸臭的衣服，以及在一张床而不是桌子上睡觉。杜军所有自己找给自己的不快，就这样慢慢地被自己大口吞噬，跌跌撞撞地落入自己的胃里，弥散开腐臭的味道。

孙少康组织着其他人进行最后一轮的训练，杜军和李丘之间的言语只剩下嘴唇离开烟嘴时轻声发出的那一声"啪"。

街道上的人影慢慢消逝，在九月最后一天的傍晚，似乎每一个人都更加需要一个安静的归处。当杜军站在自家楼下的时候，夕阳浓艳的光辉正燃烧着这平静的世间,他放眼四顾,却感觉自己这样孤独地站在一片猪肝色的沙漠当中。于是他把疲惫和悲哀卷进他无赖模样的躯壳,吞了一大口的口水来缓解自己的口干舌燥,最后走上楼去。

17.

短短一天的假期如同一捆罂粟,没能实质性地缓解疲惫或者劳累,反而是在又要开始工作的时候将那些排斥的情绪加深了许多。工厂里弥漫着一种慵懒的气息,手推车的声音像是一个人被扼住了脖子,总是在咯吱咯吱之后戛然而止,在经历一番深深的喘息之后,才继续咯吱咯吱地叫着向前行进。那些排列整齐的机床也不如往日那般底气十足地发出嘈杂的叫喊,它们纷纷拖沓着嗓音,在这个空旷的场地之中软绵绵地哼唧着。杜军走进工厂的时候,感觉那间新建起来的门卫室的屋顶都有些歪,看起来随时会掉下来一样。

在公安局待了一段时间的那个门卫终于抖搂出一点有用的信息,所有的指证都指向了吴闯,那个被撤职的生产部主任。据那个门卫所说,那天晚上只有吴闯自己晚上在工厂里加班,走的时候还给了自己十五块钱让他证明杜军也在那天晚上到过工厂。在假期刚结束的这一天早上,穿着绿色制服的警察又出现在了陆扬德的面前。

"这次是谁。"陆扬德无奈地举起头来看着自己面前挺拔的绿色制服。

"吴闯。"回答短促而有力。

陆扬德无力地摆了摆自己的手掌,这些事情早已弄得他心烦意乱。

吴闯很快就被带走,工人们除了一阵唏嘘之外没有更多的表示,有些事情就是如此,失去了一开始吸引人们的噱头之后,没有人会在乎究竟是怎样收场。陆扬德站在自己的办公室门口,看着吴闯被两个绿色的制服夹在中间慢慢地走出工厂,各种情绪在心里翻江倒海。他不知道究竟这些事情错在了哪里,他不能否认杜军提出的建议帮工厂提高了效率,同样他也不能否认杜军就是一个无赖,一个混账。这样的一个人无论是谁当厂长都会想要将他扫地出门,可事到如今,为什么离开的是那么聪明的吴闯。当那些工件从杜军的办公室里翻出来的时候,陆扬德相信所有人都认定杜军就是那个贼,可到头来……

他在不知不觉之间走到了杜军的办公室门口,抬头看了看门上"后勤部"的标牌,觉得他想要和杜军说些什么,却又如鲠在喉。挣扎了一番之后,陆扬德还是敲响了门。他想,即便自己不能说什么,那么就是听听杜军说些什么也是好的。门敲了几声,无人回应,陆扬德纳罕地推了推门,却又纹丝不动。

"哎,你知道杜军去哪儿了没?"陆扬德跑到门卫室,对里面正在打盹的李丘喊道。

"在办公室里呢,他说要把自己锁起来好好反省一下。"李丘断了一个正直高潮的呼噜,眉里挑着几分怒色对陆扬德说道。

"好,上班时间请不要睡觉。"陆扬德看着李丘铺满了困意的面容,不无责备地说道。

"不睡觉好说,你他×的倒是找个人来替老子的班啊。"李丘瞪着一双布满了血丝的眼睛盯着陆扬德,他都不知道自己在这里值了多少天的班了。

陆扬德一时无话可说,他都忘记了另一个门卫还在公安局里待着,他略有歉意地看了看满面疲惫的李丘,转过身去走向杜军的办公室。

"杜军,我是陆扬德。有什么事情你打开门我们好好谈一下,你这样关着门我们什么问题都无法解决。"这次没有丝毫的犹豫,砸门的声响和陆扬德那令杜军厌倦的声音一并刺入屋内杜军的耳膜。

门很快便被打开,穿戴整齐的杜军带着一副漠不关心的表情看着眼前的陆扬德。

"我想我应该可以进入你的办公室吧。"陆扬德打量着眼前的杜军说道,他还从来没有见过杜军这副样子,身上的衣服没有皱褶,鞋子和裤腿没有污泥,那一头蓬乱头发也整齐地贴在他的头皮上,身体没有做出什么哗众取宠的姿势。

"自然可以,陆厂长说什么就是什么,我可还不想这个年纪就去吃牢饭。"杜军神情十分滑稽地说道。陆扬德只得无奈地皱了皱眉头,然后走进了屋内,坐在办公桌对面的椅子上。

"过去的事情我向你道歉。"陆扬德扶了扶眼镜,一些话在自己的喉咙里被搅碎成不成章的片段,陆扬德用呕吐一般的力度继续说道,"你最近工作怎么样,我是说,各方面的工作啊,还有生活啊,什么的。"

"我好得很,经历了这么多的事情,我逐渐认识到自己是个没什么文化的粗人,所以趁着没有什么事情做的时候,我在补充自己的文化知识。争取通过学习,为咱们的工厂创造更多的利益。"杜军十分体面地说着,脸上带着某种落魄贵族的高傲神气。

"那就好,你能这么想真的是……"陆扬德说着,却看见杜军手里拿起一本情色小说在他的眼前晃了晃。

"多谢厂长夸奖,我要学习的还有很多。只是不能一一与您分享了。"杜军说着便摊开书页看起来,再没有半点理会陆扬德的意思,他识字不多但这会儿却十分认真。他的手指对着书面上的字一个一个移动着,一边看一边小声读着。

陆扬德脸上的笑容慢慢僵住,他站起身来看着杜军的桌面,淫秽读物摆满了一张桌子。这手里的一本还算是比较好的了。其中有一些书的题目便足够露骨,即便是陆扬德这把年纪的人看了也不禁感到羞愤。他有些晕眩地冲出了杜军的办公室,那扇门又被他摔出一声巨响。

"真是一个没有分寸的人。"杜军小声地嘀咕了一句,从自己的抽屉里摸出一瓶酒来,原本用以喝茶的水杯倒满了浓烈的白酒。生活于他而言似是没有什么变化,只不过是换了一个喝酒的地方而已。

日子在麻木和空乏中度过,对于杜军而言整个世界都只剩下吴红霞的那个按摩店。他掐着自己能继续留在工厂里的日子一天天过着,他虽然昏沉但还知道自己该怎样将生活继续。只不过,他还是不能和酒精有任何短暂的离别

篮球比赛的第一天,县里那个陈旧的体育场第一次聚集了那么多的人,时间是在晚上七点,正是杜军拎着酒瓶在那个南方姑娘红枣儿身上耕耘的时间。两块场地挤满了酒足饭饱之后百无聊赖的工人和渴望欣赏腱子肉的姑娘们。孙少康这边,尽管李丘不断地嘱咐着应该如何应对各种各样的情况,但他的耳朵里却充满了人群的嘈杂声,其余的队员倒是都围在李丘的身边,竭力做出一副认真听的样子,只不过能听懂的少之又少。对于他们而言,所有的一切都掌握在孙少康的手里,这个年轻人在训练中已经用他精湛的球技和大局观让众人折服。只是到了比赛快要开始的时间,杜军还未曾出现在他的视野当中,孙少康记得自己在下班之前还特意对杜军提起过晚上篮球比赛的事情。

"他可能过一会儿就到了,你又不是不知道他最近是怎么过的。"李丘拍了孙少康一巴掌,他怎么会不知道孙少康心里的那点事情,他那在人群中找寻的目光早已将他心中的想法暴露无遗。

"嗯。"孙少康点了点头,他的神情随着目光调回到李丘的脸上而变得严肃起来,在他的身边还站着一列他的队友呢。赶制出来的黑色球衣套在一副副健壮的躯体上,一张张努力克制的脸上还举重若轻地将激动的心绪泄露。

"嘀!"站在球场上的裁判鼓起腮帮将嘴里的哨子吹得又尖又响,他高高举起的手伸出了拇指、食指和中指"赛前最后三分钟!"洪亮的嗓音使得整个球场的嘈

杂慢慢停息下来。

宁静当中聚集着许多东西,悠长湿热的喘息,胸口中擂鼓一般的声响,手指间嗞嗞燃烧的烟卷,姑娘们色彩斑斓的目光。所有的这一切都在球被高高抛起的时候化作一种狂欢般的倾泻,呼喊和尖叫,脸上来不及变换的表情,绚烂的光亮开始在夜色中生长,举起的双臂开始癫狂地甩动。

"啊!"杜军拍着红枣儿赤裸的屁股,心满意足地结束了这一天的耕耘。在他坐在一旁静静地抽起烟的时候,当他在痉挛的快感中以渐渐清晰的意识向这一天的生活摸索的时候,他才想起来孙少康对他说过今天晚上有工厂的篮球比赛。"操!"杜军甩起手掌狠狠地劈下去,一巴掌又打在了红枣儿的屁股上,惊得已经精疲力竭的红枣儿惊恐地抬起眼看着杜军,说起话来都有些摇颤,"还要来?"

"怎么了,害怕了?"杜军愣了一下,旋即大笑起来。他的手在她的屁股上用力地掐了一把,然后快速地从床上跳下去,飞快地穿衣服来。

"要走?"红枣儿在床上扭动着自己柔软的身体,望向杜军的双眼娇媚如丝。

"正事儿,正事儿。"杜军将双脚往鞋里一蹬,然后飞快地消失在夜色中。

跑到球场的时候,正赶上半场结束,孙少康那张笑着说话的脸像星辰一般在人群当中闪耀着。

"什么情况了。"杜军的身体随着紧紧跟随在身后的骂声一并挤到李丘的身边,突然出现的声音把李丘和孙少康都吓了一跳。

"差不多了,下半场我打算休息一段时间。"孙少康一边捋着头发一边说道,一双明亮的眼睛中藏不住自得的神色。

"那就好,你们这衣服自己订的?"杜军看着他们身上黑色的背心和短裤,随口问道。

"厂里拿钱给订的,本来这些事都要经你的手,可你看看你自己。"李丘前半句话说得还蛮大声,说到后面的时候嘴巴都快要贴到杜军的耳边。杜军脸上的笑意僵了僵,但他还是硬撑着笑出来,脸上的肌肉近似抽搐着说道,"你看李丘这老头,带着大家出来比赛,也不知道弄点水什么的。还有多长时间开始啊,我去买点水。"杜军说着便又朝球场外挤去,细碎的骂声又此起彼伏地跟随着他冲向人群之外。"李叔,你和军哥说啥了,怎么看他神情不太对啊。孙少康问道。"

"我就是让他出去买点水回来,你看那家伙心疼的,脸都抽抽了吧。"李丘答道,惹得身边所有的队员都笑起来。

　　杜军钻出人群的时候,好不容易从各式各样的衣服和后脑勺中拔出的目光突然撞见角落里的刘英,单薄的身体和人群隔离开来,站在没有光亮覆盖的地方。如果那不是一个活生生的人,那么,杜军宁愿相信那是一株攀附在墙壁上的寄生植物。他草草地朝那个方向看了几眼,脚下快速地走到附近的便利商店。

　　回去的时候正好还来得及,一群年轻人喝了杜军买回来的水,脸上显出身体的满足。

　　"上场都精神起来,别把到手的鸭子都给搞飞了。"李丘嘴里含着一口水,咕哝着说道。

　　"加油!"五个声音响得十分齐整,让想要以笑声来回应他们的李丘终于被嘴里的一口水呛到,剧烈地咳嗽起来。

　　"嗳,老头,你先别咳了,我得跟你说点事。正儿八经的事。"杜军看见孙少康坐得距离自己和李丘有一段距离,赶紧扯了扯李丘的袖子。

　　"你有啥正儿八经的事啊。"李丘拍着自己的胸口,不以为意地说道。

　　"我在想要不要把刘英和孙少康两个人分开。"杜军把声音压低说道,脸上展现出一副阴谋家的诡秘神情。

　　"有什么好分开的,他们两个啥时候合过?"李丘用力地看着杜军的脸,一方面是为了看得清楚一些,另一方面是为了看清楚之后好确认一下他有没有疯掉。

　　"你他×的小点声,我是说在工厂里,他俩是一个组里的。"杜军继续脸上那一副要搞出一个惊天阴谋的表情悄声说道。

　　"这种事,你说的算吗。"李丘不知道杜军是抽了什么风,扬起满是疑惑的脸看着杜军。

　　"我说的怎么不算?虽然孙少康属于生产部的,但是刘英……"

　　"等等。"李丘迅速地打断了杜军,"你今天犯了什么邪乎,怎么又说起这件事来了。不是已经平静了很长一段时间了吗?"

　　"根本就不是那么回事。"杜军的喉咙忍不住滚动了一下,"我刚才看见刘英了,那张脸你是不知道,简直就跟一个……一个寡妇,不对,一个冤鬼一样。"

　　"有这么夸张吗?"李丘不禁倒退了几步,他不是觉得杜军的描述吓人,而是杜军的脸上的神情让他感觉有些阴森。

　　"就是这样的,跟你说你也不明白。"杜军无奈地甩了甩手,脸上的表情也全都收束起来。

"算了,等我再看几天,回头咱们再商量商量吧。"李丘看得出来杜军不是在玩笑,只是一时没有反应过来。"对了,你是不是该再弄个门卫来啊,我都快要搬到工厂的门卫室里住下了"。李丘不满地说道。

"那不是挺好的,反正你也是自己住。"杜军双手一摊,摆出一副无能为力的样子,现在的他最不想见到的人就是陆扬德了。

球赛的下半场在两人来来回回的对话中很快结束,拥挤的人群慢慢散去,聚集的热度和那些驳杂的光影都一并离开,像是一阵倏忽而过的潮水。李丘和队员们说着一些总结性质的废话,杜军站在一边听得十分无聊,只感觉有许多蛆虫在自己的耳朵里爬来爬去。

话说完之后,疲惫的队员们开始慢慢散去。这个时候,两个人影以同样均匀的速度踩着同样坚实的脚步向孙少康走了过来。当杜军抬头看了一眼之后便感到头皮一阵发麻,恨不能用自己一双手将地面扯开个大口子,自己纵身一跃什么都看不见听不着。

"少康,累了吧,给你买的饮料,还有毛巾,擦擦汗,要不然会着凉的。"刘秋婷说着将手里的东西逐一递给孙少康,一张灿烂如花般的笑脸因为黑暗中逐渐清晰的另一张脸而变得僵硬起来。

"给你的东西。"孙少康还没来得及对刘秋婷说些什么,这个他此刻最不想听见的声音便锋利地扎入自己的双耳。

"我已经有了,谢谢你,我实在不需要。"李老头对自己说过的话这个时候在孙少康的脑袋里无比嘹亮地响起来,同时那把脚踩在凳子上的样子也模模糊糊地出现在孙少康的面前。

"没有关系,我并没有强迫你接受。"刘英说着将手里的东西放在地上,包括那一条白色的毛巾。

孙少康一把将身边的刘秋婷拽到自己的身前,没有任何预兆地吻上她柔软含羞的双唇。刘秋婷在他的手臂与胸膛构建的小小空间中挣扎着,喉咙里断断续续地响起模糊的声音。孙少康吻得那么深,直到怀里的刘秋婷慢慢安静下来,用少女般的炽热来回应这个来得十分粗鲁的吻。刘英站在原地静静地看着,这个世界所有的声响在她的身边渐渐散开,所有的色泽都在她的眼前缓慢淡去,只剩下那两个吻得那么生涩的身影。脚下像是铺展开粗壮的根系,明明想要快点走开,却难以移动丝毫。

直到所有人都离去,直到浓重的夜色成为她眼中唯一的填充,她才艰难地动了动她自己的腿,缓慢而用力地向宿舍的方向迈出了小小的一步。

"小杜啊,我觉得是应该把这两个人分开了。"在寥廓夜色中穿行的李丘说这话的时候一脸正色。他身边的杜军没有说话,只是点了点头,继续向更深的夜色中甩开脚步。

第二天一早,刘英就被杜军叫到了办公室里,告诉了她和另一个女工换一下位置的事情,当然,工资之类的事情是没有变化的。刘英没有表情,只是对杜军说了一句,"不行。"便推开屋门,回到了孙少康的那台机床边的位置上。

"去他×的一脸寡妇相,婚都没结过那是给谁守他×的寡呢。"刘英前脚刚出办公室的门,杜军便气得哇哇大叫起来,他实在受不了刘英的那一张脸了。整个人都像是刚刚从坟里掘出来,死气沉沉、充满怨念。杜军在办公室骂了一通之后走出了自己的办公室,他径直走到另一个女工的面前,挥了挥手让她把手里的活停下。然后什么话都没有说,直接领着她来到刘英的面前。

"你俩换一下位置"。杜军用不容置辩的语气说道。

"可是……"刘英没有说话,反倒是另一个女工支吾着出了声。

"有什么好可是的。待遇不变,你们完成的工件会清算出来,一分钱都不会发错,你还有什么问题没!"杜军几乎对那个女工喊了起来,他感到一缕撕裂的疼痛在自己的咽喉中延展,腥甜的味道渗进嘴里。

"没了……"那个女工的声音弱下去。只是刘英仍旧站在原地,不慌不忙地做着手里的工作,脸上仍旧带着那守寡一般幽怨的神色。

"走吧,刘英。"杜军压着自己的火气说道。

刘英什么都没说,也没有任何要离开这里的意思。

"你走吧。"孙少康这个时候也转过身来对刘英说道。这次刘英终于停下手中的动作,转过身来看着孙少康。"你走吧,我需要一个新的搭档。"孙少康说着将自己的身体转回去,留给刘英一个冷漠的背影。刘英看了看孙少康的背影,迟缓地将自己的双手在工装上抹了抹,面无表情地走开了。

"好了,去干活吧。"杜军烦躁地说道。他说完这句话后便逃亡一般蹿回自己的办公室里,他不想再多看一秒刘英的脸,那实在是一种让人无法忍受的阴沉。

在办公室抽了一阵子的烟后,杜军把在门卫室里打盹的李丘叫到了办公室里。他问了一下篮球比赛的赛程和新门卫的事情。李丘蒙眬着一双睡眼把篮球赛的安排从头到尾说了一遍,说到那个新门卫的时候,李丘的眼里总算是闪起点亮光,他只说了一个要求:最好是一个像我一样没有子女没有老伴喜欢喝酒的老头!说完之后,那两只眼睛实在撑不住了,杜军都快要听到他那呼啸而出的呼噜声。

"赶紧回去睡觉吧。"杜军拍了拍李丘的肩头说道。

"拿根烟给我呗,我身上没了。"李丘把手伸到杜军的面前有气无力地说道。

"成成成,你别给我一副这个半死不活的样子就行。"杜军赶紧从自己的衣袋里摸出烟盒敲出两根放到李丘的手上。

拿到烟之后的李丘顿时振作了不少,他连忙摸出个打火机来给自己点上一根,另一根别在了自己的耳朵上,神采奕奕地出了办公室的门。

"这年代连老头子都这么不正经了。"杜军像是怕李丘回来再抢走几根一样,一边嘀咕着一边往自己的嘴里也塞上一根。抽了一阵子烟之后,杜军还是准备去找一趟陆扬德,毕竟让李丘一个人一直守在门卫室里也不是个办法。这件事倒是谈得十分顺利,一直忙于吴闯那件事的陆扬德意识到自己的疏忽之后立刻让秘书去做一份通知出来。杜军难得见陆扬德如此爽快,满心得意地走回了他的办公室。关于吴闯的事,陆扬德似乎还想再说些什么,但除了有关门卫的话他一个字都没提。他只能庆幸杜军开始理会工厂中的种种事务。

时间在清闲无事的时候总会变得无比漫长,杜军百无聊赖地掏出烟叼上,安静地喷吐着白烟。

18.

时间一天天过去,天气慢慢转凉。杜秋叶和吴静雯两个小人儿开始裹进校服外套里,树叶碧翠的身体开始泛出年老的黯淡,方琪和曹荣芳洗碗的时候都需要先烧一些热水。太阳照常又红又圆地升起,只不过属于夏天的热度已然燃烧殆尽,阳光里开始掺进一些细碎的凉意。

"晚上的比赛让队员们都重视一点,这可是名誉之争。"陆扬德坐在杜军的办公室里说道。坐在他对面的杜军没有说话,只是盯着眼前的赛程图。他此时真切地感觉到时间是一条巨大的蛆虫,柔软的身躯从这张赛程图上缓慢地爬过,一口一口吞掉许多令人振奋的时刻,现在那张满含着黏液的嘴终于到了最后这个时候。

"嗳。你听见我说话没有,今天晚上让他们都精神点。把这场比赛赢下来。"陆扬德搓着双手说道。

"我知道啦,你他×的烦不烦人,打比赛还有不想赢的?"杜军皱成一团的眉头骤然散开,一张嘴的音量吓得陆扬德都缩了缩身子。

"你他×的哪根弦不对劲,轮得到你对老子大喊大叫的!"陆扬德一拍桌子噌地一下站起来,双眼瞪着半躺在椅子里的杜军。

"你他×的再瞪老子,今天晚上直接弃赛!你他×的一个厂长,比赛你去过几次?除了那身衣服是你弄的,你还给工人们弄点啥了?打到决赛了知道要成绩了,你不说我们就不知道赢了?"杜军把手里的烟头扔到烟灰缸里,对着陆扬德便开始破口大骂。他心里本来就烦着篮球赛的事情,天气一变,好几个队员都头疼脑热不能上场,这个陆扬德又在这个时候跑到自己面前说什么名誉。

"你是真他×的邪乎!"陆扬德把桌上的赛程表一收,转身就向办公室外走去。

"给老子轻点关门!"杜军追在他身后大声喊道,只不过回应他的又是一声巨响。

"李丘,过来一趟。"杜军拉开自己办公室的门,对着门卫室喊道。

"小杜,那老头不在,我们刚换了班。"门卫室里传出来一个杜军不愿意听到的声音。这是丁妈,新来的门卫,和李丘的要求差不多,只不过不是一个老头而是一个老太。杜军一直不知道陆扬德为什么会让她来当门卫,她一旦找人说起话来便难以休止,话题也只是集中在男男女女的事情上,来这里没几天就和这里的女工们十分亲近。

杜军摇了摇头,颇为无奈地缩回到他的办公室里,半躺在椅子上,随手翻开一本书页已经卷起的书看了起来。空闲的时候,这些从小贩那里廉价买来的情色小说成了他必不可少的消遣,虽然时常会欲火难泄,但杜军仍旧乐在其中。无人留意的刘英面色一天比一天差,她仍旧会在每场球赛的时候出现在球场那个昏黑的角落里,她那双曾经闪烁着亮光的眼睛落满尘灰,身上的衣服也不是以前那样时刻整洁。在工厂里的时候,她似乎变成了一块透明的玻璃,人们在她的身边来来往往,却没有人和她说话,也没有人把自己的目光在她身上停留片刻。孙少康倒是慢慢地将自己的生活经营出许多欢愉,刘秋婷和他黏得快要变成一个人。与此同时,过惯了单身生活的孙少康开始发觉自己用钱的紧张。

杜秋叶和吴静雯在学校越来越如鱼得水,吴静雯经过一段时间的适应,终于不再恐慌。这个时候,她正在陈嘉伟的课堂上说着悄悄话呢。秋天的校服让他们有些别扭,粗劣的缝制无时无刻不在用那细小的凸起抓挠着他们的手臂,整个班级的孩子都像是得了多动症一样不停地摆弄着自己的衣袖。陈嘉伟和方佳去看了几次电影，县城里的电影放映设施十分陈旧，不过当两个人坐在一起吃着街边的小吃喝着冰糖水的时候，屏幕上所呈现的一切都变得不那么重要了。他们甚至看了一部外国电影，这可是前两年难以想象的。对于两人之间某种缓慢生长的东西，没有人言明却彼此都感到欢愉。他们经常聊起张爱玲，这个在上个月去世的才女常常使得两人叹气，从各自的学生时代延伸到现在的一些情感让他们有些伤感和哀愁。各自班里的孩子虽然不时惹出一些小的麻烦，但只不过是生活中的小小插曲。生活就像是一锅熬煮的南瓜粥，一日一日地散发出香甜的气息。

这一天傍晚的时候，球场附近已经聚集了不少的人，当杜军带着队员们出现在球场的时候，疯狂的叫喊飓风般迎面而来。这里的人们似乎已经适应这些小伙子为他们带来好看的比赛，而他们的对手，位于郊区的一个加工厂，据说也是一路过关斩将，顿有势不可挡的架势。

赛前的准备变得漫长而令人紧张，孙少康的掌心即便是在这稍有清冷的空气中仍旧是一把汗。说实话，他现在心里也没有底，这一路打上来，打完一场下一场就会更艰难，他无法预料这个晚上会遇上怎样的对手。

"三分钟!"球场中央的裁判吹了遍哨子，伸出手岔开三根指头。

"今天没什么安排了，该怎么打就怎么打。"李丘站在队员们的身边故作轻松地说道，他又何尝不想赢得这场比赛呢，只是他现在宁愿让自己这个老人承受压力和紧张，也不愿再给他的队员们说出任何一个有着些许重量的字。围在李丘身边的工人们却全都没有轻松起来，他们的面容如山一般沉重。

"行了，都给老子笑一笑，不笑的老子不给他买水喝。"杜军可受不了这些人的神色，本来刘英的那副样子就够他受得了，他可不想再看到这样的表情。杜军的方法收到了奇效，包括孙少康在内的几个年轻人都笑了起来，虽然他们的心里仍旧十分紧张。

"行了，上场吧。"李丘逐一和五个首发队员击掌，球场上的哨音又响了起来。所有人为之紧张也为之兴奋的时候终于到了。潮水般的叫喊声在球场上此起彼伏地响起，没有人知道自己喉咙里涌动的力量是为了什么，那些从体内升腾的呼喊仿佛是身体的一种本能，在这个时刻默契地冲破禁锢和束缚，声势浩大的涌向喉咙。

球被高高抛起，两边跃起的身影努力将手张开，杜军和李丘的手颤抖着给自己点上一根烟，目光紧紧地锁在来回奔跑的人影之间。这个时候的球场，喘口气似乎都要和别人争抢，男女老少的身体挤作一团，使得杜军不时扯着身上的短袖。

"没想到这个时候也能这么热。"李丘说着，目光却并没有从球场上移开。他的额前已经布满了汗水，杜军看了一眼，感觉那些汗水如果用盆子收集起来的话，都能够自己泡脚的了。

陆扬德这个时候也出现在球场上，他十分艰难地在挤进人群，好不容易挤到杜军和李丘身边的时候，身上平整的衬衣皱作一团，眼镜七倒八歪地站在鼻子上，汗水在脸上泛滥地流开。

"你怎么来了。"杜军皱着眉头看着站在自己面前的陆扬德，心底扬起一阵本能的厌烦。

"这种时候我肯定要来的。"陆扬德收拾着自己满身上下的狼狈，十分严肃地说道。

"你就来了个人？"杜军瞪着双眼看着两手空空的陆扬德，不知道他无论在什么时候都是一副举重若轻的样子。

"怎么可能呢，我弄了箱水，两个工人往这边赶着呢，我只是先过来看看情况如何。"陆扬德的目光随着场上奔跑的人影来回移动，只是杜军和李丘都不认为他能看得懂什么。

"既然这样，把我之前买水的钱也给我报销了呗。"杜军说道。

"先别吵吵了。"李丘打断了两人之间的对话，现在的场面并不那么乐观，虽然比分交替上升相差不大，但是自己这边的弊端已经开始暴露出来。整个队伍基本全靠孙少康在带着打，虽然别的队员也在努力地得分和争抢，但是孙少康已经开始显露疲态了。而对面的那支队伍明显是有备而来，队员们的得分十分均匀，在防守上也具有很强的针对性和整体性。李丘看在眼里，急在心里，但是又没有什么好的方法，只能等到中场休息的时候让孙少康尽可能地休息一段时间。他不是不想把他换下来，只是现在孙少康一下场，自己的队伍就有可能面对崩盘的局面。这个时候正好死球，李丘赶紧打手势请求了一个暂停。

"还行吗，要不要下场休息一段时间。"李丘走到他身边，对着大口喘着粗气的孙少康说道。

"没问题，马上就半场了，得撑过去，要不然下面不好打。"孙少康喝了两口水,用毛巾擦着自己脸上的汗,气息稍稍舒缓了一些。

"那就行。"李丘拍了拍孙少康的肩膀,转而对另外的四个队员说道,把上半场给我支撑下来,多配合孙少康跑位要球。李丘的脸上早就没了之前的那种轻松,出口的每个字都硬邦邦,像是要在地上砸出坑洞一般。

暂停时间很快结束,上半场开始最后五分钟的缠斗。

"我们会输吗?"陆扬德看着交替上升的比分,有些不安地问道。

"赢面不大。"李丘脸上的表情越来越不好看了,场上的孙少康已经消耗了过多的体能,如果下半场他因为体能的原因不能继续得分的话,那么下半场就会是完全溃败的局面。

"我只关心你说的水什么时候能到。"杜军把地上的空瓶子踩出嘎吱嘎吱地声响,有些咬牙切齿地看着说丧气话的陆扬德。正说着,人群中响起一片细碎的骂声,密不透风人群被两个人挤开一条裂痕,随着他们一并前行的还有一整箱的矿泉水。

"厂长,实在是挤不进来,没有晚吧。"水放在李丘的身边,两个工人带着几分歉疚低着头站在陆扬德的面前。

"时间正好。去擦擦汗吧。"陆扬德的双眼紧紧盯着球场上的一举一动,场上那十个奔跑的身影仿佛在他的心脏上跳舞一样,不时让他的内心急急地抽搐起来。两个工人见自己没有误了时间,连忙在陆扬德的面前散开,扯起身上的背心在自己的脸上蹭来抹去。

"嘀!"中场结束的哨音在球场中间响起,李丘如释重负地呼了口气。他对一旁的几个替补球员说道,你们几个赶紧去热热身,下半场准备上场。

"我们?"坐在一旁的几个人都有些惊讶,他们可没想到自己还能在这么关键的比赛中上场。

"嗯,首发的几个队员消耗太大了,你们先上场支撑一段时间。让他们喘口气。"李丘把水从箱子中拿出来,一个一个拧开瓶盖递给走下场来的队员。

"你们下半场先休息五分钟,先上替补。李丘的语气不容置辩。"孙少康喝着水抬起眼来看他,眼里充满了不解和疑惑。

"还要靠你们决胜负呢。"李丘拍了拍他的肩头,让他不要怀疑自己的安排,好好休息。

站在一旁的杜军和陆扬德想说点什么却又不知道该说些什么,一个不停地扶着眼镜,一个不断地把烟塞进自己的嘴里,脸上都紧紧地绷住,少了平时那种轻浮和放肆和神色。下场的几个队员们这个时候才看见站在杜军旁边的陆扬德。陆扬德察觉到他们的目光,向他们轻轻点了点头之后说道,"累不累,还有什么需要的吗?"

"我们有水喝就行了,厂长,我们一定会努力拿下冠军的。"一个坐在孙少康旁边的人举着手里的矿泉水说道。

"是啊,厂长,我们一定会尽力的。"另一个正在擦汗的队员也说道,只不过他的呼吸似乎并没有想象中的那么平稳,说完之后便咳嗽起来。陆扬德连忙走到他的身边,用手轻轻地拍着他的后背,直到这阵剧烈的咳嗽过去之后才停下来,温和地问道,"好些了吗?""啊,我没事,谢谢厂长。"那个队员有些不好意思,脸上浮起一片深红。

"怎么跟个大姑娘一样,还脸红呢。"杜军这个时候也走了过来,将一瓶水递给他。

"军哥你可别笑话我了。"从杜军的手上接过水,那个队员便逃一般地回到了休息的地方,一屁股坐在距离杜军和陆扬德最远的地方。

"军哥,拿根烟来。"一直没有说话的孙少康这个时候转向了杜军,笑意在挂满了疲惫的面容上摇摇欲坠地张开,让人看着都有些心疼。杜军当然不会拒绝这样的要求,把自己耳朵上别住的那根取下来递给孙少康,然后连打火机也一并递了过去。孙少康叼起烟来猛吸了一口,像亲一个久别的姑娘一样。

"看出来是累了。"杜军笑着说道,他还没见过孙少康这么抽烟呢。

"行了,你少说话吧,让这帮孩子好好休息一下。比赛还没有结束呢。"李丘已经从之前那个最放松的人变成了现在最紧张的人,他现在心里一点儿的底都没有,上半场他们勉强地领先了三分,但是下半场的前五分钟要怎么样把局势稳住呢。他现在有点烦躁,如果比赛分为四节的话还好,他不知道这里的篮球比赛怎么弄得跟足球一样,只有上下两个半场。所有人都从李丘的脸上看出焦虑,即便他们不明白这焦虑为了什么,他们还是很快止住了自己的声音。

下半场开始,几个替补队员在场上开始挣扎,上半场领先的三分很快就被反超,几个队员虽然打得十分努力,但仍旧十分被动,基本上是处于一种只是防守的架势,得分的效率开始跳水。所有人都看着李丘,而李丘只是看着球场,不时抬起手腕看看时间。

"让我们上吧。"孙少康着急地拽着李丘的袖子,汗水铺满了他的前额,任谁也看得出来他现在十分心焦。

143

"你稳着点,时间差不多了,等个死球吧。"李丘说着对场上的队员喊了一声,做了个手势之后,便坐了下来。旁边的五个首发看到李丘的这个手势便全都站了起来,他们知道属于他们的时间到了,荣辱就在这剩下的十五分钟中了。

很快场上便出现了死球的局面,李丘叫了个暂停,他简单地和几个队员说了几句之后,便开始逐一拍打他们,嘴里嘀咕着:好好打……集中注意力……保护好篮板球……

真正白刃化的对决开始了,球场周围的人群似乎也感受到什么,呼声和叫喊铺天盖得响了起来。李丘此时却像是什么都没有发生过一样坐了下来,手里不知道从哪里摸出一根烟来,脸上没有任何的表情。现在场上落后了十分,但是自己这边应该会好打一些。

杜军看着李丘抽烟的样子,看了看记分牌上的数字,不知道李丘怎么还这么坐得住。

七八分钟过去之后,分差逐渐缩小到了个位数,场上的队员们越打越兴奋,孙少康甚至在进球之后撕着自己的球衣,对面的教练员也及时叫了一个暂停,来打断一下这边的反扑。

"还有多长时间啊。"孙少康还没走到李丘的身前,便对他喊道。

"八分钟左右。"李丘低头看了一下表,说道。

"那就行,时间应该够了。"孙少康转身看来一眼记分牌上的分数,对李丘说道。

"剩下的时间里,还是要稳住,不要失误,不要犯错误。"李丘开始对身边的几个队员说道,"还有,防守的时候不要举重若轻下手,少给对面罚球的机会。多跑位,看着点孙少康,随时做好得分的准备,听到了没!"李丘说到最后几乎要喊起来,人群的嘈杂使得每个人的耳朵上都像是蒙了一层纱布,什么都听得不清不楚。

"听到了。"几个队员齐声喊道,比赛进行到这个时候,没有谁不想赢下来这场比赛,之前的种种付出和努力,在这个时候凝成每个人体内坚定而无法动摇的信念。

比赛继续下去,喧闹的人群安静下来,所有人都像李丘一样屏气凝神地注视着球场上每个人的一举一动。分差在孙少康的努力下逐渐缩小,李丘的脸色也逐渐好看了一点。他看了一眼自己的表,比赛的时间在不知不觉之中只剩下两分钟,现在落后的两分并不是什么不可翻越的鸿沟。

球场上,孙少康持球推进,在弧顶的位置经过一个挡拆的配合之后快速向右侧突破，一个十分逼真的传球假动作让上前补防的防守人有了片刻的失神。孙少康抓住机会，双腿将身体弹起，手腕轻轻拨动，球在封盖者的指尖飞出。时间仿佛在这个时候静止不动，空气也似乎沉入大地深处，所有的声音都消失不见，所有的动作都变得缓慢无比。李丘站起身来，嘴巴不受控制地张开，那根刚抽到一半的烟掉在他的鞋上都浑然不觉。那个球在目光的注视中划过一道优雅的弧线，稳稳地穿网而入。

方才下沉的空气此刻疯狂地腾起，每个人憋住的那一口气也都从喉咙里呼啸而出，转化成一阵近乎疯狂的呼喊。

"嘀！"对方的球队在把球推过半场之后直接叫了一个暂停，记分牌上的两个数字此时终于相同了。

"还有两分钟，咱们还有一次暂停。"李丘看着自己的队员们，只说了这么一句话。

二十秒的短暂停，球员们喝了口水擦了擦汗，便又回到了球场上。对方边线发球之后，开始仔细地梳理这一次的进攻，每个人都在积极的跑位，球被眼花缭乱地传到不同的人手上。孙少康不敢疏忽，紧跟着正在运球的对方球员，就在两个人的身体不断产生摩擦和碰撞的时候，一道黑影在黑暗中飞了过来。孙少康尚未意识到发生了什么，便感觉到小腿传来剧烈的疼痛，整个人即刻跪倒在地。场上的队员不知道发生了什么，连忙朝孙少康跑去。旁边的人群此时也乱作一团，嘘声、骂声和询问的声音嗡嗡地响起来。

"哨子没响，继续进攻！"对面教练的声音这个时候响了起来。那个在孙少康面前持球的人缓过神来，向后撤了一步，在三分线内一步稳稳地出手，球应声入网。

"暂停，暂停！"李丘近似癫狂地打着手势叫喊着，他虽然不明白发生了什么，但有一点是清晰可见的，孙少康受伤了。

杜军在裁判的哨子还没有响起的时候便从李丘的身后冲了出去，他和另一个队员把孙少康从地上搀起来。这个时候他看见了地上的一个矿泉水瓶，里面的水全都结成了硬实的冰，他叫了一声，让另一个队员把它捡起来。他咬牙切齿看着瓶内结结实实的冰，紧紧握成拳头的手发出咯咯的声响。

"怎么回事。"李丘和陆扬德走上去迎孙少康，几个人让他缓慢地坐下之后，李丘才问道。

"好像……被什么东西……砸了一下。"孙少康断断续续地说道，小腿的疼痛让他的齿间不断地透过凉气。

"应该就他×的是这个。"杜军把手里的瓶子放到地上,让陆扬德和李丘看了个清楚。

"他×的,竟然还有这一手。"陆扬德明白了怎么一回事之后也是气得的咬牙切齿,穿着皮鞋的脚不住地踏着那个瓶子。

"杜军,换衣服吧,你上。"李丘的目光在那几个替补队员和杜军的身上摇摆了几个来回,终于下定决心般说道。

"我上?你这个时候可不能乱搞的啊。"蹲在地上的杜军扬起脸来看着李丘。

"就是你上,记得我和孙少康之前教给你的。上去给我扔一个三分球!"李丘对着杜军的脸吼了起来。他比杜军和陆扬德更愤怒,他怎么会想得到在这个时候会因为一瓶矿泉水而葬送了整个比赛,他怎么会想得到在这样的一场比赛中竟然还会有人下黑手。

杜军没有再说什么,他把李丘一直随身携带的那个袋子挪到自己的身边,把里面唯一一套没人动过的球衣往自己的身上穿起来,几个替补队员连忙过来围成一圈,把杜军尽可能地遮起来。

裁判的哨子可不会给杜军任何热身的时间,双方的队员又重新回到场上,李丘抬头看了一眼便发现对面几乎换上了所有的大个子,看起来放弃了进攻的打算,只想守住这两分的优势。三四个回合缠斗下来,时间已经所剩不多,场外的嘘声愈发响亮。那几个大个子一直拖着时间,进攻的时候只是把球传来传去,在将要到24秒的时候才胡乱一投,根本不管球是否能进。而杜军这边进攻的时候,几个大个子把每个人都紧紧地贴死,根本没有什么进球的机会。

时间就这样一点一滴过去,场边的裁判伸出手开始倒计时。坐在场边的李丘心如死灰地敲出一根烟来塞进嘴里,这似乎成了这个时候唯一能够安慰他的东西。

"我们还没输呢。"孙少康的眼睛灼热地看着球场上奔跑的队友们,他用力地抿着自己的嘴唇,但那些湿热的潮浪还是缓慢地涌出眼眶,并且在脸上流泻开来。

"把球给老子!"杜军跑到中场的时候停下了自己的脚步,对着持球向前推进的队友喊道。

"八……七……"场边的倒数一丝不苟地进行着。

"说的什么来着,膝盖稍弯……"杜军接过传来的球,脑中仔细地回想着孙少康和李丘对自己说过的话。

"四……三……"裁判把哨子含进自己的口中,准备为这场比赛做结束的句号。

"怎么投个球还有这么多事啊。"杜军想得自己的头都快要炸了,两个大个子已经气势汹汹地朝他扑了过来,他望了望篮筐,然后双眼一闭把球用力地扔了出去,自己则被扑过来的两个人结结实实地推到地上。

球出手的瞬间哨子也响了起来,裁判的手伸出三根指头高高举起,李丘和孙少康望着那个球的弧线,那是一种美妙和优雅的轨迹,在半个球场的上空留下了曼妙的身姿,最后——唰的一声清脆入网。

"杜军,你这个孙子!"李丘兴奋着骂起来,喷溅的唾沫随着烟头一并飞了出去。孙少康痛得发紧脸上也笑了起来,喃喃说道:我说我们还没有输吧。陆扬德随便抓住身边的一个人有些癫狂地喊道,"我们是不是赢了,我们是不是赢了!"

沉寂的人群这个时候也随之疯狂起来,每个人的喉咙里都蓄满了力量。杜军推开压在自己身上的两个壮汉,躺在地上还不知道发生了什么的时候李丘已经冲到了他的身边,他一边用脚踢着躺在地上的杜军一边止不住骂他,直到冲上来的队员们都跑到杜军的身边,将他从地上抬起来,一次又一次地抛起。

在他们庆祝的时候,人群中却传来一阵骚动,杜军他们起先没有放在心上,直到拥挤的人群开始失控地向孙少康坐着的地方移动。

"这是怎么回事?"陆扬德赶紧把孙少康扶起来向杜军他们走去。孙少康在陆扬德的帮助下一瘸一拐地走着,嘴里不停呼喊着杜军和李丘。众人听到孙少康的声音连忙停了下来,疑惑不解地看着缓慢向自己这边移动的两人。

"怎么了这是?"杜军落地之后连忙问道,他还没有发觉人群的混乱。

"好像是有人闹事。"陆扬德扶了扶自己的眼镜说道。人群在球场的周围乱作一团,殴打和叫喊的声音此起彼伏。

"咱们得先从人群中出去再说,你们两个把孙少康给老子扶好了,陆扬德和李丘,你们两个年纪大的跟着我。剩下的人依次跟在我的后面。都听见了没!"杜军扬起嗓门高声喊道。

"听到了。"人们齐声喊道。

"好,我们准备出去。"杜军四下环顾了一周,找到一个人群相对稀薄的地方,便带着陆扬德和李丘向外走去。

混乱的人群异常拥挤,每个人的身体都失控了一般。杜军走在最前面,既要不时地推开向自己挤来的人,还要在人群中开辟出一条路来,身后还有李丘和陆扬德两个上了年纪的人。杜军这个时候才明白走路是这样难的一件事,自己的身边挤满了密密麻麻的人群,不时有拳头或者杂物招呼到自己身上。他回头看一眼陆扬德和李丘的情况,却发现一根钢管正朝着陆扬德的头上招呼过去。"小心啊!"杜军失声喊道,眼看着陆扬德避闪不及便本能地伸出了自己的胳膊。向下劈斩的钢管生生砸在杜军的胳膊上,发出一声沉闷的声响。陆扬德这才意识到发生了什么,他抬起头看了看杜军挡在自己头上的胳膊,嘴巴动了动,没发出任何声音。

"少说屁话,跟紧了往外走。"杜军龇牙咧嘴地说道,他感觉肌肉的痉挛像是一阵断断续续的电流一般刺激着自己的身体,他无法再用胳臂推开左右,只能用身体一点一点向外挤着。

"军哥,我来吧。"一个身材健壮的工人从后面挤到杜军的面前,说道。

"嗯。"杜军咬着牙点了点头,胳膊上剧烈的疼痛让他的嘴唇发白,额前也是湿漉漉一片的汗水。

人群持续着混乱,杜军这一行人十分吃力地向外走着。当他们终于穿过人山人海的阻挡,来到大街上的时候,没有谁的身上是完好无损的。大大小小的伤痕落在他们的身上,每个人都带着一种劫后余生的神情瘫倒在路边,大口大口地喘着粗气。

"先报警,还有救护车。"孙少康坐在一边有气无力地说道,他的情况比杜军好不到哪儿去,脸色苍白,汗如雨下。

陆扬德不敢怠慢,赶紧拖着自己筋疲力尽的和身体朝一家还亮着灯的便利店跑去。店主说已经有人报过警了,陆扬德便请他再叫一辆救护车来。

刚刚比赛过的球场此刻已经被人群吞没,杜军和李丘都没有想到一场篮球比赛的谢幕会是这样。灌满了大街小巷的夜色不住地漫溢着,街灯睁着昏黄而悲悯的眼看着这夜色中的乱象,没有言语。

救护车把杜军和孙少康载走之后,陆扬德和李丘招呼着工人们散去,球场上的混战这个时候尚未结束,大批的绿色制服冲入人群,用手里的警棍卖力地平息这癫狂的混乱。

第二天一早,王书记就敲响了陆扬德办公室的门。"进来吧。"从办公室里传来的声音有气无力,陆扬德将近一晚上都没有合过眼。

"王书记,你怎么来了?"陆扬德抬眼一看赶忙从座位上站了起来,有些不知所措。

"昨天晚上出了那样的事情,我自然是要来的。"王书记说着坐了下来,拿出一根烟抽了起来。

"知道原因了吗?"陆扬德问道,他也敲出根烟来叼在嘴里,吧嗒吧嗒地抽着。

"公安局那边说是因为赌博,有几个人为这个球赛专门弄了个赌局。看球的多多少少都押了一些。你们昨天赢了那个加工厂,那几个庄家可能一时拿不出那么多钱来给那些押了钱的,所以就成了这么一出。"

"还有这么回事?"陆扬德听得目瞪口呆,他可从来没有想到还有赌博这种事搅在这个篮球比赛中。

"我也是听公安局那边说的。"王书记弹了弹烟灰,接着说道,"听说你的工人们都受了些伤?"年迈的脸上显出关怀的神情。

"是啊,今天没让他们来上班,但是工资照发。"陆扬德有些不安地说道,他不知道王书记会不会同意自己的做法,毕竟这个工厂可不是他陆扬德的。

"这些都是应该的。"王书记声音有有些沉郁地说道,"都是我啊,没把安全问题放在心上,这才出了这个乱子。都是因为我啊。"王书记的眼里慢慢湿润了,声音在喉咙里哽咽着,"昨天,就在昨天,一个孩子的妈妈去世了,一老一少也在人群中因为倒地而没能再站起来。我该如何面对这些人的家属啊?我该如何面对全县的男女老少啊?"泪水在那张皱纹横生的脸上恣肆流开,苍老无力的双手捶打着面前的桌子。

"书记,你这是干吗啊?这不是你的过错啊。"陆扬德赶紧把手里的烟扔到烟灰缸里,走到王书记的身边将他扶起来。

"我们去医院看看吧。"王书记很快控制住了自己的情绪,把眼泪和抽泣止住。

"好。"陆扬德将自己的外套从座椅上拎起来,披上之后跟着王书记走出了办公室。

医院里,陆扬德很快便找到了杜军和孙少康,两个人正在病房里抽着烟说笑。只不过一个人腿上绑着绷带,另一个人则是胳膊。两个人看到陆扬德和王书记进来的时候面色一怔,然后都挣扎着想要坐起来。

"别急别急,我来帮你们。"王书记走到杜军身边,扶着他坐起来。陆扬德则是将孙少康扶了起来。

"状况还好吗?"陆扬德看着这两个裹着绷带打着石膏的人,某种情绪又在干瘪的胸口抓挠着。

"没事,死不了。"杜军大大咧咧地说道,一脸不在乎的神色。他举起胳膊在陆扬德的面前晃了晃,"这个能算工伤了吧,这可得耽误不少日子呢。"他郑重其事地说道。

"算,这个当然要给你们算。"陆扬德不屑地撇了撇嘴,看了一眼身边的王书记,说道。

"医院里的伤员多吗？你们伤得重不重？"王书记问道。

"伤员……昨天晚上蛮多的,不过多是些跌打伤,大部分擦了点药或者包扎了一下就回去了。我俩也只是骨裂,医生说休养一段时间就没有什么问题了。"孙少康说道。

门在这个时候被推开了,吴国忠和方琪像两列火车一样冲进了屋里。两人看见屋内还坐着两个人的时候都愣了一下,然后礼貌性地问了一下好。杜军介绍一番过后,几个人便随便聊了几句,片刻之后,王书记和陆扬德从房里退了出来。王书记还要去公安局问一下进展,陆扬德则希望在医院里看望一下另外几个受伤的工人。两个人一路走到医院的门前才分别,在他们面前是前所未有的艰难。

不一会儿,刘秋婷也来到了病房里,原本就不算宽敞的病房现在变得更加拥挤起来,不过没有人对此有半分怨言,大家一起畅快地聊着天,似乎都忘记了杜军和孙少康都还打着石膏呢。陆扬德则在查看完另外几个受伤的工人之后回到了工厂里,偌大的工厂似乎因为几台停转的机器而变得空落落的。陆扬德感到一种前所未有的忧郁,这种似乎不应该属于自己这个年龄的情感困扰着他,让他疲乏不堪难以平静。

这个县城的早晨第一次变得这样宁静,平日嘈杂的声响此刻都沉没。只有几只麻雀在窗外啁啾鸣叫着。陆扬德面前的烟灰缸里落进一个又一个的烟头。

19.

十二月中旬,歇了将近两个月的杜军和孙少康才回到工厂继续工作。球场事件也差不多将要查办结束。据说王书记在第一时间递交了辞呈,不过上级并没有批准,有的人说是县长坚决要求留下他,有的人说是王书记上面有人,辞职只不过是演戏。但无论人们怎么说,王书记仍旧是县委书记。转了一圈,什么事情都好像没有改变过。厂里的工作在杜军和孙少康回来之后也逐渐回归正轨。

王书记也来过几次工厂,把球场事件的基本情况说了个明白:是有一些人组织了赌博,但是打到决赛的时候,那个加工厂的队员和教练竟然也参与到赌局当中。在最后关头朝孙少康扔那个水瓶的也是参赌的人员之一,因为大多数人都把钱押在了那个加工厂的身上。在比赛结束后那几个庄家发现没有办法收场,这才出现了那样的乱子。那个加工厂的队员们更惨,有几个伤得比较严重的,现在都还躺在医院里。那几个组织赌局的人除了一人在逃之外,剩下已经全都抓获。对他们的判决一定不会太轻,毕竟这可是在严打期间。在逃的那个人也已经发出了通缉令,相信不日即可抓获归案。杜军几人了解到这些的时候都不知道该说些什么,只有手里的烟静寂地燃烧着。谁都不会想到一场篮球比赛会演变成这样的闹剧,同时,这一场闹剧又是多少个家庭的悲剧。

"这场篮球比赛或许是我一生当中最为错误的一个决定。"陆扬德不会忘记王书记最后一次来的时候,对他这样说道。

在杜军休息的这两个月里,方琪在吴国忠和曹荣芳的帮助下支撑起这个家所有的琐碎。杜军时常感觉在结婚将近十年的日子里,自己仿佛又看见方琪当年那个令自己失去理智的身影。吴国忠近两个月里没有再让杜军碰一滴酒,理由自然是杜军的骨裂。杜军简直不知道自己这两个月是怎么过的,他喝茶的时候都在幻想能感受到一点酒精的美妙。

杜秋叶和吴静雯呢,则成了学校里人尽皆知的两个人。先是校长,让老师们不得不重视起这两个孩子。再是杜军,一个球让他成了孩子们眼里的英雄。杜军和方琪的之前的担忧完全是多余的,从来没有谁有丝毫将杜秋叶赶回家的意思,反而是杜秋叶在这里如鱼得水一般。他会讨别人的欢心,也丝毫不惧怕大孩子的欺凌。陈嘉伟和方佳呢,关系一点点变得亲密起来,成了众人眼中一对天作之合的恋人。

十二月底的时候,这个北方的县城开始落雪。校园中变得十分热闹,孩子们堆立的雪人和雪球砸在墙壁上斑驳的痕迹留下这个季节特殊的印痕。陆扬德将早上和下午的上班时间推迟了二十分钟,避免工人们为了赶路出现什么意外。杜军呢,虽然有吴国忠百般阻挠,他仍偷偷地跑到李老头的酒馆里喝酒,这个时候他们不再喝柜台上火辣的白酒。李老头把温好的药酒分给杜军和孙少康,吴国忠在随着杜军去了几次之后也慢慢地喝了起来。吴红霞的那个按摩店自然也成了杜军时常光顾的地方,只不过让杜军有些伤心的是那个叫做红枣的姑娘在十二月初就不见了人影,吴红霞说那个姑娘甚至连十一月份的工资都没要就迫不及待地走了。杜军常常在大街上闲逛,期待能再遇见那个姑娘,只是整个县城大街小巷的雪都快要被他一个人踩实了,他仍旧没有找到那个姑娘。

　　大雪的一天,方琪的父母从山上下来,每到冬季他们都会在杜军的家里暂住一段时间。山里的冬天对两位老人而言实在太冷了,县城里至少还有供暖和烧蜂窝煤的炉子,还有自己的女儿和外孙子。杜军在自己的丈母娘和老丈人面前自然是不敢怠慢,弄了一桌子的饭菜,还有从李老头那边弄回来的药酒。这种时候,自然是少不了吴国忠一家。冬夜里,这一间屋子内温暖洋溢,方琪的父亲本就有些嗜酒,这一晚更是贪了几杯,酒过三巡便与杜军和吴国忠天南地北地吹起牛来。那个温和的女人则一会儿看着自己满面通红的丈夫,一会儿看着自己活蹦乱跳的外孙儿,眼里涨满了苍老蕴蓄的温和和慈祥。方琪和曹荣芳有聊不完的邻里长短和琐碎家事,两个人看着杜秋叶和吴静雯的身影,嘴边带着几分笑意。杜秋叶呢,他和吴静雯正乐此不疲地重复着那些在学校里的游戏,两个人清秀的眉眼中总是含着欢愉和喜悦。

　　当黑夜渐渐低下身子,屋外逐渐变得一片静寂的时候,这间屋里的欢闹也散了场。方琪安排两位老人睡觉之后便开始收拾餐厅,杜军则坐在窗边静静地抽着烟。当声音一点一点静下去,当灯光一点一点收束起来,杜军才止住了抽烟。他起身,走向沙发的时候无意间瞟了一眼挂在墙上的日历。

　　"新的一年了啊。"杜军说着将十二月三十一号那张薄纸撕下,墙面又变得光秃。他翻身倒在沙发上,不一会儿呼噜声便嘹亮地响起来。1995年最后的晚风吹拂而过,一盏街灯睁着惺忪的睡眼望着屋内的杜军,温黄的光亮如一团凝滞的云。

20.

　　元旦这一天县城飘起了小雪,走在路上的人们比平时更加小心了。所有的单位都如往日一样运转,杜秋叶和吴静雯也像平时一样由方琪送到了学校。只不过所有人的心思明显都不在工作上,包括此刻坐在工厂的陆扬德都是懒洋洋的,嘴里的烟都有气无力地燃烧着。

　　"这种日子怎么还要上班啊。"杜军在办公室伸了一个巨大的懒腰,他的窗户里装满了飘摇的雪花。少了麻雀鸣叫的杜军感觉少了一种特有的陪伴,他有时候感慨时间的流逝。在不知不觉之间,他已经在这个位置上待了几个月的时间,有那么多的时候他觉得自己马上就要离开这里，但是却又一直在这里留下。或许相对于杜秋叶能在学校里上学，自己能继续当这个后勤部的主任更让人感到惊奇吧。

敲门声在这个时候响起来，杜军竟然没有感到任何的厌烦，他起身打开了门，发现陆扬德的秘书小魏站在门外。

"有事进来说吧，这样的天气真是让人犯困啊。"杜军说着朝自己的座椅上走去，他此时一点都不想离开他的座位。

"不用了，杜主任，陆总那边请你过去一趟。还有……"站在门口的小魏扭了一下身子，还是挤进了门里，"听说杜主任喜欢喝茶，这是我母亲从老家带回来的茶叶，都是小地方的东西，希望主任不要见外了。"手从大衣里摸出一个皱巴巴的袋子放到了杜军的桌面上，淡淡的清香温和地舔舐着杜军的鼻腔。杜军极其复杂地看了他一眼，点了点头，说道，"既然你这么有心，那就放在我这里吧，跟陆扬德说一声，我这就过去。"

"好。"秘书又扭了一下身子，从门内钻了出去。

"家里要是酿酒的就好了，弄瓶好酒过来。"杜军把茶叶收进自己的抽屉里，嘀咕着出了办公室的门。

"请进！"杜军的手还没有砸第三下，门内陆扬德的声音便响了起来。

"元旦不放假，还要有什么事情要啊！"杜军抱怨着坐到了陆扬德的对面。

"上面不给假，你以为我想在这里耗着啊。就今天我跟你说，去晚了买不上"。陆扬德说道。

"行行行，你可别跟我扯什么猪肉，快跟我说有什么事情。"杜军可不担心什么猪肉的问题，他相信只要给杜秋叶钱，杜秋叶都能从地缝里都能抠出十斤猪肉来。

"是这样，你看这个天气也冷了，咱们厂子里光靠供暖还是不太够，尤其是管理层的同志，大多都上了年纪。我打算去买一些电暖气回来，每个办公室里弄上一两个。这个你等会儿就去看看，最好直接买回来。"陆扬德说到这里顿了顿，喝了一口茶继续说道。"还有，王书记把你们的奖杯、奖牌还有奖金都送过来了，出了那样的事情，原来准备在礼堂的颁奖仪式也取消了。最后也是最重要的事情，王书记已经批准咱们建个食堂出来。这是大概的策划，你拿回去看看，等到开春咱们就开始弄。"陆扬德说到这里又停了下来，举起茶杯来开始喝茶。

"没别的事情了？"杜军看着喝茶的陆扬德，总觉得他不是在喝茶，而是把一些要说的话都吐进了茶杯里。

"不不,还有一点事情。"陆扬德连忙说道。

"哦,说吧。"杜军刚抬起的屁股又落了下来,有些不满地说道。

"我有个想法。你看啊,这个篮球赛完成也有一段时间了,你和孙少康还有李丘,怎么说呢,成了大家比较信服的三个人。你知道,自从吴闯被从生产部那边撤下来之后,这个临时的主任让大家一直都无法满意。我们想让孙少康试试,你最近帮我问问,看看孙少康什么想法?"陆扬德的眉毛滑稽地跳着,仿佛他在说一个令人忍俊不禁的笑话。

"有这么好的事情?"杜军有些不确定地问道。

"其实也不是什么绝对的好事情,孙少康有些太年轻了。这段时间他如果上任还不能让大家满意的话,以后这个向上的路会比较难……"陆扬德扶了扶自己的眼镜,说道。

"就是把孙少康当个试验品了?"杜军毫不遮掩地说道,一双眼睛直直地盯着面前的陆扬德。

"这么说就太不好听了,但实际上,是有点这么个意思。再说了,没有比这个时候更好的机会了,你想想我们刚赢下篮球赛时候的情形,这个工厂里提起最多的名字就是孙少康和你杜军。这个时候上任的话,也比较能服众。"陆扬德扶着眼镜的手放下来,敲着桌子对杜军说道。

"好,这个事情我会对他说的。"杜军说完便站了起来,陆扬德这会儿没喝茶,杜军猜他应该没有什么要说的了。

"嗳,对了。"陆扬德在杜军要将门关上的时候叫住了杜军,他犹豫了一下还是说道,"你的胳膊好些了吧?"

"好多了。"杜军在门缝里对着陆扬德点了下头,然后将门关上。

两个人之间似乎从那个夜晚过后便有一种令人陌生的东西开始生长,陆扬德和杜军都能感受它的存在,只是两个人都感到奇怪,这个东西连接的另一端为什么会是对方。

回到办公室之后,杜军便把刚才陆扬德说的话都回想了一遍,这才想起来要去买电暖气的事情。他把手里的东西随便一扔,便出了办公室去找孙少康。

"臭小子,去跟我买点东西去。"杜军轻而易举地在熟悉的地方找到了孙少康,那个地方少了刘英竟让杜军感觉亮堂了些许。

"就在这儿等着你呢。"杜军的话还没有尽数传到孙少康的耳朵里,他的那台机器就已经停转了。

"没点出息的东西,你怎么知道我会来找你。"杜军敲出根烟来递给孙少康,点上之后拍着他的后脑勺问道。

"今天过节嘛,肯定是要出去买东西的。你不就是专门买东西的嘛!"孙少康笑着说道,杜军的烟让他很受用,他一边说着,一边扭动着身体朝工厂的门口走着,快活地恨不能让耳朵也吐出烟圈来。

"你他×的才是专门买东西的。"杜军抬脚就在孙少康的屁股上踢了一下,往前趔趄了几步的孙少康反而笑得更欢,差点被自己手中的烟呛到。"算你小子聪明,走吧,别嫌冷就行。"杜军在孙少康的身后骂道。

"你们两个又去买东西啊,别忘了给我这个老婆子带点什么哟。"两个人走到工厂门口的时候,丁妈扒开门卫室的窗户对着两人喊道。

"好啊,我们知道了。"孙少康笑着对她说道。杜军则没说什么,只是稍稍点了点头。

两个人出了工厂,在下着小雪的街道上走了一会儿便到了集市,集市间的叫卖声凑成一团跌跌撞撞地朝两人扑了过来,这个县城中平日极少露面的人似乎都从屋里出来了。集市的几条街巷里挤满了男女老少,前几日的积雪被踩成一团团黑泥。杜军和孙少康一边小心着自己的脚下,一边注意着身边的老人和孩子,步速缓慢地向前走着。

"还真是热闹啊。"孙少康看着四周说道。

"是啊,跟他×的过年了一样。"杜军说着又摸出根烟来塞进自己的嘴里,只是打火机一直打不着。

"这种天气还是不要抽烟了。"孙少康把杜军嘴里的烟拽出来,递到杜军的面前。

"就你臭小子懂得多。"杜军哼唧了一句,接过烟之后又塞进了烟袋里。

"不过,元旦时候就这么冷了吗?"孙少康紧了紧自己身上的棉袄,出口的话在他的眼前变成一团白眼。

"都快要到小寒了,能不冷吗?"杜军说着也紧了紧自己身上的棉袄,手又伸进自己的衣兜里想要摸根烟出来。

"你点不着的,别白费力气了。"孙少康说着,感觉自己的声音都被风吹得扭曲了。

"哎,这他×的天气啊。"杜军烦躁地将自己的手又从衣兜里拔了出来,冬季的风的确让人十分难受。

两人很快走到了上次来买篮球的地方,进去之后杜军跟孙少康说了要买什么之后便到一旁去闲逛。杜军想要买些东西给杜秋叶和方琪,在两位老人面前,杜军相信有买一些东西的必要。而孙少康呢,把杜军的话也当成了耳旁风,他也想要给刘秋婷买些什么,两个人在一起也有一段时间了,他还从来没有给她买过什么呢。

　　当两个人闲逛了一圈再次碰到彼此的时候,杜军瞪着一双眼看着两手空空的孙少康,孙少康则是一脸无辜地看着杜军。

　　"让你买的东西,你挑好了没有啊。"杜军一看孙少康两手空空,瞬间挂上一副愁容。

　　"什么东西?"孙少康逛了一圈早就将杜军的话忘得一干二净,此时一脸疑惑地望着杜军。

　　"电暖气啊,叫你出来买东西的,不是叫你出来耍的!"杜军随手抄起一双拖鞋就朝孙少康的身上甩了过去。好在一个店员及时地阻止了他,才没让这样的暴行发生。

　　"哎呀,这样的事情问问老板不就好了吗。又不是只买一个两个,还要自己挑。"孙少康把头从自己抬起的胳膊后探出来,发现那双拖鞋并没有打到自己的身上。

　　"嗯,你去问问吧。"杜军一巴掌结结实实地拍在了孙少康的肩膀上。

　　"没有我,你真是买个东西都困难。"孙少康哼了一声之后跑到后面的仓库那边去找老板,而杜军则得以继续闲逛,寻找适合买给杜秋叶和方琪的东西。

　　大约十几分钟之后,孙少康才从后面的仓库里出来,在两个人一起买篮球的那个货架前找到了杜军。

　　"军哥,我和老板都谈妥了,一共十个电暖气,五百块。"

　　"嗳,你觉得给杜秋叶买个篮球还是足球呢。要不然买个毽子,不仅便宜还能在屋子里面玩。"

　　"那就篮球吧,小孩子打篮球长得高。你看我就比你高出不少。"

　　"狗屁。"杜军转过身来对着孙少康,发现自己竟然真的比孙少康矮了一截,转而问道,"电暖气的事情怎么样了?"

　　"谈妥了。十个,五百。"孙少康脸上一副自得的神情。

　　"再多要一个,我往家里也带一个。"杜军从货架上把一个篮球拿下来,说道。

　　"哈,这事我可要去找陆扬德把这事跟他说道说道。"孙少康说着又向仓库那边跑去。

"现在的年轻人啊……"杜军抱着篮球嘀咕道,他还没有想好要给方琪买点什么。他一边想着,一边向仓库走去。

仓库连接在这家老式供销社的尾部,一面十分破旧的金属门将潮湿的气息隔绝开来。

"怎么样了?"杜军的声音让仓库里的两个人都吓了一跳。

"五百三,不能再低了。"一个肥胖的中年人从散乱的桌后前抬起头来。借着外面的光亮,杜军只能看清他那个宽大而油亮的鼻头,余下的面容全都浸泡在潮湿的黑暗当中。

"那我们是不是该走了?"杜军的目光转向了那个木桌的另一端,孙少康还端坐在那里。

"是啊,不过要等我挑好给秋婷的礼物才行。"孙少康说着站了起来,趁着杜军还没来得及说些什么,飞快地从杜军的身边钻出了仓库。

"对了,要给女人买什么样的东西啊。"杜军抱着手里的篮球,追着孙少康便跑了过去。

"这两个人,是怎么做生意的嘛。"仓库的老板翻遍了自己的衣兜都没有找出一根烟来,只得咂巴着自己的嘴,伸出手摸了摸自己油亮的鼻头。

"买点什么好啊,女人真是麻烦。"杜军跟在孙少康的身后,不住地嘀咕着。

"这个季节当然是买围巾了,好看又实用。"孙少康在前面大步走着,似乎特别着急的样子。

"哦,围巾啊。"杜军若有所思地跟在孙少安康的后面。

"啊!还好这一条还在!军哥,你觉得这一条好看不!"孙少康兴奋地从货柜上扯下一条围巾,他转过身的时候,发现杜军还在距离他好几步远的地方。

杜军听到孙少康的话才结束了自己沉吟的状态,快步朝孙少康走了过去。"挺好看的。"杜军看着孙少康手里的那条围巾说道,那是一条黑白格子的围巾,在两端还有细碎的流苏,看起来是一种很新潮的样式。

"你说你嫂子适合买个什么样的啊。"杜军抬头看着挂满了围巾的货架,他觉得面前的这些围巾无一不在用力地揉压着自己的双眼,使得自己的眼前生出重重叠叠的彩斑。

"这就花了眼了?"孙少康挑起的眉毛之间夹着一丝讥嘲的意味,他扒拉了一番,最后挑出一条淡紫色的出来。

"这个颜色?"杜军皱了皱眉头,疑心是不是有些鲜艳。

"这个正合适,你信我一回。"孙少康将手里的那条紫色围巾向杜军的怀里塞了塞,杜军也没再多说什么,只得接了下来。

"嗳,你们两个,电暖气还要不要了?"老板的声音带着潮湿的水汽,翻越过诸多货架,重重地打在两个人的脸上。

"要的老板,我们一会儿叫公司里的人过来取。"孙少康朝着那声音发出的方向喊道。

两个人出了供销社,被迎面而来的一阵北风吹得呼吸发紧。市集上的人仍旧不少,各色的棉袄如一团堆在街道里的花,在飘落的微凉雪花之中,不知道还有从谁的棉袄里飞出来的棉絮。

"对了,陆扬德今天跟我提起个和你有关的事情。"杜军紧着自己的衣领说道。

"能有啥和我有关的事情。"孙少康也紧了紧自己的衣领,风夹带着雪花灌进衣服里的感觉并不令人舒服。

"陆扬德想让你去生产部那边试试,现在的那个似乎不太中用。"杜军低着头说道,漫灌而来的大风让他感觉自己只要略微直起自己的脖子就会窒息。

"让我去试试?"孙少康在一阵大风中喊了起来。

"是啊。陆扬德也说了,你如果干得不错,那就留在那里。如果干得不好,不仅会被撤下来,而且以后也比较难升了。"杜军尽可能简短地表述了陆扬德的意思,呼啸而起的大风着实让他一句话都不想多说。

"我回去想想再说吧,这种事情也不是我现在就能决定的。"

"嗯,我觉得也是,等有空去和李老头说说也好,那个老头还是懂点道理的。"

"是啊。"孙少康的回答及时地将这个话题了结。

两个人回到工厂的时候头发间杂着些许白,双脚刚踏进工厂门卫室里就响了起来,"你们两个有没有给我这个老婆子买点填嘴的?"窗户吱嘎吱嘎地打开,丁妈的半个身子从门卫室伸了出来。

"当然给你买啦,怎么会忘了您呢。"孙少康说着抬起手,两个袋子出现在丁妈的面前。半斤桃酥,半斤瓜子。"可都是您爱吃的哈。"

"哈!我就知道你少康是个好小伙,知道给我这个老婆子买点东西咂巴咂巴嘴儿。那我可就不客气啦!"丁妈一脸欢喜地看着孙少康,将两个袋子接了过去。

"这可都是军哥买的,他不让我说。"孙少康趁着她那半截身子还没有缩回到门卫室的时候连忙凑过去,悄声对她说道。

"行了,少康,快回去干活吧。我去找几个人把电暖气给弄回来,厂里跟外面简直没什么两样了。"杜军猜也猜得出孙少康在和丁妈说些什么,他也是在路过小吃摊的时候才想起来丁妈说起过要给她带些什么。杜军想反正她也是属于后勤部的工人,这点东西买了就买了。他虽然厌恶这个工厂,厌恶陆扬德,厌恶之前的吴闯,但是对他的"自己人",他还是情愿能帮到他们一点的。

孙少康回去工作之后,杜军扒拉了几个人去取电暖气,然后便缩进了自己的办公室里。他盘起双腿坐在办公室里的那张沙发上,只有这样他才能感受到一丝暖意。出去一趟实在把他冻得够呛,尽管他从小就在这里长大,但是这里的冬天对他而言仍旧是一种折磨。

"哎,真是他×的无聊的一天。"杜军用仰天长叹的姿态说道,一根烟填进嘴里,陆扬德给他的食堂的计划书早已忘得一干二净。

对于今天仍旧需要上学的杜秋叶和吴静雯而言,这一天绝对是有趣的。学校每年都会在元旦这天把礼堂的大门打开,把早已准备好的各种节目奉献给师生。这一天一早,各个班级的学生就由老师们排成整齐的队伍,一队队地走进这个平时对他们而言颇为神秘的礼堂,在安排好的位置上一一坐好之后。幕布缓缓拉上,灯光也慢慢地暗下去,这些孩子迎接新年的方式这才开始。幕布在众人屏息凝神的注视中拉开,一群头戴老鼠头饰的孩子活蹦乱跳地从两边跑到台上,惹得大家在一惊之后一阵大笑。

"我觉得咱们两个班的孩子以后会在这个舞台上大放光彩的。"陈嘉伟碰了碰身边的方佳,悄声说道。

"是啊,我们班里那些可爱的孩子们,肯定都十分喜欢这样的表演。"方佳也小声地说道,她望着灯光明亮的舞台,眼前却飘过班上孩子们渴望的神色。

"嗯,我也觉得你们班的孩子可爱一些。"陈嘉伟想起自己和杜秋叶斗智斗勇的情形,不觉有些沮丧地说道。

"我倒是十分喜欢你们班的杜秋叶,还有吴静雯,一对十分可爱的孩子啊。"方佳把身体转向陈嘉伟,微微笑起来的眉眼形成一道好看的弧线。

"是啊,以后应该让他们两个表演一下爷孙,绝对会有意料之外的效果。"陈嘉伟凝视着眼前方佳的面容,那抹了淡淡一层唇膏的双唇让他的心狂跳不止,诱惑着他收起呼吸一点点靠近。

"喂。"方佳赶紧推了陈嘉伟一把,"身后还坐着两个班的学生呢。"方佳掐着陈嘉伟的胳膊说道。

"啊……"陈嘉伟才意识到自己刚才的行为十分不妥,他有些尴尬的挠着自己的脑袋,不知道该说些什么。

"对了,中午一起去吃顿饺子怎么样。"方佳看着陈嘉伟困窘的样子,轻声笑着换了个话题。

"为什么是吃饺子啊。"陈嘉伟说道,两颊上的窘迫尚未褪去。

"因为好吃不过饺子啊!再说我冬至的时候都忘了吃。"方佳两只手拽着自己的耳朵,仿佛那两个小东西会因为冬至没吃饺子真的冻掉一样。

"好啊,那就吃饺子好了,我们下午是不是放假来着?"陈嘉伟说着偷偷捉住方佳的手。

"真是个令人讨厌的家伙。"方佳轻哼着,被紧紧攥住的手却放弃了挣扎,温顺地枕卧在陈嘉伟的手心里。

表演在一个半小时之后结束,礼堂内的孩子们站起来由班主任带领着返回教室。回到教室之后,每个班也开始各自的欢闹,桌子都被拉到教室的两边,原本有些拥挤的教室里空出一个小小的舞台。一时之间,翻跟头的,唱戏曲的,平日里严肃沉静的教学楼传出孩子们清澈的笑音。楼下,最后从礼堂里出来的校长在几个主任的陪同下在教学楼下停住了自己的脚步。

"要不要让他们安静些?"一个主任揣测着校长的脸上的神情,问道。

此言一出,校长的脸绷得更紧了,他深深地吸了一口气之后说道。"玩才是孩子们的天性嘛,知识的灌输不应该湮没孩子们的天性,我们啊,可不要走到教育的误区里去咯。"那个在北风中显得沧桑的身影抬起头看了看教学楼,那双眸子里被岁月打磨得温和而慈爱的目光似乎要穿过每一个教室的窗户,沉静地亲吻那些孩子

教室内,一些老师也参与其中,展现出平时少有的一面。方佳和陈嘉伟正是这样的两位老师,方佳在自己的班里唱起了邓丽君的《甜蜜蜜》,而陈嘉伟则在隔壁唱起了张学友的《吻别》,一些会唱的孩子跟着唱了起来,不会唱的也跟着拍起手掌。吴静雯拍着手掌,偷偷瞟向杜秋叶的目光发现杜秋叶竟然眼带笑意。她还是第一次看见杜秋叶在学校的时候有这样的神情,这种老人们看着孙儿时才有的欣慰和满足。

孩子们稚嫩的唱腔在两个人的带领下变成两条清澈而柔软的溪流,已经走出一段距离的校长也微微笑了起来,他随口也哼着唱了起来,等到耳朵将要失去

这悠扬天籁的时候,他对身边的人问道,"这是那两个新来的老师吧?"

"是的。"一年级的主任应道。校长则没有再说什么,向随行的几位点了点头之后便快步地走向自己的办公室。

中午放学,杜秋叶牵着吴静雯的小手一点点走出校门,校园里的积雪虽然打扫了几遍,但仍旧会让人冷不防地脚下打滑。迎接他们的是吴国忠和方琪,两个人都裹在厚厚的棉袄里,看起来像两个肉馅充实的大号水饺。

"今天开心吗?"吴国忠一把将吴静雯抱上自己的自行车后座,一边帮她紧着衣领一边说道。

"开心,看了很多小朋友表演的节目,老师还带着我们唱歌了呢。"吴静雯毫不遮掩自己的欢喜,有些发红的面容笑起来明亮如一朵春花。

"你呢,秋叶。"方琪看了看走在自己身边没有什么表情的杜秋叶,问道。

"节目十分无聊,歌唱得还行。"杜秋叶不平不淡地说道,方琪苦笑着看了看一旁推着自行车的吴国忠,而吴国忠也略带无奈耸了耸肩。

"对了,你有没有买猪肉啊,今天不早些买猪肉的话,到了傍晚的时候可能就买不到了。"杜秋叶紧着自己的衣领说道。

"你姥姥一大早就出门买好了。"方琪伸出手抚摸着杜秋叶在北风中散乱飘摇的头发,说道。

"那就好。"杜秋叶点了点头,北风呼啸而过,刚出口的几个字都被冻成冰碴摔在地上。

陈嘉伟和方佳送走了所有的孩子之后,一路顶着北风走到李老头的小店里。沿街的小饭馆里坐满了人,只有李老头的这家空空荡荡。

"两位,吃点什么。"睡眼惺忪的李峰把一条脏兮兮的毛巾甩在自己的肩膀上,有些慵懒地招呼道。

"两份水饺,还要二两白酒。"陈嘉伟叉开两根手指,说道。"要不要点了个汤呢,这么冷的天。"他转过身子,问着方佳。

"请问这里有什么汤呢。"方佳扬起头来看着困倦的李老头。

"今天的话,应该只有饺子汤了。"李峰没什么精神地说道,这个小饭馆里没有杜军那一行人,他似乎都提不起做菜的精神。

"那就饺子汤好了。"方佳没等陈嘉伟说话,抢先说道。

"对了,你们能换张桌子吗,这张桌子我答应了别人要为他们留着。"李峰转身朝厨房没走两步,突然转过身来对着陈嘉伟和方佳说道。

"你……"陈嘉伟有些气恼地拍了一下桌子,身体也猛地向上蹿了一下,只是没有站起来罢了。

"没有关系,我们换张桌子就好了。"方佳扯了扯陈嘉伟的衣袖,让他不要动气。

"什么店嘛,竟然只有什么饺子汤。"陈嘉伟换到另一张桌子上仍旧有些恼火和不满,他起码还想请方佳吃得体面一些。

"没有关系,我又不会介意这些,我介意的是和谁一起吃。"方佳满含爱意的双眼看着面前的陈嘉伟,她怎么会不知道陈嘉伟的心思呢。

"那就好……"陈嘉伟有些烦乱地抓着自己乱作一团的头发。

"来来来,我们可好久没好好喝顿酒了。"陈嘉伟的话音还没落,一个大叫的声音便闯入了店内,杜军一行人走进了店里。

"李老头,好酒好菜,今天人可都来全了。"杜军的大嗓门一扬开,吓得厨房里的李峰差点一菜刀剁在自己的手上。

"你个龟孙还知道来啊。"李峰走出厨房大骂道,当他看到李丘的时候,不觉愣了一愣。

"哥。"李丘低低地叫了一声,垂下的脑袋像是要嵌进自己的胸口。

"得了冠军也不知道过来看看,坐吧。"李峰摆了摆手,说道。

那张熟悉的桌子很快坐满了熟悉的人,杜军、吴国忠、李丘、孙少康还有刘秋婷,在杜军的印象里还是第一次有这么多的人呢。李峰的精神似乎因为这些人的到来好了许多,一双原本填满了困倦的眼睛此刻闪烁着星辰般灿亮的光,连跑向厨房的身影似乎都轻快了许多。

"原来就是给这些工人们留的座位啊,我还以为是什么大人物呢。"陈嘉伟闷闷地哼了一句。

"你先别说话,我好像看见……"方佳说着轻轻地拍了一下陈嘉伟,她从杜军一进门就看着他,总觉得这个身影和脑海中某个模糊的印象在缓慢地重合。

"姐夫?"方佳有些犹豫地站起身来,对正在谈笑的杜军叫道。

一桌人瞬间安静下来,杜军手里夹着刚刚点上的烟望着方佳,半晌之后才迟疑地说道,"佳佳?"

"哈,姐夫,你怎么在这里啊。"方佳兴奋地说道。

"我怎么在这儿?这里可是我的大本营啊。"杜军大笑起来,看了一眼方佳身边的陈嘉伟之后,又叫了起来,"这不是秋叶的班主任吗?佳佳,你这是找了个当老师的男朋友?"

一桌人加上陈嘉伟目瞪口呆地看着杜军和方佳,仿佛这两个人在说外国话。

杜军的一番话让方佳红了脸,声音也变得细如蚊蝇,"其实我也是在当老师。"

"是嘛!"杜军的语气像是发现了一座金山,他扬起的大巴掌重重地拍在孙少康的脑袋上,惹得他欧呦一声叫了起来。"那就一起过来坐吧,这都是一家人了。"杜军挥舞着双手招呼道。

"好啊,只要姐夫不嫌弃的话。"方佳拽了拽身边陈嘉伟的胳,脸上孩子般灿烂地笑着。

"说什么呢,快带着那个什么……"杜军的目光落在陈嘉伟脸上的时候突然塞住,一双手凌乱的比画着。

"连襟啊,没文化真可怕。"坐在杜军的身边的李丘小声嘀咕道,惹得一桌人都轻声笑了起来。

陈嘉伟硬是被方佳扯到了杜军那一桌上坐下,刚毕业不久的他显然不太适应这样的场面,一张清秀的脸憋得通红。

"别紧张,我们虽然都是工人,啊,也就是粗人,但大家坐在一起吃饭喝酒,为了开心,又不是胡闹。你想吃什么就夹,想喝就把杯子举起来,啊,自在点。"杜军为这两个人加了两张椅子,坐下的时候拍着陈嘉伟的肩膀说道。

"嗯,好。谢谢,我不太会抽烟……"陈嘉伟刚应着杜军,孙少康已经把手里的烟递了过来。

"好啦,姐夫,你别欺负他了。"方佳坐在另一边拍着杜军。

"我哪敢啊。"杜军皱起鼻子,身体向后倒去。"这可是秋叶的班主任,还是我的连襟,对吧?"杜军说着看向了一旁的李丘。

"其实叫妹夫就行,没想到你个龟孙竟然还听见了。"李丘嘴里嚼着菜,模糊不清地说道。一桌人这个时候都大笑起来,就连陈嘉伟的脸上也有了几道松懈的笑纹。

酒过三巡,大家的兴致都慢慢地高了起来,只有这么一桌人吃饭的小酒馆却热闹得像是挤满了人的集市。

"给我一支烟吧,大学毕业了之后,还真是有好久没有抽了啊。"陈嘉伟仍旧带着几分羞怯,不过展开的手掌已经伸到了孙少康的面前,孙少康自然不会吝啬。烟递到陈嘉伟的手里,身子俯过半张桌子为他点上。

"对了,下午去见见你姐姐吧,你们可是好久没有见了吧,顺便带上我的……我的连襟!"杜军重重地说出最后两个字。他看着自己身旁的方佳,越发感觉她比自己和方琪结婚的时候漂亮了不少,每一个神情、每一个动作都带着方琪年轻时候的影子。

"好啊,毕业之后,我还没有见过姐姐还有爸妈呢。"方佳举起杯子小小地抿了一口,高兴地说道。自从方琪结婚以来,她自己一个人在外面上学,只有不多的时候才会回家看看。毕业之后,与家里的人变得更加疏远。

"好,那就这么说定了。"杜军兴奋地将手里的酒杯在桌面上砸了一下,"来,我们庆祝新年吧。别管他×的是阴历的还是阳历的,都把杯子给老子举起来。"杜军似乎和屋外的北风比赛着嗓音,一番话说完,一下子脸红到脖子。一桌人纷纷举起杯来,抬头将酒大口地灌入。

"啊哈,真是痛快啊。"杜军大声喊道,火辣的感觉如一片流动的火焰,顺着喉咙一路烧到身体的深处。

屋外的风猖獗地扫荡着街道,屋内却是热闹非凡,一桌人举杯畅饮。起初还有些羞怯的陈嘉伟这会儿搂着杜军的肩头,嘴里说着天南地北的胡话。方佳看着他的样子,时而紧了眉头,时而掩嘴偷笑。

旧的一年过去了啊,这县城的每一条街道虽然此刻被大风鞭笞着,可每一个小小的窗户里都燃着这样一团温和的火,煨烤着每一个人疲惫的身体和幸福的心。

酒后,方佳和陈嘉伟依着杜军的意思来到了杜军的家里。走到门口的时候,有些醉醺醺的陈嘉伟却突然清醒了起来,他脚往地上一跺,似乎要嵌进水泥和混凝土里。

"这是不是有点唐突啊。"他看了看方佳,又看了看杜军。

"啥叫唐突?"杜军瞪起一双眼睛,问道。

"就是太突然了。"方佳也把脚步停下来,对杜军解释道。

"没关系的,来。你听你连襟,就是你姐夫一句话,你要是想娶方佳进门,这一关是不是总要过的?"杜军一把搂住陈嘉伟的肩头,浓重的酒气像海风一般扑到陈嘉伟的脸上。

"是。"陈嘉伟捣蒜一般点着自己的头。

"那我再问你,你想不想娶方佳?"杜军把陈嘉伟的身子转了一圈,让他面对着方佳,两个人四目相对,方佳笑意盈盈地看着他。

"想。"陈嘉伟的喉头动了动,说道。

"那这个事情有什么唐突的,你说对不?"杜军又把陈嘉伟的身体转回来,盯着他问道。

陈嘉伟抬起头来看了一会儿杜军,然后像吐出一颗巨大的石子一样慢慢说道,"对。"

"那这个事情不就成了,走吧,我们上楼。"杜军说着松开了自己的胳膊,这个时候是应该让眼前的这个年轻人自己做决定的时候。话都说到了这个份上,如果陈嘉伟还是犹豫不定的话,那杜军也不好再说什么了。

"几楼?"陈嘉伟说道,他看向杜军的目光前所未有的坚定。

"再上一层就好了。"杜军轻松地笑了起来。陈嘉伟身后的方佳则换上了一副得胜般骄傲的神情,对着杜军毫不吝啬地炫耀着。

推开家门,投过来的目光都带着几分讶异的神色,他们不知道杜军的身后怎么会多了两个人。

"这是……"手里捏着两个茶杯的方琪正好站在门口的位置,她一脸迷惑地看着杜军。

"姐……"方佳看着方琪瘦削单薄的样子,出口的一声呼唤不觉颤抖起来。

"你是……佳佳?"方琪说着,拿着茶杯的双手都不自觉地摇动起来,水星星点点的溅出来。杜军见状,赶紧走过去从她的手里接过两个杯子,朝坐在沙发上的两位老人走去。

"是啊,姐,你怎么都这么瘦了。"方佳扑过去将姐姐抱住,抚摸着她后背的手掌感受着那真切的瘦削,心里的酸涩一点点漾涨上升。

"这是你的男朋友吧。"方琪在方佳将自己稍稍松开的时候问道。

"啊,是。"方琪跳到陈嘉伟的身后,一把将他推到了方琪的面前。

"啊……对……我是佳佳的男朋友,还是……秋叶的……班主任。"陈嘉伟的脸又一下子红到了脖子根,说起话来也尽是磕绊。

"还说什么班主任啊。真是快要笨死了。"方佳轻笑着捶打陈嘉伟的后背,弄得陈嘉伟把头都不好意思地垂了下去。

"谁来了?"两位老人闻声而来,如同屋外的风一般从杜军的身边呼啸而过,差点将结实的杜军掀倒在地。

"妈,是佳佳,都进来坐吧,别站着了。"方琪往后腾了几步好让两人进屋。方佳拥着陈嘉伟慢慢地向屋内走去。

年老的母亲先冲到门口,昏花的双眼潮湿地看着眼前这个高挑年轻的姑娘,佝偻的身体像风中的一株树一般摇摆着。

"妈!"方佳有些失声地喊道。她扑到母亲的怀里,含在眼里的湿热终于凝成泪滴扑簌扑簌地落了下来。

"你这孩子,怎么都不知道回家看看我们!"苍老的手掌一遍遍地抚摸着方佳的后背,两条手臂像绳索一样紧紧地缠住方佳,不愿放开。

"好啦,老婆子,让孩子们先进屋吧。"随后走来的父亲轻轻地拍着母亲的后背说道。

"好好好,都快进屋,快进屋吧。"

待大家都落座,杜军把陈嘉伟介绍完之后,方琪一家人的情绪才稍稍平复一些。两位老人则立刻换上了一副严肃的样子,审视的目光透过老花镜嵌在了陈嘉伟的脸上,时而隐蔽地显露出几道笑纹,时而拧起眉头皱起嘴角。

"两个老师怎么来了。"带着几分困意的杜秋叶揉着双眼,打着一个巨大的哈欠说道。屋外的响动让他从自己的小堡垒里钻了出来。他的嗓音变得纯净稚嫩,让陈嘉伟和方佳都不觉瞪大了眼睛。

"这孩子一会儿一个样儿,指不定回头又管我叫儿子了。"杜军看到陈嘉伟和方佳的样子连忙解释道,同时有些不好意思地搔了搔头。

"那他现在是?"方佳对着杜秋叶招了招手,杜秋叶却有些害怕地后退了两步,缩在墙后面只露出半个小脑袋,露出一只明澈的眼睛不时眨着。

"正常。"杜军颇为无奈地说道,尤其是在自己岳父母面前。

"那怎么不过来呢?秋叶,过来呀,我是你的数学老师啊。这是你的语文老师,你们上午不是一起唱歌了吗?"方佳轻轻地招着手,脸上的微笑让陈嘉伟都快要醉倒。可杜秋叶却不吃这套,小小的身躯仍旧缩在墙后,明澈的眼睛扑闪扑闪的亮着光。

陈嘉伟这个时候突然唱起了《吻别》,洪亮的嗓音吓了几人一跳。两位老人有些不满地看向他,双耳却不知不觉地被那深沉的嗓音和忧郁的旋律俘虏。杜秋叶也慢慢地把身子从墙后面挪出来,双手随着旋律打着拍子,慢慢地走了过来。

"哈哈,捉到你了吧。"方佳一把抱住了在面前走过的杜秋叶,正好陈嘉伟的歌声也慢慢低了下来,在方佳把杜秋叶抱到身上的时候稳稳收住。

"老师,你怎么来了啊,我是不是在学校里惹你和陈老师生气了。"杜秋叶明净的双眼里带着几分怯弱,两片薄薄的嘴唇嗫嚅着说道。

"秋叶才没有让我们生气呢,我和陈老师都很喜欢秋叶呢。"方佳揉着杜秋叶头上乱蓬蓬的头发,语气温甜如蜜。

"秋叶,你记好了,这是你的小姨,这个呢,是你未来的小姨夫。"杜军喝了口茶,清了清嗓子说道。

"嗯,我记好了。"在方佳怀里蜷作一团的杜秋叶应道。

两位老人责难的目光这个时候也变得温和了许多,他们虽然老了,但仍旧相信自己的眼光。坐在自己对面的那个清秀的小伙子,已经让他们感到满足。

在厨房里忙碌了许久的方琪终于将所有的准备工作都做好,一家人纷纷投入到包饺子的工作当中里。杜军也挽起袖子,摆出一副认真严肃的样子,走到了餐桌上擀起皮来。只可惜他的水平和杜秋叶相差无几,一番徒劳无功之后,他索性和杜秋叶在一旁玩了起来。相比之下,陈嘉伟就比他熟练了许多,均匀切开的面团被他逐一拍扁,掌心摁住擀面杖飞快地滚动着,不一会儿,面板上就铺满了椭圆的面皮。

"手艺不错啊,中间厚,边上薄。"和方佳方琪一起负责包的母亲对陈嘉伟擀出来饺子皮赞不绝口,目光也不停地在陈嘉伟和方佳的脸上来来回回。

"阿姨过奖了。只是原来包过几次而已。"陈嘉伟羞得头都抬不起来,说话的声音细如蚊蝇。

"妈,你就好好包吧。"方佳伴嗔道。

"看看我这个闺女啊,这还没结婚呢,这就说不得了。"母亲脸上带着夸大的不满,仿佛受了天大的委屈,笑意却已经在嘴边泛滥开来。

"妈!说啥呢!"方佳放下手里还没包好的饺子,一双手轻轻地拍打着母亲。

"欧呦,你手上都是面。去去去,都多大年纪了还跟个小孩一样。"布满皱纹的双手挥舞起来,和方佳闹作一团。

晚饭,丰盛的饺子和温热的酒,欢愉和幸福的面容在灯光中熠熠闪亮。杜军感到巨大的醉意将自己捆绑,他无力挣扎,也无心挣扎,只要每一个醉酒的夜晚都让他感到这样的快乐就好。两个老人拉着自己的两个女儿絮絮不止,时而擦着滚动的泪水,时而因为笑意将脸上的皱纹全部舒张。

整个县城慢慢在黑暗中沉没,屋内的交谈逐渐变成低声的絮语被风声掩盖,燃烧的香烟变成了夜色中一颗红色的痣。杜军在众人全都睡去的时候还站在窗前,一年中最为崭新的一天就这样一点点漫过杜军的身体。他望了望窗外,一些大醉的人如同在黑色的海里站着游泳,他笑了笑。摇晃的脚步走到沙发旁边,摔倒一般重重地倒在了沙发上。

21.

翌日,懒散又回到工厂和学校,工人们不时还打出带着昨夜酒菜味道的响嗝。坐在办公室里的杜军也有些晕眩。他这个时候记起小魏昨天送来的茶叶,沏了一杯之后便一边犯困一边翻着报纸。报纸也是陆扬德昨天决定订的,他给每个办公室都订了一年的报纸,希望工厂的管理层能关注一下时事。只不过大部分人都像杜军一样,把陆扬德的良苦用心当做了一种难得的消遣。

陆扬德在办公室里看着报纸的时候,孙少康敲响了他办公室的门。

"请进。"陆扬德将摊开的报纸合拢,不知道谁这么早就会来找自己。孙少康推开了门,进门之后却有些不知所措。

"随便坐就好。"陆扬德看见孙少康觉得十分意外,他本以为无论是接受或者拒绝,再来这里的人都应该是杜军。

"军哥把您让我考虑的事情跟我说过了。"孙少康听到陆扬德那么说,自然也不会客气,在沙发上很随意地坐了下来。

"嗯,那你自己是什么想法呢。"陆扬德双手握着水杯,饶有兴致地看着对面的孙少康。

"既然您给我这个机会,我自然不会觉得我做不好。"

"你这么有信心自然是一件好事,但是我不知道你是否做好了准备,这个位置十分重要,可不像杜军那个位置那么举重若轻。"陆扬德双手紧紧握着水杯,他可不想在这件事上有半点马虎。一个工厂,生产部的部长在近半年的时间里竟然一直没能有一个令众人信服、令自己信赖的人出现,怎么能不让现在的陆扬德格外慎重。

"我相信我能做好。"孙少康说完便起身,拉开办公室的门就要离开。

"你等等。"陆扬德叫住孙少康。"杜军和你说过这里面的利弊没有。"

"军哥跟我说了,我很清楚。"孙少康淡淡地说道,似乎谈论的事情与自己毫无关联。

"那就好,我会马上开会商量这件事情的。"陆扬德喝了口茶,双眼望向窗外。

孙少康也退出门去。

孙少康出门之后,陆扬德点起一支烟来静静地抽起来。他没有想到孙少康会这么快就做出了决定。一支烟燃完,陆扬德拉开了办公室的门,把小魏叫进了屋里。

"通知一下。"陆扬德说着看了一眼墙上的钟表,"十点钟在会议室开个会,生产部的就先不用通知了。"

"好的,陆总,还有什么别的事情吗?小魏躬着身子,问道。

"暂时没别的事情了。"陆扬德摆了摆手,示意小魏让他独自待一会儿。小魏很快出了屋子,将消息传递给各个办公室,当然,这并不包括生产部。陆扬德在小魏离开之后揉着自己的太阳穴,他感觉自己似乎疏漏了什么,这个决定似乎有些鲁莽。从某个层面上说,陆扬德有一种给自己埋了一个隐患的感觉,他之前忽视了杜军和孙少康的关系有多么亲密。诚然,如果只从效益的角度上考虑,扶孙少康上来或许是一个不错的选择,但是一个杜军对陆扬德而言已经够难受的了,他可不想这两个人在各自执掌一个部门之后联合起来对付自己。

表针很快奔跑到十点钟,杜军打着盹被小魏叫醒,只得晕晕沉沉地夹着桌上的报纸走向了会议室。会议室里早已坐满了人,众人似乎已经习惯每次开会都等上杜军一段时间,以至于杜军进来的时候没有任何不好意思的感觉,反而十分自在地坐到了自己座位上。陆扬德瞪了他一眼,也不好再说什么,只得清了清嗓子,开始开会。

"过去的几个月里,相信大家和我一样关心生产部的人员调动,这是直接关系着工厂效益的一个部门,它的重要性我相信无须赘言。现在,这个临时的生产部在工作能力上显然不能让大家满意,所以我有个想法,想让孙少康来这个位置上试试,不知道大家意向如何。"陆扬德说完,屋内一片寂静,只有杜军翻动报纸的声音沙沙作响。

"为什么看上了孙少康呢。"一个声音从角落里钻了出来,杜军从报纸后瞥了一眼,也没有看清楚是谁。

"这个问题就比较简单了,我主要看中的是他的领导能力。我们的生产部不缺少别的,只缺少一个在经历了这么多事情之后,仍旧能把大家团结在一起的领导。"陆扬德说到这里一如往常地顿了顿,接着继续说下去,"去年篮球比赛的事情你们或许没有上心,但是其中的许多事情我是知道的。孙少康能在那么短的时间里把大家团结起来,并且在吴闯那件事发生之后仍旧保持了很好的比赛心态,这些应该足够说明他有领导好一个部门的潜质。"陆扬德言毕,手端起茶杯来小小地抿了一口,滋润了一下有些发干的喉咙。

"孙少康的能力是强出别的工人许多,而且也有大专的学历,但是对于部长这个位置来说,是不是有些过于年轻了。"又一个声音从会议室的边角里钻出来,杜军十分不耐烦地翻了一下报纸,发出哗啦哗啦的响动。

陆扬德撇了杜军一眼,放下茶杯说道,"能力是解决现在问题的关键,之前上任的吴闯也没比孙少康大了多少,所以我觉得年龄应该不是太大的问题。你们觉得呢?"陆扬德说道。

"既然大家都没有什么意见要说了,那我们现在就举手表决一下吧。"陆扬德说着将手举了起来,其他的人也纷纷将手举了起来,整个会议室里瞬间长出来一片稀疏的树林。

"那这件事情我们就这样,小魏。"陆扬德把秘书叫到身边,小魏走到陆扬德的身边俯下身去,陆扬德说完之后,小魏点了点之后,便又站到了一边去。

"好,新的一年,希望大家一如既往地认真工作,没有别的事情那就散会吧。"陆扬德说着,椅子和地面摩擦的声音便迫不及待地响了起来。"杜军你留一下。"刚卷起报纸准备起身的杜军只好苦着一张脸又坐了下来。

"昨天给你的那个食堂的计划看了没有。"等到其余人都离开之后,陆扬德问道。

"啥?"杜军将手里的报纸一合,一无所知地看着陆扬德。

"我就知道。昨天不是给了你一份建个食堂的计划吗,你这几天多出去跑跑,看看这大概要花多少钱。争取早点把这个东西报上去。"陆扬德手指敲着桌子,说道。

"嗯,可以啊。"杜军迷迷糊糊的支吾了一句,其实他都不知道去哪儿打听这些事情。

"那就行,这几天就先辛苦你了。把预算都计算好了之后记得拿给我。"陆扬德满意地站起身来,朝着会议室外走去。其实,他只不过是把杜军支出去几天,好看看孙少康上任之后能不能在前几天里处理好生产部的人际关系。这种时候,人人都有些忌惮的杜军还是不在工厂里比较好。

小魏跟着陆扬德出了门之后,杜军也晃晃悠悠地回到了自己的办公室,他把昨天刚买来的电暖气接上电放到自己的身边,咕哝着骂道,"他×的,刚买回来就让老子出去挨冻。"骂完之后两眼一合,呼噜声逐渐响亮起来。

孙少康和刘秋婷可没有想到新年第二天的电影院会挤满了人,当两人手里拿着票艰难地挤进大门,便不约而同地抱怨起来。他们在人群中艰难地找到了自己的座位,买了些果丹皮和青豆之类的零食,便像往常一般开始谈天说地。对于这两人而言,这样的时间并不多,刘秋婷的夜班逐渐加多,孙少康白天又无法从工厂脱身。两个人聊了许久的天,电影却迟迟没有开始,只有人还在不断地涌入。孙少康要不是看了一眼手表,还不会发现电影开演的时间已经过了半个小时。

"哎,请问一下……"孙少康刚对一个过路的工作人员招呼道,电影院内的灯光却一下子全都熄灭了。"他×的……"一句询问的话最终换了个方式结尾。

"算了,我们看电影吧。"一旁的刘秋婷扯了扯孙少康,轰隆隆的声响正从劣质的音响中奔袭而来。

"嗯,只是电影院里什么时候都开始售站票了。"孙少康还是有些不满,本就算不上宽敞的电影院里还站了不少人,即便把视线移到前面的电影上还是感觉有一大片鬼影糊在了四周的墙壁上。

"好啦,既然来了就好好看电影吧,人家可能也只是想多赚一些罢了。"刘秋婷剥开一个果丹皮的塑料纸,放到孙少康的嘴边。

"嗯,说得也是。"孙少康一边嚼着嘴里的果丹皮,一边模糊地应着。

"少康?"前座突然将头转了过来,在一片昏黑中有些犹豫地说道。孙少康定睛一看,发现坐在前面的正是一起吃过饭的陈嘉伟。"这么巧啊,你们也来看电影了。"孙少康连忙应道,旁边的那个只看个轮廓就猜得出是方佳,她的身影总是给人一种独特的感觉。

"是啊,没想到今天的环境这么恶劣。"陈嘉伟似乎也对电影院里这众多的人颇有不满,眉毛鼻子在黑暗中拧作一团。

"对了,我们这里有些零食,你们要不要来一些。"方佳这个时候也把身子转过来,手里拎着一个小小的塑料袋问道。

"不用了,我们这里也买了一些。"刘秋婷拎起手里的袋子摇了摇说道。

"好,那我们先看电影吧。"陈嘉伟说着将身子转了回去,孙少康得以和刘秋婷继续看电影。今天放映的是去年八月份上映的《百变星君》,周星驰主演的电影总能让人捧腹大笑,暂时地忘却生活中的琐碎和烦闷。孙少康看着电影,慢慢地也就忘了身边拥挤的人群。

轻松的时间总是倏忽而过,当所有观众眼中的周星驰在爆炸中变成一个老太婆的时候,电影院中的灯也慢慢亮了起来。抱怨的声音由细碎逐渐变得庞大,显然电影还没有结束呢,大家都不满为什么在这个时候灯就亮了起来。陈嘉伟叹了口气,在抱怨中看完电影无论如何都算不上开心,更何况还要在人群中挤出电影院。

冬天的深夜在寒冷之中给人一种视觉上的温暖,街灯摇晃着昏黄的光亮,尚未消融的雪上落下柔软的影子,所有的嘈杂也变得安静,柔和。

"晚上可真冷啊。"孙少康紧着身上的衣服,替刘秋婷缠好刚刚送给她的新围巾。

"是啊,这个时候要是能喝两杯就好了。"陈嘉伟不知道什么时候出现在孙少康的身边,他也紧着身上的衣服,清秀的五官被夜风吹得都皱了起来。

"哈,你们竟然出来得这么快,还以为你们要在人群中挣扎一番呢。"孙少康听到陈嘉伟的声音有些惊讶地抬起头来。他可没想到坐在自己前面一排的陈嘉伟竟然能紧随自己之后出来,这个电影院的门开在所有的座位之后,就今天的这个人数,孙少康可不觉得轻松。

"也是被人挤出来的。时候不早了,我们明天还都有课,先回去了。"陈嘉伟帮方佳缠上围巾之后说道。

"好,有空一起喝两杯。"孙少康朝他挥了挥手,目送两人渐渐走远。

"我们也回去吧,时间也不早了。"刘秋婷缠上孙少康的胳膊,撒娇似的说道。

"嗯,走吧。"孙少康摸了摸刘秋婷的头发,两双脚踩上硬邦邦的路面,在风里一步步走去。孙少康和陈嘉伟在回去的路上都感到一种萦绕在身的感觉。即便是杜军,也没有让他们产生过这样的感觉,杜军虽然令人尊重却粗鄙,而这两个人之间,却有着一种自发的向往,本能地想要互相靠近。

把方佳送到宿舍楼之下的时候,陈嘉伟忍不住问道,"你觉得孙少康是个怎么样的人呢。"他的目光蔓延到方佳的身后,仿佛在一团漆黑中寻找着答案。

"是个很像姐夫的人,但是最后应该不会变成姐夫。"方佳想了想,说道。

"他总是让我想起我上大学的那段日子呢。"陈嘉伟眯着双眼呢喃说道,回忆像是瞬间笼盖在他的眼前,让他难以抽身离开。

"你是不是还要给我讲讲你那个时候的感情史呢。"方佳笑眯眯地看着眼前一脸怀念的陈嘉伟,手掌变成一只犀利的小钳子掐上杜军的胳膊。

"是啊,等有空的时候好好对你讲讲吧。"陈嘉伟带着怀念的神情陷入被北风吹来的回忆当中。

"你还要对我好好讲讲,说,有几个!"方佳伸出去的小钳子绞住陈嘉伟胳膊上的一块肉,用力地拧起来。

"没有啦。我是要对你讲讲我勤工俭学的日子。"胳膊上传来的剧痛让陈嘉伟瞬间从回忆中醒了过来。他一边跳,一边甩动胳膊,这才让方佳的小手脱离了自己的胳膊。

"今天就先放你一马。"方佳跺了跺脚,佯嗔了一句之后便迈着大步走进了自己的宿舍楼。

"女人的心思啊……"陈嘉伟呆呆地望着方佳的背影,颇为苦恼地搔了搔头,单薄的身影慢慢地消失在北风中。

翌日,杜军起得比往常迟了许多,自从陆扬德昨天给他指派了任务之后,他整个人都放松了许多。直到方琪来催他,他才带着一身睡意从床上爬起来,十分不情愿地穿上衣服,一头钻进了厕所里。

"军子,都这个点儿了,你咋还在家里嘞。"在客厅里吃完早饭开始喝茶的老丈人问道。

"这几天厂里没啥事,不用去得太早。"杜军一边洗着脸,一边模糊地应道。

"哦,那也别去得太晚了,好歹也是个领导了,别弄得影响不好。"倚着椅背的老丈人说着,手里的手杖带着催促的意味在地上敲了两下。

"嗯,知道了。"杜军说完赶紧把牙刷捅进自己的嘴里,心里却骂道,"他×的哪个领导这么冷的天还得在外面待着。"

杜军被他老丈人的几句话说得无比烦躁,想在家里多磨叽一些时间却总感觉后背被一双老辣的眼盯着,他草草地吃完了早餐,将衣服胡乱地套在身上,逃一般地跑出了家门。临出门的时候他对厨房里的方琪喊道,"中午可能不回来吃饭了,我要去车站那边。"说完,杜军赶紧把门关上,把方琪的回应和老丈人的目光一并关在门的另一边。

刚出楼洞杜军就被一阵咆哮而过的北风吹得打了个哆嗦,车站并不算太远,只是走着去的话未免太冷了。杜军在出租车和公交车之间犹豫了一番,最后哆哆嗦嗦地走向了最近的公交站点。他倒不是心疼花钱,而是不想太快结束这份差事,工厂外面虽然冷了许多,但对他而言,总比在工厂中无所事事好了许多。

上车之后,杜军找了个靠窗的位置坐了下来,没有比靠窗的位置更适合一个昏昏欲睡的人了。杜军刚一坐下,脑袋一歪就打起盹来。

工厂里,小魏刚去了趟王书记那边,把书记的签名带了回来。陆扬德看着签好名的文件抽起烟来,在快要抽完的时候对小魏说道,"让大家开个会吧,就现在,这次叫上生产部的还有孙少康。"秘书点了点头,恭敬地退了出去。不一会儿,办公室里便坐满了人,唯独看不见杜军的影子。

"杜军不来了吗?"陆扬德刚坐下,旁边就有人问道。

"啊,我让他这几天去弄一下食堂的事情,今天应该是不来厂里了。"陆扬德说着,从容而坐。

"哦,这样啊。"传来的回复没有太多的情绪。

"好了,大家安静点,这个会争取速战速决。"陆扬德一开口,会议室内各样的声音都慢慢隐没。"昨天我们讨论了由孙少康同志暂管生产部的事宜,如果我没有记错的话应该是全票通过。今天呢,王书记也同意了这个提议。所以,孙少康从现在开始正式负责生产部的所有事宜,希望他在新的岗位上一样吃苦耐劳,兢兢业业。我们同时也感谢现任部长在临危受命的这段时间里为工厂的付出。"

孙少康和他将接替的那个人此时一并站了起来,面朝陆扬德鞠了一躬。

"嗯。"陆扬德的喉咙里发出满意的声响,"你们大家互相认识一下吧。"他说道。几个部门的负责人逐一起身向孙少康介绍一番自己和自己所管理的部门。孙少康也微笑着对他们逐一点头,他尽可能地显出谦逊和尊重。他明白现在坐在桌边和颜悦色的这些人,并不好对付。等到一番介绍结束之后,陆扬德也散了会,孙少康直接去交接生产部的工作。

生产部的办公室里,一些私人的文件和随身物品被挑拣出来,秘书小魏则帮孙少康整理着桌面上的文件,孙少康心里的忐忑在收拾的过程中一点点平复下来。应该也没有什么难的吧。他心里不安着,将手里的一叠资料分类塞进了桌子的各个抽屉里。

杜军下车的时候,连着阴沉了好几天的天空中竟然变得一片晴朗,太阳仿佛憋足了力气,才敢在这样寒冷的天气中露一次面。

"这个天气还是蛮照顾我的。"杜军抬头看了看那颗大太阳,颇为感激地嘀咕道。

车站对于杜军而言是一个无比陌生的地方,他在县城里长到这个年纪还从来没有出去过。他看着背着大小包袱来来往往的人群,甚至感到有些慌乱。

"哎,哥,搞建筑的兄弟一般都在哪儿歇着?"杜军没走几步,看到一个年纪比自己稍大的男人靠在一个报刊亭边上,便上去拍了拍肩膀问道。

"啥?俺就是搞建筑的,你是盖房子还是装修啊?"男人说着将身边的一块木板转了过来,上面用红漆抹了四个勉强可以分辨的大字"盖房,装修"。

"兄弟我眼神不好。我是盖房,不过不是盖咱家里人住的那种房子,是弄个食堂,给厂子里的工人弄饭吃。"杜军双手比画着。

"不是在山上弄房子,是在县城里弄?"那个男人有些狐疑地看着面前的杜军,呼啸的北风无法吹散他身上搅拌在一起的汗臭和土腥味。

"昂。"杜军应了一声,他不知道在山上和在城里有啥区别。

"算球,你去找那个四眼问问,就是那边那个,长得像个娘儿们,戴个小眼镜。"男人不耐烦地抬起手指了指。杜军顺着他指的方向走了两步,很简单地就找到了那个男人所说的长得像娘们的人。

"你……您好。"杜军一眼过去就看见了那个人夹在棉袄里面的白衬衫的领子,说起话来不觉客气了一些。

"你好,请问有什么可以帮忙的吗?"

"嗯,我们厂子要建个食堂,你们能成不。"杜军望了望这年轻人身旁的众人。

"在城里弄?"疑惑的目光和询问的神情。

"是,这和山上有啥区别吗。"杜军忍不住问道。

"老板你这就有所不知了,我们过来说吧。"年轻人说着朝一旁挪了几步,在墙和报刊亭之间的空隙处停了下来。

"有客?"里面一个苍老有力的声音响了起来。

"叔,不然你先出来一下?"

"成。"一个含着烟袋的佝偻身影慢悠悠地从里面晃出来。

"这是?"杜军显然没明白他的用意,有些不解地看着那个戴眼镜的年轻人。

"进去说吧,里面风小,这是我们专门待客的地方。"年轻人说着便率先走了进去,促狭的空间里摆着两张小马扎,一块丑陋的大石头勉强地当作一张桌子。

"地方挑得不错。"杜军紧随其后,走了进去。

"你们要弄个食堂对吧,这个,批准了吗?"年轻人搓着自己皲裂的双手,问道。

"自然是批准了,我们是国有企业。不可能乱搞的。"杜军盯着年轻人那张苍白的脸,说道。

"那就行,图纸带在身上了吗,哥?"年轻人身子动了动,手紧着身上的衣服。

"一直带在身上呢,不知道你要看哪一个?"杜军一把将怀里夹着的资料都抽了出来,他也不知道用得着哪个,干脆出门的时候就一起揣进了怀里。

"我来看看吧。"年轻人接过杜军手里卷成一捆的资料,有些兴奋地翻看了起来。

杜军坐在一边看着这个年轻人,总觉得他和孙少康有些相似的地方,却又无法准确地言明哪里相似。他这张清秀的脸在一群建筑工人之间显得有些扎眼,纤细的体型飘摇地像一根树枝,还有那件躲在棉袄之后的白衬衫。杜军不禁猜测,眼前的这个年轻人曾经也有过一段指点江山的日子。

"打算什么时候开工呢。现在这天儿可不好弄,而且还有一个来月就过年了。"年轻人翻弄着杜军给他的资料,说话的时候头都没抬。

"开春吧,怎么也得三四月份了。"杜军想了想陆扬德跟自己说的时间,说道。

"成,这个活儿我们接了,这个能不能先留在我这儿,我好估个价儿。"年轻人说着,从那一叠资料中抽出来一张比较全面的图纸,把剩下的都递到了杜军的身前。

"成,你啥时候能估好价,我再来找你。"杜军把年轻人还回来的资料卷成之前的样子,塞进大衣里。

"怎么也得三四天吧,有些地方我还得去跑一跑。"年轻人注意力集中在图纸上,一丝不苟地说道。

"对了,你叫什么?还有啊,你们就这些人,是不是不太够用啊。"杜军也不知道自己为何这样问道。

"陈木,这一片的人都认识我。"年轻人抬起目光来,似乎很疑惑杜军为什么突然问起这个。"您放心,我们在市里是有公司的,叫做木晟建筑,资质齐全。我们在这儿是为了方便接一些县城里的活儿。真干起来活的话,人绝对够用的。这个东西,我也不会带着它跑的,又不值什么钱。"他抓起那份图纸甩了甩。

"我没有那种意思。"杜军连忙说道。

"那,哥,您贵姓?"陈木伸出自己的手。

"杜,杜军。"杜军冻得嘴唇直打哆嗦,他伸出了自己软绵绵的手,两只手懒散地握了握,杜军和陈木都感觉这是一种形式的多余。两个人就势起身,从这个简陋的避风港向外走去。

"对了,你怎么没有上学了,看你的样子,至少也是个大专吧?"在将要走出去的时候,杜军还是没有忍住地问道。

"没意思,不想上了。"陈木的脸一下子沉了下来,之前的那股兴奋劲儿被瞬间席卷而来的阴翳笼盖。杜军没再说什么,他心里大概猜出了几分,虽然有些心疼这个年轻人,但是杜军并不觉得自己能为他做些什么,反而倒是该为自己此刻叫个不停的肚子做些什么。杜军在车站周边众多的饭馆中挑花了眼,最终选了一间店内只放了四张桌子的包子铺。

"老板,来八个肉包子,半斤的二锅头。"杜军一进去就吆喝了起来,几个坐在一旁吃着的人漫不经心地抬起头来瞅了一眼杜军。

"他×的,还是屋里暖和啊。"杜军一边搓着双手一边四下打量着这家简陋的包子店。小小的空间里挤下了四张桌子和一个柜台,柜台的旁边就是厨房,叮叮当当的声响不时从里面传出来。白漆的墙面已经泛黄,还有一些浓烈的污渍零星分布着,几道裂纹歪歪曲曲地一直延伸到屋顶,杜军的目光向屋顶望去,生怕一会儿头上的砖全都呼啦呼啦的掉下来。

"房子虽然老了,但是手艺还在。"走到杜军身边的是一个上了年纪的老妇,她把托盘里的东西逐一放在杜军的面前,说道。"您的八个肉包子,半斤白酒。还要点别的吗?"

"不用了,我先来尝尝你们这手艺如何。"杜军抓起一个包子就咬了一大口,细腻的肉馅和醇厚的汤汁入嘴,杜军的眼睛都瞪圆了。他小心翼翼地用牙齿嚼着嘴里的肉馅,生怕吃得太快而疏漏了一丝一毫的味道。"味道还不错吧?"没有走远的老妇人回身看到杜军的神情,颇有些得意地问道。

"凑合着吃吧。"杜军虽然觉得十分好吃,但嘴上可一点都不慷慨。老妇人也不反驳,转身便回到了厨房里。杜军吃到第二个的时候,那个老妇手里端着一小碟咸菜出来了,她也不看杜军,直接将手里的小碟放到了杜军的桌上。"一看你就是第一次来吃,吃点咸菜,不会腻。"

"这个地方的人还蛮有脾气的。"杜军心里嘀咕着夹起咸菜嚼了起来。

吃罢饭之后,无事可做的杜军并没有急着回去,他带着浅淡的醉意晃悠悠地走进车站里。一辆进站的车紧跟在他的身后,车铃响了几遍他都没有听见,司机恼怒地推开窗对杜军骂了起来。有些迷糊的杜军这才跳到一旁,用手指着自己的脸,"老兄,喝多了,喝多了。"司机瞪了他一眼,骂骂咧咧地把车开进了站。

"这地方跟他×的菜市场一样热闹。"拎着大包小包的人从杜军的身边穿梭而过,第一次到这里来的杜军忍不住嘀咕道。老式车站极为简陋,一个宽敞的院子,人和车都从院子的大门进入。售票点盘踞在院子的一角,人们在那里买到其他地方去的车票,然后再自行寻找自己的车。或许是因为刚刚过完节的原因,这个时候的车站热闹非凡,有的人要回到市里继续工作,有的则刚刚从市里返还,回到自己的家里。杜军虽然没有什么观察别人的兴趣,但仍旧感到新奇,他在一个杂货铺旁的马扎子上坐了下来,带着一种满足的神情将自己的目光铺展开来。

杜军休息了一会后,起身走到站牌,正午时分的阳光晶莹剔透,像一把巨大的冰刀从天上劈下。杜军的心情变得莫名低落,这个时候回家明显是不合时宜的。他在考虑去找李老头喝一杯或是去吴红霞那里找一点乐子,当公交车停在他面前的时候,他仍旧犹豫不决。

"他×的上不上车了!"公交车司机骂了起来,要不是杜军一条腿踩在门边上,司机早就开走了。

"上上上,你他×的急着去投胎啊?"杜军毫不示弱地回骂道,他拍了拍那个男人的肩膀,"需要帮忙来找我。"说完便迅捷地跳到了车上。车下的男人对着杜军点了点头。

"真他×该把你的腿给你夹断咯。"司机愤愤不平地说道。

"你以为老子的腿跟你那不中用的小玩意一样,说他×的断就他×的断。"杜军随处一坐,跷起二郎腿叼起烟来。

"公交车上不准抽烟。"司机回头瞪着杜军,面目有些狰狞。

"车上就咱俩,受不了你就给老子开窗,实在不行下车,老子自己开回去。"杜军也来了气,说起话来十分不客气。司机不再言语,杜军也沉默地抽着他的烟。

这一天对于孙少康而言十分苦恼。上午从机器旁转移到办公室之后,他就开始忙于熟悉这里的各种资料,但他随即发觉即便是工人的名字都那样难记。下午刚进自己办公室的时候,销声匿迹了许久的刘英又闯了进来。还没等孙少康说什么,刘英便哭了起来,阴郁的面容上瞬间出现两条潺潺不断的溪流。

"你别这样。"孙少康冲过去扶住身子打战的刘英,他也不知道能再说些或做些什么。刘英无疑是他现在最不愿意见到的人。

"少康……"刘英哽咽着,泪眼婆娑,双手缓缓地贴上孙少康有力的双臂,小心翼翼地抚摸着。

"别这样,现在还是工作时间,有什么事等下班之后我们再谈,好吗?"孙少康轻轻地推着刘英放在自己身上的双手。

"不!不可以!"刘英突然尖声叫喊起来,双手猛地将孙少康推开,憔悴的面容变得狰狞可怖。刚走进工厂的员工似乎都听到了些什么,目光纷纷投向孙少康的办公室,心中各自嘀咕起来。

"你冷静点,你这样也改变不了什么。"孙少康靠在办公桌边上,脸色十分难看。

"少康,我知道你爱的是我,对吗?你和那个小护士根本就是玩玩而已,那是小孩子的游戏呢,对吗?"声音突然变得柔软,惨白的嘴唇轻轻颤抖着,瘦削的身体摇摇欲坠地向孙少康跋涉而来。孙少康目瞪口呆地看着向自己走来的刘英,鼻息快速更迭,手掌逐渐成拳做出本能地防备。"你爱我的,少康。"刘英的眼前挂了一席潮湿的帘布,漾荡的波纹揉碎了孙少康的脸。"你要我,好吗? 你肯定渴望的,你会喜欢的。"刘英一点点解开自己的工装外衣,粉色的细线毛衣被她丰满的胸部高高撑起。冰凉的双手抓住孙少康的手腕,一点点放到那饱满的前胸,坠落的泪水不断砸在孙少康的手背上。"喜欢吗。"刘英的呼吸里轻轻地哼出几个字,散乱的长发掩在她的唇边,看起来令人心生惧意。孙少康凝视着眼前刘英的面容,掌心柔软的触感让他不由得逐渐地发力,缓慢地揉捏起来。

"少康。"眼里落下滂沱大雨,身体摇摆如窗外一株瘦弱的树。孙少康双眼无神地望着刘英的脸,突然梦醒般大叫一声,挥舞着双臂冲出了自己的办公室。正打着哈欠的李丘被冲进来的孙少康吓一跳,门咣当一声被踹开,孙少康跌跌撞撞的呼吸比屋外的风还要猛烈。

"咋了这是,见着鬼了?"李丘差点从椅子上翻下来。

"刘英,他在我办公室里,你快去帮我把她弄走。"孙少康一屁股坐在门卫室里那张简陋的床上,发颤的手指指向自己的办公室。刘英这个时候已经从孙少康的办公室出来,她怎么容许孙少康离开自己的视线,跟跄的身体尾随着孙少康,在李丘拉开门正要过去看看的时候扑到了门口。

"他×的!"李丘被刘英的样子吓了一跳,忍不住骂了起来。

"少康是不是在这里?"一双空洞洞的眼睛,嘴唇如上了发条一般僵硬地翻动着。

"不在,我带你去别的地方找找。"李丘缓过神来,手掌轻轻地放在刘英的肩头将她向外推着。

"不可能,你让我进去!"积蓄的力量被喉咙打磨成尖锐的惨叫。工厂里的言语销声匿迹,只剩下机器运转的噪音一如往常。

"我们换个地方说好不好。"李丘的双手紧紧地钳着刘英的双肩,那副单薄躯体爆发出的力量让李丘竟有些招架不住。李丘只好换了一种方法,他一条胳膊缠住了刘英的腰,用一种奇怪的姿势将刘英拖到了陆扬德的办公室里。

"怎么了这是?"屁股还没坐热的陆扬德蹭地一下站了起来,李丘破门而入的动静一点也不小于刚才冲进门卫室的孙少康。

"疯了。"李丘无奈地说道,用了很大的力气才将刘英弄到自己的身前。

"怎么变成这个样子了?"陆扬德看了看披头散发的刘英,神色也有点不自然。

"你和他好好聊聊吧。我们可解决不了。"李丘把神志恍惚的刘英慢慢地推离办公室的门,然后拉开门连蹦带跳地逃了出去。

"你不是少康。他骗我!"刘英拨开眼前的头发,在目光碰触到陆扬德的时候,她又惊声叫了起来。

"我不是孙少康,但你有什么事情,应该不介意和我聊聊吧。"陆扬德尽可能放缓了自己的语气,迈向刘英的脚步也小心翼翼。刘英和孙少康的事情他之前有所耳闻,但是没放在心上,却没想到变成了现在的这个样子。

"你不是少康……你不是少康……我要少康……"惨白的嘴唇机械地翻动着,曾经满是风情的双眼此刻干枯荒凉。

"我是陆扬德,你能听懂我在说什么不。"陆扬德抬起手在她的眼前晃了晃,而那对瞳孔里似乎只有狂风扫荡而过。

"我的少康丢了……少康没有了……"刘英呢喃着跌倒在沙发上,冰凉的双手掩住苍白的脸,泪水从缝隙之间渗出忧郁的潮湿。陆扬德无奈地蹲在她的身边,十分努力地对她说着话。

半个小时之后,实在无计可施的陆扬德给医院打了电话,皱纹横生的手掌拿着电话的时候,衣服已经软绵绵地黏在了背上。这样的事情传出去,谁都知道意味着什么。陆扬德不是没想过直接把她开除了事,但他还是拿起了电话,拨出了医院的号码。救护车来得很快,全身都失了力气的刘英没有挣扎,在两个医护人员的搀扶下慢慢地向工厂外走去。走到工厂门口的时候,刘英突然挣脱两个医务人员,转过身来对着工厂里失声大叫起来,仍旧躲在门卫室里的孙少康痛苦地捂住了耳朵。

"事情怎么会变成这个样子呢?"李丘手里夹着烟,隔着窗看着那张曾经清秀端丽的脸扭作一团,感觉自己的心里像是被谁撒了一把芥末。

"我也不知道,拿根烟给我吧。"听到声音渐渐远去,缩在一角的孙少康终于能站起身来了。

一老一少在小小的门卫室里静默地抽着烟,不一会儿,门卫室的玻璃前出现了陆扬德的脸。

此时的杜军正在和吴红霞缠绵,走出按摩店的时候,绽开的阳光如同一朵盛大的菊花,万丈光芒庄重落地,让人有些睁不开眼。

"什么鬼天气。"杜军骂了一句,手在眼前挡了挡才勉强适应过来。阳光虽然灿烂如春,但风寒冷如旧。百无聊赖的杜军并不打算回家,他的脚步朝向工厂,他可是很想去试试新买的电暖气效果如何。

刚走到工厂门口,杜军就感觉有点不太对,厂房内的声音似乎太过纯粹,少了平日里工人互相抛掷的污言秽语。他踏进工厂的脚不觉放轻了许多,原本打算抽的烟也塞回了自己的衣兜里。在往自己办公室走的路上,陆扬德办公室的门突然打开,面色都不太好看的李丘和孙少康耷拉着脑袋走了出来。

"咋啦,那孙子找你俩事了?"两人没有看到杜军,杜军连忙几个大步走到了两人的面前。

"少康,你先回去吧。我和小杜先说道说道,总有办法的,别放在心上。"李丘轻轻地拍了拍孙少康的胳膊,孙少康看了看杜军,点了点头,转身向自己的办公室走去。

"这是咋啦?"杜军盯着李丘那张不太好看的脸。

"屋里说。"李丘拽了拽杜军的胳膊,一支烟塞进嘴里。

两人进了门卫室,杜军坐到了床上,李丘则坐在椅子上一言不发,只有两片发干的嘴唇用力地嘬着烟嘴。

"说话啊。"杜军看着李丘那副半死不活的样子心里就来气,说出的话都跟泼了芥末一样呛人。

"刘英可能疯了。"李丘吐出一口白烟,脸上的一条条皱纹绷得又紧又硬。

"她不早就疯了吗?"杜军也掏出烟来。

"不是那么回事,这次整个人都不对了。你来之前刚被医院拉走。"李丘的手胡乱比画着,杜军显然没有意识问题的严重性。

"哦,那就有点麻烦了。"杜军看着李丘胡乱比画的手,眉头一点点皱起来,至少他知道这件事解决起来并不举重若轻。

"对了,孙少康调任到生产部当部长了。"李丘有气无力地说了一句,这样事情还是应该跟杜军说一声。

"这我知道,不过速度也够快啊。"杜军抬头望着天花板。

"算了,还是看看陆扬德怎么打算吧。"半晌之后,杜军拉开了门卫室的门,李丘点了点头,门咣当一声闭合。

22.

隔了一天杜军才再来上班，厂里的事情用不着他操心，这里每一个人都像是进口的机床一样有条不紊地运转着。

在办公室里抽了一阵子烟，有些憔悴的孙少康推门而入。

"这几天睡不好吧"。杜军也不知道该说些什么，喉咙里有一种喝多少水都冲不去的干涩。

"是啊，我也没想到会变成这样。"孙少康面色黯然地说道，邋遢的黑胡茬茂密地生长，眼边也缠上了淡淡的黑眼圈。

"部里还好吗，没有人捣乱吧？"杜军还是担心孙少康此刻身处的位置，生产部作为一个精英汇集的地方，新上任的年轻部长和这样的事情扯上关系，下面的人难免不乱作一团。

"那倒是问题不大。对了，说起这个，我还有点事情要和你商量。"孙少康拍了拍自己的脸，颓丧的面容上多了一副十分勉强的面具。

"你说就是。"杜军不知道这个时候孙少康还想跟自己商量什么，若是自己，非得先跑到李老头的小酒馆里躲上个十天半个月再说。

"我有个想法，现在的生产一般都是由一个技术工人加上一个后勤工人，两个人分别属于不同的部门。军哥你也知道现在工人的工资都是计件，这样一来，许多方面都会产生混乱。更有些工人常常抱怨自己的件数少了许多。"说起工作的时候，孙少康的精神状态明显好了一些。

"那你想怎么办呢？"杜军这才意识到自己还是一部之长。

"我想把计件的监督工作交给你们，后勤工人在抛光和清洗之余，应该和技术工人捆绑起来，监督件数。甚至可以互相监督，成立监督小组。不让偷懒的工人多拿，也不能让加班的工人觉得亏待了他。"孙少康毕竟是从一个一线的技术工人转到管理岗位，首先想到的就是工人们最切实的利益。

"我觉得没什么问题。"杜军想了一番，觉得没有什么不妥。

"那就成，等过了这段时间我就去跟陆厂长说一下吧。"孙少康揉了揉眼，他的精神确实不太好，眼前总是一片恍惚。

"对了，你那个女朋友，刘……刘啥来着，她没啥反应？"杜军知道她在医院里上班，如果刘英昨天被送到医院里去的话，那么刘秋婷很可能会知道发生了什么。

"刘秋婷。昨天刘英一被送过去她就知道了。她早就知道刘英的存在,也没想到会变成这样,劝我别放在心上。"孙少康有力地收着自己的声音,但仍旧微微颤动起来。

"这事是真他×的糟心,我也帮不上什么。"杜军愁眉苦脸地说道,这样的事情他确实有力也使不上。

"没事的,军哥,应该不会有什么事情的。"孙少康说着,脸上的憔悴却告诉杜军这是纯粹的谎言。"也没有啥别的事情,我先回去了,要忙的事情实在太多。"孙少康笑了笑,在杜军看来那只不过面部肌肉生硬的抖动几下而已。

"嗯,有事来找我,我不在还有李丘呢,再说了,这事不怪你。"杜军抬眼看着正要离开的孙少康,没有什么情感的面部没能做出任何一个用来回应的表情。

十几分钟之后,陆扬德像个犯人一样被几个工人推搡着进了杜军的办公室。"藏在厕所里的隔间里。"不知道是谁说了一句。陆扬德原本就带着窘态的脸满面通红,"我有些闹肚子"。勉强的解释并没能改变几人目光里的鄙夷。

几个工人把陆扬德放在办公室里之后便离去了,他们知道自己帮不上什么,临走的时候还不忘用目光恶狠狠地剜了陆扬德一眼。

"没有这么做事的吧,陆厂长?"李丘虽然只是个看大门的,但他并不觉得这些话他不应该说。

"是啊,是。"陆扬德颓然地点了点头。

"所以我们还是快点把这件事情解决吧。不能让这么多工人对您失望啊,厂长。"一直没怎么说话的吴国忠也说道。陆扬德闻言抬起头来看了看这几个人,除了杜军冷冷地瞥着自己之外,剩下的三人都显露出恳切的神情。

"是啊,虽然老了,也应该积极地面对问题。"陆扬德说着站起身来,紧了紧自己的衣领,犹豫片刻之后还是大步地走出了办公室的门。

"你俩去跟着看看。"李丘的下巴朝门口努了努,吴国忠很快站起身来,杜军尽管不太情愿,但还是和吴国忠一并出了办公室的门。

"大家静一静,我是厂长陆扬德,大家听我说一句。"陆扬德走到工厂门口,拍了拍一直在那里苦苦支撑的秘书小魏。小魏听到陆扬德的声响,重重地呼了一口气。"您总算来了。"他悄声说道,身形退到陆扬德身后。陆扬德微微点了点头,继续对刘英的亲戚们说,"刘英变成现在的这个样子,肯定是我们都不愿意见到的。身为厂长,我为自己的失职向大家道歉,同时我也承诺,我们会负责刘英就医的所有费用。乡亲们,我衷心地希望我们换一种方式来解决问题。现在这样,只会让大家都感到为难。"陆扬德说到这里便停了下来,但面前的这群人似乎并没有什么反应,只是原本嘈杂的叫骂声低了一些。

"叫孙少康出来跟我们谈。其他都是放屁。"显然是一个领导者的声音,刚低下来的声响附和着这个声音又变得响亮起来。"对,叫孙少康出来,叫孙少康出来。"声音传到杜军的办公室里,脸上没什么表情的孙少康也有点坐不住了。"你坐着别动,这事你出去更没法解决,你就在这坐着就行。"李丘一把摁住身边的孙少康,孙少康如果出去的话很有可能就要棍棒相见,他只会激化矛盾,绝对解决不了什么问题。

"嗯。"孙少康也只得无力地点了点头,后背软绵绵地靠在椅子上。

"大家听我说,这件事和孙少康的关系不太大。我已经详细地问过了孙少康同志,据我所知,两人之间并没有确定什么亲密的关系,所谓的抛弃更是无从谈起。希望大家可以理智地对待这件事,不要把事情推向极端。"陆扬德的双手不觉扬了起来,只是收效甚微。

"事情有点不对,小心点。"杜军对身边吴国忠悄声说道。吴国忠惊讶地看了杜军一眼,杜军却像是什么都没有发生过一样,平静地注视着人群。

"放屁!"人群中的那个声音格外响亮,陆扬德有些无助地看了杜军一眼,四目相对,谁都没有说话。

"大家听我……"陆扬德转过身去,话刚说到一半,就被一旁的小魏拽了一把。"小心!"声音未落,一个黑影便急速地在几人面前飞过,不偏不倚地砸在了陆扬德眼角。猩红的液体顺着伤口溢出,滴滴答答地落在地上。

"赔我们一万,要不然我们就自己进去找孙少康。"领头的那个人喊道,人群也跟随着喧闹起来,击中了陆扬德似乎让他们兴奋起来。

"赔你×!"杜军这个时候终于忍不住了,他往前走了两步,大声喝道。在他看来,这群人就不像是来讨说法的,而是来找茬的。

"他×的,老子今天把你们厂子掀了也要找出孙少康出来。"领头人的话使得人群开始失控,几个身强体壮的男人手里拎着钢管向杜军走去。办公室里的孙少康再也坐不住了,他起身冲了出去,只留下李丘在办公室里苦笑着嘀咕道:穷山恶水出刁民啊……穷山恶水出刁民啊……工厂里的工人们也不甘示弱,几个原来篮球队的那几个首当其冲,抄起平时常用的工具就挥舞起来。

"大家都别动手,我就是孙少康,有什么话跟我说。"孙少康一边喊着一边跑到众人的面前,张开双手示意自己手里并没有武器。

"说你大爷!"一根钢管甩了出去,擦着孙少康的身子飞过去。

"他×的,干!"杜军红了眼睛,咬牙切齿地冲了出去。另一方人也不甘示弱,挥着钢管迎面而上。秘书见情况不对,连忙扶着被砸伤的陆扬德往后撤,一路跑到陆扬德的办公室里。杜军架住挥向自己的胳膊,一拳捶在那人的肚子上,最后再一脚踹开。他打倒一人之后抬起头来环顾四周,两方的人已经缠斗在一起。杜军心里骂着,对着扑来的人又是一番拳打脚踢。他和吴国忠的身上都不免遭了几下,这也是没有办法的事情。

七八分钟之后,街道里响起了响亮的警笛声,缠斗在一起的人群作鸟兽散状,工人们跑回工厂,而那群亲戚便无处可逃,只得惊惶地聚在一起。四辆警车从街道的两端驶来,把工厂所在的这段路彻底封死。

"都给老子站住别动,这他×是反了天了。"杜军一眼就看出来说话的正是上次的那个队长。一些想要逃窜的人被车上下来的警员一一摁住,几警棍砸下去,所有人明显都老实了许多。

"怎么个事?"队长看到局势得到控制,便环顾四周,一眼便认出了杜军。

"这伙人来厂里挑事,工人们没辙,这才动了手。"

"是这么回事吗?"眼里的怀疑一闪而过,"谁先动的手?"

"他们。"

"放你×的屁。"那个声音刺耳地响起来。

"谁他×的让你说话了。"队长厉声骂道,距离那人最近的警员上去扫了一脚,手里的警棍也往身上招呼了几下。

"警官,这些人必须严惩……"陆扬德这个时候从人群中摇摇晃晃地走了出来,他的眼角被小魏简单地包扎起来,但流血的痕迹依旧有些触目惊心。

"你还有啥要说的没,这是不是你们打的?"队长看到陆扬德这副样子也吓了一跳,他暴躁地走向刚才那个说话的人,那人嘴巴张了张,没发出一点儿声音。

"行了行了,全都带走。你,也跟着去一趟公安局,做个笔录。"队长说道。杜军知道他说的是自己,便顺从地上了警车。不过这么一来,杜军这也算是二进宫了,实在有些别扭。警车渐渐远去之后,陆扬德经不住大家的劝,由秘书小魏和吴国忠带着去医院缝合。伤口虽然经过简单的包扎,但血仍然不断地渗出来,让上了年纪的陆扬德有轻微的头晕。孙少康则留在厂里负责善后,一些受了伤的工人由他擦上紫药水,好在时下是冬天,身上厚厚的衣服减轻了一些伤害。

时间很快到了中午,工人们按照正常的时间下班,陆扬德眼角缝了几针,医生说有可能会留疤,他可没想到自己这一把年纪了还要破相。杜军就辛苦了许多,做完笔录的时候他的肚子里已经锣鼓翻天。他不知道自己怎么回的家,只知道那一路上没少问候刘英的亲戚们。

陈嘉伟和方佳竟然也在自己的家里,杜军不用猜就知道两人一定听到了什么传闻。

"姐夫,那边没有为难你吧。"杜军刚一进屋方佳就神色慌张地站起身来。

"没事,就是再不吃点东西的话那可真是为难我了。"杜军像个泄了气的皮球一样倒在了沙发上,他确实饿极了,有气无力的目光甩向了方琪。

"有剩饭,我给你热热。"匆忙的脚步啪嗒啪嗒的进入厨房。

"姐夫,没受伤吧。"陈嘉伟看到杜军身上的棉衣都破了几处,不禁有些担心地问道。

"你不说还好,你一说,哎哟……"杜军动了动身子,几处剧痛刺过方才紧绷的神经,杜军龇牙咧嘴地缩成一团。

"没出息的东西,成天就知道打。"杜秋叶不知道嚼着什么从卧室里走出来,路过杜军的时候不屑地瞟了一眼。

"臭小子,看我不揍你。"杜军把手扬了扬,杜秋叶反而停下了脚步,脸上带着一副耀武扬威的神情。"臭小子。"手正要落在杜秋叶脑瓜上的时候,杜军的动作却停了下来,他看见老丈人的目光正锋利地向他刺来。

"算了姐夫,秋叶只是个小孩子。要不然趁着姐热饭的功夫,我去给你上点药吧。"陈嘉伟看了一圈,发觉自己是最适合做这件事的人。"家里应该有紫药水或者红花油什么的吧?"陈嘉伟的目光这时候落在杜军的脸上。

"嗯,我记得是有。去卧室吧。"杜军晕乎乎地向主卧走去,陈嘉伟连忙跟上。

吃罢午饭之后,杜军把上午的事情大概一讲便翻身上床。他真是太累了,不仅仅是身体上的疲惫,还有心理上的困倦。陈嘉伟和方佳待了一会儿之后便返回学校,走的时候顺便带上了秋叶和静雯。厨房里响起洗刷的声响,两个老人蜡像一般呆坐在沙发上,面无表情。

23.

第二天,陆扬德端坐在自己的办公室里等着王书记,他都快形成了习惯,在这种事件发生之后等着王书记的拜访。只不过王书记今天似乎来得晚了一些，大约十点钟，陆扬德办公室的门才咚咚咚地响起来。

"请进。"略带疲惫的声音一丝不苟地传到门外。

王书记推门而入，这次身后多了一个穿制服的魁梧男人，陆扬德示意了一下，两个人便在办公室的沙发上坐了下来。

"这次的事……"王书记的话像是一团从嘴里喷出来的迷烟，陆扬德感到困惑，不知道这迷烟当中藏匿着什么。

"这次就由我来说明情况吧。"穿着制服的魁梧男人说道。"经过我们昨天的审问，来闹事的人里只有两个是这个……刘英的亲戚，其余的都是一些社会闲散人员。两个亲戚都是刘英的叔叔，他们通过朋友联系到这群社会闲散人员，约定好时间来这里讨要所谓的说法。"粗重的嗓音说到这里停了停，咳了几声之后继续说道，"这两位叔叔之间对于这件事的意见也不太相同，一个倾向于要钱，另一个则比较倾向于人身报复。现在我们了解到的情况就只有这么多。给工厂的生产和工人们的人身带来这样大的伤害，是我们的失职，对不起"。男人站起身来，深深地鞠了一躬。

"你这是干什么。"陆扬德连忙站起身来，冲过去扶住那个弯下的躯体。

"好了，二位，我们都坐下来吧。"王书记的话让两人重新回到座位上。

"至于剩下怎么处理，还要看司法部门的态度。不过应该会从重处置，不能让这样的事情在再次发生。"王书记的双眼在眼镜之后闪着寒光，脸色也变得十分难看。"对了，这位是我们县公安局的局长，这位就是陆厂长。你们之前应该见过，不过应该没有太多来往。"话锋一转，王书记想起自己还没有介绍这两个人。

"幸会。"两个人的声音整齐划一地紧随其后。

"你的伤怎么样了？"王书记敲着桌面，目光瞟向陆扬德裹着纱布的眼角。

"好多了。"

"工人们有没有受伤的?"

"都是轻伤，简单处理一下就好了。"

"那我们就先走了。"王书记站起身往外走，出了这样的事情，各方面需要做的工作实在是太多了，这个上了岁数的老人看起来明显憔悴了许多。

"嗯，辛苦你们了，出了这样的事情，我们反而是最轻松的。"陆扬德将两人送到工厂门口。

"本职工作而已"。局长点了点头，在王书记之后钻进了停在工厂门口的黑色轿车里。

陆扬德怅然所失地在工厂门口站了一会儿，直到身体感受到寒冷剧烈地侵入，才慢慢转身走回自己的办公室。

上任以来，工厂里发生了这么多的事情，这些王大业当厂长的时间里闻所未闻的事情。想到这些，陆扬德不禁怀疑自己的能力，可又觉得这都是王大业埋下的隐患。总之，这些事情在自己的任期里发生了，只能硬着头皮一桩桩去应对。

王书记前脚刚走，杜军后脚就到了工厂。这里都快要成了他的避难所，家里两位老人的唠叨比陆扬德的脸更让杜军感到厌烦。

"嗳，杜军，预算的事情怎么样了。"刚回到办公室的陆扬德这个时候又推门而出，正好遇见刚来到工厂里的杜军。

"啊，交给一个建筑队的小伙子去算了，这种东西我又做不来。"

"这样也行，不过王书记最近也忙不上这件事。"陆扬德神情有些黯然，别的工厂早就有了自己的食堂，而自己这边却连食堂的建造都提不上日程。他叹了口气，当年王大业坚决不同意建食堂的提议，说要把注意力都集中到生产上。当时的这一决定，现在看来的确留下了一个麻烦。

"那我也就不着急了。"杜军悠闲地叼起烟来，抽了一口之后像是忽然想起来什么一样突然问道，"昨天的事有啥说法了吗？"

"两个亲戚带了群流氓找事而已。"陆扬德说得很简单，他并不想在这个问题上再多说什么。

"这样啊，难怪会动起手来。"杜军嘀咕了一句，转身朝自己的办公室走去。他打算下午去一趟车站那边，看看那个年轻人把预算做得怎么样了，顺便再去那边吃一顿包子。很快便到了下班时间，工人们纷纷关掉机器，走进冬日喧嚣的寒风中，吴国忠和孙少康此时也撞开了办公室的门。

"出去喝点酒吧，虽说时候可能不太对。"

"时候不能更对。"杜军蹭地一下站起身来，他正在犹豫回家或是去什么地方，两人的到来正好给了他一个最优的选择。

"也有段时间没见李老头了。"孙少康喃喃自语道。

李老头的小酒馆里，罕见地多出来另外几个酒客。杜军几人推门而入的时候，酒味迎面而来。三人加上李丘，仍旧是那张熟悉的桌子。每个人的身心都显得十分疲惫，那张桌子看起来也佝偻了不少。

"随便做几样吧。"杜军有气无力地对李老头说道。

"嗯,先把酒给你们拿上来吧。"李峰对昨天的事情有所耳闻,他并不觉得孙少康在这件事情中做错了什么,况且也是自己的话让他那么坚决地拒绝了刘英。

菜没上几道,几个人都已经喝得醉醺醺了。他们恍然发觉自己似乎为了工厂付出了太多,又感觉所付出的一切无一不是为了保全身处那里的自己。生活似乎就这样默不作声,缓缓地陷入某种无法摆脱的挣扎里。

"说实话,我是真没想到她会变成这个样子啊。"孙少康说起话来带着哭腔,这样的事情对他而言无疑是一道巨大的伤疤。杜军和吴国忠能做的只是不断地拍打他的肩膀,把酒杯摇晃着举起。

"我是真的没有想到啊。"湿热扑向眼眶,将要溢散。

24.

入冬以来,杜秋叶也变得慵懒,和吴静雯在一起的时候总是极少说话,也很少将自己投入到他们的游戏当中。吴静雯有时候奇怪他为何会有这样的变化,只是杜秋叶也不知道。他像是一只疲惫的海龟,在寒冷尚未触地的时候便陷入睡眠。起初,陈嘉伟和方佳有些不适应,一段时间之后他们便感觉这样的杜秋叶也十分可爱。陈嘉伟的小组模式,到了冬天的时候也几近瓦解,杜秋叶和吴静雯所在的这个小组在这方面倒是发挥了表率作用,成为第一个分崩离析的小组。陈嘉伟自然也没有把这些事情放在心上,本来就是用以实验的东西,失败了也没有什么好可惜的。

学校变得冷清起来,拒不融化的积雪成了众多师生缩在教室里的理由。杜秋叶更是坐在自己的位置上一动不动,面前的课本被漏进教室里的风翻动着,他发着呆,任由眼前的字符和图画变得模糊。

"秋叶,出去玩吗。"吴静雯的声音带着几分恳求,让杜秋叶难以拒绝。

"要是有一根拐杖就好了。"杜秋叶兀自咕哝着站起身来,他迟缓的动作像是骨骼中长满了锈。

"啊?是因为没有拐杖才不出教室的吗?"吴静雯似乎突然之间明白了什么,她差点忘了秋叶可是需要一根拐杖的。

"是啊,雪积着不化,脚下不稳当啊。"杜秋叶咳嗽起来,一口不存在的浓痰从他的喉咙里蹿上来。

"那我扶着你吧。"吴静雯清秀的眉眼弯成柔和的月牙,杜秋叶十分顺从地挽住静雯,两个人就像出门嬉戏的爷孙俩一样慢悠悠地走出教室,穿过走廊,把楼梯一级一级踩下,最后停在了空旷的操场上。此时正是上午的大课间,操场上却没有几个孩子,杜秋叶和吴静雯乐得独享这一片无人的安静,这个时候适合慢悠悠的脚步和没有什么实质内容的对话。

"人们真是太坏了。"吴静雯粉红色的短靴踩进一片泥水里,尖着嗓子叫了起来。

"怎么突然说这样的话呢?"杜秋叶停下了自己的脚步,少了吴静雯的他感觉自己寸步难行。

"因为人们把雪都踩成了泥巴,脏兮兮的。"吴静雯看到停下脚步的杜秋叶,反应过来之后连忙走过去让杜秋叶搀住自己。

"话可不能这么说。"杜秋叶粗糙嘶哑的嗓音和北风相比显得温和了许多:"下雪让人们的生活也变得麻烦起来。可是到了冬天仍旧会下雪,人们也依然会把他们踩成泥巴。这都是没有办法改变的事情。"

"可是雪是那么白,那么好看。"

"你呀,你知道象棋为什么红先黑后,围棋就要执黑先行嘛?"

"我才不知道那些呢。"吴静雯的眼里像是一片风平浪静的海,清澈的海面里映着杜秋叶的面容。

"所以啊,也没有人知道为什么要把雪踩成泥巴。"杜秋叶似乎自己也对这个回答不太满意,说话的时候肩膀也无奈的耸动着。

"人们还是太坏了。"吴静雯总结道,清秀的五官整齐划一地做出严肃的样子。

"你呀,真是个不懂事的小孩子。"杜秋叶轻轻摇摆着自己的脑袋,出口的话在呼啸的北风中倏忽消散。

中午放学之后,两个孩子如往常一样在吴国忠和曹荣芳陪同下回家。与平时不同的是,吴静雯一回到家里就开始翻箱倒柜,本就不大的房子被她翻了个底朝天,就差没把天护板掀起来看看了。

"雯雯,你要找什么吗?"吃午饭的时候,曹荣芳忍不住问道。

"我想找一根拐杖,我记得我们有那样的东西嘛。"吴静雯扬起脸来,咀嚼的动作让她的腮帮富有节律地鼓起。

"静雯要那样的东西做什么呢?"正在把饭扒进嘴里的吴国忠差点呛着,他以为静雯是在找什么玩具呢。

"当然是给秋叶啦,年纪大的人需要拐杖,要不然踩到积雪上会滑到的。"吴静雯的小脸转向了自己的父亲,咀嚼的动作也停了下来。

"原来是这样啊。"两个人闻言不觉笑了起来,他们之前都被吴静雯的话搞得一头雾水。

"不许笑!"吴静雯板起脸来,头发似乎都要随之站立起来。

"好好好,我们不笑了,那我们就先吃饭吧。等有空的时候,我们会给秋叶找出一根拐杖的。"曹荣芳赶紧将这个话题打住,中午这点宝贵的时间,她自己和吴国忠都需要好好地吃饭和休息。吴静雯的眼睛眨了眨,也只好低下头去继续吃饭。饭后,曹荣芳和吴国忠很快陷入睡眠,一上午的工作虽不至于疲惫,但也需要休息。吴静雯在床上听到两人均匀的呼吸,悄悄地从床上翻身而下,不一会儿,厨房里就响起窸窸窣窣的动静。曹荣芳睡得比较浅,听着厨房里的动静便下了床,蹑手蹑脚地向厨房走去。

"静雯,你中午不睡觉在这干吗呢。"曹荣芳扶着厨房的门框,有些乏困地说道。吴静雯听到身后的声音轻轻地啊了一声,两只手失去重心一般地向下跌去,蹲在地上的身躯缓慢地转过来。"我想做个……"眼里闪起粼粼波光,喉咙里哽咽起来。

"别动,你的手怎么了?"曹荣芳眼尖,看到吴静雯手上一条窄细的伤口,浓稠的血正一点点透过伤口渗出来。

"啊?"吴静雯还没有意识到自己刚才不小心割伤了手。听到母亲的话,她才看向自己的手,发现渗出的血已经滴滴答答地落在厨房的地面上。

"你这个孩子啊。"曹荣芳看到吴静雯一手握着削铅笔的小刀,另一只手握着一根拖把棍,便知道了她此时正在做些什么。她走过去,有些吃力地将吴静雯抱到了客厅里。一番翻箱倒柜之后,曹荣芳用创可贴将杜秋叶手上的伤口缠好,血慢慢止住。

"这大中午的,怎么都不睡觉啊。"两人发出的响动把吴国忠也吵了起来,他打着哈欠走了出来,一个伸展的懒腰把他的身体抻成一个大字形。吴静雯眼泪汪汪地看着他,曹荣芳只好不断地轻抚着吴静雯的后背。

"怎么了啊,怎么还要下雨了?"吴国忠看着吴静雯眼里一片潮湿,连忙坐到她身边掏出手帕来揩了揩她的眼角。

"爸爸,我想要一根拐杖。"吴静雯抽泣起来,一直哽在喉咙里的那股力道此时终倾泻出来。曹荣芳连忙瞪了吴国忠一眼,把吴静雯瘦小的身躯裹进自己臂弯里。

"好,一个拐杖而已,爸爸会给你做好的。"吴国忠笑起来,虽然已经过了三十的年纪,但曹荣芳仍觉得他笑起来的样子一如初见的时候,温柔得像是一颗不燥的太阳。

得到了父亲的承诺之后,吴静雯也渐渐停下了抽泣,被眼泪淋花的小脸蛋逐渐归复平静,湿润的眼中逐渐摇曳起欢愉的轻波。

"你怎么做拐杖啊,你又不会木工。"准备出门的时候,曹荣芳有些不安地问吴国忠。

"没事的,我下午去孙少康那边问问。"吴国忠把棉衣穿上,衣领紧紧拉好。"快点哦,静雯,我们要迟到啦。"吴静雯的脚步应着父亲的嗓音哒哒传来。

两个孩子由方琪一并送到学校,穿过大门之后,吴静雯近乎本能地搀住杜秋叶,秋叶浅淡一笑,下脚的时候不再犹豫,每一步都结结实实地落在地上。

"你马上就会有拐杖了。"走到教室门口的时候,吴静雯突然说道。

"哦?那可真是个不错的消息,都快要憋死了"。杜秋叶的眉头拧巴在一起,在额前皱出一个圆鼓鼓的小疙瘩。

"那时候就可以出去玩咯。"吴静雯兴高采烈地甩动着自己的双手。

"手怎么了?"杜秋叶清晰看见吴静雯左手虎口处的那一道褐色,创可贴的掩盖下泅出鲜红的痕迹。

"没事,不小心弄伤了。"两个人走到自己的座位边,吴静雯说着,伸开细圆的腿迈过杜秋叶的座位,在自己的座位上坐下。

"哦,要小心一点。"杜秋叶咕哝了一句,也坐了下来。

"嗯,我知道啦。"吴静雯看向身边的杜秋叶,却感觉杜秋叶似乎望着极其遥远的地方。

三天之后的周五,杜秋叶收到了自己的拐杖。上课的时候,他时常把手伸到自己的课桌下摸一摸上面粗糙的雕纹。这是孙少康在工厂里找人做出来的一根拐杖,那个工人早年做过几年的木工,虽然做不得多么精细的物件,但一根拐杖还是十分举重若轻。他从早年余下的木材中挑出尚未受潮的,一番裁剪过后再用火烤,烤热之后进行了矫正。本来这样就可以了,但工人一时技痒,顺手雕了一圈没啥讲究的纹饰。再上过漆,等漆干了之后这才传到杜秋叶的手里。当初做的时候,那工人还疑惑哪个老人身高只有一米三。如果他看到自己做的拐杖陪伴着一个孩子,还不知道会做出什么样的表情来。

这一根匆忙之中做出来的拐杖,似乎一下子敲醒了冬眠中的杜秋叶,他的话逐渐多了起来,嘴边也时常有几分笑意抖动着。这个周五,杜秋叶无疑和吴静雯度过了美好的一天。课间时候,两个人在操场慢悠悠地散步,一遍又一遍聊起那些幼稚却可爱的话。

1996年的第三个周末,杜军和吴国忠都瘫痪一般躺在自家的床上,过去一周发生的事情让他们感到沉重的疲惫。两个孩子却正好相反,一大早便兴高采烈地跑到了家属楼后的河边,冰封多时的河流对他们而言是一种不可言状的诱惑。他们穿过泥泞的残雪,站在河边破败的植物旁,望着曾经顽皮的波纹此刻裹在白色的盔甲里,两个孩子感到一种神灵的力量让他们心生膜拜。脚步在河边静默地蔓延,细碎的言语你来我往,在猎猎作响的北风中建构出一片小小的温暖。

"嘿,是秋叶吗?"河对岸的声音乘风而来,杜秋叶和吴静雯都有些意外地望过去。

"是谁啊。"吴静雯眯着眼睛看过去,目光溜过光滑的冰面,却只看见一个小小的黑影。"有点像孙峰"。杜秋叶说道,"就是之前的那个组长,矮矮胖胖的那个。"

"啊,是他啊?"脑海里落入一个浅淡的印象,吴静雯的眉头不觉皱了皱,她可不想有人打扰自己和杜秋叶一起的时间。

"你们等我一下啊,我很快就过去啦。"小小的黑影挥舞着手臂,然后从容地坐到冰上,双手划桨似的摆动着,一不会儿便到了河中心的位置。"这样不会掉进河里吗?"吴静雯有些不安地扯住杜秋叶的胳膊。

"不会的。这里的冰很厚的。"杜秋叶望着那个逐渐靠近的身影,微微笑着。

"你们好啊"。两人正说着,孙峰已经跳上岸来。他还是之前那副样子,个子不高却十分结实,脸上的肌肉紧致的缠在一起,走到杜秋叶和吴静雯身边的时候开始像一头牛一样喘起粗气。

"你自己出来玩吗?"吴静雯小声问道,于她而言,最难以忍受的事情莫过于孤独。

"是啊。大概是因为只有我的家在河的那一边吧。"孙峰拍打着身上的污迹,有些不好意思地说道。杜秋叶这个时候才想起来,上次学校组织一起郊游的时候,站在队伍里的孙峰似乎小声嘀咕道,"只有我的家住在河的另一边啊。"

"对啦,你刚才是怎么过来的啊。"吴静雯想起方才他的姿势,仿佛是在冰面上划船而来。

"这个啊,你们跟我过来就知道了。"孙峰冻得发红的脸上扬起小小的骄傲。

"那我们就去看看吧。"杜秋叶说着便拄着拐杖向河边走去,似乎是怕自己走得太慢而刻意抢先走出几步。

"秋叶,你为什么到了冬天要用拐杖呢。"孙峰笑着对杜秋叶说道,他愿意保证那笑中没有任何嘲笑的意思。

"上了年纪,腿脚不灵便了。"杜秋叶的嗓音比穿过树林的北风还要嘶哑。

"上了年纪?"孙峰像嚼橡皮糖一样重复了一遍杜秋叶的话,似乎不太明白是什么意思,或者说是不太明白这句话由杜秋叶说出来是什么意思。

"嘘。"吴静雯嘟起嘴来把手指放到唇上,孙峰也不再继续深究下去。从河岸到河面,有一个倾斜而下的斜坡,孙峰一马当先,熟练地滑了下去。杜秋叶用拐杖深深浅浅的刺向被冻得极为坚硬的泥土。吴静雯自然是过去搀扶着他,两个人一点点从斜坡上走了下来。站在河面上的孙峰看着两个人的身影,一种十分复杂的情绪藏在他的双眼深处。

"就是这个东西啦。"孙峰的脚边有一个木制的物件,看起来像一个没有腿的凳子。两个人慢慢地靠过去,发现在那物件的前端还系着一根老旧的麻绳。"这个东西原来应该还有一个人在前面拖着,对吧?"杜秋叶打量了一番之后问道。

"是呀,小时候一直是哥哥带着我玩的,不过一个人玩也蛮好的。"孙峰耸了耸肩膀说道,他似乎也意识到自己的处境有些可怜。

"可是,真的不会掉进河里吗?"吴静雯小心翼翼地用脚尖碰触了一下冰面,然后飞快地缩了回来。

"不会掉下去的。"杜秋叶撑着拐杖颤颤巍巍地走上河面,在吴静雯不安的目光中用拐杖用力地敲了几下。

"那我就……"吴静雯的话在清冷的空气中变成一团白烟,粉色的短靴慢慢地落到冰面之上。"好像真的可以诶。"声音里的惊奇和喜悦漫溢而出。

"那我们就来玩这个吧。谁先来呢。"孙峰弯下身子摆弄他的冰上座驾,把它做出一副整装待发的样子。

"好啊,让秋叶先坐吧。"吴静雯对着孙峰俏皮地眨了眨眼睛,孙峰心领神会,做出一个十分笨拙的欠身您请的姿势。

杜秋叶没能发现这两人之间的暗语,便顺从地抱着自己的拐杖坐了上去。

"要开始咯。"孙峰把绳子背在自己的肩上,慢慢地拉动起来。有些怯懦的吴静雯则在一旁慢慢跟着。孙峰的大力慢慢展现出来,他背着绳子在冰面上小跑起来。

"啊哈,慢点慢点。"杜秋叶挥舞着手里的拐杖,惊慌的声音惹得跟在后面地吴静雯发出一串清灵的笑声。

"真是个胆小鬼啊。"

"我怎么会是胆小鬼。"杜秋叶吃力地回过头去反驳她,"哦呦,慢一些呦。"仿佛受人鞭打一般,杜秋叶大叫道。在冰面上疾驰的感觉,仿佛身体消融在贴地飞行的北风里。

"怎么样,痛快不?"孙峰在河面上跑了个来回之后,喘着粗气说道。

"快让我下来,头都要晕了。"杜秋叶撑着拐杖从孙峰的座驾上下来,脚步有些摇晃。吴静雯连忙过去扶住他,杜秋叶的手却猛地一挥,挣脱了吴静雯摸上自己的头顶。

"怎么了?"吴静雯看着杜秋叶惊魂未定的样子,有些不安地问道。

"我想看看我的头发有没有被风吹掉。"杜秋叶十分认真地说道,等他发现自己的头发仍旧结实地长在自己的头皮上,他如释重负地舒了口气。只不过这副认真和忧虑的样子让吴静雯和孙峰同时大笑起来,孙峰甚至在冰面上打起了滚,和那些冰面上的泥巴好一番亲密。

"这有什么好笑的。"杜秋叶莫名其妙地看着两人,手又不知不觉地摸了一圈自己的头发,发现它们仍旧盘踞在自己的头皮上,杜秋叶终于松了口气,像是经历了一番巨大的劫难。他坐在了河边的那个斜坡上,两个手紧紧地握着自己的那根拐杖。孙峰已经笑得站不起身来,吴静雯虽然用手遮着自己的嘴,但也止不住自己的笑。

"你们玩吧。"杜秋叶无力地摆了摆手,另一只手将拐杖紧紧地抱在自己的怀里,做出一副坚决不再尝试的模样。

"那,静雯,你来吧。"孙峰笑得喘上气来才爬起身来,笨拙而滑稽的动作让吴静雯难以拒绝。

"我有点害怕。"吴静雯的双眼闪烁着,刚才杜秋叶的反应让她有些不安。

"不用害怕,我会慢一些的。"孙峰把自己的胸脯拍得砰砰作响,似乎这样足够证明自己的沉稳。

"不过,你不玩吗?"

"能和你们一起玩我就很开心了。毕竟,我可是住在河另一边的人啊。"

孙峰的背影在昏暗的日光里令人鼻头发酸,冰封的一条河流像一条脊背笔挺的卧龙枕睡在他的面前,他坐拥着这里的一切,包括孤独。

"那我们开始吧。"吴静雯坐好之后,用没有任何力道的语气小心说道。

"要坐好了哦。"孙峰转过来的面容灿烂无比,脸上的每一块肌肉都配合着做出欢笑的样子。麻绳翻过他的肩头,最初的几步如跋涉在沼泽中一般艰难。随着速度一点点快起来,孙峰的脚下也轻快了许多。呼啸的北风从吴静雯的身边呼啸而过,吴静雯觉得自己似乎变成了一面猎猎作响的旗帜,空气将她填满,又无时无刻地从她的体内溢出。

吴静雯尖叫起来,她从未知晓冬天里还有这样的乐趣,瘦削的身体似乎随时都要脱离地面。"我们去那边把。"吴静雯指了一个大概的方向,孙峰点了点头,矮壮的身躯像个火车头一般开始调转方向。杜秋叶望着两个人的身影渐渐远离,手里的拐杖有些不安地杵着地面,当迎面而来的风将它们的笑声灌入杜秋叶耳中的时候,杜秋叶又觉得一切尚好,他并不希望自己是唯一那个能给吴静雯带来欢乐的人。

"我们回去吧!"欢愉中的吴静雯无意回望了一眼,发现杜秋叶的身影已经难以捕捉,她不禁有些担心,那声音有些慌张地奔向孙峰。

"是有点远了。那我们就回去好了。"孙峰也感觉四周有些陌生,"你坐好了,扶稳两边。"孙峰一个急转,背在肩上的绳子受力绷紧,被牵引的吴静雯开始冰面上作弧。

冰层的裂纹在蔓延,悄声的呻吟在吴静雯的尖叫中一点点响亮起来。只是两个人谁都没有意识到这样的隐患。在那个让人感到刺激和惊险的弧线将要结束的时候,冰层轰隆一声断裂开来。吴静雯还没有意识到发生了什么,冰冷的河水就浸湿了她的衣服,眼前从平整的河面变成摇晃的天空。胸腹被挤压在冰层破裂的边缘,下半身仍旧嵌在孙峰的座驾里,只腾出一双手在冰面上徒劳无功地抓着什么。

"怎么回事。"扯着绳子的孙峰听到身后的响声不觉回头看去,却发现身后的吴静雯只在冰面上露出一个脑袋。他马上意识到发生了什么,这种事情他以前听说过,总有人恶作剧地将冰面上的某个地方弄薄或者弄出裂纹来,让横穿冰面的人跌入水里,只是他没想到自己会遇见这么倒霉的事情。想着这些,他手里的绳子不觉松了松,吴静雯感到将自己卡在断裂处的力道开始松弛,自己的身体像一片薄纸一样开始下沉。

"拽紧绳子,孙峰,别往这边走。"吴静雯大声喊道,她感觉自己身体中所有的力气都从喉咙中倾泻而出。她虽然不太明白自己为何可以卡在这里,但至少她知道如果孙峰让绳子卸了力道,自己就会坠入到河里。

"怎么了?"听到声音的孙峰抬眼一看,这才发现杜秋叶已经连滚带爬地跑到了自己的面前。

"河里,吴静雯掉进去,冰……冰破了。"孙峰的喉咙一时之间像是变成了一块石头,说出的话杂乱无章,不过足够杜秋叶来明白他所要表达的意思。杜秋叶没听完孙峰的话,人已经跑向了吴静雯所在的位置,短短的几步路,杜秋叶也不知道自己摔倒了多少次。

"别怕。"杜秋叶一把抓住了吴静雯的双手,用力地将她向外拉。

"不要,秋叶,我被卡住了。你得让孙峰先松点力才行。"吴静雯慌张地说道,双眼已经变成湖泊,嘴唇因为入骨的寒冷显出青紫。

"松一松绳子,孙峰。"杜秋叶不敢将吴静雯的手放松丝毫,他看着吴静雯,声音却奔向另一侧的孙峰。

"好。"孙峰一点点卸去自己加在绳子上的力度,吴静雯的身体开始明显地下沉。

"好了吗?"当绳子不对吴静雯产生任何影响的时候,杜秋叶紧着牙关问道。一个和他同龄孩子的体重全都依靠自己的手臂,酸痛感很快在肌肉间分泌出来。杜秋叶攒足了劲,将吴静雯往冰面上拖,吴静雯此时发不出任何的声音,瘦小的身体不住地颤抖着。

"来。"孙峰这个时候也跑了过来,他意识到手里的绳子已经无关紧要。在他的帮助之下,吴静雯顺利地被拉出这个裂开的冰窟窿。

"你没事吧,啊? 能不能说话?"杜秋叶让她的头靠在自己的腿上,然后轻轻地拍打着吴静雯的脸,她的面色惨白,双唇却变成绛紫色。一旁不知所措的孙峰跪倒在地上,嘴里念念有词。他的座驾正慢慢沉入河底,那一段老旧的麻绳在冰面上磨蹭着,一寸一寸地落进寒彻骨髓的水中。

"好……冷……"吴静雯哆嗦着说道,她的大半个身体刚才都浸在了冰水当中,再加上现在凶神恶煞的北风。只是坐在冰面上的杜秋叶也感觉寒意入骨,更别提吴静雯了。

"我得赶紧把她送回家。你的东西,我们会赔给你的。"杜秋叶十分吃力地将吴静雯抱起来,跟跟跄跄地走了两步,便摔倒在地。

"她家在哪儿,我去他家叫个大人来吧。"孙峰看到杜秋叶的样子,便感到这不可行,还是需要一个大人来。"就在那边的楼上,你去那边喊一嗓子,准保有人来。"杜秋叶喘着粗气,手在面前划了个大概的方向。孙峰撒开腿就跑,没几步就重重地摔倒在冰面上,他却像什么都没发生一样,爬起身来就继续跑,然后又摔倒。他开始手脚并用,在冰面上连滚带爬的朝河岸跑去。

吴静雯躺在杜秋叶的手臂上,感觉水滴不住地滴落在自己的脸上,她把双眼推开缝隙,看见杜秋叶的手背不时擦拭着眼边。那副面容上,让人心生幻觉般窥见苍老。杜军和吴国忠很快跑了过来,吴国忠一把将瘦小的吴静雯抱起,杜秋叶也跟跄着跟在杜军的后面,而孙峰呢,则站在河的另一边,任由他们离去的身影在眼里变成潮湿的浮影。

在踏上河岸的时候,吴静雯眼前闪过片刻光亮,她旋即闭上了眼睛,似乎只要如此,眼泪就不会有泄出的机会。他们直接来到了杜军的家里,之前工厂购买的电暖气,杜军留了一台,已经换下衣服裹着毛毯的吴静雯安静地躺在一边。

"叫你他×去那种地方玩!老子今天不打死你!"杜军手中的腰带打在杜秋叶的身上啪啪作响,谁也劝不动他。

看见吴静雯的眼睛眨了眨,跪在地上的杜秋叶便微微笑起来。吴静雯也对他微微笑着,只是眼里的潮湿缓慢地生出波纹。

在踏上河岸的时候,她看见的,是那根被匆忙丢弃在枯黄草木之间的拐杖,是那根没有了它杜秋叶就不敢出门的拐杖。

25.

"静雯没什么大事吧。"隔天,杜军一推门就遇见正准备出门的吴国忠。

"没啥大事,就是有点受凉了,正好周末,应该很快就能好起来了。"吴国忠紧着自己的衣领说道。

"嗳,对了,军哥,你这是干吗去啊?"双脚踩进棉鞋里,吴国忠问道。

"我去厂子里看看孙少康,这个时候他应该在工厂里。"杜军也把自己的衣领扎紧,对于窗外的寒风他可不敢有丝毫的懈怠。

"正好,我也要去厂子,有点活没弄完,我去赶赶。"

"成,那走吧。"杜军拍了拍自己身上,似乎是感觉自己身上的这件棉衣有点薄。

北风如开了刃的砍刀切割着地面,路上行人寥寥,通往工厂的路上,除了几条流浪的猫狗之外,杜军和吴国忠基本上没看见什么活物。

"你说,刘英这个事到底什么样算完呢?"吴国忠突然说道。

"你还记得咱小时候都怎么吓唬别人不?"杜军有些驴唇不对马嘴地回应道。

"啊?"吴国忠有些反应不过来,他转头看着被狂风抽打着的杜军的脸。

"你等着,我跟你没完!"

"原来是这样啊。"吴国忠听到杜军的回答,有些沮丧地低下了头,想必刘英的那两个叔叔也是抱了这样的心态吧,他挠了挠自己油腻的头发,着实为孙少康感到苦恼。

"你们俩怎么这个时候来了?"刚走到工厂门口,丁妈的声音就穿过玻璃,如建筑工人挥起的巨锤一样砸在两人的头上。

"来工作啊。"吴国忠笑了笑。杜军则没有说什么,径直朝孙少康的办公室走去。他一向不太喜欢丁妈,他也不知道着其中的缘由,只是很单纯地排斥。吴国忠也只是潦草地和丁妈打个招呼,然后奔向自己的工作岗位。

孙少康正如杜军所料待在办公室里,杜军推开门的时候他都没有抬起头来看一下。

"这么忙啊,孙主任?"杜军往沙发上一坐,跷起二郎腿后说道。

"军哥,你啥时候进来的?"孙少康吓了一跳,身子往后一缩差点跳起来。

"刚进来而已,看见你能这么专心,我感觉自己有点瞎操心啊。"杜军摸出烟来,仿佛任何一句出口的话不沾点烟味就会让人无法理解。

"军哥,你可别开我玩笑了。"孙少康有些无奈地将手里的东西抛在桌上。"不到这个位置上来,一点都不知道这个位置有多么难。"

"万事开头难,慢慢适应就好了。"杜军以一副过来人的样子说道,孙少康看着他那副神情,忍不住笑了起来。

"是啊,要不是出了那样的事情,也许会顺利一些。"孙少康也摸出烟来,办公室里一时间烟火缭绕。

"后面应该还会有麻烦,做好心理准备吧。"杜军深深地吸了口烟,"出了这样的事情,亲戚们都会觉得是个发财的好机会。"孙少康听着杜军的话,点了点头,手里的烟不知不觉之间有了一截烟灰。

"说起来,我这边也是有一堆破事呢。"杜军突然说道,昨天因为吴静雯的事情,脑子都像是空了。回到工厂里他才想起来有许多事情要做。

"有什么能帮上忙的?"孙少康的目光穿过白烟,望着杜军。

"去趟车站拿食堂的预算,医院也还要去一趟。"杜军望着天花板嘀咕道,虽然事情不多,但压在心里总觉得心烦。

"听起来也没什么很麻烦的事啊。"

"事情本身就是麻烦的。我更想在办公室里开着电暖气睡大觉。"

杜军拍了拍自己的腿,站起身来,"没有什么事情的话,中午一起吃个饭吧。"

"好啊。"孙少康点了点头,办公室的门随即关上。

吴静雯今天起得很迟,电暖气的热度将她的身躯包裹,让她感觉自己像是一块正被烘烤的蛋糕。

"妈妈!"踢开身上的棉被,把床头的衣服一件件套在自己的身体上。脚步声从厨房里想起,曹荣芳疲惫的面容很快出现在吴静雯的眼前。

"好些了吗?"有些湿的手掌贴上吴静雯的额头,如释重负的神情让吴静雯感觉自己似乎舒服了不少。

"嗯,好多了。这个东西,是秋叶家里的吧?"吴静雯准备下床的时候看见一个立在自己床边的怪家伙,不间断的热量正从那温黄色的光亮中涌向自己的身体。

"是啊,昨天你杜叔叔非要给你搬过来,我们也没办法,就让他放在这里了。"曹荣芳说着又想起昨天的情形,谁也拗不过杜军,硬是让他搬了过来。

"一会我们还回去吧,那边还有一个爷爷和一个奶奶呢。"吴静雯从床上下来,两只可爱的棉拖鞋随着她的脚步发出吱吱的声响。她走到客厅的餐桌上,抓起一个玻璃杯将里面的水咕咚咕咚一口饮尽。

"别喝那么急,等会我给你倒点热的。"曹荣芳说着跑进厨房里,出来的时候手上多了一个红色的暖壶。吴静雯看起来比昨天确实好了许多,脸上恢复了些许血色,发紫的双唇也变回红色。趁着这个空当,曹荣芳抱着那台电暖气敲响了杜军家的门。

"多谢你们,静雯已经好起来了。"

"是吗?多用一阵子吧。"

"阿姨,静雯已经好起来了吗?"杜秋叶小小的脑袋瑟缩在一角,脸上带着一副小心翼翼的神情。

"是啊,已经好起来了。如果你能去陪他玩,她一定会很开心呢。"

"秋叶!"方琪看着杜秋叶一点点靠近门口,不得不喊了一句。

"阿姨说静雯已经好起来了。"杜秋叶委屈地嘟着嘴,一双清澈的眼睛扑闪着。

"没关系的,让他去吧,静雯看到秋叶也许会好得更快一些呢。"曹荣芳轻轻抚摸着杜秋叶的头发,脸上的微笑让方琪难以拒绝。

"好吧,早点回来啊。不要打扰太久。"

"怎么是打扰呢?来吧,秋叶,静雯正在等你呢。"曹荣芳笑着说道,杜秋叶听到曹荣芳的话,身形一闪就跳到了自家的门外。

看见杜秋叶的吴静雯明显精神好了许多,她的动作虽然还有些迟缓,但欢愉已经在五官之间铺展开来。

"好些了吗?"杜秋叶有些内疚地问道。

"好多了。"吴静雯从椅子上跳下来,伸开手摸了摸杜秋叶头顶的头发。曹荣芳看见吴静雯的精神好了起来,便不去打扰两个孩子,转身便走进了厨房里。

"你去拿你的拐杖了吗?"吴静雯小口呷着热水,眼睛带着询问的意味眨动着。那个时候,自己唯一看清的东西,就是那根拐杖。

"什么拐杖?"杜秋叶却丈二和尚摸不着头脑,一副不知道吴静雯在说什么的神情。

"你的拐杖呀。"吴静雯有些生气地瞪着杜秋叶,她的手上可还缠着创可贴呢,杜秋叶竟然就这么忘了拐杖的事情。

"我没有拐杖啊,我一个小孩要拐杖干什么。"杜秋叶苦恼地抓着自己的头发。"你是不是发烧了,妈妈说发烧的时候就会说一些乱七八糟的话。"杜秋叶摊开手掌贴在吴静雯的额头上,感觉温度并不太高。

"我才没有发烧。你才发烧了呢。"吴静雯的眉头皱起来,反过来去摸杜秋叶的额头。

"可是,拐杖不都是老爷爷才用的东西吗?"杜秋叶笑着将自己的手从吴静雯的前额上收回。

"你再这样,我就生气啦。"吴静雯忍无可忍地对杜秋叶喊道,没什么力气的小拳头落雨般狠狠地砸在杜秋叶的身上。杜秋叶扯着自己头发,头都想得有些痛了,也没能想到任何和拐杖有关的事情。吴静雯见他一副冥思苦想的样子,挥舞的小拳头也渐渐停了下来。"真的想不起来吗?一根短短的拐杖,上面还有花纹的。"吴静雯的大眼睛如明镜一般映照着杜秋叶焦躁不安的脸,杜秋叶间或抬头一看,正对上吴静雯明净无尘的目光。想要躲避,却发现那目光如同一张将自己紧紧缠绕的网。

"干吗啊?"杜秋叶脸上一片羞红,身体有些不安地扭了扭。

"没事啊,看看你还不可以吗。"清亮的笑声欢快地涌出,让杜秋叶更加羞涩地把头垂了下去。"你原来也有不好意思的时候。"吴静雯有了什么重大发现一般,更加大声地笑起来,只是没笑几声便开始剧烈地咳嗽,看来昨天那一遭让她有些感冒。

"多喝些热水啊。"曹荣芳的声音从厨房一路小跑,跌进吴静雯的耳朵里。

"知道啦,妈妈。"吴静雯大声地回音道,只是几声咳嗽将她的话撞得七零八落。

"要不要去看医生啊?还有哪里不舒服吗?"曹荣芳擦着双手,从厨房里走出来,颇为担忧地问道。

"我不想看医生。"吴静雯勉强说道,气管里向上撞击的力道还是让她忍不住咳了起来。

"下午带你去看看吧,要不然会越来越厉害的。"曹荣芳可不打算给吴静雯选择的权利,孩子们可没有几个想去看医生的。

"好吧。"吴静雯撅起了小嘴,求饶似的望着曹荣芳,而回答她的只是走向厨房的脚步声。

"真讨厌,又要打针吃药。"吴静雯的声音充满沮丧。

"生病了总要吃点药才能好起来嘛。你该不会连吃药都害怕吧?"杜秋叶轻轻地拍了拍吴静雯的肩膀。

"我才不害怕呢。"吴静雯听到杜秋叶的话立马反击,杜秋叶听到之后心满意足地笑了起来。

杜军三人在李老头的小酒馆里随便吃了点饭,大概是因为刘英的事情已经过去了一段时间,孙少康的心情明显比上次来的时候好了许多。看到他正一点点恢复到原来的样子,杜军和吴国忠心里仿佛有一块大石头总算着了地,不用再日夜担忧。李老头弄好酒菜之后也加入到他们之中。入冬以来,他的小酒馆生意就变得寡淡了许多,成了他自己一个人的餐厅,每天给自己捯饬点吃的,随便挑一张桌子开吃。唯一不好的就是有点入不敷出,不过好在李丘时不时地给他送点钱来,日子倒也过得下去。吴国忠问杜军知不知道吴红霞的近况,杜军心里先是一咯噔,旋即随便敷衍了几句。他还以为自己和吴红霞的事情传到了吴国忠的耳朵里,若真是那样的话,估计吴国忠也不会只是问一下近况了。一顿饭,似乎将每个人的心中的郁结解开些许,生活总是如此,不是太重,就是太轻。

几人在李老头的小酒馆门前挥手作别,无事可做的杜军打算去一趟车站,而吴国忠因为突然想起了吴红霞,便去看看她的近况。虽然心理上仍旧排斥她所赖以为生的行当，但毕竟血浓于水，那可是他的亲妹妹。孙少康则返回工厂，继续整理资料熟悉业务，他逐渐明晰自己所处的位置是多么重要，更是明白了陆扬德那个时候在办公室里对自己所说的"可不像杜军的工作那么简单"究竟是何意义。

两个人走了一段路之后跳上了公交车，满面狰狞的北风确实让人很难长时间地在室外行走。公交车上就显得拥挤了许多，大大小小的脑袋攒动着，鸡鸭鱼肉的味道调制成车里的空气。杜军和吴国忠不约而同地皱了皱眉，感觉到生活的恶意正倾面而来。司机在这种环境里似乎也颇感厌烦，车开得东摇西晃，臃肿的车身一路上都踉跄前行。吴国忠在小学那一站下车，虽然从来没到吴红霞那里去过，但他也知道个大体位置。从小学向工厂的方向走一段时间，便能够看到"红霞按摩店"的招牌，红底白字，破旧的痕迹让人看起来很不舒服。长这么大还真是第一次进这种地方。吴国忠在呼啸的北风中用力地吸了口气，然后推门而入。

杜军经过一路颠簸到达车站的时候，感觉自己全身上下的骨头都要散架。下车之后不消几步便看见了那个报刊亭，那个年纪比自己稍大些的男人靠在一边抽烟，杜军简直要拜师学艺，看看如何在这样的天气里抽烟。

"陈木在不？我前阵子来过。"杜军在脑海里扒拉了好一阵子才想起那个年轻人的名字。

"在，角里和他叔窝着呢。"男人的手指了指，杜军便知道又是那个十分简陋的会客室。从报刊亭的这一侧绕过，杜军看到了那个瘦长的"会客室"，一老一少正对坐其中，比赛一般地抽着烟。

"您来了。"陈木起身。那个老人则像上次一样慢吞吞地走了出去，路过杜军的时候用极其复杂的目光看了他一眼。杜军也不愿理会他，侧了侧身子让他过去，自己则钻进了"会客室"里。

"应该差不多了吧。"

"已经完成了。你看一下。"陈木从怀里掏出一卷纸来，连同上次杜军塞给自己的图纸一并递过去。

"我看也看不懂，有什么别的问题我会回来找你的。"杜军直接塞进自己的棉衣里，看都懒懒得看一眼。"对了，今天你们这儿人怎么这么少，那些个干活的人呢。"

"山里有户人家的房子倒了半边，他们去给人家修房子了。"

"倒了半边?"

"是啊,本来就是一间老屋了,据说房顶上积了不少雪,风大又吹倒了棵树,房子就倒了半边。"陈木轻描淡写地说道,"那家男人也是倒霉,断了条腿。对了,你抽烟吗?"皱巴巴的烟盒举到杜军的眼前。

"你们县城里的人应该很少听说这样的事情吧。"陈木看着杜军的表情似是意识到了什么,手里的火机递给杜军。

"没听说过。"杜军抽了一口,剧烈地咳嗽起来。"这样,有什么问题,我再来找你。"杜军站起身来,话没说几句,他就有点迫不及待地想要离开。

"嗯,我一直都在这里。"陈木点了点头,两股白烟从他的鼻孔里飘出来。

拐出会客室,他又去了上次去过的那家包子店,刚一推门,那个老妇人的声音就传了过来。

"吃啥?"

"十个肉包子,装起来带走。"似乎是因为过了午饭的点,店里面空空荡荡的,杜军随便挑了个位置坐下。

"好嘞。"老妇人的脚步走向后厨。

"还有咸菜,弄点酸萝卜。"杜军吆喝起来,他可记得上次的那点咸菜,清脆爽口的酸萝卜丝。

"好嘞。"从厨房中传出来的声音带着昂扬向上的调子。

买好包子之后,杜军便站在车站的站牌下等车,他想着回去躺在自己的办公室里,一边吃着包子,一边看看报纸,脚边还有个电暖气烤着。

"你他×的上不上车。"一声粗哑的吼叫吓得杜军身子一颤,他回过神来,发现公交车已经停在了自己的面前。杜军心里嘟囔了几句,上了车。因为刚从首发站驶出,车上的位置都是空的,杜军有些庆幸自己可以坐着回去。

"又他×的是你。"司机怒气冲冲地骂道,杜军回头看了一眼,也觉得这人看起来有些眼熟。不过杜军今天懒得和他计较,随便找了个地方就开始打盹。

吃罢午饭之后,曹荣芳就带着吴静雯出了门。母女二人在呼啸的北风中显得颇为单薄,他们没有选择工厂那边的医院,而是朝小学那边的一家诊所走去。毕竟感冒不是什么大毛病,在曹荣芳看来属于打几针吃点药就能好起来的小事情。

吴国忠在吴红霞的店里没待多久就变得怒不可遏,本来只是聊聊近况,问问过年时候的打算。谁知道话没说几句,两个人便再次吵了起来,吴国忠自然还是希望吴红霞可以换个行当,即便现在不换,等到钱攒够了去做点什么买卖也可以接受。吴红霞自然是一口回绝,那种态度让吴国忠简直无法忍受。

"就算是答应下来骗我一下也不行吗?"吴国忠怒气冲冲地推开了按摩店的门,却没有意识到街对面正有一双目光看向自己。

"那不是爸爸吗?"吴静雯顺着曹荣芳的目光望过去,不知道妈妈为什么没有叫住他。

"不是的,应该是看错了。"曹荣芳抚摸着吴静雯的头发说道,"我们先去看医生吧。"她不由分说地牵起吴静雯的手,向前走去。

这个季节是小诊所生意最好的时候,孩子们稍一不注意便会头疼脑热。曹荣芳带着吴静雯光是站在诊所门口,就听得到里面此起彼伏的哭声,打吊瓶的座位已经不堪重负,甚至有许多中年女人带着自家的小板凳。吴静雯的眼里有些惊恐,曹荣芳不容辩驳地将她一点点推进诊所。

"什么症状啊。"排了很久的队,终于轮到吴静雯坐在那个长了一张方脸的白大褂面前。白大褂说话的时候脸上的皱纹一跳一跳地,吴静雯目瞪口呆地看着他,喉咙里挤不出一个字来。"咳嗽,流鼻涕,嗓子也有点哑。"站在一旁的曹荣芳连忙说道。

"衣服解开一下。"白大褂把听诊器挂到耳朵上,手不耐烦地挥了挥。曹荣芳解开吴静雯的衣领,白大褂把听诊器贴到吴静雯的胸口上。"支气管发炎了,打针还是吃药啊?"白大褂抽出一支圆珠笔来,脸上已经做出一副等候的表情。

"吃药!"吴静雯这会儿抢着说道,她一想起那寒冷的针尖就感觉全身难受。"那就吃药吧,打针的话确实不太方便。"发觉对面的目光移向自己,曹荣芳说道。

"姓名?"

"吴静雯?"

"年龄?"

"七岁。"

"去那边拿药吧。"圆珠笔的紫色笔迹在单子上划过许多圈圈和波浪线,然后嗤拉一声撕下,递到了曹荣芳的手里。从病房取完药之后,母女二人便走在回家的路上,吴静雯似乎因为自己即将要吃药而感到十分沮丧,而曹荣芳的脑海里则一直浮动着吴国忠从按摩店推门而出的情形。一路上,母女两人都没怎么说话,各自愁着各自的事情。

回到办公室的杜军百无聊赖地看起报纸来,虽说有些字并不认识,但他读起来还是乐此不疲。带回来的包子一会儿工夫也就只剩下了一两个。

"军哥?"敲门声响了起来,吴国忠的声音从门外传来。

"进来就行。"嘴里的包子差点噎着杜军。"怎么了这是。"吴国忠垂头丧气的样子让杜军停下了咀嚼的动作,肉末从他的嘴边飞舞落下。

"还是吴红霞的那点破事呗。她好像要一直做下去的样子。"吴国忠把身体重重地扔在沙发上,堆满了愁容的脸看起来如一张搓皱了的纸。

"唔,她啊。"杜军在脑海里扎实地筑下一堵围墙,免得说出什么不该说的事情。"一直做下去的话确实不是什么好事。"

"是啊,而且总要嫁人的,再怎么解释自己没有参与其中,但是只要是个男人,心理上难免有点抗拒。"吴国忠揉着自己的太阳穴,刚才吴红霞的神色似乎完全没有考虑过成家,那种无论怎样都无所谓的神情让他想起来就气愤不已。

"嗳,这样的事情我也帮不上什么忙啊。"吴国忠的话有些出乎杜军的意料,他似乎从来没有考虑到这个方面,一想到自己还占有过她,杜军的心里填满了一种复杂的情绪。

"是啊,毕竟是家里的事情。都说家丑不可外扬,还是忍不住要找人说一说。"吴国忠攥起拳来敲打着自己的头。杜军连忙过去摁住吴国忠的手,一时间两人都不知道该说些什么,只能长短不一的叹气。

由于是星期天,除了极个别工人的之外,其他人的上班下班都没有什么硬性规定。五点钟左右,杜军和吴国忠便打算回家,和仍旧在一堆资料里忙来忙去的孙少康打了个招呼之后,两个人便钻进工厂外的北风之中。

26.

刚进家门,吴国忠就觉得有点不太对劲。曹荣芳一脸阴沉地坐在沙发上,吴静雯则病快快地在一旁玩着玩具。

"怎么了?"吴国忠松开自己紧实的衣领,疑惑不解地问道。

"静雯,你要不要去秋叶家玩一会儿,妈妈要做饭啦。"曹荣芳没有理会吴国忠的话,转而对吴静雯说道。

"好啊。"有些乏困的吴静雯蹭地一下从角落里站起身来,一双眼睛像猫一样放出亮光。

"记得早点回来,别忘了吃饭。"吴国忠似乎也意识到曹荣芳要说些什么,他打开了门,目送着吴静雯敲开了杜军家的屋门。

"咋着了,这是?"吴国忠坐到曹荣芳的面前,语气像是春天里的一阵和风,只不过曹荣芳的脸仍旧是一片阴翳。

"今天中午我带着吴静雯去看医生了。"喉咙变成一块坚硬肿大的石头,上下滚动着。"在小学那条路上。"

"医生怎么说,严重吗?"吴国忠朝曹荣芳挪了挪,他看见她的眼里升起潮湿。

"你离我远点!"曹荣芳大叫起来,她朝一边闪躲着,脚下踉跄着,差点摔倒地上。

"这是为什么?"吴国忠不解地看着曹荣芳,他的大脑变成一片空白,他完全不知道问题楚出在了哪里。

"你今天中午去哪里了!"曹荣芳的声音变得无比锐利,她原以为说出中午从那里经过的事情后,吴国忠就会主动坦白。没有想到他竟然装起糊涂来了。

"啊,你说那个按摩店。我是去……"吴国忠赶紧挥舞起自己的双手,示意事情并不是曹荣芳想得那样。

"我不管你是去干什么,你对得起我们母女俩吗?你个不是人的东西。"气愤和恼怒一并冲进曹荣芳的脑海,他抄起手边的一个玻璃杯朝吴国忠扔了过去。吴国忠本能地侧了侧身子,杯子打在墙上,发出清脆而响亮的破碎声,锋利的残片洒落一地。

"你叫唤什么,能不能听我说一句!"吴国忠心里本来就十分烦躁,看到曹荣芳又这样不分事理的摔东西,火也一下子蹿了上来。粗壮的手臂重重地砸在餐桌的一边,木质的餐桌整个翻了过来,七零八碎的东西哗啦哗啦地摔在地上。

"我跟你拼了!"一向温和软弱的曹荣芳此刻却变得格外凶猛,她朝吴国忠扑了过去,整个身子失去了重心扑过去。牙齿,手,膝盖,所有的武器都气势汹汹地向眼前这个她深爱的男人发起进攻。

"你他×的别发疯了!老子已经够烦了!"又抓又挠又咬的曹荣芳被吴国忠一把推到沙发上,沉闷的声响在促狭的屋子里久久回荡着,空气一下子变得稀薄,两个人的胸口都剧烈地起伏着。

"吴国忠,你小子他×的干啥呢?给老子把门打开。"站在走廊里的杜军一套组合拳砸在吴国忠家的门上,急躁的嗓音让人感觉他下一秒就要破门而入。"你他×的给老子开门,你敢打人你看老子不打死你。"吴国忠皱着眉,把门开了条缝,杜军凶神恶煞的一张脸猛地冲进屋内。

"你他×的干啥!"杜军一把将面前的吴国忠推得退了好几步。

"我……我他×的!"吴国忠瞋目切齿地看着狼藉一片的地面,转过身去钻进了卧室里,咣当一声将门锁了起来。

"你他×的是不是个男人,你别忘了,你上班第一天都是老子带你去的。"杜军大声喊道,只是那面紧闭的门没有任何的回应。杜军叉腰站了片刻,屋内仍旧没有任何回应,他无奈地叹了口气,转身先把翻倒在地上的餐桌立了起来。

"因为啥啊,啊?"杜军跨过一地的残骸,扯过一个凳子在曹荣芳的对面坐了下来。

"他……他耍流氓!"曹荣芳擦着红了一圈的眼睛,既气愤又有些不好意思地说道。

"耍流氓?"杜军一怔,旋即笑了起来,"咱国忠可不是那种人,这里面是不是有什么误会啊。"杜军一听耍流氓连忙摇起头来,他知道吴国忠可做不出那样的事情来。

"我亲眼所见!"曹荣芳激动地说道,她轻度的哽咽被一阵剧烈咳嗽所取代,每一声都像是从喉咙里呕出来的。

"你别着急,你跟我慢慢说。"杜军嘴上说着别急,其实这会儿自己跟只热锅上的蚂蚁一样。他虽然相信吴国忠,可曹荣芳又说自己亲眼所见,这一来二去得怎么也说不明白。

剧烈的咳嗽逐渐止住,身体也渐渐停止抽动,曹荣芳用明显哑了的嗓子把中午带着吴静雯去看医生,半路上见到吴国忠从按摩店里出来的事情说了出来。杜军听着,不时将目光甩向门口,他怕吴静雯这个时候突然出现。看到自己的家变成这样,一个年幼的孩子恐怕会在一瞬间感到自己一无所有。

"原来就这么个事啊。"曹荣芳说完之后,杜军拍着大腿说道,甚至有些不合时宜地笑了起来。

"军哥,你这是……"

"我先给你把国忠叫出来,然后你俩听我说这到底是怎么个事,你看行不。"杜军站起身来,向卧室走去。

"啊……好。"曹荣芳有些疑惑地看着杜军,但还是僵硬地点了点头。

"你小子给我出来吧。这事我给你讲明白。"杜军开始砸卧室的门。吴国忠狼狈的脸出现在杜军的面前。"出来吧,躲起来也解决不了什么问题啊。"杜军用力地看着吴国忠,两道目光像是有力的触手将他从门后一点点拽出来。

"我……"吴国忠两片干燥的嘴唇像说些什么。

"行啦,你什么都别说了。"杜军转过身走了几步,又坐回刚才的位置。

随着吴国忠落座,整个客厅里的空气变得沉了几分,压抑的气氛让杜军开嘴之前不自觉地皱了皱鼻子。

"其实是这么个事。"杜军仔细地想了想如何把事情说得好听一点,然后便把吴红霞和吴国忠之间的关系一五一十地说了出来。虽然吴国忠的眼里几次流露出抗拒的意思,但是杜军的叙述却从未中断过,甚至将两人如何撞见吴红霞的都讲了出来。

"好了,就是这样的事情,剩下的时间是不是交给你们两个了?"杜军站起身来,顿觉有些口干舌燥。

曹荣芳疑惑的目光在杜军和吴国忠的脸上来回摆动着,而吴国总则低垂着自己的脑袋,重重地呼吸着。

"国忠只是想让他妹妹换个活儿而已。"杜军说完便走向门口,在迈步出门的时候,刚才一直垂着脑袋的吴国忠走到门边,叫住了他。

"军哥,多谢。"声音很低,但杜军听得出来他用了多么大的力道,他点了点头,然后拉开门,走了出去。

杜军离去之后,吴国忠感觉自己的身上轻快了许多,他一直不想把吴红霞的事情告诉曹荣芳,但现在经由杜军和盘托出,或许再好不过了。虽然感觉自己身上的重担轻了许多,但吴国忠还是不敢对上曹荣芳的眼睛,目光在地板上摩擦着,仿佛这样就能把狼藉不堪的地面清扫干净。

曹荣芳深深吸了口气,站起身来去厕所找出扫帚和簸箕,准备将地上的一片狼藉清扫一下。

"我来吧。"吴国忠抓住曹荣芳的手站起身来,两个人的目光似乎穿越了万水千山才得以相见,带着彼此都感到陌生的温度。

夜幕缓缓落下,吴静雯在杜军家里吃了晚饭,回到家里的时候一切都恢复正常。

"爸爸,妈妈,你们是不是吵架了呀?"

晚上,躺倒在吴国忠怀里的吴静雯双眼扑闪着问道。

"才没有呢。"吴国忠细细地抚摸着她的头发说道,坐在一旁的曹荣芳静静地看着吴静雯恬静的样子。两个人目光相遇的时候,唇角都不由自主地长出细小的旋涡。

吴静雯知道,那是笑呀。

27.

　　一月二十九日,杜军刚到工厂,孙少康就大叫着迎面扑来。

　　"咋了这是,见着鬼了?"杜军一把将他推开,一张没睡醒的脸摆出厌恶的表情。

　　"军哥,你看看这报纸。"孙少康将手里的报纸直往杜军的脸上蹭,黑色的大标题在杜军的眼前不住地摇晃着。

　　"去去去,一边待着去,老子不识字,你又不是不知道。"杜军抓住孙少康的手,免得那份报纸被孙少康塞进自己的嘴里。

　　"那告诉你,明年香港就回归啦。"孙少康兴高采烈地说着,杜军都害怕他一下撞到天花板上,他一脸淡漠地看着手舞足蹈的孙少康,过了半晌才迟疑不决地说道,"香港是哪儿?"

　　"啥!军哥,我没听错吧!"手舞足蹈的孙少康霎时橡根木桩一样钉在了地上,一动不动地盯着眼前的杜军。

　　"我就是不知道啊,你跟我说说能咋地。"杜军正嘀咕着,自己的肚子便咕叽咕叽地叫了起来。他×的,喝一次拉三天。杜军连忙捂住自己的肚子,忍住腹内即将夺门而出的那股力道,揣着一卷卫生纸朝厕所冲了过去。

　　高平恰好是在这个时候来到工厂的,坐在门卫室里的李丘张眼一看,觉得有些陌生,连忙把他叫住,"你,干啥的?"

　　"我来找杜军。"高平将胳膊抬了抬,李丘这才看见他手里拿着一面锦旗,虽然面积不大做工也不怎么精致,但和高平身上破旧的棉衣比起来已经算得上光彩夺目。

　　"你先在这里等一下。"李丘怕是刘英的亲戚有找上门来,感觉还是把杜军叫出来比较稳妥。"杜军,滚出来,有人找。"李丘扯开喉咙喊了起来。

　　"老子拉屎呢。天塌了都得等会儿。"杜军听见李丘的叫唤,在厕所的隔间里大声地回应道。这一嗓子到好,整个工厂的工人都大笑起来,把陆扬德也从办公室里招呼了出来。看到那间办公室的门打开,工厂内的笑声才渐渐落下,机器运转的声响重新塞满工厂。

　　"咋了这是?"陆扬德看见门卫室这边站着个脸生的人,朝李丘问道。

　　"有个人,说是来给杜军送锦旗的。"李丘的手朝高平手里的锦旗指了指。

　　"哦?"陆扬德听到李丘的话,朝着门卫室走了过来。"杜军又干啥好事了?"陆扬德问道,他是打心里也不相信杜军能做出什么让人送锦旗的事情来,尤其是看见锦旗上写的是"助人为乐"。

高平看起来并不想搭理陆扬德,他抻着自己的脖子四处看着,仿佛自己用在脖子上的力气能帮杜军早点结束在厕所里的战斗。

"我说,你不妨给我们讲讲杜军帮了你啥忙。"李丘感觉被高平无视的陆扬德面色有些不对,连忙说道。"这位呢,是咱们工厂的陆厂长,我呢,是杜军手底下看大门的。你跟我俩说说,这也没啥坏处,你说对不?"李丘话是这么说着,心里却骂杜军他×的才应该看大门。

"说的也是。"高平看还没有杜军的影子,便缩回了自己的脖子。"你是厂长啊,我跟你说,可得给军哥多发点奖金什么的,不发我可跟你过不去。"那张信誓旦旦的脸让陆扬德哭笑不得。话还没说两句,杜军的声音便传了过来,"叫老子有啥事,拉个屎都不痛快。"站在门卫室的三人抬头一看,杜军正摇摇晃晃地走过来。只是工人们又开始放声大笑,气得陆扬德面色发青。

"有人给你送锦旗来了。"李丘招呼着杜军,让他快走几步。

"锦旗?"杜军对这个东西没啥概念,只知道是用来表扬人的,他抖着发软的双腿快走了几步,看见高平的时候才想起来。"原来是你啊。送这玩意干啥?"杜军看了看他手里红底金字的锦旗,竟然有几分不好意思。

"你帮了我那么大一个忙。我当然要表示一下。"高平不由分说地把锦旗塞进杜军的手里。

在陆扬德和李丘莫名其妙的目光里,杜军一瞬间不知道自己该说点什么。"呃,这个,你俩先……我们是不是可以单独聊聊。"杜军转向站在一旁的陆扬德和李丘。

"这个,当然可以。"陆扬德先退了一步,虽然没弄明白发生了什么事情,但看起来不是什么坏事,陆扬德自然也没有好奇非要到弄明白发生了什么。

"跟我来吧。"杜军带着高平到了自己的办公室里,两个人都坐下之后,聊起天来。高平告诉杜军自己的老婆恢复得不错,虽然借了些钱,但压力也还不是太大。当然,最主要的部分还是表达自己对杜军的感谢。很少去医院的人,总是感觉要去医院就得有个关系,要不然不仅要多花钱,病还未必能治好。杜军听着高平感激之词,心里却感觉医生们实在有些可怜,在人们的心中几乎没啥正面的形象。

说了十几分钟之后,高平起身告辞,杜军一路把他送到了工厂门口,还嘱咐他多弄点好的给婆娘吃。自己啥时候变成能说出这种话的人了。杜军站在工厂门口看着高平渐渐远去的身影,心里不觉有些纳罕。

"你小子又干啥好事了,跟我分享分享呗。"李丘那张几天没有梳洗过的脸此刻从门卫室的窗户里探出来。杜军正好无事可做,便一头钻进门卫室里,带着几分骄傲的神气将事情从头到尾说了一遍。

"你也没给人家帮上什么忙啊。"李丘听完杜军的话,搔着脑袋说道。

"说实话,我也没觉得帮了啥忙,不过既然人家都来了,我也不能不收下吧。"杜军一副实在很为难的样子。

"行行行,你可别说这样的话。"李丘看着眼前的杜军得了便宜还卖乖,不耐烦地挥了挥手。

"我说的是大实话啊。"杜军学着李丘的样子搔着自己的脑袋。

"快回去忙你的吧。"李丘仍旧摆着自己的手,似乎要扇出一阵飓风,将眼前的杜军吹出去。

杜军回到办公室,看见桌子上的那面锦旗,突然想起了什么,连忙带着锦旗冲了出去。

"请进。"坐在办公桌之后的孙少康听到敲门声连忙回道。门裂开一道缝,手持锦旗的杜军钻了进来。

"这是啥?"从一堆文件中抬起头来的孙少康看着杜军手里的锦旗,不知道发生了什么。

"别人送的。"杜军骄傲地脑袋撅起来,目光近乎垂直看着正上方的天花板。

"挺好的啊。"孙少康说着,但他还是感到十分困惑,不知道杜军把这个东西拿给自己看有什么用意。

"你说这个,和你说的那个什么港回归,哪个值得骄傲!"杜军把自己的头移回正常的位置,十分认真地注视着面前的孙少康。

孙少康愣了一下,旋即大笑起来。"军哥,这个事情不能这么比的。你这是个人的一点点荣誉而已,而我是为了国家的富强而感到骄傲,身为一个中国人的骄傲。"孙少康正色道。

"我会让国家为我骄傲的。"杜军的声音不大,却力度十足。孙少康却再也无法将自己投入到面前的文件当中,他不知道杜军是赌气说出来的话,还是专门来告诉自己一个道理。他不禁想起自己的中学,学校的大门处有一块大石头,上面写了一句话:"今日你为三中而骄傲,明日三中为你而自豪"。那是一所很好的学校,可自己仍然没有踏进大学的门,今天的自己,真的值得母校为自己而自豪吗。

孙少康不知道,但是孙少康知道,如果当初自己多把一些精力放到功课上,一定可以迈进一所大学的校门。

安静的办公室里响起一阵长长的叹息,烟草燃烧的味道和摇荡的白烟逐渐将这空间填满。

28.

时间很快到了二月,北风依旧咆哮着,不过好在每个人的生活已被梳理整齐。1996年的一月份,比杜军想的难过了许多,各种意料之外的事情接踵而至,让他感觉自己不是在上班,而是在打理这个县城里所有令人烦躁的事情。

农历新年虽说还有大半个月,但大家的心思明显都不在手头的工作上,集市上所有的摊位都变得和年货有关。孩子们的花销一下子变大,上学和放学的路上往往伴随着一路噼里啪啦的声响。陈嘉伟和方佳变得十分苦恼,上课的时候总有不老实的摔炮从孩子们的裤兜里掉出来,在把两人吓得一怔的同时引起整个班级哄堂大笑。

走在路上的人们都带着一种迫不及待的神情,恨不能一脚踢出,眨眼之间就将日子踹出去几天。新年不仅仅是一个传统的农历节日,更是所有人从繁忙和疲惫当中抽身而出,在酒菜中放肆一回的时间。对于已经劳累了一年的人们而言,谁不希望那个日子早些到来呢。即便是此刻坐在办公室闲来无事的杜军,也希望春节早点到来。

杜军正半睡半醒地想着过年时候的各种事情,敲门声就响了起来。"请进。"杜军没有好气地说道,他每次想在办公室里打盹休息时候,这扇门总会响起来。陆扬德推门而入,他的面色看起来有些疲惫,进屋之后他有些诧异地看了一眼杜军身后那面墙上挂着的锦旗,然后在杜军的对面坐下。

"又要买啥啊。"杜军困顿的脸上挤出愁苦的表情,他一看见陆扬德就知道自己要出去跑腿。

"买点春联去吧。咱先贴上,等过年的时候这边也没人管了。"

"鞭炮呢?"杜军问道。

"鞭炮等年后开始上班的时候再放吧,鞭炮满大街都能买,早买了放在工厂里也不安全。"

"行啊。那我这会儿就出去看看吧。"杜军说着就站起身来,拎起搭在椅背上的棉衣就打算出门。

"那啥。"陆扬德踌躇了一下,"你顺便叫上孙少康吧,买几对写得好点的。"陆扬德尽力说得隐晦一些,他对杜军的文化水平实在不能放心。

"成。"杜军也懒得和陆扬德计较这些,就算陆扬德不说,他也要去叫上孙少康的。

"快过年了,千万不能放松啊。这个时候出了事,谁都过不了一个好年。"陆扬德站起身来,不太放心地说道。他的桌上放着一张刚到的法院传票,刘英的事情看起来平息了一段时间,实则远远没有结束。其实陆扬德不是不理解那些家属们的心情,无论是聚众闹事还是走法律途径,毕竟一个好好的人,说疯就疯了,无论如何也不可能举重若轻了结。只是一想到要在这样的事情上打一个持久战,陆扬德就感觉自己的太阳穴隐隐发痛。

敲开孙少康办公室的门,杜军眼前的孙少康仍旧埋在成堆的文件和资料当中。"出去买东西吧,这可是陆厂长要求的。"杜军往沙发上随便一坐,皮质的沙发面咯吱咯吱地回应着。

"哦?这次要买什么?"那一颗头似乎无法从堆叠起来的文件当中抬起来。

"春联。"杜军顿了一下。"我没啥文化,买回来的再不好,让外人笑话。"

"难怪。我这边事情实在太多。军哥,要不然你去买几副写对联用的纸吧。我自己就能写,保准不必外面卖的差。"疲惫的面容抬起来,杜军看着那张满是劳累的脸,实在说不出什么拒绝的话。

"我说,你这都在忙些什么。每天都拿着这么些纸翻来翻去的。"杜军凑上孙少康的办公桌,看着桌子上整齐摆放的表格和图纸。

"今天在给工人们弄工作计划,有些比较急的就先做,不着急的就推到年后。回头还得上上下下地打招呼。实在麻烦。"孙少康转着自己的脑袋,和杜军说两句话对他而言是难能可贵的休息。从前几天开始,他就开始准备这一年生产工作的结束,令他烦躁的是,许多送来的图纸上竟然缺漏了具体的尺寸,他一边安排着生产计划,一边还要弄明白尺寸的问题。他甚至把之前一些工件的图纸都翻了出来,所幸之前的图纸并没有什么问题。

"那我就自己去吧。你也注意休息。"杜军看了急眼桌子上那些细密的表格和精细的图纸,感觉自己的脑袋都在嗡嗡作响,他简直不能想象孙少康是如何长时间地看着这些东西的。

走出工厂的时候,杜军警惕地朝门卫室瞥了一眼,发现李丘正趴在桌子上睡得正香,杜军的心里轻松了许多。他可不想遇见丁妈突然从窗户里伸出自己的头来,又让自己给她买些零碎的小吃打发时间。

杜军在北风中一路晃悠到那个老式的供销社,距离过年还有大半个月的时间,供销社里已经挤满了老人们,他们买的不多,只是围着任何与过年有关的东西看来看去。说实话,杜军从心理上十分厌烦这些老人,一些东西拿起来摆弄几下又放了回去,次数多了之后东西就变得不那么好看了。"这群人,真是他×的太悠闲了。"杜军心里骂道。他径直地穿过货架,找到了藏在仓库里的那个老板。

"呦,这次又要些什么?"昏暗灯光中抬起那颗臃肿的脑袋。

"写春联的那种纸,有没?"杜军没想到这个老板竟然还记得自己。

"万年红啊。这年代竟然还有自己写春联的。"老板的手随便地指了个方向,"喏,就在那边。"

杜军顺着老板指示的方向走了没几步,便看见堆在角落里的万年红,每个薄薄的塑料薄膜中装着十张,杜军想了想,拿起了三捆。在出口结了账之后,杜军逃一般地离开了这个老旧的供销社,那些老人们似乎是从地里生长出来的杂草一般茂盛,让杜军都有些喘不上气来。

走在路上,鞭炮的炸裂声不时响起,有时候一脚踩到一个摔炮上,杜军还要抬起脚来看一看,免得本就有些破的棉鞋再炸出个洞来。

抱着三叠万年红刚走到工厂门口,李丘的脑袋就从门卫室里伸了出来,"这买的啥?"惺忪的睡眼摆出一张睡不醒的脸。

"万年红。写春联用的。"杜军说道。

"你还会写春联了?"李丘一副见了鬼的样子。

"少康写啊。"杜军挥舞着厚厚的纸张打向李丘的脑袋,"我他×的啥时候能写出春联来了。"杜军骂道。

"我就说嘛,写春联这也不是你杜军能干的事。"李丘笑着将头缩了回去。

"刻薄的读书人。"杜军气鼓鼓地哼哼道,他抱着怀里的万年红一路走到了孙少康的办公室。

"啊!"孙少康被杜军破门而入的声响吓了一跳,看着桌上厚厚的万年红,孙少康眼里流露出怀念。原来在上学的时候,他偶尔在家里写过几回,那个时候感觉自己写下的每一个字都是对一个家恳挚的祈福。现在,当他再次在将要过年的时候看见这些,不由得想起家里人来,他垂在身旁的手微微颤抖着,眼前的事物一点点变得模糊起来。

"咋了这是,怎么还哭上了?"杜军一看孙少康的表情不太对,连忙走到他的身边摇起他的肩膀。

"没事,看这些东西的时间太长了,眼睛发酸。"孙少康连忙用手擦了擦自己的眼睛,破碎的潮湿在手背摊开,他又把手在衣服上蹭了几下。他抬起头来看着杜军,轻轻地用手拍着杜军钳着自己肩膀的手。

"别想得太多了"。杜军怎会听不出孙少康用来招架自己的言辞,他又不是没有经历过这个年轻的阶段。

"嗯,我知道了。就是有点想家了。"孙少康用力地笑了笑。

"对了,忘了给你买笔和墨了。"杜军一拍脑袋,有些懊恼地说道。

"不用了,我这里都有。新买的毛笔都不太好用。"孙少康拉开自己办公室的抽屉,两三只毛笔和一盒墨汁静静地放置在那里。

"什么年代了,你竟然还随身放着这些东西。"杜军闻到那墨汁挥发出的味道,鼻子都忍不住皱了起来。

"本来想着坐进办公室里总有点时间练练字什么的,没想到比干活的时候还忙。"孙少康苦笑了一下,伸入抽屉内的手抚摸着他的笔和墨。

"这次好好练吧。"杜军轻轻地敲了两下孙少康的桌子,示意自己准备走了。孙少康明白的他的意思,点了点头,又投入到他繁重的工作的当中。

每年到了这个时候,学校里都会呈现出一种即将失控的情形,过年的欢喜总是先将孩子们感染。虽然很快就要期末考试,但是玩乐是孩子们的天性,自然也不会被所谓的升学压力所束缚。所以,即便每个班的班主任都强调过了不允许带鞭炮来学校,校园内还总能听见零星的鞭炮声响,地砖上也总有长长的黑色痕迹。

吴静雯和杜秋叶大概是这个时间中最为安静的两个人,他们似乎对烟花和爆竹都没有什么兴趣,只是专注于在大风掠过地面的时候静静地散步,一句话都不说。

陈嘉伟和方佳到了二月以来也在考虑许多问题,方佳想留陈嘉伟在这边过年,陈嘉伟虽然也想留在这边,但一方面不知道方佳的家里人会不会感到别扭,另一方面感觉自己过年不回家的话,自己的父母也不会感到舒服。这是爱河里的战争,两个人每天吃饭的时候都要讨论一番,只是一直没有讨论出什么结果来。同时,两个人还没有意识到彼此之间的竞争,这两个班级的期末成绩出来之后总要做个大概的评定,只不过两人不想把这种压力转移到孩子们的身上,不愿意这样的竞争影响两人之间的关系。

二月的第二天,方佳在上午放学之后来到了杜军的家里,她和姐姐方琪带着杜秋叶一路归家。方琪还是觉得把陈嘉伟留在这里过年不太妥当,先是自己父母的意思,再说陈嘉伟毕竟也是个男人,留在女方家里过年的话难免会让人说闲话。方琪说的这些方佳并不是没有想过,只是陈嘉伟也想留下来陪着方佳,方佳自然也不可能拒绝,而且方佳也觉得时代变了,这些老旧的观念不该再束缚自己。不过,无论怎样,这件事还得看自己父母和杜军的意见。

中午,一家人吃饭的时候,陈嘉伟留下过年的事情竟然变得出奇的顺利,无论是父母还是杜军,都希望陈嘉伟能留在这边一起过年。方佳一开始的忐忑和不安很快就变成了欢喜。一顿普普通通的午饭吃得十分热闹,杜军和自己的老丈人也忍不住多喝了几杯,在饭后很快沉入梦乡。方佳帮着方琪收拾好碗筷,稍微休息了一会儿之后,便带着杜秋叶和吴静雯向学校出发。

孙少康和李丘吃过午饭之后便留在了工厂里,杜军上午买回来的万年红正好供两人在此时舞文弄墨,不大的办公室里弥漫着墨汁的气味。两人却乐在其中,挑一些吉利的语句,排列好平仄的顺序,鲜红的纸上便留下两个人挥墨后的印迹。孙少康的字端庄一些,清秀俊逸,在每一笔的衔接之间隐隐显出飘逸的灵气,相比之下,李丘的字就显得粗犷狂放一些,一笔一画往往力透纸背,每个字都有一副桀骜凌厉的架构。两个人你看看我,我看看你,谁也分不出好坏。工厂大门的那一副,两人决定各写一半,孙少康想了想提笔写了上联:喜居宝地千年旺。李丘也不甘示弱,片刻之间便将下联写完:福照家门万事兴。

"我发现个问题啊。"孙少康看着李丘将下联写完之后说道。

"怎么了?"李丘正在兴头上,脸上的表情都要飞起来。

"没有纸写横批啊。"孙少康挑了挑眉毛。

"好像还真是这样,全都是写对联的纸啊。"李丘放下手中的笔,在那些还没用过的万年红中翻了一通,并没有发现用来写横批的。"这个杜军啊。出去买个东西也买不好。"李丘骂着坐下,有些疲惫地抽起烟来。

"李叔,给我也来根。"孙少康也随便找了个地方一坐,从李丘的手上接过烟抽了起来。一上午的工作让他疲惫不堪,写毛笔字虽然看起来轻松,但肩膀仍旧隐隐作痛。

"对了,你这年打算怎么过啊?"烟从李丘的口鼻里冒出一片,看起来像是脑袋被点着了一样。

"现在还不知道呢,秋婷总说让我跟她回家一趟,看看能不能过她父母那关。我这边又一直忙不开身,想去也没啥时间啊。"说到过年,孙少康的头都大了一圈,双唇用力地嘬了一口烟。

"还是我们那个时候的老规矩啊。"李丘咂巴了一口烟。

"是啊,总是要去一趟的。"孙少康嘀咕道。

李丘没有再说什么,孙少康也陷入沉默,两个人互相喷吐着白烟,直到工人们三三两两地开始进入工厂。孙少康起身和李丘告辞,他没有急着去办公室,而是先去洗了把脸,用冷水刺激了一下自己的神经,让自己勉强清醒了许多。他现在不愿意去想和过年有关的事情,只要稍一触及,自己的大脑就会变成一团乱麻。

"还是先专心工作吧。"推开办公室门的时候,孙少康心里说道。

机器声一点点响起来,嘈杂的声响漫过孙少康的身体,他坐在办公桌之后,感觉自己也不过是嵌在生活当中的一个齿轮,身体随着年月更迭留下苍老的伤痕,直到变得锈迹斑斑被人遗忘。

29.

汽车摇摇晃晃地行驶在山路上,车上的孙少康和刘秋婷都陷入昏昏欲睡的状态,手握方向盘的司机嘴里叼着烟,一双眼睛十分用力地盯着自己面前的路。

距离和李丘聊起这个话题已经过了一周的时间,两个人之间的拉锯战终于有了一个结果。这一天,刘秋婷早早联系好司机,包下这辆破旧的面包车带两人上山。

刘秋婷的家就位于杜军家之后的山区,穿过那座桥,车子便拐上了崎岖不平的山路。在这里,是不会有任何的公共交通工具来的。要想上山,除了一点点走上去,只能联系一个常年在这里开车的司机,待双方谈好价格约好日子,这才由司机带上山去。起初孙少康并不了解这里的状况,还是刘秋婷一点点为他讲明:这里的路况不好,虽说是建了不少的防护措施,但也不过是一圈低矮的护栏。狭窄的山路不平整,再加上依山而修,常常有急转的地方。原来也有城里的司机开车上山,出了不少的事故。后来,外地人都不再敢开车进山,如果非要上山寻个亲戚什么的,往往都会托山上的人联系一个常年在这里开车的司机,双方说好价格谈好日子,再由联系好的这个司机带上山去。长此以往,山里这样的司机逐渐多了起来,他们的车并不好,甚至有的连驾驶证都没有,但偏偏在这山路上却是游刃有余。有关部门为了避免发生事故,也就任由这样的人多起来。

孙少康此刻想起秋婷对他说过的话,有些不自觉地瞅了瞅自己身前那个全神贯注的司机。油腻的乱发里夹杂着星星点点的花白,皮肤松弛地下垂着,臃肿的腹部把旧衬衫撑起来一半。手臂如老树的根茎,青色的血管圆鼓鼓地,纵横交叉的样子让人脊背发凉。

"这样的人,真的能在这种路上开车吗?"孙少康心里嘀咕着望向窗外,凋敝的林木在视野的下方错乱的站立着,光秃秃的枝丫张开瘦削的手臂,车身这个时候剧烈地颠了一下。孙少康倒吸了一口凉气,连忙将自己的目光收了回来。

"吓着了?"前座传出了沙哑低沉的笑声。

"没事,师傅你开稳点。"孙少康长长地呼了几口气,有那么一瞬间他以为自己就要坠下山去。

"少康,不会有事的。王师傅这条路跑得很熟了。"刘秋婷看孙少康面色紧张,便伸出手去捏住孙少康的手。

"嗯,可能是我自己吓自己了。"孙少康感受到刘秋婷的动作,感觉勇气又上涨了几分,便又小心翼翼地朝窗外撇了一眼。这样看下去的确让人惊心动魄,眼底舒张着无数褐色的手掌,仿佛在等着一个像孙少康这样的落难者。孙少康深吸口气,合上了自己的双眼,强迫自己打起盹来。

大约一个小时的颠簸之后,车子终于在半山腰的一块平地上停了下来。刘秋婷和孙少康给王师傅付了钱,拿下买好的东西。站在庭院的门口,两个人看起来都有些紧张不安。

推开红漆的大门,大约有三十多平方米的庭院里坐着一个老妇人,电视嘈杂的声响从里屋传出来。

"妈!"刘秋婷也有一段时间没有回家了,她三步并作两步地走过去,让拎着东西跟在后面的孙少康显得颇为狼狈。

"婷婷回来了。"老妇站起身,抬起头仔细地看着自己的闺女,那神情仿佛是要在她的脸上找出一颗芝麻。

"妈! 这就是我……"刘秋婷抱了抱母亲瘦弱的身体,然后将孙少康推到了母亲的面前。

"阿姨好。第一次登门,也不知道该买些什么,见笑了。"孙少康稍稍鞠了一躬,顺势将手里的东西放到了地上。

"恩。"刘秋婷的母亲往地上瞥了一眼,孱瘦的身体用力地哼了一声,一双狭长的眼睛将目光收回来,上上下下地打量着孙少康。

"老婆子,你先做饭吧。"一个浑厚低沉的声音传来,孙少康感觉自己的胸口压了一块巨大的石头,闷得喘不过气来。一个健壮的身影出现在孙少康的视野当中,笔直的脊梁,胸腹结实的肌肉将黑色的棉衣撑得鼓鼓囊囊,皱纹横生的脸上带着几分精干。

"叔叔好。"孙少康赶紧倾了倾身子,内心的讶异差点让他惊呼起来。

"爸!"刘秋婷蹦蹦跳跳地跑过去,双臂缠上父亲的脖子,像个刚刚放学归家的小姑娘一样和父亲玩闹着。"你别吓着人家,说话和气一点嘛。"刘秋婷小声说道。

"我心里有数。"强壮的手臂拍了拍刘秋婷的后背,对着站在原地的孙少康挥了挥手。"进来吧,也没有不让姑爷进门的道理。"双眼瞟了一眼地上的东西,脸上的皱纹扭动起来。他转过身子向屋里走去。落地的脚步声像大锤一样敲在孙少康的心上。他快走几步,在进门的时候不安地看了看站在门边的刘秋婷,回应他的是眼里的鼓励和俏皮攥起的小拳头。

"坐吧,既然来了。"粗糙的手指摁下遥控器上的红色按键,电视机里喧哗的悲喜瞬间变成一张没有表情的脸。

"唔,好。"孙少康感觉自己的前额已是一片潮湿。他看到眼前这个老人望向那些东西时的不屑,不过他可不会举重若轻打退堂鼓。

"说说吧,咱也不能这么大眼小眼对着瞪啊。你是做什么工作的啊?"刘秋婷的父亲说着挥了挥手,"倒杯茶,婷婷。"坐在一旁的刘秋婷连忙站起身来,一阵翻箱倒柜之后终于找出了茶叶。一阵忙活之后,孙少康和那位老人面前都摆上了一杯沁人心脾的香茶。完成了工作之后的刘秋婷绕过餐桌,像个窃贼一样溜进了自己的卧室里。

"现在县里的工厂做生产部的主任。"孙少康说道,在那一对铜铃般的眼睛的注视下,孙少康的手里攥了一把汗。

"生产部的主任……"老人砸咂巴着嘴,刚才还圆睁的眼睛眯成两道幽深的缝隙。"家里呢,家里怎么样。"粗大的手捏起小小的茶杯啜了一口继续问道。

"父母都住在老家。"孙少康也捏起茶杯来喝了一口,"父亲是个普通退休工人,母亲早年一直忙活家里的几亩地,现在有点脑血栓。"孙少康窥见那张年老的脸上有浮起一丝不快的神色,连忙说道,"不过不是很严重,去查了几次,已经比较稳定了。"

老人没有说话,只是不断地举起茶杯来喝茶,嘴角飘摇的笑意有令人分辨不出的意味。孙少康感觉自己的喉咙变成了一片沙漠,唾液如同干涸井底总也抽不上的水。

"大概的情况就是这样了。"眼前的面容如石雕一般,孙少康不得已又加了一句。

"我又不聋,你的情况我了解了,但是吧,你要知道,我可就这么一个宝贝女儿。"孙少康皱了皱眉,老人的话听起来许多别的意味,像一团苍蝇飞进了孙少康的心里,既别扭又恶心。老人全然没有理会孙少康的反应,挺了挺脖子朝位于厨房喊道,"老婆子,饭做好了没有?"声如洪钟,在孙少康嗡嗡响着的耳朵里震荡着。

"婷婷啊,你出来一下。"脖子稍稍扭动,这次是朝着卧室。

"怎么样啊爸,少康是个不错的男人吧?"刘秋婷笑着从卧室里跑出来,兴高采烈地坐到父亲的身边。

"去那边坐。"老人张口说道,面色却不似刘秋婷这样欢愉,他大手一挥,示意刘秋婷坐得离自己远一些。

"怎么了?爸。"听着父亲命令般的口吻,看着那张皱纹横生的脸上没有什么好看的颜色,声音里不觉带了一丝哭腔。

"我原来是怎么跟你说的,我给你介绍的,你不喜欢没关系。你自己去找,要么有钱,要么有势,这样你爹辛苦大半辈子攒下来这点钱才保得住,老了之后也还能有口饭吃。你现在……"

"爸!你说什么呢!少康他还年轻,现在已经是生产部长了,以后的路还长着呢,不能只看现在啊。"

"是啊,伯父,我理解您的心思,我也希望秋婷以后能过上好日子。秋婷说得对,我还年轻,钱一定会有的……"

"现在还没你俩说话的份。"猛地一巴掌拍在身前的餐桌上,两个装满茶水的茶杯弹起落地,清脆的破裂声扎进刘秋婷的胸口,虚无的疼痛感蔓延开来。"爸……"倏然而至的瓢泼大雨在脸上划下一道道透明的痕迹。

老人斜楞着眼瞥着刘秋婷,语气缓和下来,"婷婷啊,爸爸不是给你说了吗,那个方叔叔家的孩子就不错了,你看看他们方家,别看是在山上,但人家做得是一座山的生意啊。咱就直说,那老方没了,那不就都是你的吗?"父亲在刘秋婷的身旁蹲下,眼睛温和地抚摸着她略有潮湿的面容。

"他们方家,就是村霸,流氓!"刘秋婷猛地站起身来,手臂高高抬起又迅速落下,像是一柄大刀将方家尽数斩杀。"我不会嫁给他们方家的,打死我也不会。"刘秋婷的声音变得尖利刺耳,脸上显出几分狰狞。可这只不过是装腔作势,一通发泄之后刘秋婷的身体迅速的软了下来,倒在沙发的角落痛哭起来。

"别给老子哭哭啼啼的,有本事你就别在这个家里待!"父亲忽地站起身来,嘶哑的嗓子对着刘秋婷吼了起来。

"等到你真想结婚的时候再给老子带人回家!这是个什么东西,狗屁没有!还有个生病的妈,你知道那是什么吗,那就是累赘,要是我,我还不如早点死了!"青筋毕现的脖颈,巨大的咆哮声如同一击重重的耳光,把孙少康彻底打蒙。"爸,你怎么能这样说呢!"疼痛让她张牙舞爪地扑在老人的身上,哭泣如暴风雨一样骤然而来。

孙少康紧紧地咬住嘴唇,扶着面前的木桌站起身来,他对老人轻轻地鞠了一躬,"行,我明白了,打扰您了。"他脚步踉跄着向门外走去。他不知道自己要去哪里,呼啸的北风把刺骨的寒冷灌进体内,脸上透明的疤歪歪曲曲地扭动着。枝叶凋敝的树木仍旧张开自己褐色的手掌,显露在地表的树根显出一副穷凶极恶的面相。

"也不过如此吧。真应该早点来的。"孙少康脚步颠簸着沿着山路向下走去,刘英的脸此刻竟然在眼前的潮湿之中慢慢清晰起来。一辆看起来行将报废的老桑塔纳轿车在孙少康的身后猛地刹住,挡风玻璃后的那张脸猛烈地骂着什么,手掌用力地摁着车铃。孙少康的耳边堵满了北风的尖啸,直到被踉跄着脚步冲出来的刘秋婷拉到路边。

一个四肢粗壮的男人踹开车门,甩开大步朝精神有些恍惚的孙少康走了过来。

"你他×的是不是不想活了?"迎面而来的一记重拳,孙少康的眼前亮起点点星光,歪斜的血流从青紫的鼻子里慢悠悠地流出来。

"不想活啦,也不看看在谁家门口!"刘秋婷冲那人喊了起来,她发出撕裂一般的声响。准备挥出第二拳的男人连忙抬头瞅了一眼那三层的小楼,骂了一句"方家的狗"便匆匆地回到了车上,一脚油门下去,车子摇摇晃晃地开了出去。

住在这个山上的人没有不知道这户有着三层小楼的人家的,老爷子姓刘,大家却私下里叫他关公,早些年因为土地划分闹矛盾的时候,就是他一户一户调停解决的,动用武力的时候不在少数。刘老爷子年轻的时候嗜酒如命,常常是从早上一睁眼醉到晚上闭眼,械斗的时候人们总能看见这么一个赤膊的红脸大汉冲在前面,刘老爷子由此便有了这关公的名号。20世纪80年代农村改革深入之后,农村的许多矛盾解决了,对山上的各种冲突也不再睁一只眼闭一只眼,人们口中的关公这才慢慢消停下来。关公虽是消停下来,却不知道从何处蹿出一个方家来,这个方家起先只是做点小生意,却逐渐控制了整个山的商品交易。关公呢,由于早些年的威名和的确超出常人之外的能力,在村里的换届选举中摇身一变,成了村长,不过这个村长做得却是窝心的,一来二去便成了方家的傀儡。至于这山上仅有的三层楼,村民们对此也是众说纷纭,有的说他早年和黑社会扯上关系,有的说他在省里有做高官的亲戚,还有的说他把本该发给村民的补助款都卷进了自己口袋。不过说归说,可从来没有人敢去招惹这户人家。

"我们回去吧。我爸说事情还可以商量。"刘秋婷扶着孙少康的双肩,细语柔声地说道。

"没什么用。"孙少康抹了一把自己溢出的鼻血,喉咙里发出模糊混沌的声音。

"怎么会没用呢,你忘了我们以后的那些想法了吗?"刘秋婷的双臂紧紧地揽住孙少康德的脖子,他那健壮而暴戾的父亲正站在自己的院子门口瞪着这两人。

"我……"孙少康颇感无力地蹲下身子,眼里迷蒙地映出刘秋婷的面容,脚步开始犹豫不决地原地打转。

"回去吧。"刘秋婷再也无法支撑那一道不堪重负的堤坝,积蓄在眼里的湖又溢出泪水。

"好,回去就回去。"孙少康不忍看到刘秋婷变成这副样子,他的心里也不愿以这种带有受辱意味的方式离开。

重新站到那个院子的门口,目光从红漆的大门上升到三层小楼的顶部,孙少康深深地吸了一口这季节冰凉的空气,把脸上的情绪草草收拾一番。

穿过庭院,推开正屋的门,方才空荡荡的餐桌上摆满了酒菜,两个茶杯的尸骸也被尽数清扫。

"上山也不是个容易的活儿,吃顿饭,免得外人说我老刘招待不周,失了礼数。"刘老爷子手一伸,孙少康便正对着他坐了下来。刘秋婷的母亲端着一盆清香四溢的鱼走了进来,将餐桌正中央的空缺填补,她解去围裙,随手一放,坐在了一旁。刘秋婷也不敢有太多言语,默默地坐到了另一侧。一顿午饭,却偏偏有几分皇帝上朝的味道,刘老爷子坐北朝南,孙少康不仅坐在他的对面,而且座位还矮了一截。

"有话说,有屁放。"说完,孙少康抄起筷子夹住一块鱼肉,津津有味地咀嚼起来。刘秋婷和她的母亲都瞪大了眼睛看着孙少康,不知道他是不是哪根筋搭错了。坐在对面的刘老爷子只是笑笑,挥了挥手,"既然客人已经动筷子了,我们也就不用客气了,动筷吧。"说罢,也津津有味地吃了起来。

"你这样的毛头小子老子见得多了,你知道不?"刘老爷子给自己倒上酒,孙少康也不甘示弱地给自己倒上。"别以为在城里念过几年书,心气就傲起来,其实你没啥可傲的。"一扬脖,半杯酒下肚,热辣的气流使得他大叫一声。

"你这样倚老卖老的东西我也没少见,我读书也不多,但像你这个样的老玩意究竟是个什么货色,老子心里也有数。"孙少康一扬脖,杯里的酒顷刻下去一半,他疯癫似的哈哈大笑起来。

"年纪不大,说起话来可是挺不留情面。老子就算是倚老卖老,这上上下下,也没有一个跳出来跟老子说不的。倒是你这个毛都没长全的,在我面前撒上野来了。"刘老爷子神态自若地夹着菜,粗鲁的咀嚼声一阵一阵地响起来。坐在两旁的母女大气都不敢出一口,夹进嘴里的菜似乎要用唾液将它们融化。

孙少康站起身来,筷子将盆里地鱼翻了几遍,将鱼头上的鱼眼睛夹出来,放到刘老爷子的碗里。"老子高看你一眼,别自个儿不要脸。"嘴唇一个一个地将字吐出,他轻蔑的神色让对坐的刘老爷子脸色十分难看。"还有,老子毛长没长全,问问你闺女你再说。"孙少康扬起戏谑的笑容,又夹起一块鱼肉细细地嚼了起来。

"想和秋婷结婚,第一,孩子姓刘。第二,你那个脑血栓的妈,送养老院去,我闺女不是嫁过去伺候人的。最后,去刘家祖坟上磕三个头。"刘老爷子脸色发青,手在自己的面前比画着,字眼从咬牙切齿的嘴里蹦出来。

"你不是在跟我开玩笑吧,老爷子。你这是老糊涂了。我就告诉你,这事它没有成的可能。我就……我就没爱过刘秋婷。"喉咙艰难地上下翻滚,热乎乎的酸意冲上鼻子。"你也别搁这儿跟个事儿似的漫天要价。"孙少康把杯里剩下的酒一口干掉,转过身去对着刘秋婷,"你有这么个爹,他死之前你是嫁不出去的,你是倒了大霉啦!"孙少康大笑着站起身来,双臂胡乱挥舞着说道,"最后说一句,你这酒跟马尿差不了多少。真他×的骚!"摇摇晃晃的身形朝门外走去,刘秋婷看着他的双眼里噙满了泪水,紧紧咬着的下嘴唇沁出血丝来。怒不可遏的刘老爷子一把掀翻了餐桌,一个箭步朝孙少康冲了过去,不料满地的油汤让他脚下一滑,魁梧的身躯咣当一声摔在地上。骨骼碎裂的声音清晰可闻。只是孙少康连头都没回,失魂落魄出了刘秋婷的家门。

这一次,没有人追出来。

盘曲的山路和孙少康的脚步一并向下延伸,孩子的笑声和吆喝的声响在风里震荡跳跃着。孙少康走了许久才发现这是一座体态臃肿的山,山上的坡度很缓,房屋慵懒地站立在路旁的缓坡上,寂静的麦田里偶然闪过几个小小的身影,不用想便知道是嬉戏的孩子,拴在树上的牛或马不时叫上两声。冬天的山里,看起来确实不适合孙少康这样一个满心伤痕的人。

不知道走了多久,当那座桥再次出现在孙少康的视野当中的时候,天色已经见昏。孙少康不知道自己途中停歇了多少次,当他此刻站在山脚下,却只感觉繁重的疲惫一拳一拳地捣着自己的身体和内心。过了桥,他摇摇晃晃地走到了杜军家的门口,想要敲门的手刚抬起来,眼前便成了一片漆黑,身子硬生生地撞上了门板。门内很快响起了急促的脚步声,孙少康顺着打开的门倒进了屋内。

"这臭小子,又是怎么了?"早早下班回家的杜军赶紧凑过来,把他的身体翻了过来,鼻子上的那块青紫让杜军的瞳孔骤然一缩。

"用不用送去医院啊?"一旁的方琪担忧地说道。

"看起来用,病得似乎有点厉害。"杜军把孙少康抱到屋里的沙发上,近乎是跳着跑出了家门,对面的房门传出咚咚咚的砸击声。

"咋了,军哥。"刚到家屁股还没坐热的吴国忠探出个脑袋来。

"少康昏倒了,你先下去把你那自行车弄出来,我一会儿抱着孙少康下去,咱给他送医院去。这臭小子,成天不让老子省心。"杜军急迫的声音像一挺轻机枪扫射着吴国忠的脸。

"啊?好好好。"吴国忠连忙回屋抓起自己的外套,朝楼下跑去。

冬天,天边的光亮正以肉眼可见的速度消逝,杜军在车后扶着孙少康,吴国忠则在车前急匆匆的推着车子朝医院走去。

"他今天不是去那个什么秋婷家吗?"

"是啊,不过看起来这事黄了。"杜军想起孙少康脸上那块青紫的印痕,他想,不仅事情黄了,身上还吃了点亏呢。

吴国忠在走在前面默不作声地推着车子,昏黑的天色迎面而来,车轱辘碾过地面,发出咯吱咯吱的声响。

30.

　　小年前一天，王书记批准了食堂的预算，陆扬德的秘书跑了趟腿，将签好字的文件取了回来。还有一个周的时间就要到除夕了，一些家远的工人纷纷请假回家，工厂因此变得冷清不少。好在工人们加班加点，把孙少康制定的生产任务及时完成，剩下的工作全部转到年后。

　　孙少康在医院里住了几天之后才出院，医生说昏倒是因为发高烧和低血糖，并不存在什么太严重的问题。出院之后，孙少康将那天的情形很不情愿地对杜军几人复述了一遍，不由得引起杜军和吴国忠的唏嘘感慨，早些年他们结婚的时候也十分不容易，却没有想到这才短短不到十年的时间，人们都变得这样吹毛求疵。李丘两兄弟只说让孙少康千万别挂念太久，这样的事情总是不可避免。其实，孙少康一直很好奇这兄弟二人为什么都没有成婚，等有时间一定要问问，孙少康这么想着。

　　和一个人的联系突然中断，也不是那么容易的事情，虽然刘秋婷也有蛮横不讲道理的时候，但每当孙少康一个人静坐在办公室里，他回想起来的总是那些简单却又温馨的细节，这些细节在他心里一遍遍地作痛。那些赌气的话也不是孙少康的本意，只是到了现在，无论说什么做什么都没法弥补两人之间的裂痕。手里玩弄的中性笔突然摔落在地，孙少康恍然意识到自己正坐在自己的办公室里，屋外机器运转的声响提示他现在是他的工作时间。孙少康环视了一圈这个令他有些喘不过气来的房间，四面惨白的墙壁似乎用力地挤压着他。他打开窗，让刺骨的风为自己冲洗面部，精神稍稍好了一些。

　　李丘正坐在门卫室想明天要不要去找哥哥一起过的时候，一个腿脚明显不是很利索的老妇人走了过来，干瘦的手轻轻地敲了敲门卫室的窗户。

　　"您好，有什么可以帮你的吗？"李丘见来者比自己还要年长几分，说起话来不由得注意了一下。

　　"我想找一个年轻人，啊……啊……"干涩的声音持续了一段之后才得以继续清晰吐字，"叫做孙少康，在你们这里吗？"近乎哀求的语气，脸上的皱纹不住颤动着。

　　"人倒是我们这里的人，不过你有什么事情要和他说吗？"李丘的心里猜了个大概，这几天孙少康的精神看起来好点，他不希望这个时候再有谁来刺激他。

　　"你让我见见他吧，你让我见见他。"无力的手臂抓住李丘的手臂，溃散的情绪河流一般从口鼻溢出。

"少康,孙少康,快他妈出来。"李丘扯开喉咙叫道,他实在想帮孙少康把这个年老的妇人挡回去,但是看着她几欲昏厥的样子,无论如何都横不下心来。他把这个年纪比她还要大些的妇人扶进门卫室里,从暖壶里倒出一杯热水放到她的面前。

孙少康的脚步一点点响起来,推开门卫室的门,看见坐在李丘旁边的妇人,他忍不住拧紧了眉头,尖锐的疼痛抵住胸口。

"年轻人,我求求你啦。"刘秋婷的母亲一看到孙少康就扑了过去,单薄的身体纸片一样飘起来然后重重地跪在地上,两条胳膊抱住孙少康的小腿。"求求你啦,救救我家闺女吧。之前是我们不对,他爸也断了条腿,这辈子离不开拐杖啦。"迸发的哭声撕扯着喉咙,李丘默默地闭上了眼睛,感觉这声音在集中了她全身的每一点力气,剧烈的咳嗽似乎溅出血丝。

"你先起来。"孙少康强忍着心里的疼痛,面无表情地将她从地上拽起来。

"你救救我的闺女,我们错了。啊……"干涩沙哑的嘶鸣,一个漫长的单音节反复切割着孙少康和李丘的心。

"我救个屁!你给我起来!"孙少康低下身,用双手粗鲁地将老人架起来,用力地将他扔到李丘那张乱七八糟的床上。

"老人家,你好好说,到底出了什么事,你这样少康也帮不上任何的忙。"李丘瞪了孙少康一眼,蹲在刘秋婷母亲的身边,一边拍打着她瘦削的脊背一边说着。孙少康气呼呼地站在一边,双眼射出的目光用力地剜着她皱纹横生的脸。复杂的心情在他的心口摇动着,他无法释怀那种轻蔑不屑的眼神,尤其是自己还成为那个眼神之下的囚徒。

"婷婷……她要自杀。"几个字从断断续续的抽噎里挤出,泪水在纵横交错的皱纹中流淌,落地。孙少康不住地告诉自己这一切都是他们罪有应得,怪不得自己。

"你找我,我也没有办法。"孙少康拉过李丘值班时常坐的那张凳子,坐到了对面。

李丘忍不住朝着孙少康的肩头捶了一拳,可孙少康的脸上却没有丝毫的波澜。

"你去看看她吧,你去看看她。"力气被挥霍殆尽,此时的声音像轻声的呼吸一样拍打在孙少康的脸上。只是这次轮到孙少康的脸像石雕一样,他没有说话,缓慢地摇了摇头,"你回去吧,我谁也不会去看的。"孙少康腾地站起身来,"李叔,麻烦你把她赶走吧,不要影响工人们工作。"孙少康拉开门卫室的门,头也不回地朝自己的办公室走去。

"我不回去,我不回去……"身体如一捆散开的干柴倒在地上,干瘪的胸腹不住抽动着。李丘吃力地将他扶起来,感受到她的身体正不住地颤抖着。

"真是作孽啊。"李丘忍不住给自己点上一支烟。

"救救我闺女吧……救救她吧……"声音一点点低了下去,悲伤的情绪却越发浓重,她的每一次呼吸中都让李丘感受到心如死灰的绝望。李丘勉强地安抚了她的情绪,让她喝了些已经变温的水,然后将她哄出了工厂。骨瘦如柴的身子站在工厂门外,本来窄瘦的街道一下子变得空旷起来,来往穿梭的人如同游鱼,摊贩卖力的叫嚷如同战时的空袭。李丘感到前所未有的疲惫,抄起桌上的报纸盖在自己的脸上。等他将报纸放下来的时候,那个老妇人终于如他心里所期待的那样消失不见。李丘不由得长长地呼了口气,一头倒在桌上,再次将报纸盖到自己的头上。

中午快下班的时候,陆扬德才带着几个工人从外边回来,他们从一辆破皮卡上跳了下来,招呼着厂里散漫的工人们过来帮着搬东西。李丘瞅了一眼,极为不情愿地走出了门卫室。

"新年的福利,都算好了人再发,把提前走的那些工人的留下。"陆扬德扯着脖子喊道,"杜军呢,这事儿把杜军叫出来啊。"

"杜军,出来干活了。"李丘朝着杜军办公室的方向喊了一嗓子。

"干啥啊,都要下班了还干活,让不让人活了。"杜军磨叽半天才从办公室里出来,极不情愿地说道。

"把你的名单拿出来,对好了人,把这些东西发一发。"陆扬德抖了抖衣袖,在前额上抹了一把,看来出去的这一趟他还是花了不少力气。

"成。"杜军转过身,又朝自己的办公室走了回去。

在吴国忠的帮助下,每个工人都在中午下班的时候领到了自己的新年福利,工人们有花生油,腊肠和火腿,办公室的领导们则多了一些海鲜。杜军看着工人们手里抱着属于各自的东西,心里不知为何竟升起一种骄傲和自豪,虽然这些东西不是他买给这些工人的,但是这种情绪仍旧不可抑制的膨胀开来。自己仿佛成了一代盛世的皇帝,站在坚固的城墙上俯视着众多安居乐业的百姓。

"想啥呢,中午一起出去吃饭去吧,少康这几天情况不太稳定,你也知道。"李丘碰了碰杜军的胳膊,打量着他脸上莫名其妙的神情。

"啊?成。"杜军怔了一下,旋即应道。想到孙少康的事情,他的心就不自觉地沉下去。他不知道这个年轻人为何因为感情的事变成这副样子,还是因为年代变了,爱情竟如此伤人。

街道上的年味越来越浓,已经有不少人家在门前挂上红灯笼,摊贩们挤满了路边大大小小的空地,叫卖的声音此起彼伏地响起来。鞭炮的声音在小女孩的尖叫声和男孩子得意的大笑声中想起,火药散发出的味道让杜军几人忍不住回想到自己的年幼时代。三人各自在回忆里下沉着,没有说话。

年关将至,在李老头这样的小馆子里吃饭的人少得可怜,三人坐下之后,厨房里响起了许久没有响起的声音。喝着没有什么味道的茶水,三个人逐渐说起话来,似乎是刻意避开今天早上的事情。从小时候过年的经历一点点说起,那个时候被母亲穿在身上的哥哥姐姐们留下的大红袄,眉心点上的大红点,放鞭炮的时候战战兢兢的样子,还有祖父的大烟斗,抢着把脚伸过去的暖炉。属于那个久远年代的记忆从几个人的嘴里磕磕绊绊地摔出来,就像是从墙面上剥下那些摇摇欲坠的旧墙皮一般,上面所有的纹路都是泛黄的老旧岁月。

酒菜上齐,谈话也转移到孙少康的事情上,拌在酒菜里的那些安慰听起来是那么的无力,但在窗外的北风的呼啸中,有这么一股言辞的暖流汇入自己的心里,孙少康便已经感到满足。可他又不那么满足,这人来人往的喧嚣,孩子们哇哇大叫的呼喊,恋人们的低头絮语,这一切都让孙少康放声哭泣起来。

饭吃到一半就不得不停了下来,孙少康把自己的头锁在双手缠起的臂弯里,身体剧烈地抽动着。这是杜军从未听到过的哭声,这是撕心裂肺的哭声。

"让他哭吧,别打扰他。"站在一旁的李峰拨开了吴国忠伸向孙少康的手。这种时候,只有哭泣才是唯一值得做的事情。他坐下来,望向窗外。

31.

小年并不如大家想的那样热烈,至少是没有杜军想的那么热烈,除了早上有几户人家放了鞭炮之外,再也没有什么动静。工厂这天放了假,杜军因此得以在床上一直躺到九点多钟,一旦起床,就意味着要面对许多令人厌烦的事情。如果可以选择自己度过小年的方式,杜军希望能在这张床上躺上一整天。

方琪的声音和两位老人的动静把杜军从床上赶下来,方佳和陈嘉伟据说今天也会过来。杜军很喜欢陈嘉伟这个年轻人,虽然他有些拘谨,但总能感觉到他和孙少康的身上有着某种相似的特质。这两个人就像是一张纸牌的正反两面,陈嘉伟就是背面规则排列的图纹,孙少康则是正面表情浮夸的大鬼。反正不管怎样,方佳和陈嘉伟之间别出现什么乱子就行,孙少康的事情就让他足够心烦,更别说那样的事情发生在自己家里。

"起来了?"刚一推开门,拄着拐杖的杜秋叶便神色严厉地说道。杜军实在懒得搭理他,径直穿过走廊,钻进了卫生间里,一天起始的这些工作还是要做的。

时至午饭的时候,陈嘉伟和方佳敲响了杜军家的房门。

"怎么才来啊,还一直担心你俩不来了呢。"两人往门里走着,套着围裙的方琪便从厨房里探出头来抱怨道。

"怎么会呢。"方佳笑着对姐姐说道,身后的陈嘉伟将手里拎着的东西放到了地上。

"来就来,怎么还带这么多东西。"方佳的母亲说道。

"啊,这个,都是学校里发的……"陈嘉伟有些不好意思地挠了挠自己的脑袋,不过这些东西自己和方佳也的确用不着,宿舍里无法开灶,要这些花生油和食物也没什么用处。

"那也得自己留着用嘛,自己家的门,还拿东西来,让外人看见不说你姐姐的闲话!"坐在一旁的父亲皱着眉头说道,手里的拐杖激动地敲了两下地面。

"好啦,先进屋坐吧,爸妈,你们也到客厅这边来坐吧。"杜军招呼着这一家人,转身去找出茶叶和开水,泡好了一壶茶。坐在一旁听着这一家人说起家长里短,杜军的心里不由得一阵发酸,父亲的印象已经变得漫漶模糊,有关母亲似乎也想不起什么。难道老子小时候像个孤儿一样活着吗?想到这些杜军忍不住摸出一支烟来,点着之后静静地在自己的回忆里摸爬,却发现那二十年的时光似乎留下一口枯井,杜军感觉自己就是井边的一个孩子,满怀期望地将拴着木桶的绳索抛下,却发现自己一无所获。

午饭在十二点半的时间开始,屋外的鞭炮热烈地响过一阵,方佳的父亲简单地说了几句,大家手里的筷子纷纷挥动起来。三个男人不时举起酒杯,一阵胡言乱语之后让辛辣的液体流过自己的喉咙。

时间在觥筹交错之间变得松弛,交谈似乎不会停止一般按延续着。

"军哥,我听说那个叫孙少康的最近不太好?"看着众人都在热烈地聊着天,陈嘉伟扯了一把坐在自己身边正抽着烟的杜军,悄声说道。

"不是不太好,是太他×的不好了。"杜军一听这事心里就不舒坦,"不过这事你是咋知道的?"

"前阵子大街上都在传这么个事啊,说是因为感情的事情疯了一个女的,后来一伙人把县里的模具厂给围了,最后闹得警察都出动了。"陈嘉伟说话的声音仍旧不大,他可不想因为提起这件事坏了一桌人吃饭的心情。

"走走走,我们到那边说。"杜军拉着他从餐厅起身,跌跌撞撞跑到客厅去。

"你们两个,别跑远了,我还没喝够呢。"方老爷子指着两人大声叫道,惹得方佳的母亲一边拍打着他挥舞的手臂一边埋怨,"一喝酒就满嘴胡话,还不让人家去说说话啦。这老头子……"

把陈嘉伟拉到客厅之后,杜军也觉得没啥遮遮掩着的必要,就把最近发生在孙少康身上的事情一五一十地对他说了一遍。趁着酒意,两个男人一边唏嘘一边感慨,杯里的茶似乎也能让人平添醉意。

持续了颇久的午饭随着两个人离开餐桌逐渐告一段落,方琪和方佳开始收拾狼藉的餐桌,两位老人打了个招呼之后便去卧室里休息。热闹之后的冷清,杜军和陈嘉伟一起慢慢消化着。

32.

工厂最后的忙碌一直持续到除夕的前一天,一个星期的时间里,任何工作都没有进展,工人们每天来了,又走了。陆扬德的脸上也显出一副疲态,如果细细考察这张面容,不难发现这里或那里又多添了许多细小的皱纹,更多的头发染上白色的痕迹。当他偶尔在自己的办公室门前停下自己的脚步,看着这里整齐的机器和忙碌的人影,疲惫和骄傲有力的感觉灌进胸口,微微驼着的背不自觉地挺起。

杜军在这段时间里也没闲着,去了吴红霞那里几次,车站那边也去了几次,和陈木聊聊天,看望一下高平家的母女俩,在返回之前饱餐一顿那对老夫妇家的包子。日子虽然过得空乏无聊,但总算是艰难地横渡到年关上了。在工厂干了这么长的时间,他也没记得哪一年里发生过这么多的事情。在吃包子的时候,他有时候会叹起气来,孙少康啊,李老头啊,还有陈木啊。幸福和不幸福就像是冬天里翻飞落下的雪花,有的人领受福祉,有的人却只能独自消化自己的不幸。

放假前的最后一天,杜军一伙人痛痛快快地喝了顿酒。当除夕这天的晨曦一点点擦亮积压在天边的阴灰,小酒馆里的几人正陷在醉酒后的梦里,填满了酒精味道的呼吸此起彼伏,呼噜声吵架一般乱作一团。

或许是谁都不愿意醒来吧,因为只要醒来就要面对这个世界,面对过去的痕迹,面对现实的不堪,面对未来的波折。

33.

除夕夜只属于团圆的人家。对于自己待在宿舍楼里的孙少康、围着一张桌子的李丘兄弟俩、疯癫的刘英来说,通明的万家灯火,鞭炮连成串的声响,都只是向他们的孤独之中又多添了一勺剧烈的毒。

八点整,春节联欢晚会开始,开场的歌舞过后,由赵忠祥和倪萍领衔的几位主持人出现在舞台上。方佳的母亲一看见赵忠祥上台就乐得拍起手来,身体也跟着前后摇晃起来,气得老爷子直瞪眼,可笑得正欢的母亲根本无暇理睬。大家看到两位老人如此,也都开心地笑了起来,坐在方佳身边的陈嘉伟这个时候不由得感慨自己的幸运。这样的一个家庭,至少他能一点点放开那些将自己束缚的戒备,用一种很自然的姿态融进来。

"该干活咯!"方琪这个时候将盖帘端了上来。揉好的面团,装在瓢里的布面,擀面杖,剁好的肉馅,这些东西一一上齐之后,一家人便开始包饺子。方琪和方佳两姐妹当是当仁不让的主力军,杜军和陈嘉伟也参与其中。上了年纪的母亲这个时候才将自己的目光从电视里的赵忠祥上移开,肉馅可是一直由她负责的,凡是她调过的肉馅往往香气四溢又不腻人。

一家人在并不怎么宽敞的屋子里忙碌起来,杜秋叶抢得一小块面团,在一边静静地捏一个小面人,可总也捏不出吴静雯的样子,这让他感到苦恼万分。方老爷子从不参与家里这些杂活,一个人看着电视,不时发出声震山岳的笑声,惹得众人一阵抱怨。一个多小时的忙碌之后,饺子开始下锅,厨房里溢出的味道使得众人的肚子里都响起了交响乐。

"快点呀,要饿死人啦。"老爷子大叫起来,时间毕竟已经九点多,比平时吃饭的时间晚了不止一点半点。

"每年都是你最急,来啦来啦。"方琪蹲着一盘热腾腾的饺子从厨房里冲了出来,刚坐下不一会儿的方佳见状连忙起身帮忙。饺子一盘接着一盘上桌,捣好的蒜和猪耳朵,开瓶的酒弥散出醇厚的香。

"等等,今年都先别急着吃。"老爷子看见众人手里都抄起了筷子,连忙一声令下喝住众人。大家的目光疑惑地抛向他。"那啥,我得先说两句,说两句。"老爷子嚼着嘴里的猪耳朵,举杯站起身来,"这个,今年和往年有点不同啦,不仅是佳佳回来了,咱们家还多了个人呢!"老爷子开始眉飞色舞,岁月几番磨砺的面颊上涨起一片红。"咱也不是什么富贵人家,但也没到要饭的地步,没别的本事,就本分做人,老实做事。来,咱们先喝一个!"坐着的众人一并起身,举杯共饮。激动的陈嘉伟猛地喝了一大口,从脸红到了脖子根。"你呀,不能喝就慢点,别听他的。"身边的方佳拽了拽陈嘉伟的衣袖,悄声说道。

"还没结婚呢,就不愿意听我的啦,这闺女,胳膊肘尽往外拐呢。"老爷子大声说道,屋内大笑起来,只有杜秋叶一个人安静地抿了一口面前的果汁。

吃罢饭后,两位老人和秋叶先去休息。方佳和方琪收拾残余,杜军和陈嘉伟则互相说着胡话,两个在厨房里洗刷的女人不时嗤嗤地笑起来。不知不觉便到了午夜,烟火在窗外升起炸裂,斑斓的光亮不时落进屋内,四个人挤在客厅的小窗户前,望着远处的灿烂,内心里的感慨潮水般汹涌。

响起的钟声如摆渡的船桨,这一片大地上所有的人,都在1996年靠岸。

"该睡了吧。"方佳打了个呵欠,窗外的烟火仍旧繁盛,身旁的方琪面容上闪过五光十色的焰光。

"嗯,我也有些困了。"方琪看向陈嘉伟和杜军两人,"你们就委屈一下吧。"

"没关系的。"醉醺醺的陈嘉伟满不在乎地说道,杜军却只是撇了撇嘴,点了点头。

姐妹二人睡进了秋叶的卧室里,陈嘉伟和杜军说了一会儿话之后也在一条沙发上睡下。杜军久久地站在窗前,天空中不时闪现的亮光照亮他的面容。

烟火啊,点燃了狂欢,却也照亮了孤寂。杜军无法想象孙少康和李老头他们此刻如何度过,他转身倒在沙发上,扯过被子将自己严实地包裹。窗户上留下的那一团白雾,缓慢地凝成了水滴。

初一,大家醒来得都比较早。卫生间里不间断的洗漱声和厨房里的忙碌把杜军吵醒。这一天往往是过年最忙碌的一天,不知道来拜年的人大约几点到来,所以吃早饭的时间务必要早。

"姥爷过年好!"刚刚醒来的杜秋叶一个翻身从差床上跳下来,一路跑到方老爷子身边,一双小手伸到他的面前。

"还是你小子精!"笑着从口袋里掏出一个红包,顺势打了一下杜秋叶的脑袋。

"新年吉祥,万事大吉!"杜秋叶从姥爷手里抽走红包之后便一溜烟地跑走,很快他的声音又在客厅里响了起来。姥姥过年好!

"哎,乖,红包给你。"苍老的手掌轻轻抚摸着杜秋叶的脑袋,咧开的嘴露出残缺不全的牙。

"来来来,还有这里呢。"半躺在沙发上的陈嘉伟招了招手,也从衣兜里掏出一个红包来。

"老师也有红包呀。"短短的小腿如两个急转的轮子一般向陈嘉伟跑去。

"这个可不能要哦。"方琪从厨房里探出头来,一句话让杜秋叶的双腿来了个急刹车。"为什么呢。"杜秋叶回头望着母亲。

"啊……反正就是不可以。"方琪说道。

"有什么不可以的,嫂子。来,秋叶。"陈嘉伟又对他挥了挥手,手里的那个红包简直让人无法拒绝。

"小陈,今年就先算了吧。你们刚上班,也没太多钱,留点以后给佳佳花。"杜军推了推陈嘉伟的手,示意他先收起来。

"军哥,数量不多,都是一点心意,我还是秋叶的班主任呢。"陈嘉伟的脸上有些失落的神色,他可没想到杜军也会阻拦自己。

"没关系,我给你好啦。"方佳不知道从什么地方窜出来,一个大大的红包塞进杜秋叶的手里。杜秋叶原本委屈的小脸一下子变得灿烂起来,瘦小的身体又蹦又跳。

"真拿你们两个没有办法。"杜军往沙发上一躺,脸上写满了无奈,陈嘉伟趁机也将手里的红包塞到了杜秋叶的手里。

"来来来,吃饭啦。"方琪的声音从厨房里响了起来。

"一大早就知道要红包,还不快去洗脸刷牙。"杜军踢了一脚正看着手里的红包而失神的杜秋叶。

"知道啦。"杜秋叶炫耀地向杜军摇着手里的红包,在下一脚还没落到自己的身上之前跑进了卫生间里。

"没出息的臭小子。"杜军哼了一句,在餐桌边坐下。

"过年嘛,孩子们开心才是。"陈嘉伟拍了拍杜军的后背。"说得也是。"杜军点了点头,抄起筷子夹住一个饺子塞进自己的嘴里。

草草地吃过早饭,敲门声便响了起来,杜秋叶跑跑跳跳地去打开了门。"叔叔过年好!"一双小手伸向门前的吴国忠。吴国忠先是一怔,旋即哈哈大笑起来。"给你,乖孩子。"粗糙的手掌抓了一下杜秋叶的小脑袋,手里便戏法一般摸出来一个红包,杜秋叶也丝毫不客气地将其收下。

"这个臭小子,你倒是先让人进门啊。"听到杜军的声音,杜秋叶便撒腿跑远,吴国忠带着吴静雯走了进来。"快过来坐。"杜军招了招手。方佳赶紧把装着糖、瓜子和花生的盘子端上,忙着洗碗的方琪也放下了手中的活,急匆匆地沏了一壶茶。

"都是熟人啦,不用客气,嫂子你可别忙。"吴国忠招呼着。

"来,静雯,红包。"杜军把衣袋里的红包摸出来,伸到吴静雯的面前。吴静雯瞪着水汪汪的眼睛,直往父亲的身后躲。

"给你就拿着吧。"吴国忠拍了拍吴静雯的后背。吴静雯这才怯怯地伸手接过红包,低声地说了一句,"叔叔过年好。"

"来,吃糖,多抓几个。"一旁的老爷子将装满糖果的塑料盘

"臭小子你看看人家静雯,谁跟你似的,恨不得上去抢了都。哎,杜秋叶这小子呢?"杜军瞅了一圈,竟然没找到杜秋叶。

"军哥,你这是干吗啊,小男孩调皮捣蛋不很正常嘛。对了,静雯还想和秋叶一起去放鞭炮呢。要不咱先去拜年,回头也让两个孩子玩去。"

"成,反正人家也不多,现在就走。"杜军说道,"小陈,你也一起来吧,都是熟人。"

"嗯,好。"陈嘉伟点点头站起身来。

"秋叶,出去拜年啦,去要红包去啊。"方佳朝卧室里叫道,听到红包两个字,杜秋叶几乎是连滚带爬地从自己的小卧室里跑了出来。

男人带着孩子出去拜年也是这里的传统,女人和老人一般都会留在家里,招待一下前来拜年的人。

杜军一行人第一个目的地自然是李老头的小酒馆,推门而入的时候那两个老头就叫了起来,"啊呀,我就知道你们两个今天肯定会来。"李丘左摇右晃地朝门口跑去,杜军都怕他不小心摔倒。

"来,红包,我应该算是个大伯吧。"李丘摸出两个红包一人一个。"大伯过年好。"两个人孩子一并说道,然后从他的手里抽走自己的红包。

"吃糖啦,孩子们。"李峰也不闲着,嗑着盘子里的瓜子招呼着两个孩子过去吃糖。杜军和吴国忠还有陈嘉伟在那张桌子边坐下,和这两弟兄一边嗑瓜子一边聊天。两个孩子则在盘子里扒拉着各自喜欢吃的糖。

"这个小伙子留在你家过年啦?"李丘说着,有些意外地看着陈嘉伟,在他们的那个时候,在女方家里过年可不是什么光彩的事情。

"是啊。"杜军拍了拍陈嘉伟的肩膀。"这可是我以后的那啥来着……连襟是吧。"

"你可别连襟了,妹夫就妹夫,不是啥文化人吧还非得整文化人的东西。"李丘赶紧打断了杜军。

"不过,你这可是双喜临门啊。这大过年的,这么好的一个妹夫也送上门了。"李峰把瓜子嗑得嘎嘎响。

"也算是吧。"杜军嘴上这么说着,但心里还是很感激这个家没给自己添什么麻烦事,要不然就自己这个样子,恐怕早就过不下去了。

"孙少康那边是不是得过去一趟?"李丘问道。

"我觉得暂时还是不去比较好吧,这个时候应该让他静一静。"

"这个时候才应该去呢,你懂个屁。"

"行了行了,你们兄弟两个也能吵起来。我们一会儿是打算过去一趟的。"杜军说道。

"去也不是不可以,你们年轻人的事情自己决定把。"李峰想了想,说道。

又聊过一阵天之后,杜军一行人起身离开。两个孩子跟在后面,计划着拜完年之后的玩乐。一路走到职工宿舍,打开门的孙少康精神明显不错,一看见了来了这么多的人,反而有点不知道怎么办才好。

"还不让我们进去啊。有啥不可见人的吗。"吴国忠笑着说道。

"没有没有,来来来,快进来吧。"孙少康赶紧从门口挪开,本来应该是我去给你们拜年的,没想到你们早来一步。"孙少康草草地收拾出几块地方,然后站到一旁有些不安地搓着手。

"你在宿舍里干啥呢这是,乱成这副样子。"杜军瞅了一圈,忍不住嘟囔起来。

"借了些书看。"孙少康整理了一下桌子上的书和图纸,陈嘉伟一眼望过去发现大多数都和机械制图有关,只在角落里有一本张爱玲的《流言》,封面十分破旧了,以至于实在看不出来是哪一年的版本。

"你也喜欢看张爱玲吗?"陈嘉伟忍不住问道,他还记得刚遇见方佳的时候,张爱玲正去世不久。

"啊,是啊。我比较喜欢读张爱玲。"孙少康也认出来了陈嘉伟,"感觉她写的东西,我也不知道你们怎么说,我感觉很真实,她的性格都在文字里了。"孙少康想了想,实在找不出什么文绉绉的说法。

"嗯,这么说没错。"陈嘉伟看杜军和吴国忠都坐下以后,自己也赶紧找了个地方坐下。

"叔叔过年好!"一直憋着的杜秋叶大跨一步冲到孙少康的面前,白白净净的手掌噌地一下伸到孙少康的面前。孙少康一愣,然后笑了起来,他拉开抽屉,从里面掏出两个红包来,"小子,好好读书啊。"说着揪了揪杜秋叶冻得通红的耳朵。"还有你的,别藏啊,大红包给你。"手伸到吴静雯的面前,吴静雯才小心翼翼地接过来,露出洁白的牙齿笑了笑,小声地说了一句,"叔叔过年好。"

"这没出息的臭小子,到哪儿都跟土匪一样。"杜军说着一掌扫过去,杜秋叶侧身一闪,手里摇着红包对杜军眨眼笑。杜军赶紧把头甩向一边,不去看这个杜秋叶,免得把自己气死。

空乏的话题在几个成年人之间反复拉扯,那一块禁区被反复绕开,孙少康显得轻松了不少,不再像前几天那样满面伤痕。陈嘉伟有时候也说两句话掺进去,不过大多时候都是坐在一旁沉默不语。两个孩子领了红包便在宿舍楼里玩了起来,空荡无人的宿舍楼没人理会两个吵闹的孩子。过了快要半个小时,杜军终于想起来该走了,正好大家的话也说得差不多了。

"没有什么事情的话,我们就先回去了。"杜军起身说道。

"嗯,好啊,有空过来看看我,我是一点能做的事都没有。"孙少康皱了皱眉头。

"好。"一行人出了宿舍的门,却不见了杜秋叶和吴静雯。

"喊一嗓子就成,工人们基本上都走了,不会有人在意的。"孙少康看着杜军和吴国忠左顾右盼的样子,说道。

"静雯,我们要走咯。"吴国忠扯开嗓子喊道。

"我们来啦。"声音从楼上翻滚而下,回音在空阔的走廊里震荡。两个孩子的身影很快出现在楼梯口,看起来刚才只是在楼梯上玩而已。

"那我们就先走了。"杜军拍了拍孙少康的肩膀,其中的意味难以明说。

"成,常来玩啊。"孙少康站在宿舍门口,目送着杜军一行人渐渐走远。

说是出来拜年,其实也只不过看了看三个人。陆扬德的家不在本县,要不然杜军还真想登门拜访一下。走在回家的路上,杜军颇感无聊,生活似乎总是需要一些荒唐的刺激。比如说,吴红霞。想到这些杜军的心里不免痒了起来,似乎是终于发现最近的生活里终究是少了什么。

一路走回家,两个孩子迫不及待地带着鞭炮去河边玩耍。杜军则和陈嘉伟到了吴国忠的家里,一进门才发现屋里坐着四位老人,正围着一个装满了瓜子的盘子聊着天。

"这是?"杜军疑惑地问道。

"两家的老人,前几天刚过来。"吴国忠颇有些不好意思,刚结婚的时候每逢过年夫妻二人都要因为到谁家过年而大肆争吵,最后便想了这么个主意:谁家也不去,两家的老人都过来。虽然地方不大,但凑合凑合总还是足够。

"行啊你。这个方法不错,小陈,以后结婚了这样倒是不错。"杜军说道。

"妈,这是我邻居,也是我和荣芳在工厂里的领导。"吴国忠看到几位老人停下谈话望向自己,连忙向他们介绍一下杜军。

"啊,领导,让领导坐啊。这孩子真是越来越不像话了。"

"啊对,军哥,你快坐。"吴国忠招呼道。杜军在沙发上空出来的位置上坐下,一旁的陈嘉伟只好坐在桌边的板凳上。

"啊,叔叔,阿姨不用客气。"瓜子花生纷纷朝杜军涌来,一时间有些招架不住。"别听国忠乱说,没什么领导不领导的。"

"来了就别客气了,军哥。"吴国忠拿上茶壶,给杜军和陈嘉伟倒上茶。原本老人之间的对话似乎因为这两个人的加入而变得富有活力,老人们纷纷问起吴国忠在工厂里的表现啊,也问起陈嘉伟当老师辛不辛苦啊,有没有人欺负静雯啊。吴国忠把吴红霞和曹荣芳也从卧室里叫了出来。曹荣芳很自然地和两人打了招呼,随即加入了他们的谈话。吴红霞则很不自然地看了杜军一眼,挪着板凳在他的对面坐了下来。她的黑色裤袜勾勒出腿部线条,剪裁得当的灰色大衣擘出性感的线条,纤细的腰身在摇摆之间将男性的本能撩拨。杜军感觉一团小火在自己的小腹内燃烧起来。

"咳,我上个厕所。国忠啊,你家的厕所在哪里。"杜军想要调整一下那小家伙的位置,如果被人发现可就丢人了。

"吃坏肚子了?"吴国忠问道。

"没事。"杜军摆了摆手,示意没什么太大的问题。坐下来又聊了一会儿天之后,杜军和陈嘉伟起身告辞,转身离开的时候和吴红霞短短地对视了一下。杜军感觉这个女人的每个部位都在撩拨自己的欲望,他咬了咬牙,走进了自家的门。

一进屋杜军才发现家里坐了不少工人,有几个是原来篮球队里的兄弟,剩下的一些都比较面生。"军哥回来了。"不知道谁吆喝了一声,屋里坐着的工人们便都站了起来。

"呦呦呦,这都干吗呢,来讨债啊。"杜军被这阵仗吓了一跳,他可没想到还会有工厂里的工人来给自己拜年,他是没有看见墙边堆成小山一样的包装盒。

　　工人们听到杜军的话无不大笑起来,杜军坐到他们中间。虽然不太熟络,但杜军相比其他那些领导少了一些戾气,一群男人不时朗声大笑。陈嘉伟坐在餐厅,看着被围在人群中的杜军,不由得心生暗羡。对他而言,或许只有在家长会结束的时候,才能体会到这样的感觉。

　　话说得不多,工人们便纷纷起身,客套的词汇重复了一遍又一遍,走廊里总算响起了脚步向下的声音。

　　"或许这大半年来,自己所承受的都是值得的。"在送走工人们之后,杜军兀自想着。

　　真正的麻烦在午饭时间到来,方琪家的亲戚们坐车下山,齐聚在杜军家里。父母都去世之后,杜军几乎上和家里的那些亲戚断了联系,而方琪家却正好相反,亲戚们时常走动,关系也亲密许多。当杜军听到楼下面包车的声响之后便感觉大事不妙,连忙冲进厨房看向楼下,果然发现三四个上了年纪的人下了车。

　　"你就忍忍吧,就吃顿午饭的功夫。"正在厨房里忙活的方琪怎么会不理解杜军的心思,每年送走这些亲戚之后,杜军总要抱怨一番。

　　"知道,年年都这样,不来我都不适应。"杜军缩回自己的身子,走出了厨房。

　　敲门声在杜军还没坐下的时候便响了起来,方琪在围裙上抹了一把手,连忙过去开门。

　　"大伯,三叔,快进来。"两位老人顺着方琪的招呼进了屋子,大娘,三娘,也快进来。杜军直起自己刚要坐下去的身子,皱了皱鼻子之后也应了上去。

　　"这是小杜是吧。"大伯的鼻音很重,短粗的指头伸向了杜军。

　　"是啊,去年还见过,这就不记得了?"大娘唠叨着推着他进了屋。

　　"这是大哥家的老二,一直在外面打工,你们应该没怎么见过。今天他开车把我们拉下来的。"三叔看着方琪疑惑地看着身边的那个年轻人,便介绍道。

　　"啊,是见得不多。"两个人互相点点头。

　　"每年都这么准时啊。"方琪的父亲听到这几位的声音,便从卧室里走了出来。刚才的那一群工人实在太吵,再加上他也说不上什么话,便直接把自己锁在了屋子里。

　　"老二,你这到县城里住了一阵儿,看起来可年轻了不少啊。"

　　"你这张嘴啊,都老得不成样了,你还说我年轻。"

杜军站在一旁听着这样对话层层展开,只得抽出一支烟来叼在嘴上。杜秋叶和吴静雯在玩了一圈之后也在这个时候返回,杜秋叶看到这一屋子的人之后变得和杜军一样没精神,叫了几声过年好领了几个红包之后便蹿进了自己小屋子里。

34.

突然清闲下来让大家都变得有些不适应,一直忙于家务的方琪起得也是越来越晚。杜秋叶和吴静雯就没有那么舒服了,每天总有那么一两个小时被陈嘉伟和方佳捉起来做功课,两个人的考试成绩其实不错。只是方佳和陈嘉伟闲着也是闲着,在吴国忠的建议下看着两个孩子做功课。

时间一晃到了初五,慵懒的日子将要到头。吴红霞回到了自己的店里,住在哥哥家里虽然热闹但总是让人觉得有些麻烦。陆扬德也在这天坐上了返回县城的火车,年老的身体要熬过一整个昼夜才能回到这个让他心烦意乱的地方。许多时候,他自己也搞不清楚自己和这个地方究竟有怎样的感情,年轻的时候一直做王大业的副手,在取而代之的那份心被打磨得差不多的时候,却又当上了厂长。半年多的时间里,这么多的事情,他简直无法想象那个时候的王大业是如何将工厂管理得一丝不苟。

车厢里拥挤的人群让陆扬德异常烦躁,他挤过人群,在车厢的连接处抽起烟来。

35.

正月初八,工厂开始正常上班,家里杂七杂八的事情都交给方佳和陈嘉伟,杜军一大早到了工厂。吴国忠几人来得同样很早,身体似乎有些排斥太过慵懒的时间。

"国忠,找几个老爷们。"杜军吆喝起来,早早来到的陆扬德一看见杜军就催促他赶紧去放鞭炮。

"好嘞。"吴国忠在后勤部里扒拉了一圈,挑了十个左右的男人,一起到了工厂门口。"大门前,都铺好,这一年咱得红红火火的。"杜军指了指堆在一起的挂鞭,粗略估计得有二三十挂。

男人们一听让他们来放鞭炮都有些兴奋,这可是在他们小时候珍贵的玩具。一行人忙活起来,很快将工厂门前铺成了一片红。

"都有火吧,一个人可能要点两三挂,都小心点。"杜军满意地看着地上的这一片红。

"有。"

"成,三、二、一,点火!"杜军自己先溜进了工厂里面,随着工人们纷纷跑回厂里,噼里啪啦的声音响作一团。陆扬德站在办公室门口,望着炸裂时候闪现的光亮和翻飞的红色碎屑,衷心地希望这一年万事顺利。

"大家今天受点累,把厂子里好好打扫一下,别他×的弄出个老鼠洞来都不知道。"杜军吆喝了一句,几个正在开机器的工人都随着后勤部的一起笑了起来。一早上没有看见孙少康的影,杜军不紧不慢地朝孙少康的办公室走了过去。

孙少康正在安排假后的工作安排,这个就稍微简单了一些,只要将年前的计划稍微调整一下就好了。杜军和孙少康聊了会儿天,工作上也没有什么需要互相配合的,便回到了自己的办公室里。

厂前的鞭炮似乎是一个召唤的仪式,把所有人都召回到浑浑噩噩的生活当中,空白的日子和狂欢式的宿醉一下子远离。

杜军把面前的报纸铺开,一根烟叼在嘴里。

36.

正月十四,方佳随陈嘉伟回家,方琪带着杜秋叶一路将她送到火车站。杜军也去了一趟车站,和陈木确认了一下正式开工的时间,顺便吃了顿包子,打道回府。

日子变得愈发难熬起来,杜军时常感觉身处办公室的自己如同一块悬挂起来的鱼肉,自始至终等着被晒干的那一天。

正月十五,县城里所有的鞭炮都被点燃,爆裂的声响挤满了县城里的每一条街道。这一天不仅仅要全家团圆,更是假期和玩乐的正式终结。路边所有的鞭炮商都开始拆除自家的帐篷,他们的生意也到此为止了。日落时分,已有迫不及待的烟花升起,在一片浓稠的殷红中爆裂开星星点点的光亮。晚饭时间过后,天空中染成一片斑斓,颜色各异的光亮腾起炸裂,将这一幕厚实的布撕开鲜艳的裂纹。

时间可过得真快啊,斜躺在沙发上的杜军不禁感慨道。

第二天一早,陆扬德便带着孙少康前往法院,这天是刘英那件事开庭的日子。等到杜军知道的时候,只能被李丘摁在门卫室里。虽然知道自己去了帮不上什么忙,但杜军还是希望自己能够身临现场,看看刘英的家人究竟能对孙少康说出怎样的话来。

上午十点,法院正式开庭,原被告双方就位。小木槌一声落下,代表刘英一方的律师便开始声情并茂的控诉,在座的一些人不禁可怜起这一家的悲惨遭遇,同时也开始咒骂坐在被告席的陆扬德和孙少康。轮到这两人发言的时候,只是简单陈述了一下两人之间并没有确定的恋爱关系,刘英的一切后果都是她自己的偏执造成的。这一番话说完之后,庭下瞬间炸开了锅。

"简直不是人。"

"畜生!"

"禽兽!"

孙少康听着人们的恶毒咒骂,嘴角在不觉之间竟扬起一丝弧度。他双眼死死盯着眼前的那一对年迈夫妇和那个裹在一身西服里的律师,一颗原本疼痛的心变成一块坚硬的磨刀石。

陆扬德却不甚在意,他原本就没想赢这场官司,在接到传票的时候就做好了赔钱的打算。回家过了一个年,他更加觉得这些事情都无所谓,即便是出了法院就被王书记撤职也可以接受。年纪毕竟已经这么大了,年轻气盛的时候寄人篱下,等到年纪到了这般,一个厂长也已经到头。两个人摆出一副事不关己的样子望着对面,庭下激烈的叫骂声响过一阵之后便静了下来。

烦琐的庭审持续到令人疲惫的程度,最后宣判,两方一共向刘英赔款一万两千元。陆扬德代表的厂方赔八千元,孙少康赔四千元,共计一万两千元。话音未落,庭下已经一片哗然,群情激动的围观者站起身来,十分卖力地辱骂着二人。两个人缓慢地朝法庭外走,刘英那已经泣不成声的母亲跟跄着冲过来抓住孙少康,哭号声和含混模糊的话搅拌在一起。正往外走的孙少康停了一下自己的脚步,旋即一把将她甩开,从人群的咒骂中穿梭而过。

没有任何交流的两个人,钻进一直守候在门外的车里,尾随而出的众人追着车子骂了一阵才作罢。

"你那部分钱,厂里先给你垫上。"坐在副驾驶上的陆扬德嘶哑着嗓子说道。

"你回头慢慢还吧。"

"厂长,我……"孙少康扶着脑袋的手慢慢放下去,头颅也随之垂下去,软绵绵地挂在自己的胸前。"或许,我应该离开工厂。"

"回去再说。"陆扬德烦躁地动了动身子,陈旧的座椅嘎吱嘎吱地响起来。

法官退庭之后,刘英的父母却没能在人群中找到自己的女儿。一直把精力放在孙少康身上的两人瞬间慌了神,刚才群情激愤的人群很快散去。只剩下两位老人手足无措地站在法院门外空旷的街道上,失神疯癫的刘英和人群一并散开,在摇晃的街道上跟跄前行,跌跌撞撞地回到了原来的职工宿舍。

她披头散发地站在曾经居住过的楼层,布满疲惫和忧郁的脸微微扬起,空洞的双眼望着蓝灰色的远天。

"少康,你是不是跑到天空的那边去了……"孙少康的面容在铅色的地平线上显出模糊的轮廓,清澈的双眼眨动着,平日里锋棱的眉毛弯成两道优雅的弧线。"你是在对我笑吗,少康。"苍白的双唇不敢相信一般呢喃着,孱弱的身躯开始攀爬窗檐。"我只不过想距离你更近一点啊,少康。"模糊的轮廓逐渐淡薄,一张温和俊朗的面容被风搅动,只留下五官的印迹。

"等等我啊,少康。"终于将身体的重心移出窗外,迅速落下时的风声包裹了她的身体。"用这样的速度,应该就能追上你了吧。"憔悴的脸上浮漾起幸福的笑意,目光如最末的航班飞向远处的铅色云团。

沉闷的声响砸在地面,黑红色的血液涂抹出一朵妖冶鲜艳的花。正值下班时间,拎着饭菜返回宿舍的女工先是一片静默,随即爆发出巨大的叫声。人群从四面八方涌来,在楼下围成了一个拥挤圆圈。

那一对年迈的父母赶到这里的时候,人群不自觉地让开一条路来。

"这不是今天打官司的那对老夫妇嘛。"

"死的就是他们那个疯了的闺女啊。"

"是啊,还这么年轻,嫁不出去还不如给我做个小呢。"

"你可别胡说八道,这家人也太可怜了。"

"听说那个男的还不承认有恋爱关系呢。"

"单相思啊。"

"什么单相思,我看啊,就是脱了裤子不认账。"

"人心不古啊,世风日下啊。"

人群里零碎的对话,已经麻木的老夫妇缓慢地走到刘英的身边,强忍住头晕目眩的力道慢慢地蹲下身体,布满皱纹的手将那双曾经生满言语的双眼闭合。

"为什么不救救她!为什么不救救她!为什么没有一个人……救她……"老妇人声嘶力竭的哭号抽打着围观的人群。人群则以一张张没有表情的脸来回应她。衰老的身体终于不堪重负地倒下。

救护车这个时候晃晃悠悠地开过来,套在白大褂中的人抬着担架冲下车来,在看到地上躺了两个人之后瞬间有些不知所措。

"救那个!年纪大的那个!"一直平静着的老人此刻跳着叫了起来。

"因为这个……已经没法救了。"看着自己的老伴被抬上担架之后,老人失神地望着救护车闪动的灯光呢喃道。

工厂,一路奔跑的丁妈直接冲进了陆扬德的办公室里,孙少康正在和陆扬德商量赔钱的事情。

"怎么了,说话,出什么事了。"陆扬德焦急地问道,身体不自觉地站了起来。

"刘英……她……跳楼啦……"丁妈的双手在自己的面前挥动着。

"什么!人没了?"陆扬德一巴掌拍在办公桌上,桌面上所有的东西整齐地颤了一下。丁妈的五官扭动着,头颅万斤沉一般点了点。

"那她的父母呢?"

"她妈昏倒了,她爹看起来还没啥事。"

孙少康闻言,木然地转向丁妈那张表情丰富的脸,内心一片绞痛,面部的筋肉抽动着,湿热的水珠滚出眼眶,只是仍旧没有什么表情。

"你先出去吧。"陆扬德面如死灰,摆动的手掌仿佛将这个消息驱逐地离自己更远一些。

"竟然就这么死了。"在丁妈关上门之后,陆扬德无力地瘫倒在身后的椅子上。这意味着无穷无尽的官司,意味着漫天要价的赔偿,意味着暴力冲突或许又会回到这件事情当中。想到这些,陆扬德感到自己眼角早已愈合的伤口又重新裂开,体内的血液正狂飙一般喷溅而出。

"终于解脱了。"孙少康皱了皱鼻子说道。

"她是解脱了,麻烦都推给了活人。"陆扬德没有好气地说道,他突然心生退意。这里的一切除了麻烦之外再无其他。孙少康也不再说话,点了一根烟静静地吸着,他清楚自己没有做错什么,却一点为自己辩驳的心思都没有。

"大概有的人生来就是为了背负罪过。"孙少康起身弹了弹烟灰,准备离开陆扬德办公室。

"别急着走,得去趟医院。"缓过神来的陆扬德倏地站起身来,将大衣披在身上就往外走。孙少康只得跟在他的身后,反正现在去哪里都差别不大。

钻进钢铁匣子里,随着速度慢慢加快,透过窗隙漏进的风尖锐地切割着两人的面颊。到现在还没有吃过饭的两人无不感到头脑昏沉,孙少康翻开自己手掌的虎口看了看,发现自己又有了低血糖的症状。两个人的思绪正在胡乱拉扯的时候,车子稳稳地停住,熟悉的医院大楼如往常一样挺立着自己的脊背,只是在阴沉的天空之下,一眼看过去便感觉它会随时倒塌。

两个人此时脱离了所有情感的桎梏,行进的脚步均匀有力,面部僵硬的肌肉无法协调地做出一个表情。走进医院,稍一打听便知道了刘英父母所在的病房。一个护士还告诉他们,刘英的尸体已经停放在医院的停尸房里,火化的工作就在近几天进行。

"走吧,去看看。"陆扬德不等孙少康反应过来,转身走向了住院楼,皮鞋跟咔哒咔哒地敲击着地面。

推开病房的门,两人惊讶地发现王书记也在那里,那张憔悴的面容让两人吓了一跳。

"你们两个来这里干什么,给我滚!"老人眯紧眼睛看清来人的面貌,一下子便从凳子上跳了起来,手里凑到嘴边的茶缸猛地摔在地上。

"您别激动,发生这样的事情我们也感到十分遗憾。"陆扬德在门口前一步的位置停下脚步深深地鞠了一躬。孙少康也随之鞠下身子,心里却没有任何的波动。

"我不想听你们说话,你们走吧。"老人将地上的茶缸捡起来,一只手扬起来甩了甩,如同驱赶两只苍蝇。

"您听我一句,谁都不会想到会发生这样的事情。考虑到您二老以后的生活,我们可以酌情增加……"

"滚!"布满老年斑的皮肤下凸起青色粗密的筋脉,枯槁的面容布满凶恶,双眼将要飞出眼眶。"我一分钱都不会要你们的!人都没了要钱还有还有什么用!"老人抄起手边的暖壶,作势就要扔过来。得亏一旁的王书记眼疾手快地抱住了他,要不然这两人的脑袋恐怕都要开花。"你俩先出去吧。"王书记平和的一句话如同一个耳光掴在两人的脸上,两人默默地拉开病房的门,走了出去。

片刻之后,王书记走出了病房。陆扬德急着说些什么,王书记便抬起手来示意他先不要说话。

"这事怪不得你们,该赔多少就赔多少。"年迈的皱纹拧出老辣的印痕。"我让几个小伙子去查了刘英之前的样子,反映上来的信息基本上是说她心理上本来就有些问题。从小就内向,很少说话。别人动一下她的东西就会被拳脚伺候。据说以前养了一只猫,在丢了之后她愣是找了一个多月。找到之后却塞进了一个粗布袋子系死口子,猫发臭了之后邻居才发现。有几个她的同学都不太愿意说起她来,说是上学的时候就经常刻字,把她身上带着的东西全都刻下来。"每到学期末的时候,桌子上就布满了细密的刻痕。你俩也不用急着跟我说些什么,虽然年纪大了,但究竟是个什么事情我还是能弄明白的。"

"您别这么说。"陆扬德手扶了扶墙,说起话来嘴角抽动着。

"行了,这边我看着,你俩不太合适,先回去吧。"

两人应了一声,目送王书记转身拉开病房的门,走了进去。

"我们也走吧,这边看来没咱们什么事情了。"陆扬德撑在墙上的手一用力,整个人就像不倒翁一样摇晃起来,然后站定。"去随便吃点东西吧。这都几点了。"脚步沿着楼梯向下,跟在后面的孙少康不知道他是不是在跟自己说话。

出了医院之后,两个人和开了一天车的小魏随便吃了些东西,便一路返回到工厂。两人喝了点酒,晃晃悠悠地进了办公室,补回他们失去的午休。

很快便到了下午上班的时间,杜军缩着脖子刚踏进工厂一步,坐在门卫室里的李丘就推开窗户对他招了招手。

"又咋着了。"杜军不耐烦地将脖子抻长,把冻得通红的脸凑了过去。

"进屋说。"

杜军皱了皱眉头,走到门卫室的门前推门而入。"又有啥大事啊,搞得这么见不得人。"

"刘英自杀了,你知道吗。"两片嘴唇快速分合,几个字跟油锅里的豆子一样噼里啪啦地滚出来。

"啥啥啥。你说清楚点。"杜军跷起二郎腿,一副烦不可耐的样子。

"刘英,死啦,自杀!听清楚了?"李丘恨不能一个字一停顿,面相要把眼前的杜军吃掉一样。

"啥!"杜军一下子跳了起来,脑袋差点撞到天花板上。"他×的,这不是添乱嘛。"

"你怎么说话呢,人家闺女都没了。你还嫌人家给你添乱。"李丘摸出烟来,点着之后用力地吸了一大口。

"他×的,她能怪谁!"杜军又跳了起来,"厂里人都知道他孙少康和刘英顶多就是一起吃了两顿饭。谁他×的吃了两顿饭就得过一辈子啦！这他×的不是耍流氓啊！"粗壮的胳膊有力的挥动着,刚点着的烟也被他甩到了地上。"就这样还好意思闹到法院去,还有那个脸要钱！"一脚踹翻了李丘身边的矮凳,李丘上去拽了两下没有拽动杜军,只得叹了口气,任由他继续骂下去。"她他×的一死了之,倒成了受欺负的了！谁知道当时孙少康他×的是怎么过的,啊,以后,以后哪个姑娘还能跟他！"杜军感到自己的头发都要竖起来,发现手里的烟不见了之后一张手伸到了李丘的面前。

李丘摇了摇头,无奈地从烟盒里抽出一支递给他。上班的工人们在走进工厂都不约而同地放慢了脚步,听完杜军的一席话,都轻轻地叹了口气,摇了摇头。他们谁都知道孙少康究竟是怎样的一个人。如果非要说他乱搞男女关系的话,那么这整个工厂怕是没有不乱搞男女关系的人了。可谁都不会为孙少康有一两个字的辩解,在说起来的时候叹叹气、摇摇头,然后庆幸自己置身事外。

门卫室里很快白烟弥漫,机器的喧哗逐渐放大分贝。骂骂咧咧的话没有穷尽地说下去,向西边滑落的太阳在医院的楼顶洒满黯淡的光。窗边的老人望着房屋和树木干秃的头顶,深陷的皱褶里拂过一片轻柔的光。

37.

判决书在一个月之后发到工厂,陆扬德利落地将钱准备好。孙少康不见了踪影,办公室里留下了下一个月的工作安排、校对好的图纸以及一封辞职信。陆扬德在孙少康的办公室里坐了一整个下午。杜军和李丘也坐在门卫室里抽了一整天的烟,夕阳垂落,两个人的喉咙里如同长满了刺。

天彻底黑下来之后,杜军和李丘披上大衣,走出了工厂。接班的丁妈在门卫室里嗑起瓜子,咔哒咔哒的声音如同老鼠。

明明已经到了初春,整个县城却仿佛被冬天紧紧搂在怀里,花坛的泥土里形容枯槁,两旁的树仍旧光秃。两个人紧着身上的棉衣,通往宿舍的那条路变得格外地长。他们不知道自己是如何走到那个黑暗中的轮廓之下,也不知道是如何敲开那扇门。唯一能够明确的是那张仓皇的脸,说他不知道孙少康去了哪里。

两点红光在宿舍楼的门口静默地燃烧着,风从遥远的地方吹来,在深夜里翻腾起呛人的味道。

"可能是跑到我哥那里了,辞职的话,恐怕也不会再回到这里了。"

"那就让他去吧,明天我们再去找这个臭小子。"杜军掐灭烟头,健壮的身躯在夜色里变成一团憔悴的影子。"我先走了,家他×的还是要回。"

坐在路牙子上的李丘没有说话,干涩的眼睛看着杜军的背影消失在楼的转角。然后他缓慢地站起身来,走上楼去。

杜军回到家中,秋叶和方琪已经睡下,方琪的父母在两个星期之前就被送回到了山上。不大的房子生出一种空旷的虚无,仿佛一个泥潭的深处,无所适从的感觉包裹着身体的每一个部分。

冰凉的身体钻进被窝,方琪翻了几下身子,迷迷糊糊地问道,"没有找到吗。"

"是啊,他×的。"杜军用被子将自己严实地裹起来。"先睡吧。"

"嗯。"

窗外的灯火渐次熄灭,寥落的星辰和弯月散发着橙黄的光,飘拂的烟霭随着风向远处游动着。

第二天一早,杜军简单地洗漱了一下就去了工厂,吴国忠带着两家的孩子去上学。每当到了这种时候,杜军和吴国忠就默契地分工起来,杜军去解决大大小小的事情,而吴国忠也乐得帮他送送孩子。两人在工厂门口分开,杜军走进工厂的时候瞥了一眼门卫室,发现昨晚来接班的丁妈睡意正酣。

"真不知道要这么个门卫能有他×的什么用。"杜军嘀咕着走向了自己的办公室。

屁股还没坐热,敲门声就响了起来。"请进!"杜军不知道谁会来得这么早,现在距离上班时间还有半个多小时呢。

门后露出一张年轻的脸,杜军愣了一下才想起来这是陈木。

"食堂的事情,对吧。"过完年之后遭了刘英这么一件事,杜军都快把建食堂的事情忘干净了。

"是。"陈木应了一声。

"大概什么时候可以动工,这几天?"杜军说着指了指桌子对面的沙发。

"嗯。"陈木在杜军对面坐下,脊背笔挺,双手规整地铺放在大腿上。

"那我先带你去看一下地方吧。"

"好。"刚坐下的陈木站起身来。

出了工厂,杜军才发现门口还有几个人,估计是来做一些准备工作的吧。杜军没有多想,带着他们去了工厂旁边的那一块空地。

"就是这块儿?"一个面色黝黑,头发稀疏的中年男人问道。

"是。"

"嗯,和图纸上给的面积倒是差不多。"略有光秃的头顶沿着杂草和堆积的垃圾朝里走去,剩余的几个人也跟在他的后面。

"啊,军哥,这里就交给我们吧。等联系好的东西都到位以后,我们就能开工了。也就是这几天的事情。"陈木把夹在耳朵上烟取下,抽了起来。

"成,钱的话就跟咱们之前说得一样,先给一半,完事之后再另一半。"

"没问题。"

"不过你们的人手够吗。"杜军要走的时候突然转过身来,他又想起车站那里,似乎也不过十几个人的而已。

"军哥,这你说笑了。我们是市里的建筑公司。这样的活儿,市里会出人的。"白净的面容笑了起来。

"哦,那我就先回去了。你们忙吧。"杜军也不愿多待,和陈木打了个招呼便往回走。在工厂的门口处遇见了神色憔悴的陆扬德。

"那边干吗呢?"陆扬德扬了扬脖子,问道。

"弄食堂的建筑队,这不都四月份了。"

"啊,这么快,合同上说的是开工之前先给一半是吧。"陆扬德的脑子里只有昨天不知所踪的孙少康,食堂的事情早就忘得差不多了。

"嗯。"杜军把刚才和陈木的对话又想陆扬德复述了一遍,这才让陆扬德想起来大概是怎么个情况。交代完之后,杜军便回到自己的办公室里打盹。

十点钟左右,到厂里来的李丘将他弄醒。迷迷糊糊的杜军跟着李丘出了工厂,朝李峰的那个小酒馆走去。

"哥。"李丘一推门便叫道。正在擦着桌子的李峰一愣,抬头看了看挂在墙上的表。

"怎么这个点儿来了。"李峰说道,双眼闪避着两人,桌子上的水杯也被不小心碰倒。

"那个臭小子是不是他×的躲你这里了。"杜军随处一坐。

"你们啊,让他静几天吧。"李峰自知这种事情藏不住,索性坦陈。

"我们不会劝他回去上班的,我们只是来看看他。"李丘也随处一坐。"这样躲起来也不是办法啊。"

"真拿你们没有办法,我去问问他吧。"李峰将手里的抹布一甩,转身朝着柜台旁边的那个门帘走去。

"军哥,李叔。"一个薄薄的声音从门帘后传出来,孙少康掀开门帘的一边,苍白的面容和片纸一般的身躯出现在两人的眼前。

"你怎么下床了。"李峰慌张地过去扶住孙少康,"要不然你们去卧室说吧。他身体太差了。"

"怎么他×的变成这个鬼样子了。"杜军简直不敢相信自己的眼睛,他冲过去钳住孙少康的双肩,却丝毫不敢用力,似乎只要稍一用力眼前的这个年轻人就会像泅湿的纸张一样破裂。

"你还是孙少康么,你他×的还是陪老子一起喝酒的那个孙少康么!"杜军叫了起来,手里曾经宽阔结实的双肩现在如同一团皱巴巴的卫生纸。"你可是篮球队长啊,那个孙少康呢。那个孙少康呢……"声音渐渐地弱下去,如同一声很用力很用力的叹息。李丘过去扯住杜军,让他不要再说了

孙少康双眼空洞地盯着眼前的门帘,仿佛在窥视一年前的自己,可用尽了力气也只是看见一片空荡无物的虚空。身体脱离李峰的搀扶,一瘸一拐地朝着卧室走去。

"大概是死掉了吧。"吐出的几个僵硬字节作为对杜军的回应。摇晃的身体缓慢地穿过客厅,走进卧室里。

"他×的,也不至于变成这个样子吧。"杜军呆立在墙边呢喃道。

"打击实在太大了。"李峰拉了一把杜军,让他坐下。"他现在都不敢出门,整个县城的人仿佛在一夜之间全都认识了他。只要被人看见就少不了一些闲言碎语,挨骂是常有的事情,还有一次被一群喝多了的人追着打了好几条街。"李峰忍不住叹了口气,"在我这里住了有段日子了,一直吃不下什么东西,只能每天晚上喝点粥。这样下去,身体迟早会垮掉的。"

"好像也没啥别的办法啊。"李丘整张脸都皱在了一起。

"现在只能走一步看一步了,让他先在这里住一段时间看看吧。等到好点了再出去找工作,或者去市里闯荡闯荡都可以。"李峰从弟弟的烟盒里摸出一支烟来,给自己点上。

"一个好好的人怎么能变成这副样子。"杜军还是不敢相信刚才的那个年轻人会是自己熟悉的孙少康。

"谁知道呢。这个世界可是不讲理的啊。"李峰叹了口气,一团白烟从口鼻间喷出,散开,徐徐上升。

38.

食堂在一个星期之后开工,工人们的吆喝和水泥搅拌车的声响早于工厂的起始,在工厂结束之后仍旧延续。货车运送来的沙子和砖堆成小山。庞杂的建筑材料也占据了各自的地方,工厂门前的这条路一下子窄了许多。过往的行人忍不住要骂上几句,门卫室值夜班的李丘和丁妈也不得安宁,只是多了照看建筑材料的任务。杜军成了监督,时不时要去那边转一转,每天都弄得身上满是泥灰。

吴国忠也去看了孙少康一次,人还是那副掉了魂的样子,嘴里还不时胡言乱语什么。

四月十五号,食堂开工一个星期。杜军吃罢晚饭在工厂附近看着食堂的工地,晚上要照看建筑材料的李丘正在呼呼大睡,浪涛一般的呼噜声袭来,惹得杜军都忍不住打起哈欠来。

"你是这个厂里的工人吗。"一个干瘦的老人走到杜军的身边,问道。

"啊,我是,我是后勤部的主任。有啥事吗。"杜军借着建筑队的灯光瞅了一眼这张肤如鸡皮的脸,实在没有什么印象。

"这个还给你们。人都没了,要这些也没有用。"手里的一个黑袋子扔到杜军的怀里。杜军这才意识到什么,慌忙抬起的目光正撞上那一对血红的眼睛。

"你是刘英的父亲?"虽然心里已经有数,杜军还是忍不住问了出来。怀里这个颇有分量的黑袋子也变得烫手起来。

"是。"老人不想多说,转身走去。

杜军抱着袋子,望着老人逐渐远去的背影,想冲过去拽住老人把钱还给他,两条腿却又僵硬得难以屈伸。等到他终于站起身来,一团夜色里早已没了老人的身影。发颤的双手解开袋子,成捆的百元大钞散乱地躺在里面。大脑里涌进一片嗡嗡的声响,血一下子涌上头来,杜军伸手摸了摸自己的脸,竟然感觉到烫。深深地吸了一口气之后,杜军感觉自己清醒了一些,他望了望旁边的工地,干活的工人们忙得热火朝天,没人注意到自己这边。门卫室里李丘的呼噜声仍旧沸反盈天地响着。杜军抱紧怀里的袋子,坚硬的棱角硌着他的胸口和胳膊,他却只能把更大的力气加在自己的手臂上。他没有意识到自己在不知不觉中弯下了身子,仿佛在只剩下机器的工厂躲避着什么。开办公室门的时候,他颤抖的手把钥匙抖落到地上,清脆的声响在空旷的工厂里扬起一片回音。杜军猛地跳起来用身体挡住放在地上的袋子,环视漆黑一片的四周之后,用力地吸了几口气。

咔哒,杜军拧开办公室的门,把袋子放在自己的办公桌旁边。不敢开灯,只好摸出一支手电,十分用力地看了一眼里面的钞票,虽然感觉有些不合时宜,但杜军还是从里面抽出了两捆,手掌仔细地抚摸着上面细腻的纹理,狂跳的心脏撞击着胸口。杜军像触电一样弹起,落到椅子上。

他手忙脚乱地摸出一支烟来,给自己点上。只要这件事不告诉陆扬德的话,那个老人应该也不会专门跑过来告诉陆扬德。这样一来,这笔钱就没有人会去追究了。那么,应该要怎么处理呢,自己全都留下似乎不太合适,毕竟孙少康以后肯定会需要钱。杜军叼着烟,抓起三捆放进自己的抽屉里,过了一会儿,便又从抽屉里拿出一捆塞进袋子里。杜军烦躁地又点上一支烟,从袋子里抓起一捆,有力的手掌紧紧捏着那一捆钱,瞪圆了的眼珠都快要裂开。

"去他×的!"杜军低声骂道,将手里的钱塞进袋子里,紧紧将袋子口系好。看了看抽屉的两捆,杜军用力地吸了口气,将抽屉也关好。黑色的袋子放到办公桌里,杜军关掉了手电筒。又点上一支烟。

出了办公室,杜军才发现自己全身上下都已经湿透,整个人像淋了一场雨。建筑工地上传来的声响恍如隔世。杜军锁上自己办公室的门,倚靠在墙边急促地呼吸起来,他用衣袖胡乱地抹了抹自己铺满整张脸的汗水,撑起发软的腿,向门卫室走去。

"老头,起床吧。我今天要早点回去。"杜军摇着床上的李丘,感觉自己说话都有点使不上力气。

"啊,干……他×……嘞。"没睡醒的李丘模糊地骂道。

"我要先回去了,你赶紧起来吧。"杜军用力地推了他一下,便急慌慌地走了。一头扎进漆黑的夜色里,杜军才感到稍稍的心安。复苏的温度使得风变得柔和许多,空气里弥漫着植物的清香,呼吸变得柔和了许多,但脚步却跌撞踉跄。

在同样的夜里,返回家里的老人看着一地的碎片,用力地叹了口气。

"我要告死他们!赔十万!一百万!告得他们去卖血!让警察挖出他们的眼珠来,再撕烂他们说谎的臭嘴。"老妇人不知道从哪儿一路骂回了家,看到坐在屋里的老人后声音变得更加锐利起来。"家里的钱呢!你个老不死的玩意!我放在床下的钱呢!"

老人掐灭了手里的烟,脸上的每一道皱褶都抖动着竖立起来,他站起身来,一个巨大的耳光抡在老伴的脸上,干瘪的身体摇晃着倒在一旁破旧的沙发上,屋内一下子安静下来。

"回老家好好过日子吧。闺女大半就是让你害死的。"

用了很大的力气才关好门,转过身的第一反应是躲开那张哑然的脸。

这个晚上,没有星星。沉闷的空气积压在大地之上。

39.

翌日,杜军发现自己无法正常地待在办公室里。只要一靠近那张桌子,就会忍不住拉开抽屉,打开下面的柜子门。然后在几分钟之后便忍不住又要再打开看一下,来回重复,这让杜军自己都感到厌烦了。他一整天都在想什么时候把这笔钱交给孙少康。昨天偏偏是周一,一直到周五都只能在晚上将钱带出工厂,随着气温的升高,身上的衣服也越来越薄,没有那么多口袋将钱带出去。

"真是他×的烦人啊,就不能早来一天。"杜军想到这些就忍不住骂了起来,一边骂着还不忘拉开抽屉,看了一眼之后安心地呼了口气。

熬过了漫长无聊的白天,吃罢晚饭之后杜军拿起那个黑袋子准备去找孙少康。天色渐阴,杜军拎着袋子出了工厂。一路上近乎小跑着走到李老头的小酒馆,李峰抬头看见杜军不觉皱起眉来。

"怎么又来了?"尽力不想表达出责怪的意味,可其中责怪的意味却又结结实实。

"我有东西给孙少康。"杜军将手里的黑袋子扔到一张桌子上。

"这是啥?"李峰拎了拎,感觉颇有些分量。

"钱,赔给刘英家人的钱。"杜军随处坐下来,感觉自己的身体终于剥去了一块沉重的质量,一路上憋着的气终于可以舒畅地喘起来。看着李峰一脸不相信的表情,杜军麻利地将袋口解开,成捆的纸钞在黯淡的光线下依旧显出细腻的光泽。

"这钱?"李峰目瞪口呆地看着袋子里的钱,无精打采的声音一下子扬了起来,"怎么到你手里的!"

"人家扔工厂门口的。我他×的可没偷没抢。"杜军摆出一副无辜的表情。

"还回来的也是工厂里的啊,这钱不能乱拿啊。"李峰瞪着杜军,不知道他究竟在想些什么。

"别傻啦,这个事我不说还有谁能知道。就算知道了,谁能证明这钱是我拿的。再说了,人家扔在工厂门口,我捡的,怎么了?"

"说是这么说……但是……"

"没有但是了,还但是什么啊。孙少康现在这样是觉得没什么,以后呢,要用钱的地方多了去了,这个就当个保障吧。"杜军看得出李峰有点动摇,说起话来如同连珠炮一般。

"什么事情啊,吵死了。"孙少康掀开门帘,慢吞吞地走到了杜军和李峰的身边坐了下来。

"给你带了点东西。"杜军说着把袋子里的钱都倒出来,孙少康的目光呆滞的拂过那些整齐纸钞,脸上没有任何的表情。

"拿着出去玩玩,以后不想干活去做点生意也行。"杜军不解地看着没有表情的孙少康,将桌上的钱都推到了他的面前。

"呵。"孙少康拿起桌上的钱数了数,他冷笑了一声,嘴角扯出一丝褶皱。"少了两千吧。"没有血色的面容扬起来对着杜军,生满寒意的双眼似乎要刺穿他的身体。

"啥?"杜军一时没有反应过来,双眼圆睁瞪着孙少康。

"少了两千块钱,你拿了。"手指如上了锈的机械一般指了指杜军,嘴角拧出一个畸斜的角。

"是老子拿了,怎么了!"杜军一拍桌子站起身来。"老子把这钱给你拿过来,不是来听你说少了多少钱的!"他怎么也没没想到自己费尽周折就换了孙少康这么一句话。一团巨大的力道在肺里张开,口鼻之间发出呼哧呼哧的声音。目眦欲裂的杜军不敢相信眼前的这个人还是自己认识的那个孙少康,铺砌在那张脸上的苍白如同一层厚实的水泥,把原来那个真诚、热烈的年轻人密不透风地封了起来。

"行了,少康,这点小事伤了感情不值当的。你军哥能把这个钱给你拿过来,也是费了心思,担了风险的。"李峰出言相劝,手不停地拍着身旁的孙少康。

"你拿了我的钱。"孙少康将桌上散乱的钱一捆一捆扔进袋子,"不过也无所谓了。"全都装好之后他转身朝里屋走去。

"你……你的屁钱,这是工厂的钱!"杜军指着孙少康的背影,喉咙里仿佛滚过沙尘暴,不能发出一个更多的音节。

"算了,这阵子受了这么多委屈。你别跟他计较。"李峰看着孙少康的背影,眉间结出一个大疙瘩来。

"我他×的真是瞎了眼!就你他×的受委屈了!就你他×的过不下去了!"杜

军一脚撂翻了一个身子骨脆弱的椅子。"不愿意过了就他×的跳楼去,跟他×的刘英做个阴间夫妻也他×的挺好。"杜军势大力沉的踹了那个椅子一脚,朽木破裂的声响随着破碎的木屑一起在腾起来。

"行了!你这说的还是人话啊!"李峰也动了怒,双手用力地推到杜军的身上。

"这瘪孙,这是我最后一次见他。真他×是瞎了眼,我竟然为了这样的人冒了蹲号子的风险。"杜军说完,几大步走到门口,拉开门便走了出去。

"你啊。"李峰连忙追出去,却发现漆黑一片中只剩下一个渐渐消隐的轮廓。

空荡的黑夜轻而易举地将落寞的身形吞噬,腐臭和腥脓带来将要窒息的错觉。遁形的利齿咔嚓咔嚓的咬下去,将一个背影反复咀嚼。

40.

时间打马而过,不知不觉之间已经将近五月。杜军自从那个晚上之后再也没去过李老头的酒馆。李丘来回劝了好几次,两边都没讨到好。索性也不再理会这两人之间的事情。只是孙少康没有任何好转的迹象,脸上抹了一副用消毒液都洗不去的阴郁,成天将袋子里的钱数过来数过去。曾经健康、充满活力的身体只剩下一层贴着骨头的皮,每天还是只能喝下一碗粥,俊朗的面容已然凹陷,一丁点的阳光似乎就能把整个人晒透。

陈嘉伟和方佳自从在春节期间见过彼此的父母之后,变得愈加亲密起来,两个班也变得越来越好,一直不太敢言语的吴静雯偶尔也能和同学们说起话来。杜秋叶也更多地表现为一个纯真、清澈的孩子,寄居在身体中的其他人格似乎暂时被压制了。放学之后,两人常常被陈嘉伟和方佳送回家。陈嘉伟俨然成了家里必不可少的一分子,有时连着几天没去,再去的时候就会面临一番责难。方佳的父母回到山上之后,杜军和方琪的热情也没有丝毫冷却,一家人普通的午饭晚饭变得热闹起来。陈嘉伟时常问起孙少康的近况,毕竟曾有过几面之缘,坊间的流言常常让他担心。独自犯愁的时候杜军也乐得将这些事情说给他听,不过总是要避开方佳和方琪。有的时候,杜军也疑心自己为何会这样关心一个年轻人,有过交情的人不在少数,为何只有孙少康如同长在心上的疙瘩,始终难以释怀。

敲门声总是在困顿欲睡的时候响起。"请进。"杜军放下手里的报纸,说道。

陆扬德推门而入,近一个月来,他憔悴了不少。年老的痕迹在脸上日益浓重,岁月的车辙毫不留情加深了皱褶的深度。

"又有啥事?"杜军瞥了一眼陆扬德,又将报纸拿了起来。

"这不是快五一了么,市里要评选个优秀工人,让各个工厂都积极上报先进个人。"陆扬德摁着太阳穴说道,"最近出了这么这多事,就算是上报个能造原子弹的也没用。但是又必须上报,说是要积极响应市政府工作,倒是拨款的时候没看到这个工厂还在市政府工厂的范畴之内。"

"你的意思是我来挑人呗。"杜军说道。

"随便挑几个报上去就行,反正也没什么人看。估计早都定好了。"陆扬德说完拍了拍身上站起身来。"写好了给小魏就行,让他给王书记送过去。"拉开办公室的门,腿都伸出去一半的陆扬德又退了回来。"对了,孙少康去哪儿了,你肯定知道吧?"突如其来的一句话让杜军不知道该如何作答。

"你放心,我没啥别的意思。我就是想去看看他,不会劝他回来的。"陆扬德说着又从门口回来,在杜军的对面坐了下来。

"我也不知道。"提到孙少康杜军的心里就来气,还有那一万两千块钱的事情,怎么着也不能告诉陆扬德孙少康在哪儿。

"你会不知道?"只是陆扬德似乎并没有就这样放过杜军的意思。

"我说了我不知道,再怎么问老子也是不知道。"杜军心烦意乱地将刚才的报纸扯开,竭力将自己的脸挡住。陆扬德见杜军这副样子只好作罢,有些不甘地站起身来,在出门之前提醒了一句不要忘了先进工人上报的事情,结果只换来杜军一阵抱怨。

在陆扬德出去之后,杜军才将自己的注意力转移到报纸上,头版的黑色标题上写着"深化国有企业改革,建立现代企业制度"。杜军一把将报纸拍在桌面上,摸向口袋里的手差点将半盒烟撒在地上。杜军将后勤部的那份名单翻出来,抽了纸笔便抄起名单来,"他×的,报多少人也不跟老子说一声。"抄了四五个之后杜军突然骂道,没有盖帽的笔扔到一旁,写了几个名字的纸也揉作一团。

突然想起孙少康的事情让陆扬德感到十分烦躁,正好工厂里也没有什么大事,生产方面缺了孙少康之后一天不如一天,自己除了添乱之外也帮不上什么忙。正在修建的食堂和后勤方面有杜军照看着,自己也懒得上心。陆扬德抱着不知道会在哪儿遇见孙少康的侥幸出了工厂,再在那个暗无天日的办公室里坐着,陆扬德感觉自己会在这一把年纪疯掉。

出了工厂,陆扬德沿着工厂门前的那条路往职工宿舍的方向走去,五月将至,路边的树木终于剥去枯褐色的盔甲,露出一些绿意。只有车子来来回回的街道上,陆扬德第一次亲身体会到所谓的空旷。走了没多远,陆扬德便在李老头的小酒馆前看到了一个瘦如薄纸的身影。看起来和孙少康有几分相似,但陆扬德不太敢确定,只得放慢了脚步,一点点走了过去。

"你需要钱吗?"这天孙少康从店里看到门外有一个路过的乞丐,便走出去问道。

"您行行好,多少给点吧。"听到有人这么问,衣衫褴褛的乞丐嘶哑着嗓子说道。

"行啊。"孙少康麻利地从身上抽出一张百元大钞,在那张衰老脏污的脸前晃了晃。"给我磕三个头,我就给你一百。"

"磕头?"佝偻的身体卖力地做着挺直的尝试,浑浊的老眼滚动着一团不肯跌出眼眶的液体,抖动的嘴角扯着一脸的皱纹都摇颤起来。

"对啊,磕头啊。你说你这么大的年纪了,竟然混到连口饭都吃不上。我要是有个儿子,估计都会看不起你。"不屑和轻蔑的神色在苍白的脸上飞扬跋扈,攥着那张纸钞的手拍打着乞丐的脸。脏兮兮的脸在孙少康的眼里显出刘秋婷父亲的轮廓,就连五官都变得和那张脸极为相似。孙少康不觉加大了手上的力度,发出清脆的声响。"你他×的也有要饭的时候,你不是有钱吗?你是不是也有个不如早点死了的妈?"他铆足力气挥过去了一巴掌。

老人痛苦地呜呜叫起来,他躲开了孙少康的最后一下,继而求饶般叫道。"我磕!别打了!我磕!"屈辱的重量将佝偻的身体一点点压低,因为年老瘦弱而看起来畸形的腿逐渐弯曲,一对膝盖结结实实地跪倒在地上。"磕呀,跪着老子可不给钱!"孙少康喊了起来,青色的血管透过苍白的皮肤凸出可怖的痕迹。在眼眶中顽强留存那一团浑浊终于啪嗒啪嗒地坠下来,瘦骨嶙峋的背一点点弯下,额头向地面用力撞去。

"砰!"孙少康跳着笑起来,一双手用力地鼓起掌来,声响如同势大力沉的耳光。

"砰!"额头上出现一个巨大的血印,眼前灌满一片黑,孙少康的笑声在耳边反复拉抻,忽远忽近的击打着耳膜。"他×的快点。"孙少康不耐烦地大叫起来,"我让你他×的快点,没有钱,连磕头都不会啊!"扬起一脚掀翻了那个装满了零钱的铝盆,硬币飞起落地,叮里咣啷的声响清脆悦耳。

"砰!"仿佛用尽了全身的力气,斑驳破碎的光亮在眼前浮现。孙少康张嘴正欲说点什么,一记冲出来的重拳砸在了他的脸上。在一旁目睹了全过程的陆扬德再也忍不住愤怒,一拳上去仿佛打碎了一副骨架,孙少康向后踉跄了几步,还是倒在了地上。怒不可遏的陆扬德挽起袖子跟了上去,倒在地上的身体如同一摊稀软的泥巴,陆扬德揪住孙少康的衣领却发现身体是那样的轻,脑袋左右晃荡着,喉咙里挤出一团模糊的声音。

"你怎么回事,你他×的怎么回事?"将屠虚的孙少康从地上拎起来摁在墙上,一巴掌呼在他的脸上。"欺负乞丐很厉害啊!你有本事去挣点钱来给老子看看!你能给一百,老子能给一千,你给老子把眼睛睁开,看着老子!"把身体揪起又狠狠地撞在墙上,没有表情的脸和始终没有睁开的眼睛,只有嘴角稍稍抽动,剧烈的疼痛感让孙少康倒吸了一口凉气。

"干啥呢,干啥呢?大白天的就动手啊?"一直在厨房里收拾的李峰早就听到外面声音,直到发现孙少康不在屋里的时候才意识到屋外的人是孙少康。他扯开陆扬德拽住孙少康衣领的双手,李峰有些惊讶地发现眼前的这个人竟然和自己差不多年纪。

"你他×的也一把年纪了,没点规矩?"李峰上去便推了一把。

"我陆扬德,你他×的谁,少搁这儿多管闲事。"陆扬德正在气头上,攒足了劲儿朝李峰的面门就打出一拳,李峰一侧躲了过去,顺势摁住陆扬德的胳膊,将他的手别在了身后。

"你就是陆扬德?孙少康已经辞职了,你还来找他干什么?"李峰问道,被制服的陆扬德不甘地扭动着身体,李峰只得加重了手里的力量。

"你他×的怎么不问刚才在干啥,他×的!"陆扬德竭力挣脱了李峰的手,指着那个倒在墙边的乞丐喊起来,喷溅的唾液浇了李峰一脸。

"他刚才干什么了?"李峰看了看倒在墙边的那个老乞丐,似乎意识到了什么。

"他让人家给他磕头!你他×的磕不磕,你要是磕我也给你一百!"陆扬德骂着一脚踹向倚着墙的孙少康,李峰把他抱住,对孙少康大声喊道,"快回屋去!快他×的回屋!"孙少康慵懒地挺起自己的身体,慢吞吞的朝小酒馆走去,漆黑的双眼不屑地瞥着陆扬德,喉咙在一番鼓动之后终于发出声音,"你可是领导,爱给多少给多少。"伸手拉开酒馆的门,摇晃着身体走了进去。

"你和他什么关系。"陆扬德不依不饶地问道。

"先去看看这个老人家,少康的事情我回头再和你说。"李峰不想和陆扬德有太多拉扯,转而走向了那个靠墙而坐的老人。"老人家,你没事吧?"伸手搀扶的时候才看见披散的头发之间那一块血红的印记,枯瘦的手臂有着枯树杈的粗糙质感,握在手里的仿佛只是一根骨头。

"钱……钱……"老人嘴里呜呜地叫着,浑浊的眼睛在一片翳里滚动着,刚才孙少康答应给他的钱还没有给他。

"老人家,你别着急,钱不会不给你的。"陆扬德也过来搀起老人的另一边,瘦得只剩下皮包骨头的身体使得肥大的衣服看起来空空荡荡。两个人轻而易举地将他架起来。"进店里,我去弄些吃的。"李峰的下巴朝自己的小酒馆点了点,陆扬德没有说话,只是用力地架着老人的身体。

进了屋,给老人找了个靠墙的位置坐下之后,李峰便进了厨房。不一会儿,一大碗的热腾腾的面条便端了出来。

"对了,你俩到底什么关系啊?"一番折腾下来,陆扬德这副老骨头也累得不轻。汗液浸透衣服,整个人如同刚淋了满满一盆的菜汤。

"李丘是我弟弟。"李峰闷闷地答了一句,他不喜欢陆扬德咄咄逼人的语气,似乎孙少康变成如今这副样子全都要怪到自己头上一样。

"噢,这就难怪了。"

"嗯。老人家,你慢点吃,不够的话还有,别着急。"李峰轻轻拍打着老人背后的一摊瘦骨,剧烈的咳嗽稍稍减轻了许多。"钱……钱……"老人又呜呜地叫起来,甩起手用力地拍打自己的前额。李峰连忙抓住他的手,陆扬德则赶紧摸出钱夹来,掏出一张百元钞票放在他的面前。

"啊!钱……钱……"呜呜的叫声撕扯着两人的心,干枯的手顺着桌面向前摸索,绕过面条的碗,颤抖着压住钱的两边。一番左顾右盼之后将钱举起来,仔细端详了一番之后他将脚上破烂不堪的鞋子脱了下来,浓重的味道扑面而来,两人虽然极力忍住但还是忍不住咳了几声。老人像条泥鳅一样滑到了桌子底下,小心翼翼地将钱整齐地铺在鞋底,然后又从桌子底下钻了出来,把脚缓慢而谨慎地塞进鞋里。

"我还……能……吃?"似乎是感受到李峰和陆扬德注视着自己的目光,老人脸上渴望的双眼里多了一丝畏怯。

"当然可以,吃吧。"李峰说不出自己的心里是怎样的一种感受,他把筷子拿起来,塞进老人的手里,另一只手轻轻地拍打着的他的背。

陆扬德再也看不下去了,身体猛地站了起来,作势就要朝柜台旁边的那个门帘走去。

"你给我坐下!"李峰叫住了陆扬德,"别再刺激他了。"声音突然低了下来,李峰的脸上摆出一副乞求的表情。

"你他×个没出息的玩意!"脚步停在门口,陆扬德扯着喉咙朝屋内喊道。

"让他从这儿离开吧。"陆扬德愣了片刻之后说道。他拉开小酒馆的门,感觉四月底的空气里带着一种寒冬的凛冽。

陆扬德在通往工厂的那条路上逃一般的跑了起来。

41.

小魏去杜军办公室取名单的时候,沮丧地得到了那个只有胡乱几笔的纸团。他汇总了几个工人的资料,极尽文采做了一番修饰之后送到了王书记那里。

四月份的最后一天,陆扬德收到王书记的通知,说是所有工厂的厂长明天都要去市里的礼堂参加先进工人的颁奖典礼。

"真他×的晦气。"陆扬德抄桌面上的通知摔了一下。"一共才评十个先进工人,不知道要去多少个厂长。不知道是过劳动节,还是搞工厂们的聚会。"陆扬德心里骂着娘出了办公室,机器的喧嚣和建筑工地上的吵闹攥成一个硬邦邦的拳头,在陆扬德刚一推门的时候大力挥来。陆扬德感到一阵头晕目眩,摸了摸身上的口袋发现没有烟,只得走向了门卫室。从李丘那里拿烟抽也不是第一次了,以至于在发现身上没烟的第一反应便是李丘。

孙少康并没有在这个工厂里留下很多事迹,谈论起他的时候越来越少。杜军和陆扬德二人已经绝口不提他的名字,李丘偶尔还和吴国忠聊一聊孙少康的事情,不过两人也都没什么办法,尤其是听到有关乞丐的那件事之后。许多时候,总是对曾经亲近过的人最难说些什么。不好的话总是哽在喉咙,而好的话总是缠在心底,当回忆漫卷而来的时候,唯有哑默才是最恰当的姿态。

李峰也断断续续和孙少康聊了几次天,直截了当地告诉他这样下去绝对不是办法,问他要不要去市里碰碰运气,做点生意或者重新找点活干,怎么着也比现在强。李峰之前以为他歇息一段时间后总会振作起来,可出了乞丐的那件事之后,李峰意识到他再不回到生活当中的话,很快就要被生活所抛弃了。孙少康经不住李峰的几番劝说,总算是答应了下来,不过在此之前他还要完成一件事。

这天,孙少康吃过晚饭之后便出了李老头的小酒馆,不放心的李峰唠叨了一万句,不堪重负的孙少康推开门落荒而逃。李老头站在小酒馆的门口,望着孙少康的身影逐渐消融在夜色里,叹了口气,身体似游鱼一般游回到小酒馆的灯光中。

夜晚,红霞按摩店的招牌上了粗艳的妆,脏兮兮的几个大字浸在迷离的粉色光亮中。孙少康在街对面一处坐下,抖着手给自己点上了一根烟。两条腿用力地交缠在一起,似乎要绞死什么才肯罢休。一支烟抽完,孙少康在春天的空气里抖着双腿站起身来,推开了红霞按摩店的门。

"你……你好"。突然的明亮让孙少康本能的眯起了眼睛,刚刚鼓起的勇气瞬间泄了不少。

"你好。"正无事可做的吴红霞闻声应道。

"我……要那……个按摩,是不……是……有?"孙少康嘴里仿佛吞吐着一块巨大的石头,说起话来如同在泥潭里摔跤。

"你要的都有。"吴红霞看着孙少康笨拙的样子不觉轻声笑了起来。

42.

第二天,孙少康回到小酒馆。"快把脸擦擦,我要饿死了。"孙少康像颗导弹一样前冲着,对着李峰大声喊道。

"饿了?"李峰疑心自己耳朵听错了,连忙抹了一把脸。干燥下来的视野里,孙少康的气色竟然变成了原来的样子,除了身子实在单薄之外,竟然与几个月前没有什么太大的变化。苍白如纸的面容上升起一团柔和的血色,双眼如同水光漾动的新井泛着清明的光。

李峰连蹦带跳地进了厨房,开了火。一大碗面很快便摆在孙少康的面前,孙少康接过筷子便挥舞起来。面条哧溜的声响和吞咽的动静填满了整个小酒馆,仿佛这里坐满了人一般。李峰看着孙少康狼吞虎咽的样子,激动得只能不停地说,"慢点,慢点……"

黑色的轿车从门外驶过,去市里参加先进工人评选大会的陆扬德坐在车里用力地看过来一眼,然后倏忽而过。

"怎么了,要不要停车。"开车的小魏瞥了一眼后视镜,发现陆扬德的神色不太对,连忙问道。

"不用,快点吧。要不然赶不上了。"陆扬德轻声应道,却感觉自己用尽了全身的力气。

"嗯,好。"油门踩下,路边的景物快速地向后退去。

杜军这天正在家里躺着,就被一早赶来的方佳从床上叫了起来。说是要带着杜秋叶去小学里看什么排练,杜军潦草地抹了把脸就带着杜秋叶出去了。学校的操场上已经聚集了一大批的人,杜军到的时候惊讶地发现吴国忠带着吴静雯已经随处找了个地方坐了下来。

　　"这么早啊。"杜军说着打了个哈欠,他这会儿还没有睡醒呢。

　　"是啊,听说有节目彩排,静雯非闹着要来看。"吴国忠给杜军挪出块地方来,"有不少带着孩子来的呢。"

　　"是啊,好不容易放个假。话说,这是彩排什么节目啊。"杜军问道。

　　"六一儿童节啊,学校还能排练什么节目啊。"吴国忠笑了起来,"军哥,你这是还没睡醒啊。"

　　"是啊,本来打算一觉睡到中午的。"杜军又打了个哈欠,眼皮没精神地向下垂着。

　　"姐夫,我先去那边帮忙啦。应该一会儿就开始了。"方佳朝人头攒动的方向望了望,准备工作似乎已经做得差不多了。

　　"老师再见。"杜军还没来得说话,杜秋叶先把小手摇了起来。

　　"秋叶再见。"听到杜秋叶还叫老师,方佳不禁笑了起来。"静雯也再见哦。"朝着安静坐在一旁的吴静雯也挥了挥手,方佳这才转过身,向那边走了过去。

　　两个孩子很自然地凑在了一起,吴国忠和杜军也乐得有点空间抽烟,聊那些属于他们的话题。

　　"我今天早上好像看见孙少康了,人瘦了很多,但我应该没看错。"吴国忠虽然知道杜军不太喜欢说起孙少康,但他觉得总该是要提一下的,更何况是看见孙少康从他妹妹的店里出来。

　　"哦?"

　　"从红霞的店里出来,见了鬼似的往小酒馆那边跑。"吴国忠继续说道,他知道杜军只是表面上冷淡,心里还是希望知道孙少康的动向的。

　　"这小子还去嫖了一把?"杜军不屑地说道。

　　"希望不是。"吴国忠看两个孩子跑到远处玩去了,连忙抽出烟来,分给杜军一根。

　　"听李叔跟我说。最近孙少康准备去市里了,打算去做点生意什么的。问他要不要凑点本钱,李叔却说少康自己有办法。"吴国忠嘬了口烟,继续说道,"我说军哥,咱用不用给他凑点钱什么的啊?"

"不用。"杜军听着吴国忠的话先是一惊,察觉到他似乎不知道那笔钱的事这才放心下来。"你放心吧,既然他有这个想法,自己肯定已经计划好了。他可不是那种二愣子。"杜军弹了弹烟灰,一番话似乎真的让吴国忠放心了不少。

两人正说着话,学校的喇叭里传出一阵粗糙刺耳的音乐,身着七彩服装的孩子们涌上了操场中央,随着音乐的节律跳起舞来。

"嘿呦,这就表演节目啦。"杜军张眼一望,操场中间的斑斓层次分明地跃动着。

"是啊,现在的这些孩子们真是好啊。想想咱们那时候,这样的活动可不多。"吴国忠颇有些羡慕地说道。

"有钱了呗,不找点乐子都怕把钱捂坏了。"杜军又何尝不羡慕现在孩子们的生活,吃喝不愁,有事没事还要比比衣服啊书包啊什么的。回想自己上学时候,课本衣服臭袜子都塞一个大麻袋里,每个星期回家的时候就背着袋子走一路。哪有现在的双肩背包,而且还是学校统一发放的。在那个年代,这样的条件是想都不敢想的。

两个孩子看到节目开始也都从远处跑了回来,在距离两人稍远的地方坐了下来,安静地看着比他们年长一两岁的孩子们表演。

学校为了不出乱子,只在三年级以上的学生中挑选孩子来表演节目,毕竟一二年级孩子都还太小,到时候上了舞台,万一乱作一团场面就不太好看了。挑在这个日子进行彩排也是不得已之举,平时一直都在上课,很难将所有表演节目的学生都凑在一起,只能选了这么个假期,牺牲掉孩子们和老师半天的休息时间。不过好在大家都还颇为乐意,假期在很多时候往往意味着无趣,凑在校园里表演或者看看节目,实在是一种难得的消遣。

节目过去了好几个,跳舞啊,童谣啊,朗诵啊。就在杜军和吴国忠都感觉有点无味的时候,一个老师模样的人走到了操场中间,弯下腰接过了小主持人递过来的话筒。

"哎,军哥,我怎么看这个身影有点像陈嘉伟啊。"吴国忠眯着眼睛望了一会儿之后,有些兴奋地对杜军说道。

"是么。"杜军不由得想起陈嘉伟在自己家里唱歌的那一次,唱歌确实比一般人要好一些。

随着旋律渐渐响起,陈嘉伟也张开了自己的歌喉,还是刘德华的《吻别》。杜军和吴国忠也忍不住打起节拍了,杜秋叶和吴静雯手舞足蹈地跳了起来。"老师唱歌啦!老师唱歌啦!"自从上次过元旦的时候听过一次,陈嘉伟可是有一段时间没有展示自己的歌喉了。

看到两个孩子高兴的样子,杜军和吴国忠也变得莫名兴奋,刚才让两人有些压抑的孙少康就像是一阵轻轻的风,倏忽之间便远去了。

在陈嘉伟的独唱结束之后,场面又变得沉闷下来,后面还有几个歌舞和一出话剧,完整地看完之后已经时至中午。杜军和吴国忠带着杜秋叶和吴静雯回家,本来想叫上方佳和陈嘉伟一起,但两人还需要帮忙完成一些后续的事情,暂时脱不开身。五月崭新的阳光浸入县城的身体,柔和的温度在大街小巷里浮漾着,男女老少的身上都涂了层清淡的釉彩,显出一副蓬勃的生机。

路边已经有了卖冷饮的摊贩,两个孩子和父亲一番缠斗之后每人得到了一杯冰绿豆。巨大遮阳伞下的小板凳,两个孩子兴奋地操持着手里的塑料小勺,将带着淡淡绿豆味的冰凉送进自己的嘴里。两个大老爷们也感到热,便一人也要了一份,坐在孩子的旁边吃了起来。灿亮的阳光里洋溢着孩子们的欢笑声,仿佛今天过的不是劳动节而是儿童节。跟在孩子后面的家长们三三两两地聊着家常,表情各异的面容在吴国忠和杜军的面前流过。

孙少康此时正收拾着包裹,汗水沿着他那张仍旧没有什么表情的面容静静流淌,粗声的气喘显示出他是真的疲惫。但此刻他不想停下来,带着一万块钱去市里闯荡的心从未比现在更加坚决。他要变得富有,这是他准备将过去全部抛弃之后唯一的愿望。李峰无论怎么劝阻都无法让这个年轻人动作慢下来丝毫。

"你吃过了午饭再走也来得及,还有啊,你怎么着也得和杜军他们道个别。"李峰抢夺着孙少康正往行囊里塞的衣服,整个人都快要跳起来。

"吃了饭就来不及了。"孙少康甩开李峰的手,将最后的那几件衣服尽数塞进行囊。

"要去市里,我支持你,但是你想好要干什么了没有,就这么莽撞地去,你能有什么好果子吃!"李峰被孙少康的那一下也弄得上了火气,厉声说道。

"我要去做生意!挣一大笔钱!回来买下这个破工厂!买下刘秋婷她家的那座山!"孙少康手里的动作骤然停了下来,双眼圆睁,用很大的力度对李峰说道,"没有钱,到处都受人欺负!所以我要挣钱!"李峰感觉孙少康的牙齿都快要吐到自己的脸上,信誓旦旦的样子不像是出去闯荡,而像许多政客表演式的宣言。

"屁话!有钱别人就会看得起你了?"李峰看到孙少康这副样子,也不愿再多说什么。从他跟杜军反目,再到上次的乞丐。李峰越发感觉到这个年轻人已经无药可医,自己从收留他以来看着他一天天的变化,在心疼的同时也愈发愤怒。"要走现在立马给老子滚!把东西给老子收拾干净了,别留在这儿碍老子的眼!"自己已经仁至义尽,决心要从悬崖跳下的马,不如早点松开缰绳。

"无论怎么说,这一段日子我要谢谢你。"孙少康将包裹背在自己的身上,沉甸甸的重量压在自己的脊背上,这种感觉让孙少康感到久违的兴奋。停留了太久,是时候开始一段崭新的旅途。"等我成家立业,我再回来看你,把你这个老屋修一修,都破得不成样子了。"孙少康一边往外走,一边嘀咕道。

"赶紧给老子滚!也别回来,这破烂屋子把老子埋了我也高兴!"李峰不耐烦地挥了挥手,如同在驱逐一只令人生厌的苍蝇。

孙少康也不再理会李峰,兀自嘀咕着出了卧室。从歪斜陈列的几张桌子间从容穿过,身体迫不及待地踩上铺满五月阳光的街道。稍走了一段路之后,他上了公交车。漫长旅途的始发站,无疑是那块结满了锈蚀的站牌。在车站下车,买好下午通往市里的车票,孙少康不忘用力地张望这个县城,炽热的回忆浇铸成各式各样的形状,硬邦邦地在心里沉落。

午饭之后,吴国忠敲响了杜军家的门。

"怎么了。"秋叶和方琪都在午休,杜军说话的声音压低了许多。

"军哥,你前几天看新闻了没。"面容上有些许的不安,还没说几句就抽出烟来。

"这几天还真没怎么看,出什么事情了么。"杜军颇为不解地问道。

"国有企业要深化改革,现在工人们那里流传我们都要下岗了。"刚吸了两口的烟摁灭在烟灰缸里,脸上的神色说不出来的担忧。

"下岗?工人们都下岗了,留着工厂也没用了啊。"杜军猛然想起来自己前几天听广播,上面似乎提到什么改革的事情,只不过当时完全没有在意。总感觉天高皇帝远,什么事情传到这个小县城里就要过个大半年。

"是负责后勤的工人们下岗,负责生产的工人们肯定能保住饭碗的。关键是我们这些搞后勤的工人。"吴国忠说得有点急了起来,半个身子都向杜军的方向倾过去。

"这个事情你先别着急,要下岗肯定不会是你一个。再说了,这个县城穷是穷,但是总归有你吴国忠容身的地方。"如果杜军没看那份报纸,他肯定早就将吴国忠轰出去睡午觉了。但事情经吴国忠这么一说,似乎一下子便变得十分严峻起来。杜军清楚地知道凭他两个人无法解决这样的事情,现在只能是先让吴国忠稳下来。

"说是这么说,但是像这样的工作可真不好找啊,军哥。"吴国忠悻悻地说说道,他不是没有听出来杜军话里的意思,他也明白国家政策这种事情不是一两个人可以阻挡的。只是这种浓烈的不安让他有必要找个人倾诉。

"我知道了,你放心吧,我留了后路的。"杜军站起身拍了拍吴国忠的肩膀,困顿让杜军都快要睁不开眼睛。

"好吧军哥,有你这句话我就放心了。我先回去了,你快休息吧。"

"嗯,别担心。"杜军有气无力地说道,他感觉自己就快要打起呼噜来。听到自家门闭合的声音之后嘀咕道,"哪儿有什么后路啊。"说完他便倒在了沙发上,巨大的呼噜声在五月的空气里漾开。整个乏味无聊的世界仿佛随之陷入困顿的睡眠,无意识的喘息从大地深处跃出地表,掀起温度柔和的巨大气浪。

43.

劳动节假期一结束,刚来到学校的杜秋叶和吴静雯就被陈嘉伟叫到了办公室。原因是六一节目彩排的时候许多领导对那出话剧不太满意,希望换掉里面的一对爷孙,校长直接拍板决定让陈嘉伟班上的杜秋叶和吴静雯顶替上来。虽然两人只有一年级,但是两人在生活中便已是以爷孙相待。几个年级主任还想说点什么,但看见校长态度如此坚决只得将含在嘴里的话咽回了肚子里。

陈嘉伟找来二人,还没问几句,杜秋叶和吴静雯便异口同声地拒绝登台。陈嘉伟细问之下却得到两个令人哭笑不得的理由,杜秋叶说自己上了年纪,不参与这些小孩子们的玩意儿。吴静雯则是因为秋叶不上,所以自己也不上,更何况这个内敛羞涩的孩子,没有丝毫的勇气被那么多的目光所注视。陈嘉伟实在没了办法,只得让他俩在办公室里等着,自己下楼去找来了方佳。

"你们为什么不愿意去表演节目呢。"方佳在杜秋叶和吴静雯的身边蹲下身子,带着涟漪般的微笑问道。

"小孩子玩的东西,我才不去搅和,丢人!"

"那你呢,静雯。"方佳的手掌轻轻地抚摸着他的头发,细语和声地问道。

"我……我害怕……"吴静雯都快要哭出来了,委屈地撇着小嘴。

"这有什么好害怕的呢,大家都是你的同学。每个人都会喜欢你们的。"方佳颇为无奈地看了旁边陈嘉伟一眼。

"可是,有那么多的人……"吴静雯扭动着身子,不情愿的样子让陈嘉伟和方佳都不好再说些什么。

"这样吧,也快上课了,你们两个先回去吧。"陈嘉伟轻轻拍了拍两个孩子的头。杜秋叶和吴静雯听到陈嘉伟的话,一溜烟从办公室里跑了出去。陈嘉伟和方佳看着两个孩子的背影,只能兀自摇了摇头。

"这样也不是办法啊。"这俩孩子可是校长指定的啊。

"现在也没啥办法咯,等着有时间再劝劝吧。"陈嘉伟收拾了一下桌上的教案和课本,下一节他们两人都有课。"你也回去收拾收拾,准备上课吧。也不知道校长是什么想法,突然要两个一年级的孩子表演节目。"

"嗯,那我就先走了。"方佳这才想起来自己也有课,"领导的心思你别猜,自有领导的道理。"方佳用力地拍了拍陈嘉伟的肩膀,一副委与重任的样子逗得陈嘉伟轻声笑起来。

随着上课铃的敲击,陈嘉伟和方佳走进了各自的教室。下课的时候,陈嘉伟刚一出教室门,就差点撞到年级主任的肚子上。

"怎么了,主任。"猜都能猜出来杜秋叶和吴静雯的事情,陈嘉伟还是本能地问了出来。

"那两个孩子演那个什么剧……话剧的事情怎么样了,什么时候能参加排练呢。"说话的时候肚子不停抖动着,陈嘉伟有点纳罕他身上的西服外套是如何不撑破的。"小陈,问你话呢,事情咋样啦。"挂满赘肉的脸盘上挤出焦躁的神情,刚到中年的脸上陷下几道肉褶。

"啊……"陈嘉伟从主任的肚子上回过神来,连忙摆出一副为难的样子,"那两个孩子都比较内向,上台表演节目的话有点困难。"陈嘉伟有点不好意思地说道。

"啥?来来来,你过来。"主任拽着陈嘉伟来到走廊的一旁,压低了声音却更加用力地说道,"这可不是个小事啊,小陈。咱们这个年级,孩子本来就小,大大小小的活动都使不上力。这好不容易校长选中了这个杜……杜秋叶是吧。"陈嘉伟看着年级主任投向自己的目光,赶紧点了点头。"你看,如果这两个孩子表现得好点,咱们年纪是不是一下就打出名声来了。以后啊,有什么活动,是不是也得考虑考虑咱们这个年级了。"他有些累地咽了口唾沫,"虽然马上升二年级了,但对比之下还是劣势。再者说了,顺着校长的意思把这件事弄成了,对你,对我。"肥胖的手掌挥舞起来,"是对谁,对谁都没有害处。"终于停了下来,汗流沿着脸上的沟渠顺流而下,陈嘉伟有点纳闷说这些话到底会有多么累。

"主任,您说得对。"陈嘉伟先应和上主任的意思。"您说得这些我不是没有考虑过。但是这个事情不是我说可以就能解决的啊。"为难的样子在脸上生龙活虎的流动起来,"现在是两个孩子不愿意参加。"

"再说说吧,无论如何都要让这两个孩子上舞台。"主任说着挺了挺突兀的腹部,转身在走廊上走远。

"这种事情哪有强迫孩子的嘛。"陈嘉伟颇为不解地嘀咕道。

"主任来催你了吧?"方佳走到陈嘉伟的身边,拍了拍他的肩膀。

"是啊,你看见了?"陈嘉伟明知故问地说道。

"等到大课间的时候再问问两个孩子吧。主任既然来催了,这事情可就没那么简单咯。"方佳扭了扭身子,目光望向空地上的旗杆。"听说,只是听说啊,这几个年级主任要提拔一个,这种事情,当然要格外注意吧。"

"这样啊,我说怎么这么耐不住气了。话说,这种消息你都是从哪儿听来的?"陈嘉伟扭头看了看身边的方佳,方佳却只是浅浅一笑,身体从栏杆前撤回,转身走进了陈嘉伟的班里。下一节课很快就要开始,两个班级的老师做了一下互换。上课铃在方佳前脚刚踏进教室的时候响起,陈嘉伟只得拾掇了一下繁杂的心思,走进了方佳的班里。

漫长的一天里,陈嘉伟和方佳都没能说服杜秋叶和吴静雯,两个孩子突然如同磐石般坚硬,无论什么样的说辞都改变不了他们的想法。主任几乎是每过一节课的时间就会问问陈嘉伟,陈嘉伟这一天熬下来,精神已经逼近崩溃的边缘。

下午放学前的最后一节课,坐在办公室里备课的陈嘉伟猛地一抬头,发现校长赫然站在自己的身边。

"啊!"陈嘉伟一下子站起身来,舌头在嘴里打起转来。"您……您怎么过来了,秋叶和静雯的事情……"

"坐,别激动,又不是什么大事。"校长从一旁空的地方拖过来一张椅子在他一旁坐下。陈嘉伟见状额头上便沁出了汗,只得又老老实实地坐了下来。

"来学校也有一段时间了吧?"校长慢条斯理地说道,"感觉工作和生活怎么样?"脸上始终带着细微的笑意,让陈嘉伟有点摸不着头脑。

"啊。"陈嘉伟应道,"都还挺不错的,领导和前辈们都挺照顾我们的。"陈嘉伟顿了顿,"秋叶和静雯的事情……"

"不忙,他俩的事情不用着急,等一会儿下课之后你叫他们过来,我试试能不能说动他们。"校长调整了一下坐姿,接着说道。"我是专门早来一段时间,你和方佳也入职这么久了,我还没能和你们谈谈,这是我的失职啊。"

"没有,没有。"陈嘉伟连忙说道。"我和佳佳在这里都挺好的。两个组长和高年级的老师们传授的经验十分宝贵。宿舍和食堂也都十分满意。"陈嘉伟有些心虚,一句话磕磕绊绊地说下来,不敢夹一点儿不是。

"你不用紧张嘛,你是这个学校的员工,我也是啊。"校长看到陈嘉伟的样子忍不住笑了起来,还好这个时候办公室里没有其他的老师,要不然陈嘉伟真想撕开一道地缝钻进去。

好在这个时候下课铃响了起来,走廊里呼啦呼啦地响起了孩子们飞驰而下的声音。陈嘉伟站起身来,"那个,我先去叫一下那两个孩子,不然眨眼的工夫就没影了。"

"好。"校长点了点头,看着陈嘉伟朝外走的身影兀自嘀咕道,"怎么这么快就下课了,来的还是晚了一些。"和新入职的老师谈一次话是他的习惯,在他看来,一个小学要想真的起到启蒙的作用,一定要听听这些年轻人的想法。一些教龄长了的老师,逐渐把学校变成了一个行政机关。

正暗自责怪为什么来得这么晚,没和陈嘉伟说上几句话,杜秋叶的声音便随着门打开的声响响了起来,"怎么又是你这个老家伙?"

"秋叶,不能乱说话。"陈嘉伟轻轻地拍了一下杜秋叶的脑袋,责怪道。

"怎么,不愿意见我啊。"校长轻轻地摆了摆手,陈嘉伟不动声色地推门而出。

"见见倒是没什么,你也来上学了?和我一样都一把年纪了。"杜秋叶径自在陈嘉伟的座位上坐了下来,语气颇为惊讶。

"静雯,你也坐吧。"校长起身将自己的椅子让给吴静雯。自己起身去办公室的边上有拖来一把。

"秋叶,这是校长"。趁着他去搬椅子的功夫,吴静雯悄声对杜秋叶说道。秋叶迟缓地点了点头,似乎在用力品尝校长这个词的含义。

校长这次没有坐在两人的正对面,而是略有偏斜地坐在了他们的旁边,以免谈话的时候让两人感受到太大的压力。

"最近抓鱼了吗。"沉默了片刻之后,校长跷起了二郎腿,看似悠闲地问道。

陈嘉伟在门外站了一会儿便觉得有些不妥,他急匆匆地跑出教学楼,向着大门奔去。学校里还有不少的孩子,这让陈嘉伟松了口气。他可不想让接孩子的方琪和吴国忠着急,一路小跑到了学校门口,两个一并抻着脖子的人很快看到了他。

"哎,姐,秋叶和静雯有点事,可能得等一会儿。"陈嘉伟离着两人还有一段距离就喊道。等到气喘吁吁地走近了,才接上下一句话,"刚才忘了出来告诉你了。别着急啊,一会儿就出来了。"

"咋了,不是惹啥事了吧?"吴国忠有些担忧地问道。

"怎么会,静雯这么听话的女孩儿能惹什么事啊。"

"那就好。等一会儿就是了。"吴国忠不紧不慢地说道。

"是校长在和他们商量表演节目的事情。"似乎怕两人不放心,踌躇着是否回去的陈嘉伟又说道。

"节目不是早就安排好了吗?"

"有两个孩子表现得不太好,校长想让秋叶和静雯补上去。但是他们两个都不太愿意,所以校长打算劝一劝。"陈嘉伟心想自己回去也帮不上什么忙,还不如在这里聊聊天。

"这倒是个锻炼的好机会啊,静雯就是太内向了。"吴国忠挠了挠自己的头皮,脸上的无奈十分滑稽地拽动着的他的眉毛和嘴唇。

"是,静雯平时是比较害羞,不太爱说话。"

"以后有活动可以让静雯多试试啊,陈老师。"

"叫小陈就好了,我和佳佳自然会多照顾静雯的。也有很多孩子是随着年龄的增长才逐渐外向的。"

"爸爸!"两个人正聊着天,吴静雯轻灵的声音便传了过来。两人回头一看,发现校长正带着两个孩子朝这边走来。

陈嘉伟去迎了几步,还没来得及说话,校长便笑着对他说道,"他们同意了。"

吴静雯从陈嘉伟的身边跑过,慢吞吞的杜秋叶却停下了脚步,用力地干咳了两声之后说道,"你可别忘了啊。"说完之后也从陈嘉伟的身边走过,一边走一边嘀咕着,"我这回可帮了你一个大忙,连这一张老脸都不要了。"

"您是怎么说服他们的?"陈嘉伟忍不住问道。

"我答应了杜秋叶演出结束之后陪他去钓鱼。"校长说着向校门口走去,站在原地的陈嘉伟呆若木鸡,他算是知道校长为什么会前来劝说这两个孩子了。上次郊游的事情一下子闯入到脑海,陈嘉伟并没有急着跟上去,反而是站在原地有几分痴傻地笑了起来。

"你们就是杜秋叶和吴静雯的家长吗?"校长叫住了方琪和吴国忠。

"是,你是?"吴国忠和方琪牵着两个孩子刚转身要走,就听到了身后的声音,只好又转过身来问道。

"爸爸,这是我们的校长。"吴静雯抢先说道。

"您好。"校长伸出手掌。

"啊,您好。这位是杜秋叶的妈妈。"吴国忠握了握他的手,介绍了一下方琪。

"您好,不好意思耽误你们二位的时间,两个孩子因为要参与六一的节目,以后的放学时间可能要晚一些,希望你们可以体谅一下。"

"没有关系,我们也希望孩子可以多参与到这些活动当中。"吴国忠笑着说道。

"感谢你们支持学校的工作。那……也没有什么别的事情了。"校长搓了搓自己的手。

"静雯,和校长再见吧。"吴国忠轻轻抚摸着吴静雯的脑袋说道。

回家的路被天边西垂的夕阳染成一片血红,脚步声敲出咔哒咔哒的声响,弯弯窄窄的路似乎通向一个波荡的梦境。

44.

从市区的宾馆里醒来,第一口呼吸便感到空气的黏稠。走廊里响起各种各样的声音,急着赶车的,搬东西的,还有楼下菜馆子里的伙计。轻重缓急的脚步声噼里啪啦地砸在走廊的地上,吵得孙少康颇有些厌烦。

起身的第一件事,先看了看装在行囊底部的钱,发现一分没少之后这才挺直身子在床上坐起来。看着床上的痕迹,孙少康不禁回味了来到市里花掉的第一笔钱。那女人无论是身材还是面容都不及吴红霞,但是身上却有一种特殊的味道。孙少康思来想去都不知道该如何形容这种味道,便在心里将其命名为"城市之香"。此刻,他正伏下身子,用力地嗅着残存在被褥之间的"城市之香"。

简单的洗漱之后,孙少康并没有急着出门。站在自己位于三楼的房间里,孙少康突然犯了愁。他叼了支烟站在房间的窗边,望着楼下的车水马龙,他不禁感到巨大的怅惘和迷茫,像一个冲入敌军阵中的将军突然丢失了方向,孙少康几乎要瘫倒在地上。他摇晃着走到床边,一座山一般轰然倒下,结满蛛网的天花板上落下尘灰。把行囊紧紧抱在自己的怀里,孙少康忍不住颤抖起来。在这个陌生的地方,除了手里的这些钱他一无所有。他不知道自己该做些什么,也不知道自己能做些什么。登车离开时的雄心壮志在巨大的陌生前支离破碎,刹那间闯入并贯穿身体的软弱让孙少康只想找个结结实实的地方躲藏。一个漫长的上午,孙少康都瘪着肚子望着天花板,眼睛里空空荡荡,脑子里同样也是一片空荡。

  时间一个踉跄便到了中午,孙少康这才起身从床上翻下,到楼下的菜馆子里吃了点东西。二两小酒下肚之后,精神才稍微振作了些。从小酒馆出来,绕过阴暗潮湿的胡同,站在拥挤的路旁孙少康不禁再一次感慨,城市里的路的确够宽。

  "滴滴!"一辆车摁着喇叭停在了孙少康的身边,"兄弟,去哪儿?"一个布满络腮胡子的脸招呼道。

  孙少康其实没什么想去的地方,但还是拉开车门坐了上去。"带着我在城里转一圈吧。我对这城里还不是很熟。"孙少康在副驾驶坐下,随着车子的前行,街道和两旁的房屋开始缓慢流动。

  "来旅游还是做买卖啊?"络腮胡子瞥了孙少康几眼,也没看出个所以然来。

  "做买卖。"孙少康望着窗外高低不平的房屋,应道。

  "我说呢,我一看老弟就是个办大事的人。"刚开没多久就遇上红绿灯,络腮胡子把车停稳,抽起烟来。

  "办大事不敢说,赚点小钱糊口。"孙少康闻到烟味,在自己的身上摸索一番之后却只找出来一个空烟盒。络腮胡子瞥了一眼,笑着递过来一根,孙少康毫不客气地接过来,抽了起来。

  "老弟你做哪方面的生意啊?"

  "还没想好,有啥好的门道啊。"

  "我是没啥门道,不过你要是知道做哪方面的生意,我还能带着你去转转不是?"红灯闪烁几下变成绿色,络腮胡子把烟弹出窗外,车子又缓慢地行驶起来。

  "那就随便转转吧。"孙少康说道。

  "那我可就随便开了啊。有啥不懂的问我就行,都在这里住了十几年了。"络腮胡子看孙少康兴致不高,只得撂下这么一句,不再言语。开了这么多年的出租车,络腮胡子这点察言观色的本事还是有的。每天要见形形色色的人,也不是谁都喜欢和司机聊天。孙少康还是县城里那一身简单的打扮,络腮胡子估摸副驾驶这个年轻人弄不好就是离家出走的孩子。这一副无精打采的样子,不知道又要到哪里寻死觅活呢。

  车逐渐驶进市区,街道两边的建筑也逐渐高了起来,挺立的行道树和修剪整齐的绿化带。孙少康漠然地看着窗外的风景,这个世界仿佛换了一张面容。变得这样陌生,这样怪异。

"这边是公园,免费开放的。"络腮胡子说道,孙少康的视野里出现簇拥的绿色,孩子的笑声震动着车窗,一些微微驼着的身影迟缓地走动着。

"嗯。"孙少康应了一声,依旧神色漠然地看着窗外。

"老弟啊,其实生活挺美好的,虽然有的时候索然无味。"络腮胡子瞥了孙少康一眼,发觉孙少康完全没有搭理他的意思,只好把话说到一半,不再继续说下去。

"是挺美好的。"孙少康自嘲似的说道。

络腮胡子听到孙少康这么说,也没有再说什么。对于这种服务行业来说,少说话在有的时候就是一种美德。

市区里的街道就像是消化不良的肠胃,车子走走停停,烟草的味道愈加浓重,计价器上的字儿一个接一个地跳着,孙少康依旧将头侧向车窗,一双呆滞的眼睛镶嵌在木讷的脸上。窗外流动的空气似乎从他的肺里抽取残余的烟草,不时的痉挛让他干呕起来。

"往回走吧。"孙少康突然说了一句,一直侧着的头转了回来,目光穿过前挡风玻璃之后涣散在街道上。

"好。"络腮胡子一打转向灯,车身随着方向盘的扭动开始掉头,在拐到往回行驶的车道上之后,两人都不约而同地看了一眼计价器。

"钱不会少给你的。"孙少康说道。

"没别的意思,我就看看跑了多远。"络腮胡子说道,被一个比自己小不少的年轻人看穿心思,既感觉有点丢人,心里又感觉十分别扭。

孙少康看中了公园门口的这个地方,这里人流量大,而且聚集了城市里男女老少各个基层的人,如果能够在这里开一个便利商店的话,生意一定不会差。一路盘算着自己的小生意,始终没有什么表情的面部抽动起来。

回去的路程变得索然无味,重复使得那些怪牙一般的建筑失去了吸引目光的光彩。孙少康仍旧看着窗外,流淌的空气撩起前额的头发,黑色的碎影在眼前不时闪现。

"老弟,晚上要不要打打牌,你一个人也挺无聊的吧。"在快到的时候,络腮胡子告别式地问道。

"晚上?"这一句问到了点子上,自己一个人待在宾馆里确实让人难以忍受,再说这个的哥也不那么让人讨厌,孙少康颇有兴趣地重复了一遍。

"是啊,酒足饭饱,搓几把牌,消遣消遣。"络腮胡子听出来孙少康有点兴趣,便眉飞色舞地说了起来。

"行啊。"孙少康答应道。在学校的时候打得不少,现在一提起来手还真有点痒。

"行嘞,那老弟,我晚上九点过来接你?"车子在孙少康上车的地方稳稳停下,络腮胡子问道。

"成。这是车钱。"孙少康瞥了一眼计价器上的数目,付了钱,和络腮胡子约好了时间,便不急不缓地朝着宾馆楼下的小菜馆走去。来回一趟,天边已经显出暮色,市区里的夕阳又低又红,黏软的光泽在遥远的藏青色上大片涂抹,似乎随时滴落鲜艳的赤红。高立的街灯酝酿着温黄,镶嵌在墙壁上的窗户也呼出了被灯光染亮的气。

"是有点不一样啊。"孙少康心里不由得感慨了一句,然后钻进饭馆要了两个简单的小菜和二两白酒。

城市的嗓门在夜晚才真正敞开,车声和人声汇聚一起,在大街小巷里势大力沉地滚动着。灯光如地底喷薄而出的霰弹,在每一幢建筑乌黑的脊背上斑驳点染。吃罢饭之后的孙少康在胡同里转了转,从报刊亭里买了几份报纸之后才回到自己的房间里。

老旧门锁的咔哒声令人不安,不过好在打开门之后一切正常如初。有些潮湿的被褥还能闻到霉味,昨天换了好几遍也都是一样。抬头一看时间才刚过七点,孙少康忍不住要抽烟,却突然想起来在车上的时候就是一个空烟盒了。他×的!封闭的空间确实让人容易暴躁,孙少康好不容易有点好转的心情一下子就变得十分难堪。只好把买来的报纸一一摊开,坐在床上看了一会儿之后却更加气恼。本以为报纸上会有什么有关出租交易的信息,但通篇一看全都是些不孕不育的广告。

"城里人毛病是多,连孩子都生不出来了。"孙少康心烦气躁地往床上一躺,和自己面前的钟表对峙起来。不大的房间里挤满了令人窒息的安静,秒针窃窃私语地摆动着身子,孙少康感觉自己的眼前都要结出一张蛛网来。

九点钟,络腮胡子的车喇叭及时拯救了百无聊赖的孙少康。孙少康从窗户向楼下一看,还是白天的那辆车。走到门口的时候他定住脚步,回身走到床边,将那只装钱的袋子塞进旧时上学的书包里,他背上包,连跑带跳地下了楼。

"吃过饭了吧?"孙少康刚一拉开车门坐下,络腮胡子便问道。

"吃过了,去哪里?"孙少康人生地不熟,还是有些谨慎和戒备的。"打牌的地方自然多了去了,这你不用担心。"络腮胡子哈哈笑道,如果不是正在开车的话,他大概要搂上孙少康的肩膀。孙少康却对他这种莫名其妙的亲切感到怪异,白天坐车的时候也没有表示出什么啊。无论如何,孙少康突然有了一种后悔的感觉。

车子开了一会儿,钻进了一条小胡同里,胡同口亮着个招牌。孙少康定睛一看,王老大夜总会,不觉要笑出声来。

"老弟,到站了。"络腮胡子潇洒地把车一停,脸上那一片稀疏的黑森林神气的摇动起来。

"我说老哥,你一晚上不用回家吗?"孙少康疑惑地问道,他已经尽力不想扫这个络腮胡子的兴了。

"哪还有什么家啊。老婆跟人跑了,孩子也没判给我。"络腮胡子一把搂住孙少康的肩膀,"一个人就这么凑合着过吧,啥事也不能要求太高了。"孙少康分不清楚他是难过还是自豪,稀里糊涂地随着络腮胡子进了这个名字令人忍俊不禁的夜总会里。

里面的结构和上学时候偷偷跑去的舞厅差不多,穿过一条窄细的走廊,迎面便是一个六边形的舞池,斑驳瑰丽的灯光洇湿了迷醉的躯体。孙少康一下子感觉空气变得稀薄起来,他紧紧地吸了口气,空气里弥漫着的荷尔蒙刺激着孙少康,大脑变成一片清醒的空白。

"是个好地方吧。来,咱先去搓几轮。"络腮胡子带着孙少康从舞池边缘绕过,有些对饮的男女已经将彼此的身体缠绕。孙少康不禁目瞪口呆地看着暗处的座椅沙发,所幸有络腮胡子一直催他,不然孙少康恐怕要招致不少人的怒火。

绕过舞池,两人在一处昏暗停住了脚步,一个身体强健的人拦住了两人的路。

"都是熟人,来搓牌的。"络腮胡子轻轻地拍了拍抵在自己胸口的手,一脸横肉的壮汉这才缩回了手,双手摁在墙壁上用力地朝里一推,看起来密不透风的墙壁赫然露出一个缺口。

"走吧。"络腮胡子轻车熟路地走了进去,那姿态跟回自己家一样。孙少康惊讶地看着那扇被推开的门,无论从什么角度来说,这一扇门制造得都和墙壁太过相似,以至于刚才完全没有想到这里还会有一个秘密入口。

那个壮汉瞪着站在门口发愣的孙少康,"你,进不进。不进滚!"孙少康回过神来,连忙应道,"进……进。"孙少康一步跳进了门里,宽阔的走廊在他的面前延展开来,骰子麻将的声音哗啦哗啦涌入耳中,孙少康激动又恐慌,这可是他第一次到这样的地方。所进行的活动不言自明,赌博。身后的门缓慢闭合,沉闷的声响将闪烁的灯光和摇荡的音乐闭锁在门外。有那么两三分钟,孙少康清晰地听着心脏在胸口里捶打的声响,溢出的汗液一下子漫到鼻尖。

"干啥呢,快过来吧。"不知道从哪里蹦出来的络腮胡子吓了孙少康一跳,粗壮的胳膊楼上孙少康肩膀,"想玩啥,要不然先去搓几把麻将。"也不等孙少康回答,络腮胡子便带着孙少康往前走着。

"啊……成。"孙少康木然答道,过度地兴奋使得双手抖动起来。

在弥漫着白烟的走廊里穿行一阵,孙少康被络腮胡子带进了一个摆满了麻将桌的房间里。

"来来来,哪个兄弟给个面子。"络腮胡子吆喝起来,"小李啊,你老婆不是都要生了吗,还搁这儿搓牌!"一巴掌拍在一个年轻人的脑袋上,络腮胡子从桌上的烟盒里抽出两支烟来。

"去去去,生孩子老子又他×的帮不上忙。今天还没赢呢。"被叫作小李的年轻人抬手一挥打在络腮胡子的肚皮上,"别他×的光拿老子的烟。"

一番折腾之后,络腮胡子和孙少康总算是有了位置。四个人都叼着烟,脸上的神情随着熟练的洗牌发牌变成一副漠然。

黑夜从天际倾泻而下,匆碌了一天的城市开始酝酿睡意,先是挨家挨户地敲碎灯光,再是遣散大街小巷里的人和车,最后拉下黑色的帘布,将身体平躺。

"他×的。再来!"

一把推到了面前的麻将,面前的钞票被伸来的手捋走。孙少康叼起烟来,红色的血丝在眼里开始滋长。

孙少康来到这里的第二天便学到了城市人的生活之道,昏睡的城市睁着五彩斑斓不眠的眼睛。在每一面面窗户渐渐沉静的鼻息之中,在每一扇门渐渐困顿的喘息之中,有人声嘶力竭,有人焦虑无眠,有人在生死间徘徊,也有人在悲喜之中泅渡,在愈发浓稠的夜色里,所有的动作、情绪、声响却都整齐划一地沉缓地呼吸着。

再来。

孙少康点着手里的票子,嘴里那根弯曲的廉价香烟在促狭的空间里烧灼,散发出焦躁和恼怒的味道,很呛。

45.

  翌日黎明,剧烈的疼痛感撕扯着孙少康的臂膀和小腹,身体如同浸在疲惫感中,即便只是轻微地动一动,都能感受到自己的每一个关节在发出酸痛的呻吟。
  "醒了?"一个清亮的女声。
  "嗯……这是……"眼前如有浩茫大雾,看什么都不甚清晰。
  "我家,有点简陋。"
  孙少康竭力用眼睛追着那声音的源头,在背光中捉到那样一个柔和的轮廓,微薄的晨曦擦拭着阴影,在有关她的每一个细节处都留下轻纱般的柔光。孙少康感觉自己是在一个昏沉的梦境中下沉,躯体上的撕裂感和此刻的安宁势如水火却又和谐并存,身体上蔓延的燃烧的是烈火,而眼前的一切却又如同寒露薄冰,渗出细密而繁多的凉意。
  "是打牌输了吧?"女人拧干手里的毛巾,几步走到床边,在距离两三步远的地方停住脚步,将手臂押直,把毛巾递到孙少康的面前。
  "嗯……"
  "擦把脸吧。没人样了。"
  "我为什么在这儿?"孙少康擦着脸,脑子用力地回溯着前一夜的事情,却始终感觉只有一团巨大的混沌在咆哮着,咆哮中显露出人狰狞的面孔和血红的眼睛,发出肢体碰撞的声响和暴烈的喊叫。"是打起来了吗……因为什么呢?"
  "赌博真的那么有趣吗?"女人拉来一张椅子,在距离床边三四步的地方坐了下来。
  "不是那样,昨天就是去……打打……牌……"混沌的咆哮逐渐消停,昨夜的回忆像是大风之后的城镇,一点点露出这狼藉和破败痕迹。
  "打打牌?"女人轻笑起来。她站起身,声音冰冷阴刻,"擦完了没,擦完收拾收拾你就该走了。"
  "我……孙少康无奈地瞅了一眼女人冰冷的脸,"不论怎么说……谢谢你。"许多为自己辩解的话浮泛上涌,却难以发出一个明晰的字节。为自己的辩解的话似乎在此前的一道道伤痕上结了痂,难以在喉咙的加工中表述出清晰的含义。
  "对了,你的钱。"女人起身,走到一张低矮狭小的方桌,拎起一个黑色的塑料袋,随手一抛抛到了床边。"数数,我没动。"

孙少康定定看着那个背光中的身影,酸痛感蔓延的手臂如蠕动的蚯蚓探向床下的袋子,他拎了拎,不多不少,一份让人心安的重量。

"没事就赶紧走吧。你也看见了,我这不宽敞。"女人说完不再理会孙少康,背过身去,在水池里洗刷着昨夜的碗筷。

孙少康勉强地站起身,由仰视变成平视,整个空间的格局才在他的眼前完整地展开:一个水池,一张低矮狭小的方桌,再加上自己睡了一夜的这张床和一个破旧的沙发,这就是这里的全部。窗户的位置临近房屋的天花板,稀薄的晨曦身形窄瘦,只有浅浅薄薄的一层在这潮湿中浮漾着。

"就你自己住在这里吗?"打量一周后,孙少康不觉皱了皱眉头,这里也太过简陋了。

"原来还有我父亲,只不过他没你那么幸运罢了。"女人手里的动作顿了顿,没有任何情感的声音像是说着一件与自己毫无关系的事情。

"啊……"孙少康一时语塞,不知道自己该说些什么。他拎起脚下的袋子,粗略地翻看了一下里面皱巴巴的纸币。一种浩渺巨大的虚无和疼痛在突然在体内的化作一股炽热的洪流,气势汹汹的侵吞着那些沸腾一时的勇气和决心。

"他被人打死了。离这儿还不远呢。"水声停住,女人停下了手里的动作,转过身来,抬了抬胳膊。"门在那边,祝你好运。"

"啊……谢……谢谢……"孙少康逃跑似的迈着快而细碎的小步子,绕过沙发和桌子,从女人的身前走过,孙少康便看见几节向上攀升的台阶,台阶的尽头,一面长满铁锈的门憔悴地站着。孙少康上了两级台阶,伸手推门的时候忍不住回头看了一眼,女人站立在微薄的光亮中,像一尊黝黑的铁塑。

"滚!"喉咙中突然释放出巨大的力量,这声音从身体的至深之处源源不断地涌出,平静的面容逐渐变得狰狞可怖。孙少康吓得一个激灵,整个身体向铁门跳了过去,碰撞的沉闷声响在耳边震荡着,身体却已经躺在了铁门之外。屋内的声音由尖利变得嘶哑,在北方初夏清新的空气中如同一把没开刃的刀,用力地抵在孙少康的胸口,无法逃脱也无法回击,只能以绝望时刻的本能张开口鼻,大力地呼吸着。天空正褪去初明时的羞涩,东边那一团稀薄的浅红血块正慢慢燃烧起来,色泽变得鲜艳,慵懒地向天穹的中心挪动着。

脑中满是褶皱的回忆,在微风的呢喃和日光温柔的舔舐中逐渐平展开来,失真扭曲的画面逐渐填充入深刻而真实的内容:输光了所有钱之后,牌局自然无法继续下去,混乱和打斗是在哪个时刻开始的呢,连续的画面丢失了几帧,然后是挥舞的拳头,拉扯的胳臂,缠在一起的身体,每个人嗓子深处低低的嘶吼为这样的原始和粗蛮伴奏着,动作便又继续而连贯地铺展下去。门外有了动静,孙少康冲了出去,一路跑啊,跑过破旧的老城区,穿过熙攘的夜市,跑过灯红酒绿的舞厅和酒吧,路面上的呕吐物和自己的鞋底时而发出"吱吱"的声响,跑啊,最终大概就是这里吧,丢掉了体内全部的力气,那个黑色的袋子,却是自始至终都未曾松开,回忆到此便停滞不前,如同破旧电视里突然飘拂落下的鹅毛大雪,声音和画面都被野蛮地取代。

孙少康有些摇晃地站起身,回头看了看身后的小屋,这是一件简陋的铁皮房,大部分的身体嵌入地下,顺着蓝色的屋顶将目光延伸开来,只见到小屋后是一个平缓的斜坡,大量的垃圾堆积其间。孙少康感到鼻间涨起一股沉缓却有力的酸涩,生活的许多内容此刻砸进他的胸口。那个背光中的纤长轮廓隐约地在眼前浮动着,或许多少年前的那个男人,把自己的全部生活都押在了牌局上,在遗产的目录上,只留下一份清苦的生活和垃圾堆浮泛的恶臭。

想到这些,孙少康便不忍心在此多留,他自己的生活已经难以承受,他此刻无心再去了解他人的生活。远远地看到纵横的街道,想着还是打个车再说,对这里的完全陌生构成了他此刻最大的惶恐和不安,他不知道自己该去哪里,也不知道昨天打了的那些人此刻身在何处,一种被包围的危机感缠绕着孙少康。清晨时分的街道,正在为即将到来的繁忙做着最后的准备,晨跑的人像是一条一条翻身跃动的鱼儿,在此刻清新澄澈的空气中欢愉地游动着。一辆出租车远远地开了过来,孙少康招了招手,车子迅疾的一个摆首,平稳地停在了孙少康的面前。

"去哪儿?"孙少康一股脑儿钻进去,屁股还没落下,司机的声音便从驾驶座传了过来。

"城中宾馆。"孙少康仰倒在座位上,有气无力地回应道。

"得。还不近。"司机嘟囔了一句,一脚油门踩了下去,车子一阵颤动,如箭一般在笔直的柏油马路上肆意奔驰起来。

城市的五官庄重而精致,大大小小的建筑在孙少康的眼中化作倏忽的流影,它时而露出如花的笑靥,时而露出严厉的表情,形色各异的行人有着形色各异的姿态,共同在生活的汪洋中泅渡着,却又都各自为战。陌生的悲喜如升腾的烟花时刻爆裂着,人们驻足观看,唏嘘不已,然后又一头扎进自己的苦海。生活在此刻的真实，无非就是在于它的不真实，它貌如流水，从无定形。

"到了。"车子似有某种怪癖一般摆首，急剧地停了下来。

下了车，孙少康并没有急着上楼，他站在已然陷入繁忙的街道，任由一种无处安身的空虚感在肺腑内翻江倒海，他抬起头，看着嵌在墙面里的每一面窗户，他感觉这每一面窗户都似是幽深的眼睛，带着畏怯和躲避窥视着世界的面容，他又感觉着每一面窗户都像是一张饥渴的嘴，无时无刻在对这个世界诉说着巨大的渴望和欲求。打开的门口则更像是排泄的出口，在每个朝阳初升的时刻将疲惫的人们遭送进空乏的生活里。轻轻地叹了口气，迈步的动作拉扯着酸痛的肌肉，孙少康走进了这个他并未留心过的地方。三楼，一个并不熟悉的号码引导着他的脚步，刚走上那条走廊，孙少康的脚步便停了下来。在自己的房门前，那个的哥正百无聊赖地等着自己。

"你可算回来了。"脚步咔哒咔哒地敲在地面上，孙少康想转身而逃，却无法驱使自己的双腿，他下意识地抓紧了手中的袋子，两片发干的嘴唇轻轻地颤抖着，瞪着双眼看着那个身影一点点扩大，直到五官清晰地呈现在自己的面前。

"你小子，可真不赖。"重重地拍在肩上，孙少康可并没觉得他是在夸自己。有些事，总得给个说法。逃也是逃不掉的。

"什么意思？"孙少康似懂非懂地看着面前那张因为微微含笑而皱作一团的脸。

"和我一起再过去一趟吧，给个交代。要不然下次可就不是我来了。"

孙少康手里紧紧攥着袋子，用力地咬着嘴唇，一言不发。

"别紧张，你可以把这玩意儿先放下。"下巴微微抬了抬，目光轻飘地触及孙少康手里的那个袋子。

孙少康仍没作声，他快步从的哥的身边穿过，在衣袋中摸索一番，却不见自己的钥匙。

"钥匙，昨天你掉了。"孙少康循着声音转过身去，半空中一个闪着光亮的物件正朝自己飞来，本能地抓住，发现正是自己面前这扇门的钥匙。

打开门，一切如旧，孙少康把袋子放在床下，然后快步走进了盥洗室，潦草地洗了把脸，凉水对神经的刺激让他清醒了些许。他上学的时候没少听说过这类事，无非是挨顿打。应该死不了吧。孙少康这样想着，瞅了一眼镜子中自己脸上的瘀青，要是被几个赌棍打死了这辈子可就太不值了。

"快点，别整得跟大姑娘出嫁似的。"那让人厌恶作呕的声音在走廊里徘徊着。

"来了。"孙少康把钥匙装进衣兜,环顾了一遍室内,便出了门,反手将门重重地关上。反正也逃不掉了。孙少康这样想着,他想让自己尽量看起来从容一些,人前不能露怯,这样结果反而可能会好一些。

"走吧。"路过那的哥身边的时候,一只有力的手紧紧地钳住自己的胳膊。孙少康不觉笑了起来,"别紧张,我跑不了。"目光微微斜视,正对上那有些不安的脸。

下了楼,走出几十米,便看见了那的哥的车。两个人对视一眼,一前一后地坐进了车里。车子的发动伴随着一阵痉挛,像是一个高潮的女人,脚踩下油门,车子便一头扎进着这上午最初的繁忙之中。自行车,摩托车,汽车,如同体型各异的鱼,摇摆着身子焦急而又缓慢地前行着,路边的早餐摊响起特色各异的吆喝声,葱油饼、肉夹馍和牛肉面的气息混杂在一起,显露出每一个人招架一天起始的各样姿态。

走走停停,思绪在渐渐燥热的空气中涣散开来,过往的日子被细密的切割,每一块碎片都闪烁着忧郁的色泽,让人感觉身处深渊的底部,阴冷的风锐利如匕首,恶狠狠地朝自己的胸口刺来。

"到了,下车。"王老大夜总会。孙少康瞥了一眼,不觉又为这个土里土气的名字笑了起来。

46.

孙少康的离开并没有给这个怠惰的县城怎样的影响,生活的情节贯彻已有的慵懒和平静,人们在困倦中抱怨着醒来,穿衣,洗漱,不情愿地涌上坑洼的街道,以填充胃部的本能寻找着早餐摊的方向,米粥,肉饼,牛肉面,吃什么似乎都一样,不知其味地下肚,然后转向,一双腿向着光荣的劳动进发,在大大小小的铁皮房里,在一扇又一扇窗口背后,光荣的劳动持续地占据着生活中的大部分内容。小酒馆和幽深的巷道里,总是挤满了抱怨和烟草的气息,比如此刻。

"他×的。"杜军手里夹着烟,一脚踢飞路边的一颗石子。那石子跃出一道优雅的互相,热烈地吻到一户人家的玻璃上。

"你他×的不想活啦?"那人家的女主人打开窗户骂道。

"哪来的泼妇。"杜军暗骂了一句,赶紧小跑起来,他也没想到那石头能飞到别人家的窗户上啊。

对于杜军而言,这每一天的开始,都更像是每一天的结束,唯有睡觉于他才是真正快乐的一件事。他总是在这条上班的路上想起孙少康,想起那个可爱的年轻人,又想起他离开时候那副可憎的模样。两种回忆在脑中纠缠打斗,不知不觉间,人便到了工厂,一些机器已经开始低回地哼唱起来,那些忙碌在机器前的年轻身体每一个看起来都像是孙少康,却每一个都欠缺着什么。他不知道那个不知天高地厚的年轻人为何像个鬼影一般始终在自己的脑中不肯散去,他厌恶他离开时候的样子,却又感觉这些已然发生的事足够让一个年轻人变成任何一种样子。

进了办公室,当天的报纸已经整齐地堆放在桌上。杜军拿起水杯,接了些开水,昨天的茶叶在开水的刺激下勉强地蒸腾出萎靡的气息。杜军不知道自己什么时候也会被扫地出门,前几天和吴国忠聊天的时候还说起退路,他哪儿有什么退路,想到这些他就感觉到一种深深的无力感,他对现在这种混吃等死的日子充满了怨念,却没想到自己不知道在哪一天连这样的日子都会失去。他心烦意乱地抿了口茶,卷起报纸,出门去找陆扬德。

"请进。"陆扬德的声音似乎从来没有什么变化,杜军闻声便推门而进,也无需陆扬德示意,兀自在他对面的位置上坐了下来。陆扬德一看是杜军,眉头轻微一挑,嘴角皱起

几道细纹,努力地克制一番后问道,"什么事。"

"啊,这么个事,我来学习学习。"杜军说着把手里卷起的报纸在桌上展开,"我就是学习一下,这个国有企业改革,它是怎么个事儿。怎么着我也是个主任嘛,要这个……跟随国家的指引……这个……"

"原来是为了这么个事。"陆扬德扶了扶眼镜,嘴角挤出细密的褶皱,顿了片刻说道,"这个国有企业改革吧,就是说根据国家的'九五计划'和2010年的远景目标,对国有企业的发展进行调整。具体怎么改,那就没人知道了。"陆扬德似是对自己这个模棱两可的回答十分满意,他举起自己的水杯,低头抿了一口。

"你这么说我也听不懂,你就跟我说说,就咱这儿,有多少人会没活儿。"杜军一听就知道陆扬德在给自己胡诌八扯,自己也索性问的直白一点。

"你既然都这么问了,我也实话跟你说吧。现在谁都不能确定这个事,我们要听市里怎么说,市里要听省里怎么说,省里听谁说呢,省里怎么说要看那几个先行试点的城市怎么说。如果要下岗,也还早着呢。我再跟你说个实话,要准备

后路的话,我也得准备,你甭瞅着厂子年年生产都没个停的时候,效益可是一年不如一年,指不定厂子并到市区去,那我也准备回家看孙子去咯。"陆扬德意味深长地看了杜军一会儿,有些失望地发现杜军脸上没有任何的反应,只得无趣地举起茶杯抿了一口。

坐在对面的杜军僵着脸,一动不动,若有所思,似是将陆扬德说的每个字眼重新咀嚼了一番,过了好一会儿杜军倏地站起身来,僵住的表情像洇开的墨汁,又变成平日里玩世不恭的样子,"早这么说不就得了,非得整那文化人的酸臭调子。"

"什么叫文化人的酸臭调子……"陆扬德看着杜军摇头晃脑的扬长而去,嘴里不禁嘀咕起来。

"国忠啊,中午去李老头那边吃个饭吧。聊点事儿。"中午快下班的时候杜军叫住了吴国忠。

"啊,成。"吴国忠在工服上擦了把手,转过身来对着杜军点了点头。

下班的时间总是来得很慢也来得十分自然,人群在工厂门前的道路散去,只剩下杜军和吴国忠摇摇晃晃地走在后面。

片刻之后,两个人坐在李丘的小酒馆里,劣质白酒从喉咙一路烧到胃,吴国忠嚼着盘中的菜,有些心不在焉地问道,军哥,什么事啊。

"改革的事我找陆扬德打听了,这个事情现在不好说。"杜军说着举起酒杯又抿了一口,"弄不好哇,连陆扬德也得滚蛋。"

吴国忠漫不经心的脸一点点汇聚起来,眉间挤出一个疙瘩,一双眼睛瞪圆了看着面前的杜军。

"你甭这么看着我,这事儿我又做不了主。"杜军一看吴国忠这个样子也是心烦,他自己也是泥菩萨过河。

"那咱可怎么办……"吴国忠也端起酒杯颤巍巍地抿了一口,他可还期望着自己好歹能混上个编制呢,现在倒好,现有的活儿也保不住了。

"李老头啊,别忙活儿了。出来出来。"杜军对着厨房里忙活着的李峰叫道,他对未来的生活不是没有任何的想法,而是这个想法要建构在这两个人的身上。

"咋了这是。"从后厨里钻出来的李峰身上还围着围裙,他搬来一张凳子,在桌边坐下,一边擦着自己沾着油污的双手,一边把不解的目光在两人的脸上来回扫荡。

"下岗这个事看来是很难避免,尤其像是咱们不从事生产的工人。"杜军清了清嗓自,脸微微涨红。"早两年,晚两年,其实都差不多。我有个想法啊,你俩,改天去市里看看,我那儿不是留了两千嘛。"杜军的身子轻轻摇晃着,似是在躲避着什么。"那个……你俩去市里看看,看看什么营生好做、赚钱,钱不够的话我就把厂子里的东西消化消化,反正后勤在我那儿……"

两个人随着杜军的话陷入了沉默,他们并未想到这一步,下岗对于他们来说是一件遥远而不真实的事情,吴国忠的心理始终带着一丝侥幸,李峰对李丘也带着一丝侥幸,这样的事情似乎总是遥不可期,没到真正发生的那一天总带着一种不真实和不可能的色彩。即便就是下岗了,打打零工,生活似乎也总能为继,他们可从没想到杜军竟想要完全颠覆现在的生活。

"老子是受够气了。给人打工,就是受气。"杜军感受到两人射向自己的目光,说起话来不觉有点为自己做个解释的意思。

"其实也不是不行……关键这事儿你可得想好了,不能一时来了劲儿……毕竟这钱……"有些话适合点到为止,李峰自知也不好再说下去。

"喝点吧,你也别忙活了。喝点。"杜军深深地吸了口气,拍了拍李峰的肩膀,不知道从哪儿摸出来个玻璃杯,给李峰也倒了半杯。

"喝点,喝点。"吴国忠嘴里也嘀咕着,生活似是在这个时刻展开无限宽广的时间和空间,只是这无限的宽广之中,飘浮着浓重的烟霭和水雾。

"那就喝点。"李峰解下围裙甩到一边的椅子上,盛了半杯酒的小玻璃杯在手中一圈圈地转着。

"喝点吧,喝点啊。"时近六月,烦躁的热如散在空气中的银针,轻微地刺入皮肤,扎出点点滴滴的汗液来。太阳高高的挂在天上,正似杜军此刻涨红的脸。

"再拿一瓶啊李老头,别这么小气。"

从街道上透过那两面玻璃门看过去,就像是看着关在橱窗里的一个故事,在一个狭小的空间里兀自膨大着,衍生出悲喜的汁液,落在地上,任由每一个路过的人以目光烤炙。

47.

孙少康没有想到的是,王老大夜总会并没有为难自己,反而有意让自己留在这里当保安,至于被打伤的那几个,事后赔点钱也就算是过去了。在络腮胡子和那个被称为刘老板的人帮助下,孙少康很顺利地在附近租下了房子。

生活在一番颠簸之后,似乎又以平静的姿态展开余下的内容,孙少康不知道还有怎样的内容填充进自己的生活,但此刻身下的床是真实的,身体的每个细胞舒服地发出的呻吟也是真实的。天花板忽而要坠落,忽而又浮起,这样的感觉,也是真实的。

这天,吴国忠请了假,和李峰一道坐上了开往市里的汽车,拥挤而摇晃的长途车缓缓前行着,两个人的心却在不安之中烹煮着。这个小小的县城是他们生活的全部内容,他们不知道另一个地方会有怎样的面容,他们好奇,他们渴望,他们也恐惧。

学校里,杜秋叶和吴静雯在老师的指导下一遍一遍地排练着,陈嘉伟和方佳在一旁看着,脸上带着永恒般的微笑,时间对于这两个人而言似乎是停止的。

渐近的六月,如水的时光灌入巨大的虚无里,每个人依靠着既有的惯性在时间轴上保持着匀速前进。

啪。

火机吐出跳动的火苗,杜军用力地吸着手里的烟,目光在窗外繁盛灿烂的阳光中涣散开来。

下卷　2016年

1.

市郊的独栋别墅，杜军坐在洒满阳光的阳台上，手里的烟寂静地燃烧着，视野开阔而平缓，葱郁的树木遮蔽着笔直的街道，院子中的两颗枣树伸展着遒劲有力的手臂，碧翠的叶子随风轻轻摇摆着。

"国忠！"杜军朝着屋内叫了一声，一阵匆忙的脚步声便响了起来。

"军哥，怎么了？"吴国忠站在阳台的门口，恭敬地躬了躬身子。

杜军看着西装革履的吴国忠，笑着摆了摆手。"过来坐吧，你我之间，要这些客套干吗？"杜军捉起手边的烟，用力地吸了一口。

"那俩老头，到今儿是有十年了吧。"话刚一出口，温热的潮浪便在眼眶内涌动着，烟灰随着不住颤抖的手扑簌落下。

"是有十年了。"吴国忠的嘴唇微微颤动着，在六月燥热的空气和繁盛的阳光里竟浮泛出惨白。

"出门，回家一趟。"杜军的嘴角抽动着，泪水积蓄着，断断续续地落入深浅不一的皱纹之中。

"军哥……"吴国忠轻轻地拍了拍杜军的胳膊，却反倒被杜军紧紧地攥进了手里。"十年了啊！国忠！"杜军的脸仿佛要爆裂开来，吴国忠能够清晰地看见他眼中殷红的血丝，"狗娘养的苦日子一天一天都熬过来了……好日子却……"

"军哥，他们知道你好，在那边也会开心的。"吴国忠轻轻地拍着杜军的后背，听到杜军的喊叫而赶来的方琪看到两人如此，也快步走了过来。李峰、李丘二人走了十年，这十年中的每一年，每到了这个日子，都会如此。

"你去备车吧。这边我看着。"方琪拍了拍吴国忠的肩膀。

"李老头的酒，我已经备好了。"方琪在杜军的身边坐了下来，皱皱的手掌轻轻地抚摸着他的后背，岁月让她的手掌失去了光洁，却也让她的手掌中有了更多言语无法替代的温柔。

"走，回家一趟。"杜军扶着方琪的胳膊站起身来，"东西都准备好了吗？"

"准备好了。"方琪提前一月将今天要用的东西悉数备齐。"去洗把脸吧，李老头也不想看见你这样。"停靠在杜军后背的手掌轻轻地拍了拍他，让他好打起精神来。

"成,你去告诉于妈,今天不在家里吃。"杜军轻轻地推了推方琪,兀自向盥洗室走去。

"她知道。"

"嗯,那就赶紧收拾东西吧。"杜军钻进盥洗室里,只有低回的声音在墙壁上碰撞几遭,摇摇晃晃传出来。

夏天的水是温的,当杜军的脸陷入手掌围成的湖泊,便感觉像是一头扎进了炽热而深沉的往日岁月。但越是深入,那湖泊溅出的也越多。站在洁净的镜前,杜军怔怔地看着自己的脸,有太多这样的时刻,他不知道自己已经这样老了。他拽过毛巾,用力地擦了一遍脸,再看,却仍是那样老,皮肤松松垮垮地下垂,深浅不一的皱纹如同岁月的一道道车辙,而胸腔里只留下岁月燃烧过后的灰烬。杜军没再看镜子,他紧了紧身上的衣服,出了门。

各样物什很快准备妥当,黑色的奔驰轿车在延展的开阔道路上飞驰而去。

电话在这个时候响了起来,是秋叶。杜军接了起来。

"爸,到了吗?"杜秋叶的声音一如二十年前,干净,清澈,永远带着淡淡的忧伤。

"还没,今天走得晚,刚上路。"杜军清了清嗓子,让自己的声音变得平稳了许多。

"给两位老爷子的酒,别忘了我的那杯。"杜秋叶轻轻地哽咽着,虽然身处异地,但每年的这个日子他都不曾忘记。

"知道了。在学校还行吧。"

"还行,都挺好的。放心吧。"

"那就先不说了,别忘了定期去看医生。"杜军叮嘱道。

"嗯,忘不了,先挂了。"杜秋叶说完之后顿了片刻,电话里随即响起挂断之后的忙音。

"秋叶吗?她最近怎样"儿行千里母担忧,坐在后面的方琪看到手机稍稍离开耳朵,便问道。

"挺好的,声音听起来挺稳定的,定期看着医生,应该没有什么太大的问题了。"杜军敷衍着方琪的关心,眼睛怔怔地看着窗外。转眼间,杜秋叶磕磕绊绊已经大学快毕业了,虽然比别人读得慢了些,但好歹家里也有个大学生。每想到这儿,杜军便感到自己的胸腹之中涤荡着一种复杂的情感。但转念一想,毕业之后他会去做什么呢,杜军不知道,杜秋叶自己或许也不知道,接着念下去吗。杜军深感读书是个永无穷尽的陷阱,他也不明白现在的读书人都怎么了,什么学士、硕士、博士,整了一串儿的名头,就跟工厂车间里的主任、副主任和队长一样,一级一级往下排着。他的目光深深地探入车窗外繁盛的阳光中,他又一次真切地感到自己老了,他的目光迷失在那永远年轻的阳光里,他不理解这个世界,这个世界貌似也无意去理解他。

"国忠,最近静雯怎么样啊。"杜军突然问道。

"应该挺好的,最近太忙了,每次想打个电话,拿起手机来又忘了。"开着车的吴国忠无奈地苦笑着。

"应该也快毕业了吧,那个什么……硕士?"杜军仍有些摸不准那些个名头的排序,只知道静雯比秋叶快了一两级。

"是啊,年轻人的路,让她自己闯去吧。反正说什么也不听,能有什么办法呢。"吴国忠抱怨起来。

"别说他们,我们年轻的时候,也是八头驴子拉不住的主儿啊。"杜军感慨起来,倒灌的记忆让李丘和李峰的音容笑貌又浮现在自己的眼前,悲恸的情绪卷土重来,在他的身体中势大力沉地横冲直撞。

"嫂子,拿点纸吧。"吴国忠瞥见杜军的双肩轻轻地抖动着,便知道那些往事又在折磨着杜军。

"没事,不用。"话这样说着,但还是接过来方琪递来的纸巾,双眼仍然把目光深深地扎在窗外,似是在寻找什么,又像是在浸入什么。

奔驰轿车黑色的躯体在发白的阳光中恣肆而又孤独地飞奔着,各样的建筑变成眼中流逝的光影。时间的奔走,改变了太多事物的面貌,而每次再见的时候总有旧影在杜军的眼前浮荡,他记得那些陈旧的、简陋的每一处,他记得二十年前,生活仿佛是在黑与白两种颜色之中,但那时,生活之中始终有一种温暖,而现在,斑斓鲜艳的色彩浇灌在这个城市的肌表之上,每一样事物并没有因为这样而变得更加温柔,反而生长出许许多多锋利的边角。

"快到了。"吴国忠的声音轻轻响起,车子驶上熟悉的路途,杜军感觉自己全身每个苍老的毛孔都在卖力的呼吸。

"没事的,我们回家看看。"方琪的声音揉抚着杜军的心神。

"回家看看,回家看看。"杜军兀自嘀咕着,忍不住从自己的衣袋里掏出烟来。

站在大三的尾巴,杜秋叶感到一种真切的空洞和乏味。时间温顺地在自己的面前潺潺流动,却连一点流动的声音和水纹都不曾出现,几个室友早早地就开始准备考研,每天醒来便不见人影,晚上睡意浓重的时候也不见回来。在中文系就读了三年的他无意于考研,虽然平日里喜欢写点豆腐块的小文章,但却不觉得考研对于提升自身是必需的。

站在宿舍脏乱的阳台上,杜秋叶百无聊赖地抽着烟,他不知道生活将要何去何从,只知道此刻的呼吸是必需的。李丘兄弟两人的面容隐约地浮现在吐出的白烟中,时而清晰,时而模糊,他用力地探寻着脑海中对于他们的回忆,却只碰触到断裂和破碎,在他的记忆里,这两位老人始终是两个模糊的印象,从未清晰过,但他也更加清楚,这两位老人始终在自己的生命之中,虽然从未靠近一步,却也从未远离过。

杜秋叶正想着这些,手机突然震动了一下,打开一看是微信的消息,"站在阳台上干吗呢?"杜秋叶将目光从阳台掷下,看到楼下高挑的蒋莉正对自己招手。

"思考人生。"杜秋叶回复了一句,"上来玩吗,宿舍没人。"杜秋叶紧接着敲出一句。目光如鱼线抛向楼下,发觉那鱼儿正比出一个OK的手势。

杜秋叶这栋宿舍楼是男女混宿,所以浑水摸鱼的事情来得相当容易,不一会儿杜秋叶便听到敲门声响起。"进来吧,门没关。"

大学宿舍老旧的门在每一次开关之间总有一阵吱呀的呻吟,之后一张淡妆的面容浮现在杜秋叶的面前。

"你们宿舍这门,也太旧了。"蒋莉的声音清澈而柔媚,杜秋叶感觉身体的某个部分被猛然唤醒,宽松的裤裆霎时间拥挤起来。

"上了年纪,关节自然不那么灵便了。"杜秋叶掐了手里的烟,跨过阳台和走进室内,他站在四五步远的地方停下了自己的脚步,开始仔细打量眼前的这个姑娘,红色的丝质衬衫显露出傲人的曲线和隐约可见的小腹,白色的高腰短裙勾勒着纤细的腰线,大腿白皙丰润,纤细的小腿则藏进一双薄薄的过膝袜里,脚上则踩着一双普通的帆布鞋。

"杜公子,你可不要失态哦。"蒋莉轻声嗤笑,杜秋叶也微微一笑,他才无所谓失不失态。

"进屋,要记得关门。"杜秋叶低下头向门口走去,阴翳在那张清澈而忧郁的脸上开始生长,那似乎总是笑着的眉眼变得锋利而阴冷,嘴唇也紧紧地绷着,活动的手指发出"咔咔"的脆响。走过那姑娘身边的时候,杜秋叶一把搂住了姑娘的腰,姑娘轻呼一声,被杜秋叶的手臂拖拽着重新走到门口。

"说了,要记得关门。"杜秋叶两片薄薄的嘴唇呼出一阵不容抗拒的热气。

"到了。"车子稳稳地停在低矮的山丘之前，繁茂的树木遮天蔽日，大块的阴影覆盖在地面，只在微小的罅隙之间露出纤细的阳光。

"下车吧，我们走上去。"杜军说着，便推开门，下了车，灿亮的阳光让他感到一阵眩晕，燥热的空气里在他的面前扭动着，似是二十年的光阴在他的面不断地扭曲变形。

一行人沿着窄窄的山路安静地走着，远风亲昵地扑来，在两侧的树林间细细地吹着口哨，蝉声初具规模，演奏着一个又一个雷同的章节，三个人的脚步轻叩着地面，显得十分孤独。

半山腰，视野骤然开阔，林立的墓碑有序排开。杜军的脚步顿住，转头望向山下的县城，深深地吸了口气。"走吧，去看看我们的朋友。"杜军从吴国忠的手里接过酒和杯子，脚步缓慢地向前走去。

李丘和李峰的墓地在整个墓地的西北角，两块石碑一如往年，静默、素净，杜军什么也没说，安静地从方琪的手中接过镰刀，兀自割起周边的杂草。这个时候，方琪和吴国忠都一言不发地站在一旁，这个时候杜军是不允许他们插手的，从第一年开始便是如此，一个愈加苍老疲乏的身体，在这里躬下身子，笨拙地做起几十年未曾做过的农活儿。完工之后，杜军在两人的坟前盘腿坐下，四个酒盅分列，一一满上，杜军敲出根烟，双眼通红地看着两人墓碑上的黑白照片。

"来，喝点。"杜军举起酒盅，这高价的陈酿却如二十年前的劣质白酒，呛人咽喉，从食道烧到胃底。"秋叶也喝了……他才二十来岁，就少喝点……"杜军举起身边的酒盅，把酒缓缓地洒在地上。

"你们俩，喝啊！"杜军的身体用力地向前探去，双眼潮湿而殷红，手指轻颤地抚摸着两个人苍老的面容，嘴唇哆嗦着说道"你们……喝啊……可别想要赖"。杜军把一饮而尽的酒盅反过来举到两人的面前，"我杜军可都干啦……你们怎么能不喝呢……我都干啦。"喉咙中积蓄的悲恸此刻倾泻而出，沙哑的啜泣声从断断续续的片段来连贯起来，杜军爬到两个人的坟前，一会儿抱住这个，一会儿抱住那个，在痛哭的间隙重复地嘀咕着"你们喝啊……喝啊……我都干了……"

"军哥……"吴国忠轻唤一声，刚想迈步上前，却被方琪拽住，有些愕然的目光抬起，正对上方琪对自己轻轻摇着头。吴国忠知道这样的时候不应该打扰杜军，但又实在不忍心看到杜军这个样子。认识杜军二十年有余，久经世事的吴国忠感觉岁月如同一把剃刀，缓慢的剔去了自己命里所有柔软的情感，他感到一股酸涩在鼻间弥漫，感到淤积的悲哀哽在咽喉，也感到溃散的软弱一遍一遍冲击大脑。可是他哭不出来，无论如何都哭不出来。那些哀伤只在他的胸腹内引起痉挛般的疼痛，从未真正地以某种具体的形式溢出身体。

杜军稍稍止住奔涌而出的情绪，他重新坐下，再度给自己满上，泪水在憔悴的面容上滚动着，阳光照来，一道道透明的疤。"来，喝。"杜军对着二位举起酒盅，一扬脖，一饮而尽。"你们俩啊……又不喝……多好的酒啊……"杜军的面容似要破裂开来，一双浑浊的眼睛蓄满了哀痛和悲伤，他捶打着地面，他像年幼的孩子一般趴在地上，哭泣让他的身体干涸。终于他停息了，他静静地坐起身子，一会儿看看这个，一会儿看看那个，看了许久之后，他对着方琪招了招手，两片发白的嘴唇轻颤着吐出声响，"烧点纸吧。"

"嗯。"方琪点了点头，一直拎在手里的袋子在她的手指上勒出了青紫的印痕，她将袋子中的东西一样样地陈列在两人的坟前，烧鸡、烤鸭、猪腿……最后是一沓沓的黄纸。

杜军看着飘摇的白烟，一件一件地扒拉着过往岁月中的事，工厂里的噪音若有若无地在耳边响起，王大业和陆扬德那张令人厌恶的面容隐约地浮现……一桩桩一件件，都如同空中无依的浮尘，此刻却全部凝聚起来，带着岁月厚重的质量，在经过漫长的遗忘之后，轰然降落在自己的脑海里。

"差不多了，该走了。"纸将要烧尽的时候，杜军站起身来，这个健壮的男人像一张薄薄的纸片般在将至的暮色中一番摇晃，吴国忠和方琪扶住了他。双腿长久的盘曲，让他有点站立不稳。

"那是……"杜军的目光在一片宽阔中铺展开来，看到一个不能再熟悉的身影。

"好像是孙……少康。"吴国忠轻声说道，故人一别，算来也已经二十年整，实际上，这两人却从未彻底地分离过。

"去打个招呼吧，顺便告诉他，那个夜总会早晚要被收购的，让他回来吧。"杜军面色黯淡，有些颓唐地说道。

"嗯，好。"吴国忠微微一颔首，便转身向那个单薄而瘦削的身影走去。

走到近前，吴国忠才勉强认出来眼前的这个男人是孙少康，旧影若有若无地缠绕在他的四周，他还如往常一样，单薄、清瘦，眼里涌动着不停息的活力和能量，吴国忠知道，这个人心中焚烧的那一团火从未停歇过。

"少康……"很久没提起的名字，在喉咙中发出声响的时候带着苦涩的味道。

"吴哥，是你啊。"孙少康抬头看了一眼，没有变化的表情，眉宇之间带着久经世事打磨的沧桑，也带着几分无法消散的忧愁。吴国忠顺着他的目光看过去,发现他面前的墓碑上是刘英两个字。吴国忠浑身一个激灵,"少康……过去的事……"

"只是来看看。"孙少康简短的回复斩断了吴国忠的安慰。

"有些事你应该知道的。王老大夜总会的经营状况一天不如一天了,有什么恩怨,也应该结束了,回来吧。"吴国忠恳切地望着孙少康,但只捕捉到他嘴角轻微地抖动。孙少康不是不知道,王老大夜总会早晚会关门,他也并没有对现在的老板有怎样死心塌地的忠诚,他只是心里恨杜军,他恨杜军那时拿走了属于他的两千块钱,他恨杜军,但似乎除了这一件事之外别无其他。他感觉杜军像他人生中一个巨大的阴影,时刻笼罩着他,包裹着他,让他无从脱身,让他的生活里永远有属于杜军的痕迹和标签。他恨杜军,恨他年长自己几岁,他太恨了,恨到即便他明白他和杜军之间没有什么实质性的过节他也不愿去杜军的公司。

"我考虑考虑吧。"孙少康没抬起头,但却比以往罕有地松了口。之前的日子里,他可是给了杜军和吴国忠不少难堪。

"好,我们等你回家。"吴国忠听到孙少康的话心里总算松了口气,这二十年来,这样一位旧友始终生活在自己的身边,却从来没有再共醉过一次酒,也从来没一并走过一段路,甚至连远远地打个招呼都没有。谁也不知道彼此用怎样的姿态攀过这二十年的漫长时间。他们早就不再是那样的年轻人了。饱满深沉的嗓音变得嘶哑,结实的身体肿胀般发起福来,脸上也雕刻了一道道皱褶,透亮的眼睛浑浊了,花白如青苔般在眉梢和发梢滋长。

"你先回去吧,等军……军哥走了,我去看看他们。"孙少康仍旧没有抬起头,他说着,蹲下了身子。眼前黑白的刘英保持着永恒的微笑,孙少康不知道那个时候,在那奔向死亡的下坠中刘英想着什么。他不知道,这是一件早已尘封的往事还是一条永远不会结痂的疤,只是脓水和血液会在每一个无眠的深夜中奔流。

"该说的,都说了吗?"杜军问道。

"说了,他说考虑考虑。"吴国忠应道,微微地点了点头。

"那就走吧。"杜军又回头看了一眼,这一眼像是下了极大的决心,他收回目光,也不再招呼身边两人,自顾自地朝山下走去。方琪和吴国忠只得在这样压抑的缄默中缓慢地挪动着脚步。

三人没走几步,杜军突然停住,转过头去问吴国忠,"那小子那会儿在看谁呢。"

"刘英"。吴国忠轻轻地吐出这个名字。

"哦。"杜军淡淡应了一声,脚步又开始动起来。

"哎……"重重的叹息在此刻薄薄的暮色中宁静的弥散开来,在这深沉悲郁的光亮之中无限地蔓延着……

下了山,车子驶入20年前破旧的县城,国道上欢迎的广告牌写着"08奥运,全民健身"的大字,杜军撇了撇嘴巴,目光平静地陷入逐渐昏沉的暮色之中。

"军哥,去哪儿?"吴国忠放缓了车速,问道。

"李老头饭馆。"

车子有了明确的去向,又渐渐提起速度,空荡的国道在一片寂静中向遥远的天际线延伸着,杜军只感到疲惫如车外深沉浓烈的暮色一般在逐渐变重,让自己喘不上气来。

"累了吧,喝点水?"方琪把水杯递给杜军,她格外珍惜每年的这个日子,这个暴戾、焦躁、粗鲁的男人揭开自己身上一条又一条的伤疤,把自身的脆弱和怯懦放在时间的注视中晾晒着,只有每年的这一天,他仿佛变成了一个受了欺负却不够强壮的孩子,哭闹、喊叫,直到自己精疲力竭。只要过了这一天,只要这一次的日升月落结束,杜军便成了那个充满了破坏性的野兽,主动地将自己软禁,紧紧关上卧室的门,任由生命的空虚和无聊抓挠自己的身体。

熟悉的招牌,陌生的建筑。当杜军站在面前这幢四层建筑面前的时候的,总是不由得深深地吸一口气。低矮平房的影子,沾满了油污的玻璃门,简陋的四套桌椅,一切都远了,一切都远了……杜军感觉这六月的空气中正渗出点点寒意,他抖了抖身子,推门而入。

在大厅逛了一圈后,才有一个大堂经理认出自己,那裹在套装里的身体吓得浑身发颤,他随手拽过来一个路过的服务生,扬起手张开就骂道:"他×的,你们瞎忙活什么呢?"说着便要扬起手打上去。

"干什么!"杜军一把抓住那经理的胳膊,"自家人,就路过吃个饭,随便弄点。"

"是……是是。"经理垂着的头不断地点着,停好车的吴国忠正好这会儿进来了,"怎么了这是?"

"忠哥,误会,误会……"经理全身忽的一下冒出汗来。

"没事,国忠,给我们找个地儿,随便整几个菜吧。"杜军对着那个被吓得够呛的那个服务员招呼了一下。那服务员怔了片刻才回过神来,"啊……嗯……大厅还是……"身子费力地挪了挪,两片嘴唇哆嗦着嘟囔起来。

经理闻言一股儿火蹿上头顶,又不敢发作,只得悄悄地踹了那人一脚。

吴国忠却哈哈大笑起来,"今天军哥也累了,找个包间吧。"

"好……好,请跟我来。"嘴巴总算利索了,人弓着身子在前面引路。

包间不大,装修却是一流,三人坐定,倒上刚沏好的茶。

"国忠,以后对下面的人客气点。"

"是。主要是怕他们太不懂规矩。"吴国忠老脸一红,微微低了低头。

"你小子,看来平时没少说我的坏话,你看给那俩人吓得,跟见了阎王似的。"杜军说着又想到了那两人的样子,大声地笑了起来。吴国忠闻言却是全身一个激灵,这话似是玩笑,实际上不是对着自己来的吗。他偷偷瞟了一眼杜军,发觉他正笑得前俯后仰,眼见着就要从椅子上摔下去。

"他开玩笑的,别放在心上。"方琪看着吴国忠的反应,不得已插了一句。

不过杜军似乎却没有任何打住的意思,他给自己点上一支烟,静静地吸了一口之后说道"国忠啊,二十年,我们都变了。对吧?"

吴国忠不知道杜军要说些什么,有些不明所以地望向方琪,方琪却只是摇摇头,让他继续听下去。

"现在我是老板,你是下属了。"杜军顿了顿,"可你也别忘了,20年前,你就是我的朋友,这20年来,你始终都是我的朋友。所以啊,你快他×的收起你那套客套,就像20年前那样,挺好。"似有硬物在杜军的喉咙中哽着,他弹了弹烟灰,一双眼睛用力地盯着吴国忠那微微低下的头。

"可是,那么多人看着呢……"吴国忠哽咽了,他又何尝不是在这20年里小心谨慎地拿捏着尺度,尽管外人都把他看作杜军的一个仆从,可那又怎么样呢。那个时候的自己,就像是一个溺水将死的人,是杜军把他捞了起来。就算别人不理解又怎样呢,虽然自己和杜军年龄没差几岁,但作为朋友也好,作为仆从也好,他始终珍视自己能够在杜军的身边占据一个位置。

"我知道了。"吴国忠抬起头来。

菜一道一道端上来,都是李老头那会儿拿手的,三个人默默地操起筷子,对逝者的悲哀在各自的胸口安静划过,食物经过细细的咀嚼在口腔中弥散开岁月呛人的味道。

饭后,车子在县城里慢悠悠地转着,这也是杜军的习惯之一,这个小小的县城在漫长而又短暂的岁月中换了一张脸,这里的每一个细节都变了,但这里的气味却从来未曾变过,是那种如同幽暗洞穴的潮湿。人们病快快地活着,病快快地病了,病快快地等待死亡。每一栋建筑都无精打采地驼着背,睁着颜色各异的昏花眼睛。"还真是一点没变。"杜军哼笑道。

"是什么一点都没变啊。"淡漠的凉意如一只节肢动物,在心底缄默地爬行着。县城的脸被车窗裁剪成一张一张方块状的图画,他仍旧认得那些曾经熟悉过的事物,工厂,曾经的家属区,曾经人满为患的市场,杜秋叶和吴静雯上过的小学,旧时的车站,甚至是刘英跳楼的地方。他都一一记得。

"我们回去吧。"杜军困倦地说道,他闭上了自己的双眼,任由漫无边际的黑暗灌入自己的视野。这一天对他而言实在太过疲倦了,一切都是怎样开始的呢,车子平稳地行驶着,杜军的思绪却如一条回溯的游鱼,逆着浑浊的水流游动着:

1996年,国企改革将至未至。为了以后的考虑,杜军用从孙少康那里拿走的两千块钱再加上自己卖了一大批工厂的物资,把李老头的小饭馆顺利地从这个小县城迁到市里,餐饮自然不赚钱。有了地方,杜军把吴红霞和那些个姑娘们也都叫了过来,沾了黄之后,赌自然也顺理成章地发展起来。李老头的饭馆被杜军搞成了一个妓院和赌场的结合体,李老头和杜军怄气,却和钱怄不起气来,他知道他们两兄弟已经到了人生收尾的阶段,而这一行人,杜军、吴国忠、方琪却正在最好的时候。兄弟二人也不再拘泥于几道家常菜,他们去那些大酒店里看,去那里一桌一桌地瞅有钱人都吃什么,就这样,李老头的小饭馆如同市区中的皮癣一般生长着,一家又一家的小店开了起来。1998年,下岗大潮来临,杜军拿出全部身家,来者不拒,招收了一大批的下岗职工。他开始承包一些周边县区的小工程,修个房子,挖口水井。1999年,杜军对垃圾和大便有了兴趣,大批的下岗职工变成了收破烂的和挑大粪的,这营生做得恶心,但是也赚钱。他不搞没用的垃圾,而是搞能回收的金属,大粪之中他唯独对人粪不感兴趣,牛粪马粪他都要。2002年,自己的公司终于成立起来,赌场关了,黄也戒了,姑娘们都成了KTV里卖艺不卖身的宝贝儿。2005年,看准了房地产开发,捞了第一笔大钱。2010年,超市、商场在市中心站下脚跟,2016年,文化广场,步行街一应俱全。他杜军,一个破烂工厂里的后勤主任,嘿,摇身一变,成了不时上报的成功企业家了。这二十年扳着指头数,市里的领导班子都不知道换了几届,倒是他杜军,成了这儿的常青树啦。

这么想着,杜军不觉笑出了声。这狗娘养的世界,我杜军,可真是走了他×的狗屎运了。

车子在这时减下速来,夜色中,三层的别墅在交错的灯光中显得十分孤独。"到家了啊。"杜军说着推门下车,从纷繁的回忆中醒来,他既感到一种物是人非的凄凉,也感到一种劫后余生的狂喜。

"回去吧,早点休息。"他转身敲了敲车窗,任由各种情绪在年老的身体内翻滚沸腾,开门进屋的时候,他轻轻地叹了口气,像是这个六月最后的一口呼吸。

2.

七月初,杜秋叶和吴静雯一前一后放假回家,两家人得到少有的团聚。杜军的别墅成了孩子们的欢乐窝,于妈专门收拾出几间房,吴静雯,陈嘉伟和方佳的孩子陈晨,再加上杜秋叶,三个年轻人聚在一起,享受着这难得的空闲。

"军哥。"吴国忠穿过长长的走廊,穿过客厅,在阳台上找到了杜军。

"怎么了?"杜军正舒惬地半卧在藤椅上,听着收音机里夹带荤段子的相声,眯着眼睛看着吴国忠。

"市中心咱们有家商场要开业了,下面准备了几个策划,你看……"吴国忠卸下自己夹着的一沓资料。

"这种事还要我看吗?"杜军瞥了一眼那资料的厚度就觉头疼。

"市里的领导都比较重视,王书记也答应要去捧场,所以……"吴国忠执着地把手里的资料朝杜军厌烦的脸前伸了伸。

"得,放这儿吧。"杜军从藤椅上坐起来,紧接着招呼道,"给陈嘉伟打个电话,这种文化人的东西,叫个文化人过来帮我看看。"

"好,我这就叫他。"吴国忠把手里的资料放在杜军身前摆着啤酒和槟榔的桌上,掏出电话出了阳台。

"对了,再去看看那几个小王八蛋在干吗呢,老子家的屋顶都快被掀了。"杜军的声音紧紧地追着吴国忠的脚步,窜出阳台。

吴国忠举着电话泛起一丝苦笑,这几个孩子啊,不知不觉之间长得都比自己高了,却仍旧是那么能闹腾。

杜军一巴掌拍在收音机上,荤段子戛然而止,他举起那一摞资料,揉了揉有点花的眼睛,一张一张似懂非懂地翻看起来。看了半天,就挑出来一个,是评个什么城市小姐。小姐这个词杜军是喜欢的,原来叫婊子、妓女,陈嘉伟他们呢就叫性工作者,新时代了哈,现在都开始叫小姐了。

"这个不错,这个不错。"杜军忍不住拍着自己的大腿,"这个活动好啊,全市的小姐都来了。"

"看来军哥已经有想法了。"话音未落,陈嘉伟轻喘着走了过来。

"你看这个策……策啥玩意,怎么样。"杜军把手里这份递给了陈嘉伟。

"是挺好的,现在城市发展要求转型升级,我们旅游资源丰富,选出几位佳丽作为城市形象的代言人,虽说方法有些老土,但也不是为一种良策。"陈嘉伟快速地翻看一遍,说道。

"什么佳丽,这不是选小姐吗。"杜军有些不解地看着陈嘉伟。

"军哥",陈嘉伟不觉笑了起来,"此小姐可非彼小姐,这个是代表咱们城市的小姐,就是让她代表一下咱们城市的形象。"

"那……"杜军突然压低了声音,"如果把这个小姐给×了,我杜军,是不是就相当于把这个市给×了。"脸上带着几分顽童调皮得意的神色,眼睛弯成了个弧。

陈嘉伟一怔,旋即大笑起来,"这么说,也没什么问题。"陈嘉伟说着把手里的文案放回到桌子上。

"那咱们就这个吧,这破地方,我可得狠狠×它一回。"杜军笑着往藤椅上一坐,白色的日光让他有些眩晕,洁白的云团在天穹中静静地飘浮着,杜军感觉那真像是女人丰腴的屁股,他偏了偏头,又感觉像是女人胸前的两团丰满。

陈嘉伟看了看不知道在想什么的杜军,兀自起身,到楼下去找陈晨了。

"嘉伟,让那几个小混蛋小点声,吵死老子了。"杜军的声音追赶而来,陈嘉伟应了一句便下楼去了。

楼下,年轻人的狂欢仍在进行着,杜秋叶不知道从哪儿搞了套KTV设备装在自己的卧室里,这会儿,陈嘉伟站在门口刚伸出手,听着里面鬼哭狼嚎的动静又缩了回来。"算了,孩子们玩,自己去瞎凑合什么。好不容易凑到一起,折腾去吧。"想到这里,陈嘉伟笑了笑,转过身去,径直地走了出去。

杜军在阳台上抽了支烟,楼下震耳欲聋的吵闹声终于让他坐不住了,他下了楼,一套重重的组合拳砸在杜秋叶的房门上。

咔哒一声,杜秋叶的一头乱发先从门缝中探出来,继而是那张兴奋的脸:"咋了,爸?"

"你给老子出去,把咱家屋顶捡回来。"杜军往后退了一步,手指着窗外。

"啥?"杜秋叶顺着杜军指的方向看过去,落地窗外,一切如常,哪有什么房顶啊。

"你们再搁这儿没完没了了,这天花板我看是要露个窟窿!"杜军哇哇地叫嚷起来,这一个早上就没停过的鬼哭狼嚎,让他感觉始终有人在他的耳边敲锣吹号,自己的脑袋就像个马蜂窝一样聚满了嗡嗡嗡的声音。

"去去去,出去玩去。吵死老子了。"杜军不耐烦地挥了挥手,对着面前的空气好几个耳光。

"好好好,老爸。我们这就撤,你没事玩玩这个,效果挺好。"杜秋叶把手里的麦克风扔到杜军的手里。屋内的陈晨和吴静雯起身,稍稍欠了欠身子,他们都了解杜军不是真的生气,便跟着杜秋叶朝屋外走去。

"这些个东西你从哪儿弄的,还搬到家里来?"杜军把目光伸进杜秋叶的卧室里,忍不住问道。

"我让国忠叔从KTV给我弄了一套。"杜秋叶走出一段距离才应道。

"败家玩意儿。"杜军骂了一句,又给了面前的空气一记耳光。

出了家门,才感到七月的燥热火辣的浇在身上,三个人商量了片刻,决定去附近的河边野餐。河并不太远,沿着别墅门前的小路走上大约十五分钟便能到达。于妈帮着收拾了一些东西,三个年轻人便各自挎上背包,在炎热阳光的照射中,出发了。

走出没多远,便听到河水流动的声响,三个人加快了脚步,树林间的泥泞也没能让他们减下丝毫的速度。在稀疏树林的掩映下,一条清冽明澈的绸带在三人的眼前柔缓地飘动着。

"这水,可真清啊。"万般词汇涌到嘴边,然而却只能发出这样简单的感慨。

"是啊,这样清的河流在这个年代可是不多见了。"陈晨也跟着说道。

杜秋叶站在河边,那河水似不在流动,宁静、温和,在动与静中完美的平衡着。

"就在这边吧。"吴静雯挑中了河边一块较为平整的地方,三人把各自的背包甩到地上,不出片刻,吃喝便在身边尽数铺开。

"秋叶,还会抓鱼吗?"吴静雯突然问道。

"早就不会了。"杜秋叶笑了起来,"现在连水都不敢下了。"河流带给他的那种若有若无的感觉在此刻清晰了起来,回忆随着河水奔流复还。六七岁的年纪,回忆是破碎的,凌乱的,割裂的,重重旧影在脑海中回放着,他无法辨别其中的哪一个是岁月留下的真实痕迹。回忆在脑中纠缠着,阴影却在面容上开始生长,那清秀、温和五官仿佛被一双大手用力搓皱,他定定地看着吴静雯,二十六、七岁的成熟身体显露出女人的妩媚,细长白皙的脖颈,光洁的肩膀和精巧的锁骨,薄薄的夏衣显露着胸部曼妙的曲线,目光像一对贪婪、肮脏、野蛮的手掌,肆意地亵玩着女性天赐的、充满美感的身体。向下,再向下,黑色裙子的下摆,大腿……

"秋叶哥!秋叶哥!"陈晨扑到杜秋叶的身上,双手抱着他的肩膀,用力晃动着他的身体。但无论身体的其他部分如何,杜秋叶的脖子如一块坚硬的石头般挺立着,炽烈的欲望烧红了他的眼睛。

"哗。"一盆冷水从他的头上浇下,杜秋叶身体猛地一震,全身的力气瞬间消散,倒在了陈晨的手臂之间。

"秋叶……秋叶……"渺远的声音碰撞着耳膜,纷乱的光斑在四下空荡的黑暗中闪动着,旧时的记忆如烟花在升腾,在爆裂……

"啊!"沉入黑暗不消片刻,杜秋叶猛地展开身体,双眼骤然睁开。"这是怎么了……"看清楚眼前是陈晨的脸,杜秋叶用力地抓了抓自己的头发,不知道自己的身体为何突然之间失去了控制,像断线的风筝,在巨大的虚无缥缈中下坠。

"你刚才盯着……"陈晨有些犹豫地说着,吴静雯却突然插话进来:"你刚才盯着那条河看,突然就晕倒了,可能是有点低血糖。"吴静雯对陈晨眨了眨眼,陈晨领会之后也随着应对了几句。

"我们先吃点东西吧,这一上午,肯定是会累的。"吴静雯招呼着两人赶紧来吃饭。

"好。"杜秋叶的面容又归复温和,方才的可怕样子如同幻觉。

三人刚准备用餐,汽车刹车的声音便传了过来,紧接着是杜军爽朗的笑声:"小崽子们,我们也来凑热闹啦。"三个人转身看去,三家人这会儿都来了。打头的正是杜军、吴国忠和陈嘉伟,女人们也扎堆,方琪、方佳和曹荣芳三个人挽着手走在后面。

"这他×的可就热闹了。"杜秋叶不禁嘀咕了一句,吴静雯和陈晨也无奈地翻了翻白眼,这群大人们就像孩子一样,甩都甩不掉。

三家人围坐在一起,这样的热闹似是有很长一段时间没有出现过了,冰镇的啤酒下肚,话匣子便纷纷打开。

吃喝之后,一行人准备归程,吴静雯这时拉住杜秋叶:"秋叶,我们也在你家玩了好几天了,下学期的任务比较重,我想我还是回去准备论文比较好。"

"这就要走吗?"杜秋叶疑惑地看着吴静雯。

"嗯,也不是小孩子了。总不能天天玩吧。"

"秋叶哥,我也准备回去了。下学期我们还有球赛,这几天,锻炼也耽误了。"陈晨不是不明白吴静雯的意思,于是自己也编了个理由。

"嗯,回去也好,我有空去找你们玩吧。"杜秋叶也不强留。

三辆车,前前后后地行驶在覆盖着林荫的小路上,杜军一行先到家,在路边挥了挥手,告别了吴国忠一家和陈嘉伟一家之后,便进了屋。

"我先睡会,你别闹腾。"几罐啤酒下肚,杜军竟有了些许的晕眩感,他感慨人毕竟是老了,连酒量都不复以前。

"爸,把车子借我开开吧。"

"你要车干吗。"

"出去玩呗,在家又不能闹动静。"杜秋叶无辜地说着。

"别把老子的车给撞坏了。这可是我的第一辆车。"杜军知道杜秋叶车开得不错,叮嘱了两句,把车钥匙甩给了他。

3.

商场开业这天,杜军终于换下了便装,他坐在车里,一刻没停地折腾着自己的领带。

"我们快到了,军哥,领带有什么问题吗?"吴国忠问道。

"这勒人的玩意儿,文明人非得戴着种东西吗,跟古时候娘们儿的贞操带一样。喘个气都不利索。"杜军一刻不停地叨咕着。

"忍忍吧,军哥,仪式结束就能脱下来了。"

杜秋叶、吴静雯和陈晨早就到了,虽然都是象牙塔里的学生,但可从未戒掉这爱凑热闹的天性。

"杜公子,可真是一夜风流啊。"吴静雯一见杜秋叶就没好话。杜秋叶脸上一阵红一阵白,慌张地不知道看向哪儿。

陈晨在一旁拽了拽吴静雯,"秋叶哥,等会大家闲下来了,可得给我们分享分享啊。"

"好好好……"杜秋叶勉强招架着,偷偷地瞥了一眼脸色发青的吴静雯。

话题生硬地导向他处,杜军站在门口,正在和前来的官员握手。人慢慢地多了起来,男人们挤占了选美舞台的前三排,他们鼻梁上的眼镜如抛了光一样闪亮。

杜军和几位领导入席,整个活动便正式开始。在主持人抑扬顿挫的嗓音中,几位领导满面正色,他们用令人困顿欲睡的声音谈了起来,第一位谈了几点认识,第二位谈了几点见解,第三位谈了几点意识,第四位谈了几点观念……

"好,最后,有请杜军先生致辞。"杜军转头看了一眼那些个官员,这几个王八羔子把老子要谈的都他×的谈完了,老子还致个屁。他清了清嗓:"首先,感谢在场的各位领导,于百忙之中拨冗前来。"说着,对在座的几位领导稍稍鞠了一躬,"其次,我杜军是个粗人,没读过什么MBA,也不是金融高才生,我只知道一件事,那就是给每一个顾客最好的服务、最大的优惠。"杜军说到这里顿了顿,掌声哗啦一片响了起来。站在一旁的吴国忠满意地笑了起来,这是他专门培养的鼓掌队,别的不会,只会鼓掌,鼓得时机恰当,鼓得势动山河,鼓得那些不知道该不该鼓掌的人一并鼓起来。

"现在,让我们把舞台交给这个城市的佳丽们,市形象代言人评选活动正式开始。"在主持人直飚天际的嗓音中,杜军迫不及待地跳出座席,一旁的吴国忠赶忙凑了过来,双手抓住杜军。"军哥军哥,别急,你还得和几位领导喝一杯。"杜军烦躁又沮丧地看了吴国忠一眼,只好端起酒杯,在吴国忠的陪同下向那几位领导走去。

酒会开始,免费供应的香槟和各样的美食引发了不小的骚动,舞台上,一共三十位佳丽依次登场献艺,或唱或跳,气氛慢慢热烈起来,聒噪的音乐让杜军对于除去领带这件事更为急迫。

三个年轻人在拥挤的人群中吃吃喝喝。"秋叶哥,你看那些人。"陈晨拍了拍正吃着寿司的杜秋叶。"怎么了?"杜秋叶转过身来,牙上还挂着半片紫菜。

"你看那些人。"陈晨指了指围在舞台前三排的男人们,他们兴奋的面容在人群中熠熠闪光,有的聚精会神,有的手持手机或者相机,无论怎样,他们都拼命地压低着自己的身子。对裙下的神秘风光带着极大的渴求。

"男人,还不都是一个样。"吴静雯冷哼一声,继续小口地抿着杯中的香槟。

"别听你静雯姐瞎说,这就是本能。人类数千年的进化只是让自己的身体越来越孱弱,但这些本能却始终没有任何的改变,所谓粗鲁、所谓文明,都只不过跟是本能的表现和满足形式有所不同而已。"杜秋叶感到自己有点醉意,他平日里不会说这么多的话。

"是这样吗……"陈晨嘀咕着,目光再次看向那些乐此不疲的男人们。

送走了几位领导,杜军终于把脖子上那玩意儿拽了下来,难得有闲,他站在远处,看着舞台上的热闹看了一会儿他便感觉有点儿不对,那舞台上坐着的五个评委无一不面带菜色,有的坐都坐不直了,一双眼睛就像是用了好几年的灯泡,黯淡无光,目光飘忽着不知道在看何处。那一个个上台的姑娘也有些不对,有的跳着跳着腿就软了一下,有的唱着唱着就娇哼起来。

"还真他×的是春色满园。"杜军没好气地嘀咕了一句,从旁边的桌上拿来一个苹果,嘎吱嘎吱地大口咬起来。

杜军回到家,正准备休息片刻,门铃却响了起来。

"谁啊?"方琪问道。

"是我,孙少康。"门外的声音平稳有力,门内人的脚步却是一顿。

"秋叶,去跟你爸说一声,你康叔来了。"对仰面躺在客厅的杜秋叶招呼一句,方琪便去打开了门。

"嫂子,打扰了,军哥在吗?"门外的孙少康脱去了旧时的青涩,却多了几分拘谨。

"在,先进来吧,我去叫他。"方琪招呼孙少康进门,杜秋叶也早已坐起身来,颇为好奇地看着孙少康。

"你是秋叶?"孙少康坐下来,有些惊诧地看着秋叶。

"是,叔叔喝茶。"杜秋叶给孙少康倒上茶。

"稀客啊,稀客。"杜军的大嗓门从楼梯上传来,杜秋叶起身,有些拘谨地低了低身子,便上楼去了。

杜军的心情格外好,两个人怄气怄了二十年,或许今天,正是把过去全都翻页的时候。

"军哥,我考虑了一下,还是打算过来工作。"似乎有些难为情,孙少康说话的时候不自觉地低下了头。

"好,过来就好。下午让国忠带你去到处转转,找个自己愿意干的活儿。"杜军的目光一刻没从那张脸上离开,他也老了,皮肤松了,皱纹的先兆在脸上酝酿着细节,那一双果敢、坚定的眼睛被世事搅浑,说话的间隙轻轻地叹着气。

"最近有啥不顺的事么,孩子的事?"看着沉默的孙少康,杜军忍不住问道。

"还没结婚呢,军哥。"孙少康的头更低了。

"啥!"杜军从沙发上蹦了起来,他掐着指头仔细地算了一遍孙少康的年纪,他有40了,竟然还没结婚呢。"得,公司里有不少好姑娘,大学生研究生,都是你们文化人。"杜军往孙少康那边凑了凑,拍了拍他的肩膀。

"就怕人家看不上咱。"孙少康没有抬起头来,声音也低了下去。

"有啥看上看不上的,你们文化人就爱整这个。今天这个看不上那个,明天这个看不上那个,俩人好不容易看对眼了吧,又有这个结婚恐惧啊,生育恐惧啊,反正就是不结婚。"杜军感觉嗓子眼里冒火,低头便又喝了口茶。"本来就是个结合的事,到了你们文化人的嘴里,都成了苦厄了,咱也不知道连这最简单的事都做不好,要文化有啥用。"杜军说完发觉自己失言,急忙又想解释几句。孙少康见状拍了拍杜军的胳膊,"我懂,我懂。可能就是读书读傻了吧。"悒郁的面容扯出笑意,杜军看着感觉比哭还难看。

"那边怎么样,是不是赚不到什么钱了。"杜军换了个话题。

"不仅赚不到什么钱,本来夜总会的服务很多就是擦边球,现在管得又严,能开到现在已经不容易,盈利是根本指望不上的事。"

"嗯,看来那会儿我把那些行当都止住,还是有点先见之明的。"杜军若有所思地说道,那会儿停下黄和赌的时候,老大不愿意的大有人在,这玩意儿挣钱啊,但只要生意里带着这些,就永远上不了台面。杜军虽然是个糙人,但是也想光明正大的挣钱。

"谁说不是呢。"孙少康轻轻地叹了口气,"其实今天来,还有生意上的事要和军哥商量。"

"是那地儿想卖了吧?"杜军眼红那个地方有段日子了,他也知道那个地方的运营状况不好,所以他一直在等,等着这块肉自己送上门来,只是他没想到,送这块肉上门来的,是孙少康。

"是的,运营状况难以为继,老板过世以后,小老板也对生意上的事一窍不通,所以让我来,希望能卖个好价钱。"孙少康有些畏怯地看着杜军,他何尝不知道商场的无情,做生意,从来就没有感情这档子事。

杜军想了片刻,缓缓说道,"这样,你下午和国忠、嘉伟商量商量吧,争取一个看得过去的价格,怎么着也不能让你在那边的最后一笔生意做得太难看,但是我也说一句,商场如战场,他们给的价格应该也不会太好看。"

"好,我知道了。"孙少康若有所思地点了点头,起身准备离开。

"别急着走,我给国忠打过电话了,他这就来接你。"杜军说着指了指自己的手机。

"这个时候,忠哥应该还在休息吧……"

"在我这工作,可是没有午休的。你以后也不能搞特殊。"

两人正说着,吴国忠便推门而入,他几个大步跨到孙少康的身前,双手捏住孙少康的肩膀用力地摇了摇他的身子,"回来就好,回来就好!"

"带着他四处去逛逛,什么商业布局啊什么的,你们多聊聊,给他找个能做事的活儿,别让他成天闲着,再沟通一下收购那个王老大夜总会的事。"杜军说完便给自己点上一支烟,窝在沙发里用力地嘬着。

"那我们就先走了。"吴国忠还没退去那股兴奋劲儿,各种各样的表情在脸上汇聚着。

推开门,夏日的阳光毫无保留,孙少康微微抬起头,一个温柔的轮廓在天边徘徊着,他安静地望着远方,眼里泛着光笑起来。

4.

那个姑娘的名字,他是后来才知道的,徐佳宇,他曾在许多个夜晚一遍遍地在纸上胡乱划写的时候写出来,这三个字有一种温润、丰沛、饱满的气质,让他在许多个难以入睡的夜晚得到缥缈的慰藉。

第二次登门,是孙少康犹豫了很久才去做的事。生活逐渐稳定,老板对自己也赏识有加,在夜总会里的地位也一点点得到提升。打听了一阵子,孙少康才明确了那个垃圾回收站的具体位置。他穿了一身得当的西服,买了鲜花和水果,带着蒙眬的爱意和不安的心情,上路了。

熟悉的破旧铁门陷在污臭的土地中,敲门,两人的目光在彼此的脸上停滞,"又来干什么。"说着就要关上门。

"别,我想来感谢一下你。"孙少康拎起手上的东西,眼中带着乞求。

"别来这虚伪了,赌徒永远都是赌徒。"还是要关门。

"我不是赌徒!"孙少康用手撑住了门,"至少现在不是了。再说,这些东西和你又没仇,你至少得收下。"

"哟,浪子回头了。"门内传来轻蔑的笑声,手却松开了,孙少康勉强地把身子挤了进去。

"坐吧,没啥东西招待你。"

孙少康却并没有急着坐下,他在这个狭小的空间里四处转悠着,在一张小桌上发现了几本小说,渡边淳一啊,村上春树啊,余华啊……

"你也喜欢文学?"孙少康好奇地问道。

"谁让你乱看的!"姑娘闻声转过身来大跨一步,把桌上的书掩在自己的身后,"说不上爱好,没事看着玩玩。"

"这些可都是不错的书,你从哪里买到的?"

"哪有钱买书,从那儿找的。"姑娘对着屋内的那面小窗户扬了扬下巴,孙少康顺着方向看过去,发现正是房子后面那个巨大的垃圾堆。

"哦……"孙少康感到一股酸意涌上鼻间,本来准备好的成吨话语此时全都烟消云散。

"没别的东西,喝点水吧。"

两个人在桌子边坐下来,有一搭没一搭地聊着,慢慢便谈起了文学和艺术,徐佳宇似是无所不知,那张苍白的面容在从窗户偷渡而来的光亮中慢慢浮泛起淡淡的红晕。在暮光将至的时候,徐佳宇瞥了一眼铁门,"你该走了。"文学和艺术的欢欣和热烈戛然而止,孙少康有些不舍的起身,双脚像是黏在地上。

"你倒是我见过的唯一一个喜欢读书的赌徒。"在推开的铁门的时候,姑娘的声音从一片混黑中传来。

"我不是赌徒!"孙少康卖力地为自己辩解着。

"随你怎么说了。"

孙少康站在那里,深深地吸了口气,喊一般说道"下个周末,我能和你一起去看电影吗?"

"再见,别忘了关门。"徐佳宇用这样的态度回应着他。

下一个周的周末,两个人还是坐在了电影院里。他们看的是《食神》,无厘头的欢笑让两个人暂时忘却了忧愁。在电影院遮羞般的黑色里,孙少康紧紧地握住了徐佳宇的手,任凭她怎样用力往回抽,孙少康都未有过一刻的松开。

"手都要疼死了!"出了电影院,借着路灯昏黄的光亮,孙少康才发现徐佳宇的手上红了一片。

"对……对不起。"孙少康结巴地说着,眼前的徐佳宇却轻轻地笑着。

两个人在夜色渐浓的街道上漫无目的游荡着,双唇第一次碰触的味道,肉体第一次结合的触感,都是浓缩在这黏稠夜色里的小调,在万家灯火破灭的深夜,一板一眼地弹唱着每一个音符。

两个人的在甜蜜中发酵着,谈婚论嫁的事情也很快商量下来。

这天,孙少康像往常一样去找徐佳宇,一种隐约的不安在折磨着他。在距离那个垃圾回收站尚有一段距离的时候,孙少康便远远地看见几辆警车停在路边。

下了车,一路向那间简陋的屋子冲了过去,却被警戒线边上的两个警察结结实实地拽住了。

"发生什么事了!"孙少康大声喊叫起来。

"人死了。"陌生的脸上没有任何表情,仿佛是在谈论着一件再平常不过的事情。

"我要进去,我是她男朋友!"孙少康挣扎着,盖着白布的躯体从屋内抬出来,孙少康感觉巨大的苦痛和伤悲正以其庞大的身躯碾过自己。

"她怎么死的? 她怎么死的?"孙少康眼睛鼓着,他嘶哑地咆哮着,他挣脱那两双手的束缚,冲到即将上车的担架队旁边。"你告诉我,她是怎么死的?"他不知道自己拽住的是谁,他木然地看着那张惊恐的脸,渴求着一个真实的答案。

"你说啊!"身体在溃败,孙少康跪了下去,他静静地看着那张再也做不出任何表情的面容,看着他吻过的嘴唇,看着那一双曾有千言万语的眼睛,看着她原本秀丽的长发狼狈地披散着。"不是说好了,要嫁给我吗? 我们不是……说好了吗?"身体被陌生的手臂架起,睡过去的徐佳宇盖着薄薄的白布,上了车。

"她……怎么死的?"孙少康扑通跪在地上,两个人合力都搀不起他。

"你真要知道吗?"

孙少康抬起头,目光笔直地射向那张陌生的脸,那张陌生的脸上,有一双悲悯的眼睛。他重重地点了点头。

"轮奸致死。"医生说完便走开了。

孙少康一动不动地跪在原地,方才的那几个字如滚滚巨雷,在他的耳边持续不断地发出轰天巨响。人群慢慢散去,孙少康的小腿如同和大地连为一体,他动不了,他也不想动。他想在这里等这个噩梦醒来,等着徐佳宇又笑着推开铁门,他想着再一次品尝那嘴唇的味道。只是那扇锈迹斑斑的铁门始终开着,那个人却再也不会面带着笑容。

孙少康不知道那天自己是如何回去的,悲哀的日子里他断断续续地他听到一些传言,说是徐佳宇像往常一样,收留了一个逃到那里的赌徒,一夜平安无事,却没想到第二天清晨却有人找上门来。那小子被去了只手,钱也尽数追回,临走的时候见色起意,他们对徐佳宇下了手。

他找过那些人,站在和王老板夜总会相差无几的一栋建筑门口,一夜一夜地看着那些毛都没长齐的小孩,听着他们的下流笑话和粗鄙言辞。

这些逃不过老板的眼睛,他拍着这个愤怒、哀痛的年轻人,他说,这帮人,你惹不起的。

事情似乎就这样的结束了。

那之后很久,孙少康醉酒漫步在大街上,夜很深了,他碰上一个算命的老人。

"来一签吧,来一签吧。"孙少康闻言过去,扔了张不知道大小的票子,便抽了一签,拿给那老人一看,不料那老人脸色瞬时煞白,豆大的汗珠子在北风呼啸的夜里一颗接着一颗从前额滚下。

"你,可千万别离女人太近啊。"老人的嘴唇哆嗦着,那看向孙少康的目光似乎也在哆嗦着。说完,老人也没捡地上的钱,迈着不利索的两条腿颤巍巍地在深夜的街道上一路小跑。孙少康怔怔地看着那个背影越来越远,直至消失不见。

"算了个屁。"孙少康嘟哝了一声,一头扎进深不见底的黑夜里。

5.

在杜军终于干了这个市之后,杜秋叶他们这些孩子们的假期也快要结束了。

吴静雯走得最早,其次是杜秋叶,最后则是陈晨。三个孩子就像是三棵树木伸展出去的枝丫,无论随着时间漂流到何处,都和他们的根须维持着一种密不可分的维系,他们是生长的一种具体形式,他们在不断健壮,根系在不断凋亡。

回到学校,不痛快的感觉便开始在滋长。看什么都觉得烦,即便走在空无一人的街道上,空气里都弥散着让人烦闷的气息。

"秋叶,你真的不考研吗?"发问的人是宿舍老三,许文。

"不考。"斜倚在床边的杜秋叶懒懒迎着。

"哎,人生可就这一次啊。"许文半截身子埋在书里,不知道是对杜秋叶说还是对自己说,"研究生多好啊,更优秀的环境,更优秀的人,我妈可都说了,起码得娶个研究生学历的老婆,不然以后出门都掉价。"杜秋叶冷淡地哼了一声,许文自顾自地说下去,"也是没想到,整个大学,竟然单身了四年。都是这个破地方,让我一代才子毫无表现的机会,姑娘们也都俗得要命,竟然会拒绝我这样丰富而有趣的男人。"末了,许文精心地抹了抹头发,准备出门学习去了。

"你说,那些你所谓的优秀的人也那么想,怎么办?"杜秋叶听得胃酸上泛,忍不住说道。

"什么?"许文直起身子,眼睛向下瞥着杜秋叶。

"我说,如果那些优秀的人也像你那么想,只跟更优秀的交往,谁又会和你交往呢。"

"呵,我难道还不够优秀吗,我的才华,只会在这样又破又俗的地方黯然失色,若是换了个地方,必然会光芒万丈。"许文说着,像是丰了胸一般挺起胸口。

"小地方都做不了主角,也许吧,换个地方你就会变得十分迷人。"杜秋叶眯着眼笑了。

"你又懂什么呢。在我看来,不考研的人等同于没有追求,心满意足地待在俗人堆里混吃等死。"许文高傲地抬起下巴,那份读书人不容触动的尊严和骄傲此刻如一个灵活的痒痒挠,挠得杜秋叶只想发笑。

"不学无术的人。"许文不屑地冷哼道。

"等你研究生毕业了,欢迎来找我,我能给你一份月薪两千的工作。"杜秋叶跷起二郎腿,悠然地说道。

许文不再与他争辩,卷起自己的辅导书,出门而去。

"真他×的可笑。"杜秋叶听着他摔门而去,无奈地摇了摇头,明明大学四年什么事都没做,到了快要毕业的关头倒一副刻苦认真的样子,一个研究生的身份不是在给他增加价值,而是抹去了他因为懒惰而荒废的四年时光。

打开手机,学校的新媒体难得的一致,"致考研的你,梦想就在远方。""学霸们已经开始复习了,碌碌无为的你呢?""朝九晚五的生活适合混吃等死的他们,你的梦想在考研绽放。""一生如果没考过研,你的一生并不完整。"

这哪儿是考试,杜秋叶心里嘀咕着,这就像是逃难一样,每个人都感到自己生活在苦难之中,环境不好,身边的人们不好,于是考研成了他们逃离的通道。他们却从未想过自己真正做过什么。杜秋叶从未见过这样心甘情愿的难民,对自己荒废过的时间毫无忏悔之心,把碌碌无为的罪责都归咎于不优秀的环境和不优秀的人,带着浪费时间的重罪换一种献身学术的慷慨姿态,便又感觉自己并不那么差劲了。一个身份就像是一个防空洞,却更像是一个妓女的阴道,包容着每一个难民和流浪汉的生殖器。每个人都夸赞这浪子回头的故事,却从来不想他为何会浪子。

这世道,真是闹不懂。杜秋叶想得有些头疼,他站起身来,走到阳台上,夏末的气息仍带着盛年时候的炽热。杜秋叶不知道是自己错了,还是其他人全都错了。他只知道,自己不认同的事,他绝对不会去做。至少现在,他对考研没有丝毫的认同感，更提不起半点兴趣。

在一团燥热中坐下，唯有香烟并不厌弃这样的陪伴。晚上应该有新生才艺展，杜秋叶想起这唯一的乐事，他还从未参加过这样的活动。恰逢此时实在无聊，杜秋叶便掏出手机给蒋莉发了个短信，"晚上有才艺展，去看吗？"

"不去，复习。"在杜秋叶感觉自己快要被烤熟的时候，蒋莉的回复才让杜秋叶的手机微微地震颤起来。杜秋叶瞥了一眼，没有什么表情，起身回屋。

吃罢晚饭之后，杜秋叶一个人晃荡到操场上，新生才艺展尚未开始，但围观的人群已经密密麻麻，舞台绚丽的灯光在薄薄夜色中扭动着鲜艳的身体。

"派头还不小。"杜秋叶嘀咕着挤进人群。

表演在七点准时开始，四位主持人先是给学校唱了唱赞歌，继而又感谢了学校诸位领导对本次晚会的大力支持，再感谢了校学生会所有工作人员的默默付出，最后缓慢如便秘一般地报出节目：吃灯泡！杜秋叶怀疑自己没听清，但身边的尖叫声和欢呼声已经削着他的头皮飞腾升空。杜秋叶感觉自己的身体就像是一盏点了火的孔明灯，重量变得虚无缥缈，仿佛随着众人的声音一并向上腾起。

舞台上缓缓出现一个健壮的身影，演出的道具很简单，一箱子的电灯泡。

"我们来点掌声好不好，给他一点鼓励！"主持人的嗓音高亢嘹亮，仿佛一个美声歌唱家。

呼！舞台上那人双臂一震，走到那箱子前，深深地吸了口气，双手伸进箱内拿两个灯泡。掌声在这个时候不遗余力地涌向舞台，那人左一口右一口，两个灯泡便碎裂开来，入口的玻璃如牛板筋一样富有嚼劲，杜秋叶眼都直了，舞台上那人的腮帮子丰满的鼓胀着，脸上带着心满意足的神情，他竟然在不断地嚼着，然后一点点全部吞掉。

"好的，我们下一个节目，吃澡巾……"

舞台上便又上来一个人，变戏法似的变出澡巾来，团成一个球塞进自己的嘴里，不消片刻，也心满意足地咽了下去。

"下面，是我们吃吃组的重磅节目，吃活蛇。"杜秋叶听得一阵恶心，便转身想挤出去，却发现的四面的人群如同铜墙铁壁，丝毫没有可以外逃的缝隙。观众们的热情持续地上涨着，杜秋叶感觉无数人的口臭扑面而来，有点恶心。

舞台上，一人，一蛇，精彩的缠斗开始上演，互相征服和撕咬的姿态中带着原始而粗犷的美感。杜秋叶不舍得再睁眼去看，身旁的人群却如同狂热的教徒，身体和此起彼伏的声音一并向舞台涌动着。

渐渐失控的舞台,在狂欢中沉沦的人群,荒诞的节目一个接着一个在上演。吃完了,喝便开始,杜秋叶感到一种深切的苦痛在头颅内生长出锐利的边角,他用力地在人群中挣扎着,在铜墙铁壁的围困中突破着,而那围困他的却愈加坚实,愈加沉厚。

体内的力气被一点点抽丝剥茧地消解,没有任何罅隙的黑夜漫卷而来,下坠,在无尽的深渊中无尽地下坠。

再醒来的时候,视野里是一片刺目的白,杜秋叶本能地眯紧了眼睛,艰难地挪动着胳膊挡在自己的脸前。

"醒了?"是蒋莉的声音,杜秋叶感觉自己的耳朵有一种识别她声音的特性,神经系统将那讯号传递到大脑,那张温润的面容便如幻觉一般在自己的眼前展开。

"喝点水吧,傻笑什么呢。"嘴唇传来玻璃杯的触感,喉咙饥渴地滚动着,杜秋叶毫不犹豫地将入口的温水大口大口地咽下去。水的滋润,使得脑中收紧干瘪的感觉得到舒缓,杜秋叶数舒惬地呼了口气。紧皱的视野逐渐打开,"我这是在哪儿?"他问道。

"学校的医务室啊,要不然你以为你还能在哪儿?"蒋莉从杜秋叶的嘴边挪开水杯。

"我怎么了?"杜秋叶撑起身子坐起来,力量在每一个关节当中苏醒,短暂的休息让体力充盈地灌进这副躯体里。

"醒啦?"一个白大褂推门而入。

"我怎么了?"杜秋叶忍不住问道,他在回忆中细细地摸索着,他记得自己去看新生才艺展,看了几个令人作呕的节目,然后用力地挤出人群……挤出人群却发觉是一片混黑,结实的土地慢慢地变得湿软,身体在无休止地下陷着……

"醒了的话,就可以走了。"白大褂拉开了门,"最好去看一下心理医生。"白大褂面无表情,在顿了片刻之后补上一句。

"你昨晚去看新生才艺展了吗?"出了医务室,杜秋叶问着身边的蒋莉。

"没去,不过有人录了,我看了看,挺好的啊。"蒋莉说着掏出手机来,她没有看完,索性下载到了手机里。

"那些节目,也太可怕了。"杜秋叶嘀咕着。

"可怕？没有啊,今年的节目可是好评如潮呢。"蒋莉说着打开了昨晚的录像,把手机递到杜秋叶的面前。

杜秋叶疑惑不解地看着蒋莉,用力地从蒋莉的手中一把夺过手机,快速地在屏幕上滑动起来。"奇怪……"视频中全然没有那几个节目的痕迹,可自己当时站在观众中的第一排,可以说是最靠近舞台的地方,那自己看到的是什么呢……

"录得全吗?"杜秋叶问道。

"全啊,开场舞和结束时候的合唱不都在呢嘛。"蒋莉伸手去拿自己的手机,不料杜秋叶双手却紧紧地握着,蒋莉抽了几次,都没能从杜秋叶的手里把自己的手机抽回来。

"秋叶,你怎么了?"蒋莉放弃了手上的动作,停住了自己的脚步,声音微颤,担心和恐慌的情绪外渗出来。

"没什么……"杜秋叶兀自向前走着,"没什么……没什么。"他发觉这个世界如此难以理解,明明发生了的事情为什么了无踪迹,那些热烈的、癫狂的观众,舞台上那粗鄙的、野蛮的表演,昨夜那么真实的感受,难道是一场彻头彻尾的错觉。

"呦,这不是秋叶嘛。回来了啊。"杜秋叶闻声抬头,正对上许文那张含义复杂的笑脸。

"嗯。"杜秋叶实在懒得理会,只顾着自己脚下颠簸的步子。

"秋叶。"蒋莉从后面跑过来,拽住了杜秋叶。

"嗯?"杜秋叶满脸疑惑地看着蒋莉,对世界的不解、对真实的怀疑形成一股不可名状的惊惧,此刻紧紧地攫住了杜秋叶。

"要不然,就去看看心理医生吧。感觉你的精神状况一直不太……稳定。"蒋莉把手搭在杜秋叶的后背,仿佛自信这样的一个动作能让他混乱的大脑重新秩序井然。

"嗯,下午去,一定去。"杜秋叶面色木然地嘀咕着,双脚在地上僵硬地磨蹭着,身体一点点往宿舍楼挪动着。

"到底发生了什么呢?"杜秋叶和蒋莉两个人同时嘀咕着,时间似是沉入深海,凝滞不动,又似是随风飘逝,瞬间逝去。

下午,杜秋叶去看了很久都没再去看的心理医生,那医生一如往常的温柔地挂着微笑,温柔地问他这么久为何都没有再来,温柔地问他的近况,温柔地问他的起居生活。杜秋叶讨厌他的温柔,或许是心理医生的职业需求,但杜秋叶实在受不了这无缝不入的温柔。这温柔像一副脸谱,纹丝合缝地织在他的脸上,带着虚伪和欺骗的意味,一点一滴地探查着自己的生活,就像一具毫无自身情感的傀儡。

出了诊所,杜秋叶感到自己的胃强有力地痉挛着,他分不清楚是恶心还是饥饿,车水马龙的街道,喧嚣奔腾的声音,杜秋叶第一次感到锋利的孤独在深切的剜着自己的血肉,人们的每一个表情,没有哪个与自己有关,人们的每一个脚步,也没有哪个与自己相连,金钱和利益关系在购买着真实的存在感。付一块或者两块,就能够在公交车上获得一个或站或坐的空间,将你运送到某个顺路的站点;付十块或二十块,便能够在出租车上拥有一个私人的封闭空间,心情好的司机会和你侃侃而谈,一路直达你的目的。

这个世界是什么时候这么可厌的呢?杜秋叶望着窗外倏忽而过的人和影,或许是从蒋莉开始,或许是在金钱向他证明了它自身无上的购买力开始,事物的趣味性在丧失。杜秋叶悲观地发觉自己生活在一个充满了标签和数字的世界里,你有多大年纪了,你的消费有怎样的水平,以后能有多少的月薪,为比别人多长出的丝毫而沾沾自喜。数字评价着每个人,衡量着每个人,体现着一个人的价值和水平。这太无聊了,于是每个人又为自己贴满了标签,再用鄙视链将这些标签串联,相对优势地位的在举手投足间显出高贵与不凡,相对弱势的一次次宣战,用繁多的方法证明自己的地位并不在人之下,偏见和歧视在彼此之间滋长,而个性解放和多元化的标题却整日占据着报纸和网络的标题。

呵,解放,多元化,这样的事,真的发生过吗?是啊,看起来每个人都在从不同的方向寻求对自身的认同感,但对这种认同感的寻求不正是建构在极其类似的行为模式上吗。寻找一种身份认同,依赖这种身份在舆论上的优势庇护自己,使自己不成为生活的输家。有谁是找寻生活本身最简朴的意义呢?

生活大概没有任何意义,不值得体味和享受,这世界大概也没有任何值得留恋的地方,不值得再煎熬和忍耐。人们坚持地呼吸着,大概是源于那份永远不会背叛的、只效忠于自己的爱。只要身上仍留有一寸遮羞布,便一天一天理直气壮地生活下去吧,毫无悔意地说起年幼的事,"那是我年少无知嘛",也毫无悔意地说起年老的日子,"老了,糊涂了啊。"。只要留有任何一种优越感,那就在落魄或醉酒的时候放肆地说出来吧,一遍遍地宣称自己并没那么差劲。

那么有钱,应该就不用努力地生活了吧。

视野变得蒙眬,杜秋叶掏出手机,找到吴静雯的名字,打出去又快速地挂掉,打出去又快速地挂掉。青梅竹马又如何呢。那句"流氓"声犹在耳,杜秋叶自己知道他那时话说得难听,但那是他所见、所理解的世界啊,他们或许只注意到自己粗鄙的言辞,却从未理解他也带着绝望和愤怒置身其中。

"能不能绕着学校再转一圈?"杜秋叶看到学校的大门在眼中一点点放大,问道。

"交班了。"司机微微侧了侧脸。

"算了,那就算了。"车子在此时停住,杜秋叶推开车门,目光穿过大门深入,看着这熟悉又陌生的一切。

"就都算了吧。"

杜秋叶快步走起来,一张被软弱和酸涩暂时攻占的脸套上脸谱,吊儿郎当,满脸不屑,放荡不羁。他好像突然理解了心理医生那一贯的温柔,那的确是虚假的,也的确是一副面具,更是别人对他的隐性要求和认知,他们不允许他有怎样的情绪,他们也不允许他对病人严厉,所以这种温柔,与其说是由内而外的虚伪,不如说是由外而内的阉割。

互相阉割吧,亲爱的人们。杜秋叶掏了掏口袋,为自己点上一支烟。

6.

吃罢午饭,街道似是在夏末的余威中发胀着,杜秋叶和蒋莉慢悠悠地走着。

"回去做些什么呢?"杜秋叶想着,不自觉地说出声来。

"我还是去教室好了。"蒋莉挑了挑眉毛,双眼快速地摆动了一下,似是在诉说着周边的无聊。

"你考哪个方向呢?"

"外国文学吧。"

"这样啊……"关于考研的事情聊到这里仿佛便难以再进行下去,杜秋叶对考研的认知也到此为止了。

"有没有兴趣去教室看看,那可是一副不多见的风景呢。"蒋莉问道。

"去呗,反正也无事可做不是吗?"杜秋叶借蒋莉的话回了过去,蒋莉只是挑了挑眉毛,没再说什么。

"为什么到了这个时候,原本没什么毅力、没什么决心的人,都变得如此卖力了呢?"杜秋叶想了片刻,还是问了出来。

"因为退无可退。"蒋莉把目光抛过来,杜秋叶感到自己的双颊有些发烫。

"退无可退?"杜秋叶把这四个字放在嘴里细细地咀嚼着。

"是啊,漫长的时间里,人们都麻木着,自命不凡地念叨着自己的那点过人之处,但现实给人的选择并不太多,不是吗?"蒋莉顿了顿,继续说道,"考试枯燥、无聊,而且还不一定能够成功,但对于大部分人来说,它不仅能够给人上升的希望,更能让人保全自己的尊严。"

"希望,尊严……"杜秋叶嘀咕着,像是无法确切了解这两个词的确切含义。

"你这么问,是因为许文吧?"蒋莉似是来了兴致,连贯的话语步步紧逼。

"是啊,你怎么知道。"杜秋叶有些惊讶了。

"许文,呵。"蒋莉轻笑一声,"他啊,现在可是我们教室的标杆人物呢。他的变化,最明显,也最剧烈。大学四年,他一直以才子自居,可谁也没认真地搭理过他,他也参加了不少比赛,鲜有获奖,他不服啊,他生气啊。你是没见过,他桌上用马克笔写着他的目标呢,起初每个路过的人都笑,现在呢,大家可都把他当成榜样了。"

"啥目标啊。"

"好像是个知名作家的写作班吧,我也不是很了解。"

"可是他写的东西……"杜秋叶回想起之前几次读到许文写的东西,脸上的表情不觉之间变得复杂起来,他不敢做出好坏的评判,但就他看来,实在是一般。

"惊讶吧,这就是一个人拼命地想要证明自己的时候,他不再满足在自己幻想中处于那个应当受到追捧和称赞的位置,他迫切地需要这些变得真实。"蒋莉耸了耸肩,"等到了教室,你看见他你就知道了。"

"那其他人呢? 本就碌碌无为的那些人。"杜秋叶不依不饶地问道。

"你体验过做选择的难度吗?"蒋莉反问道。

"选择?"

"是啊,选择。其实对于考研而言,大部分人还是会回到就业市场中,完全投身于学术的少之又少。而就业市场,或者说社会,就是人们最终要迫降的地方,人们只是不想那么早就降落而已。"

"我懂了。"杜秋叶停住了脚步,面前的正是"考研楼",背书的声音密密麻麻,让杜秋叶感觉这如同一个蜂巢,无数个平凡又普通的人把对生活的渴望寄放于此,他不想去看许文的样子,他想象得到,那张带着苦恼神色却始终熠熠闪光的脸,就像每次被退稿一样,就像每次看到获奖名单中没有自己的时候一样。

"不进去看看吗?"蒋莉走出几步才发现身边人已不在,便转过身来问道。

"不进去了。你好好学吧。"杜秋叶后退两步,转身迈开步子向宿舍跑去。

"真是个奇怪的人。"蒋莉看着那个迅速离去的背影,兀自嘀咕起来。

一路冲回宿舍,杜秋叶关紧了门,然后快速地除去了自己全身上下的衣物,午后的阳光洒在挺拔、健美的肉身,杜秋叶对着宿舍内的镜子,完全的赤裸,和镜中人毫不避讳地直视。

"你想要什么?"杜秋叶对着镜中人问道,那镜中人也开口,问着杜秋叶。

"不对,是我想要什么?"杜秋叶继续问道。

"你或者我,到底想要什么?"沮丧和挫败感在杜秋叶的胸口震荡着,杜秋叶失落的发现,自己的肉体囚禁着的不是灵魂,而是漫无边际的虚空,无论怎样的问题抛进去,不仅得不到回答,甚至连回声都没有。

日历在一页页死去,人在一天天变老。

而空荡如故。

杜秋叶终于知道该怎么将清晨时分的诗继续下去。

王老大夜总会的事情很快谈妥,手续办得也快,这个地方很快就到了杜军的手里。

"这儿,开夜总会肯定是不行的了,如果是你,你打算怎么办?"一行人站在这残旧的建筑前,积压的漫长岁月散发出呛人的腐臭味。

"我想弄成个书店应该不错。"孙少康说道,一旁的吴国忠和陈嘉伟没有表情,看不出具体是什么意见。

"这么大的地方卖书?"杜军挑了挑眉,有些不能理解。

"纯粹卖书肯定是赚不到钱的。"孙少康顿了顿,整理了一下思路,"我的想法是,一层还是饮食为主,二层和三层建成一个综合化的书店,这个书店面积必须要大,因为我们要为各个年龄段和各个群体提供舒适感。书真正占的面积应该在三分之一或者二分之一左右,其余的空间一部分提供给人们阅读,我们则提供咖啡和简单的甜点,另一部分空间则提供给文创产品和文化活动,比如说用来放映一些院线不上映的文艺电影和纪录片,邀请一些本地的作家来举办个读者见面会之类的。"

"感觉还不如弄成个KTV挣钱啊。"杜军看着这外墙,浓艳的酒红色,本身便带着纵情声色的堕落感。

"盈利只是一方面,之前忠哥已经带我看了产业的布局,我觉得现在无须担心盈利能力,而是在文化上要让杜家的品牌深入人心。综观全市,书店大多仍拘囿于原有的形式,面积小,大部分人买了书便直接离开。而一个提供多种服务和多种产品的书店,不仅能够让人们在这里停下来,更能成为全市的标杆。图书馆和普通书店的局限性就在于不能吃、不能喝,无法让人们舒惬地享受阅读的时刻,如果我们能够做到的话,这里将不仅汇集精英分子,市民也会喜欢一家人来感受文化的氛围,享受阅读的乐趣。"孙少康一口气说完,看来心里早就对这里有过无数遍的构思。

"你们觉得少康的想法怎么样?"杜军看向陈嘉伟和吴国忠。

"我觉得少康说得的确有道理,但难度也很大。"陈嘉伟点了点头。

"你呢?"

"我还是觉得有点浪费,这儿要是全腾出来,能开不少店呢……"吴国忠重新看了一遍面前的三层楼,有些不确定地嘀咕着。

"我觉得少康的建议不错。"杜军说到。"现在人啊,好追求个文化……氛围!弄成个书店倒是不错,我们不仅要挣钱,也得往自己脸上贴点金子。"杜军思忖一番,也认同了孙少康的建议。

"这么说也是。"吴国忠老脸一红,低下了头。

"产业要贴合时代,跟随人们的消费欲望那就是跟在他们的屁股后面捡钱,引导他们的消费欲望那就是在他们的面前抢钱。"孙少康志得意满地说道,自己的提议被采用,心里的那份兴奋劲儿一下子便窜了上来。

"这个事就交给嘉伟负责吧。"杜军转身说道。

"军哥?"陈嘉伟猛地抬起头来,这个建议是孙少康的提出来的,按理说来,应该交给孙少康更合适一些啊。

"你负责,让少康给你当副手。就这么着,别说其他的了。"

陈嘉伟偷偷地瞥了一眼孙少康,还想说点什么,却被孙少康一把拉住。"这样正好,嘉伟"。陈嘉伟疑惑不解地看了孙少康一眼,把嗓子里的话咽了下去。

"少康,今天你为什么……"返回的车上,陈嘉伟忍不住问道。

"这个啊,我刚来,很多事还不熟悉,自然要做副;再一个,我如果一下子做主,难免有太多的风言风语,咱们也不是原来的小作坊啦,有多少人的眼睛看着呢。"孙少康望着窗外,语气中有几分骄傲,却也有几分伤感。

"少康,我们都变了啊。"片刻的沉寂之后,陈嘉伟说道。

"唯一没变的,或许只有军哥吧。"孙少康面带羡意地说道,这个幸运的男人,能够始终在自己的生活中保持着年轻时那份孩子般的任性,这是多少男人渴望做到的呢。他们在寻找儿童时的自由和率真,却一步一步地发现那种自由和率真需要一张大大的支票,上面不仅写着大额的数字,还有虚伪的美名。他想起公司里的那些工作人员秩序井然的样子,又想起方才杜军甩一两句话决定一件事的样子,他不知道,人们时常谈起的真实的生活,究竟在这两个端点的哪一端。

"军哥,今天……"另一辆车上,吴国忠看着精神不错的杜军,小心地说道。

"少康书生气太重了。"杜军眼半睁不闭,慵懒地说道。

"书生气?"吴国忠似是不太理解,轻轻地重复了一遍。

"是啊,书生气。做生意,有点品位,自己把自己端着也未尝不可。但是做生意,越是端着,你就觉得有些话不好直说,有些事难以下手。这是少康欠缺的地方。"杜军摇下车窗,在滚动的热空气中点了支烟。

"那你为什么又让他做副手,你不怕他影响陈嘉伟吗?"车子开上通往郊区的路,路况轻松起来,吴国忠见杜军颇有谈兴,便继续问道。

"那倒不怕。"杜军弹了弹烟灰,"说起做事,你觉得我做事如何?"

"不择手段?"吴国忠想了半天,说道。

"对了,不择手段。但是现在不好使咯。你知道为什么我给管理人才的钱最多吗,因为老子不会,老子只知道谁能干什么,但是这远远不够。人做事做得太多,就会肆意妄为,不择手段。所以才需要管理,需要一个人有事没事给他们敲敲警钟。"

"我好像懂了点了……"吴国忠扭动方向盘,车辆驶上通往别墅的路。

"陈嘉伟是将才,敢做,孙少康是帅才,运筹帷幄,却考虑太多,两个人在一块,让他们闹去吧,我看看最终这个书店能闹成个啥样。"杜军弹出烟头,若有若无的笑容在脸上摇摇欲坠。

吴国忠放慢了车速,他其实想再听杜军说点什么,他自己是什么才呢,或只是一个任劳任怨的勤务兵?在一件一件的小事上消磨着自己的年华。

"你知道你是什么才吗?"吴国忠的神色没能逃出杜军的眼睛,他斜倚着椅背,慢悠悠地问道。

"嗯?"吴国忠心里一紧,既有些急迫地想知道答案,也生出逃避的心理。

"你呀,是个全才,这里里外外的,没了你,我可应付不来啊。"杜军说着便笑起来,手在脖子前比画了一下。

吴国忠一看也笑了起来,他知道杜军是在说上次领带的事。话里虽然有几分玩笑的意味,但心里却涌过一阵暖意,这点点滴滴的小事,有人能够记得,便是对自己最好的评价了。

"到了。"别墅门口,吴国忠停下了车子,坐在副驾的杜军已经轻轻地打起了鼾。

"到了……到了……"睁开蒙眬的睡眼,杜军推开车门,安全带却还没解。

"安全带,军哥。"

"啊,是是,安全带。"杜军解了身上这勒人的玩意儿,下了车,在车边站了好一会儿,过了好一会儿,终于在脑海中摸索到一件差点忘记的事。"对了,国忠,你这几天先开我的车,晚上把你的车给我开过来吧。"杜军双手撑在车窗边,脸上有一种欲盖弥彰的神秘感。

"成。"吴国忠点了点头,"那我就先走了,晚上我再来。"

"嗯,路上慢点,呵……可困死老子了。"杜军摆了摆手,打着哈欠朝屋内走去。

吃罢了晚饭,杜军一支烟尚未抽完,门外便传来了吴国忠的声音,杜军从沙发上"嗖"地一下弹起,冲了出去,方琪看着那一路飘落的烟灰轻轻地叹了口气。

"军哥。"吴国忠嘴边还挂着油花儿,一看也是刚吃完饭。

"擦擦嘴,擦擦嘴。"杜军从裤兜里扯出一块皱巴巴的卫生纸来,塞到吴国忠的手里。

"嗯?"吴国忠接过来在自己嘴边抹了一把,看着纸上的油渍不好意思地挑了挑眉。

"你去哪儿,我送你回去。"杜军上了车,招呼着吴国忠。

"不用了军哥,你先走吧,我打车回去。"吴国忠看着杜军脸上急迫的神情,连忙摆着手说道,只是话音未落,摆手的动作尚未停下,杜军便已经一脚油门下去,消失在了吴国忠的眼中。

7.

翌日,从李老头酒店的套间里醒来,几份花里胡哨的报纸"嗖"的一声便凑到杜军的眼前。

"什么玩意儿?"醒来的时候似乎比平日稍早,杜军感觉自己体内的血液流动地都比往日迟缓一些,疲惫感在身体内四处肆虐着。

"小报。"报纸后探出一张素净的脸,正是昨夜共度良宵的姑娘,名字叫邱艳。

"狗屁玩意儿,还真敢写。先让老子起来,老子腰疼。"杜军此刻的这个姿势处于躺与坐之间,腰部成了支撑点,再加上昨晚的征战,此刻正有酸痛弥漫着。

洗漱之后,吃罢前台送来的早餐,杜军这才把刚才的报纸一份份铺开。这些小报的标题可谓是花样繁多:"知名企业家杜军深夜与陌生女子共处一室,慌乱之中遗失内裤""根据内裤痕迹,专家推测著名企业家杜军先生患有阳痿""从一条内裤谈起:知名企业家深夜在郊区旅馆的风流"。

"连个标题都不会写,还当记者呢。"杜军一掌砸在桌子上,盘里未吃的煎蛋随之蹦跳起来。

"哦?那你讲讲这个标题该怎么写啊,杜总。"邱艳坐在桌子的另一端,饶有兴致地看着杜军。

"短!新闻标题,要短!"杜军抬起双手,然后猛然一缩。"对了,你怎么还在这儿,你不上课吗?"

"您不送我吗?"邱艳侧过身子,脸上颇有些哀怨。

"去去去,自己打车就行了,我得好好整整这帮家伙。"杜军还是第一次听别人要求自己送回去的,当即不耐烦地挥了挥手。

"你可真不绅士。"邱艳站起身来,"不过祖宗们说的话也有对的,那就是你们男人啊,都是下半身的动物。"

"是吗?"杜军缓慢地站起身来,像一座雄厚的山向邱艳走去。

窗外阳光明灿,柔和的风静静地舔舐着万物从疲惫中醒来的身体。

窗内,沉重的呼吸交合缠绵,两具身体在阳光缄默的注视中陷入情欲迷离的陷阱。

"这个事真的还是假的?"吴国忠翻看着自己面前的几份小报,想笑又不能笑。

"不清楚啊,不过听下面的工作人员说,军哥昨天确实是在李老头过的夜。"陈嘉伟也是无奈地说道,"只不过到的时候,已经是后半夜。"

"我觉得,这事无论真假,我们都不用理会,更不要去起诉这些小报。"一直没说话的孙少康突然说道。

"首先啊,这些小报写的东西本来就没人信;其次,如果起诉他们,他们正好有了曝光率,这件事也就真的抬入了公众的视野。我觉得冷处理完全可以,他们顶多再胡诌两篇后续,然后这一页就过去了。反正也没拍到军哥的照片。"

"你们觉得呢?"吴国忠手指叮叮咚咚地敲着桌子,目光转向桌子另一边的三个法律顾问。

"我觉得这位……的建议完全可以,如果起诉,以杜总的影响力,这件事是不是真的反而不重要了。"坐于中间位置的那位说道,身旁的二人也随之点了点头。

"你看,忘了给你们介绍了,这是孙少康,目前负责王老大夜总会的改建。"吴国忠瞥了一眼孙少康,发觉他并没任何愠怒之色,这才放心下来。

"孙经理。"对面三位听到吴国忠的介绍,皆微微颔首,孙少康也微微低了低身子,回了个礼。

"这样的话,那我们就到这里?"陈嘉伟说着看了看一旁的吴国忠。

"嗯,先这样处理吧,军哥也一直不接电话。"吴国忠起身,剩下的几位也随之起身,"劳累大家了,散会吧。"

"最近书店那边的事怎么样?"三个顾问离开之后,吴国忠拉住了也准备离去的陈嘉伟。

"这几天比较累,不过我们还好。我们在那头忙着,你可照顾好军哥。"陈嘉伟拍了拍吴国忠的胳膊,自从那边的决定下了之后,陈嘉伟和孙少康可是没享受几天清闲,尤其是孙少康,甚至在那边和工人们一起打起了地铺。

"少康,不那么忙还是回家睡吧。好歹现在也是管理层了。"吴国忠把目光转向孙少康,"军哥前几天听说你在打地铺,气得摔东西呢。"

"忙完这几天吧,这几天比较关键。回家也没意思,那帮工人早都和我混熟了,好歹也有点儿话聊。"孙少康有点不好意思,话刚出口就感觉有点不对,但已经收不回来。

"你……"吴国忠抬起手来,却说不出来什么,"你……你们,多注意休息。"

"嗯。"两个人对吴国忠点了点头,一前一后地出了会议室。

"嘉伟,现在大大小小的事都听吴国忠的吗?"站在电梯门口,孙少康犹豫再三,还是问了出来。

"年长嘛。"陈嘉伟随口应道,转念一想又觉得孙少康话里有话,"也不算是辈分的事,军哥很多事现在没法自己来处理,吴国忠在工作中离军哥最近,年纪又长于你我。也不是什么事都听他的,有什么见解和他商量就行,别想多了。"陈嘉伟感觉孙少康的神色有些不对,但也说不出更多,只得轻轻地拍了拍他的肩。

"我没多想,可能是离开太久了,刚回来有点不适应。"孙少康笑笑,脸却还是紧紧地绷着。

"我知道,你在那边的时候都是听你的,但是这儿,可不一样啊。别看军哥不怎么管这些生意上的事儿,但他绝对心如明镜,要不然啊,也不可能从几个菜馆子做到今天。"陈嘉伟挑了挑眉,两个人对视而笑。

"说的也是,军哥是不简单啊。"

"我们也不简单啊,这一天天的,头都要熬烂了。"

两个人有一搭没一搭地聊着,身子钻进车里,驶出停车场,便向正在改建的王老大夜总会奔去。

吴国忠紧随其后出了办公楼,他也不敢怠慢,给杜军打了不知道多少个电话,始终都没人接,他心里感到不安,这种情况此前从未出现过。开车驶出停车场,他直奔李老头大酒店而去,那边的工作人员说,杜军从进了总统套间之后,便杳无音信,连叫餐的电话都是一个女人打来的。

吴国忠虽然对杜军好玩的天性感到无奈,但却始终谈不上厌恶,自从两人相识的时候杜军就是这样的,只不过是现在身份变了,举手投足都该注意一些,吴国忠总是在午夜的梦里撞见被那些记者捉个正着的杜军。他心里知道,孙少康和陈嘉伟对杜军的这些行为也不会有太大的异议,这本来就是杜军的样子,更何况别的老板们也是吃喝嫖赌毒,单这么来看,杜军只占个色,倒也是好事,总不至于像毒和赌一样败尽家财。

"哎,上了年纪,三观都有点不正。"吴国忠兀自脸红起来,说起杜军发家之后,自己又何尝没风流过几次,只是好在曹荣芳一直没有察觉。

李老头酒店在视野的尽头浮现出端倪,车流陷入迟缓,烦躁的情绪让吴国忠不停地摁着喇叭,他掏出手机,又一次拨出了杜军的号码。

"希望只是睡过头了。"吴国忠把手机扔到副驾,看着前方拥堵的车流,更加用力地摁下喇叭。

酒店房间里,桌上杜军的手机持续不断地响着。

8.

听说最近许文也和一个学妹搅在一起,说是一起复习考研,想到这人杜秋叶就不觉笑了起来,自诩才华过人三年之久,原来是铁树晚开花,老来得子。在这无聊的日子里,杜秋叶深感许文的重要,这样的时候,只有许文才能提供这样充足的趣味,像一块牛皮糖一样在嘴里反复嚼着,而每一次嚼都用不同的方式引人发笑。

正想着,许文推门而入,杜秋叶转身,发觉竟是许文,"许才子,可是好久不见,怎么有空光临寒舍?"

"洗个头,黎敏说我头发太邋遢了。"杜秋叶长眼望去,发型是看不清楚,只见一片油光闪动。

"洗头作甚?"杜秋叶不依不饶,"做学问的人,还顾及得上体面的事?"

"体面地学习,也是学习,我不似你,只顾体面。"许文说着便钻进盥洗室,水龙头唰唰的水声顷刻响亮起来。

"你也是体质好,洗头只用凉水。"杜秋叶从阳台回到屋内,斜倚在盥洗室门边,看着直接用水管冲洗头发的许文说道。

"时间紧迫。"许文的声音夹在水声之中,显得模糊潮湿,"毕竟不如你杜公子,尚有大把时间享乐。"

"呵,享乐倒不至于,倒是你提携后辈,值得敬仰。"

"学习,宜早不宜晚,熟能生巧,此刻就该立下考研的方向,做下脱离低级趣味的决心。"许文洗罢,昂首甩发,镜子上落满了水滴。

"是啊,百忙之中,尤能体味佳人相伴之美,羡慕啊。"杜秋叶拂袖而去,往床上一躺,盥洗室中只留下许文擦拭头发的声响。

"纵然才华过人,却也不得不用这种方式证明自己。"许文低语着,开始往自己的头上抹起发胶。收拾妥当,许文也不再过多停留,目光轻飘地剜了杜秋叶一刀,转身便远去。

许文走出片刻之后,门便又被巨声撞开,杜秋叶飘摇的迷梦瞬间碎裂,他身子弹起,面带怒意看着破门而入的人。

"是我,睡觉呢?"进屋而来的是同寝的侯清东。

"没,迷糊着呢。"杜秋叶怒色稍歇,在床上盘起身子,带着些许疑惑地看着侯清东。

"许文是不是回来过。"侯清东屋内扫视一周,问道。

"是啊,不过走了有一会儿了。"杜秋叶抬了抬手,看了看自己光秃秃的手腕。

"别闹了,今天我可让这家伙气坏了。"侯清东长长地叹了口气,扯了张椅子过来,烦躁地在杜秋叶的床边坐下。

"怎么了?"杜秋叶百无聊赖地问道,他才不关心这俩人之间有什么故事,只是当下实在无聊,权当听个二流故事。

"今天的课,老师之前布置了作业,说是当堂完成。许文呐,课不去便算了,作业竟也让我们代劳,问他有什么事情,却只回了一句,考研,太忙。"侯清东说着说着脸上便是一片猪肝色,"你说,他这是说什么玩意呢,我们几个考公的考公,找工作的找工作,谁不忙,就他考研忙。"侯清东顿了片刻,深深地吸了口气,接着说道:"也是绝了,一口一个忙,听说又和学妹扯到一起去了,成天出入成双。"

"这么点事啊,别气,别气。"杜秋叶看着侯清东的样子觉得甚为可笑,尤其是那张猪肝色的脸,他简直想找双筷子来尝一口,想这猪肝定是火候正好。

"还有,之前啊。"侯清东点上根烟,体内的烦闷和怨恨似是具体为面前的白烟。"有一天,我们几个同行,这小子跟我们说什么,学中文,就应当成大志,说什么,文章者,经国之大业,不朽之盛世。说得我们几个脸上红一阵白一阵。他最近这是怎么了?"侯清东把烟塞进嘴里,用力地吸着。

"人生得意须尽欢嘛。淡定点。"杜秋叶不知道从哪儿扒拉出来这么一句,文不对题地招架着。

"还有啊,他还说什么中文系养了太多碌碌无为的庸才,以后应以诗词歌赋来录取中文系的学生。"

"文人嘛,岂是你我能懂的?"杜秋叶从床上挪下来,在书架上有一番摸索,找出几张皱巴巴的小报来。

"这是啥?"侯清东隔着淡淡的白烟,疑惑地看着杜秋叶。

"发表的文章。你读读。"

侯清东接过来一看,入眼头几行就似是太过辛辣,呛得他咳嗽起来。两人适时地陷入沉寂,唯有翻动报纸的声响和侯清东间杂其中的几声咳嗽在屋内徘徊。

"哎。"侯清东看完之后,重重地叹了口气。

"人是会着魔的,就像中了邪。"杜秋叶递过烟去,两个人对视一眼,吧嗒吧嗒地的嘬起烟来。

"前两天,老三老四还琢磨着整一下许文,让我给拦下来了,现在再看,还不如……"一支烟烧完,侯清东也站起身来,大概也是要去准备公务员考试了。

杜秋叶不置可否地耸了耸肩膀,他没有太多的顾虑,宿舍爱怎么闹怎么闹,闹完了自己租个房子一搬,爱谁谁。

"那我先走了。"侯清东理了理自己的情绪,和杜秋叶打了个招呼,推门而去。

杜秋叶懒洋洋地应了一声,便又往床上一躺,这次却无论如何都无法入睡,许文的身影就像个鬼影一样始终在眼前徘徊着。

"想他干吗。"杜秋叶敲了敲自己的脑袋,他下了床,洗了把脸,打算去自习教室看看蒋莉。

一路晃悠着,路边草木的鬓发已略有微黄,校园中心的湖泊有千万波纹漾散,风里夹带着初秋的微凉,轻抚着身体。杜秋叶一路哼着不知名的调子,走进了著名的考研楼。

入楼心里便是一惊,大厅里摆满了各式的板凳,人们或坐或站,专注的面容似是陷进书页之中,轻声背诵者有之,大声朗读者有之,杜秋叶轻轻哼着的小调引来几道厌恶的目光。杜秋叶感觉自己就像是一只外来生物,迅速地打破了这里的生态平衡。

来都来了,自然不能就这样离开,他停住脚步,仔细地想了想蒋莉之前跟他说过的教室号,然后便在众人讶异的目光中向教室走去。

"这不是中文系那个富二代嘛,他来干吗?"

"这你就不知道了吧,富二代的女朋友可还挺有追求的呢。"

两个人挤眉弄眼,不屑的笑意如同脸上的一股电流,一阵痉挛过后,背书的声音便又响了起来。

看着教室上贴着的"人文学院教室",杜秋叶深深地吸了口气,抬头看了眼门牌号,确定和蒋莉告诉自己的别无二致。推门而入,原本唰唰作响的教室突然静音,众人一致地停下了手里的笔,整齐划一地抬起头来,看清来人之后,便又整齐划一地低下,笔尖在纸张上书写的声音聒噪起来。

"你怎么来了?"只有蒋莉仍旧昂着头,夸张地张着嘴,却没有一点声音。

"来看看你。"杜秋叶走到近前,声音在不觉之间也压得很低。

"走,出去说。正好我也学累了。"蒋莉伏在杜秋叶的耳边,众人之前,也不忘轻轻地咬了一下杜秋叶的耳垂。

蒋莉起身,杜军也直起伏下的身子,周边的几颗脑袋倏地低下,手里的笔不知道在胡乱划写着什么。

"都被富二代养着了还考什么研,这不是跟我们抢位置吗。"

"有钱人家,还不是图个名头,好看。"

"真有意思。"

叽喳的碎语让杜秋叶浑身瘙痒,他回身刚想发作,却发现众人都低着头,写着字,一眼看过去不知道是谁的嘴没完没了。

"那蒋莉也是个骚货,天天和有钱人搞,还成天一副献身学术的样子。"

327

这一句话吓得杜秋叶赶紧关上了门,他可不想玷污了学术,更不想让这些人继续污染自己的耳朵。

　　"你们考研的人,都这样吗?"走出楼外,杜秋叶忍不住问道。

　　"考研的人也是人嘛,是人谁不愿意嚼口舌。"蒋莉轻轻地拍了拍杜秋叶的后背,刚才的话她也不是没有听见。

　　"你到底为什么要考这个东西?"杜秋叶找了个花坛边坐下,抽出烟给自己点上。

　　"这有什么为什么啊。"蒋莉看着杜秋叶恼怒和疑惑的神情,只得在杜秋叶身旁坐了下来。"我知道你对许文有些意见,但这种意见不应该扩散到一个群体上嘛。"

　　杜秋叶低着头,静静地听着蒋莉的话。"是我太情绪化了?"他拍着落在裤子上的烟灰,拍出一朵灰白的花。

　　"也不全是。"蒋莉把手臂搭在杜秋叶的肩膀上,她太明白这个男孩的幼稚、冲动和恼怒。

　　"人啊,真的难懂。"杜秋叶甩掉手里已然烫手的烟头,慢腾腾地给自己又点上一支。

　　"也没有什么难懂的。只不过是一种不愿意相信的情绪罢了。"蒋莉从杜秋叶的手里抢过刚点燃的香烟,轻轻地嘬了一口。

　　"只是不愿意相信自己其实并不出众,不愿意相信自己只是再普通不过的一个普通人。正因为这种不相信,所以才近似刻薄地寻找着自己和他人的分界线,才卖命地证明自己确有那么一点不同之处。"

　　"可实际上呢,大概只是在寻找一种笼统的正确和优胜,让自己更好地接受自己。"

　　"许文,那些窃窃私语的人,不都是如此吗。"

　　"许文对你,他们对我,正如我们此时的言语一样,都只是为了对自己强调自己的正确和合理,只不过他们的话实在……"

　　蒋莉的声音微微颤抖起来,杜秋叶的手臂温柔地缠上蒋莉的腰肢。

　　"也许我们每个人都是孤岛吧。"杜秋叶抚摸着蒋莉的后背,蒋莉似乎瘦下来很多,骨骼的坚硬在手掌的触觉中突兀着。"从未想要理解他人,却整日带着被理解的渴望。"

　　"我们都是孤岛啊,有着肌肤相亲的假象,也有着各自独立而封闭的海域。"

沉默,两个人安静地为自己点燃香烟。尼古丁占据着两个人的身体,他们对彼此感到陌生和惊骇,也感到羞惭和内疚。他们对视,接吻,手掌突破衣衫,他们互相撕咬,嘴唇泛起血丝,肌表泛起青紫,肌肤相亲似乎只要用足了力道,缥缈的灵魂便能紧致的融合。

　　考研楼的每一个教室都发生着小小的骚动,笔尖和纸的纠缠停滞片刻,人们微微抬起头,扭动着脖子,极力遮掩着把目光投过来。起身接水的人,走了没几步,便在窗边立定。大厅里,也不知道是谁的目光做了引导,原本聒噪的背书声一点点陷入沉寂。人们之间用目光传递着容量巨大的信息。

　　"好多人在看我们呢。"蒋莉满面羞红,每一面窗户上都映出许多面容,这些面容上铺满了好奇、鄙夷、渴望、疑惑或是轻蔑。游动的双手有着难以餍足的饥渴,它们不知疲倦的侵略着杜秋叶的每一寸肌肤,坚硬的凸起依偎在自己的小腹,蒋莉感受到巨大的满足,又感到这满足稍纵即逝,需要不断地填充。

　　"不理他们。"杜秋叶揉捏着蒋莉丰腴的臀肉。

　　"你还记得我们是怎么开始的吗?"蒋莉轻咬着杜秋叶的耳朵,湿热的喘息舔舐着杜秋叶。

　　"我可记不得了。"情欲贯穿了是身体,充满了渴望的器官隔着文明和道德的阻隔摩擦、亲吻,小幅度却激烈地碰撞。

　　"是口红。这你都能忘了。"蒋莉说着,手轻轻地掐在杜秋叶的身上。

　　"我现在可没工夫想。"杜秋叶手忙脚乱,一只手钻进蒋莉的薄衫,迅速而果决地攀上那团温软的高峰。

　　"你连续送了十个月,就在第十个月那天的晚上。"蒋莉看向窗户,看向大厅,看着他们的嘴唇不屑地开合着,可笑地反复碰撞着,那一张张面孔都在视野中化作斑斓柔软的光斑,身体仿佛陷入一个畅快纵情的梦境,万物在身旁曼妙地低语着情话,微风伸开纤长十指,弹奏着叶片,也弹奏着陷入癫狂和极乐的身体。

　　痴缠吧,把年轻时珍贵的情欲毫无保留地展现出来吧,在他人口中恶毒的咀嚼中享受突破规则的叛逆吧。卸下道德的重负吧,让身与灵在癫狂之中弥合,把天赐的世俗伤口统统治愈吧。变成低下的败类吧,变成流氓和妓女吧,在众人皆醒的时候耍酒疯吧。又有什么不好呢,反正总也逃不开是非,反正总也逃不开口舌。

　　身体陷在无尽的缠绵之中,阳光洒在两个人的身上。在一扇扇窗户后投来的目光中,两人的神情就像是21世纪最后的清纯之恋,神圣而专注。

翌日，两人在行政楼依次拜访了辅导员、书记和院长助理，当那个大肚便便的书记暗示蒋莉和自己做一次就当无事发生时，杜秋叶笑着掏出了手机，录音十分清晰。

"反正我精神有问题，他们也不能拿我怎么样。"出了行政楼，杜秋叶肆无忌惮地笑着，他拿出手机又播放着书记的录音，那张吞吞吐吐憋得紫红的脸浮现在眼前，两人带着不屑的笑意，在楼外的路上漫步着。

"我想了想，我打算换个地方自习。"途径考研楼，蒋莉的脚步顿了顿，望着考研楼的目光有些复杂。

"我昨天已经帮你找好房子了。"杜秋叶手轻轻搭在蒋莉的肩膀上，温柔的眉目正如和煦的太阳。

"嗯？"蒋莉颇有些惊讶，她也考虑过租房子，不过就是花销太大。

"是啊，总要为你做点什么，这不是应该的吗？"杜秋叶无奈地耸耸肩，脸上一副不情愿的表情。

"我还以为……"

"以为我只是随处采花的贼，是吗？匆匆来过，然后就去了别的枝头。"杜秋叶嘴角向上一扬，清秀的脸上挂着颇有些玩味的笑容。

"我没……"蒋莉低下了头，她心里何尝不知两人开始的方式不光彩。

"感情这件事对我而言，总是开始得荒唐，却也总情深难返。"阳光细细地雕琢着杜秋叶的面容，这个荒诞不经的纨绔子弟，也会有动情之后这样认真和固执的脸。

"秋叶……其实没必要的。"蒋莉踱着步子。"无论如何，我们也不会在一起，不是吗？"

"那可未必，你或许得做好心理准备了。"

"其实我……"蒋莉抓住杜秋叶的手，却又倏然松开。"我家里……"

"我早都了解了。"

陌生而熟悉的杜秋叶慢慢靠近着，那匀称修长的身体此刻却像是分裂成无数的幻象，从自己的四面八方密不透风地压过来。嘴唇稍纵即逝的碰触，"礼物是我笨拙的方法，结合是我自私的快乐，而你，却始终都是我最终的目的。"轻轻的耳语，如天降的甘霖，滋润着蒋莉的心。

"去吃饭吧，吃完饭我们去看看房子。正好我也不想在宿舍住下去了。"身体之间的距离自然地拉开,杜秋叶换上纨绔子弟那张玩世不恭的脸,手臂一展,便缠住蒋莉的腰。

"这俩孩子,真是没救了。"

学院书记站在办公室的窗前,重重地把茶杯磕在窗沿。

9.

时间剥去夏衣,裸身的北方逐渐露出浓重的秋意。

杜军几次三番请教了陈嘉伟和孙少康邱艳说的那些话,却没想到这两个人反而对邱艳的观点颇为认同,极力主张杜军把这样的人引进公司中来,在积极准备面试的时候,杜军有些不好意思地搓了搓手,说了一句:"我已经面试过了。"两人先是一愣,旋即疑惑地看了对方一眼,他们可不知道这杜军什么时候亲自去当了一把面试官。

邱艳就这样以实习的名义进入杜军的公司,第一天上任就被杜军大手一挥派去了书店。

年轻的人们忙碌着,年老的人们则忙着弄懂年轻人。杜军一个个地找身边的人聊,可是没人支持他的想法,那一张张面孔犹豫着,揣测着,试探着杜军是怎样的一种态度,然后支支吾吾地选择支持邱艳。

"难道祖宗说的话真的都不管用了吗?"这天,杜军在自己空阔的办公室里看着报,突然想起20年前的某个日子,孙少康拿着报纸兴冲冲地跟自己说什么回归,杜军这会儿明白了,不是祖宗说的话不好使了,而是这群读书人他从来就没理解过。

"喂,国忠。"杜军拿起手机,敞开嗓门,哇哇地叫嚷起来。

"去书店帮我买点书回来,什么书有文化就给我买什么。"杜军顿了顿,"去他×的,给老子把书店搬到我的办公室里来。"

"这他×的太阳从西边出来了。"吴国忠放下电话,走到窗边,看了看太阳没觉得有什么不对,只好又给孙少康打过电话去。

"咋了,忠哥?"

"少康,今天太阳从哪边出来的?"吴国忠已经迷糊了,脱口而出地问道。

"东边啊,出啥事了?"电话另一头的孙少康一愣,不自觉地瞅了瞅窗外的秋阳。

吴国忠把杜军交代给他的事说了一遍,孙少康顿了顿,"这好事儿啊,回头公司里面开个读书会什么的,多好。"

"好事是好事,总感觉莫名其妙。"吴国忠嘀咕着。

"放心吧,就是你得开那辆皮卡去,还有,你别忘了买本字典。"孙少康一板一眼地说道。吴国忠听了之后一愣,旋即大笑起来。

"国忠,你他×的傻笑什么呢,快帮老子去买书!"杜军的声音在走廊震荡而来,穿透办公室厚实的木门,在吴国忠的耳膜中引发一场地震。

"好了好了,不说了,军哥急了。"吴国忠赶紧挂了电话,从桌上一把抓起车钥匙,连蹦带跳地出了办公室。目光沿着走廊往杜军办公室的方向飘去,发现杜军正站在他的办公室门口,怒发冲冠地看着自己。吴国忠还是第一次见到杜军这样,招了招手便不再怠慢,拖着年有五十的身体在楼梯上疾驰而去。

正午,杜军的办公室便拥挤了起来,原本作装饰用的两个书架被顷刻间填满,余下的则整整齐齐地码在地上。而杜军,正躺沙发上连贯地打着呼噜。

"军哥。"吴国忠犹豫了一番,还是过去轻轻地拍了拍杜军。

"啊?"杜军眼皮似是黏在一起,费了好大的力气才将其分开。

"书买回来了。"吴国忠往一旁让了两步,好让杜军能够完整地看到这壮观的全貌。

"干他×嘞,买这些玩意儿干啥,钱多到没地方花啦?"杜军揉着自己的眼睛,看清楚了这半屋子的书。

"军哥,是你让我去买的。"吴国忠有点哭笑不得,看来杜军这一觉让他什么都忘了。

"还有这档子事儿。"杜军从沙发上滚下来,"对了,你还没吃饭吧,正好饭点儿。下楼去吃点东西。"杜军拍了拍肚皮,神情变化地看着这一堆书。

"啊,好,正好我也没吃呢。"

两人沿着楼梯往下走着,一楼的餐厅正是人头攒动的时候,一路上招架着一个个招呼。杜军心里烦得要命,他心里惦记着大肠,那玩意儿可别让这帮龟孙给吃完了。两个人走到餐厅门口,杜军却停下了脚步,他一拍脑门,蹦了起来。

"哎呀,国忠,我终于想明白了。"杜军拽住身旁的吴国忠。

"什么,明白什么了?"吴国忠一怔,杜军这一早上一惊一乍地,他感觉自己已经有点神经衰弱了。

"我明白了,不是祖宗说的话不管用了,是我们读书太少了。我们和他们本来不就是一个祖宗。"杜军兴奋地叫起来。

"我要去看书了,你帮我弄份大肠,俩馒头。麻烦你了。"杜军身子一扭便甩开步子跑了起来,吴国忠转过身去的时候,杜军的身影已经快到二层。

"电梯都不坐了。这是怎么了?"吴国忠嘀咕着,他不禁想起之前去李老头酒店找杜军的时候,那个时候的他,倒和今天的他差不多。难道是因为那个女大学生,不可能吧,一个大学生有这么大的威力吗……一个又一个的问题在脑海中野蛮地生长着,吴国忠感觉自己越来越理解不了这个世界了。前几天给吴静雯打电话的时候,电话那头一遍又一遍地说着什么"女权""独立""自我实现",吴国忠让她找个男朋友的话噎在嗓子里,始终都没能说出来。想不明白的事,索性不想,吴国忠顺着人流挤进餐厅,看到大肠还有残余便长长地松了口气。"这个,打包一份。"还是这玩意儿看着亲切,吴国忠看到这个总能想到李老头,他那个破破烂烂的小酒馆里,每次炒菜都发出叮叮当当地敲破锣般的声响,加两个辣椒就能把人呛出眼泪来。

杜军一刻没闲着,洗了把脸,把困顿的睡意全部洗去,钻进办公室,看着一地的书深深地吸了口气。我杜军,从今天起,也要做个读书人,既要懂老祖宗的话,也会讲书里这些祖宗的话。

"哪个狗×的,还想着给老子买字典。"杜军嘴上骂着,却把字典第一个放到了自己的桌上。

"先来本这个,《水浒传》我熟,关二爷耍大刀,张黑脸用丈八蛇矛。再来本这个,《三国演义》老子都能给他倒着背下来,及时雨宋江,鲁和尚倒拔……倒拔……可能是杨树吧。这玩意儿也给老子买,《西游记》谁没看过?"

吴国总拎着打好的饭菜来敲门的时候,杜军正一头埋在《三国演义》中,他手里握着个铅笔头,看几行,就翻翻字典,在纸上记下不认识的字。

"军哥,吃饭吗?"吴国忠敲了敲门,便走到了杜军面前。

"别过来,别过来,这都是书。出去吃,出去吃。"杜军挥了挥手,也不等吴国忠反应,便推着吴国忠出了办公室。

站在办公室的门口,吴国忠给杜军撑开袋子,杜军一手馒头,一手筷子,夹一筷子,吃一口馒头,然后再不好意思地对着吴国忠笑笑,便又夹一筷子,吃一口馒头。三五分钟,杜军便吃了个精光。

"国忠,麻烦你帮我扔了,我得看书了。上午辛苦你了,你下午放假。"杜军打了个饱嗝,把手里的筷子塞进吴国忠的手里,在衣服上擦了擦手,又掀起衣摆擦了擦嘴,转身一动,又在桌前坐了下来。

"关下门,国忠,我忘了。"杜军的声音从门内传来。吴国忠低头看了看自己手里的筷子和袋子,无奈地关上了杜军的房门。

"喂,少康啊,军哥貌似有点走火入魔了。"在楼梯上慢慢踱着步子,吴国忠犹豫再三还是给孙少康打去了电话。

"什么走火入魔?"

吴国忠只得又把午的事情讲给孙少康听,孙少康却叫他不要在意,等他和陈嘉伟晚上回去再说。

"邪乎"。坐进车里的吴国忠双手握着方向盘,嘀咕了一句,踩下油门,回家。

时间转眼到了黄昏,陈嘉伟、邱艳、孙少康一行三人回到公司,一路打着招呼朝杜军的办公室奔去。

"谁啊,老子没空。"轻敲了两下办公室的门,杜军的声音顿时从屋内咆哮而来。

"是我,嘉伟。"陈嘉伟看了看身边二人,无奈地挑了挑眉。

"滚!"门内的杜军咆哮着。

门外三人对视一眼,正欲转身离开,杜军的声音却又响了起来,"滚进来!"刚才打了个嗝,生生地这三个字的一句话斩成了两截。

一行人开门而入,感觉进入了一个幽深的洞穴,杜军一只手拿着个手电,眼睛盯着眼前的书页,另一只手在纸上不断地写写画画。

"军哥,开灯啊。"孙少康伸手啪嗒摁下开关,充足的光亮顷刻填满了办公室。

"开。老子没空。"杜军头都没抬起来一下。"也不知道哪个傻子设计的办公室,老子办公桌这里都没有灯的开关。"

"我……我设计的……"陈嘉伟心里咯噔一下。

"以后注意啊。"杜军这会儿才抬起头来,邱艳身上那股清淡的香味成功地让他分了神。

"都来了啊。其实我想明白了。"杜军把话说到一半,脸上带着洋洋得意的神秘。

"想明白什么了?"邱艳在杜军的办公桌上坐下,孙少康和陈嘉伟看了不觉暗暗咋舌。

"你们俩也坐吧。"杜军指了指一边的沙发,"我想明白了,为什么你们不喜欢祖宗说的话,因为从一开始,我们就不是一个祖宗。"

"军哥,你才读了半天书,说话我怎么就听不懂了。"陈嘉伟疑惑地看向孙少康,又看向邱艳,两人的脸上也缠着浓雾般的不解。

"听老子说。"杜军的脸上洋溢着红光,"我说的祖宗,是咱的老祖宗,他吧,说的话俗了,旧了。你们信的呢,是这个祖宗,这个祖宗说的话,他长久,管用。那个词儿怎么会说得,历……历……什么新。"杜军把求助的目光抛向邱艳。

"历久弥新。"

"啊,对,它历久弥新。什么时候都好使。"杜军挺直了身子,目光快速地扫视着这三人平静的脸,等候着三人的夸赞。

"军哥,看来你这个下午是收获颇丰。"杜军的每一种表情陈嘉伟再熟悉不过,他赶紧应道。

"不过,书里的可不是祖宗。"孙少康补充道。

"那是啥?"杜军瞪着一对儿眼睛,看着孙少康。

"怎么说呢,书里的东西很多,看待这个世界的不同角度,深入生活的不同方式,时代下的故事,思想的产生和流变,在这些繁杂之中,我们锤炼着自身的价值观念和审美能力,从而逐渐地明确自身的意义。"

"说慢点。"杜军握着小笔头在纸上慢腾腾地写着,有些字他要想一想。"再说一遍,老子没记下来。"

"这个不用记的,军哥,慢慢就会懂了。"孙少康笑道。

"累了吧,吃饭去吧,我这个实习生可还没和自己的老板一起吃过饭呢。"邱艳看了看杜军桌上一张张写得满满的白纸,心想这家伙是动了真格。"回来,我帮你把这些整理一下吧。"

"哦? 还有读书笔记啊?"孙少康和陈嘉伟来了兴趣,也从两边的沙发上凑到桌前。

"去去去,我自己来。"杜军张开手臂趴在桌子上,护住自己的读书笔记。

"好,好,我们不看了,吃饭去吧。"杜军的反应让三人放声大笑起来,还是陈嘉伟及时收住笑声,拉着孙少康和邱艳往后退了几步。

杜军把头从桌子上吃力地抬起来,警惕地看了看这三人,感觉这三人不会有什么动作,杜军才带着极大的不情愿从自己的办公桌后挪出身来。

"吃饭。"杜军说道,咕噜的声音从腹部发出喧嚣。

三个人对视一眼,用力地憋住了笑。杜军则不好意思地揉了揉自己的肚皮。

"我们的军哥,现在可都学会害羞了。"陈嘉伟忍不住,第一个笑了出来。

"你小子,这个月奖金没了。"

"我们也不要了。"邱艳和孙少康也随之放声大笑起来。

晚间的餐厅,人便少了许多,杜军一行人随处坐下,随便的几个菜便上了桌。

"邱艳,你说,让军哥去旁听你们的课怎么样?你不正好学的是中文吗?"几人吃着饭,孙少康突然说道。

"行啊,这当然可以。杜总可是咱们市的著名企业家,老师们不知道有多高兴呢。"邱艳咀嚼着食物的脸霎时眉飞色舞。

"你们在这胡诌什么呢。"杜军也上了桌,他特意去端来一盘大肠。

"我们在想啊,让你去邱艳他们学校上课呢。看书还需领路人啊。"孙少康应道。

"你他×的就知道放屁,大学是老子去的地方吗。还听课,回头人家不得用扫把给我打出来。"杜军吸着嘴边挂着的一截大肠,油光闪亮的嘴张张合合,骂起孙少康来。

"说得跟自己没去过一样。"邱艳毫不遮掩,笑了起来。

"你们几个,是钱发得太多,还是平时太闲了。"杜军咬着手里的馒头,呜呜地说着"这样吧,晚上加班,十点再走。谁早走,谁这个月白干。"杜军扫了一眼三人登时发黑的脸,乐得差点让馒头呛着。

"这是为你考虑,军哥,去听听吧,差不了的。"陈嘉伟一看另外那两位面无惧色,他可急了。孙少康本来就没成家,最近天天和施工队住在一起。邱艳更是无所谓,本来就是个实习生,学校回不回貌似也无所谓。他可不行啊,方佳最近可是一直埋怨他回来得越来越晚了。

"真的假的啊?"杜军中止了咀嚼的动作,大半块馒头把他的腮帮子撑得鼓鼓囊囊。

"这有啥假啊,本来就是对外开放的,你又不要啥毕业证,去年我们讲明清小说的时候,门卫大爷那是一节课都不落。听得比我们还认真。"

"是啊,时代不同了,军哥,你要是不敢去,就让邱艳陪你去呗。"孙少康低头啃着排骨,声音从牙齿缝里挤出来。

"老子还他×的不敢去,还邱艳陪我去,你这脑瓜子是吃肉吃傻了。"杜军起身隔着餐桌对孙少康的后脑瓜就是一下,一桌人哄笑起来。

"这儿排骨,好吃,还不花钱。我再去弄点。"孙少康终于把脸从排骨上抬起来,揉了揉自己的后脑勺,端着盘子向排骨的那个窗口走去。

"你看看,你们读书人。"杜军气得发笑,身处手指戳着孙少看的背影。

"读书人,也得吃肉喝酒啊。"陈嘉伟和邱艳异口同声,伸出筷子夹走最后两块红烧猪蹄。

"老子还没吃排骨呢。"杜军满肚子里都是去大学上课的事,也没了脾气,只得像个孩子般委屈地嘀咕着。

饭后,杜军挥挥手让三人好好休息,陈嘉伟思妻心切,和孙少康、邱艳道了别,便驾车而去。

"我就不送你了,你打车回去吧。回头军哥会给你报销的。"晚间的秋风凉意渐浓,路灯的光亮弥散开来。

"你也不送我?"邱艳挑起眼,眼前的孙少康虽然年有四十,但气质不减,那眉宇之间,始终流转着一团让人猜不透的气。

"不送了吧,不太合适。"孙少康嘴角朝身后的大楼撇了撇。

"你不走吗?"邱艳紧了紧身上的衣服,已是秋季,但身上却仍是夏衣。

"我在这儿看着军哥点,我怕他用力过度。"孙少康回头看了看办公楼,每一面窗户都如同一只疲惫的眼,唯有杜军和其他少数几面目光炯炯。

"那我也留下来。"邱艳脖子一扬。

"叛逆,我年轻时候也这样。"孙少康掏出口袋里扁扁的烟盒,敲了敲,却发觉其中已然空无一物。

"给,大叔。"邱艳一伸胳膊,把烟递到孙少康面前。"烟抽完了都不知道。"

"这么大年纪还没结婚,你倒是一直叛逆。"

"不是不想结,是结不了。"往事如吸入口中的白烟,微微发呛,让身体陷入短暂的迷醉,手也不知不觉间颤抖起来。

"对不……起。我……"邱艳拿出纸巾,轻轻地拍了拍孙少康微微发颤的手。

"没事,上了年纪。总爱这样,跟大姑娘似的。"孙少康在脸上胡乱抹了两下,"年轻真好,这么大的世界,总是对年轻人热烈又慷慨。"车水马龙的街道,永不停息的繁华,世界的每一截链条中都寄居着众多悲喜的人们,时间扯着这链条呀转呀转,那些品尝着悲喜的人儿啊,鬓角就慢慢染上寒霜,牙齿也慢慢脱离根系,就这样老了啊。曾经拥有着整个世界的心慢慢萎缩,装不下年轻时候的悲喜离合,装不下对生活的热忱和追求,也装不下此刻的自己。总是孤独地置身于与自己毫无关系的繁华,一遍遍地榨着过往岁月的苦。

"我们回去吧。"邱艳不知道如何安慰一位叔叔,她默默地从背后抱住孙少康。

"别这样,我会忍不住的。"推掉邱艳缠在自己的腰上的手臂,孙少康驱赶了一时攻城略地的忧愁,他脸上又带着那始终存在的微笑,转过身,轻轻地揉了揉邱艳的头发。"我年轻的时候,发质可比你好多了。"他眼里的潮湿似是从过往的井里打起的水,清澈,也浑浊。

"不正经。"邱艳从孙少康的身边跳开,认真地摸了摸自己的头发,很用心地在检测自己的发质。

"既然你不愿意回学校,那就回去吧。秋天的风,总是这样轻柔掠过肌表,却把寒意捅进心里。"

"你是要作诗吗?一个大叔,说话还跟个文艺青年似的。"邱艳蹦蹦跳跳地跟在孙少康的身后。

"年轻的时候,我可是想要当一个作家的。"孙少康嘀咕着,老脸上泛起一片红。

"现在写也不晚啊。"邱艳认真起来,"也许你以后就会出现在我们文学史的课本上了,指不定还是期末复习的重点。"

"也许吧。"孙少康轻轻地叹了口气,年轻的时候觉得自己的才华像一片海,是取之不尽用之不竭的磅礴,现在却觉得才华若有若无,即便偶尔切实地感受到它的存在,却也只觉得它像是雨后的一个小水洼。长久的阅读让自己心生敬畏,文学的锤炼如同一种酷刑,他越来越经常地感慨,那些留名文学史的人,是怎样的天才,在这样的一种酷刑下仍旧熠熠闪光,光芒万丈。

"人老了,心可不能老。"

"嗯,不能老。"孙少康听着邱艳的话,恍惚地感受到是当年的自己在自己的身边。那个爱笑的年轻人,那个读了几本书便自命不凡的年轻人,那个总是喝醉的年轻人,那个年轻人其实并没有长大,是所谓的成熟一铲子把他埋了。

两个人回到孙少康的办公室里,约定好每过半个小时就去杜军门口听听动静。其实邱艳和孙少康都觉得没有这样的必要,只是正好缺少一件打发时间的事。

"杜总有你这样的职工,真是他的幸运。"邱艳斜靠在沙发上,翻看着从孙少康书架上找来的一本《仁医》。

"哦?"孙少康也摊开一本书来,他看的是《九故事》。

"拒绝我的人,并不多。"邱艳又挑起眉来,眼里颇有几分戏谑。

"可能因为我不只是他的员工吧。"孙少康有些不知道如何招架这个活力四射、大大咧咧的姑娘。

"哦?"这回轮到邱艳发出疑惑。

"我俩,认识二十年了。"孙少康微微扬起头,像是在卖力地回忆着这段他太熟悉的关系。"做了一年半的朋友,十八年的仇人,两个月的下属。"孙少康仔细地揣摩了一下,这样说应该没有任何错误。

"还做过仇人呐?"邱艳似是来了兴趣,两腿随意一搭,本就不长的牛仔短裙毫不犹豫地出卖了大腿的些许风光。"你这有没有喝的? 渴了。"

"嗯。"孙少康翻了翻柜子里,就只有一箱啤酒。"这个喝吗,没别的,刚弄的办公室,饮水机还没来得及配。"

"都拿来吧。在学校也没人陪我喝。"邱艳招了招手。

"你打理一下衣服。"孙少康递给邱艳两罐,手指了指邱艳的衣服。

"你是不是觉得我是那种姑娘。"邱艳利索地拉开拉环,咕咚咕咚地喝了起来。

"我可没任何想法。"孙少康耸了耸肩,他深感年轻人的难缠,想来自己年轻那会儿,大概也确实给李老头,给杜军,给吴国忠他们添了不少麻烦。

"还有吗?"邱艳抿着嘴唇,对着孙少康摇了摇手里已经空空如也的啤酒罐。

"喏。"孙少康又扔过去两罐,"少喝点吧。"

"总会有改变的,也不必太绝望了。"孙少康对着邱艳举了举手里的啤酒,邱艳同样举了举。

"我大概理解你为什么现在写不了书了。"邱艳又聊起写书的话题。

"哦?"

"每个做游戏的儿童的行为,同一个富于想象的作家在这一点上一样:他创造了一个自己的世界,或者更确切地说,他按照他中意的新方式,重新安排他的天地中的一切。"邱艳顿了顿,"弗洛伊德说的。"

"或许是这样吧,如今脑中只有利害和规则,文字干瘪、失色,堕入凡庸。写出来的东西也缺乏活力。"孙少康苦笑着,入口的啤酒顿觉有些苦。

"你到底是学什么的? 心理学你懂得也不少。"

"爱好而已。"

"还有什么爱好?"

"刚刚有了新的爱好。"邱艳挑了挑眉,站起身走到孙少康的面前。

"你……"孙少康急忙起身,邱艳却抢先一步跨坐在孙少康的大腿上,束起的长发不知何时已披散开来。

"新的爱好,是你。"

夜色的面容逐渐变得深沉,杜军停下手中的纸笔,起身走到窗前,他舒展着自己的身体,目光如游蛇在夜色中慢慢深入,他感到一种久违的满足,似乎是第一次品尝到这样的满足:它并不由身体外的刺激衍生,却从内心的深处生长。

杜军给自己点上一支烟,静静地抽了起来。

10.

这天,恰逢杜军有空,便由邱艳带着去学校里上课。

"开门,开门。"学校门口,杜军冲那门卫招呼道。

"咦,你不是那个卖饮料的吗?"门卫感觉车窗里那张脸有点熟悉,仔细一想便记起来了。"这是你的车?"做门卫的,看别的不一定可以,但是对车,可必须眼睛放亮。

"是啊,这不是卖饮料赚了点小钱,换了个车。放我进去吧,老弟。"杜军一想起那会儿开着皮卡装了一后斗的红牛就脸上发烫。

"得嘞。你有空得教教我怎么卖饮料,我他×的也想买这么个车。"门卫递过烟来。

"好好好,有空我再来看你。"杜军接过烟来,叼在嘴上。门卫也不啰唆,遥控器啪啪一摁,杜军车前的拦车杆便升了起来。

"谢谢嘞,兄弟。"

"杜总,你什么时候这么客气了。"邱艳看着脸上还真有几分恭敬的杜军。

"什么杜总,在学校里,就是学生。"杜军开着车,斜了邱艳一眼。

"您这学生,可是对你的同学不薄呢。"邱艳看着杜军的样子,忍不住调笑他一番。

"少康人不错的。"杜军给自己点上烟,抽了一口就呛得咳嗽起来,"这他×的什么烟,这么呛。"夹烟的手顺势一甩,只抽了一口的烟便丢了出去。

"你……知道?"邱艳脸色一变,心里一阵惊骇。

"我知道什么,我只是告诉你,少康这人不错,你们都是读书人,没事可以多交流交流。"杜军脸上仍旧是那副认真的神色,只是这出口的话在邱艳的耳中变了千万种意思,字面意思简单,却总让人感觉暗有所指。

"你紧张什么,你该不会看上他了吧。少康可是个苦命的人,你俩要是能成,我给你俩封个大红包呢。"杜军心不在焉地说着,车子渐渐驶入校内窄瘦的小道里,行人来往,只得走走停停。

下课铃在这时响起,安静的教学楼顿时沸腾起来,密集的脚步和细碎的言语壅塞在教学楼的肠胃里,声势浩大而又缓慢地挪动着。学生零星地步入教室,有的看见后排的邱艳,远远地打着招呼。不一会儿,方才空荡的教室便显得拥挤起来,只有杜军和邱艳独占了一排。短暂的喧闹之后,上课铃响了起来,年近五十的女教授踢踏着不急不缓的步子进了教室,粗略地环视了一下教室,然后端庄地上了讲台。

"后面的那两位同学,往前坐吧。"说的自然就是杜军和邱艳。

邱艳抬起头爱答不理地看了一眼,旋即又垂下头去,不料杜军却噌地站起来,腰板挺得笔直,气发丹田,声音洪亮地应道:"好的!老师!",说完便去拽仍坐着的邱艳。

"你干吗呀?"邱艳哭笑不得地看着杜军,他那嗓门吓了自己一跳不说,更是让寂静的教室哄笑起来。

"老师叫咱们呢。"杜军拽起邱艳,便在众人的目光中往前几排找了位置。

"这位同学,你是?"距离近了点,那女教授才看出杜军和自己一般年纪,不由得问道。

"老师,我喜欢文学,来蹭课的。"杜军屁股还没落到椅子上,便又噌地绷直了身子,朗声回答道。

"哦,好……好好。"教授的目光在杜军和邱艳的脸上快速地扫了几个来回,看杜军仍站着,不由得抬手往下压了压,示意杜军坐下。

"谢谢老师!"杜军大声答谢,身子砰的一声坐了下去。教室内方才的哄笑在此刻逐渐变成叽喳的碎语。

"想什么呢,怎么不听课?"杜军忙里偷闲,用胳膊轻轻地碰了碰旁边的邱艳。

"啊。没事,走神了。"邱艳胡乱翻开课本,把自己飘忽的目光潦草地埋进去。

很快便到了课间,感到有些烦闷的邱艳正想和身旁的杜军说点什么,杜军却一个箭步从自己的座位上窜了出去。

"喂……"邱艳自然叫不住杜军,这年逾半百的身体像一列小火车般在阶梯教室上行进着，片刻便到站，在讲台前停了下来。"这可不是火车，这是动车。"邱艳看着拿着课本凑到老师身边的杜军，心中竟然涤荡起一丝不快。我不会为这老头吃醋了吧，我有什么好吃醋的，不就是个糟老头么。邱艳用力地擦拭着心里的那点不快，可愈是用力去擦，那不快也愈从一个单薄的点变成庞大的一团。邱艳无力招架，便不再理会，被缴了械一般趴在桌上任由不快将自己完全攻占。她侧了侧身子，刻意地不去看杜军，可眼却总是忍不住瞟过去。"别他×的瞟了，这天杀的眼睛。"心里骂着，可眼睛又瞟了过去，看到杜军这会儿正往回走，邱艳索性把头埋在臂弯里。

"咋啦，不舒服？"杜军学着邱艳的样子，也在桌上趴了下来，悄悄地凑到邱艳的耳边。

邱艳一点儿动静没有，只是嵌在臂弯里的脑袋摇了摇，示意不是。

杜军凑过去的脑袋一点点儿缩了回来，他坐起身子认真地想了想，从本子上扯下张纸来，唰唰作响地写了两行字。"来，抬抬胳膊。"

邱艳照做，杜军便把写好的纸条顺着胳膊抬起来的缝隙塞进去。

邱艳把头抬起，放进些许光亮，看清楚纸条上的字之后忍不住笑出声来。

杜军在纸条上写的是"你吃CU啦？"空了一行，"我不喜欢她，她没你好看。"

"神经病。"小小的心思被看透，邱艳更是把头埋进胳膊里，害羞地做起一只鸵鸟来。

课后，两人挤出教学楼，邱艳的脸一直烧着。上了车，车窗外的人们又勤奋地动起自己的嘴来。杜军感觉这些年轻人实在可怜，用力地拍着几下喇叭，在人群中缓缓地行进起来。

"你那些同学说的话，我都听见了。"

"我见过许多这样的年轻人，他们畏怯又渴望，自卑又骄傲，他们高谈阔论其实狗屁不通，他们从来不做，却永远靠着辱没别人安慰自己。"

"我知道，我不想说这个。"邱艳似是发了烧，身体软绵绵地陷在椅子里，脑袋萎蔫地垂着。

"那你想说啥。"正好到了校门口，杜军摇下车窗，和门卫打起招呼来。

"呦，这是。"门卫的目光打着转儿，顺着杜军那张坑坑洼洼的老脸伸进车里，抚摸邱艳此时令人心生怜爱的满面羞报。

"啊，我秘书。"杜军嘿嘿干笑着，目光却陡然发紧，剜着那有点儿失神的门卫。门卫眼见杜军面有怒色,只得恋恋不舍地把目光收了回来,升起了拦车杆。

"回见,兄弟,有空给我讲讲……"那门卫的声音在车后紧紧追着。

"老子哪有空跟你扯犊子,一办公室的书还没看几本呢。"杜军嘀咕着,方向盘一扭,车子便汇入校门外的车流当中。"对了,你要说啥。说吧。"

"我……我"。邱艳把头扭向窗外。

"这会儿又成了大姑娘啦。"杜军咂着嘴。

"我,我爱上你了!"路上车流如织,邱艳不管不顾,一把揽住杜军的脖子就吻了上去。

11.

陌生的城市,杜秋叶和蒋莉安稳地有了自己的一个小窝,一厅两室,每个月2000块钱的房租,日子里塞满了舒惬。蒋莉大部分时间都在看书,准备考研。杜秋叶无事可做,便不时地翻翻小说和杂志。

这天,杜秋叶正躺在床上翻看着渡边淳一的《失乐园》,电话却响了起来。杜秋叶瞅了一眼,是个陌生的号码,杜秋叶不假思索地挂掉。片刻之后,手机又响了起来。

"这么执着。"杜秋叶无奈地接了起来,话筒里传来一个中年男人的声音,"喂,是杜秋叶同学吗,我们接到同学举报,说你外出住宿,这不符合学校的规定。"中年男人咽了一口口水,"同学,你在听吗。希望你严肃对待学校的规定,不然的话……"

"哦。"杜秋叶懒得再听下去,打断了那中年男人的话,"你看着处理吧。"

"杜秋叶同学,请你端正你的态度,我们不是在通知你,而是在要求你。"中年男人的声音激烈起来,而回应他的却只有"嘟……嘟……嘟"的忙音。

"怎么了,秋叶?"蒋莉的声音从旁边的屋子传来。

"没事。"杜秋叶应道,两个人都在看书,这屋子实在太过安静,掉根针都听得一清二楚。

蒋莉没说话,一阵窸窣的动静之后,脚步声响了起来,紧接着开门的声音,然后又是脚步声,一连串声音的最终,杜秋叶的门被蒋莉推开。杜秋叶见状,无奈地翻身坐起,蒋莉在杜秋叶的旁边坐下,眼睛始终盯着杜秋叶。

"政教处,说是让给咱们回学校住。"杜秋叶熬不过蒋莉目光的炙烤。

"为什么啊,那么多人租房准备考研,为什么只叫咱们回去。"

"说是被举报了,估计就是许文干的。"杜秋叶嘀咕着,脸上的肌肉受情绪挑唆,愤怒地扭动着。

"先别下结论,我们还是得先了解清楚。"蒋莉抬头盯着天花板看了一小会儿,"不行,我们下午得去找一趟老师。"

"找他们干吗?"杜秋叶撇了撇嘴,目光飘忽地在屋内扫动着。

"快毕业了,我怕他们会拿这个为难我们。"蒋莉面色有点难看,"再说了,没有凭空受过的道理,我倒还想看看,是谁举报的。"

"得,那下午就去一趟,我得去买一副防辐射的眼镜,上次看见那个胖子,我感觉眼镜都要瞎了。"杜秋叶满面愁容的倒在床上,手捂在自己的眼上。

"什么时候了,你还这么不正经!"杜秋叶一番话逗得蒋莉也笑了起来,她转过身,跪在床上,轻轻地捶打着杜秋叶。

"哎,这可是你先动手的啊。"杜秋叶捉住蒋莉四处攻击的小手,顺势一拽,蒋莉的身体便倒了下来。

"唔……还要学习呢。"蒋莉挣扎着,双唇却被杜秋叶温柔地封锁,所有的言语都在口腔内化作混沌的呜呜呜。杜秋叶虽然平时害怕蒋莉说"学习"二字,但此刻已是情难自禁,覆水难收,身体的本能在苏醒,片刻之间,两人已经"坦诚相待"。

门这个时候咚咚咚地响了起来,杜秋叶正欲冲锋,却只得戛然而止。

"他×的。"杜秋叶心里骂一句,手里的长枪变成一团窝囊,瞬间失了力道。

"谁啊,真是的……"蒋莉面含红羞,慢吞吞地从床上坐起来,四处找着自己的衣服。

"先别穿啊,我去看看是谁。"杜秋叶把毛巾被往身上一卷,冲了出去。

敲门声持续着,并且力度越来越大,直吵得杜秋叶两耳隐隐地有些耳鸣。

"他×的! 老子倒看看是谁,敢……"杜秋叶一把拉开门,一副怒容正对上杜军笑呵呵的脸。

"爸? 你怎么来了?"杜秋叶揉了揉眼,他想他刚才还没开始呢,总不至于是做得太多搞出了幻觉。

"咋啦,不认识啦? 还不让老子进去,老子听说你在这过着逍遥日子,当爹的来看看你。"杜军打了个哈欠,一双眼睛越过杜秋叶的肩膀,直往屋里瞅。

"让，让，那有啥不让的。这位是……"杜秋叶看了看杜军旁边的吴国忠，这他自然是认得的，而这个看起来这位年龄与自己相仿的姑娘……

"邱艳，新招的助手。"杜军应了一句，便带头冲了进去。杜秋叶感受到邱艳看向的目光，不觉紧了紧身上的毯子。

"还是个害羞的男孩哦。"邱艳挑衅地笑了笑，跟着杜军和吴国忠进了屋子。

"不是，你们……等等……"杜秋叶这才意识到城池失守，他双手拎着毛毯，一路小跑，窜回了卧室。

"你待在这儿别出去，我先把他们打发走。"杜秋叶溜进卧室，发现蒋莉已经穿戴整齐。

"他们不会杀了我吧。"蒋莉缩在床头，身子靠着墙，不住地打战。

"啥？杀了你干啥？"杜秋叶一边火急火燎地往自己身上套衣服，一边满是疑惑地问道。

"我是不是卷进什么豪门之争了，他们杀了我好灭口，让你娶一个富家闺女。"蒋莉脸色惨白，豆大的汗珠子从前额滚下来。

"你就是电视剧看多了。没事，是我爸。"杜秋叶穿戴整齐，抹了一把头发，凑到蒋莉身前，轻轻地摸了摸她的头发。

"这刚才睡觉呢，没能亲自远迎父亲和国忠叔，我得先自罚一杯。"杜秋叶装模作样地走到沙发前，深深地鞠了一躬。

"行了，别在这油嘴滑舌的，给我丢人。"杜军指了指旁边的座位，杜秋叶只得坐了过去。

屋内静了好一会儿，卧室的门才吱呀吱呀地打开，蒋莉有些胆怯地缩在门框里，目光畏怯地环视了一圈客厅。

"学妹，坐这边吧。"邱艳招呼道。

"哎，爸，你这秘书怎么占人便宜呢。"杜秋叶这可不愿意了，指着邱艳就嚷起来。

"没事的，秋叶。"蒋莉轻声说道，"两位叔叔好。"走到邱艳的身边，蒋莉不忘打个招呼，然后再坐下。

"你就是杜秋叶的姑娘？"杜军的目光如X光，一寸寸地扫描着蒋莉。

"爸，那叫女朋友，什么姑娘啊。"杜秋叶瘫在沙发上，眼睛不住地上翻。

"嗯，我是。"蒋莉低着头，声音细弱蚊蝇，脸上如卧着一轮夕阳。

"没事，没事，抬起头来说话，又没人欺负你。"杜军感觉自己的脑袋都快贴到地上了，还是没看清楚蒋莉的样子。

"没事的,杜总为人很温和的。"一旁的邱艳轻轻地拉起蒋莉的手。

"啊呀,你小子,果真眼睛没瞎。"蒋莉刚一抬起头来,杜军便从沙发上跳了起来。"你小子,对你爹还藏着掖着。"

"爸,你别激动,你先坐下。"杜秋叶怕杜军把屋顶给掀了,赶忙起身去拽杜军。

"行啊,你小子。"杜军激动地把兜里的东西全掏出来才找到自己的烟,给自己点上一支,笑着的眼睛一会儿看看这个,一会儿看看那个,他深深地把烟吸进肺里,然后心满意足地问道"你们打算什么时候结婚啊?"

这一问到蒋莉的耳朵里就变了味儿,她又把头低下去,嘴唇嚅动一番,怯怯地说道"叔叔,我没想着能和秋叶结婚。"

"啥?"杜军把烟灰一弹,杜秋叶感觉自己家的客厅正在下雪。"咋,看不上我们家?还是这孙子欺负你了?"

"爸,我是你儿子。"杜秋叶哭笑不得,他站起身温柔地搂住她。

"我……我不是那个意思。"蒋莉开始抽泣起来,她的身体微微颤动着,出口的字也断断续续地颠簸着"我只是一个普通人家的孩子,能……能在……秋叶的身边,我已经很……很开心了。我不敢……奢求……我知道……门……门当户对……"低声的啜泣冲毁了连贯的字句,这一行人的出现粉碎了蒋莉沉溺的幻想,这一段时间和杜秋叶的生活让她沉溺在饱满的甜蜜中,她一度忘了两人之间巨大的差距,以为两人就会这样自然而然地到老。这一行人的陌生,像一个巨大的巴掌,不由分说地把她的脸扇向了她最不愿意面对的问题。

"说什么呢,你。"杜秋叶抱住她,伏在她的耳边轻声说道。

"放!屁!"杜军蹭地就蹦起来,指着杜秋叶就破口大骂起来"说你×的门当户对,你这王八羔子,平时是不是有两个臭钱就不把别人放在眼里。你知不知道你少康叔……"杜军说着心里突然一沉,嘴边的话也戛然而止,原本发干的眼睛不由自主地眨了眨。

"门当户对,杜家没这个规矩!"杜军坐了下来"只要你们好,要啥都行。老子有钱,你们给老子磕个头就行……"

"军哥,现在不兴磕头了。"坐在一旁的吴国忠轻轻地拍了拍杜军,说起孙少康的事他心里也是一阵刺痛。一想起他如今仍是孤身一人,心里都像是塞了块铅。

"得,咱是不是还得去找一趟老师。"杜军在脸上抹了一把,站起身来。

"是,说是租房子这个事要和我们谈一下。"邱艳翻开记事本。

"老师打电话把你们叫来的?"正抱着蒋莉的杜秋叶抬起头来,用不敢相信的目光看着杜军。

"是啊,还不是因为你这孙子。"杜军叹了口气,"没想到,都他×的大学了,还被请家长,你这孙子也真够意思。"

杜秋叶没说话,只是前额的青筋跳了跳,手掌慢慢合拳。

"行了,别摆出那副鬼样子。"杜军摆了摆手,转过身朝门口走去,没走两步他又停了下来。"我说,姑娘,你到底想不想和杜秋叶一起过日子?"杜军似是颇为不放心,目光如炬,烧灼着轻轻啜泣的蒋莉。

"我想……"蒋莉微微抬起头,潮湿的眼睛望着杜军,"我想!"颤抖着的、发白的嘴唇剧烈地开合,翻涌的气流从喉咙的深处咆哮而出,撕裂感引发着阵痛。

"你想就行,别的事情你就不用操心了。"杜军满意地转过身去,声音随着脚步声渐渐飘远,"那,我可就把这个孙子,交给你了。"

出了门,杜军的眼泪还是忍不住地落了下来。

12.

邱艳在三日之后返回,与此同时进行的,是杜军又开始去大学蹭课。对于这件事他已然得心应手,路也熟了,手机里也存了一份邱艳的课表,每有想听的课就开着车过去。

这天,杜军和邱艳又准备去听一节"女性文学"。车一开进学校的大门,杜军就感觉有点不对劲,这校园里怎么喜气洋洋地呢?路上每个人都行色匆匆,步伐之间带着某种渴望和焦急。车子开到教学楼的门口,这不对劲就更明显了,几位大腹便便的中年男人站在教学楼的门口,教学楼门口上挂着横幅:欢迎著名企业家杜军先生与本校学生交流。

"老子什么时候说要交流了。"杜军下了车,站在教学楼门前仰起脖子,指着那横幅飞沫四溅。

"怎么没说过。上次您和王教授谈话的时候王教授不是问过您吗?他问您,有空要和同学们多多交流,您说好好好,下次再来的时候一定多交流。"一位大腹便便的中年男人走上前来,娓娓道来。

"啥?"杜军瞪圆了眼睛看着眼前这张笑呵呵的脸,"这玩意儿怎么能当真呢!"

"君子一言,驷马难追！杜先生,这边请吧。"一条红毯在眼前铺展开来,杜军往自己脚底下一瞅,这红毯铺的,正正好好,就在自个儿的脚底下。

"这是怎么回事?"邱艳这才回过神来。

"这位是杜先生的秘书吧？很荣幸杜先生能选择我校的优秀学子作为自己的秘书。是这样的……"中年男人笑得天崩地裂,满面赘肉垮塌下来。

"走走走,开车走。"杜军说着便转过身去,想逃回自己的车上。

"杜先生,言而有信。"中年男人拽住杜军,一旁的几位此时也都走了过来。

"杜总,不用走。"邱艳伏在杜军耳边轻声嘀咕了一句,转而向以中年男人为首的几位说道"请带我们去会场吧,有两个要求,我们要准备半个小时,杜总登台的时候我要在旁。这样没有问题吧?"

"这自然没有问题。"中年男人应道。

"你……这。"杜军一脸怒容转向邱艳,牙齿咬得咯咯作响。

"放心。"邱艳了拍了拍自己的胸口,那两团隆起如海浪涌动一番。"这是个机会,收买人心的机会。"

"可是我说啥啊?"杜军急得跳起来,他自然知道这是个机会,关键是他并没有抓这个机会的能力啊。

"咱们还有时间,先过去吧。"

"杜先生,咱们走吧。从这儿去大礼堂,可还有一段路。"中年男人的笑脸又凑了过来。

"好好好,走走走,麻烦你们带路。"杜军心里一肚子的不愿意,却只得笑呵呵地在那条红毯上甩起步子来。

"杜先生,我们这条红毯啊,可是精心设计的,我们熟悉您停车的位置,从您一落脚,到礼堂门口,这红毯给您一直铺过去……"中年男人絮絮叨叨地说着,杜军支支吾吾地应着,拼命地调动着可讲的东西,却发觉脑子中如同大雾弥漫,来来回回,只有一片虚无的空。

少顷,一行人便到了礼堂,大约能坐千人的会场里已满了一半,三三两两的人在寻找自己的座位。一行人快步穿过座席,到了后台。

"这么多人。"杜军嘴里嘀咕着,深秋的季节,他全身却像是淋了雨,已然湿透。

"没事的。你就想着,下面都是一群傻子。"邱艳扯来两张椅子,让杜军和自己坐下,"你的笔记都带着吗?"邱艳一边安抚着杜军紧张的情绪,一边问道。

"带着,带着。"杜军的手微微发颤,一不小心把包里的书和本全抖落在地。

"好了,你记住了啊,你就按照我给你划的内容讲,中间的串词我会给你写好。你要好好想想,把你做生意的事讲得体面点。这么说能明白吗?"邱艳在杜军的书和本之间快速地翻动着,她找来一张白纸,把重点讲述的内容的页码写在纸上,在一个个页码之间,稍加思索便写好串词。

半个小时的准备时间很快结束,杜军的情绪稳定下来,对着邱艳的那张白纸熟悉了一两遍,正在深深呼吸的时候,那中年男人便过来了。

"得得得,别说话,我这就去。"杜军一抬手,把中年男人将要出口的话塞回嘴里。

深深地吸了一口气之后,杜军揣着自己的书和本以及邱艳的那张白纸站起身来,邱艳也站起身来。"放轻松,他们就一批学生而已,说他们想听的。"杜军感受到邱艳的目光在给自己打气,便不再犹豫,迈起步子走了起来,邱艳则紧紧地跟在他的身后。

"让我们欢迎我市著名企业家杜军先生!"站在台上的主持人看到杜军已在一旁准备妥当,便卖足了嗓音,拉高了声调。

灯光聚拢在话筒之前,台下只有昏暗的微凉,杜军感受到蛰伏在黑暗中的每一个人的喘息,这些喘息此刻一一变成实质化的重量,累积着某种渴望和某种情绪。目光皆如穿心利箭,带着"嗖嗖"的凶狠,刺了过来。

"咳。"杜军站在话筒前,开场白是一声轻咳,这一声轻咳却如坠入虚空,没有回响,没有反应。

"今天很荣幸站在这里,能和祖国未来新一代的年轻人交流。"

"大家应该都知道,我杜军呢,没读过几年书,没上过几年学,甚至也不认得几个字。今天,在座的各位之中若是要听什么高谈阔论,要听什么阳春白雪,我想,你现在已经可以起身走人了。"

台下一阵哄笑,却没人起身。

"和年轻人交流,交流的是什么呢?有不少人让我讲讲怎么当企业家,我说我不知道。一开始,别人要什么,我就卖什么,人家不叫我企业家,人家叫我二道贩子。后来,我卖什么,别人都愿意来买,这会儿我的名儿就好听啦,人家就叫我企业家了。"

台下有窸窣的言语,像迅疾的传染病一样开始扩散开开来。

"有的同学可能已经领会我的意思了,这个世界,什么都缺,唯独既定的规则不缺,这个世界,又什么都多,唯独站在潮头的弄潮儿不多。在座的各位,我一直将我的成功归因为我什么都不懂。正是因为什么都不懂,我的视野更开阔,我的选择更多元,正因为我不懂,我才能撇开数据和专家的评估,做自己想做的生意。我不仅不懂,我还懒,我懒于做个每天上门推销的二道贩子,我要卖我想卖的东西,我要在一个地方卖,让买的人自己来。""大家也不要误解我的意思,虽然我不懂,但是我有懂的人才,虽然我懒,但是有许多的人在努力工作。那值钱的是什么呢,是你的眼光,以及跟随眼光而做下的决定。"

"我这么说,不是教大家如何做生意。我是告诉大家,开山要魄力,移山要毅力。无论你们是做学问,还是做生意,生活中的一点一滴都要你大胆去选,细心去做。跳出固有的思维,把规矩和法则抛开,你,或者是你的梦想,在别人眼里可能只是一块丑陋的石头,但你要用自己的耐心和恒心剥去它粗糙的表面,让人们看到它其实一块玉。"

"那是一块他×的玉。"

台下的几个老师不觉皱了皱眉,掌声先是零星地响起来,继而猛烈起来,黑压压的一片人像是卖力地互扇着耳光,响亮又清脆。

这会儿杜军完全没了刚才的紧张和局促,邱艳的那张纸在说完了开头的客套话之后就一直压在手底下,若不是一旁的邱艳的用胳膊肘捅了捅杜军,杜军几个"他×的"就要脱口而出。

"波伏娃说过。"邱艳的胳膊肘让杜军回过神来,其实他已经没啥可说的了。他清了清嗓子,翻开课本。"男人的极大幸运,在于他不论在成年还是在小时候,必须踏上一条极为艰苦的道路,不过这是一条最可靠的道路。女人的不幸则在于被几乎不可抗拒的诱惑包围着。她不被要求奋发向上,只被鼓励滑下去到达极乐。当她发觉自己被海市蜃楼愚弄时,已经为时太晚,她的力量在失败的冒险中已被耗尽。"

台下安静下来,不知道杜军谈起波伏娃是要说些什么。

"在座有很多的女同学,我想告诉你们的是:自由和幸福只存在于通向自己内心的道路上,除此之外,任何一种外在形式的富足,都只是虚张声势的手段,无关于内心的充实和真正的获得。这不仅是对在座的女同学而言,也是对在座的男同学所说的。对于我们每个人而言,生活都是一条极为艰苦的道路,它无趣、功利、市侩,但请你们爱着自己,请你们在海市蜃楼的迷惑中保持清醒,对自己有永不满足的欲望和野心,有不断地进取的恒心和毅力,让自己的内心不断丰富充实。"

"好了,现在大家有什么要问的问题吗?"杜军话音未落,老师便冲上台来,"杜军先生百忙之中来到这里,请大家珍惜这个宝贵的机会。踊跃提问。"

"我他×的还没说完呢。"杜军看着拎着话筒上来的老师,一边嘀咕着,一边用手捂住了话筒。

台下有几个人举起了手,邱艳开始挑选发言的人。这个时候她比杜军还要紧张,一开始没有想到这个环节,她有些担心地看了看杜军,杜军也没有别的办法,只能是勉强地点了点头。

"这位同学,请你发言。"邱艳下台,把话筒递了过去。是个女同学,声音清灵好听。

"杜军先生,您好。"彬彬有礼地鞠了一躬,"请允许我问个和经商相对无关的问题,您刚才也谈到女性领袖波伏娃的话,我想请问你,以您的经验,怎样挑选自己的爱人,或者说该怎样选择自己一生的伴侣。"

杜军听完,有些无奈地看了一旁的邱艳,邱艳张了张嘴,做了几个嘴型,杜军心领神会,便开了腔:"这个话题其实蛮有意思,要是说起来的话也十分有意思,很多时候,我们面临着这样的问题。其实,在这一点上,我想无论对男同学还是女同学来说是公平的。"

"很多时候,我们都觉得是女人将自己的一生托付给一个男人,所以希望他有钱,有力量,最好长相上也过得去。但同学们,我们反过来讲,一个男人又何尝不是将自己的一生托付给一个女人呢。所以这位同学,我想说的是,在你考虑怎样选择所谓的人生伴侣的时候,请你首先考虑怎样的人会选择你当人生伴侣。你是否对漫长琐碎的生活做好了准备,是否有足够的决心和他共度坎坷和低谷。"

"说到这里,我是想请你们相信爱情,也相信自己,相信一时的坎坷总会过去,相信你们的未来中有不可分割的彼此,请相信,你们能跨越不同的门第,超越迥异的阶级,请你们相信,只要不放松心底那股炽热的力量,你们就会圆满且幸福。我要说的,就是这些。"

"你从哪儿学的?"台下一片热烈的掌声中,邱艳的眼眶微微有些湿润。

"学个屁,你们不就喜欢听这个么。"杜军回身,轻轻地嘀咕着。"说得老子都渴了,什么时候结束啊。"

"不知道。"邱艳仍是用唇语和杜军沟通着,她对着一旁的中年男人招了招手,做了个喝水的动作,中年男人很快递来两瓶矿泉水。

台下的掌声渐渐平息,听众们又举起手来,这次举起的手像一片树林,邱艳看得有些眼花。

"这位同学。"邱艳选中了一个前排的男生。

"杜军先生,您好,我的问题是如何成为一个像您这样成功的人。"男生有些拘谨,声音微微有些发颤。

"在回答你这个问题之前,我想先说明一个问题,我从来没觉得自己属于成功的那类人。我最近才开始读书,读了书之后我才觉得,在座的各位,你们才是成功的人。"

"如果非要给你点建议的话,我想给你的第一条建议就是,别紧张,无论面对着谁,都别紧张,比起那些想问却没有举手的同学,你已经很勇敢了,比起那些举了手但是没被抽到的同学,你也足够幸运。当你站起来发问的时候,你就要底气十足,气势汹汹,你要责问我,凭什么我今天能站在这里,凭什么这么一个没读过什么书的人成了一个企业家。我觉得你应该再问一遍。"

台下安静下来,那男生的胸口大幅度地起伏着,呼吸声在麦克风的放大下变成"嘶嘶"的声响。

"杜军先生。"他开腔了,虽然仍有些紧张,但声音平稳了许多,"您好,我的问题是",深深的呼吸在体内积蓄着力量,"如何成为一个像您这样成功的人。"

"这会儿好多了。"杜军轻轻地鼓起掌来,"其实我已经告诉你了,首先是要敢做,单是勇敢就能会让你有所成就,其次就是当幸运来临的时候,要抛开一切不利因素,表现出自己最好的水准。"

"他就是天生的演讲家。"邱艳看这眉飞色舞的杜军,心里不禁这样想着。

掌声没有褪去方才的热情,轰轰烈烈地响着。

邱艳看了眼手表,却并没有怎样的在意时间,抬起头来说道,"感谢同学们的热情,这是最后一次提问,还有没有要提问的同学?"

几乎所有人都把手举起来了,台下的昏暗中竖着许许多多的白胳膊,邱艳踢了一脚杜军,"自己选吧。"

"那就这位同学吧。"杜军把话筒递给一位眉清目秀的女同学。

"您好,我想您能不能给我们一个字作为人生的座右铭。谢谢。"

"一个字……"杜军嘀咕起来,"如果要给出一个字当做座右铭的话,我想给各位一个静字。为什么是这个静字呢。大家可能对曾国藩有些了解,曾国藩便十分推崇这一个静字。他认为'心静则体察精,克治亦省力。'那么静到底有什么好处呢,静,能让你克服浮躁骄气,静,能专心致志,集中注意力。静,也是养生的一种方法,我们常说,静休,静养,在静中,疲乏得以得到安慰。现在大家都比较狂热,谈梦想,谈情怀,谈人生价值,谈金钱,谈性,人啊,越谈它就越躁,这一个静字,是少说多做,是不断进取,是打磨心性,从而把事情一点点做出来。"

杜军言毕,台下一片寂静,杜军把话筒一扔,人就跳下台去。邱艳无奈,只得拿起话筒:"好,谢谢同学们的到来,下面我们把话筒交给老师。"邱艳潦草地鞠了一躬,也下了台,去追杜军。

走到后台的杜军扯着自己的衬衫,领口的扣子"噗"地掉下来。他脸上亮油油的,后背也覆满了汗。邱艳从包里掏出纸巾,递给他。

台下的人们这会儿才回过神来,纷纷起立,掌声如大年三十的鞭炮,噼里啪啦地响成一片。

"他×的。"杜军喘着粗气,拿着纸巾在脸上抹着,"这一趟,差点没要了老子的命。你说,这个狗×的机会,我抓住没有。"

"各位同学,我们的交流活动现在就结束了。请大家有秩序地退场。"

"我来吧。"邱艳笑着摁住杜军的手,他的脸上沾满了纸巾的碎屑。"抓没抓住,明天看看报纸不就知道了。"她脸上挂着骄傲的笑,细致地擦着杜军的脸。她第一次感觉自己选对了老板,无论他刚才的一番话是真心实意还是纯粹的表演,邱艳感受到一种久违的契合感,这种契合感在自己的一生中唯有此刻才得到真正的满足。

两人收拾一番,待会场的人们尽数离开,才走出礼堂。脚刚一落到红毯之上,头上的头天空便是一阵巨响,杜军抬头一看,原来是放起了礼花。晴朗的天空之间,不断腾空爆裂的礼花少了夜间的妩媚和艳丽,只是浅浅地在空中放出光亮。

"这也太夸张了,还搞这个。"邱艳颇有不满地望着天空,她有些无法理解自己的学校对一个企业家这样谄媚的态度。

俩人正抬头望着天,一阵锣鼓喧鸣便向两人涌来,两人转头一看,那中年男人竟带了一支锣鼓队来。

"他×的,这是来让老子一路走好啊。"杜军暗骂了一句,侧过头去问邱艳"你跑得快吗?"

"快啊,我就体育学得好。"邱艳也有点受不了这阵仗,感觉被一种莫名其妙的热烈裹挟着。

"那就跑哇!"杜军叫道,扯开步子就跑了起来。邱艳一愣,迈开步子紧随其后。

"追!"中年男人大手一挥,整个锣鼓队咣当咣当地也跑起来。

宁静的校园里热闹起来,杜军和邱艳在前面跑着,中年男人带着锣鼓队在后面追着,队伍里不时飞出个鼓槌,不时掉下来个锣,整个队伍在混乱中奏着即兴的曲子。中年男人跑得一身大汗,从队伍的最前头慢慢落到队伍的中间,然后落到队伍的最后,正当他停下来喘两口气的时候,一个鼓槌从队伍中飞了出来,正敲在他圆圆的脑袋上。

"啊呀……给我追,把杜先生送出校门。"说完,臃肿的身躯也不经地面同意,重重地躺倒在地。奔跑的人群中掉下一个锣来,正好盖在他的脸上。中年男人一声闷哼,身子似鱼般打了个挺,便睡过去了。

两人上了车,杜军一脚油门,车子便在校园内磕绊着跑起来,车后的锣鼓队丢盔弃甲,跑在队伍最前面的那人已经脸色发白。

"邱艳,明天你过来,把礼花的钱和学校结算一下。"校门在望,杜军终于放松了些许。

"成。"

"你们学校真是太热情了。我都没见过对我这么热情的。"面前的拦车杆慢慢升起,杜军一脚油门,车子冲出了学校,杜军一扭方向盘,车子驶上主路,汇入车流。

"你……都是从哪儿学来的?"邱艳端详着杜军的脸,像是在重新认识他一样。

"书上看的,听书听的,再不济,不是还有你天天在我耳边叨叨吗?"

"什么叫叨叨啊。"邱艳颇有不满地皱起眉来。

"话说,我今天讲得还行吧?"杜军红光满面,陷在驾驶座里的身子挺了起来。

"还行,一般般吧。"邱艳撇了撇嘴,不再理会扬扬自得的杜军。

车子似是一头扎入漫长的时间里,所有的方向都失去了意义,夕阳低垂,赤炎般的晚霞烧煮大地。

"哎,秋叶,这是什么?"蒋莉翻出一个文件袋。

"貌似是前几天举报我们的那些人的资料吧。艳姐扔这儿的。"刚吃罢晚饭的杜秋叶慵懒地躺在沙发上,瞄了一眼蒋莉手里的东西,无精打采地说道。

蒋莉闻言,便打开了袋子,把其中的资料整整齐齐地倒出来,一张一张地看起来。

"看那玩意儿干吗？都是一帮暗中使坏的家伙。"杜秋叶摸来一根牙签，细致地剔着牙齿。

"看看呗，我就想知道是谁这么有工夫。"

"你过来看，还是联名举报的呢。"

"谁带的头啊？"杜秋叶稍稍坐起来身子，往邱艳这边靠过来。

"许文。"邱艳快速地翻看，很快便见了底。"这帮家伙还挺有文采的，也算是没白学一趟中文。"蒋莉看完，便扔到了杜秋叶的怀里。"你也看看吧，有助于饭后消化。"

"我们实名举报2013级的杜秋叶和邱艳同学。"这开头还煞有其事，杜秋叶坐直了身子，停下了手里剔牙的动作，一行一行地看起来。

"他们共同违反校纪，擅自搬离宿舍，外出住宿。不仅有违自己大学生的身份，更遗忘了成为国家之栋梁的责任。作为同学的我们，深深地感到有义务通过这种方式来提醒他，来劝诫他们，重新回到一个在校学生应有的生活轨道来。"这姿态拿得倒也挺高，杜秋叶两腿一盘，继续看下去。

"他们的行为不仅扰乱了正常的学校秩序，更让作为同学的我们、悉心培育他们的学校蒙羞。自古以来，德，便是行为的准则，举止的界限。我们不能容忍自己的同学耽于享乐，如此下作。希望我们的举报能让两位同学认识到自爱的意义。"下面就是一长串的名字，打头的自然是许文，后面的有认识的有不认识的。翻过签名去，除了举报的内容之外，后面还有一些个人的谩骂，杜秋叶也细细地看了起来。

"请求学校联系纪委，清查杜秋叶同学父亲的所得，一定能查出不少的问题。"

"杜秋叶同学平日里游手好闲，经常对女生吹口哨，考试中屡次有作弊行为，举止不端，请学校严肃对待。"

"真是有趣。"杜秋叶看罢，随手便塞进了垃圾桶里。

"总也想不到，他们竟至于此。"蒋莉轻轻地叹着气。

"对于人来说，想不到的事情总是很多，不是吗。"

"是啊，人呐，或许是这宇宙之间最脆弱也最恶毒的生物了。"蒋莉暗自嘀咕着，饭后的困倦加重了某种懈怠和消极的情绪，她此刻只想窝在沙发里，不想去看书。

"这句话说得倒是不错。"杜秋叶弹了弹烟灰。"正因如此，我们才要更加惜命嘛,不仅仅是狭义地活着,而是生命的质量。"杜秋叶在蒋莉的身边坐下,细细地揉着她柔顺的头发。

"嗯。"蒋莉岂能不知杜秋叶话里的意思,她收拾着这一份困倦和一份厌恶,起身,和杜秋叶轻轻地接吻,转身便进了卧室。

杜秋叶坐在沙发上,看着窗外慢慢降临的夜色,轻轻地叹了口气,他也起身,从垃圾桶里抽出那些资料,把方才用来点烟的打火机握在手里,慢腾腾地走进了卫生间。

焚烧,一股呛人的气味。杜秋叶皱着鼻子,眯着眼睛看着马桶里的黑色灰烬。

"可能又要让你们失望了吧?"杜秋叶摁下了马桶的按钮,哗啦啦的水声将灰烬和卑陋一并冲走。

13.

接到陈晨的电话,是在一个清爽的下午。

"喂?谁?"陌生的号码,杜秋叶接起来的时候手指就放在了挂断的按钮上。

"是我,陈晨,秋叶哥。最近怎么样,听说杜叔给你买……"

"啥事?"杜秋叶一记王八拳,打断了陈晨的太极拳。

"嗯……其实是有点事。"陈晨说话像是撬着自己的嘴,得运气够好才能蹦出两三个字来。

"有事就直说吧,跟我没啥好绕的。"杜秋叶翻身从床上坐起来,靠在窗户边上,点上支烟。

"哎,这不是最近喜欢上一个姑娘嘛,追了也有不少日子了。东西也送了一些……"这会儿倒是撬出个缝来。

"借钱呗?"杜秋叶嘴里哂出一声轻笑,难怪这小子这么难开口。

"秋叶哥,不是那个意思。意思是东西她是都收下了,但是一直也不答应。我也不是那个意思,不是说你收了我东西就得确定关系什么的。关键是连个回信也没有,一说起这个来吧,她就说自己是农村出来的啊,家境不如人啊思想上也比较保守之类的。我心一想,这没关系啊,其实大家城市农村不一样吗,不就人家衣服贵点化妆品多点呗,我慢慢给你弄呗。可这都弄得我有点财务危机了,还是这一套话,我就有点……"

"这么个情况啊……"杜秋叶心里大概明白是个什么事了,可是又不知道该怎么说。"那这个姑娘人怎么样,你了解吗?"杜秋叶知道这会儿不能打王八拳了,他也换上太极,慢慢推起来。

"是我们班的学习委员,上个学期年级第一呢,特别刻苦。人也挺好的,没听说有什么闲话。"陈晨不仅撬开了自己的嘴,还撬得颇有情绪,不仅语速快了起来,吐字的力度都变得重了起来。

"这样啊……那你给你静雯姐打过电话了吗?"杜秋叶嘬着已经有点烫手的烟,一边带着陈晨继续绕,一边想着那些话该怎么说。

"他说我功夫可能用错地方了,她说女孩子在这个方面可能会考虑得比较多,只是送东西的话,反而可能会让对方产生一些误解。静雯姐还说,需要感动对方,让对方感受到自己的付出,关键问题就是,我俩除了上课,基本上都见不上面,我怎么感动她啊。秋叶哥,你可得给我想想办法……"

"嗯,想办法肯定是想的,不过我觉得你静雯姐说得也在理,你有没有听过她怎么评价你,或者说对你是个什么印象?"杜秋叶感觉自己找到了一个切入点,于是便叠起双腿,在床边坐了下来。

"这个我听他说起过,貌似是说我也是个比较善良的人啊,挺优秀的之类的。"电话另一头的陈晨一阵脸红。

"这样,我倒觉得你不妨先把这件事放一放,或者听你静雯姐说的,换一种方式。"

"这样比较好吗?"陈晨嘀咕着,"不是说趁热打铁、狂追猛打比较管用吗?"

"追姑娘这事情,哪有什么比较管用。兵书也不能死读啊,对吧。我让你放一放,第一,是给你俩一个喘息的机会,无论是对你,还是对她,这一段时间的事情可能太过集中了,内容上接受了,但是在情绪上和心理上可能还没有完全消化。第二呢,我觉得你也要考察一下对方究竟是个怎么样的人,其实无论贫穷还是富有,城市还是农村,总有那么一些人心思不像我们这样直接。如你所说,一个农村姑娘,她在城市里或许有许多渴望,我这么说可能不那么好听,但就是想提醒你,别让自己成为别人实现渴望的工具,相爱的人,要的是互相实现。第三呢,放下来一段时间,或者是换一种方式,比如聊聊诗歌,聊聊电影啊,其实是让你稍稍冷却下来,情感上的冲动我们时常都有,别说你了,就是我出门走一圈,我还觉得我要和路上的许多人过上它一辈子,这个时候你需要冷却下来,静静地考验自己这份情感的韧性,有的只是生理性地短暂唤起,有的却是情感上的长久相依。这不一样的。"总算把要说的话说得差不多了,杜秋叶轻松地倒在了床上。

"嗯,我好像有点懂了,秋叶哥。"陈晨不住点着头,耳朵在手机上蹭来蹭去。

"其实最好的方式吧,就是不用追。一个追字,两个人在情感上就有了一个太明显的高低之别。说实话,我是不太理解追一个人这种行为的。为什么要互相追逐呢?被追的人饰演骄傲、任性、放肆的角色,而追的人独自演着一出出深情的悲剧。如有相互欣赏,不如尽快站在彼此的身边,我不理解,人们是如何忍受住这种迫不及待的心情。我这么对你说,是想提醒你,不要对追逐游戏过分着迷,过分沉陷,无论你是哪一方。不要让别人为你付出的情感成为你虚荣的一部分,也不要独自撕心裂肺地去演一个深情者的悲剧。总的来说,就是不要赊欠别人的好意,不要枉费自己的深情。"

"好,我知道了,秋叶哥。"陈晨的声音这会儿听起来坚实了一些,毕竟刚刚步入大学,因为这类事情迷惘一下未尝不可。

"得,那没别的事,我就挂了。"杜秋叶说道。

两人互相告别,电话里总算是响起了忙音。刚一挂断电话,蛰伏在门外的蒋莉便冲了进来,"秋叶,你刚才说什么呢?"

"教孩子谈恋爱呗。现在的孩子,啧啧。"杜秋叶在床上慢慢地翻滚着,这种慵懒的运动让他能够充分感受床垫的柔软。

"我说的不是这个,我问的是,你出门走一圈,你怎么着?"蒋莉骑在杜秋叶的身上,摁住慢慢翻滚的杜秋叶,手掐上他的后背,指甲一点点嵌入肌肤。

"别别别。我这不是为了给他讲道理嘛。"杜秋叶的身体扭动着,冷汗已经从皮下冒了出来。

"那你也给我讲讲呗。"蒋莉最喜爱这样的杜秋叶,像个满身稚嫩的孩子。

"好好好,我讲,我讲。"杜秋叶赶紧将自己的双手举过头顶。

"给你一个机会,讲吧。"蒋莉在床上盘腿坐了下来,微微笑着的眼睛看着杜秋叶。

"我当然是想和你一辈子了。"身上没了蒋莉,杜秋叶一下子便翻身起来,扑到了毫无防备的蒋莉。

"切忌不可大意哦。"杜秋叶转守为攻,骑在蒋莉的身上得意地说道。

"趁人不备。"蒋莉抗拒着杜秋叶猛烈的进攻。

"今天我就教你这兵法的第一章,兵不厌诈。"杜秋叶灿烂地笑着,俯下身去,轻轻地吻着蒋莉。隔着衣服的摸索逐渐深入。

接过陈晨的电话,吴静雯也陷入了苦恼之中,父亲似乎对这档子事显得尤为急迫,可生活中又确实没有遇见合心意的人。偶尔也会考虑和杜秋叶的可能性，但转念一想便又作罢，那个纨绔子弟啊，吴静雯一想起来杜秋叶说的那些话就感到羞耻。他们毕竟都长大了，不似少年时候有着澄澈透明的心。身边这些年纪相仿的人有什么不同呢，玩世不恭，消极避世，偶尔执笔著文，字里行间也仅是浅薄、虚妄，段句之间郁结着愤懑之气。自视甚高，成就了狂妄的心性，自诩才华，却没有心力写出怎样的作品。她的追求者不多，但却并非没有，她正为此苦恼着。

吃罢晚饭，吴静雯的神经便陷入一种持续的紧张之中，她细细地回想着往日的点滴，拒绝的态度很鲜明，送来的礼物一一做了还礼，也没有什么暧昧的态度，为什么对方就不知道知难而退呢。她深知当下流行的那些叫卖文章，它们细致地教姑娘们如何去享受生活，如何理所应当让男人们为自己付账，如何进入一种小公主的角色。她回想自己做过的每一件事，并不认为自己受到这些东西的影响，但她总要面对繁多的刁难，那些追逐者时有抱怨"不就是喜欢被人追吗，装什么清高啊，拿那么高的姿态……"吴静雯时常感到杜秋叶的愤怒不无道理，这个世界似乎就是这样蛮不讲理，一个人只要不愿循着平常的路子走下去，就是拿姿态，端架子，只要不愿和自己眼中的粗鄙和丑陋接吻，便是不率真。

脑中的繁杂正缠斗着，电话便响了起来，吴静雯一看号码，再熟悉不过。

"同学，请您不要再打过来了，好吗？"吴静雯先发制人。

"静雯，我最近刚写了一首诗，念给你听好吗。"话筒里的声音不屈不挠，酝酿已满的感情此刻正在外溢。

"如果是交流写作方面的心得体会，你可以发到我的邮箱里，我读完之后第一时间会给你回邮件。如果你是要表达什么情感的话，我希望我此时挂掉电话不会让你恼怒或者是沮丧。你我之间的态度，我想我已对你表明过了。我珍惜这样一份友情，不希望它在纠缠中变成你我之间的厌恶。"吴静雯的话如同细密的针脚，不给对方插一个字的机会，说完便准备挂掉电话。

"那好吧，我没有别的事了，晚上冷，注意保暖。再见，晚上好梦。"话筒里的话哗啦哗啦地抖出来，大概是怕吴静雯动作太快。

"谢谢，愿你也好梦。"吴静雯挂了电话，深深地吸了口气。研究生的两人间，总让她在这样的时候感到彻底的空。她起身，在书架上找出本书来，《日常生活中的自我呈现》，文学专业的学习让她对文学书已然有些审美疲劳，书架上书显得驳杂混乱，心理学，社会学，史学，形形色色，这些书，对学习文学也大有裨益。

泡好一杯菊花茶，摊开书页，无处搁置的时间才有了片刻的安稳，这就是书的宽容。可吴静雯虽然一页页地翻着书,但心思却仍不知疲倦地纠缠着,一个又一个的问题,一种又一种论辩的腔调,像是左右互搏,却总也搏不出个输赢来。

想要把这样的苦恼弃置,却又始终阴魂不散,只能任由它不断地繁衍,任由它不断地生长,任由它不断地膨胀。所有纠缠的最后,都指向那个吴静雯不愿去思考的问题:我和杜秋叶之间,存在着那种可能吗?

这天饭后,办公楼里起了一阵小小的骚乱,是方琪杀了过来。算起来,杜军已经有一个多月没回过家了。

方琪本来就对公司里的这些事务不感兴趣,人人见了都觉得她面生,所以她点名道姓地找杜军的时候,大家一时都没了主意。保安不放行,众人议论纷纷,好歹是吴国忠上去一声"嫂子"让大家平息了下来

"他在公司里吗?"方琪跟在吴国忠后面在楼梯上走着,问道。

"在的,军哥最近一直在办公室。"吴国忠拿捏着措辞,不想让方琪有什么误解。

"他最近在干吗,你直接告诉我吧,告诉我,我就回去了。"方琪脸上已经有了哭相,那些和自己年龄相仿的女人们最爱咀嚼这些破事,挣了钱了啊,家也不愿意回了,外面又有了个新家,可能都儿女双全了。说这话的时候,那一点点的严肃和认真都揉在幸灾乐祸里。

"嫂子,你可别这样。军哥最近在干什么,我说了你也不会信,你得自己去看,但没看到之前,还是不要多想。"吴国忠一级级上着楼梯,安抚着方琪的情绪。他自然理解方琪心中的想法,只不过事实和她所想的实在差异太大。

"到了,军哥就在里面。最好小声点,军哥最近在办公室脾气比较大。"吴国忠悄声说道,说完之后便往后退了两步,示意自己不便同入。

方琪刚一推门,杜军就叫了起来:"他×的,不是说了,这个时候别来吗?"吴国忠闻言只得无奈地撇了撇嘴。

"是我。"方琪推门而入,一进门,她整个人便僵住不动,这个阔大的办公室如同遭受过炮击,什么东西都是乱的,书在地上这儿一本,那儿一本,地上有刚吃完的方便面和咸鸭蛋,鼻子一嗅,还有屎尿味弥漫着,目光一转,竟然是个便盆。

"你啊?你怎么来了?"杜军把目光从书页里拔出来。

"你有一个月没回家了。"方琪站在办公室的门口,似乎无意更进一步。

"一个月了吗?我在这儿看书呢。"杜军伸手去翻桌上的台历。

"你是看了一个月的书,还是就今天看书,我不关心,我就是来提醒你一下,

你还有家。"方琪喉咙上下滚动一番,继续说道:"可能你有了别的家,原来的家就不愿意回了。"

"放他×的……"杜军一拍桌子就站了起来,手指着方琪说不出话来。

"你有多久没洗澡了。"方琪感到眼前一阵刺眼的光亮,愣了片刻才反应过来是杜军的脸在反光。

"怎么不洗澡了,我天天去大学澡堂洗澡,和人家大学生一起洗澡!"杜军收拾桌上的东西,拎起了便盆。

"这个都是一天一清理的。"杜军走到方琪的身前,面上不无骄傲地说道。

"得,那我先走了。你有空就回家吧。"方琪捂着自己的鼻子,退出了杜军的办公室。

出了办公室,才发现吴国忠仍在门外,没有任何离开的意思。

"嫂子,我说你是想多了吧?"吴国忠看到方琪面色尚好,便轻快地问道

"你还在这儿啊,哎。"方琪皱了皱眉头,鼻子也紧了紧,"就不能找个人给他打扫卫生吗?"

"这你就不知道了,军哥的办公室,现在只有我们几个能进,不让外人进的。"

"这样啊,那我先回去了,你也早点回去吧。"方琪说着便作势要走。

"嗯,好,我待会儿就把军哥送回家。"

"嗯。"方琪应了一声,便踩着轻盈的脚步声走了。片刻之后,杜军也从办公室里出来了。

"哎呀,国忠啊,今天你得送我回家。"杜军手里拎着便盆,浓烈的味道在走廊里迅猛地扩散着。

"好,不过,咱是不是先把这个给倒了。"吴国忠伸手去接杜军手上的便盆。

"你先下去开车吧,这玩意儿我自己来。"杜军一缩手,自己拎着便盆在走廊里甩开了步子,吴国忠无奈地一笑,只好下楼开车去。

"家里没我又不会怎么着,非得叫我回家干吗呢?"车子出了停车场,融进壮丽暮色的结尾,杜军仰面半躺在座位上,嘴里细碎地念叨着。

"军哥,怎么能这么说呢,好歹是自己家嘛。你是一家之主,经常不在家难免招来些风言风语。"

"妇人之见!"杜军重重地喷着气,"我可是在看书学习,到了这个年纪,不知道还有几年能这样看看书。"

"书是看不完的,但家就一个,家人也就几个啊,军哥。"暮光的余焰涂抹着吴

国忠的脸,岁月的痕迹让他看起来温柔深情。早年生活的恩赐,山村和县城虽然已在生活中远去,但那时酝酿的情感却始终封存在心,让他一直用天然的朴素去面对着世间的种种。

两个人似乎在同一时刻陷入深不见底的思忖,只有窗外的空气止不住喧嚣,呼呼作响。

回到家不消片刻,孙少康一众就上门来了。

"军儿哥。"听到这一声,杜军就知道邱艳也在。邱艳最近和孙少康、陈嘉伟一起忙着书店装修的事儿,一来二去也改口叫军哥了,她又觉得这么叫太僵硬,便每次都掺了个"儿"进去。

"啥事啊?"杜军刚洗了个澡,手里捧着一壶热茶,给三人开了门。

"是这样,书店内基本的改建工作已经快要完工了,我们过来是想问问对内部的设计上,军哥有没有什么要求?"四人在客厅落座,陈嘉伟先开了腔。

"书店内部有啥要求,你问我这个问题不是寒碜我吗?"杜军瞪了陈嘉伟一眼,把嘴凑到茶嘴边上,拎起茶壶,咕嘟咕嘟地喝了口茶。

"我们的意思不是专业性的具体设计,是某些标志物或者特色上,有没有什么要表达的?"陈嘉伟想了想,换了一种方式问道。

"名字你们怎么起的?"杜军问道。

"目前的打算是……挽风书屋。你看可以吗?"邱艳说道。

"挽风,挽风,我觉得还是不如李老头好听。"杜军的两条眉毛缠在一起,目光扫射着三人。

"为了突出集团的话,李老头也不是不可以。"杜军这么一说,陈嘉伟和孙少康便知道这事无须再商量。只有邱艳想说什么,看着陈嘉伟和孙少康的样子便只张了张嘴,已到嘴边的话只得循着来路又回去。

"那就先叫这个名字吧,设计的事交给你们了。"杜军拎起茶壶,对上茶嘴,又是一阵咕嘟咕嘟。

"对了,军哥,最近我们在大学附近的商铺盈利有明显提升,我觉得我们是不是再扩张一下?"孙少康说道。

"扩张的话,赚钱吗?"杜军的目光转移道孙少康的身上。

"现在的盈利状况虽然喜人,应该是受到军哥演讲的影响,是一个爆发式的增长,这一段时间之后应该会有一个明显的下降,恢复常态,但……"孙少康翻看着手中的资料一字一字地说着,毕竟算起来,这还是他第一次正式和杜军谈工作上的事,"目前的预估是恢复正常之后,盈利能力也高过往期,所以肯定是赚钱的。"孙少康说完,目光试探地刺向一言不发的杜军。

"我在想一个问题。"杜军过了半晌,才缓缓说道。

孙少康竖直了耳朵,等着杜军的下文。

"赚钱的事,为啥不干?"杜军看着严阵以待的三人,实在憋不住自己的笑,便率先笑了起来。三人的神经随之一松,也随之笑了起来。

"少康,平时别这么严肃。"杜军看到孙少康只是嘴角皱了皱。

"少康平时工作就是这个样子。"陈嘉伟拍了拍孙少康的肩膀,他也希望孙少康能多笑笑。

"我只是习惯了,在那边工作的时候……"被两人这么一说,孙少康倒有些不好意思起来。

"对了,你们俩先过去一下,我有点事要和少康单独聊聊。"杜军站起身来,"走,我们去阳台上说。"

"什么事儿,俩大男人,还这么神神秘秘的。"邱艳不满地嘀咕着,被陈嘉伟拽到了餐厅去。

"什么事啊,军哥?"孙少康问着,有点不知所措地站在杜军的身边。

"你先坐下,别这么收着,累不累啊你?"杜军招了招手,孙少康在杜军的对面坐了下俩。

"你今年四十几了?"杜军跷起腿,斜曳着眼睛,问道。

"四十三。"孙少康掐着算了算,应道,他心里大概有个数了,只是没想到杜军会在这种事上催自己。

"也不小了。"杜军扭着自己的手指头,"这样吧,我给你做个媒,你看怎么样?"嘴边泛起笑纹,年老松弛的皮肤一圈圈散开来。

"军哥,这事可不能乱说啊,一是我年纪也大了,二是我不能……"孙少康一下子绷直了身子,算命先生的话在耳边如重重叠叠的回音涌来,他本来以为杜军只是催促一下自己,没想到杜军人都给自己物色好了。

"人你绝对满意,人家对你也很满意。我都打听好了。"杜军的表情潜入晦暗之中,只有手中烟的那点红光忽明忽暗,孙少康听到杜军这么说本能地看了一眼客厅里的邱艳,单是这一眼,就全都暴露出来了。

"邱艳,不错吧?"杜军兴奋的脸上泛光,他可绝对想不到孙少康拒绝的理由。

然而对面的孙少康却只是瞪大眼睛看了杜军一眼,便垂下了头,轻轻地叹着气。

"你这是咋了,不会是害怕一小姑娘吧。"杜军脸上的兴奋还未完全展开,便潦草收兵。

孙少康仍旧只是垂着头,轻轻地叹气。

"还是你看不上人家?好歹人家也是个大学生,我知道你也有文化,但是……"说到这儿,杜军停了下来,"大学"两个字勾起了杜军的回忆,杜军转念一想,不对啊,这事应该也只有吴国忠知道。

"还是你嫌弃那姑娘有什么不干净的?"杜军绕了绕,"我可就得说你啊,你们总说思想要开放,眼界要放宽,现在谁还在乎不在乎是不是那个啊。你的思想传统一点倒是可以,但也不能太老套了。"杜军一边说着,一边仔细地回想着,那会儿和邱艳做的时候,没出血吧。没啊!又确认了一遍,是没有。这一趟确认让他完全没了负罪感。

"不是你说的这样,军哥。"孙少康不忍杜军再说下去,他眼中已满含泪水,被淋湿的面容变成一片沼泽,有多少次,孙少康想要迈出的那一步,都陷在这些脆弱又柔软的情感里。他不愿再为了那一点点未得到满足的幸福和渴求而将另一个人带入某种悲惨,即便是有这种可能性他也不愿意。长久的单身生活,他无时无刻不在怀疑着自己,是否还能够像个正常人一样,和另一个原本陌生的生命共同生活。年轻的时候,总是有这样热烈的幻想,这么多年过去了,心里却只有恐惧和怀疑。他想象不出每一对夫妻是怎样的,想象不出两个人如何面对随时可能出现的争执和矛盾。他对目前的生活充满着不愿改变的惰性,即便有一种残缺切实地存在着,但已然习惯了,习惯了想在哪儿过夜就在哪儿过夜的生活,习惯了只用准备一个人的饭菜,习惯了无须牵挂他人的轻松。

宁静的空气里,孙少康的话发酵着悲伤,呛着自己的喉咙,也呛着杜军的心。杜军一字一句地听着,他从未想到,孙少康的心底竟埋藏着这样的事,一桩桩,一件件,太多了,也太深了。

"不过。"杜军舔着嘴唇,鼻中灌满了酸涩,"怎么着也不能就这样放弃了吧,明明可能会有更好的人生,总不能被算命先生的一句话就完全……"崩溃的防线,倒塌的堤坝,眼泪开始坠落,绷不住的脸开始塌陷。

"并不是因为算命先生,而是一个很简单的道理。军哥,你应该听过这个故事:带着一个好碗去买碗,依靠轻轻对碰发出的声音来判断要买的碗的好坏,每次碰出来的声音都说明别的碗不好,其实从未考虑自己手中的碗是坏的。"孙少康稍稍收住自己的情绪,挤出来的一丝笑意在泪水漫溢的脸上飘摇着。

"其实这样过一生也挺好的。说起邱艳,其实我还对不起她,那天我们在办公室……"

"别说了,其实我早就知道了。"杜军打断了孙少康的话。

"那为什么……"孙少康有些惊讶地看杜军。

"怎么说呢……"杜军当然不可能因为这样的事情斥责两人,他只希望,这个已然孤独了半生的孙少康,能有一份陪伴,这也并不是多么奢侈的事啊。

"你们两个大男人聊什么呢?"脚步声从餐厅的方向响了起来,陈嘉伟终于摁不住充满好奇心的邱艳,被她挣脱。

"没什么,聊聊过去的事,人老了,就是比较喜欢怀旧。"杜军应着,两个人快速地站起身来,一番收拾之后脸上便只留着浅淡的痕迹,世故长久的浸泡早已让他们学会了变脸的戏法,两个人勾肩搭背,笑呵呵地从阳台走了出来。

"过去的事有什么好聊的。"邱艳撇了一句,随意地在沙发上一坐。

陈嘉伟此时也走了过来,他看了看杜军和孙少康,有些怀疑地看了邱艳一眼,邱艳迎上陈嘉伟的目光,轻轻地点了点头。

"军哥,应该也没有别的事情了,没事的话,我们就先回去了。"孙少康从杜军的身边走到邱艳和陈嘉伟那边。他说着还看了看邱艳和陈嘉伟,两人也确实没有别的事要说,邱艳也从沙发上站起身来,走到杜军面前"对了,这个给你。"一个黑色的包裹,拿在手里还颇有分量。

"嗯,回去好好休息吧。我就不送你们了。"杜军把包裹扔在沙发上,挥了挥手,三人便不再停留。

虽然已是深秋,孙少康还是在书店里住着,陈嘉伟和邱艳拗不过他,只得把车子在书店门口停了下来。

"别冻着啊。这天儿可不暖和了。"陈嘉伟摇下车窗,说道。

"知道了,你们快走吧。时候也不早了。"孙少康招了招手,留给陈嘉伟和邱艳的便只是一个背影。

车子掉头,往邱艳的学校开去。

"伟哥,你说那俩人在阳台上说些什么呢?"邱艳对这件事有着持久的好奇。

"我怎么知道啊。"陈嘉伟开着车,听到邱艳的问题颇为无奈地应道,"人啊,还是需要一些秘密的。"陈嘉伟其实也好奇这两人之间有什么话要避开自己说,只不过他已经习惯控制那份天生的好奇。

"我看他们俩情绪上有点不对啊,你和他们一起长大的,你肯定知道,就是不想告诉我罢了。"邱艳耍起性子,别过头去看着窗外,作出一副不再理会陈嘉伟的样子。

"你啊……"陈嘉伟拿邱艳没一点儿办法,只得苦笑着摇了摇头,李老头的那张面容在眼前若有若无地闪现着。

尚未修缮完成的书店,似乎每一面墙都在透风。孙少康转了一会儿,便钻进那个属于自己的角落里。这是个杂物间,其中放着刚买来的一些书,孙少康的一套被褥,以及一盏台灯。孙少康迷恋这种人造的孤独,偌大的空间里安静无声,却又灌满了风,风里夹杂着城市的琐碎。坐下来,眼前空无一物,却又热闹非凡。他今天无意继续看书了,便没有打开台灯,他敞开杂物间的门,坐在门口静静地抽起烟来。

算命先生的话总在这样的时候从四面八方袭来,孙少康是求援不得的孤城,只能一支一支地抽着烟,把杜军的话一字一句地在脑中榨出汁液。

今年四十几了来着,孙少康此时发觉自己竟然真的算不清楚。然而无论第二位的数字是几,家庭这两个字都已是可望而不可即的幻梦。他起身,从一堆杂物中翻出一瓶前些日子没喝完的二锅头,这是那些装修工人剩下的。现在,连他们都不在,入口的酒多了几分酸意。

到底怎样的人生才能让人在离开的时候满足地笑着呢。杜军想着那些装修工人,年纪也都不小了,拖家带口的,在这个城市里穿着五彩斑斓的衣服,做着劳累的工作,领着微薄的工钱。自己上学的时候,一遍遍发誓不要这样的人生,可是,孙少康却羡慕他们。从他们夫妻之间看起来互相厌恶嫌弃的表象里,他看到那些脏兮兮的面容上有着熠熠闪光的眼睛,虽然他们不能教自己的孩子功课,更说不上来什么英文,却愿意买最便宜的烟,给孩子添几支好用点的笔。他曾鄙弃这样狼狈,甚至是寒碜的生活,但是他们每个人却都明晃晃地笑着,笑得那么真实,笑得那么纯粹,笑得脸上的污迹都缠在了一起。是啊,他们的孩子大多数不会成才,不会说一口流利的英语,不会有琴棋书画这样的爱好,不会有昂贵的衣帽鞋袜,不会有一家出去旅游的难忘经历,他们最有可能的未来就是继承父辈那个受尽了鄙弃的"民工"的身份,把日子循环着过下去。有些时候,孙少康不能理解他们的笑,他们一无所有,他们从未去认识和欣赏这个更广阔的世界,他们看着网络上的低俗视频哈哈大笑,然而他们却拥有着二十年前自己也曾拥有那种快乐,纯粹得没有任何的杂质。觉得他们可怜或可悲的想法或许只是自己被读书污染过的错觉,只是自己一厢情愿愿意去相信的事实。

孙少康羡慕他们,也羡慕杜军,羡慕吴国忠,他们都没读过书,为什么都能有这样一份让自己开心的生活。他拧开酒瓶,慢慢地喝了一口,酒精的热辣侵略着口腔、喉咙,长驱直入。

刘英,刘秋婷,徐佳宇,每一个人的过往都是一张大网,人们只有短暂忘却的时候,却不曾有片刻彻底逃离的机会。破旧的工厂,那个爱笑的姑娘,那两位老人刻薄的脸,如果自己再多忍耐片刻,如果自己那时再多争取一点,如果自己高考的时候运气再好一些,人的一生有那样多的如果,但此时只有未完成的遗憾和长长的伤疤。徐佳宇呢,如果不是自己后来的再次上门,或许从那之后她就不会再帮助赌徒,也不会就那样悲惨地丢了性命。他喝着酒,在那些日子里慢慢深入,无法改变的事实,填补不了的遗憾,像是被烟烫了一个又一个的破洞,孙少康在这些破洞里乞求着一份原谅,乞求着一种让他能够赎罪的惩罚。

14.

十二月二十一,冬至,书店正式开业。

杜军一行人悉数到场,借着杜军上次去学校演讲的关系,这次请来了中文系的一个教授来谈读书。到场的人出乎意料得多,邱艳都不住感慨,从来没觉得这个时代的人这么爱看书。

几个人在书店的一边儿闲聊,等到教授讲完,听众们便四散开来。不一会儿,书店里便充满了手机相机啪啪的拍照声,成群结队来的照合影,成对来的两个人换着拍,独自来的便手里捧本书自拍。一时之间,书店里摆满了各种各样的姿势,成了20世纪六七十年代至当下照相姿势的展览。书没卖几本,咖啡倒是卖得火热,几个头发油光锃亮的年轻人端坐在桌前,手边一杯咖啡,面前摊开一本书,不停地拍着。孩子们纷纷牵着爸妈的手跑向一旁的活动专区,陶艺,手工,剪纸等玩意儿应有尽有,一众父母禁不住孩子们的哭爹喊娘,纷纷掏钱,孩子们这才安静下来。

"少康,这没什么人买书啊。"杜军瞅了瞅,只有几个衣着简单的学生和驼着背的老人买了几本书。

"军哥,咱不是说了嘛,咱们不靠书挣钱,书只是用来装点的工具。"孙少康应道,店内的情况再正常不过,图书产业早晚会变成夕阳产业,但是图书产业的文化附加值却无比巨大。

"装点?"杜军有些疑惑地看着孙少康,继而转向其余几人。

"书是最好的装点工具,人们会用书来装点自己的书架,在当代社会,人们不会随便请人到自己家去,那么,人们会用什么来装点呢?"

"自己在社交软件上的形象。"邱艳不等杜军说话,便把话茬接了过来。

"对了。"孙少康一拍大腿,"现代的阅读趋势倾向于快速、便捷、实用,大部分人在用手机阅读,传统的阅读方式已经式微,但是任谁也不会承认自己不读书,人们需要一个形象。他们有这样的需要,我们就给他们这样的场所,所以书店在灯光、墙壁、书架以及各个区域的摆放上,和别的书店有很大的不同。"

"文艺气息。"邱艳又接过话来。

"又对了,人们需要这样一种环境和氛围,通过人们在社交软件上的传递,让这里贴上一个文艺、小资的标签,这样即便书不卖钱,我们还能通过别的方式盈利。"孙少康满意地看着四周。

"意思就是大家都不看书,完了还全都到书店里?"杜军被绕得云里雾里,"这不是当了婊子还立牌坊吗?"杜军稍稍压了压声音,毕竟是在自家的书店里。

"不能这么说,军哥。"孙少康调整了一下坐姿,"上面说的是咱们的一种策略,它能吸引人们来这里。至于来的人是真的来好好看几本书,还是来走马观花,体验一下小资和文艺的情调,那个就不归我们管了。关键的是,我们给这两种人,都提供了场所。当然,以文化、文艺为核心内容,装修和情调都只是面子,里子我们也会慢慢充实起来。"孙少康说道。

"里子具体怎么做?"或许是最近看了不少书,杜军对这个书店颇有兴趣,饶有兴致地继续问下去。

"我已经联系了我们学校的一些教授,他们都有意在这里开办面向社会的讲座,等到正常运营后,我们的目标是每周要有一位艺术家或者学者来这里开办讲座。一楼设置了两个电影放映厅,专门用来放映院线不放映的文艺类电影和纪录片,同时也接受社会上的点映。酒吧不大,我们会招收一些比较有特色的驻唱歌手,目标同样是每周能吸引一些乐队或者歌手来演唱。"邱艳连贯地把整个想法说了出来,她昂首挺胸,一副些邀功请赏的意思。

"你俩这一唱一和的,有意思啊。"杜军点了点头,转过有看向陈嘉伟:"嘉伟,这我就要说你了,你主持的项目,全程一句话都插不进来啊。"

"这可得怪军哥,都怪你派给我的这两个副将啊,太厉害了。"陈嘉伟挠着头笑了起来。

"做得不错,我杜军,赚钱赚了二十年,可从没想到有人来我这买书唱歌看电影,你们啊,有功。"杜军环顾四周,人来人往,一派热闹景象,虽然干什么的都有,但是互不干扰,大家各得其乐。

"对了,做这些,咱们应该是没有比较专业的人才,这个招人的问题……"杜军想了一圈,还漏了个问题。

"我们最近在和市里几所大学洽谈,先去开几场宣讲会,最好是能和学校建立长期的合作关系,不过,就目前的话,还是先招一批应届的毕业生来实习吧。这是个比较关键的事,如果能对接上附近这几所学校的优秀毕业生,我们的人才队伍建设会省下很多的力气。"陈嘉伟说道。

"有你们这帮人,老子就应该回家睡大觉去了。"杜军摇了摇手,"老子就会挑大粪,捡垃圾,买房子,最后还得靠你们这帮文绉绉的读书人。"

"军哥,其实这些都是邱艳的点子,我俩毕竟离开学校一段时间了,想得慢,路子也老套了。"孙少康和陈嘉伟对视一笑,邱艳有些不好意思,但还是面露渴望地看着杜军。孙少康和陈嘉伟看着杜军慢慢平静下来的面色,也不笑了。

"实习的日子早该到了,对吧?"杜军伸出指头在桌子上划拉着,问道。

"到了。"邱艳点了点头。

"事儿也忙完了,那就去人事那边结工资吧,超出合同上时间的也算上。"杜军掏出烟,刚想点上,又塞了回去。

"军哥,不是,杜总,我想……我想留下来,什么职位我都能接受。"邱艳的眼一下就湿了,身子微微发颤地前倾着。

"他×的,说不给你活干了吗?去他×的把实习的工资结了,然后签个正式的合同。"杜军说着扫了一圈面前几人的脸,刚才还面如死灰,闻言便都乐了起来,"你们这点小心思。"杜军闷哼一声,嘀咕着。

"军哥,你要给我个什么职位啊?"邱艳身子也不颤了,眼睛也干了,一脸的贪得无厌填在杜军的眼里。

"你就和孙少康一起负责这里吧。饿了,出去吃饭吧。"杜军起身,他的烟瘾犯了,迫切地想要出去抽一支。

"这个书店,还有一楼,都给我和少……康哥了?"邱艳有点不敢相信,一下子从凳子上蹦了起来,就差把头捅进天花板里了。

"不给你俩给谁,老子可没空天天过来卖书。"杜军打了个哈欠,朝门外走去。

孙少康急了,他一下子跳到杜军的面前,"军哥,我刚来,这是不是不太……"他不是不相信自己的能力,只是才进入公司,而这个新地方必定是日后开发的重中之重。

"行啦,二十年前那个啥都敢干的小伙子哪去了?少康,回家啦,别太拘束自己了。"杜军说着,赶紧把烟掏了出来,一出了门,就迫不及待地给自己点上。

"禁止抽烟!这里是我负责的!"邱艳的声音杀了过来,吓得杜军手一抖,火机差点脱手。

"我他×的才是老板。"杜军回头叫起来,不过还是把烟从嘴上摘了下来,重新塞回烟盒里。

"你是老板,但是这里得听我的。"邱艳双手叉腰,圆睁着两只眼睛,摆出一副绝不认输的样子。

"得,你俩也别太高兴,这里要是赔了,赔多少钱你俩就赔给我多少。"杜军看着身后哄笑的众人,只有孙少康苦着张脸,也不再和邱艳闹下去。"快点走,老子饿死了。"吴国忠闻言,一路小跑下楼去,先去发动好车子。

"嘉伟,日后你得常来,我们少不了你的帮忙。"孙少康拽住陈嘉伟,说道。

"好啊。"陈嘉伟笑起来的眼睛像是弯弯的月牙。

车子吞下一行人的身影,在一片萧瑟中行驶着,初冬的味道,从皮肤渗入味蕾,有一些若有若无的苦。

冬至这天,杜秋叶和蒋莉在家买好了肉馅,和好了面,包了一顿韭菜馅的饺子。窗外寒意飘浮,屋内却是温暖如春,两个人在屋内品尝着甜蜜的温馨,同一屋檐下的日子虽然平淡,却一点点打磨着两个人的脾性。契合,生活的每一个细节都落在彼此的手心里,有互相的责怪,有面红耳赤的争吵,但这些都只是两人在爱河之中游向对方的浪花。杜秋叶感受到另一种生活,这超脱了肉身的契合,切实地把快乐和幸福灌进了自己的生命。

"洗碗吧,秋叶。"饱餐之后的蒋莉变得慵懒可爱,趴在杜秋叶的怀里撒娇着。

"行啊,你睡个午觉吧,下午还要继续学习呢。"轻轻地刮了一下蒋莉的鼻子,杜秋叶的目光恋恋不舍地抚摸着蒋莉温婉秀丽的脸。

"你那个家伙又不老实。"蒋莉轻声笑着,佯嗔道。

"将在外,君命有所不受嘛。"杜秋叶也感受到下身持续酝酿的力量,"它也被你迷倒了。"手掌感受着年轻肌肤特有的细腻。

"流氓!"蒋莉倏地坐了起来,"我还要看书呢。"说着便站起身来,进了卧室。

"要我洗碗,连点奖励都不给吗?"杜秋叶看着一桌的盘子,叫了起来。

"本来就是你应该做的。"蒋莉的声音从门内传来。

"压迫啊,剥削啊,可怜我们人民的子弟兵,祖国的新一代。"杜秋叶嘴里念念有词,一脸不情愿地收拾起桌上的碗筷。

拧开水龙头,初冬的水早已不是秋日那时的温凉,多了几分寒意,一直没修的热水器在越来越低的气温下显出自己重要的地位。杜秋叶不喜欢在这样的水温中洗碗,和蒋莉的生活就像是一个温暖的气泡,让他忘却屋外还有着一个真实的世界,而每当这冰凉的水冲刷自己的手掌,神经就像是陡然惊醒,这个斑斓美丽却又脆弱的气泡便会破碎。杜秋叶把目光从沾满油污的窗户探出去,才会想起窗外仍有无数的人和自己一样生活着,才会想起父亲和母亲,想起迷惘的前路,想起陈晨,想起吴静雯……

陈晨和那个姑娘怎么样了呢？手里的活儿懈怠起来。他们此刻是手牵着手漫步在初冬时分的街头,还是各自在情绪中煎熬。杜秋叶看着窗外来去匆匆的行人,他不了解他们的生活,因为他不曾认识他们,可是他也不了解陈晨和吴静雯的生活。三个一起长大的人已在不同的轨道上行驶着,如果当年选择下海的不是父亲,而是吴叔或是陈叔呢,他不知道三人之间会是怎样的境况,他不知道自己会不会给陈晨或者吴静雯打电话,诉说自己不顺利的感情问题。杜秋叶摇了摇头,或许不会的,自己怎么会因为这种事情给别人打电话诉苦呢,又或许他所做的会比一个电话更多。当对自身所处的位置开始怀疑,又有什么可能或者不可能发生的呢？指不定啊,自己会一天一个打电话缠着他们,向他们要些零花钱。杜秋叶不愿再顺着命运这个中心想下去,他感到自己的幸运,同时也为这种幸运感到深不可测的恐惧,生命里充满了如果,过去的,现在的,未来的,每一个如果看起来毫不起眼,它的影响却已经长久地熔铸在了生命里,只是人们很少有这样的时候,安静地去捋顺生活的根脉,看清楚每一件事的开始和结束。

吴静雯最近怎么样呢？读研的生活是什么样的？杜秋叶挣扎着让自己从命运个嗡嗡作响的话题脱逃,可吴静雯并未比命运好多少,两个人是什么时候这般疏远的呢,又是因为什么呢？杜秋叶抽起烟来,年幼时候的日子时常在他的梦中浮现,可每次都是那样的模糊,像是大雾中的图景,是那种无法驱散雾。那个时候,我们是如何相处的呢?杜秋叶摸着时日的藤蔓一点点回拽着,拽到最后却只有一团枯烂的茎。

"静雯啊,要是有一个拐杖就好了。"一个苍老嘶哑的声音突然闯入杜秋叶的耳中,杜秋叶心里一惊,目光死死地剜着厨房的玻璃,杜秋叶看见须发尽白的自己坐在简陋的教室里,吴静雯矮矮的,正站在自己的身边,清澈眼眸里微光流转。继而他看见厚厚的冰层上,自己拄着拐杖,那个叫孙峰的小男孩用健壮的身子和吴静雯在冰层上愉快地玩闹着,然后冰层破裂开来,吴静雯坠入水中,那个拄着拐杖的自己恍然之间也变成一个小孩,向吴静雯的方向扑了过去。

"静雯啊,买这个啊,这个便宜。"一个沉闷的中年妇人的声音也响了起来,杜秋叶目光一转,墙面上的瓷砖里,一个中年妇女正牵着吴静雯走在熙熙攘攘的菜市场里,那妇女和自己长得一模一样。杜秋叶目不转睛地看着,声音不断地从空气中渗漏,在杜秋叶耳边如翻滚惊雷。"这是秋游要带的零食……""等下还要去一趟药店,买些创可贴和紫药水。""老板,你看你这饼干,都碎了,反正你也卖不出去了,还不如直接送给我呢。"两个人手里的东西越来越多,直到手里都拿不下,直到花光了手里所有的钱,他们才慢悠悠地走上回家的路。阳光在两人的头顶洇散,肆无忌惮地淋下来。

"静雯,静雯。"孩子般清澈的声音一跃而出,简陋的教室从天而降,不由分说地将杜秋叶纳入其中,两个年少的孩子坐在相邻的位置上,年幼的自己手上翻着花绳,轻轻地唤着在写笔记的吴静雯,讲台上,那时初出茅庐的陈嘉伟正热情饱满地朗读着课文。"不要上课玩游戏哦,秋叶。"吴静雯摇了摇可爱的小脑袋,稚嫩的脸上挂着几分责怪。年幼的自己却坚持着,双手轻轻地碰了碰吴静雯。"只玩这一次哦。"吴静雯嘟着嘴,有些不情愿地接了过来。

回忆在眼前交叠着,每一种真实都是奔流的溪涧,是带着冰碴的溪涧,水穿过了杜秋叶的身体,冰碴却一颗一颗地摁进杜秋叶的身体,疼痛感在全身同时发难。教室、结冰的河、拥挤的菜市场、河对面的山,记忆中的无数碎片在杜秋叶的面前拼合着,无数的声音在耳中扭动着。它们合围而来,三个杜秋叶面色狰狞地扑来,一个须发尽白的老人,一个市侩伶俐的中年妇女,一个眉清目秀的孩童,嘴唇开合却没有任何声响,身体被贯穿却没有任何疼痛。杜秋叶感到自己摇摇欲坠,汗液从身体深处不断渗出,他头脑昏沉,力气被逐渐腐蚀。

"静雯。"杜秋叶嘴里念着,倒在了地上,像一块被甩到地上的冻肉,发出沉闷的声响。

"秋叶,怎么了?"卧室的门被推开,一阵慌乱的脚步声穿过客厅。

"秋叶? 秋叶!"蒋莉蹲在杜秋叶的身边,用力地摇动着杜秋叶的身体,地上的杜秋叶却没有任何的反应。蒋莉瘫坐在地,深深的呼吸让她的大脑得到片刻的舒缓,她四肢并用,连爬带滚地回到卧室,打出急救电话。

"静雯……"杜秋叶嘴里模糊的声音,在救护车上无人听见。

15.

"这是怎么回事?"杜军的大嗓门在医生的办公室炸裂开来,吓得一层的病人感到一阵心惊,怕是楼里发生了爆炸。

"军哥,我们先听医生说。"吴国忠摁住杜军,他生怕杜军会跳上医生的桌子。

"病人的症状很奇怪,所有的检查都正常,但就是没有意识。"医生从杜军的咆哮中稍稍回过神来,扶了扶眼镜之后说道。他再次打开已经翻过无数遍的资料一页一页地看起来,"经过我们的会诊,确实不明白为什么会出现这样的问题。对了,病人虽然醒不来,但是每隔一段时间喉咙会发出几个模糊的声音,不知道您对这个有没有什么线索。"医生打开手机,播放了一段录音,一开始是杜秋叶平稳的呼吸声,杜军正要说些什么,又被身旁的吴国忠摁住,杜军恼怒地看向吴国忠,吴国忠平静地对他摇了摇头。三人屏气凝神,平稳的呼吸开始出现细微的抖动,杜军不知不觉之间长大了嘴巴,抖动的起始十分平缓,继而猛然急促,喉咙里似卡住什么东西,先是一声重重的"嗯!"再是一个声调上扬的"嗯?"这两声之后,呼吸又轻轻抖动两下,最后归复为平稳。

"你们二位,有什么想法吗? 他好像一直是想说点什么?"录音到此为止。

杜军和吴国忠两人把这两个模糊的声音咀嚼着,时而对视一眼,时而各自抓耳挠腮。

"军哥,是不是在叫静雯啊。"吴国忠手上抓着头发,"你看第一个音很重,这个静字,它念起来也蛮重的,这是几声来着。"吴国忠手向下劈着,手上的头发呼呼地飞起来。

"四声。"医生补充道,他的手在录音的进度条上来回拨弄着。

三人悄无声息地把脑袋凑到一块,手机中的"嗯!"一声发出,三人默契地"静!"脑袋齐齐地向斜下方用力,随即便撞到了一块。

"他×的,谁脑袋这么硬。"杜军揉着头,把身子缩了回去。

"有点像吧,军哥?"吴国忠也在自己的脑袋上摸了两把,眼中放着光。

"你听像吗?"杜军思忖片刻,向医生问道。

"我觉得也像。"医生说道。

"再给老子放一遍。"杜军把这个音放在自己的脑子里咂巴了一会儿,感觉似像非像,还是有点拿不准,他这个"杜"字,也是四声呢。

医生把进度条拉回去,三个人的脑袋又凑到一起,手机里传来杜秋叶模糊的声音,三人紧跟着"静!"脑袋又撞到一块。

"他×的,到底是谁的脑袋这么硬啊。"杜军嗷嗷地叫了起来,他感觉自己的眼前已有彩色的光斑浮动。

"像!"吴国忠看向杜军,却感觉杜军的脑袋总在自己的眼里晃个不停。

"像!"医生也跟着说道。

"像!"杜军一拍桌子,"这他×的就是静。快点,再听下一个。"

"没事,别急,这个不会撞着头,这个是二声。"医生把进度条拉回去,三个脑袋凑到一起,呼吸彼此纠缠,各自的口臭也都混淆在一起。杜军嘴里是大葱味,医生嘴里是咖啡味,吴国忠则是烟味,三个人互相嫌恶着,都皱紧了鼻子。如此一来,房间里连呼吸声都没有了,只三个凑在手机边的脑袋,静静地等着那一声"嗯?"

"嗯?"手机发出声响,三人押直了脖子,顺着音调朝后仰起。

"像不?"三个人揉着脖子,互相看着,谁也不能确定。

"放,再放,没听清楚。"杜军不耐烦地挥了挥手,脖子上传来轻微地酸痛,自从上了年纪,他便很少这个幅度地动自己的脖子了。

医生无奈,只得将进度条再拉回去,三个脑袋慌慌张张地地伸过来,随着那一声"嗯?"三个人的脖子再次押直,循着音调把头向后仰起,屋内除了手机里杜秋叶的呼吸声便是三人脖子发出的"咔咔"声。

"像!"杜军这次率先发声,他捏着脖子,"他×的真像!"

"像!"吴国忠紧跟着说道。

"啊……"医生说不出话来,他的脖子保持着弯曲,脑袋往身后坠着,喉咙里响着一片混沌的声响。

杜军见状,赶忙走过去,把医生的脖子掰回来,"像不像?"杜军脸挤在医生的脸前,浓重的大葱味呛入肺腑。

"像!"医生赶忙点了点头,杜军这才把在两人的脸之间拉开一点距离,坐回到自己的位置上去。

"嗯,那你就给静雯打个电话,让她请假过来,飞机票我包了。"杜军转过身子,一脸正色对着吴国忠。

"嗯。"吴国忠掏出手机,电话刚打出去,走廊里就响起了熟悉的铃声。三人倏地起身冲向门口,不料又挤在门框里,各自只伸出一个脑袋,吴静雯正站在走廊中间。

"静雯,你怎么来了?"

"两天前就给我打电话了,一个叫蒋莉的女生。"吴静雯说道,"应该是给杜秋叶手机里的很多人都打了电话吧,陈晨此时也在路上。"

"得,那我们快去病房吧,秋叶一直念叨着你呢。"杜军先从门里挤了出来,吴国忠和医生紧随其后。

四人一路小跑冲到病房,蒋莉正陪在杜秋叶的身边,四人推门而入的时候她手里正削着一个苹果。

"叔叔,大夫。"蒋莉站起身来,目光触及吴静雯,蒋莉不由得心里一惊,她虽然不知道她是谁,但此刻出现在病房中就必然和杜秋叶有关系,蒋莉从未听杜秋叶说起有这样一位女性朋友,她高挑,脸上略施薄粉,头发随意地披散在肩,此时,那双清澈明亮的眼睛也正看着自己。

这就是杜秋叶的女朋友吗?吴静雯心里嘀咕着,一种复杂的味道在她的胸口洇散,或许只是有些不习惯,原本属于自己的那个位置,现在已经换了人。

"静雯,来啊。"吴国忠和杜军已经走到病床边,回头看见吴静雯还在床边站着,赶紧招呼了起来。

"来了。"吴静雯鸣金收兵,两个女人以目光为军队的战争告一段落,她快步走到床边,看到蒋莉坐在床上,便只得拉过来一把椅子坐下。

"叔叔,吃苹果吧。"蒋莉把削好的苹果递给杜军,杜军也不客气接过来就咬了一口。

"静雯,看看人家,啥时候找个小伙给我削苹果。"吴国忠看在眼里,心里好不羡慕,张口便说了出来。

"爸!"吴静雯一听就蹭地站起身来,这些话她听得耳朵里都长茧了。

"嘘嘘嘘。"医生这个时候插进话来,病房内瞬时安静了下来。杜秋叶的呼吸开始抖动起来,紧接着喉咙里像是涌上一口吐不出的浓痰,呼吸局促起来,喉咙里发出一声"嗯!",紧接着便是一声"嗯?"

"秋叶,我在这儿呢。"吴静雯应道,她已经太熟悉这个声音了,长久的时间让这变成了身体的一种本能。

一旁的四人把目光聚在吴静雯那张微微笑着的脸上,"你怎么知道叫的是你?"吴国忠拽了拽吴静雯,他心里还是觉得有点别扭,毕竟人家蒋莉还坐在这儿呢,叫得如果不是,这可多尴尬啊。

"我……"吴静雯刚动了动嘴,还没说话,一旁的医生就叫了起来,"睁眼了!睁眼了!"

众人的目光即刻又转移到杜秋叶的脸上,眼睛果然裂开了一道窄窄的缝隙,昏沉的脑袋缓慢地摆动着,看到吴静雯,杜秋叶便用力地笑了起来,摇动的头停了下来。

"来……了。"嘴唇苍白,嗓音嘶哑,坐在身旁的蒋莉举起水杯,杜秋叶抿了几口,撑着身子想要坐起来。

"你啊,还是先躺着休息吧。"杜军嘟囔着。医生却走了过去,和蒋莉一并扶着杜秋叶坐了起来。

"爸,你也来了。"杜秋叶轻轻晃了晃头,这才看见杜军。杜军一股恼火,又不能发作,只得大口咬着自己手里的苹果。

"感觉好点了吗?"吴静雯问道。

"好多了。"杜秋叶听到吴静雯的话,嘴里还没咽下的水顺着嘴角滴答着流出来。"爸,你和国忠叔先出去吧,我想和静雯聊聊天。"杜秋叶脸上用力笑着,颇有些憔悴的面容似乎要因为这个动作而裂开口子。

"得,咱俩多余了。"杜军愤愤地啃着嘴里的苹果,甩手把苹果核扔进垃圾桶里,发出"咚"的一声闷响。

"孩子们说说话嘛,也有段时间没见了。"吴国忠推着杜军,和女儿短暂对视了一眼,可谁也没懂对方眼中的复杂。

"秋叶,想说什么啊?"吴静雯仍旧坐在自己扯来的那张椅子上,只有蒋莉坐在病床上靠着杜秋叶。

"过来坐吧。"杜秋叶看了看身边的位置。蒋莉闻言便瞪着杜秋叶,吴静雯迟疑片刻,站起身来。蒋莉的目光横横地扫了过来,吴静雯对上蒋莉的一脸阴狠只得无奈地耸了耸肩,在杜秋叶的病床上坐了下来,只不过是一个相对远点的位置。

"别这样,这是我和我一起长大的发小。"蒋莉和吴静雯这暗中较量的几个回合自然没逃过杜秋叶的眼,他捏了捏蒋莉的手,蒋莉的神色才稍稍放缓。只是目光始终在这两张挂着淡淡笑意的脸上扫来扫去,像是一个繁忙的哨兵,监视着两人脸上的温柔,究竟是谁先泛起波澜。

"其实也并没有什么要说的,只是突然想起了小时候的事。"杜秋叶面容上的疲惫慢慢融化在漫无边际的回忆当中,他的双眼开始失焦,身子僵直不动,只有头一点点脱离垫在背后的枕头往前伸着,仿佛是把头探进往昔的岁月里。

"时间过得真快啊,转眼之间。"往日的图景带着自行缝补的虚假色彩在眼前展开,童年时代的纯真和美好,无忧无虑的生活和单纯的快乐,是这个世界从每个人身上剜去的第一块肉。"孙峰,你还记得吗?那个住在河对岸的小胖子。"杜秋叶说到"小胖子"便轻轻笑出声来,"那个时候,我们玩冰,你还掉进水里了,你还记得吗?"身子在虚假的泥沼里下陷着,身边湿软的泥巴拥挤着,早已弃置的时间裂片就这样粘合起来,断断续续地回放着那已被反复的时间。

"是啊。"吴静雯应道,"叔叔和老爸头上都有了白头发,倒是陈叔和孙叔还是黑油油一片。"吴静雯轻轻笑着,想起自己父亲对着镜子一脸痛苦地揪白头发她就想笑,每揪一根,他就"哎哟"叫一声。杜秋叶努力地绷直身子,胳膊哆嗦着伸出手去,笑着的吴静雯明白杜秋叶的意图,只是颇为担心地看了看杜秋叶身边的蒋莉。蒋莉脸上虽然阴霾重重,还是轻轻点了点头,吴静雯这才挪了挪地方,距离杜秋叶更近了一些,两只久别的手紧紧地缠绕在一起。

"以后可不能这样了,秋叶。"吴静雯捏着杜秋叶的手掌,二十年的时间似乎未曾怎样改变过这只手,像孩时一样,完全可以感受到它的稚嫩、天真。杜秋叶听着吴静雯的话,只是点了点头,在这样的时候,言语逊色于太多的形式,在多少岁月之间沉淀下来的情谊在波涛汹涌,一起走过的路,一起听过的故事,一起玩过的游戏,这些平日里沉睡在身体各个角落里的记忆,此刻一个个醒来,释放着其本身蕴涵的岁月的温度。

"我也先出去了。"蒋莉站起身来,她知道此时的杜秋叶并不需要自己,她看了看吴静雯,目光变得温柔平和,她对吴静雯有一种说不上来的感情,羡慕,或者是嫉妒。她不知道杜秋叶之前的生活,她在杜秋叶的记忆中只有短暂的停留,可她并不因此歇斯底里地发怒,她知道自己的幸运,她能生活在他以后更漫长的生命里。

"谢谢。"杜秋叶对蒋莉道谢,此刻的他像是二十年前的那个孩子,他天真、浪漫、调皮,也柔软、怯弱、自私。

蒋莉出了门,看见正生着闷气的杜军和无可奈何的吴国忠,她在杜军的身边坐下,冬日的冷空气灌满了医院的走廊,蒋莉感到自己的身体如同摁下了电门,轻轻颤抖起来。"叔叔?"

"嗯?你怎么也出来了?"杜军抬起头来,听着杜军的声音,吴国忠也抬起头来,有些惊讶地看着蒋莉。

"这小子,真是太不像话了。"杜军一跃而起,伸手便去抓病房的门。

"叔叔,没事的。"蒋莉说道,她或许不想让别人看到这个有点陌生的杜秋叶,他没了往日的乖戾、跋扈,也不再对什么都有几句调侃,他变成了一个彻底的孩子,胸腹像是被手术刀剖开一样,所有压抑的、潜藏的、深埋的、不可窥视的,全都显露出来,表达出来,他躺在床上,整个人就像是一颗没有甲胄的心脏,像是一团柔软的情感被捏作人形。蒋莉不忍心再有人去打扰这样的杜秋叶,或许吴静雯是他最好的媒介,让他在回忆中慢慢沉浸,让他像喝酒一样一醉方休。

杜军听到蒋莉的话,也坐了回来,蒋莉都不介意,他也不好再说什么做什么,三个人面面相觑,不知道说什么,也不知道做什么,只能任由沉默在自己面前发酵。

屋内,杜秋叶持续不断地念叨着往事,一桩桩一件件,他如数家珍,记忆时有错乱,他便停下来,微微地张开嘴沉缓地呼吸着,等他想清楚了,便继续说下去。吴静雯坐在方才蒋莉的位置上,眼中的这副面容多了几分英气少了几分洒脱,但却仍旧像以前那样一般,只是看到就让人感到愉悦和心安。你要是一直这样该多好啊,要是我们都未曾被这个世界无情地染色该多好。吴静雯不禁想起现在的杜秋叶,他仍然善良,却也多了粗俗,他仍然充满理想,却也不抗拒欲望,他仍然单纯,却因为不懂得为人的复杂而满身锋利。想到这些,吴静雯不觉笑了起来,她渴望成长,也渴望经历这个世界的难,却唯独对儿时的发小放心不下,却唯独渴望他永远是那个孩子,有些疯癫却又可爱的孩子,这或许是一种美好的愿望,或许也是一种彻彻底底的自私。

"静雯。"泪水从杜秋叶的眼中漫流而出,他像个盲人一样将手掌胡乱地抬起,抓了好几把空气之后才碰触到吴静雯的脸,他安静地抚摸着这张熟悉而又陌生的脸,身体吃力地靠过来。

"以后也不可以这样哦,秋叶。"吴静雯仍挂着温软的笑意,她合上了双眼,先是他脸上的湿潮,紧接着是他微凉的肌肤,呼吸轻轻地按压着自己的上唇,紧接着,是一种柔软的侵入感,略带羞涩的缠绵片刻,继而是渴望吞噬彼此的厮杀,吴静雯生涩地招架着杜秋叶的吻,双手抵在杜秋叶的胸口,用力地推着他。杜秋叶在一番攻城略地之后也鸣金收兵,借着吴静雯手臂的力道和吴静雯分离开来,四目对视,两人的面容上都漾涨着惊喜和羞涩。吴静雯咬着牙齿,手在杜秋叶的胳膊上用力地掐着,这是她的初吻,她是将要奔三的女人了,在她的心里或许从来都没有一个人比得上杜秋叶,她知道自己为何这般容易便丢盔弃甲,除了眼前这个像孩子一样的男人,她不知道这第一份冲动和喜悦,这初次的害羞和生涩可以托付给谁。杜秋叶啊,为什么从来就没有这样的心思告诉他自己的想法呢,为什么仍旧觉得眼前的这个男人会像当年的那个孩子一样总是跟在自己的身后呢。

"还好有你在。"杜秋叶像是恢复了一些精力,他举起水杯,咕嘟咕嘟地喝了两大口的水。

"你好起来就行。"吴静雯眨了眨眼,两人似乎就是有这样的一种默契,刚才的事像是从未发生过。

走廊传来一阵沉闷连贯的脚步声,紧接着在众人的轻声惊呼中,房门被打开,陈晨喘着粗气撞了进来。

"今天这么热闹啊。"门外坐着的三人一下子凑到门口,争先恐后地把目光像鱼线一样抛入房内,看见屋内的杜秋叶和吴静雯只是方才那般手牵着手,这才都松了一口气。

"都进来吧。"吴静雯起身招呼道,从杜秋叶的手上挣脱,坐回了之前的位置上。

门外的人鱼贯而入,蒋莉很自然地坐在了床头边,这个距离杜秋叶最近的地方,几人没聊两句,医生便推门而入。

"这个,我建议病人今天就可以办理出院了。"医生仍旧苦恼地翻看着手里的一堆档案,检查的数据并未显示有怎样的问题。

"这样能办出院?"杜军这一天就是在不中断的生气,杜秋叶这个样子看起来确实十分虚弱。

"没事的,爸。"杜秋叶全身一发力,便坐了起来,肌肉里只有干瘪的力气但精神却好了许多。

"早晚把你们医院买下来,改成个大超市。"听到杜秋叶这么说,杜军也懒得再和医生斗嘴皮子,只得随口发泄一下不满。

"先生,我们是公立医院。"医生皱了皱眉,一脸认真地对着杜军的背影说道。

"你他×的……"杜军正欲转身发作,却被吴国忠拽住。"我们等下就去办。"杜军闷闷地说道。

"好,谢谢您支持我们的工作,如果方便的话,请给我们五星好评。"医生递来一张纸,上面是五个巨大的五角星。

几人看了一眼纸上的内容,然后整齐地将疑惑的目光甩到那医生的脸上。

"啊,是这样的,医院的系统正在建设中,现在先用这种方式进行试点。"医生从容不迫,如同念台词一般说得声情并茂。"如果你们对出院的事仍有不解的话,我愿意再解释几句。"医生咳了咳,"这个问题,是这样的,病人的检查没有任何异常,待在这里我们也采取不了任何的措施,但病床还在排队,后面还有一些病人需要住进医院里来。虽然这么说很不对,但是我希望有限的医疗资源能充分利用起来。你们也可以转院,反正我和会诊医生们认为病人当前没有任何的问题。如果你们还是……"

"停停停,给就是了。怎么弄?"杜军赶紧打住医生的话。

"我们专门准备了各种型号的铅笔,分别有6B、5B、4B、3B、2B……等共计十八种型号,请各位随自己的喜好挑选,选好之后,只要把空心的五角星涂黑,投进我们住院部和科室的信箱里就好了,对了,应该是两张,这里还有一张。"医生像变戏法一般,不知道从哪里又拿出一张来。

"得,给你涂就是了。"杜军随便抽了几支铅笔分出去,自己站起身来,"我就先去办出院手续,老子可不想在这里涂星星。"众人对他咧嘴一笑,便握着手里的铅笔在纸上来回往复地涂起来。

"对了,你和那个女生怎么样了?"杜秋叶无聊地看着涂五星好评的三人,突然问道。

"就那样呗。"陈晨像个正在漏气的气球,瘪了。

"你小子,真是白吃了二十年的饭。"杜秋叶笑着拍了拍他的头。

"秋叶,别这么说陈晨,追不到姑娘又不是什么丢人的事。再说了,指不定有更好的呢。"蒋莉抬起头来瞋视着杜秋叶。

"得,是我失言嘞。"杜秋叶挠了挠头,几天没有梳洗的头发满是油腻,淤积的污垢形成一个个坚硬的小疙瘩。"真是要命。"杜秋叶无奈地嘀咕着。

办好了出院手续,几人也给完了五星好评,一行人终于出了医院,异地相聚实为不易,在杜军的强烈要求下,吴国忠把车开到了一旁的一家饭店,酒足饭饱之后一行人便开始计划归程。吴国忠和杜军是开车来的,自然还是要开车回去,吴静雯和陈晨两人都请了三天的假,还剩下一天的时间,大家便决定在这儿陪杜秋叶一天。众人留下杜秋叶自然高兴,只是身体仍然十分虚弱。

出了饭店,先去了住宿的酒店,给吴静雯和陈晨各开了一间房,待二人稍微收拾妥当,一行人带着杜秋叶去了心理诊所。

"来了,秋叶。"心理医生始终有这样一张温和的笑脸,他推开门,有些惊讶地看着面前的众人。

"都进来吧,出什么事了吗?"医生看到杜秋叶脸色苍白,便让了让身子,众人这才进了医生的诊所。入门便是一个很宽阔的大厅,蓝漆的墙面上挂着许多临摹的油画,几张沙发在大厅中间呈正方形排列着,上面还摆放着不少毛绒玩具,沙发的旁边是一架钢琴。大厅的东南角摆放着一个巨大的冰箱,而北边则是一个单独的房间,看起来应该是医生自己的办公室。

"随便坐吧,不要客气。"医生招呼着,四处游逛的众人这才在沙发上坐下。

"这小子又晕了,他最近定期来吗?"一落座,杜军便迫不及待地发话。

"这个,秋叶最近确实来得不是很规律,但是前几次我感觉他已经在好转了,怎么会突然晕倒呢?"医生扶了扶眼镜,目光转向杜秋叶苍白的脸。"这样吧,我和秋叶单独聊聊,你们看,可以吗?"

"嗯。"杜军点了点头。

杜秋叶闻言起身,跟在医生的身后,进了屋,只留给众人一声沉闷的关门声。

大厅内的众人陷入沉默,他们都清楚,杜秋叶的醒来只是一个短暂的好消息,苦难在漫长岁月里埋着隐蔽的伏笔,只是不知道何时才能看见这伏笔从晦暗中探出他狡黠的身影,把难过不由分说地塞进每个人的胸口。陈晨第一个坐不住了,他在众人的目光里站起身来,墙上的油画吸引了他的目光,虽然都是临摹的作品,但仍能看出作画者的技艺,先是卡拉瓦乔的《女占卜师》,然后是凡·高的《星空》,目光移动着,是克拉姆斯柯依的《无名女郎》,他一幅幅看过去,墙上都是世界著名的油画。

"作为一个医生,他也算是多才多艺了。"吴静雯不知道什么时候站在陈晨的身后。

"是啊,那里还有一架钢琴呢。"陈晨撇了撇嘴,一进门他就看见了那架锃亮的钢琴。

"大概是为了应对不同种类的病人吧。"沙发上的毛绒玩具,大冰箱里应该装着各种饮料,油画和钢琴又都是颇具表现力的艺术。艺术苛求的敏锐和感性,或许可以帮助医生更好地走入一个人的内心。吴静雯粗略翻看过弗洛伊德的《论文学与艺术》,其中的《作家与白日梦》一篇更是反复读了许多遍。

转了一周,两人又回到沙发上,坐着的三人愁眉不展,看他们的表情就知道他们正揣测着一墙之隔的屋内。杜军的手摸进口袋里,又掏出来,摸进口袋里,又掏出来,他感觉实在有些难以忍受,便掏出一支烟来,吴国忠刚要劝住他,却见他并没有拿火,只是把烟放到鼻下嗅了嗅,便又塞回到烟盒里。

　　时间煎熬着众人忐忑不安的心,门终于打开,走出来的医生和杜秋叶看起来都是一副疲态。

　　"秋叶的父亲和恋人,你们过来一下,好吗?"医生站在自己的房间门口叫道。杜秋叶独自摇摇晃晃地往沙发这边走来,陈晨和吴静雯过去扶住了他。

　　"问题严重吗?"杜军一进屋,还没坐下便先问道。

　　"我认为没有太大的问题,但是需要换个环境静养一段时间。"医生顿了顿,接着说道:"二位应该是平日里和秋叶生活中最为亲近的人了,我想问你们几个问题。"

　　杜军和蒋莉对视一眼,点了点头。

　　"秋叶是不是有一种比较强烈或者说比较偏激的是非观,表达的时候会比较激动?"医生问道。

　　"是的。"蒋莉点了点头,她很快便想到杜秋叶和许文的事情,他对考研的那群人的不屑,他谈论起那些举报人的时候斩钉截铁的态度。

　　"这小子是这样,一件事,认准了是对的,就毫无保留地相信,要是判定了是错了,就会用各种方式否认它。"杜军也点着头说道。

　　"这样……"医生在纸上哗啦哗啦地写着,写完之后接着问道:"他有的时候开玩笑啊,或者是说话啊,有没有那种……"医生发觉自己词汇的匮乏,便歪着脑袋仔细地想了想,"就是那种你们听不太懂的,跳度比较大,这样的情况有吗?"

　　"有。"蒋莉应道。

　　杜军像医生那样歪着脑袋想了想,嘀咕了一句:"这小子说的话,我一直就听不太懂。"

　　"这样……"医生又低下头,笔在纸上连贯地写着,摩擦的嗞拉声让两人的耳朵饱受折磨。

　　"最后一个问题,他在情感方面是不是既纯粹又强烈。"医生的目光扫着两个人的脸,两个人有些疑惑地看着医生,这句话似乎有点难以理解。

　　"是这样的,他表达情绪的时候是不是只有单方面诉求,而且方式比较激烈。"医生换了种说法。

"是这样的,而且集中在他的言辞上,尤其是在表达对一些他厌恶的事情上,有一种滔滔不绝的能力,关键是大部分这类事情和他自身并没有什么利益关系。"蒋莉说道,同住的一段时间她充分认识到杜秋叶的这个特点,像他这样,完全没有必要去理会一些风言风语,但是杜秋叶却十分放在心上,一心要驳倒别人才满意。平日里只是觉得他敏感又好强,现在听眼前的医生说起,蒋莉才切实地察觉到杜秋叶的确如此。

"这个问题我就不清楚了,可能是觉得我没读过几本书,懒得对我讲。"杜军撇了撇嘴,耸了耸肩膀,他和杜秋叶之间的话一直都算不上多,偶尔说几句,也尽是生活中的迫不得已,什么"吃饭了""拿一下水杯"这般的话。

"这样的话,事情应该就比较清楚了。"医生轻轻地呼了口气,两人的目光缠绕在他的脸上,他只得继续说下去,"是这样的,一直以来,我都觉得是杜秋叶的童年时代在折磨着他,可是我对他进行了几次催眠之后却并没有发现在他的童年当中有创伤性的事件,他虽然会晕倒,但是却并没有表现出精神上的创伤。"医生喝了口水,喉咙匆忙地滚了两下,继续说道,"我一直都在想,为什么童年时代或者说是杜秋叶的过去会对他有这么大的刺激,如果不是精神创伤的话,那么还有另外一种可能,那就是他始终迷恋着那个时代。为了确认这一点,我才问了两位这样的问题。经过这几个问题,应该能够确定杜秋叶确实在潜意识中保持着对那段时间的不舍。他精神上的问题,其实就是两个时代的碰撞,是孩童纯真的世界观和这个复杂的世界的碰撞。"

"能不能说得再明白点?"杜军听得脑袋隐隐发胀,他只见着那两片嘴唇快速地一张一合,像是表演了一番口技,懂是没懂什么意思,就是觉得蛮厉害的。

"嗯,好。"医生清了清嗓子,对自己的表达做了一番修正,"这样说吧,杜秋叶还保持着孩童的心性,根据冰山理论,这种对生活的单纯、浪漫、天真成为他无意识中的一部分,当它影响到杜秋叶的时候,却使得杜秋叶在成人世界中无所适从。我问你们,小孩子看电视剧或者电影的时候经常问的问题是什么?"

"这个人是好人吗?""这个人是坏人吗?"蒋莉侧着头想了想。

"对的,孩童的世界在很多方面是二元论的,他们会反复确认这个对吗,这个不对吗,这个好吗,这个不好吗,一旦得到答复,他们便会确立自己的立场。他们会重复父母或者旁人认为好的、对的那部分内容,并且时刻渴望他们的重复得到认可和夸赞。之前问的杜秋叶比较强烈的是非观就是为了这个,杜秋叶认为的对错或许并不是实际意义上的对错,而是他正在做着另外的事情,并渴望所做的事情能够得到认可和夸赞。不过很显然,这部分他并没有得到满足。"

"能听懂点儿了。"杜军缓慢地点了点头,蒋莉也随着点了点头,心理学的知识她有所涉猎,只是医生对杜秋叶的描述实在有点出乎意料。

"长时间以来,杜秋叶对这世界的诉求没有得到任何形式的满足,在他的无意识里,他始终保持着一个对孩童身份的认可。他之所以迷恋那个时候,不断地去回想那个时候,一是因为这个世界的复杂远远超出了用天真和善良所能应对的范畴,二是因为,只有在那个时候,在他的童年时代,一切才贴合他的心意,简单,纯朴,容易理解。"医生抿了口水,"所以我觉得他现阶段并不是精神上的问题,至于说解离症,我觉得在这段时间当中并没有发作,这并不是人格上的混乱,而是心理发展过程中遇到了障碍。他解决不了这个障碍,便只能一次又一次的回头,而每一次回头都让他发觉自己根本无力应对这个世界,当这种压力持续不断地增加,晕倒就成了一种自我保护的机制,为了逃避面对这个世界的困难,就像电脑运转过程中的错误,实在没有办法,只能黑屏、关机或者重新启动。"

"您的意思是说,秋叶是因为太过善良,没法面对这个世界所以才这样的吗?"蒋莉有些难以置信地看着医生。

"我的判断是这样的。"医生扶了扶眼镜,"本来之前就有多重人格这样的病史,秋叶的精神较常人而言可能更加脆弱、敏感。"

"你这说了半天我也听不太懂,你就说该怎么治吧。"杜军听得一头雾水,手忍不住地想去掏衣袋里面的烟。

"我觉得还是先静休,然后可以适当地换个环境,我不能准确地说出能不能好过来,但是换一个环境,让他去全面体验生活,去认识这个社会,我觉得会改变他对孩童天性的偏执。"医生起身,给自己冲了一杯速溶咖啡。

"怎么样才算好起来呢?"蒋莉忍不住问道,医生的话像一颗颗石子扔进自己的脑海里,她感到那些波纹此刻正在柔缓的扩散着,只不过每一个都是问号。

"这么说吧。"医生抽出一张白纸来,拧开马克笔,在纸上点了个点,"我们假设,这是一个人,如果一个人这样……"医生以刚才点下的那个点为原点,画出一条射线,"他单方向的发展,那么无论这个方向是善还是恶,他都难以在这个社会生活。太善良的人理解不了,太恶的那基本都进去了。无论他在这个方向有多少枝丫,都是一样。"医生画了一条垂直的虚线,然后又画出几条射线来。"人生,不应该是一条射线,而是一个点,被所有的线从各个方向穿过。"医生手里的马克笔忙碌着,看起来是最初的那个点被许多线条穿过,可又何尝不是那个点像各个方向的延伸呢。

"杜秋叶的毛病不是别的,他是不理解这世界的恶,不识得丑陋这张脸的面容。"医生放下马克笔,"这才是完整,人需要一种完整,哪怕只是形式上的。"

出了门,和陈晨、吴静雯有说有笑的杜秋叶面色好了许多,走到冰箱旁边医生一拍脑袋,"哎呀,你瞧我这脑子,忘了给你们拿饮料了。"医生转向东南方向,走了几步,拉开冰箱门,"各位,都喝点什么呢?"

沙发上的人杂七杂八地报了一堆饮料的名字,医生手忙脚乱地拿了过来。

齐坐在沙发上,众人你看看我,我看看你,每个人都想甩出一两句以问号结尾的句子,却都卡在嗓子里,难受得像是卡了整整一条鱼,还是活鱼。

"好久没弹琴了,各位不介意吧。"医生看着沙发上坐着的众人都苦着一张脸,便在琴前坐了下来。众人的目光稀稀拉拉地地转过去,医生得到默许,便将了捋衣袖,白净的手铺开放在琴键上,吸了一口气之后便轻快地跳起舞来,声音空灵清澈,在大厅间柔缓的飘拂着,沙发上的众人各自研磨着自己的心事,待到一曲终了,都如蜡像一般僵着。

"我就不送各位了。"医生如经验丰富的表演家,起身的动作间捏着一种从容的优雅。众人缓过神来,纷纷起身,像一队溃散的逃兵,一个接一个逃了出去。

回到酒店,蒋莉便进了吴静雯的房间,把医生说的话复述给吴静雯听,吴静雯一句一句听着,时而若有所思,时而有些惊讶地张开嘴巴。杜秋叶则是一回到房间便蒙头大睡,陈晨想找人说说话,找吴静雯吧,总感觉有点不合适,吴国忠和杜军呢,年龄的差距阻碍了他们的沟通,最后只能站在同样缄默的窗前,望着陌生的城市,这每个城市都相似熟悉的面容。

翌日,杜秋叶精神好了七八分,和蒋莉自然地担起东道主的职责,带着杜军一行人在四周玩了一圈,晚饭在市郊的一户农家小院里,刚一进门,羊肉的膻味便捅进众人的鼻腔。

"这他×的,吃活羊啊?"杜军嘟囔着。

"老爸,你瞧你说的,这家味道很纯正的,羊都是现杀的,我可是好不容易才找到这么个馆子的。"

一行人在最大那张桌子坐下,满身油污的中年妇人递来一张同样沾满油污的菜单。

"你点吧,你熟。"吴静雯两指夹着菜单,放到了杜秋叶的面前。

"还用这玩意。"杜秋叶看着菜单嘀咕了一句,"这样,三份羊排,六个羊腿,一个羊杂汤,一个羊脑汤,先这么着吧。"

"好嘞。"中年妇人收起菜单,踩着迅捷的小步子消失在他们的视线中。

众人一时陷入沉默,玩乐的欢腾此时冷却下来,有关杜秋叶的事情众人想问,却又张不开嘴,只得用眼睛互扫着。

"秋叶……"吴静雯率先打破了沉默,请假的话涉及一系列的手续,她深知这其中的烦琐,所以还是早点说出来比较好。

"我来说吧。"杜军打断了吴静雯的话,他怎能不知众人的心思,"医生说没事,但是说需要换个环境静养,明天就请假回家待一段时间吧。"

"回家干吗,我这不是挺好的吗?"杜秋叶眉头一紧,他可舍不得和蒋莉的二人世界。

"秋叶,听医生的话。"蒋莉攥着杜秋叶的手,出口的话有一种不容抗拒的感觉。

"得,回就回吧。"杜秋叶听到蒋莉也这么说,便只得顺从,一旁的几人神色也轻快了些许。

或许是搁在心头上的事情终于放下,当羊腿和羊排齐齐上桌的时候,众人满面笑颜,一边下手撕着鲜嫩的羊肉,一边喝着热气腾腾的汤。冬天似是被关在门外的孩子,无论怎样顽固,无论怎样闹脾气,都闯不进来。屋内,水雾摇摆着曼妙的腰肢向上升腾,打着饱嗝杜军叼上一支烟,在众人嫌恶的目光中将它点燃。

北风呼啸的夜晚,大地收紧自己布满冻疮的皮肤,每一户人家都如一团温暖的烛光。

16.

办完手续,蒋莉便留在了学校里。吴国忠开着车把吴静雯和陈晨送到机场,一番告别之后,车子驶上高速公路,在陌生的时间驶向熟悉的地点。

"爸,你还记得有个叫孙峰的人吗,原来和我是小学同学。"杜秋叶突然问道,最近他总是想起在那次吴静雯落水的事情,孙峰矮矮胖胖的身影也总是出现在脑海里。

"老子哪知道你小学同学,你回去问问你陈叔吧。"杜军满身疲惫,不得不承认自己确实是上了年纪,虽然人在车里,但精力却持续地消耗着。

"军哥,你说静雯的事怎么办啊?"听到杜军说起话来,吴国忠也忍不住说了起来。乏味的奔碌,如果不说几句话,驾驶的疲劳倒是次要的,单是这种空虚的感觉便足以让人感到沮丧。

"啥事?"杜军歪了歪脑袋,眼睛正瞄上吴国忠头顶上的几根白头发。

"还能啥事啊,你算算静雯今年多大了,二十七了。"吴国忠一脸愁容,杜军感到那张脸沉得都快要从他的头上坠下来。

"人都不急,你急啥。年代不一样了啊国忠,我们那时候,这年纪,孩子都他×的都能打酱油了。"杜军说着笑了起来,"你看看给你愁的,这事儿我也没招儿啊,你不能让我从公司里给你闺女挑一个吧?"

"军哥,你还别说,我就是这个意思。"吴国忠眼睛一亮,手要不是抓在方向盘上,那肯定一拍大腿就能跳起来。

"你可别他×的穷折腾了。"杜军一听吴国忠便摇了摇手,"你这家伙,老糊涂了。"

"不是,军哥,这啥意思啊,我才五十,这个老糊涂还有点早吧,我觉得公司里的小伙子们还都不错啊。"吴国忠机械地开着车,这已经成了他生活中的本能,他都不知道自己到底开了多少里路。

"我说啊,在学校里,最好就找个学校里的,环境也都差不多,人也处得来。静雯啊,要是学校里的都瞅不上,那公司里的那能看得上吗?"杜军不紧不慢地说着,虽然是他在劝着吴国忠,可是他又何尝不是活在对这个时代的不适中呢,元旦的时候发福利,鸡蛋火腿发了一堆,结果陈嘉伟过来说员工们要求看话剧,说要丰富精神生活,丰富就丰富吧,这个部门要看这一场,那个部门要看这一场,搞得鸡飞狗跳。还有高利贷催收上门的都成了常客,为了买个手机的,赌球的,搁外面买了个跑车装富二代的,买衣服化妆品的,还让人把裸照都整出来了;除了这些,在网吧通宵送去医院的,宁愿在公司加班也不想回家的。刚从工厂里出来那会儿,他觉得挣了钱也许就会对这个世界心满意足,可现在确实挣了钱,却仍然在这个时代里忍耐着。要和时代的不同握手,要听人们说起公司里各种空穴来风的事情,站到讲台上的时候还他×的要大谈理想和追求。

"可是……"吴国忠心里干着急,但是杜军的话似乎也颇有道理。

"吴叔,你放心吧。静雯不会找不到的,可能只是晚一些而已。"杜秋叶插进话来,"我这也二十六七了嘛,我这大学可还没念完呢。"说着他无所谓地笑了起来,笑得那么灿烂,笑得那么自在,而坐在前排的两人却同时陷入了沉默。

车内归为沉寂,单调的前行似乎永远没有一个终点,车窗外倒退的风景如同快放的时间,稍纵即逝。时代的病,裹挟着每个人对自由的渴望,而反过来讲,或许这些不适其实是自己的病呢。世界也好,时代也好,也许本来正是如此,无数的过路人平安路过,唯独自己站在这样的巨幅图画中,剧烈地呕吐起来。

到家时已是入夜,三人都有些疲惫,杜军一头栽进卧室里,吴国忠驾车回家,杜秋叶和老妈简单地聊了几句之后便留到阳台上,拨响了陈嘉伟的电话:

"陈叔,是我,秋叶。"

"啊,秋叶啊,你回来了啊,有什么事吗?"陈嘉伟刚把手机贴在耳边,又拿下来看了一眼,瞅了瞅时间,这都快十点了。

"陈叔,孙峰这个人你有啥印象没,最近我总是想起这么个人来,我想见见他。"

"孙峰……"陈嘉伟把这个名字放在嘴里嚼了嚼,"孙峰啊,我知道,小学时候我教的嘛,你想见他?"

"是啊,你能联系到?"杜秋叶问道。

"这有啥不能的,明天着吧,今天也太晚了。"陈嘉伟心里犹豫了一下,"啊,对了,你那个身体……"

"没事儿,陈叔。"杜秋叶用力地挤出点笑声出来,确保陈嘉伟那边能听见。

"哦,没事就好,没事就好。"

"得,陈叔,那我就先挂了,明天再联系吧。"

"好。"

挂了电话,杜秋叶在阳台上的藤椅上躺了下来。

"别搁那儿待着了,不是夏天,冷。"正准备睡觉的方琪瞅了一眼,对杜秋叶说道。

"嗯,妈,你先睡吧。"杜秋叶应道。

看着方琪进了卧室,杜秋叶给自己点上根烟,目光沿着黑夜的脊背探出去,父亲坐在这儿的时候都在想什么呢,想着他的生意?想着他账户里滚动的数字?想着自己还余下多少时间?抑或是想着远在他乡的自己?

这个方向,应该是那个小县城的方向吧,他坐在这里的时候,是想着过去的时间吗,那个时候年轻的自己,在那里有着怎样的生活呢。杜秋叶想不出来,他也不愿意去想,手机在这个轻轻地颤了一下,是蒋莉的消息。

"到家了吗?"

"到了。"

片刻之后,手机又轻颤了一下。"嗯,早点休息,养好身体。"

"你也早点休息,保护好身体。"一片昏黑中,杜秋叶的手指快速地回复着。

缩在冰凉宿舍的蒋莉关了手机,把身上的被子紧了紧,没了杜秋叶的房子她一刻也待不下去,而搬回到宿舍却发现这里更是煎熬,那些音调尖细的声音肆无忌惮地在空气中弥散出酸臭的气息。

　　杜秋叶站起身来,又点上一支,他感到爱人之间相隔的烦恼,具体的存在此刻只是一个抽象的概念,她在干什么呢,此刻开心还是沮丧呢。杜秋叶统统不知晓,这样寂静的冬夜,只有北风卷动枯枝的声音在持续着。

　　翌日,一早起来,杜秋叶便给陈嘉伟那边去了个电话,陈嘉伟让他到书店这边来。杜秋叶洗漱一下,吃罢早饭,便开着车去了书店。一进门,便正对上孙少康的笑脸,他旁边还站着一个稍有肥胖的青年。

　　"秋叶,来了啊,这是孙峰。"

　　"啊,孙峰,孙峰。"杜秋叶伸出手去,俩人松松地握了握。

　　"你说也是巧了,前阵子咱们书店装修,请的正好就是孙峰的装修队。你别说,他这个装修队干得……秋叶,这书店你还没来过吧。正好,咱一起瞅瞅。"孙少康说着走进书店,两人对视片刻,便跟在身后走了进去。

　　"啊,那个,陈叔呢?"杜秋叶感觉自己可没迷糊,他昨天联系不是陈嘉伟吗?

　　"你说嘉伟啊,杜总让我暂时负责这边的事物,嘉伟跟我说过你要来了。"

　　"哦。"杜秋叶点了点头,顿下的脚步再迈起来,跟着孙少康进了书店

　　"这书店,我爸开的?"目光在店内扫了一圈,杜秋叶忍不住问道。

　　"是啊,不像吧。"孙少康引着二人在店内转了起来,孙峰对这一切早已烂熟于心,只是跟在后面默默地看,听着两人时有时无的交谈。

　　转了一圈之后,三人在一旁角落里坐下,陈嘉伟点了三杯咖啡,不一会儿便有了馥郁的醇香。"你俩,多少年没见了?"孙少康低头抿了口咖啡。

　　"得有个十几年了。小时候,秋叶精瘦精瘦的,风一吹啊,都怕把人吹没了。"孙峰举起咖啡尝了一口,意料之中的味道,甜兮兮的。

　　"不过你可是一直都胖乎乎的。"杜秋叶也小口啜着咖啡,眉眼之间带着笑。

　　"你们俩聊着,我到处去转转。"孙少康见两人搭上了话,便不多停留,拎起咖啡杯,不一会儿便消失在一排一排的书架之中。

　　"这店,是你家的啊?"孙峰试探着问道。

　　"嗯。"杜秋叶迟疑地点了点头,他不知道孙峰为什么突然问起这个。

　　"哎,你说这人啊,小时候,我家在河这边,你们呢,在河那边,我拼命挣钱,终于到了河的那边,你们都成了城里人啦。"孙峰脸上灿烂地笑着,却又轻轻地

叹着气。

"早晚的事儿。"杜秋叶嘀咕了一句,谁知道这个早晚是什么时候呢,这个世界就像是被无数的河流切割,人们游过一条,一抬头又能瞅见下一条,一代人接着一代人往前游着,没人知道游到什么时候是头儿。所有的新生就这样不公平的降临在被不同河流圈出的领地上,有的人看着大河,有的人却看着一条臭水沟,人们游啊游,这每一条河里,谁知道淹死过多少年轻人的梦想和野心。

"找我,是有什么事吗?"孙峰把杯里的东西一饮而尽,甜兮兮的味道灌入喉咙,嘴里却漾上几分淡淡的苦,孙峰心想这洋玩意弄得就是邪门。

"我想回去逛逛,看看你有没有空。"杜秋叶应着,目光偷偷地抛向他的面容,揣测着他的表情。"如果你忙的话,那就算……"

"行啊,反正最近也是闲得没事。"出乎意料地回答。

"什么时候?"杜秋叶像是害怕孙峰反悔一样,急急地问道。

"随你,我都可以。"孙峰无所谓地耸了耸肩。

"成,那咱们现在就走吧。"杜秋叶蹭地站起身来,孙峰一怔,旋即也站起身来。

"听陈叔说,你现在干装修,不忙吗?"两人下着楼,慢慢地聊起了家常。

"这活儿,干半年休半年,你家这活儿啊,明年休个一整年都没事。"孙峰说道"你就放心吧,要是耽误活儿我也不会和你回去转悠的。"

"那队里的人不都散了吗?"杜秋叶问道。

"散啥啊,谁愿意干活啊,都搁家里歇着呢,就算有不干的,搁集上随便找几个就成。"正说着,两人便到了一楼,正要推门而出,便听到一声"杜家公子回来了啊?"是邱艳的声音。

"艳姐。"杜秋叶回身应道,眼前的邱艳比上一次见到更加美艳动人了,仍是淡淡的妆容,仍是那一身学生的打扮,一切都再普通不过,可总让人感到她的身体四射着绚烂的光辉,那令人蠢蠢欲动的光辉。

"邱经理。"孙峰一转身,看到是邱艳,也招呼道。

"你俩这是……"邱艳看了看杜秋叶的身边的人,正是前一段时间的装修队长,只是不知道杜秋叶怎么和他在一起。

"我俩,小学同学,出去玩会。"杜秋叶拍了拍孙峰的胸口,说着也不再搭理邱艳,拽着孙峰推门而出。

"什么年代了,还有和小学同学一起玩的……"邱艳嘀咕着,进了一层的酒吧。

孙峰的车子是一辆二手的五菱宏光,两人上了车,孙峰一脚油门下去,车子便轰隆隆的咆哮起来。

"你们城里姑娘,就是比县城的好看。"车子上了路,孙峰说道。

"是吗,我倒还觉得县城里的好看呢。"坐在副驾驶的杜秋叶歪过头去,看着眼里冒光的孙峰。

"大学里的是不是更好看,都温柔贤惠,会烧菜做饭,还特别体贴人。"察觉到杜秋叶的目光,孙峰转过头来回应着。

"也不全是。"杜秋叶回想着大学里认识的女生,回想着那一份举报信上的签名。

县城在眼前浮现,杜秋叶感觉自己的目光触及一团凝滞不动的灰尘,在这一团灰尘的胃里,是一群陌生人的生活。车子驶进县城,道路开始变得颠簸,高低不平的建筑显露出它们老旧的脸,人们在尘灰中踱着步子,这里像是在时间之外,始终都保持着那副萎蔫的样子。

"想去哪儿,秋叶?"孙峰把车速慢了下来,这里的路况并不能容许他的五菱宏光纵情驰骋。

"先找个地方歇歇吧。"杜秋叶的目光四下扫动着,他在努力地认清这地方陌生的面容。

"得,那就先回家。"孙峰开着车子,"这个回家可就有意思了,你家那地儿,现在归我了。"孙峰咧开嘴笑起来,牙齿上的烟斑在阳光中闪亮着。

"行啊,你小子。怎么倒腾到你手里的。"模糊的记忆在反复的清洗中显露出清晰的轮廓,老旧的家属楼,夏天能听到河水哗啦哗啦的流动,生锈的铁门,总有人家门前的春联被顽皮的小孩撕下,楼下的自行车歪七扭八地停着,傍晚时分每家的厨房都热闹起来。

"那会儿下山嘛,正好赶上什么改制,这房子就到了我手里了。不过啊,那老房子可全都拆了,现在都弄的新房子。"孙峰依旧不快不慢地开着车,县城的路面就像是沼泽,既走不快,也不愿走得快。

李老头饭店从视野中过去,车子便到了县城的中心,县政府大楼巍然而立,视野也随之开阔起来,县城中心像是沙漠间的一片绿地,宽阔的道路呈圆圈环绕,视野中的灰尘消散,高大的树木挺着笔直的腰背,干枯的枝丫昂首向天。

"县政府门前的绿荫大道,一到夏天,全县城的人都到这里避暑。"孙峰给杜秋叶做起向导来。

"前面那些地方,怎么都没绿化啊。"杜秋叶疑惑地问道。

"我说杜大少爷,种树也得花钱啊。"孙峰拧着眉毛去看杜秋叶,"这县城,又没啥营生,拿啥种树?"

"哦……"杜秋叶沉默地看着道路两旁的高树,车子这时开始右拐,杜秋叶看见县政府大楼下大大小小的水池,水池间立着大大小小的雕塑。"这些是?"杜秋叶问道。

"喷泉呗,夏天晚上可热闹了。老少爷们光着膀子进去一淋,白天多累也忘了。"孙峰挑了挑眉毛,他可是极为钟爱这个地方,干完活了,进去一冲,身上的漆呀也就洗得差不多了,有个背心褂子的,也都这儿脱下来搓两下,拎在手里哼着小曲儿便回家了。

车子绕着县政府大楼走出一段距离,便又一头栽进灰蒙蒙的空气里,杜秋叶不再言语,只是一双停不下来的眼睛透过车窗不断地浏览着县城的皮肤,那凸起的,大概就是青春痘,那凹陷的,大概就是年轻时候留下的疤。再回过头去看,李老头饭店和县政府大楼倒成了一对儿丰满的乳房,路两边的破破烂烂的店面则是久治不愈的皮癣。

"这个时候,路上怎么有这么多人啊。"杜秋叶看着路上悠闲的人们,这个时候,工厂,学校,商场,应该都还没到午休的时间呐。

"早他×的歇了。"孙峰说道,"干半年,休半年。趁着没死,好好玩呗。那超市,商店都是开半年的,那按脚的那帮娘们,就是做那个的,一样。"

"都玩啥啊,我也没看见有啥好玩的啊。"杜秋叶在脑子里回想着,进了这县城以后,除了两个KTV,一个电影院之外,再没看见别的娱乐场所。

"打牌,喝酒,搓麻将,最不济的就是这帮,马路上溜达。"孙峰伸出四根手指,"要不说县里的交通事故多,真不是县城人开车不如你们城里人,就是这人啊,他太爱溜达了。"孙峰指着前面一位老人"就这样的老爷子,走着走着,不知道突然想起什么来,一步就给你蹦马路中间了,你有啥办法。"

"那是挺危险的。"杜秋叶看过去,是一位拄着拐杖的老人,后背背着几截甘蔗,左脚有些跛,两条腿一浅一深地捅在地上。

"县城啊,早就不是咱们那个时候的县城喽。"孙峰加大油门,臃肿的五菱宏光在颤抖着吼叫起来。

"一直不都是这样吗?"

破破烂烂,肮脏,混乱无序,人们有天生的乐观精神和顽强的生存能力。

两人无言,直到车子在那条河边停下,刚下了车,杜秋叶便接到杜军的电话。

"你小子,去哪儿了?"熟悉的大吼大叫,杜秋叶赶紧把手机移开自己的耳朵。

"我去县城了,已经到了,在这边玩几天。"杜秋叶语速飞快,说完之后便赶紧挂掉了电话,这种挨骂的事还是交给陈叔他们吧。

"你出门,没给你爸打个招呼啊?"孙峰熄了火,从车上跳下来。

"都多大的人了,这还要打招呼。"杜秋叶把手机塞进衣兜,这才想起他没带手机充电器,不止是充电器,他似乎除了身上穿的这些衣服再没有别的东西。

"呦,你可别说是我把你带回来了,要不然尾款不给我结了。"孙峰耸了耸肩,笑着掏出钥匙,打开了门。

杜秋叶没急着进,方才接杜军的电话,他没来得及好好打量一下孙峰的家,那时的家属楼变成了两层小楼,盖得中规中矩,除了二楼突出来一个小小的阳台之外,整个像是一个四方匣子。

"没院子?"杜秋叶了解这样的二层小楼,县城和山里惯有的设计,只是应该还有一个小院子。

"屋子后边,靠着河。"孙峰一笑,先进了屋,杜秋叶紧随其后,跟着孙峰进了屋子,入眼是偌大正厅,紧接着厨房和餐厅,阳光从厨房和餐厅的连接处落入,后院的位置大概便在那里,正厅的西北角,是通往二楼的楼梯。孙峰把脚上的鞋子随便一蹬,整个人便倒在了沙发上。"你随意吧,我先躺会儿。"孙峰说完便两眼一闭,只留下均匀的呼吸声。

杜秋叶四下环顾,正厅正中央是一张木质茶几,孙峰躺着的那张沙发靠在的东面的墙上,两张小沙发一左一右,西侧的墙上则是电视柜和电视,电视不大,积了一层厚厚的尘灰,应该是有日子没打开过了。北侧,则是餐厅和厨房,剩饭剩菜混乱地陈列在桌上,厨房里飘着一股酸臭的味道。

推开厨房和餐厅连接处的门,冬日的冷风便拥入怀中,杜秋叶走进院子里,发现孙峰竟然还在院子里种了几样菜,此时,只有萝卜安静地蛰伏在地下。两棵树如左右门神分立在院门两侧,杜秋叶踩着院中夯出来的一条小径,走到院门,却发现怎么推都推不开。

"钥匙。"孙峰不知道什么时候走到了餐厅,正站在院子的另一端叫着杜秋叶,看到杜秋叶闻声转身,一抬手,一串钥匙便扔到杜秋叶的手里。

"我到二楼睡会儿,吃午饭叫我啊。给你尝尝我的手艺。"孙峰挠了挠头,便打着哈欠,转过身上楼去。

"你的手艺。"杜秋叶嘀咕着,厨房里的味道仍在折磨着他的鼻子,他把钥匙捅进门里,推开了院门。

屋后的河流早已冻得结实,厚实的冰层上落着干枯的树枝和断裂的野草,北风低低地吹着口哨,杜秋叶的目光在冰上溜着,他早已忘却那个时候的自己究竟站在哪个地方,也忘了吴静雯落水的时候是在哪个地方。二十年过去了,这里的冰看起来和那时都不一样了,那是20世纪的冰了,这个世纪的冰看起来总是如上了妆的姑娘,少了那时的粗粝,多了一分娇艳的姿色。阳光漫溢,北方冬天难得的晴朗,灿亮的白光在眼前闪耀着,残雪如一团团松软的鹅绒。杜秋叶在河边找了个地方坐下,静静地给自己点上一支烟,二十年前的潮湿此刻在冰面上晾晒着,那个时候湿了的衣袖,湿了的裤脚,在二十年间每一个失眠的夜里,都提示着杜秋叶这些湿寒从未褪去,或许,只有在这样的时候,在二十年后的阳光下,才能把这一切烘干,才能让睡眠得到片刻安稳。

一支烟吸毕,杜秋叶站起身来,河边布满了枯草,如同茂盛的体毛。杜秋叶在河边散漫地溜达着,寒意盘剥这全身的温度,偶有性子顽劣的,还顺着衣领钻进衣内。河对面的山在一团白茫茫的雾气中隐匿着面容,山上,盘曲的小路,繁茂的树林,稀少的人家,这样的地方,或许适合现在的自己居住,褪去所有社会属性的衣衫,成为大自然身上的血肉,不是成功商人的儿子,不是什么大学生,不是精神有问题的病人,只是完全的归属于自然,与自然一同呼吸,一同安眠。

"那样的日子,倒是蛮有意思。"杜秋叶嘀咕着,饥饿的感觉在胃部扭动着,杜秋叶提起双腿,回到孙峰的家里。

"吃饭!饿了!"杜秋叶站在楼梯口,扯开嗓子便叫道。

"你他×的,你喊啥!"楼上传来摔落的闷响,孙峰的回应在几声哀号之后。

"吃饭,去开车。"杜秋叶在沙发上盘腿一坐,等着孙峰下楼。

"去哪儿吃啊,就在家里吃吧。"孙峰捋着袖子从楼上下来,"我这么跟你说,你别看我五大三粗,就我做的这方便面,这邻里之间没有不说好的。"孙峰说着从电视柜地下弄出两盒康师傅来。

"就这,你可别闹腾我了。"杜秋叶把盘起的两条腿放下来,"这样吧,咱去李老头吃,我请客。"杜秋叶挑着眼去看蹲着的孙峰,浅浅的笑纹在嘴角浮漾着。

孙峰嘿嘿一笑,一转身,正对上杜秋叶的笑脸,"你说我这脑子,忘了杜家大少在我家里呢。"孙峰瞄了瞄杜秋叶,"那咱……这就走?"

"走啊,不走干啥。"杜秋叶抬头瞥了眼客厅上挂着的表,八点,再掏出手机来一看,十一点半。

"走走走,杜少,这边请。"孙峰一个箭步蹿到门口,手在身前胡乱地划了几个圈,向门外伸出去。

"你这人,可真没意思。"杜秋叶说道,他挺胸抬头,双手紧着自己的大衣,板着一张脸从孙峰面前走了出去,一迈出门,便忍不住咧开嘴笑起来。

"你们啊,就是虚伪,一边说着没意思,一边笑得跟朵花儿似的。"孙峰说着,人也钻上了车,杜秋叶就没见过这么快的发动,车子像是跳到了路上,油门一直加着,换挡的声音咔咔地响着。

"吃完饭,我得去买点东西。"杜秋叶忍受着车子的声音,说道。

"你买呗,又不是我花钱。"孙峰挑了挑眉毛。

"你这话说得,你得带我去,对了,你家能洗热水澡吗?"杜秋叶把"热水"两个字说得很重。

"我说秋叶啊,你这就是看不起我们县城了,你别说是热水澡,你就是泡桑拿都行。"孙峰瞥了杜秋叶一眼说道。

"恩,那我再买身衣服。"杜秋叶点了点头。

"秋叶,你是打算在这住多久啊。你这要是十天半个月的,我可是要收钱的。"孙峰开着车在马路上四处穿插,脑子里拨起自己的小算盘,这个房间的租金、吃饭的伙食、出行的油钱,一天怎么着也得要他个三百块。

"住到过年吧。"杜秋叶嘴边衔着笑,目光轻飘飘的在车外浮着。

"得,那就掏钱吧您嘞。"孙峰把油门踩到底,身下的五菱宏光全身痉挛着奔向李老头饭店,车屁股突突放着黑色的屁,车脑袋每走一段就往下一沉。

"你这车,给人拜年呢?"杜秋叶一肘子捅在孙峰的小腹上,孙峰这才松了松油门,"咋说话呢,好歹三十万公里了。能跑就不错了。"孙峰一脸骄傲地说道。

"还没报废啊。"杜秋叶往中控台捣了几拳,塑料碎屑是四处飞溅开来。

"哎哎哎,你干啥呢。你赔钱啊。"孙峰急了,连忙分出一只手去摁住杜秋叶。

"我说,你这车没审过吧。"杜秋叶看着被自己捣出个窟窿的中控台,紧着眉头看着孙峰。

"审他×啊,我连驾照都没……"孙峰意识到自己说得顺了嘴,赶紧打住,小心翼翼地瞄了杜秋叶一眼。

"你停车!停车!我来开,我有驾照。"杜秋叶叫了起来。

"我跟你说,你要开没事,就这车,有驾照的未必会开。"孙峰把车子停在路边,嘴里嘀咕起来,"要驾照干啥,喝了点酒还扣分……"

"你再不下来,老子就报警了啊,先给你判个危险驾驶。"杜秋叶一把拽开车门,仍喋喋不休的孙峰差点从驾驶座上滚了出来。

"你这小子,咋还跟小学的时候一样,死脑筋。"孙峰给自己漫长的嘀咕结了个尾,双手环绕在胸前,坐在了副驾驶的位置上,呼哧呼哧地喘着气。

"一点都不知道通融,知道吗?这是传统,人是活的,凡事它都得……"

"闭嘴吧,这档怎么挂不上?"杜秋叶恨不得扯块胶带封住孙峰的嘴,"帮我挂挡,老子要出发了。"

孙峰不情愿地看了杜秋叶一眼,还是把手放在挂挡杆上。"一档。"杜秋叶喊道,孙峰的手便在挂挡杆上一扭。

"二挡!"

"踩离合!"

"三挡!"

"踩离合!"

……

两人一路这样开到李老头饭店,肚子都瘪了,胃部的抽动让两人脸上的肌肉不自然地扭动着。进了饭店,前台经理眼尖,一眼便认出来了杜秋叶,用最快的速度为两人准备好了单独的房间。两人对着菜单肆意妄为一番,等了片刻之后便是一番狼吞虎咽,最后只剩下一番杯盘狼藉。

出了饭店,又是孙峰开车,车子和人一样,在午饭后的怠惰中昏昏沉沉地驶向商场。杜秋叶满是困意的目光扫到路边的广告牌,一块布满铁锈的广告牌,"让绿色始终陪伴着您!"杜秋叶揉了揉眼,再次看过去,"这广告牌什么意思啊。"杜秋叶问道,网上疯传的绿帽都快成了一种文化,这里竟然都立上了"让绿色始终陪伴着您!"的广告牌。

"你这就不知道了吧。那是个小酒馆,只对失恋的人开放,如果是被对方戴了绿帽,进店即可享受五折优惠。"孙峰看了一眼大惊小怪的杜秋叶,注意力又转回车前的道路上。

"有意思。"杜秋叶嘀咕着,他眯上了眼,困意在不休止的颠簸之中愈加浓重,直到一阵喧闹撑开他的眼皮。

"到了,我的杜大少。"孙峰停好车,熄了火,看着睡眼惺忪的杜秋叶。杜秋叶伸了个懒腰,打着大大的哈欠,筋骨之间的疲惫感此刻一点点消失,每一块肌肉都在舒惬地呻吟着。

"你……你好!"杜秋叶快走几步,叫住了一个正要推门而入的姑娘。

姑娘转过身来，和杜秋叶四目相对，"怎么是你？"两人同时发出疑问。眼前的这姑娘不是别人，正是曾和杜秋叶有过一夜风流的阿媚。"得，这可好玩了，旧乡遇故知。"杜秋叶心里嘀咕着，手忍不住地挠着自己的头发。

"杜大公子，你还有雅兴到这儿玩啊。"阿媚率先发难，杜秋叶那一夜之后便删除了阿媚所有的联系方式，他自知理亏，索性就先挨了这一闷棍。

"这么个事，我和我朋友回来看看。"杜秋叶指了指一旁的孙峰，孙峰看到两人的目光朝自己这边甩了过来，憨笑着挠了挠头。

三人一边聊着天一边走进商场，杜秋叶通过交谈才知道阿媚竟然是一路走回来的，到县城是来找一个在商场兼职的同学玩。逛了片刻，三人约好走的时间便分开行动，阿媚去找自己的大学同学，孙峰则跟着杜秋叶去买一些日用的东西，第一件是手机的充电器。孙峰领着杜秋叶到了手机区，便随处找了个地儿坐下，让杜秋叶自己去挑。杜秋叶目光一扫，走向了三星的柜台。

"先生，欢迎光临三星。"

"买手机吗，先生，这是今年的最新款，超大屏幕，玩各种手机游戏都不卡。"

"我就买个充电器。"杜秋叶打断了这陌生的热情，从容不迫地掏出自己的手机。

"哦。"陌生人之间的感情就是这样的脆弱，方才的热情瞬间制冷，一阵翻箱倒柜的声音之后，一个白盒子被扔到了柜台上。"原装充电器，600块。"

杜秋叶拿起盒子来看了看，包装良好，质感优良，但是总感觉哪里有点不对，他的目光最终落在了商标上，"SAMSNUG"，他再掏出手机一看，"SAMSUNG"，"你这个，确定是原装的？"杜秋叶举着手里的盒子，在那电源的面前晃了晃。

"是啊，怎么不是。"艳红的嘴唇剧烈地翻动着，吐出一股大葱的气息。

"哦。是原装的啊。"杜秋叶后退几步，抬头一看，赫然便是"SAMSNUG"。杜秋叶对着孙峰招了招手，孙峰见状便走了过来，"咋地了，买个手机充电器还不合你老人家的意？"

"就这一家三星吗？"杜秋叶指着自己头上的牌子问道。

"是啊，要不你以为呢。"孙峰也抬起头来看看，唾沫星子四下飞溅。

"买不买，不买收起来了，没钱逛什么手机店。"柜台后那张刷得惨白的脸不耐烦地嚷起来。

"买，买。"杜秋叶掏出钱包，这个时候他才理解什么叫作卖方市场，飞快地点出六百。

17.

一周之后，杜军亲自去接迟迟不愿回家的杜秋叶。

途经曾经生活过的县城，车上的众人都失了声，他们的目光抚摸着这面貌一新的县城，心里却时刻追思着它在某个时间段里的样貌。所谓故乡，无论它怎样改变，都只像是做了整容手术一般，动了动几个器官，大体样貌总还是记忆中的那个样子。

回到家，杜军一头扎进卧室呼呼大睡，杜秋叶躺在阳台上的藤椅上，小圆桌上摆着一本《论语》。杜秋叶点上烟，把书打开翻看起来，书页上写着密密麻麻的笔记，歪歪扭扭的字体一看就是杜军的笔记。杜秋叶站起身来，他非但没有感到疲乏，反而感受到一股涌动的力量在体内流淌着，他意识到有一种欲望在萌生，这种欲望像喉咙里无数的言语，需要一种具体而实在的表达。

杜秋叶无法继续在阳台上待下去了，这种欲望如燎原之火烧灼着他，他三步并作一步咚咚咚地跑下楼去，钻进自己的卧室，打开自己的电脑如痴如狂地敲起键盘来，欲望在燃烧的赤焰之中逐渐清晰：表达、叙说。或许是昨夜孙少康的话在自己的意识中埋下了伏笔，杜秋叶感觉自己就像是一个饱胀的胃，迫切地需要某种形式的消耗。

他想了片刻之后决定先跳过题目，他也不知道自己到底会写出来什么，身体和意识被一种隐蔽的迷狂支配着。他从自己的小时候开始起笔，以旧县城当做环境，儿时混乱的回忆此刻变得脉络清晰。杜秋叶感到口鼻终于能够畅快的呼吸，一间始终囚禁着自己的监牢在打出第一行字的时候便开始倒塌，是与非，对与错。杜秋叶感觉自己的大脑终于停止主观的妄断，转而变成一个冷漠的旁观者，他浏览着自己生命中的过往，像外婆给自己孙女编好看的小辫子一样梳理着旧时的岁月。

从正午到日薄西山，方琪进屋来喊杜秋叶吃饭的时候，正看着杜秋叶红着双眼，双手癫狂地敲着键盘。

方琪从背后唤了他两声，杜秋叶却没有任何的反应。方琪便走到杜秋叶的身边，一眼看过去就被杜秋叶通红的双眼吓了一跳，声音陡然变尖，身子摇晃几下跪在地上。

"干什么呢，大呼小叫的。"杜军从客厅骂道。

"秋叶，秋叶。"方琪拽着杜秋叶的胳膊，却感觉手里握住的是坚硬的铁石，杜秋叶纹丝不动,双手仍在键盘上保持着快速敲击。

杜军的脚步声响起来,眼前的景象让他也是一怔,"你小子,干啥呢?"杜军伸手捏住杜秋叶的肩膀摇了摇。

"啊!"杜秋叶大叫一声,揉了揉有些发酸的眼,方才全神贯注的面容顷刻间布满疲惫。他有些疑惑地看了看左右,"爸,妈,你们这是干吗呢?"

"吃饭啦。"方琪把嘴里的话揾成一团柔和的气,轻缓地拂着杜秋叶的面容。

"好啊,吃饭。"杜秋叶笑了笑,方琪站起身子,眼前的这个笑容让她不禁想起杜秋叶只有五六岁的那个时候,笑起来像被微风稍稍撩拨的清池,清澈、宁静、温和。

"你小子,刚才干吗呢,神神鬼鬼的。"三人在餐厅一落座,杜军便忍不住问道。

"写小说。"杜秋叶挠了挠头,避开杜军锋利的目光,看向自己的母亲。

"写小说是好事啊,商本来就是末业,著书立传这才是正道。"杜军脸上闪着红光,"你这可得好好写,顺便给你爹安排个高大点的角色。"

"嗯。我知道了。"杜秋叶萎蔫地应着杜军的话,摸起桌上的筷子吃起晚餐。

"秋叶啊,写小说归写小说,罗马不是一天建成的,要多注意休息。"方琪慢慢地喝着自己的小米粥。杜军和方琪在晚上已经告别了主食,只是吃些青菜,喝一碗粥。

"知道了,妈。"杜秋叶抬起头来对着母亲笑笑,一旦从被迷狂和癫乱支配的表达中脱身而出,身体便如空中迫降,疲累的感觉在自己的每个关节里噬咬。

"对了,吃完饭我给少康打个电话,你们聊聊?"杜军看着脑袋趴在碗上的杜秋叶问道。

"嗯,好。"杜秋叶的脸埋在碗里,闷声回应道。

简单的晚饭之后,厨房里响起了方琪收拾的声响,父子二人则奇形怪状地倒在沙发上,杜军的好奇感折磨着他,他总是想要问点什么,却总是说不出口。杜秋叶怎么会不知道父亲的心思,每当他感到杜军要张口,他便开始在沙发上翻滚,仿佛自己的后背上布满尖刺,只要调整到适当的姿势就能抗拒言语的骚扰。

杜军看着翻来覆去的杜秋叶手足无措,看着时间也差不多了,便给孙少康打去了电话。本想叫孙少康到家里来,孙少康却执意让杜秋叶去书店,杜军拗不过他只得挂了电话,回到客厅却不见杜秋叶的踪影。

"你小子,你康叔让你一会儿去书店。"杜军对杜秋叶的房门捶了两拳,屋内传出杜秋叶慵懒的回应。

稍微缓了缓心神之后,杜秋叶起身出门,他没有选择开父亲的车子出门,而是在路边打了一辆车。许多东西在自己的身体里拥挤着鸣叫着,杜秋叶本以为上山一趟自己已经看了足够多,可在触及不到的时间和空间里永远也猜不到有什么样的事情正在发生着。它让你惊讶,让你作呕,它与你之间只有地理意义上的距离,却似是在另一种秩序中再正常不过的行为。坐在车里,看着窗外的流灯溢彩,时间尚未进入正月,春节的彩灯便纷纷挂在两旁的行道树上,杜秋叶不禁想起古时候的城墙,高大而威严,用一种冰冷的沉默拒绝着外来的陌生人,而如今,城墙真的消失了吗,这路途两侧的灯光又何尝不是一种城墙呢,他虽然柔弱温和,可不也阻隔着那些时运不济的外来人吗。

很快便到了书店,一楼的酒吧正在准备营业,杜秋叶对正忙着的邱艳招了招手,便上楼进了书店。孙少康正在门口的位置上喝着咖啡,这个时候书店内的顾客大多都是下班之后的上班族和带着孩子的年轻父母。杜秋叶目光扫视一圈,便在孙少康那张桌子边坐了下来。孙少康完全没有注意到杜秋叶的到来,只顾着捧着手里的那一叠A4纸写写画画。

"老板,要一杯咖啡。"杜秋叶轻声说道。

"那边点。"孙少康抬了抬手,手里的笔指向一旁的小吧台。说完之后孙少康怔了怔,这耳边的声音似乎有点耳熟,他不觉抬起头来,"秋叶来了啊,你等着,我去给你泡杯咖啡。"孙少康不好意思地笑了笑,把笔夹在自己正在看的那一页上,起身向吧台的方向走去。

"要付钱吗,康叔。"杜秋叶的声音追着孙少康的背影。

"你这臭小子。"

泡好咖啡,两人各自坐在桌子两端,双手合十,咖啡呼着醇香的热气,两个人却谁都没有率先说话的意思。

"咳。"孙少康清了清嗓子,却没有吐出半个字来,只是又翻开自己的面前的那摞A4纸看起来。

杜秋叶两只耳朵刚立起来,旋即又趴下去。只得继续盯着面前的咖啡杯。他知道这个话题实在有点难以开始,但他愿意等。杜秋叶隐隐有一种感觉,这件事是他这个时候最需要去做的一件事,一本书,几十万字,打印出来是许多张A4纸,这些A4纸就像一副巨大的膏药贴自己的身上。从他自己的角度而言,这是他的自愈,他需要褪去稚嫩的皮肉,让身上的伤口结出痂。

"你……"孙少康嘴里咬住一个字发出长长的声音,"做好准备了吗?"先是简单的试探,把说话的责任转交给面前的杜秋叶。

"准备?"杜秋叶不知道孙少康具体所指。

"首先,我说得不一定对啊,我觉得身体上要做好充分的准备。当开始一个长篇的写作时,技巧,内容啊其实是建立在体力之上的,至少要在写作的这个阶段里保持充足的体力。"孙少康搓着自己的双手,他也只能分享一些自己最近的心得。他并非文学专业出身,此前虽然喜好,可从未拿出精力去写一个长篇。

"嗯,这方面我没有问题。"杜秋叶点了点头,抿了一口已经温了的咖啡。

"其次就是养成习惯。"孙少康不觉笑了起来,"说起来,我已经把这件事当成工作的一部分了,因为它真的很苦很累,而且自己很少会有满足感。说得简单点,在未完成之前,这件事很少会让你感到开心,你要忍受某些地方自己表达能力的限制,你要在某个不知道如何继续下去的时候煎熬。"孙少康有些不自然地正了正自己的身子,他感觉自己并不比杜秋叶高明,至少当他看向杜秋叶的时候,他会羡慕那双闪光的眼睛,他会渴望这已经失去的年轻。

"好。"杜秋叶点了点头,"康叔,你写的大概是什么内容。"在被孙少康羡慕的同时,杜秋叶也渴望着自己有一天变得像眼前的孙少康一样成熟、老练,他羡慕他这样经过时间打磨之后仍旧闪烁着光亮的本色。

"我的选材,其实就是从县城到这里来的故事。"孙少康像是有些不确定一样,又翻开自己手里的那摞A4纸。

"和我的想法差不多。"杜秋叶笑了起来,"不过,你我的视角应该会有很大的不同吧。"

"是啊。对于你来说,在县城的那段时间应该是快乐的烂漫的,而对于我来说可是一种不小的挑战。那时候我比你现在还小许多呢,刚刚参加工作,一切都和学校里太不相同了。"孙少康微笑着仰起头,思绪在柔和的灯光和馨香的咖啡中短暂地飘回二十年前,他好奇那个时候自己的样子,肯定不会是现在这样总有刮不干净的胡茬,总有黑眼圈包围着自己的眼睛,皮肤也总是干涩粗糙,像是一张砂纸。

"不管怎么说,既然有做这样一件事的欲望,那就尽快开始吧。时间可不饶人啊。"思绪重新在书店中降落,孙少康有些悔恨地摸着自己失去弹性的面容,镜子中的发际线也越来越高了,曾经让自己的苦恼的茂密的头发此时凋落近半。

"那是肯定的,我今天写了一下午。"杜秋叶也搓了搓自己的双手,手指的关节间酸痛发胀,但是这种陌生的快感却让他难以忘怀。

"用力过猛也使不得,这可是一场马拉松。"孙少康看了一眼时间便站起身来,到了快要关门的时间,书店内的人也变得稀少。"打扫一下卫生,准备下班吧。"孙少康对着几个正在整理书的店员招呼道。

"我也一起吧。"杜秋叶把杯里的咖啡一饮而尽,站起身来。

"一起干吗?"孙少康转过身来有些疑惑地看着杜秋叶。

"打扫卫生啊。"杜秋叶笑了起来,"自己家的店,多少也要出点力气。"杜秋叶看着店员们都向一个角落里走去,便跟了过去。

"这秋叶,真的有点不一样了。"孙少康看着杜秋叶快步离去的身影,不禁嘀咕起来。

刚打扫完卫生,邱艳便上来邀请两位,孙少康挑着眉毛用目光征求着杜秋叶的意见。杜秋叶点了点头,两个人便随着邱艳下楼进了酒吧。

"秋叶,你知道吗,你康叔刚开始的时候可是打死都不肯进酒吧来。"三人刚一在酒吧的吧台坐下,邱艳便开始调笑孙少康。

"我又不像你们,我们上学那会儿哪进过这种地方,看着都害怕。"孙少康让邱艳一句话说得老脸通红,在那个时候到处都是舞厅,各种各样的人挤在一起跳跳舞,后来的这些夜总会,酒吧,孙少康总觉这样的娱乐场所里挤满了牛鬼蛇神,便一直保持着敬而远之的态度。

"看不出来,康叔原来还挺保守的。"杜秋叶也跟着说道,在他的印象里,这个康叔可是一个什么都会去尝试的人。

"经理,喝点什么。"吧台后出现一个清秀的男生,服务生的制服紧致的贴合着他匀称挺拔的身材。

"我要玛格丽特。你俩呢。"邱艳转过身去看着孙少康和杜秋叶。

"我要波本。"孙少康说道。

"都……有什么?"杜秋叶挠了挠头,其实这是他第一次来酒吧,没承想这么快就露馅了。

"哎哟,我的杜大公子,你还笑话人家呢。"邱艳闻言笑得前俯后仰,孙少康也露出了愤愤不平的神色。

"原来是杜公子,第一次来吗?这是我们的酒单,您看一下。"那服务生将一张手感柔和的小本子递到杜秋叶的手里。

"有啥好笑的,起码我没觉得这里有什么牛鬼蛇神。"杜秋叶挑了挑眉,一边不懂装懂地翻看着手里的小册子,一边对两人的嘲笑发出不屑的回击。

"你给我推荐几样吧,我也不太懂。"杜秋叶把手里的小册子还了回去。

"不如喝点啤酒?"服务员象征性地问着,身子已经转向酒柜,利索地给杜秋叶开了一瓶。

"好,谢谢你。"杜秋叶点了点头,对着那要走开的服务员招了招手,服务员走了过去"还有什么吩咐吗?"他站在原地说道。

杜秋叶不回答只是招着手,服务员有些顾忌地看了一眼邱艳,隔着吧台把耳朵凑向杜秋叶,"我跟你说。你小心点你们经理,她就喜欢你这样的,小心哪天把你睡了。"杜秋叶说完便嘿嘿地笑起来,那服务员脸上也闪过一线笑意,很快便恢复了正常。邱艳发觉杜秋叶的言语似乎是指向自己,便放下手里的酒杯,用力地干咳了两声。

"甭理她,我是老板,她是经理。"杜秋叶耀武扬威地白了邱艳一眼。

"不和你闹了,今天晚上有点特别的节目。"邱艳摆了摆手,暂时放过了那个服务员,转而对孙少康和杜秋叶说起今天晚上的表演。

"就别卖关子啦,我可不想像小孩一样跟着问,'哇,是什么节目啊。'"杜秋叶扯着嗓子,粗劣地模仿着孩子的声音,脸上也挤出一张引人发笑的古怪表情。

"你这个人真无趣。"邱艳嘀咕了一句,抿了抿杯中的酒,说道,"是我们学校的一个摇滚乐队,小有名气,我今天请他们来表演。"邱艳说着看了一眼手表,时间快到九点,乐队差不多要上台了。

慵懒的灯光陡然抽搐起来,架子鼓的声音一马当先闯入众人的耳中,藏匿在一旁的舞台亮了起来,埋伏许久的贝斯、吉他和电子琴一并涌出,众人的喊叫声翻涌着扑向舞台,手握话筒的主唱闭着双眼,身体沉浸在旋律中柔缓地摇晃着。

"《Numb》?"再熟悉不过的歌曲,杜秋叶一听前奏就报出了歌名。

"没听过,但是感觉还不错。"身旁的孙少康应着,杜秋叶看向他,那一双颇具老态的眼中挣扎着跃起火苗,薄薄的嘴唇紧紧地抿着,身体也随着节奏的延展轻轻地摇晃着。

第一句出口,与查斯特-贝宁顿无法更相像的嗓音在众人宁静的呼吸中铺展开来,空气里填满了昂扬的力量,歌曲不断地进行着,到了高潮阶段,主唱便踩到了音响的上面,力道十足的嘶吼点燃了每个人的情绪。人们纷纷从座位上站起身来,高高地举起做着金属礼的手。

"你们都听过这个?"孙少康没想到全场会有这么大的动静,在沸腾的歌声中他只得高喊着问身旁的杜秋叶。

"当然啦!"杜秋叶同样大声地回应着。

邱艳坐在两人的身旁安静地注视着舞台,她或许已经习惯将自己的情绪阉割。

一曲终了,掌声和尖叫排山倒海地拥挤在舞台的周边,不少人已经涌入舞池开始排解生活的空乏和无聊。舞台上安静了下来,主唱扶着话筒架轻轻地咳了两声,人群稍稍安静下来,"今天很高兴能在这里为大家唱歌,我想我要谢谢我的邱艳学姐,在这里我想请她上来,一起唱一首《因为爱情》,希望大家给我们这样一个机会。"邀请的手势伸向正坐在吧台喝酒的邱艳,聚光灯如听闻号令的甲兵,迅速地将明灿的光亮聚集到邱艳的身上。"好!"人群呼喊着,这里面有些是邱艳的同学,有些是邱艳到这里工作之后的熟客,自然也有陌生的面孔。但无论是什么样的人,在这个时候都不会唱反调,人们喜欢热闹,更喜欢有人为他们创造热闹。

邱艳先是一怔,旋即轻轻地笑了笑,她从容地放下酒杯,不急不缓地迈着步子上了舞台。主唱给乐队打了个手势,随着伴奏的响起,热烈的人们在舞池内放缓了自己的动作。做完这一切的主唱转过头对邱艳说了些什么,两个人便都笑了起来。

"康叔,你可得上点心呢。"杜秋叶用胳膊肘碰了碰目光一直注视着舞台的孙少康。

"瞎说什么。"孙少康嘴上漫不经心地回应着杜秋叶,目光却一直黏在邱艳的身上,杜秋叶只得也将目光甩了过去,那主唱双手扶着话筒架,身体像失去力道般迷醉地向前倾着,前奏快要结束的时候他望了望邱艳,恋恋不舍地闭上了双眼。

"给你一张过去的CD,听听那时我们的爱情……"男生的嗓音温和细腻,杜秋叶和孙少康不觉微微闭上双眼,毫不抵抗地沦陷在无限柔软的情感当中。或许是酒精产生的细微醉意,这声音让人堕入无边际的泥沼,这是从胸口里挖出来的声音,人们真切地感受到在这声音中有一种温热的情感小心翼翼喘息着。

"再唱不出那样的歌曲,听到都会红着脸躲避……"邱艳的嗓音空灵清澈,杜秋叶和孙少康方才感受到微醺,感觉堕入迷醉的陷阱,此时却感觉双脚慢慢离地,干净而慈祥的春风温柔地托着自己的身体,温凉的雨滴似是稀疏地落下,轻轻地拍打在身。

一曲终了,两人再缓过神来的时候邱艳已经坐回了两人的身边,两人不禁在心中感慨音乐的魔力,音符是连接的,听的人却在一个又一个连接的音符中被分解,消散,感受不到任何具体的存在,只剩下破碎的感觉从四面八方而来,缓慢汇聚,灌入神经。

"看来二位很欣赏我的歌声啊。"邱艳脸上挂着得意的神色,有些妖娆地举着酒杯看着这刚刚从歌声中苏醒的两位。

"还行吧,勉强能听。"杜秋叶点了点头,举起酒杯和邱艳示意一下。

"我觉得吧,还不错。"孙少康也举起酒杯掺和进来。

"两个口是心非的男人,虚伪!"邱艳喝了一大口,面色微微泛红。

"对了,这个唱歌的男生……"孙少康试探着问道。

"是不是你男朋友?"杜秋叶插进话来。

"你个臭小子怎么管不住嘴呢?什么男朋友,那是我学弟,我们只是一起在晚会上做过演出而已,真八卦。"邱艳不屑地皱了皱鼻子。

"我这不是八卦,我这是帮康叔打探敌情。"杜秋叶学着邱艳的样子皱了皱鼻子,然而孙少康和邱艳都目露凶光。杜秋叶感觉气氛不对,连忙举杯,"来来来,我们喝酒。"孙少康和邱艳却一并背过身去,以冷漠的后背拒绝了杜秋叶的邀请。

三人喝道稍有醉意的时候,整个酒吧里也到了气氛最为高涨的时候,邱艳和孙少康先纵身跃入舞池,杜秋叶犹豫了片刻之后,也走进拥挤的舞池之间。身体刚一进入,杜秋叶便感到这个地方的魔力,所有的束缚在震耳欲聋的音乐声中松动,灯光不息止地闪烁摇摆。沦陷在舞池中的杜秋叶感觉生活的无数碎片在眼前闪动,过往,现在,将来,正如这交织又分离的光线。世界的边界在无限的延展,虽然此刻身边拥挤,但杜秋叶却感到自己的意识正充满着侵略的意图扩张着,生活,悲喜,命运,世界的复杂像每个人都正在享用的空气无处不在,在每个人都不曾留意的时候吸入身体。

"就是这样吗。"杜秋叶望向舞台上那个充满神秘色彩的主唱,学着周边的人摆动着自己的身体,高声呼喊和尖叫,淤积在体内的某些东西像滚烫的油在嗤嗤作响。人们或许都需要这样一种发泄的方式,把那些恶劣的情绪,落空的梦想,纯真的记忆,统统都当做此时身体焚烧的燃料。尽情消耗自己吧,越是精疲力尽,越是堕入虚无,才能早点邂逅一个更真实的自己,在此刻的堕落中纵情声色吧,压抑的日子总是更长一些。

杜秋叶感觉身体在无尽的虚空之间漂浮着,意识也如一只不肯落地的羽毛。眼前是密不透风的夜晚,夜晚里住着陌生的面容和他们交谈的声音,正是这样的夜晚,是自己想要一睡不起的夜晚。

在这样的夜晚里,每个人都在身上割出新的伤口,以此来忘却旧有的伤痛。

"醒了?"孙少康的声听起来有些不真实的摇摆。

"啊。"杜秋叶费劲地睁开双眼,头部钝重的痛感让他忍不住捂住自己的头,"这是……"视野中如有大雾,任何事物都只有模糊的边缘。

"书店。"孙少康说道,"你在这里过的夜。"

"我说你啊,不能喝就少喝点,要是都按照你这个喝法,酒吧都让你喝倒闭了。"邱艳泡来一杯咖啡。

"麻烦你们了。"杜秋叶攒足力气猛地坐直身子。

"别别别,我可受不起。"邱艳身子摆出惊慌失措的样子,手在身前不断地摆着。杜秋叶和孙少康见状都笑了起来。

杜秋叶看着两人有些疲惫的面容心里有一种说不出来的滋味,他慢慢地喝着咖啡,在窗外天色即将放亮的时候他悄悄地站起身来。

"你干吗去?"撑着脑袋小憩的两人还是被杜秋叶弄出的动静吵醒,还没走出去几步,孙少康的声音便尾随而来。

"回家啊,要不然还能去干吗?"杜秋叶背着身子抬起手来挥了挥,邱艳挑了挑眉,跟了上去。"我送他回去吧,你休息一会儿,等会儿书店就要营业了。"邱艳扶着宿醉的杜秋叶往外下着楼梯,"还有,别不吃早餐。"邱艳侧过身子对着书店的方向喊着。

"艳姐,我耳朵要聋了。"杜秋叶挠了挠自己的耳朵,邱艳的声音震得自己头晕眼花。

"就你毛病多。"邱艳收了收自己的嗓门,把杜秋叶扶到车上,这是杜军专门配给两人外出用的车,没想到还有一天要用来送老板的儿子回家。

一夜未睡的邱艳坐在驾驶位上揉了揉自己的面容,这个时候的街道空旷寂静,万物笼罩在街灯薄薄的温黄中。

发动车子,驶出停车场,路口的红绿灯正好变为绿色,邱艳踩着油门,车子加速冲过路口,一路奔驰。等别墅出现在视野里的时候,杜秋叶感觉自己的酒也醒了不少。

站在自己家的门口,杜秋叶发觉自己的身上竟然没有钥匙,他犹豫片刻,砸起了自家的大门。

"谁啊,现在几点？"在杜秋叶砸了十分钟之后,屋内终于响起了杜军愤怒的吼叫。

"我……"杜秋叶高声回应着。

"真他×的没办法,自己开门,进屋轻点,老子还没睡醒。"杜军说完,一串钥匙便从二楼落下来掉在杜秋叶的脚边,杜秋叶捡起钥匙,却发现自己无论如何都无法打开自家的门。坐在车里的邱艳下了车,走到杜秋叶的身边从他的手中取过钥匙,"我来吧。"杜秋叶讶异的目光打在邱艳的脸上,邱艳的动作比杜秋叶利索多了,看了一圈便找到合适的钥匙,自家的大门终于打开了。

"艳姐,你不……"杜秋叶从邱艳的手里接过钥匙,摇晃着走进屋里,目光有些恍惚地看着邱艳。

"不了,你好好休息,酒吧里还有许多事要做,我先走了。"邱艳看着杜秋叶向自己的卧室走去,稍稍放心了些,关上了门。

重新回到车上的邱艳却并没有急着发动车子,远处天光微亮,夜色开始变得稀薄,邱艳突然察觉自己对日出的景象已是这般陌生,昼夜颠倒的生活虽然充满乐趣,但何尝不是另一种形式的剥夺。自己已经太久没有过这样的平静,周边的空气沉寂无声,夜里呼号的风貌似也都在此时感到疲惫,纷纷销声匿迹。一抹红胭脂浮现在东方的鱼肚白上,邱艳疲惫的身体突然兴奋起来,朝阳慵懒地攀升,睡眼惺忪的面容上带着鲜嫩的粉红色。邱艳望着东方,微笑在脸上柔缓地荡漾着,她发动了车子,却并不急着回去,而是掉了个头,向东方开去。

万物苏醒,抖落昨日的劳累和疲乏。人们的口鼻开始仓促地呼吸,双眼焦急地浏览各种各样的信息,双耳也开始接纳这个世界巨大的噪音。

邱艳在这城市的边缘停下车子,她张开双臂对着东方,感觉身体正在缓慢地融化。

18.

时至期末,杜军也不再去邱艳的学校里上课,天气彻底地冷了下来,办公室也不愿意去了,常看的书都搬回家里来。孙少康和邱艳便辛苦一些,不仅要忙着书店和酒吧的经营,还要不时收到杜军的电话,他最近在看波伏娃的《第二性》,总有许多弄不懂的地方。这段日子,杜秋叶也不消停,每天都吵吵县城后面的山区有多么适合开发旅游,杜军拗不过他,只得让陈嘉伟带着一个专业的团队上山考察,现在已经去了半月有余了。

吴国忠这几天兴奋异常,吴静雯打电话回来说自己有了男朋友,并且还打算在过年的时候带回家接受父母的审核。吴国忠听了这通电话后天天往杜军家里跑,到了之后没别的话,张口就是"军哥,要准备点什么啊?""军哥,我家这情况你说人家看不上怎么办？我们两口子可都没读多少书,人家可是高级知识分子。""军哥,你说那小子会不会欺负我家静雯啊,静雯社会经验浅,又太天真……"每每问得杜军不胜其烦,便去杂物间抓起扫把追着吴国忠打。方琪看着家里鸡飞狗跳,只得坐在一旁无奈地叹息,两个快要五十的人了,还是这样胡闹。打跑了吴国忠之后,杜军便给杜秋叶打电话,责令他今年回家也要把蒋莉带回来。杜秋叶在电话那头哈哈大笑,说你现在就是想抱孙子我也能让你抱上,蒋莉闻言在旁边大呼小叫着。杜军刚想提醒他两人还在念书,保护措施还是要做,却只听到电话里嘟嘟嘟地响起了忙音。

"都说嫁出去的姑娘泼出去的水,这有了女朋友的小子也不怎么靠谱。"杜军嘀咕着把手机一扔,喝着茶,继续看手里那本枯涩的《第二性》。

吴国忠的骚扰刚消停了两三天,杜军就接到了陈嘉伟那边的电话,说是陈嘉伟在考察的时候不小心摔了一下,断了右腿,现在就快要送到市医院。杜军一挂电话就火冒三丈,给吴国忠打了个电话让他来接自己,两个人迅速地向市医院奔去。

到了医院,陈嘉伟刚拍完片子,除了右腿小腿处骨折之外,左臂关节处还有轻微的骨裂,程度不一的擦伤则分布全身。正在处理擦伤的陈嘉伟本来面色平静,杜军一推门而入,陈嘉伟便别过脸去,不愿让杜军看到自己。

杜军挤过人群,大步跨到陈嘉伟的身边,"怎么弄的?"杜军厉声问道。

"军哥,我没事,考察报告已经有了"。陈嘉伟还是侧着脸。

"我要你×的报告!"杜秋叶大骂一句。旁边正在处理的伤口的医生停下手里的动作,看着杜军,"先生,请你小声一点,这里是医院。"说完后才继续手里的动作。

"你们几个,谁是负责的?"杜军转过身去,问着一旁站着的众人,在他目光的扫视之下一个三十岁左右的人犹豫片刻举起了手,"我。"他站出来。

"你跟我出来。"杜军转身往医院外走去,那三十岁左右的男人紧跟其后。

"国忠,去跟着军哥!"陈嘉伟忍着伤口处消毒的苦痛,紧咬着牙关地对吴国忠说道。

"你他×的是怎么负责的,负责两个字是写着玩的吗?"刚出了医院大门,杜军就骂着蹿向那人。

"军哥,军哥。"吴国忠一路小跑过来抱住杜军。

"你是主要负责这次考察的,是吧。"搂住杜军的吴国忠问道。

"是的,主要负责这次考察的安全、装备、路线,以及最后对它的可开发性做综合的评定。"那人有条不紊地答着。

"怎么出的事?"杜军此时也稍稍冷静下来。

"今天我们准备返程,下山的时候陈……伟哥看到有一片没看过的树林,在一个小坡上,我们都觉得考察的意义不大,伟哥就自己过去了。我们看到伟哥自己上去不放心,就跟了过去,刚走到边上,伟哥就摔了,从斜坡上滚了下来。"那人面无表情地说着,仿佛此事和他全无关系。

杜军看着他的样子气得说不出话来,只是狠狠地瞪了他一眼,便转身朝医院走去。

陈嘉伟的擦伤已经基本处理完毕,正在给手臂和小腿上石膏,陈嘉伟看着杜军和吴国忠回来便问道"小姜呢?"

"谁是小姜。"杜军没好气地应道。

"就刚才和你们一起出去的那个,快快快,别让他走了,那家伙是个人才。"陈嘉伟急得叫了起来。

"别乱动。"医生命令道,陈嘉伟只得用双眼催促着杜军和吴国忠。

吴国忠只得又向医院外走去,走了两步回头一看杜军还站在原地一动不动,"军……""我不管,要追你追。"杜军正在气头上,那家伙一脸事不关己的表情让杜军实在恼火。吴国忠没法儿,只得独自跑了出去,那小姜根本没走,正站在杜军刚才和他说话的地方抽烟呢。

"有什么事吗?"看到吴国忠喘着粗气跑出来,被陈嘉伟叫做"小姜"的那人问道。

"姜先生……"吴国忠跑到跟前却并不急着说话,多年的司机工作让他学会了怎样斡旋在杜军和其他人之间,"是这样的,军哥和嘉伟到现在算起来有二十年的交情了,军哥一时性急,脾气可能没控制住,现在他正在听医生说嘉伟的情况,所以叫我出来向您赔个不是。如果姜先生执意要离开呢,军哥让我送你一程,如果不走的话……"

"行了,抽完这支烟就回去。"小姜甩掉手里的那支,又点上一支抽了起来。

吴国忠这一上午也没顾得上抽一支烟,闻着烟味实在克制不住,自己也摸出一支抽了起来。

"你给杜军当了多少年的司机了?"小姜打破了沉默。

"二十年了吧。"吴国忠略有惊讶,应道。

"这杜军有什么本事,让你们都给他工作。"小姜眯着眼镜后的眼睛,吴国忠瞥了一眼,感觉那两道目光直直地戳在自己的心窝里。

"那……您得先为他工作一段时间,相信您自己会有答案。"吴国忠不敢乱说,只知道陈嘉伟说这人是个天才。

"走吧。"小姜弹掉烟头,随便地踩了一脚,"其实杜军根本什么都没说,对吧?"两人快要进入医院的时候,小姜突然说道。

"我只是做我该做的事。"吴国忠答道。

两人进了病房,陈嘉伟身上的石膏已经弄好,不协调的身体看起来有些滑稽。办好了住院手续之后,众人扶着陈嘉伟到病房安顿下来。

陈嘉伟一躺到病床上,便对着小姜招了招手,耳语一番之后,小姜便带着一直跟在身后的那些人先行离去,病房内只剩下三人。陈嘉伟大体说了说上山考察之后的成果,杜军却总是想要问起陈嘉伟是如何受伤的。

"是我自己的莽撞了。其实也是一片没什么价值的林子,当时就想过去瞅一眼,谁知道这一瞅瞅到医院来了。"陈嘉伟说着说着自己都笑了起来,"军哥,你看看,我这教书教得好好的,非要让我来干这个,好了吧,把我害到医院里来了。"

"你小子。"杜军在床气得直打转,"我刚到医院那会儿,你怎么着,你还给老子摆脸色呢是不是,是不是让你上个山累着了,委屈了?"杜军火气上涌,嘴巴把不住门,吴国忠过去拽杜军,可是杜军一直打转,怎么拽也拽不住。

"什么啊,那不是小姜在那儿吗?那个家伙你别看他不大通什么人情世故,但是做起事来一丝不苟,还是个海归。我自己找了个事,虽然伤的是我,但是他自己知道自己肯定要负责任,他心气高性子傲,指不定这会儿还恼着呢。"陈嘉伟扶了扶自己脸上已经歪了的那副眼镜,"军哥,这个人可得留在公司里。你先替我好生伺候着。"陈嘉伟不好意思举了举自己的胳膊,表明自己此时也需要人伺候。

"海归是啥,海里的王八?你小子,让我帮你伺候个海里的王八?"杜军挠了挠头,看向旁边的吴国忠。

"留洋的,从海外归来,海归。"吴国忠强憋着笑,给杜军解释道。

"哦。得了,中午吃啥,老子也饿了,出去吃点东西,要啥我给你带回来。"杜军拍了拍自己肚皮,问道。

"不用了,我给他带来了。"病房外传来方佳的声音,陈嘉伟的脸顷刻笑得像花儿一样灿烂。

"呦,你瞧瞧这人,你平时见他这么笑吗?"杜军碰了碰吴国忠的胳膊,咂巴着嘴冲着陈嘉伟扬了扬下巴。

"没有。"虽说有配合杜军的成分,但吴国忠平时还真没见到过陈嘉伟这个笑法。

"哥,忠哥。"方佳进门给两人打了招呼,便走到陈嘉伟的病床边,"怎么搞的啊,也一把年纪了。"

"先不说这个,做啥好吃的了。"陈嘉伟也饿得前胸贴后背,伸着手去够方佳放在床头边的保温桶。

"炖了只鸡,别的也来不及。"方佳打开盖,鲜嫩的鸡肉和香浓的香菇散发出诱人的味道,杜军和吴国忠对视了一眼,默默地向着门外走去。

"你俩留在这里一起吃吧。"陈嘉伟看到两人要走,招呼道。

"饭不够啊。"方佳压低声音对陈嘉伟说道。

"说什么呢?"陈嘉伟瞪了方佳一眼。

"我可真是有个好小姨子。"走廊里传来杜军哈哈大笑的声音,病房内的两人先是一怔,随即也笑了起来。

"还没告诉晨晨吧。"陈嘉伟看着给自己盛饭的方佳,眉眼带笑。

"没,都是你不让说,哪有老子病了孩子不来看的?"方佳盛好了饭,又盛出一碗汤来。

"又不是多大的事,现在快期末了,让他好好在学校里学习吧。"陈嘉伟慢慢地喝着鸡汤,热汤下肚,身体微微发汗,痛感虽然丝毫不减,但整个人却感到身体变得轻盈起来。

出了医院,两人就近找了个饭馆,吴国忠不能喝酒,杜军要了半斤散酒自己一边吃一边喝,筷子很少碰菜,只是用不断地伸手去抓花生米。

"军哥,你喝多了。"吴国忠把杜军的酒杯拿开,"先吃点东西吧,早上就没吃,空腹,容易醉。"吴国忠往杜军的碗里夹了些菜。

"今天是有点不对。"杜军感觉头晕,他自己的酒量自己还是清楚的,可是今天实在不对,刚喝了这么一点,头就晕得里厉害,身体也没啥力气,他趴在桌子上歇了一会儿。"我得上个厕所。"杜军站起身来,他感觉自己明明走得是直线,却咣当一声撞在过道另一侧的桌子上。吴国忠感觉事情不对,筷子一扔就过去抱住杜军,往脸上一看,双眼无神,嘴已经歪了,口水正从嘴角向外滴答着。

"结账,结账!"吴国忠叫了起来,他掏出自己的钱包快速地点出几张扔在桌上,扶着杜军快速地出了门,开车往医院驶去。

到了医院,一番检查过后确诊是高血压发作,直接办了住院手续,刚躺到床上护士就推着小车进了病房。

挂上吊瓶,护士对吴国忠说了几句,刚想走,吴国忠便蹭地一下站起身来,"他这个情况,严重不严重。"吴国忠有些忐忑地搓着双手。

"高血压都这样了,你说严重不严重。"护士剜了一眼吴国忠,"不过还算好的,没梗住,打一个星期吊瓶看看吧。"

"这个,咱们医院能治是吧?"吴国忠接着问道。

"呦,您是多金贵的人啊。"护士瞥了一眼穿着普通的杜军,"市医院连个高血压都治不了,那我建议您还是直接奔首都去哈。"

"不是,你这人怎么说话的?"吴国忠本身脾气温厚,但这护士说话也太不中听了。"我跟你说这人多金贵,你给看好了啊。"吴国忠指着窗外,"李老头大厦,看见没,这是董事长,我也懒得和你聊,你叫个医生来。"吴国忠挥了挥手,像是烦躁地赶着眼前的一只苍蝇。

"哦。"护士应着,重重地甩了一下将病房的门。

"呜……呜……咯咯……"躺在病床上的杜军伸出胳膊,有些歪斜的嘴模糊地说着什么。

"军哥,怎么了?"吴国忠赶紧凑到杜军的嘴边,这才明白杜军的意思是问自己怎么样了。

"军哥,你没事,没事。"吴国忠紧紧地攥着杜军伸出来的手,那张始终充满活力的面容竟然第一次流露出绝望的神色,看起来像是要交代后事。

医生这时候推门而入,吴国忠赶紧站起身来,"大夫,情况严重吗?"

"这个不是太大的问题,第一次出现这种情况是吧?"大夫翻看着手里的病历问道。

"啊……啊……"杜军点着头,嘴里却无论如何都发不出"恩"这个音。

"嗯,那打完吊瓶应该就没事了,但是以后生活方面要注意了,最好是戒烟戒酒,不要过度劳累,控制情绪,还要定期测量血压。情况大概就是这样。"医生看着吴国忠快碎裂开来的面容,只得又添了一句"不要紧张"。

"大夫。"吴国忠推着大夫走出病房,"这个情况一般还剩下多久?"

"控制得好的话二十年我不敢说,十年应该是没问题。病人这才……"医生又翻开病历:"才五十,主要是生活上一定要注意,喝酒啊抽烟的能戒最好戒了,戒不掉最好也要控制一下,进食最好也清淡一些,反正都是上了年纪该注意的。出院的时候我们会专门再说。"医生说完准备离开,吴国忠却拽住了他。

"医生,那个十年二十年的你再说一遍,大点声。"吴国忠带着恳求的神色说道。

医生疑惑地看了看吴国忠,只得高声重复了一遍。

"不行不行,您得喊。"吴国忠还是不放他走。

"这是病房。"医生还没见过提这种要求的,有点丈二和尚摸不着头脑,他看了看吴国忠脸上坚决的神色,只得喊着又重复了一遍,走廊里出来上厕所的病人和护士台值班的护士纷纷将目光投了过来。

"陈大夫,没事儿吧。"护士长的声音传了过来。

"没事,咳咳,病人家属有点儿耳背,我给他介绍一下病人的病情。"医生应着,转过身来发现吴国忠已经松开了自己,只是白大褂的衣袖上留了五个指印。医生苦笑一番,确定没有其他的问题之后便转身离去。

吴国忠推门进入病房,发现杜军的面色平缓了一些,生死之事,有谁不害怕啊。这一个上午真是焦头烂额,杜军病了,肯定要有人拍板拿主意,按理说应该叫杜秋叶回来,可是……吴国忠心乱如麻,还是先给方琪和孙少康打去了电话。

坐在杜军的病床旁边,吴国忠感觉一种悲伤的情绪像梅雨时节的水位一样上涨着,他抬头看着吊瓶一滴一滴地滴落,细长的管子延伸着,末尾是杜军的手背。逃不过的生老病死,总是让人措手不及,吴国忠想自己总也会有这么一天,那个时候静雯会怎么样呢,那个终于把她骗到手的人是不是仍会好好待她。如果自己真的没有了,她应付得来吗,自己一家的亲戚,男人一家的亲戚,还有荣芳呢,她又该如何生活下去呢。人生的骤然回首,吴国忠却感觉自己像是第一次去外地念书那样,充满了迷茫和恐慌,二十多年的时光打马而过,自己竟变得如此老了。他感到自己是幸运的,那个时候正值国企员工下岗,要不是杜军带着自己进城闯荡,说不定现在自己还在扛大包呢,静雯的学也上不成了,刚过二十应该就会考虑嫁人。虽然这开车一开就是二十年,可他自问也没有别的本事,日子过得富足安稳,人却开始怕死了。吴国忠想笑,笑着笑着却感觉脸上湿了一片。

"怎么回事。"孙少康突然推门而入,方琪紧随其后,邱艳走在最后。

"高血压。"吴国忠抬起满是泪水的脸,"医生说不严重,打一个星期的针就好了。"

方琪和孙少康分别走向病床的两侧,方琪攥着杜军软绵绵的手,孙少康则凑到杜军的脸旁。

"军哥刚才让我给你打个电话。"吴国忠说着走到孙少康的身边,悄声说道。

"国……国忠……"那声音似从喉咙的最深处发出,嘶哑,无力,吴国忠赶忙凑过去。

"老……老子还……没死呢,我……都听见了……你……你哭……什么?"杜军断断续续说着,那只被方琪攥着的手抽出来有气无力地拍着吴国忠的脸。吴国忠知道杜军要是平时肯定又要踹自己了,连忙抹去脸上的痕迹,"军哥,我不哭了。没事,我不哭了。"

"少……康,少康。"吴国忠往后一退,孙少康赶紧凑上前去,"公司暂由你……管,嘉……嘉伟也……伤着了,去……看看。"杜军说完之后便摆了摆手,"走,都走。"

三人互相对视了一眼,不知是去是留,方琪站起身来,"你们先去看看嘉伟吧,这边有我就行了。你们军哥说的事不要落下,别让他担心。"

三人听了方琪的话这才向门外走去,走到门口不约而同回望了一眼,然后推门离开。

安静下来没有片刻,市长和书记就到了,一众官员漫长的问候之后,工商各界人物也姗姗来迟,最后的则是文艺界的代表人物。记者从始至终在病房外干着急,来探望的人都走了还不愿走。病房里各种东西堆积如山,各种昂贵的保养品和山珍海味堆在墙边,花束都堆放在病床旁的柜子上,屋内遍地都是水果,方琪感觉自己站起身来也走不到病房门口,脚下都是东西。

"这群人厉害吧,等我哪天要是出殡了,他们先在家里放挂鞭炮,然后再到葬礼上哭得死去活来。"打完吊瓶的杜军明显好了许多,说话也已经连贯了。

"说啥呢,这送得也太多了,这水果放着都坏了,要不然我给嘉伟拿点儿过去?"方琪看着这一地的东西就觉得头大。

"行啊,你这做嫂子的,应该去看看。"杜军点了点头,摆了摆手示意自己没事,方琪便挑了几样方佳爱吃的,出了病房。

推门而入,才发现陈嘉伟的病房里实在是热闹非凡,方才离去的那三人正在这儿和陈嘉伟聊着天呢。

"姐,你来就来,怎么还拎水果啊?"方佳站起身来。

"你看嫂子偏心的啊,拿的都是佳佳爱吃的。"躺在病床上的杜陈嘉伟佯作不满地抱怨着。

"多大年纪了,还佳佳呢,这么多人不害臊。"方佳说着去掐陈嘉伟的胳膊。

孙少康从方琪的手里接过水果,方琪便随处找了个地方坐下,笑着看这两口子腻歪。

"军哥情况怎么样,他们不让我动,我应该去看看的。"陈嘉伟收起脸上的笑意,问道。

"好多了,说话能连起来了,就是嘴还有点歪。"方琪说着,"你呢,我听说骨折第一天最疼。"方琪的目光落陈嘉伟打着石膏的身上。

"他有啥事,多大的人了还跟个小男孩似得。"方佳埋怨地说着。

"你可别三心二意地,照看好嘉伟,骨折还是很容易留后遗症的。"方琪瞪了一眼方佳,方佳躲开姐姐的目光闷声应道。

"对了,刚才商量的事,不如正好和嫂子谈一谈。"

"啊对。"孙少康扶了扶眼镜,"军哥病了,没有人主持大局不行,我们打算叫秋叶回来。"

"他不是说让你……"方琪有些疑惑地看着孙少康。

"这个,嫂子,我来公司的时间实在太短了,来了以后又是直接负责一个项目,公司里面已经有人在说闲话了,这个主持大局我是万万不能做的。邱艳嘛刚刚毕业,经验和能力上都有不足。我看只有秋叶最合适,子承父业,没有我们上那个位置的道理。"孙少康顿了顿,"其实这趟回来,军哥能给我口饭吃我就已经很满足了,让秋叶回来吧,我们尽力帮助他不会有问题的。"

"这个想法你们都商量过了?"方琪一时有些无法接受,毕竟在她固有的印象里他还只是个小孩子,全然忘了他今年已有二十六七。

"是啊,我们商量过了。"众人点点头,答道。

"姐,秋叶也该出来接班了,好让姐夫多陪陪你。"方佳也帮腔道。

"你姐夫你又不是不知道,他闲不下来,天天在家做学问呢,大字不识几个就一边捧着字典一边看。"方琪皱了皱眉,"我一跟他说都这么大年纪了还学啥,这辈子就不是读书人。他就跟我讲什么这个祖宗那个祖宗,讲得我头昏脑胀,现在我也懒得理他。"方琪的话惹得几人大笑起来,让杜军看书这事,这几人可没少出力。

"我就知道是你们几个,不过看书倒是好事,也奇怪了,别的老板天天不在家,这老板,天天不出门。"方琪乐此不疲地开着杜军的玩笑。

415

"对了,你们两个,也别磨叽得太久了吧?"方琪看了看孙少康和邱艳,她虽然不知晓公司里的事,但这两人对彼此有意的事她还是了解的。

"哎哟哟,董事长夫人可发话了啊。"躺在病床上的陈嘉伟差点从床上跳起来,要不是骨折处的剧痛,方佳看他能飞到天花板上。

"您别这样……"邱艳霎时满面羞红,转过脸去不好意思再看众人。

"少康啊,虽然年纪大了些,但读过书,比你们那个军哥不知道好到哪里去了。"方琪开始社区大妈般的劝说。

"不是,这个,是我自己有点问题。"孙少康支吾道,四十岁的人也禁不住脸红了起来。

"你有什么问题,有问题就解决嘛,拖着就能好啦? 我看你也没什么问题,小邱你说他有问题吗?"方琪愈发犀利,或许自己都没有察觉,自己待了太久,本以为言语的欲望像这个年纪的食欲一样清淡,却发现一说起来怎么也收不住。

邱艳怔了片刻,感觉众人的目光像是透过放大镜的光束在一片寂静中烧灼着自己,"没……没问题。"邱艳不自觉地捏住了孙少康的手掌,"还很……很厉害。"邱艳不知道自己为什么还要补充一句,说完便把头低低地压下去。

孙少康感到自己的头皮上爬过一万只蚂蚁,怎么挠也白搭。

众人的目光变得内容丰富起来,终于爆发出巨大的呼声,孙少康看着满面羞红的邱艳,轻轻地捧起她的面容,在她讶异的目光中吻了过去。

护士在这个时候推门而入,"干什么呢,小点声。"看到正吻在深处的两人,便快速地缩回身子,关上了门。

不知道如何结束的吻,让整个世界都变得恍惚的吻,分开后的两人看着身边的面容都感到不真实,紧紧握在一起的手心分泌这汗液,两个人在宁静而漫长的时间里对视着,微笑着。方琪挑了挑眉,几道抬头纹出现在额前,悄悄地走出了病房,陈嘉伟侧过身子去,方佳也走到窗边,假装望着窗外的风景出神。

下了楼,出了医院,孙少康给杜秋叶打了个电话,杜秋叶听到父亲住院先是哇哇大叫,电话里清楚地听到什么东西被摔碎的声音。孙少康赶紧说军哥其实并无大碍,杜秋叶这才稍稍平静下来,说是明天就到家。

挂了电话,身旁的邱艳便挽上孙少康的胳膊,两个人静静地走向车子。

"你不害怕吗?"孙少康侧过脸看着邱艳。

"怕什么?"邱艳扬起面容,无论她平日里多么强势,多么精干,此时的面容上只有一个女人终于得胜后的骄傲和幸福。

"我已经这个年纪了,世人的嘴……"孙少康的声音小了下来。

"那你怕吗?"邱艳不等孙少康说完便打断他。

"我……不怕。"孙少康抬起头说道。

"那我也不怕啊。"邱艳忍不住抱住孙少康,孙少康也紧紧地抱住怀中的邱艳,缄默无言的时间里只有那些冷却了许久的情感在体内重新变得炽热,闯过身体的各个关卡涌出眼眶。

上了车,孙少康刚发动车子,双手放在方向盘上,坐在副驾驶的邱艳就伸来一只手按在孙少康的手上。

"慢点。"邱艳注视着孙少康的面容,"原来是两个人坐车,现在是一个家了。"

"好。我们回家。"孙少康从没感觉笑是如此牵动全身的一件事,仿佛全身的肌肉或者赘肉都在欢快地颤抖着,血液哈哈大笑着在体内循环。

"对了,我真的很厉害吗?"车子驶上道路,孙少康突然兀自笑了起来,问道。

"喊,也就一般般吧,刚才那么多人给你留个面子,还当真了。"邱艳自然知道孙少康说的是什么,调皮地撇了撇嘴。

"看来是时间久了,你有点淡忘了。"孙少康看了一眼邱艳佯作气恼的面容,感觉这面容正在自己的眼中闪闪发光,是照入心里的光,在漫长岁月里落下的尘灰都变得温暖起来。

"这位大叔,请注意一下自己的形象!"邱艳义正言辞地说道,孙少康却只觉得她更加可爱。

"别折磨我了。已经有好久了。"孙少康发觉自己完全正经不起来,像二十几岁的少年那样憋不住气,自己竟然还会为此撒娇。

"可是没地方啊。"邱艳抬起头来想了想,"要不然在酒吧,我喜欢那个吧台。"

"文艺女青年,你可还挺有情调呢。"孙少康可没想到邱艳这么大胆。

"你就是个流氓的文艺中年男人,有没有胆量啊。"邱艳丝毫不示弱。

窗外的城市逐渐陷入夜色,往事的片段间或在孙少康的脑中飘忽闪过,"再冒这最后的一次险吧,求求您了。"心里嘀咕着,双眼不自觉地望向天空,星月浮出浅浅的身影,看起来会是冬季中一个安详的夜晚。

刚停好车子,邱艳的手机就响了起来,"是军哥",邱艳嘀咕了一句看向孙少康。

"接吧。"孙少康点了点头。

"给老子打开扩音器。"杜军的声音仍旧有些嘶哑,但是话语已经连贯起来。

邱艳心里疑惑,只得打开了扩音器。

"孙少康!"杜军的声音从话筒里杀了出来,"你小子挣老子的钱,还把老子的秘书给拐跑了。你小子!"正听着的两人面色先是一怔,旋即大笑起来,孙少康往手机那边凑了凑,"谢谢军哥!你忘了,我还教过你打篮球呢,咱们正好两清了!"孙少康大声喊道。

"清他×的头,你俩,这几天放假,李老头的酒店和商场消费我包了。"杜军轻轻地咳起来。

"军哥,这样没用,到时候你还得给我们封红包。"邱艳眨了眨眼,说道。

"滚!"杜军骂了一句,电话里便传来嘟嘟嘟的忙音。

19.

不知道在拥挤的路上经历了多长的时间,反正时间的流逝对此刻互相陪伴的两人而言来说不痛不痒。当吴国忠慢慢减速,视野因为驶入地下停车场而暗下来,两人才恋恋不舍地收起依偎在对方身上的目光。停好车子,三人到出站口等了十几分钟,杜秋叶和蒋莉的身影便出现在三人的眼中。

"呦,带着家属啊?"邱艳看着面带倦容的杜秋叶张口便开起玩笑了。

"回家哪有不带家属的,我爸怎么样?"杜秋叶问着,双眼圆睁看着面前的三人。

"医生说并不是很严重,只是以后的生活需要多注意。"吴国忠欣慰地听到杜秋叶的第一句话中有他的父亲,"秋叶,你是先回家还是……"

"去医院。"杜秋叶对吴国忠怒目而视,几人很少见到杜秋叶对吴国忠露出这样的表情,便不再说话,吴国忠快步走在前面领路,杜秋叶拉着蒋莉,孙少康拉着邱艳,步履匆匆地跟在后面。

上了车,杜秋叶坐在副驾,蒋莉只得和孙少康和邱艳挤在后面,蒋莉和邱艳对彼此仍有印象,两人用眼神做了有限的交流,车子便驶出停车场,夜晚的序章已经降临,道路两旁的灯光在视野中显出肉温黄的光晕。

"秋叶,坐车累不累啊?"孙少康实在不愿杜秋叶绷得如此之紧,犹豫良久之后还是开口,希望和他说说话,让他放松一些。

"还行。"杜秋叶给的回答十分简单,父亲住院的事像一段咒语紧紧地缠绕着自己,他也想让自己轻松一点,可他却始终无法做到。

"坐高铁好多了,不累的。"一旁的蒋莉怎能不知道孙少康的用心,从昨天接到电话开始杜秋叶就铁青着脸,还砸了家里的几个水杯。她从未见过杜秋叶变成这个样子,她暗自思忖,父子之间的那种情感或许是她此生不能理解的那部分内容。一个男人,无论他有怎样的成就和怎样的思想,凡是到了自己父亲的面前,统统便成了幼稚可笑的孩子。

"那就好,这几天累人的事会有很多,你要多多帮助杜秋叶。"孙少康静静地说着。

"好,我不帮助他还去帮助谁呢?"蒋莉轻轻地笑着,"你们……这是?"她心存疑惑,看着孙少康和邱艳缠在一起的手。

"嗯。"孙少康只是点了点头,这样的回复已然足够。

蒋莉还没说话,杜秋叶倒是先转过头来,目光温和地落在两人的脸上,他干燥起皮的嘴唇动了动,却什么都没说。蒋莉只得挑了挑眉,孙少康和邱艳也以挑眉这样的表情回应着,三人轻轻一笑,也不再有过多言语。杜秋叶就像是他们始终要保护的一个孩子,在漫长的时间里,照顾他的心情和生活,已经成了这三人共共同的习惯。

到了医院,吴国忠展示出给杜军二十年司机的专业素养,车子快而稳地在拥挤的停车场里停好。下了车,为杜秋叶打开车门,五十岁的人一马当先快步在前面领路,心急如焚的杜秋叶都需要小跑着才能跟得上。穿过就诊大楼的大厅,再经过一个小小的花园,进了住院楼,准确地摁下电梯的楼层,在交错的走廊过道间也没有丝毫的犹豫。在病房门口,几人稍稍调整了一下自己的呼吸,这才推门而入,杜军像昨天一样躺在病床上,方琪则坐在一旁在削着苹果。

"妈。"杜秋叶站在病房门口,声音颤颤巍巍地从喉咙里涌出。

"秋叶?"声音这样熟悉,方琪放下手里的刀和苹果,"进来啊。"她招了招手,杜秋叶及身后的几人一并进了房间。

"这是……"跟在杜秋叶身后的人都再熟悉不过,唯独这个年轻的姑娘,方琪侧着头想了一会儿,还是想不起来。

"咱家媳妇,一把年纪了,没点悟性。"杜军听到有人进屋,挑开眼皮,正对上杜秋叶和蒋莉。

"阿姨好,叔叔好。"蒋莉先对二位行礼,然后去拿起方琪放桌上的苹果,继续削起来。孙少康和邱艳对视一眼,都点了点头。

"就你有悟性,悟出个高血压来。"方琪嘀咕道。

"好了,妈,我爸就这样。"杜秋叶凑到父亲的身边,拖了张椅子坐下。

419

"爸,怎么样?"杜秋叶轻轻捏住父亲的手掌,粗糙干涩的皮肤,皱纹的预兆,杜秋叶感觉自己的心里被人撒了一把芥末,呛得难受却又无法言说。

"好……好点了。"杜军应道,他的嘴巴还是有点歪斜,不断有口水从嘴角滴答出来。

父子二人絮絮叨叨有说不完的话,邱艳则到蒋莉的身边,蒋莉对孙少康和邱艳在一起的事情仍保持着惊奇,两个年纪相仿的女人凑到一起有说不完的话。孙少康则和吴国忠走到窗边有一搭没一搭地聊着天。

夜渐深,杜秋叶让蒋莉和母亲先回家休息,自己陪一晚上。蒋莉有些退避,众人连哄带骗总算让她跟着方琪出了病房。

"阿姨,我有哪些没做好的,你尽管说。我想,要不然我还是先在外面待一晚上。"出了病房的蒋莉仍旧没有放弃抵抗。

"你想住就住吧,你看看秋叶明天会不会生气。"方琪百般无奈,只得搬出杜秋叶来。

第一次来,第一天到,直接就去家里住下总让人感觉别扭,这个时候又不能打电话问问自己的父母该如何处理。蒋莉跟在方琪身旁走着,五官却皱巴巴地拧作一团。

"没事,你放心吧,秋叶家里人都很好。你自己应该知道的。"邱艳看着蒋莉愁眉苦脸的样子,凑过去说道。

蒋莉知道邱艳说的是什么,第一次和秋叶的父亲见面的那次,让自己下定了和秋叶一起生活的决心。她只是对婆媳间的关系保有恐惧,随处都可见婆媳不和的传言,却不料刚来的第一天就要单独相处。

车子在灯火繁华的城市里奔驰,最后才在别墅门前停下。下了车,邱艳深深地吸了口气,平日里和杜秋叶的相处让她几乎忘却了杜秋叶的家庭,她看着别墅的轮廓,原来简单的三口之家可以住在这样豪华的房子里。推门而入,便感到杜秋叶的生活和自己之间有着无法弥补的距离,这距离让她感到自卑像一只嗜血的小虫在自己的体内四处爬抓。

"你就先睡杜秋叶的房间吧。"方琪指着杜秋叶在一楼的卧室,自己则走到通往二楼的楼梯口,"我洗漱一下就要睡了,你随意一点,明早想吃什么?"

"啊,妈……不是,阿姨,明天我来做吧。您陪了一天的床,好好休息。"邱艳红透了脸。

"你刚才叫什么?"本来正要走上楼梯的方琪转过身来。

"妈。"蒋莉低垂着头,声音细如蚊蝇。

方琪哈哈大笑起来,她感到久违的愉悦像一股温暖的洋流一样流遍全身,"既然都这么叫了,那你就自在一点,秋叶屋里什么都有,游戏机、电脑,客厅里有吃的和喝的,我可就先不管你了。"

蒋莉看着方琪的身影消失在楼梯,悄悄地叹了口气,怎么一开口就瞎叫呢,是不是看见人家有别墅,急着嫁进来。阿姨应该不会这么想吧?蒋莉脑子里胡乱纠缠着,推开杜秋叶卧室的门,空气里弥漫着淡淡的臭袜子的气息,蒋莉忍不住皱了皱眉头,他翻开被子,掀起褥子,找出来十几双穿过的袜子,难怪这个房间一直关着门,看来是害怕影响整个屋子的空气质量。蒋莉推开窗,带着杜秋叶的臭袜钻进了旁边的卫生间里。

洗完杜秋叶的臭袜子,再晾好,杜秋叶卧室内的空气也清新了一些。蒋莉关上窗在杜秋叶的床上躺倒,各种各样的想法在脑海中嗡嗡作响。她在一片漆黑中望着天花板,自己真的属于这里的生活吗,虽然大家都笑脸相对,但自己真的能做到吗,真的可以吗?当杜秋叶到了自己的家,那个小小的山村,经过那些颠簸不平的公路,看到自己家的房子只是低矮的小平房,他会如何呢?

这个夜晚,注定难以入睡,对蒋莉是如此,对杜秋叶也是如此。

众人离去之后,父子二人又聊了片刻,杜军便睡着了。偌大的病房里杜秋叶突然感到四周的空气变得坚硬,像密不透风的墙壁将自己包围。责任、家庭和事业,是这么虚无缥缈的词汇,在这个时刻却显出具体切实的形状和质量。杜秋叶坐在一旁静静地看着自己的父亲,他真的老了,几曾何时,他还以为衰老只是一种虚浮于体表的假象,在这样安静的夜晚,当他看着微微打鼾的父亲,他讶于自己的父亲也会被自然规律打入衰老的牢笼。原来饱满结实的肌肉萎缩干瘪了,面容上已浮现岁月挖出的壕沟,发根和胡须也有了白色。他老了,他或许再也不能一巴掌就把家里的茶几拍翻,他也不会一个耳光就让自己眼冒金星,在和时间漫长的较量间他从冲锋的队列中败下阵来,而这意味着,自己该接下每个人都无法躲避的苦难,和这个并不可爱的世界、和这些并不浪漫的时间缠斗下去,直到自己也这样老。

杜秋叶走到窗边,他把窗户推开一道缝隙,屋外冰冷的空气吹皱肌肤却丝毫无法稀释裹缠在自己身上的烦忧。他始终保有自己仍是孩子的感觉,全然没有准备如何卸去别人的保护去面对这个世界。深深地呼吸,冷空气和累积一天的二氧化碳入肺,杜秋叶关上窗,重新在病床旁边坐下,他抬头望着天花板,不知道自己要做些什么,也不知道自己能做些什么,只有循环往复的呼吸不知疲倦,一遍一遍地重复着之前的频率。

翌日,一宿未眠的杜秋叶在孙少康和邱艳的陪同下去了公司,坐在偌大会议室正中间的位置上,杜秋叶感觉不到紧张,而是感到逼仄。再过不久,那周边的座位上会是一张张精明而又世故的脸,他们会把目光投向自己,目光里带着对自己这个年轻人的怀疑和不屑。孙少康和邱艳分坐在杜秋叶的两旁,杜秋叶有些不安地看了看孙少康,孙少康心领神会,凑到杜秋叶的耳旁轻声说了几句,杜秋叶点了点头,坐正身子,手指有节律地敲打着桌子。随着时间的流逝,会议室内的空位逐渐被填满,敲着桌子的手指骤然一停,目光粗略地环视一周,孙少康对着杜秋叶点了点头,杜秋叶扯了扯刚刚换上的领带,开始了会议。

同样一夜没睡的蒋莉看时间到了六点半便从床上翻身下床,在一楼转了一圈没发现方琪的身影让她松了口气。她一直不敢睡,就是害怕自己的婆婆起来得比自己还早,要是真让婆婆做了早饭,那自己可没法再在这里待了。第一次上门就在家里过夜,还让婆婆给自己做早饭,要是自己的母亲知道了肯定也不会给自己什么好脸色。进了厨房,一番翻箱倒柜之后只找到一些面条,蒋莉不知道如何是好,煮个面条总有点显不出厨艺的意思。正是烦恼的时候,却瞥见餐桌的一角上贴着一张纸,走过去一看原来是一周之内每天饮食安排,蒋莉算了算日子,发觉今天正好是西红柿鸡蛋面。西红柿鸡蛋面,这样总算有点难度了,蒋莉既兴奋又紧张搓了搓手。

在某个时间,人们会有自己突然长大的错觉,那些让自己软弱的自我怀疑会溃散,转而是磅礴的力量充盈着自己的身体。本来只是打算勉强招架一下的会议从八点钟一直开到正午才结束,杜秋叶滔滔不绝,旁征博引,让那些入场时候带着幸灾乐祸的面容灰头土脸地离开。他作风比杜军更加犀利,赏罚不在意人情,又因为年轻而对时代有更多新的理解,从而提出了一些颇有建设性的意见和看法。家里呢,蒋莉抱着只要不被责怪就好的心情把面端给方琪,不料方琪只吃了两筷子便赞不绝口,食欲寡淡的她硬是吃了满满的一大碗的西红柿鸡蛋面,吃得额前都冒出细细的汗珠。吃罢早饭之后两个人的距离似乎也近了许多,方琪拉着蒋莉的手一点点给他讲杜秋叶小时候的事,蒋莉也对她说杜秋叶现在的事,两人时而因为对方的话而开怀大笑,时而聚精会神听着对方的叙说。

正午时分,众人又在杜军的病房里碰头,孙少康始终激动地言说着杜秋叶今天上午出色的表现。杜秋叶一再谦虚说自己只是即兴发挥。蒋莉和方琪到了病房也斩不断话头,一直凑在一起说说笑笑。

棘手的事情总是在漫长的准备和假想中让人感到恐惧,而恐惧才是最为棘手的事情。杜秋叶和蒋莉各自解决了各自的担忧,时间恍然变得漫长而温暖,一行人陪着杜军吃罢午饭,又聊了一会儿天,在杜军示意自己要睡午觉之后,便只有方琪留下。

杜秋叶的面容像冬冰一样解冻,露出温暖柔和的表情,蒋莉高兴地挽着他的胳膊,邱艳也挽着孙少康,只有吴国忠快步在前。

"康叔,年纪大了,要节制啊。"杜秋叶看吴国忠走在前面,便拉着蒋莉快步走道孙少康的身边悄声说道。

"去你的,开玩笑都开到我身上来了,倒是你,年轻人,要控制自己。"孙少康抬起脚来去踹杜秋叶。

"这你放心,我年轻啊。"杜秋叶挺起自己的胸脯用力地拍了几下,发出咚咚咚的声响。

"姜还是老的辣,这句话你不会没听说过吧?"孙少康也擂了几下自己的胸口,随即咳嗽了起来。

"你们两个大男人,说话能不能注意点。我们还在这儿呢。"邱艳说着甩开孙少康,转而去挽着蒋莉,蒋莉半推半就地落入她手。两个男人只得对视一眼,无奈地耸了耸肩。

四人的脚步放得很慢,女人之间似乎总有说不完的话题,杜秋叶和孙少康便显得深沉一些,走出好一段距离,孙少康才抬起头问道,"书还在写着吗?"

"写着,一直没停。"杜秋叶答道,在蒋莉考研复习的时候他也没闲着,一心扑在自己的写作上。"康叔你的应该快完成了吧。"杜秋叶记得上次的时候他便是在做最后的修改,现在不知道进度如何。

"已经交给出版社了。"孙少康说着,脸上少有地泛起得意的神色。

"你可要记得送我一本,我要签名的。"杜秋叶笑着拍打孙少康的肩膀。

"那是自然……"孙少康笑得合不拢嘴,杜秋叶从未见他如此高兴过,不知道是因为终于有心爱的人走进自己的生活,还是年少的梦想终于达成。

四人走到车旁的时候,吴国忠已经快要打起鼾来,经过片刻的讨论,四人决定去酒吧喝点东西,于是吴国忠便直奔酒吧而去。

冬日的午后,风贴地疾驰,清澈的阳光铺天盖地地洒落,时间经过短暂的皱褶又变得平整,生活缓慢而慵懒地延展。

20.

　　一周之后,陈晨和吴静雯放假回家,杜军和陈嘉伟都已经出院,杜军的病情基本恢复,只是苦恼于烟酒的禁令。陈嘉伟则还裹着石膏,伤筋动骨一百天,距离彻底恢复还有好一段日子。

　　这一天,众人都聚在吴国忠家里,来见一见吴静雯带回家的男朋友,吴静雯也不敢怠慢,早早地就做好了准备。

　　那男生和吴静雯同级,姓袁,叫袁清林,哲学系硕士。高高的个子,面容清秀,一副复古的大框眼镜架在鼻梁上,颇有书生味,唯独就是单薄了些。吴国忠此前说过自己还算满意,曹荣芳倒是很是喜欢。

　　一行人到了之后先是和吴国忠、曹荣芳寒暄几句,旋即便左右开弓地对着袁清林发起不间断的提问……

　　"这孩子怎么样啊?"独自倒在沙发上的杜军懒洋洋地,问着身旁的吴国忠。

　　"挺好的一孩子,前几天他爸也来了。大家一起吃了个饭,彼此之间感觉还不错。"吴国忠搓着手,女儿的终身大事,自己这个做父亲的无论如何都马虎不得。

　　"哦?他父亲也来过了?做什么的?"杜军问道,他掏出一支烟来叼上,刚拿出打火机似是想起了什么,便又悻悻地把烟塞回了衣袋。

　　"一个高中的物理老师,人挺有意思的,幽默风趣,留着两撇小胡子,头上已经是地中海了。那天喝得有点多,非拽着我给我讲什么小猴上树问题、小船过河问题,我不想听,还非让把这些问题当作一个游戏。我那个难受啊,我就念到专科,哪儿懂什么小猴上树,小船过河。"吴国忠说到这里实在忍不住和杜军一并哈哈大笑起来,笑了一会儿,他突然站起身来,从大衣里摸出两张纸来,"你看,他怕我回头忘了,还给我画了图。"杜军接过来一看,寥寥几笔,这猴画得倒是栩栩如生,"这猴的头上……"杜军指着纸上的那个猴子的头部问道。"这是紧箍儿,他告诉我他画的这个是孙悟空。"杜军一怔,旋即大笑起来,"那……那孙猴子上树还用爬吗,一蹦不就上去了?"

　　袁清林听到杜军这边的动静,有些不好意思地挠了挠头发,"父亲那天喝得有些多,再加上昨天刚上了好几节课,所以……"

"我们可没有取笑你父亲的意思,相反,我倒是觉得你父亲很有意思。"杜军正了正面色,却引得对坐的年轻人们都笑了起来。"人类一思考,上帝就发笑",这句话套在杜军的身上就变成了"杜军一严肃,众人就发笑"。

菜肴的味道从厨房弥漫到客厅,袁清林被扔给长辈,杜秋叶和吴静雯默契地一左一右地坐在陈晨的身边,仍是单身的陈晨看一眼杜秋叶和蒋莉,再看一眼吴静雯和袁清林,痛苦地挠着自己的脸。

"年轻人,总有这么一天的,别急嘛。"杜秋叶揽住陈晨的肩膀,陈晨沉闷地应了一声。

"我们的小晨晨不高兴咯。"吴静雯抚摸着陈晨的头发。

"我可没有,我这叫作深沉。"陈晨开始自己的反击,他才不愿被当做一个小孩子。

"知道深沉什么意思吗你?来,我来给你百度一下。"杜秋叶说着掏出自己的手机来。

众人嬉闹之时,曹荣芳从厨房传令,"吃饭啦。"一声令下,众人纷纷起身,在餐桌旁围坐下来。丰盛的菜肴让众人胃口大开,袁清林给男人们倒上酒,最后便轮到了自己。吴国忠见他犹豫便亲自上阵,在袁清林的百般推脱之下还是倒了满满一杯。

"爸!倒这么多!"吴静雯有些责怪地看向自己的父亲。

"你看,胳膊肘已经往外拐了。"吴国忠放下酒瓶,一脸浮夸的委屈和无奈。

"好啦,静雯,没关系的。反正我也不会讲物理。"袁清林说道。众人听了袁清林的话便笑作一团,大家举杯相碰,众人都请杜军说点什么,杜军却一再推脱,让吴国忠先说。吴国忠先是开心吴静雯有了陪伴,又嘱托两人互相包容,说得两人面色羞红之后才肯罢休,最后自然是感谢众人平日里的帮助,感慨漫长的岁月里能够如此和谐地相处实属不易。

吃肉喝酒,众人相谈甚欢,"你们两个,打算什么日子结婚啊?"杜军冷不丁突然问着孙少康和邱艳。众人放下手里的筷子,目光汇集在两人的身上。

"我看,就选在新年吧。"孙少康说着,目光里带着征求意见的意味看向身旁的邱艳。

"好啊,新年,你我的生活也都是新的了。"邱艳点了点头。不料孙少康却离开自己的座位,单膝跪地,众人意识到要发生什么,纷纷屏住呼吸。

"其实,这个东西我早就已经准备好久了,从遇见你的那一天开始。"孙少康从衣袋里掏出一个红色的首饰盒,"本以为我不会有这样的机会,却不料上天对我这般眷顾。"孙少康打开首饰盒,钻戒闪耀着,"从相遇到死亡,从开始到最终,我,孙少康,愿不离不弃,始终在你的身旁。你……嫁给我吧!"看着单膝跪在自己面前的孙少康,邱艳感觉自己已经忘了呼吸,众人高呼的"嫁给他!嫁给他!"让她的身体恢复知觉,她点了点头,声音颤抖着说着"好……好,从相遇到死亡……"两个人不顾众人在旁,紧紧地相拥相吻,众人安静地看着这两个幸福的人儿,目光里满是祝福。

"静雯,清林,不好意思,今天貌似抢戏了。"待两人终于分开以后,孙少康挠着头有些不好意思地说道。

众人哄笑起来,午饭在更加热烈的气氛中进行着。

饭后,众人围坐在客厅,聊天的聊天,打牌的打牌,一直到吃罢了晚饭之后,才各自散去。

时近年关,忙碌总是必不可少,杜秋叶和孙少康分别奔赴蒋莉、邱艳的家中,公司里的事情全都交给了杜军和陈嘉伟,不过好在有吴静雯和袁清林帮忙,一切还都算顺利。只是杜军的脾气最近越来越差,一个是自己的儿子,两个是自己的得力干将,一到年关竟然全都不在自己的身边。

腊月二十五,安排好春节期间所有的工作之后,杜军和陈嘉伟焦头烂额地走出会议室。杜秋叶和孙少康也带着蒋莉、邱艳顺利归来,前去迎接的吴国忠单是看他们的面色就知道一切进展得十分顺利。

大年三十,如往年一样,人们在杜军的家中集聚,吴静雯与蒋莉和邱艳扎成一堆,杜秋叶则与袁清林和陈晨混成一团,方佳、曹荣芳和方琪总有说不完的话。几个上了年纪的男人坐在餐厅抽烟聊天,偶尔看一眼客厅,胸口便被满足灌满,没有什么比家人的笑更能慰藉一年的疲惫和辛苦。孩子们大了,自己也老了,某种不可名状的交接在更迭的岁月里进行着,大家对此闭口不谈,一方对这样的交接感到欣慰,一方却感到紧张和兴奋。

"秋叶,你的小说怎么样了。"孙少康想看看杜秋叶的成果,便从餐厅走过来,稍稍打断了一下三人火热的对话。

"康叔,我正想给你看看呢。"杜秋叶站起身来,"袁哥,回来我再问你是怎么追到静雯的,我可追了二十年都没追上。"杜秋叶眨着眼,逗得袁清林和陈晨笑个不停。待杜秋叶转过身去,便知道这二人为何笑得无法抑止,蒋莉和吴静雯正目露凶光瞄准着自己,杜秋叶不敢久留,赶紧带着孙少康溜进了自己的卧室。

"秋叶说着玩的,你可别放在心上。"眼见他那副落荒而逃的模样,吴静雯对身旁的蒋莉说道。

"没关系,秋叶什么都好,就是脑袋有点不太好使。"蒋莉故意放大嗓门,躲在卧室里的杜秋叶听得直皱眉头。

杜秋叶找出自己的电脑,把文档打开给孙少康看,写的时间不长但已有了五六万字,孙少康一页一页地看了下去,不时和旁边的杜秋叶交流几句。不消二十分钟,孙少康就看了个大概。

"你是打算从小时候一直写到现在吗?"孙少康转过身子,正对着坐在床上的杜秋叶。

"差不多是这个想法,但肯定会略写一部分,我可没耐心全都写出来。"杜秋叶摸出烟来,分给孙少康一支,自己也叼上一支。在两人都尽情地深吸了一口,又全都吐出之后,孙少康才继续说道:"内容挺好的,正文前面空着,是还没想好书名?"

"恩,一直想不出合适的名字。"说到书名,杜秋叶便有些苦恼地挠了挠头。

"你有读过弗洛伊德的作品吗?"孙少康突然问道,"弗洛伊德有一篇文章叫做《作家与白日梦》,里面有很经典的一段话——'每个做游戏的儿童的行为,同一个富于想象的作家在这一点上一样:他创造了一个自己的世界,或者更确切地说,他按照他中意的新方式,重新安排他的天地的天地中的一切'。我读了你写的内容,其中的某些就成人视角来说,它是失真的,充满了主观的色彩,当然了,小说并不一定都是事实,我们写的又不是社会调查报告。就你前面写出的内容来说,它来自一个孩子自身真实的体验,总之,我觉得'白日梦'倒是很适合你的小说。"

"吃饭啦。"屋外的杜军放开声音大喊道,"你们两个别抽烟了,害得老子闻见了也想抽。"

"吃饭啦,吃饭啦!"屋外的杜军继续高声喊着。

"的确,似乎没有比'白日梦'更适合自己的小说了,白驹过隙,时间本身就有着梦的特质。"杜秋叶想着,自己想要的大概就是这样的对时间的无奈。

"吃饭啦,吃饭啦!"屋外又响起杜军的声音。

"白日梦。"杜秋叶嘴里不断地重复着这三个字,手抚摸着自己下巴上稀疏的胡茬,片刻之后,他冲到自己的电脑面前,噼里啪啦地在第一页打出"白日梦"三个大字。

这长长的叙述就像一场荒诞不经的白日梦,不知从何处生根发芽,也不知为何长出这样的根茎,生出这样的果实。

谁又能知道呢。杜秋叶摇了摇头,笑着推开房门,众人已经落座,年夜饭要开席了。

全书完

致　　谢

　　感谢长久以来父母的支持和理解,感谢朋友们的付出和帮助,与一个顽固、任性、自言自语的人相伴,并非幸事。然而你们告诉了我亲情和友谊的存在,告诉了我脆弱的人类的确拥有着强韧的情感,我要感谢你们为此做出的牺牲和奉献。

　　感谢中学时代的胡老师和曹老师,大学时代的张老师,没有你们的指导,我不知道自己如何有毅力讲完这样一个故事,感谢你们始终给我讲故事的勇气和信念,感谢你们的无私和真诚。

　　最后,感谢零壹梦想基金对本书出版所提供的大力支持。